완벽한 공부법

KB121514

모든 공부의 최고 지침서

완벽한 공부법

고영성 · 신영준 지음

로크미디어

"목표가 없어요.", "직장 생활이 힘들어요.", "집중이 잘 안 돼요.", "영어를 잘하고 싶어요.", "대인관계가 힘들어요.", "미래가 불안해요.", "이직하고 싶어요.", "대학교(원) 생활에 적응을 잘 못 하겠어요.", "언제나 시간이 부족해요."

전혀 다르게 보이는 고민 같아도 핵심에는 '공부'가 있다. 학습 능력이 부족해서 직간접적으로 생기는 고민이었다. 특히 대한민국에서는 '입시'와 '입사'만 성공하면 모든 게 끝날 것이라는 잘못된 풍토가 많은 사람을 올바른 공부라는 본질에서 점점 더 멀어지게 만든다. 허기는 채울 수 있지만, 건강에는 도움이 안 되는 정제된 쌀과 밀가루 같은 학습 방법은 성장이 아닌 생존 수단에 지나지 않았다.

당장 눈앞에 보이는 목표만 꾸역꾸역 해결하면 될 것 같았지만, 그 뒤에는 더 큰 문제들이 끊임없이 우리를 기다리고 있었다. 모든 면에서 갈수록 경쟁이 심화하지만, 우리의 '경쟁력'은 강화되지 못했다. 우리 삶에 단단한 대들보가 되어 주는 제대로 된 공부법에 대한 이해가 필요했다. 그러기 위해서는 단순히 공부의 극히 일부분인 시험이라는 영역을 넘어서 경험과 이론을 아우르는 폭넓은 관점에서 공부를 파고 드는 것이 절실했다. 2015년 가을 어느 날 메시지 하나가 그 시작을 알렸다.

"신 박사님, 공부법에 관한 책을 기획하고 있습니다. 혹시 함께해 주실 수 있습니까?"

그렇게 고영성 작가는 온라인상으로만 알고 지내던 신영준 박사에게 연락했다. 수백 권의 교육학, 인지/발달 심리학, 행동경제학, 뇌과학 관련 책을 읽으면서 공부라는 것에 대한 체계적인 이해도는 꾸준히 높아졌다. 또 8권의 집필과 2번의 스타트업 창업을 통해서 공부의 중요성을 누구보다도 깊게 깨달은 터였다.

하지만 공부의 영역은 정말 끝없이 넓었다. 학습의 이론적 배경과 스타트업에 대한 이해와 경험은 풍부했지만, 대학/대학원 생활 및 연구 그리고 일반적인 회사 경험이 너무 부족했다. 고 작가는 반쪽을 채워 줄 가장 적합한 사람이 바로 신 박사라고 생각했다. 공학박사 학위를 받고 대기업 개발실에서 근무한 경험을 토대로 많은 20/30대와 현장에서 호흡하는 신 박사와 함께라면 정말 완벽한 공부법 책을 쓸 수 있다고 고 작가는 확신했다. 그런 고 작가의 제안에 신 박사는 1초의 망설임도 없이 함께하자고 응답했다.

책을 준비하면서 더 많은 분과 소통하려고 탄생시킨 것이 페이스북 페이지 〈인생공부〉다. 실제로 20만도 넘는 20/30대 대한민국 청년들과 상호작용을 하며 현실에서 사람들이 무엇을 부족해 하고 무엇을 원하는지 조금씩 더 알아 가게 되었다. 신 박사는 〈인생공부〉 강연과 정기적인 소모임을 통해 친구들을 멘토링하였고, 제대로 꾸준히 공부했을 때 얼마나 기적 같은 성장을 만들어 낼 수 있는지 직접 경험했다.

단순히 시험 성적이 오르는 정도의 작은 성취가 아니었다. 문과 배경을 가진 친구가 취업에 실패하자 꾸준히 공부해서 프로그래머로 취업에 성공하고, 한 분야를 꾸준히 파고드는 계독으로 새로운 분야를 독학해서 원하는 직장을 얻고, 체계적이고 밀도 높은 영어 학습을 통해 자신의 한계를 넘어서고, 또 능력의 확산으로 자신이 원하는 꿈을 찾는 정말 드라마 같은 성장을 이룬 친구들이 생겼다. 신 박사는 모든 성장 사례를 고 작가와 함께 공유했고, 고 작가는 모든 사례에 이론적 배경을 설명하기 위해 많은 서적과 논문을 참고하며 끊임없이 연구했다.

고 작가와 신 박사는 인생의 성장을 이끌어 내는 공부를 제대로 하려면 단순한 노력으로는 부족하고, 많은 요소가 유기적으로 맞물려 돌아가야 의미 있는 성과를 낸다는 사실을 여러 번 확인했다. 수많은 토론과 오랜 고민 끝에 현실적인 요구부터 궁극적인 목표까지 만족시키는 공부법에 관한 골격을 완성했다. 이 책은 다음과 같이 완벽한 공부를 위한 14가지 핵심 요소로 구성되어 있다.

1장 〈믿음〉에서는 기대, 마인드셋, 자기효능감으로 대표되는 자신에 관한 믿음이 공부에 얼마나 중요한지를 밝힌다. 또한, 공부를 위해 알아야 할 최소한의 뇌 지식과 공부를 해야 하는 근본 이유에 대해 알아본다.

2장 〈메타인지〉에서는 메타인지가 무엇을 의미하는지, 메타인지와 공부 실력이 어떠한 유의미한 관계가 있는지를 알아본다. 또한, 메타인지를 높이는 인지적 한계 몇 가지를 살펴보고 메타인지가 회사 생활에 미치는 영향과 지식의 저주가 무엇인지 확인해 볼 것이다.

3장 〈기억〉에서는 기억에 대한 전반적인 이해(주의, 작업기억, 장기기억 등)와 기억을 잘하기 위한 효과적인 방법들을 알아본다. 또한, 암기가 왜 학습에서 중요한지 그리고 몰입을 어떻게 할 수 있는지를 살펴볼 것이다.

4장 〈목표〉에서는 목표는 어떤 것들이 있으며(성장 목표, 증명 목표, SMART 목표, BHAG 등) 각 목표가 공부에 어떠한 영향을 미치는지 알아본다. 또한, 공부 성취를 위한 최적화된 목표 설정법에 대해 알 수 있다.

5장 〈동기〉에서는 내재적/외재적 동기의 의미와 그 관계에 대해서 알아보고 특히 내재적 동기를 강력하게 유지하는 '자율성'에 대해 자세히 살펴본다.

6장 〈노력〉에서는 성취와 관련한 노력 시간과 노력 방법이 얼마나 중요한지 살펴본다. 또한, 재능 편애론의 문제점과 1만 시간 법칙 이론으로 공부에서 '노력'의 역할이 무엇인지를 알아볼 것이다.

7장 〈감정〉에서는 감정과 학습이 어떻게 연결되었는지 여러 연구를 통해 살펴보고 부정적 감정과 긍정적 감정이 학습에 미치는 효과에 관해서도 살펴볼 것이다. 또한, 시험 불안이 실제 시험 성적에 미치는 영향과 시험 불안을 극복하는 방안도 알아본다.

8장 〈사회성〉에서는 인간의 사회성과 학습이 어떤 관계가 있는지 알아보고 특히 외로움이 지적 과제 수행에서 어떤 영향을 미치는지 살펴본다. 또한, 팀워크에 필요한 덕목이 무엇인지 알아보고 성공적인 대인관계를 위해 필요한 기술들을 배워 본다.

9장 〈몸〉에서는 운동, 수면, 커피, 명상 등 신체 상태와 공부가 얼마나 밀접한 관계가 있는지 알아본다.

10장 〈환경〉에서는 알람, 데드라인, 공간, 넛지 등 환경이 우리에게 얼마나 큰 영향을 미치고 있는지를 확인한다. 더 나아가 긍정적인 공부 습관을 만들기 위해 환경을 어떻게 설정하는 것이 좋은지도 알아본다.

11장 〈창의성〉에서는 창의성은 타고나는 것이 아니라 태도에 따라 충분히 갖출 수 있는 능력임을 알게 된다. 또한, 창의성의 핵심이라고 할 수 있는 연결, 다양한 경험, 도전과 실패, 위험 관리 등을 자세히 살펴본다.

12장 〈독서〉에서는 왜 독서를 해야 하는지, 그리고 어떠한 독서법이 있으며 각 독서법이 어떤 효과가 있는지를 알아본다. 더불어 독서 습관을 만드는 방법도 살펴본다.

13장 〈영어〉에서는 영어 읽기, 듣기, 말하기, 쓰기를 제대로 할 수 있는 해법을 알아본다. 단순히 방법론뿐만 아니라 영어라는 언어를 깊게 이해할 수 있도록 구성했다.

14장 〈일〉에서는 실전에 도움이 되는 공부가 어떤 것인지 알아본다. 실질학습, 의사결정, 반복연습, 시뮬레이션, 디테일 등의 중요성을 살펴볼 것이다. 또한, 집단 의사결정에 대해 깊이 알아보고 말하기와 프레젠테이션 향상 능력을 또한 배워 본다. 마지막으로 왜 우리의 회사 생활이 어려운지, 그리고 어떻게 극복할지를 알아본다.

이 책은 500페이지가 넘는다. 쉽지 않은 여정일 것이다. 하지만 여정을 다 마친 당신에게는 '성장'이라는 선물이 주어질 것이라 우리는 확신한다. 부디 《완벽한 공부법》으로 당신의 인생이 '완공'되기를 간절히 기원한다.

완공!

2016년 12월 고영성 · 신영준

차례

목표 : 성공적인 목표 설정은 따로 있다

Chapter 4

동기 : 내게 자유를 달라

Chapter 5

노력 : 노력은 결코 배신하지 않는다

Chapter 6

감정 : 감정은 공부의 안내자다

Chapter 7

Chapter 1

믿음

공부는
믿는 대로
된다

삶은 자신을 발견하는 과정이 아니라
자신을 창조하는 과정이다.

: 조지 버나드 쇼 :

믿음을 잃은 아이

토드 로즈는 미국 유타 주에 있는 시골 마을의 평범한 가정에서 태어났다.[1] 다섯 남매 중 장남인 토드 로즈는 어린 시절부터 심한 장난꾸러기여서 그의 주변에선 사건·사고가 끊이질 않았다. 토드가 중학생이었을 때 한번은 이런 일이 있었다. 학교에서 전화가 왔는데 토드가 미술 시간에 악취가 나는 폭탄을 교실에 집어 던졌다는 것이다. 그것도 6개나. 교실은 수업할 수 없을 정도로 냄새가 진동했고, 학생들은 대피해야 했다. 친구들은 이런 토드를 좋아하지 않았고, 급기야 토드는 집단 따돌림과 괴롭힘을 당했다. 토드의 어머니는 전화벨이 울릴 때마다 무슨 일이 생긴 건 아닌지 가슴이 뛰었다고 한다. 토드는 과거를 회상하며 이렇게 말했다.

"저에게 학교는 끔찍한 곳이었죠. 중학교 1학년 때는 학교 버스에서 아이들에게 맞았는데 운전기사도 말리지 않았어요. 제가 싫었나 봐요."

중학교 때 주의력결핍 과잉행동장애(ADHD) 진단을 받은 토드는 선생님에게 하루에도 몇 번씩 구제불능이라는 소리를 들었고 성적도 항상 꼴찌였다.

하지만 토드도 공부 잘하는 아이가 되고 싶었고, 노력도 했다. 한번은 학교에서 '시'를 써 오라는 과제를 내 주었는데, 토드는 3일 밤을 새우다시피 하며 열심히 했다. 시를 본 어머니도 토드 자신도 시가 매우 만족스러웠고 선생님에게 칭찬을 받을 것으로 생각했다.

하지만 평가 점수는 'F'였다. 토드는 그 일을 이렇게 말했다.

"선생님에게 물어봤더니 '네가 썼다고 믿기에는 시 수준이 너무 높아'라고 말씀하셨어요. 그래서 정말 화가 났죠. 제가 어제 일처럼 생생히 기억하는 이 일에서 배운 교훈은 어른들은 '모든 사람은 노력하면 잘된다'고 말하지만 저는 노력을 했어도 F를 받았다는 사실이에요."

어머니는 토드가 과제로 내기 전에 썼던 시의 여러 초안을 선생님에게 가져가 보여 주며 토드가 직접 쓰는 것을 봤다고 변호했지만, 선생님은 전혀 들으려 하지 않았다. 결국, 토드의 성적은 바꿀 수 없었다.

토드는 공부 못하는 아이, 말썽꾸러기, 장애가 있는 아이로 이미 낙인이 찍혀 버렸다. 학교와 친구들은 토드를 믿지 않았다. 그리고 결국 토드도 자기 자신을 믿지 않게 되었다. 토드가 학교에서 자신에 대해 잃어버린 믿음은 세 가지다.

첫째, '기대(expectation)'다. 기대는 자신의 미래에 관한 믿음이다.[2]

토드는 시를 열심히 썼지만, 그에게 돌아온 결과는 최악이었다. 공부를 잘하려고 몇 번이고 노력했지만, 결과는 늘 좋지 못했다. 토드는 자신의 미래를 낙관할 수 없게 되었다.

둘째, 마인드셋(mindset)이다. 마인드셋은 자기 존재에 관한 믿음이며 자신을 바라보는 사고방식이다. 토드는 자신을 말썽꾸러기, 장애를 갖고 태어난 아이라고 낙인찍을 수밖에 없었다. 열심히 하면 성장하게 되고 그것으로 자신의 가치가 향상된다는 생각을 가질 수 없게 됐다. 자신의 실패가 운명처럼 다가왔다.

셋째, 자기효능감(self-efficacy)이다. 자기효능감은 특정한 과제를 수행할 수 있다는 자기 능력에 관한 믿음을 말한다. 토드는 선생님에게 이미 낙인이 찍혔다. 선생님과 친구들의 눈빛에서 '토드는 아무리 노력해도 제대로 할 수 없다'는 마음을 보았다. 이런 상황에서 토드가 자신의 과제 수행 능력을 믿을 수 있었을까?

믿음을 잃어버렸던 아이 토드 로즈는 결국 고등학교를 그만두게 된다.

기대 : 미래 결과에 관한 믿음

긍정심리학의 창시자이자 세계적인 심리학자인 마틴 셀리그먼(Martin Seligman)은 1964년 동료인 스티브 마이어(Steve Maier)와 실험을 시행한다.[3] 우리 속에 개를 가두고 무작위로 예고 없이 5초 동안 전기 충격을 가했다. 하지만 개들이 처한 상황은 달랐다. 한 우리에 갇힌 개는 전기 충격을 받을 때 우리 앞에 있는 패널을 코로 누르면 전기 충격이 바로 사라졌다. 하지만 다른 우리에 갇힌 개에게는 안타깝게도 패널이 없었다. 이렇게 전기를 64번 정도 흘려보낸 다음 두 마리의 개를 원래의 우리로 돌려보내고 다른 개 두 마리를 데려와 똑같은 방법으로 실험을 진행했다.

실험을 마친 다음 날 셀리그먼 팀은 개를 특수 제작한 상자에 넣었다. 가운데에 큰 칸막이가 있는 이 상자는 스위치를 누르면 한쪽 칸에서만 전기가 흐르게 되어 있다. 개는 전기가 흐르는 칸에 있게 된다. 고음의 신호와 함께 그들은 전기를 흘려보냈다. 그런데 흥미로운 일이 발생했다. 하루 전날 패널로 전기를 멈추던 개들은 대부분 칸막이를 넘어 전기가 흐르지 않는 칸으로 도망갔지만, 패널이 없어 전기 충격을 고스란히 받았던 개들의 2/3는 전기가 멈출 때까지 어떠한 시도도 하지 않은 채 낑낑대며 전기 충격을 견뎠다. 이 개들은 '학습된 무기력(learned helplessness)'에 빠진 것이다.

학습된 무기력 실험은 우리에게 두 가지를 말해준다. 전기를 멈추지 못한 개들은 왜 무기력에 빠졌을까? 그 개들도 처음에는 고통에서 벗어나려고 무언가를 시도했을 것이다. 하지만 64번의 전기 충격을 받는 동안 어떤 행동을 하더라도 상황은 바뀌지 않는다는 것을 경험했다. 어떤 몸부림을 쳐도 상황을 바꿀 수 없다는 것을 인지하는 순간 미래에 대한 기대를 접게 된다. 희망이 없다. 미래에 대한 낙관은 말살되고 비관의 그늘이 뒤덮게 된다.

기대를 상실한 이런 무기력이 단지 실험실에서만 형성되는 것일까? 아니다. 우리의 학교에서, 삶에서 매일같이 벌어진다.

더 무서운 사실은 이러한 무기력이 '학습'된다는 것이다. 우리는 보통 무기력한 아이, 활기찬 아이, 비관적인 사람, 낙관적인 사람이 대부분 타고난다고 생각한다. 물론 어느 정도 타고난다. 하지만 실패 경험이 쌓이고 현재 상황을 변화시킬 수 없다는 경험이 누적될 때마다 무기력은 학습되고 인간의 행동을 지배하게 된다.

그러나 희망적인 것은 비관이 학습되듯 낙관도 학습된다는 것이다. 셀리그먼은 이를 '학습된 낙관주의(learned optimism)'라고 불렀다.[4] 연구에 따르면 학습된 낙관주의, 즉 학업 성취에 관한 기대가 높은 학생은 공부를 오랫동안 지속하고 도전적인 학습활동을 선택한다는 것이다. 또한, 낮은 기대를 하는 학생들에 비해 높은 성취를 보인다는 것이 증명되었다.[5]

그렇다면 어떻게 잃어버린 '기대'를 되찾고 미래를 낙관적으로 볼까? 우리는 작은 성공 경험, 강점 주목, 의미와 가치 부여, 성장형 사고방식, 이렇게 네 가지를 통해 상실한 기대를 되찾을 수 있다고 본다.

작은 성공이 이루어낸 큰 성과

"너는 박사과정에 적합하지 않은 것 같다. 다른 일을 찾아보는 게 좋겠어."

교수의 말은 매몰찼다. 이 이야기를 들은 신 박사의 대학원 1년 후배 사가란(스리랑카 출신)은 신 박사와 이야기하다가 엉엉 울고 말았다. 모든 장학금 혜택도 포기하고 패배자로 고향으로 돌아가야 한단 말인가? 사가란은 똑똑했고 실험도 상당히 잘하는 친구였다. 하지만 논문만 쓰려고 하면 감을 잡지 못했다. 또한, 실제로 논문을 쓸 시간을 확보하는 것도 만만치 않았다.

　신 박사가 있던 연구실은 신소재를 소자로 만들어 그 전기적 특성을 실험하는 곳이었다. 우선 소자를 만드는 데 엄청난 시간이 들고 또 계측까지 해서 데이터를 뽑으려면 정말 부지런히 일해도 시간이 부족했다. 특히 장비를 쓰는 시간이 한정되었기 때문에 소자 제작과 계측은 언제나 일의 최고 우선순위였다. 그렇게 실험에 우선을 두다 보니 논문을 쓰는 시간이 매우 제한적이었다. 그리고 사가란은 첫 논문을 잘 써야 한다는 부담감도 매우 컸다. 무언가 열심히 하는데도 지도교수에게 매몰찬 말을 들은 사가란은 절망에 빠질 수밖에 없었다. 희망이 없어 보였다.

　신 박사는 울먹이는 사가란을 먼저 위로해 주었다. 왜냐하면, 신 박사 또한 첫 논문을 쓸 때 사가란과 비슷한 처지였기 때문이다. 하지만 신 박사는 논문의 수준이 어찌 되었건 논문 초안만이라도 완성하면 자신감이 붙는다는 것을 알았다. 그래서 사가란에게 첫 초고가 완성될 때까지는 집에도 가지 말고 다른 실험은 멈추라고 했다. 그렇게 3박 4일을 고생해서 사가란 인생에 첫 논문 초고가 나왔다. 물론 논문의 질은 한참 보완해야 했지만, 드디어 지도교수와 논문을 가지고 이야기를 할 수 있게 된 것이다. 사가란이 대학원에 입학한 지 2년 반 만에 일이었다.

　논문 초고를 완성한 사가란의 이 '작은 성공'의 힘은 대단했다. 사가란은 이후 완전히 자신감을 회복하여 박사 후 과정까지 합쳐서 5개의 일저자 논문을 게재하는 성과를 이루었다. 특히 그중에 하나는 Physical Review Letter라는 가장 권위 있는 저널에 게재되기도 하였다. 짐 싸서 고향으로 돌아갈 뻔했던 사가란은 현재 Global Foundries

라는 세계적인 반도체 기업에서 책임 엔지니어로 근무하고 있다.

기대를 잃어버리는 가장 큰 이유는 성공의 경험을 맛보지 못했기 때문이다. 실패가 누적되면 자신의 미래에 비관적인 관점을 가질 확률이 높다. 그렇다면 어떻게 성공의 경험을 할 수 있을까? 기대수준을 낮춰 작은 성공에 도전하는 것이다. 반에서 꼴찌인 아이가 순식간에 반에서 중간 이상으로 바뀔 수 있을까? 쉽지 않다. 하지만 꼴찌인 그 아이도 성실하게 노력한다면 50등에서 45등까지는 갈 수 있다. 25등을 성공의 기준으로 삼았다면 45등은 또 다른 실패이겠지만, 45등을 성공의 기준으로 삼았다면 이는 작은 성공을 거둔 셈이다. 그리고 이런 작은 성공은 '나도 열심히 하니까 되는구나'라는 '기대'를 가지게 한다. 그리고 그 기대는 그 아이를 더 공부하게 하며 더 높은 학업 성취를 가능하게 한다.

미국의 유명한 재테크 전문가인 데이브 램지에게는 빚이 너무 많아 어찌할 바를 모르는 사람이 많이 찾아온다.[6] 그들 중 대부분은 부채의 늪에 빠져 미래에 대한 기대를 저버린 사람들이다. 그런데 램지는 고객들에게 얼핏 보면 매우 비합리적인 부채 해결책을 제시한다.

먼저 부채 목록을 작성하게 한다. 그런데 적은 금액부터 순서대로 적으라고 한다. 그리고 이자에 상관없이 상환액이 적은 것부터 해결하라고 지시한다. 하지만 이는 매우 손해 보는 일이다. 예를 들어 이자가 거의 없는 공과금과 고금리의 대출이 있다면 금액과 상관없이 이자가 높은 부채부터 갚는 것이 경제적이다. 하지만 램지는 빚이 적은 것부터 갚으라는 것이다. 램지는 이렇게 말한다.

"재정 전문가인 나도 처음에는 항상 수학적 계산부터 시작했다. 그런데 수학적 계산도 중요하지만 때로는 동기부여가 더 중요하다는 사실을 깨달았다. 동기부여를 받으려면 초반의 성공이 중요하다.”

이미 빚에 허덕이는 사람들은 자신의 미래를 낙관적으로 생각하는 사람이 아니다. 계속되는 빚의 증가에 학습된 무기력 상태에 빠질 수도 있다. 이런 사람들이 때로 힘을 내서 한두 달 만에 몇천만에 육박하는 고금리를 갚으려고 시도한다 할지라도 빚 해결이 전혀 안 된다는 느낌을 받게 되면 부채 상환 노력 자체를 포기할 수도 있다. 하지만 작은 부채들을 하나씩 해결하면서 부채 항목을 지워 나간다면 자신의 미래가 바뀔 수 있다는 일말의 ‘기대’를 품게 된다. 그래서 이자에 상관없이 부채가 낮은 항목부터 해결하는 초반 성공 전략이 빚에 시달리는 이들에게 더 도움이 되는 것이다.

작은 성공이 기대를 낳는다.

긍정적 기대가 주는 힘

“앉지 말라고요. 밥 먹는데 기분 나쁘잖아요!”[7]

밥을 먹던 중학생 상혁(가명)이는 엄마가 옆에 앉자 버르장머리 없는 말을 한 뒤 자리를 박차고 자기 방으로 가 버렸다. 상혁이는 어느 순간부터 항상 분노에 차 있었고 엄마를 없는 사람 취급했다. 그런데 상혁이가 원래부터 그런 아이는 아니었다. 아빠의 직장 때문에 일본에서 살았던 상혁이는 초등학교 때만 해도 공부를 열심히 하던 아이였고 엄마와 사이가 매우 좋았다. 문제의 발단은 중학교 때 교육열이 높은 서울로 이사를 온 뒤부터다.

일본에서 선행학습을 하지 않았던 상혁이는 서울 친구들을 따라가기가 버거웠다. 하지만 상혁이를 더 힘들게 한 것은 다름 아닌 엄마의 기대였다. 하루는 한 문제만 틀린 일본어 시험 결과를 엄마에게 보여 준 일이 있었다. 매우 좋은 성적이었고 칭찬을 받을 만했다. 하지만 엄마의 반응은 달랐다. 엄마는 상혁이에게 '일본에 살았는데도 어떻게 틀릴 수 있느냐'며 화를 냈다. 이런 일이 반복되자 상혁이는 절망감에 빠지게 되었다. 상혁이는 이렇게 말했다.

"기대하면 더 망치고 싶어요. 엄마가 저한테 기대하면 그 기대를 부쉬버리고 싶어요. 엄마가 싫어요."

엄마의 기대를 적극적으로 저버리고 싶은 마음이 상혁이를 지배했다. 당연히 자신의 기대마저 상실해 버렸다.

자녀가 A가 하나, B가 넷, F가 하나인 성적표를 부모님께 가져왔다. 그렇다면 부모는 무엇에 관심을 쏟을까? 마커스 버킹엄은 부모 대부분이 A에 주목하기보다 F에 집착하는 경향을 보인다고 말한다.[8] 잘한 점을 칭찬하기보다 문제가 되는 것에 집중해 자녀를 혼내거나 못한 이유를 추궁한다는 것이다.

물론 심리학자들의 연구 결과 사람들은 좋은 사건의 사진보다 나쁜 사건의 사진을 더 오랫동안 보는 경향이 있고, 타인의 좋은 점보다 나쁜 점에 더 집착하며, 긍정적인 기사를 언급하기보다 부정적인 기사를 더 언급하는 경향이 있음을 밝혀냈다.[9] 유독 부모님들만 그런 것이 아니라 대부분 사람이 긍정적인 점보다는 부정적인 점에 더 주목한다는 것이다. 좋은 일도 많았을 텐데 9시 뉴스에는 안 좋은 일만 주로 나오는 것도 그 이유다. 하지만 상혁이의 예에서 보았듯이 너무 단점에만 초점이 모이게 되면 동기부여 자체를 상실할 수 있다. 자신의 장점을 바라보고 미래를 낙관적으로 그리기보다 자신의 문제점에 매몰돼 미래를 비관적으로 보게 되는 것이다. 물론 문제점은 반드시 보완해야 한다. 그러나 장점에 주목하지 못하고 문제점만 바라보게 된다면 문제가 해결되기는커녕 문제의 소용돌이 속으로 빠져 들어갈 수 있다.

상혁이가 엄마에게 하고 싶은 말은 다음과 같았다.

"못한 것만 지적하지 말고 잘한 것도 칭찬해 달라고 (말씀드리고 싶어요)."

F에 집착하지 않고 A의 강점을 마음에 품을 때 미래를 낙관적으로 바라볼 수 있다. 기대는 강점을 먹고 자란다.

'의미'가 선물하는 자신감

미국에서 가장 인기 있는 심리학자 애덤 그랜트는 어느 대학 콜센터 책임자에게 무기력에 빠진 직원들에게 기대감을 주는 방법을 알려달라는 요청을 받았다.[10] 대학 졸업생들에게 기부금 요청 전화를 하는 직원들은 반복되는 거절로 심리적 탈진 상태에 빠진 것이다. 애덤 그랜트는 직원들의 무기력을 없앨 묘수를 생각해 냈다. 그는 직원들을 교육하며 편지 한 통을 읽게 했다. 편지는 장학금을 받은 윌리라는 학생이 보낸 것으로 장학금이 얼마나 자신에게 중요했고 장학금으로 자신의 삶이 얼마나 성장했는지가 담겨 있었다. 5분 분량의 편지가 보여준 위력은 대단했다. 이후 기부금이 세 배나 늘었다.

애덤 그랜트는 생각했다. 직원들이 장학금 수혜자의 편지를 읽는 것이 아니라, 직접 만나면 어떨까. 그래서 다른 교육 때는 장학금 수혜자를 초청해 직원들과 직접 만나게 해 주었다. 그러자 직원들의 생산성이 미친 듯이 상승했다. 기부금액이 다섯 배나 오른 것이다.

어떻게 이런 일이 가능했을까? 계속되는 거절에 직원들은 자신들이 하는 일에 대한 의미를 잃어버리고 무기력에 빠졌다. 하지만 장학금 수혜자의 편지와 직접 만남으로 수많은 거절을 겪으며 받아 냈던 기부금이 학생들의 삶을 긍정적으로 바꾼 것을 확인하자 새 힘을 얻었던 것이다.

실패가 거듭되는 공부나 일을 반복적으로 할 때 우리는 기대를 잃어버린다. 그러나 그때마다 내가 왜 이 공부를 해야 하는지, 이 일의 진정한 가치가 무엇인지를 찾고 상기할 필요가 있다.* 니체는 "살아야 할 이유를 아는 사람은 거의 어떠한 상태에서도 견딜 수 있다."라고 말했다. 비록 비관적인 상황에서 기대조차 찾을 수 없는 상태에 있다 할지라도 내가 하는 것들에 의미를 부여하고 가치를 확인한다면 견뎌내는 힘이 생기는 것이다.

'우리는 왜 공부를 하는 것일까?', '왜 수학을 공부해야 하지?', '왜 책을 읽어야 하나?', '나는 왜 이 일을 하고 있을까?' 등의 해답을 부모님에게, 선생님에게서, 친구들에게서, 멘토에게서, 선배에게서, 책에서 찾는다면 무기력 가운데 다시 한 번 기대를 품게 될 것이다.

그렇다면 기대를 회복하는 마지막 해법은 무엇일까? 바로 '성장형 사고방식'을 갖는 것이다.

##########

* 이번 '신박사의 통찰'에서는 '왜 공부를 해야 하는가?'를 다룬다. 각자 처한 상황은 다르겠지만 큰 틀에서 현재 우리가 하는 공부에 의미 부여를 할 수 있을 것이다.

성장형 사고방식과 고정형 사고방식

미국 미네올라(Mineola)중학교는 매 수업시간 전 다음과 같은 내용이 담긴 동영상을 틀어 주었다.

"우리는 계속 향상되고 있습니다. 어려운 문제에 도전하면서 우리는 점점 더 똑똑해집니다. 장애물은 포기하라는 뜻이 아닙니다. 뭔가 어려운 것은 그것을 극복했을 때 나를 더 강하게 만들어 줍니다. 가장 중요한 건 공부가 여행이라는 것을 아는 것입니다. 여정의 단계마다 성장할 또 다른 기회가 있습니다."[11]

학교의 모든 교사는 학생들이 노력만 하면 언제나 성장할 수 있다는 것을 믿도록 가르친다. 즉, 미네올라중학교는 학생들이 성장형 사고방식을 형성하도록 학교 전체가 노력하는 것이다.

심리학과 대학생이었던 캐롤 드웩은 셀리그먼의 '학습된 무기력' 이론에 크게 감명받았다. 그리고 대학원에 진학해 이 문제를 심도 있게 연구한다. 그리고 연구 도중 학습된 무기력으로도 설명되지 못한 부분이 있다는 것을 깨닫게 된다. 앞서 우리는 계속되는 실패가 기대를 상실시켜 학습된 무기력에 빠진다는 내용을 살펴봤다. 하지만 드웩은 학생들이 비관적으로 된 이유가 연이은 실패가 아니라, 실패를 해석하는 관점일지도 모른다는 생각을 하게 된다.

1975년 드웩은 자기 생각을 증명하고자 실험 하나를 했다.[12] 학생을 두 그룹으로 나누어 모두 수학 문제를 풀게 했다. 그리고 한 그룹에는 주어진 시간 안에 몇 문제를 풀든 상관없이 칭찬해 주었고, 다른 한 그룹에는 수학 문제를 더 풀지 못한 부분을 지적하면서 더 열심히 하면 잘할 수 있다는 이야기를 했다.

그다음 이 두 그룹에 쉬운 문제와 어려운 문제가 섞인 문제를 풀게 했다. 만약 연이은 실패가 문제였다면 칭찬만 들은 그룹은 더 큰 동기 부여를 갖고 어려운 문제 또한 잘 풀었어야 했다. 그러나 결과는 그렇지 않았다. 칭찬만 들은 그룹은 어려운 문제를 쉽게 포기했다. 하지만 '노력'을 강조한 그룹의 학생들은 어려운 문제에 봉착했을 때 더 노력하는 모습을 보였다.

캐롤 드웩은 연구를 통해 인간은 자기 존재에 관한 두 가지 믿음이 있다는 것을 알아냈다. 하나는 자기 자신을 고정적으로 바라보는 것이다. 예를 들어 지능과 성격은 변하지 않는다. 그러므로 모든 사람은 타고난 대로 고정된다고 생각하는 것이다. 이를 '고정형 사고방식'이라고 한다. 반대로 지능과 성격도 변하며 노력만 한다면 모든 사람은 변한다고 믿는 사람이 있다. 이런 사람을 '성장형 사고방식'을 가진 사람이라고 한다. 이 두 가지 사고방식은 공부뿐만 아니라 인생에서 매우 중요한 것이기 때문에 자기 관점, 도전, 실패, 노력, 비판, 다른 사람의 성공 등 6가지 항목으로 좀 더 자세히 살펴보도록 하자.[13]

1) 자기 관점 : 고정형은 지능과 성격이 고정된 것이라고 본다. 하지만 성장형은 지능과 성격은 변한다고 믿는다.

2) 도전 : 고정형은 자기가 잘할 수 있는 것에만 매달리는 경향이 있다. 어려운 도전은 실패했을 때 자신의 이미지가 손상되기 때문에 피한다. 성장형은 도전은 자신을 성장시키는 초석이라고 믿기에 기꺼이 도전한다. 이들은 도전으로 많은 정보를 얻는다.

3) 실패 : 고정형은 실패하면 자아에 위협을 느낀다. 실패를 한 과제
는 피하거나 그 과제 수행은 내 능력으로는 불가항력이라고 말한
다. 성장형은 실패는 그야말로 성장을 위한 과정일 뿐이라고 생각
한다. 실패로 더 많은 것을 배우고 성장한다.

4) 노력 : 고정형은 노력의 가치를 깎아내리는 경향이 있다. '노력해
도 소용없다.'라는 말을 자주 한다. 성장형은 노력의 가치를 매우
높게 본다. 노력하면 성장은 무조건 따라오는 것이라고 믿는다.

5) 비판 : 고정형은 비판을 받으면 존재에 상처를 입는다. 유용한 비
판도 자존심을 상해하며 보통 자기를 무시한다고 생각하거나 비
관에 빠진다. 왜냐면 자신은 고정되었기 때문이다. 성장형은 비
판을 환영한다. 비판으로 성장하고 개선된다고 믿기 때문이다.

6) 다른 사람의 성공 : 고정형은 다른 사람의 성공을 보며 열등의식
을 느끼거나 성공한 사람의 재능을 찬양하는 경향이 강하다. 하지
만 성장형은 다른 사람의 성공을 보며 배울 점을 찾으려고 노력하
며 성공한 사람의 노력에 초점을 맞춘다.

고 작가는 숫자와 통계가 자주 등장하는 경제경영책을 4권 썼고 뇌
과학, 인지심리학, 행동경제학을 중심으로 과학적 사실에 입각한 독서
법책 《어떻게 읽을 것인가》를 썼으며 최근에는 발달심리학, 인지심리
학, 뇌과학, 교육학, 생물학의 연구 등을 바탕으로 《부모공부》라는 양

육서를 썼다. 그래서 고 작가의 과거를 모르는 주변 사람들은 고 작가가 어렸을 때부터 수학과 과학 등에 관심이 많았으리라고 생각하는 사람이 많다. 하지만 고 작가는 전형적인 '수포자(수학 포기자)'였고 '이공계' 쪽은 쳐다보지도 않던 사람이었다.

고 작가는 성실하게 공부하기보다 벼락공부로 시험에 대처하는 학생이었는데, 다른 과목 점수는 고만고만하게 나왔지만 유독 '수학'은 그렇지 않았다. 지금은 선행학습을 많이 하는 편이어서 상황이 좀 다르지만 고 작가의 학창 시절에 막 중학생이 된 아이들에게 가장 어려운 과목은 수학이었다. 왜냐하면, 다른 과목에 비해 난이도가 상당히 올라가기 때문이다. 게다가 수학은 기초가 부족하면 진도를 제대로 따라갈 수 없는 과목이다. 벼락공부로 일관하던 고 작가의 수학 점수는 계속 떨어졌다. 계속되는 점수 하락으로 고 작가가 내린 결론은 무엇이었을까?

"수학은 내 머리랑 맞지 않아. 역시 난 인문 계열 스타일!"

수학 공부를 열심히 하지 않아 성적이 안 나온다는 생각을 하기보다 자신은 수학형 머리가 아니라고 생각하며 상황을 회피해 버린 것이다. 당시 고 작가는 고정형 사고방식의 소유자였음을 알 수 있다. 이렇게 결론을 내리자 고 작가는 마음이 편했다. 하지만 그 이후로 고 작가는 진지하게 수학 공부를 한 적이 없다. 결국, 수학에 대한 기초적인 준비도 제대로 못 한 채 수능까지 봤다(고 작가는 당시에 수학 공부를 제대로 하지 않았던 것을 가장 후회한다).

그런데 이런 문제는 비단 고 작가에게만 국한되지 않는다. 드웩의 연구에 따르면 실제로 초등학교 때에는 고정형과 성장형 아이들의 성적 차이가 별로 나지 않지만, 수준이 높아지는 중학교부터 유의미한 차이가 난다는 것을 알아냈다. 특히 그중에서도 수학에서의 차이는 더 극명하다. 수준이 높고 실패를 많이 하는 과목일수록 고정형과 성장형은 차이가 난다. 왜냐하면, 고정형은 이를 회피하거나 포기하지만, 성장형은 실패에도 불구하고 도전하는 성향이 강하기 때문이다. 자, 그렇다면 어떻게 하면 성장형 사고방식을 가질까?

성장하는 뇌, 뇌 가소성

캐롤 드웩은 2007년 수학 성적이 떨어진 중학교 1학년 학생 91명을 데리고 8번에 걸친 워크숍을 열었다.[14] 전체 학생 중 48명은 수학 공부하는 방법에 대해 배웠다. 하지만 나머지 43명은 공부하는 방법뿐만 아니라 우리의 뇌에 어떤 특성이 있는지에 대해 배웠다. 교육의 내용은 다음과 같았다.

"너희의 두뇌는 고정되지 않았다. 두뇌는 연습으로 단련하는 근육과 같아서 열심히 노력하면 더 똑똑해진다. 너희가 과거에 습득한 기술이나 능력을 생각해 보라. 그리고 그 능력을 익히는 데 연습이 얼마나 중요했는지 생각해 보라. 어떤 것도 단시간에 완전히 익힐 수는 없으니 절대 포기하지 마라."

뇌과학에서 말하는 '뇌의 가소성'을 아이들이 쉽게 이해하도록 풀어준 것이다.* 수업이 끝나고 어떤 아이는 울먹이며 "제가 멍청한 게 아니란 말씀인 거죠?"라고 말한 아이까지 있었다. 연구 결과는 극적이었

||||||||
* 이번 고 작가의 심화에서 '뇌의 가소성'에 대해 자세히 다룬다.

다. 수학 공부법만 들은 48명의 아이는 유의미한 성적 변화가 없었던 반면 성장형 교육을 같이 받은 아이 중 절반 이상이 수학 점수가 향상 됐다.

성장형 사고방식을 형성하는 첫 번째 방법은 우리의 뇌가 성장한다 는 믿음을 갖는 것이다. 솔직히 믿고 말고 할 것도 없다. 뇌과학적 사 실을 그대로 받아들이면 된다. 실제로 인간의 모든 신체는 성인이 되 면서 퇴화하지만, 뇌만큼은 다르다. 뇌는 부지런히 쓰면 쓸수록 신경 간의 새로운 연결을 만들어 내며 성장한다. 이를 뇌의 가소성이라고 한다. 다시 말해 모든 사람의 뇌는 죽을 때까지 성장한다는 사실이다.

게다가 아이큐뿐만 아니라 우리가 절대 변하지 않는다고 생각하는 성격 또한 변할 수 있다. 단 그 변화는 무엇을 믿고 행동하느냐에 따라 달라진다. 뇌도, 지능도, 성격도 변하지 않는다고 생각한다면 실제로 변하지 않을 것이다. 하지만 뇌도, 지능도, 성격도, 그 어떤 것도 노력 을 통해 바뀌고 성장한다고 믿는다면 그렇게 될 확률이 높다. 대학교 에 들어갔다고 직장에 들어갔다고 공부가 끝나는 것이 아니다. 성장형 사고방식을 가진 사람일수록 나이가 들어서도 공부를 열심히 하는 경 향이 강하다. 당연히 공부하지 않는 사람과는 비교할 수 없는 만큼의 많은 성과를 낸다.

성장형 사고방식을 가지는 두 번째 방법은 실패에 대한 개념을 바꾸 는 것이다. 앞서 살펴보았듯이 고정형과 성장형을 가르는 가장 중요한 핵심은 실패를 경험했을 때다. 고정형은 실패에 직면했을 때 자아에 위협을 느끼는 뇌파를 내보낸다.[15] 그래서 결국 회피하거나 포기하거 나 모든 것은 재능이고 운명인 듯이 합리화시킨다.

한 연구에서 프랑스 6학년 학생에게 아무도 풀지 못하는 어려운 문제를 주었다.[16] 모든 학생에게 실패를 맛보게 한 후 절반의 아이에게는 어려움은 학습에서 꼭 필요하며 실패를 통해 더 성장할 수 있다는 10분짜리 강의를 들려줬다. 나머지 절반의 아이들에게는 문제를 풀기 위해 어떤 시도를 했는지를 물었다. 이후 모든 학생에게 단기기억을 측정하는 매우 어려운 시험을 보게 했다. 시험 결과 10분짜리 강의를 들은 아이들의 압승이었다. 학습에 있어 실패와 실수가 자연스러운 현상이며 오히려 그런 과정을 통해 성장한다는 개념을 세우는 순간 아이들은 어려운 문제에 굴복하지 않은 것이다. 이와 비슷한 변형 연구에서도 결과는 같았다.

공부하든 일을 하든 결국 실패는 겪을 수밖에 없다. 문제는 그 실패를 어떻게 받아들일 것이냐다. 실패를 성장을 위한 발판이라고 믿을 때 성취도는 올라갈 수밖에 없다.

이 책의 11장 〈창의성〉 편에서 실패의 위대함을 자세히 다루니 꼭 읽어 보길 바란다.

미국 미네올라중학교의 한 선생님이 학생들에게 이렇게 말했다.

"문제를 두 번째 풀 때 더 잘하게 된 사람 모두 일어나 보세요!"

반 아이 전체가 자리에서 일어섰다. 모두 '성장'했다고 합창이라도 하듯이.

능력에 관한 믿음, 자기효능감

스웨덴 북부 산골 마을에서 자란 군데르 헤그는 어렸을 때 숲에서 달리는 것을 매우 좋아했다.[17] 매번 열심히 달리기하는 군데르를 흐뭇하게 바라보던 아버지는 어느 날 군데르가 얼마나 빨리 달리는지 알아보기로 했다. 아버지는 1,500미터 정도 되는 길을 찾았고 아들을 뛰게 했다. 군데르가 결승선에 도착했을 때 아버지는 기록이 4분 50초라고 말하며 아들을 칭찬해줬다.

실제 어린 나이에 그것도 숲에서 1,500미터를 4분 50초에 달린다는 것은 놀라운 일이었다. 군데르는 자신의 능력에 대해 믿음이 생겼고 이후 진지하게 육상 훈련을 시작했다. 결국, 군데르는 1940년대 초반 세계 기록을 15개나 깰 정도로 엄청난 선수가 된다.

군데르는 아버지가 말한 기록을 들었을 때 강력한 '자기효능감'을 얻은 것이다. 자기효능감이란 어떤 것을 달성할 때 필요한 행동을 조직화하고 시행하는 개인의 능력에 관한 믿음을 말한다. 다시 말해 공부나 프로젝트 등 미래에 요구되는 과제 능력을 판단하는 자기 판단 기준이다.

자기효능감은 특히 학업에서 결정적인 역할을 한다. 콜린스 연구팀의 연구를 보자.[18] 콜린스는 수학 성적이 낮은 학생, 중간 학생, 높은 학생을 선발해서 학생들은 절대 풀지 못할 어려운 문제를 풀게 했다. 그리고 문제를 풀기 전에 각각의 집단 학생들에게 수학 풀이 능력에 관한 자신감에 대해서도 미리 조사했다. 연구 결과는 흥미로웠다. 난해한 수학 문제에 더 많이 도전하고 더 좋은 전략을 세우려고 한 학생은 수학 점수와는 상관이 없었다. 오히려 수학에 대한 자신의 능력에 관한 믿음이 더 큰 상관관계로 나왔다.

그동안 여러 연구에서 '자기효능감이 높은 학생일수록 더 높은 목표 달성을 위해 노력하고, 꾸준한 학습 전략 개선을 위해 노력하며, 또 실패와 무관하게 어려운 도전 과제를 수행하는 경향이 강함'을 밝혀냈다. 결론적으로 자기효능감은 실제 학생의 학업 성취도를 올려 주고 미래의 학업 성취도에 가장 강력한 예측 변수가 된다. 물론 학업뿐만 아니라 거의 모든 과제에도 자기효능감은 매우 중요한 역할을 한다.

그렇다면 자기효능감을 어떻게 높일 수 있을까? 자신의 잠재력을 높게 보는 것이 그 해답이다.

믿음과 잠재력

하버드대학 심리학자인 로버트 로젠탈은 샌프란시스코의 한 초등학교 교장이었던 레노어 제이콥슨과 함께 유치원부터 초등학교 5학년까지의 18개 학급의 학생에게 인지능력 평가를 시행했다.[19] 이 시험은 어휘력과 추론 능력을 객관적으로 측정하는 시험이다. 시험 이후 20퍼센트의 학생은 지적 잠재력이 뛰어난 영재로 분류되었다. 로젠탈은 시험 결과를 교사들에게 알려 주며 20퍼센트에 속한 영재들은 지금 당장 큰 차이를 보이지 않더라도 1년 후에는 상당한 성장이 있을 것이라고 암시했다.

그리고 실제로 1년 후에 20퍼센트의 영재 그룹에 속한 아이들은 다른 아이들보다 더 높은 점수를 받았으며 아이큐 또한 더 많이 올랐다. 2년 후에는 그 차이가 더 벌어졌다.

그런데 이 실험에는 한 가지 함정이 있었다. 로젠탈이 분류한 20퍼센트의 학생은 실제 인지능력 평가 시험에서 높은 점수를 받은 아이들이 아니었다. 점수에 상관없이 그냥 무작위로 20퍼센트를 선별한 것이었다. 군데르의 아버지도 로젠탈과 마찬가지였다. 아버지는 군데르가 처음 1,500미터를 달릴 때 기록이 4분 50초라고 말했지만, 실제 군데르의 기록은 5분 50초로 매우 평범했다. 아버지는 아들에게 거짓말을 했던 것이다!

이 실험은 우리에게 두 가지 시사점을 던져준다. 먼저 권위 있는 사람이 자신의 잠재력을 믿어 줄 때 자신도 그 잠재력을 믿는다는 것이다. 그리고 자신의 잠재력을 높게 평가할 때 그것은 자기실현적 예언이 되어 능력을 가졌다고 믿는 잠재력까지 끌어올리려고 노력한다.

다른 하나의 시사점은 교사의 중요성이다. 실제로 교사가 잠재력이 있다고 믿은 학생에게는 관심을 더 기울이고 격려하며 자신감을 불어넣어 주었다. 피드백을 더 꼼꼼하게 했으며 더 따뜻하게 대화했다고 한다. 당연히 반대의 경우도 생각해 볼 수 있다. 토드 로즈의 교사처럼 어떤 아이의 잠재력이 없다고 생각하면 그 또한 자기실현적 예언이 될 수 있다. 교사로 인해 아이의 잠재력이 말살되어 버리는 것이다. 이런 자기실현적 예언은 아이들뿐만 아니라 성인의 연구에서도, 일터를 연구한 결과에서도 지속해서 나타나고 있음이 증명되었다.

신 박사도 온라인 상담과 오프라인 모임으로 만난 친구들을 통해 자기실현적 예언의 중요성을 자주 경험하였다. 신 박사의 멘티들 중에는 성적을 극적으로 향상한 친구들이 상당히 많다. 그중에서도 학과에서 처음으로 1등을 한 현식(가명) 군의 이야기를 들어 보자.

"한번은 박사님이 '시험을 못 보는 것은 능력이 부족한 게 아니라 공부를 충분히 안 해서 그런 것이다'라고 말씀해 주셨습니다. 또 어설프게 공부해서 '시험에 질질 끌려다니지 말고 제대로 공부해서 우리 자신을 평가해 보는 게임처럼 생각하라'고 충고해주셨습니다. '이건 단순히 점수의 문제가 아니라 시험에 관한 관점과 태도가 핵심'이라고 이야기해 주셨습니다. '모두가 대단한 일을 할 수 있지만, 대부분은 시험이 삶의 한계가 되고 한계가 확장되어서 시험이 인생의 목표가 된다'고 하셨습니다. 그러니 '반드시 시험을 뛰어넘으라'고 조언해 주시면서 '제대로 꾸준히 하면 누구나 이겨낼 수 있다'고 격려해 주셨습니다. 그 말을 들었을 때 사실 충격이었습니다. 시험은 제 평생에서 언제나 저보다 더 거대한 존재였습니다. 하지만 박사님의 조언을 들은 후 완전히 관점이 바뀌었고 성적을 받기 위해 시험을 보는 것이 아니라 저 자신이 얼마나 제대로 알고 있는지 확인하기 위해 시험을 보고 싶어졌습니다. 살면서 처음으로 (여전히 힘들었지만) 공부를 신나게 했습니다. 그리고 모든 시험을 주어진 시간보다 훨씬 빨리 풀고 나왔고 저는 학과에서 1등을 하고 처음으로 성적 장학금을 받았습니다."

모두가 잠재력이 있음에도 불구하고 그 존재조차 잘 모르기 때문에 시도조차 안 하는 것이다. 신 박사는 수많은 상담을 통해 할 수 있다는 잠재력만 확인시켜 줘도 생각보다 많은 친구가 자신의 한계를 극복하는 사례를 자주 경험한다.

그런데 자기의 잠재력을 인정해 줄 사람이 없다며 슬퍼하지 말자. 결국, 믿는 주체는 다른 사람이 아니라 자기 자신이다. 우리는 이 책으로 당신의 잠재력이 어마어마하다는 것을 과학적인 근거를 갖고 계속 말해 줄 것이다. 이 책이 당신의 자기효능감을 올려 주리라고 우리는 확신한다.

고등학교를 중퇴한 토드 로즈의 삶은 어떠했을까?[20] 한번 상상해 보자. 당신이 고등학교를 중퇴했다. 당신은 그 뒤에 무엇을 하며 살았겠는가? 토드는 고등학교를 중퇴하고 바로 결혼을 했다. 그리고 아빠가 된다. 가장이 된 토드는 여러 개의 직업에 종사하며 돈을 벌었다. 고등학교도 나오지 못한 학력 때문에 봉급도 매우 적었다. 토드는 그저 현실에 닥친 문제를 해결하기 위해 전전긍긍하며 살았다.

그런데 어느 날 토드의 아버지가 공부를 더 하라고 권유한다. 좀 더 멀리 바라보고 새로운 일에 도전하라는 이야기였다. 토드는 부모님을 신뢰했다. 토드가 학교에서 말썽꾸러기 문제아, 공부 못하는 아이로 낙인을 찍힐 때에도 부모님은 토드를 믿었기 때문이다. 토드가 가져온 성적표는 아들에 대해 모두 말해 주지 않는다고 믿었으며, 토드가 가진 잠재력은 아직 꽃핀 것이 아니라고 생각했다. 토드의 학교 생활은 지옥 같았지만, 토드가 버틸 수 있었던 것은 부모님의 사랑과 믿음 때문이었다.

토드는 아버지를 믿고 야간대학에 진학했다. 그리고 공부를 시작하면서 자신에게 있었지만, 학교에서 사라져 버린 '엄청난 긍정 에너지'가 부모님의 신뢰에 힘을 얻어 토드를 변화시켰다. 공부는 더 재미있어졌고 무엇이든 더 잘할 수 있다는 믿음도 생겼다. 그리고 그는 부인의 도움으로 학업에 더 매진했고 끝내 더 높은 학위까지 성취하게 된다.

토드 로즈는 현재 하버드대학원 '교육학' 교수로 재직 중이다.

왜 공부해야 하는가?

　우리가 공부라는 단어를 들을 때 직관적으로 함께 떠오르는 단어는 바로 '시험'이다. 또 여기서 우리가 말하는 시험의 핵심 내용은 '경쟁'과 '평가'이기 때문에 많은 사람이 공부라고 말하면 본능적으로 싫은 감정부터 들 것이다. 그렇다면 우리는 왜 공부를 해야 하는가? 단지 시험을 잘 보고 경쟁에서 이기려고 죽어라 공부해야 하는가? 결론부터 말하면 절대 아니다. 각자가 공부해야 하는 절대적 이유는 당연히 다르다. 이제부터 공부 덕분에 인생이 풍요로워진 나의 경험을 바탕으로 왜 공부해야 하는지 함께 이야기 나누어 보려고 한다.

　내 대학교 최종 졸업 학점은 4.02다. 그 말은 평균적으로 모두 A 학점을 받았다는 뜻이다. 그러면 나는 공부를 잘한 것인가? 아니다. 나의 졸업 학점이 높은 이유는 단 하나다. 장학금을 받으려 했기 때문이다. 금전적인 혜택을 보려고 나는 공부가 아닌 일종의 '일'을 한 것이다. 쉽게 생각하면 이런 것이다. 운동과 노동은 다르다. 열심히 육체적으로 일하면 근력이 강해지고 또 살도 찌지 않을 것이다. 하지만 그렇다고 몸이 건강해진다고는 말할 수 없다. 잘못된 자세로 너무 무리해서 일하면 건강을 해치기도 할 것이다. 하지만 운동은 다르다. 체계적으로 약한 신체 부분을 강화하는 운동을 꾸준히 한다면 우리는 건강해진다. 내가 대학에서 했던 것은 나 자신의 발전을 위한 정신적 '운동'이 아니라 생계 해결을 위한 정신적 '노동'이었다.

성적을 잘 준다는 과목을 어떻게든 수강하고 지난해 시험문제를 구해 달달 외워서 시험을 봤지만, 사실 나는 졸업 후 전공과 관련해 아는 것이 별로 없었다. 그 부작용은 대학원에서 고스란히 나타났다. 공부로 학문적 기초를 쌓지 못했기에 심화과정 수업에서의 고통은 상상을 초월했고 또 실험할 때도 주인을 잘못 만난 불쌍한 손발은 보통의 대학원생보다 10배 이상은 고생을 했다.

내가 제대로 공부한 시기는 대학원을 입학하고 나서가 아닌가 싶다. 그것도 능동적으로 한 것은 아니고 대학원에서 퇴학당하지 않으려고 반강제적으로 했다. (싱가포르국립대학은 대학원 수업에서 학점이 평균 B가 되지 않으면 처음에는 장학금 수혜 자격이 박탈되고, 다음 학기에도 학점 조건을 충족하지 못하면 퇴학당한다. 또 박사 자격시험이 두 번 있는데, 각각 두 번 안에 통과하지 못해도 퇴학당한다.) 혼자서 전공서적을 완독하며 공부한 것이 인생에서 처음이었다. 반강제적으로 시작한 공부지만 그렇게 제대로 공부하니 내공이라는 것이 조금씩 쌓이고, 시야가 서서히 깊어지고 넓어졌다. 어느 정도 수준이 되자 혼자서도 연구수행이 완벽하게 가능해졌다.

그러니까 왜 공부를 해야 하는가에 대한 첫 번째 답을 찾자면 그것은 바로 '소통'이다. 소통할 수 없다면 인간은 더는 사회적 동물이 아니다. 여기서 말하는 소통은 단순히 대화를 나누는 것이 아니다. 소통의 핵심은 서로의 존재를 인정해 주는 것이다. 그렇다면 우리의 존재는 무엇일까? 어떤 두 사람이 뇌를 서로 바꿀 수 있다고 가정해 보자. 바꾼 후에 누구를 자신이라고 말할 것인가? 원래 몸이 나 자신인가 아니면 뇌가 이식된 쪽이 자신인가? 뇌를 통해 사고(think)하는 쪽이 자신일 것이다. 그 말을 다르게 표현하면 결국 우리의 정체성은 생각으로부터 나오며, 존재를 인정받는다는 것은 생각을 인정받는다는 말과 같다. 그렇게 서로의 생각을 온전하게 표현하고 이해하여 제대로 된 소통을 하는 데 가장 밑받침이 되는 행동이 바로 공부이다.

앞에 언급된 나의 대학원 생활을 좀 더 이야기하면, 그렇게 연구라는 것을 통해서 첫 논문이라는 것을 발표했다. 논문을 좋은 저널에 발표하는 것은 상당한 노력과 기술을 요구하는 일이다. 첫 논문을 발표해서 좋았지만, 진짜 내가 느낀 희열은 따로 있었다. 바로 논문이 인용되는 순간이다. 매우 기뻤던 나머지 아직도 기억이 난다.

첫 번째로 인용한 곳은 이탈리아의 한 대학교였다. 곧이어 두 번째 인용이 있었는데 일본의 한 연구자였다. "와! 이탈리아랑 일본에서 내 논문을 읽었네!" 그리고 내가 한 일이 누군가의 연구에 도움이 되었다는 사실이 너무 신기했다(현재 이 논문은 200번 이상 인용되었다). 이때 기분이 얼마나 좋았는지 페이스북을 통해 표현해 보면, 누군가 예쁘게 머리를 했다거나 또는 공모전에서 수상했다는 내용을 사람들에게 자랑하고 싶어서 게시했다고 하자. 보통은 10~100명 정도의 사람이 '좋아요'를 눌러 주었다면 인용이 되었을 때 기분은 '좋아요' 10만 개를 받은 느낌이었다.

이건 비단 논문에만 해당하는 이야기가 아니다. 깊이 있는 공부를 통해 우리의 생각을 제품으로 만들거나 글을 쓰거나 요리하는 등 다양한 방법으로 세상 사람들과 소통할 수 있다면 그것만큼 우리 자신을 인정받는 일은 없을 것이다. 또 공부로 축적한 내공으로 다른 사람의 숨어 있는 진가를 발견하고 인정해 주는 것만큼 값진 소통도 없을 것이다.

공부해야 하는 두 번째 이유는 바로 '생존' 때문이다. 시험을 잘 보는 것은 생존 방법에 있어 극히 일부일 뿐이다. 또 어느 시점에 가면 시험을 잘 보는 것만으로는 사회적 생존이 불가능해지는 시점이 온다. 단순히 정해진 답을 찾으려고 하는 공부가 아니라 문제를 스스로 정의하고 존재하지 않는 답을 만들어 내는 단계가 우리 자신을 위한 참 공부의 시작이 아닐까 한다.

나는 공학박사 학위를 받고 대기업 개발실에서 경력을 쌓았기에 디스플레이 양산공정에서는 어느 정도 전문가라고 말할 수 있었다. 하지만 34세에 본격적으로 뛰어든 출판계에서는 완전 초보나 다름이 없었다. 세상에는 좋은 책이 정말 많다. 하지만 모든 좋은 책이 베스트셀러가 되는 것은 아니다. 너무나 안타깝게도 적절하지 못한 마케팅 전략 때문에 많은 좋은 책이 빛도 보지 못하고 사장되는 경우가 많다.

당시 나에게 출판은 단순히 내가 아는 지식을 전파하는 일이 아니라 가족의 생계가 달린 일이었다. 정말로 절박했다. 그래서 더 이상 노력할 수 없을 정도로 열심히 출판마케팅을 공부했다. 기존에 발간된 책으로 공부한 게 아니라 공학적 배경을 살려서 직접 숫자들을 연구했다. 각종 소셜미디어 게시물의 반응과 책 판매 순위의 상관관계를 찾으려고 무던히 노력했다. 쉽게 관계는 보이지 않았다. 그러던 중에 깨닫게 된 사실은 단어장 《BIGVOCA》 제작에서도 핵심적인 역할을 했던 '멱법칙'이 책 판매 분

포에서도 똑같이 적용된다는 사실이었다. 그래서 큰 골격을 잡고 계속 연구를 해서 게시물 반응과 책 판매 순위에 관한 어느 정도의 관계를 파악하게 되었다. 새롭게 나오는 책들의 게시물 반응을 확인하고 책 판매 순위를 예측하면 70퍼센트 정도는 예상 범위에서 벗어나지 않았다. 그렇게 출판 준비를 철저하게 조사한 자료에 근거해서 진행했고, 그 결과 첫 번째 에세이는 분야별 베스트셀러가 되었고 다음 단어장은 종합 베스트셀러라는 성과를 만들었다. 올바른 학습 능력은 생존을 위한 가장 완벽한 전략이다.

마지막으로 공부를 해야 하는 이유는 '즐거움'이 있기 때문이다. 보통 공부를 재미없어 하는 사람들의 특징은 삶에 내가 공부한 것을 잘 적용하지 못했기 때문이다. 공부하면 얼마나 재미있는지 구체적인 사례를 들어 보면 이렇다. 유럽으로 여행을 가거나 교환학생으로 가는 지인이 있으면, 나는 그들에게 가기 전에 유럽에 관한 역사책이나 그 나라를 알려 주는 책을 최소 한두 권 정도 읽고 가라고 조언한다(책 읽는 게 싫다면 초등학생들이 보는 만화로도 된 책이라도 읽으라고 했다).

그렇게 조언하면 보통 60퍼센트 이상의 반응은 똑같다. "나 유럽사 책 많이 읽어 봤는데!" 그러면 나는 다시 질문했다. "독일하고 프랑스가 사이가 좋을까? 독일과 영국 사이가 좋을까?" 그 답에 역사적 사례를 근거로 제대로 설명하는 사람은 거의 없었다. 책을 읽었지만, 너무 예전이라서 내용을 기억하지 못하거나 읽을 당시 제대로 이해하지 못한 경우가 다반사다. 내 조언을 받아들여 책을 읽고 간 친구들이 돌아왔을 때 내게 한 말은 "너무 감사하다."였다. 비록 깊지 않은 지식이지만 전반적인 유럽의 역사적, 지정학적 역학구조를 이해하고 가서 훨씬 많이 보고, 느끼고, 또 현지인들과도 대화를 많이 나눌 수 있었다는 것이다. 그게 바로 공부의 힘이고 또 힘에서 나오는 재미다.

공부에 재미가 붙어 파고들기 시작하면 본인도 예상 못 한 성과를 낼 수 있다. 15개 국어 이상을 구사하며 언어의 괴물이라는 별명으로 불리는 신견식 씨에게 어떤 기자가 어떻게 그렇게 많은 언어를 할 수 있느냐고 묻자 답은 다음과 같이 돌아왔다.[21]

"딱히 어떻게 했기 때문에 언어를 많이 구사하게 됐는지는 모르겠습니다. 하지만 영어 black(검정)과 프랑스어 blanc(하양)이 한 뿌리임을 알게 됐을 때의 감동. 하양과 검정이 한 뿌리라니. 독일어 blank(빛나는 반짝이는)에 원뜻이 남아 있듯, 프랑스어 blanc의 기원을 거슬러 올라가면 '빛나다 불타다'의 의미라는 것. 하얗게 불타는 존재와 다 타서 검게 그을린 존재가 나란히 있는 세계라는 것을 깨달았을 때의 감동을 잊을 수 없습니다."

이렇게 공부의 재미에 빠져서 꾸준하게 그 즐거움을 추구한다면 그 분야의 전문가 수준의 경지까지도 오를 수 있다.

또 공부해서 얻는 즐거움의 백미는 바로 '나눔'이다. 삼성에 입사했을 때 상대적으로 어린 나이에 과장으로 입사해서 나보다 나이가 많은 대리, 사원들은 나를 탐탁하지 않게 대했다. 회사에서 일한 시간도 짧고 또 나이도 어렸지만 그래도 관련 지식은 그들보다 적지 않았다. 특히 논문을 읽는 것은 박사과정을 하면서 내가 훨씬 많이 공부했기에 연구 경험이 적은 동료들을 도와줄 수 있었다. 그렇게 한 명 두 명 논문이나 특허 읽기와 작성을 도와주면서 자연스럽게 동료들과 친해질 수 있었다.

돈은 나누면 반이 된다. 하지만 내가 공부해서 얻은 지식은 나누면 두 명이 아는 것이 되기 때문에 두 배가 된다. 나눌 때마다 두 배가 된다니 이보다 좋은 일이 어디 있겠는가? 제대로 공부를 해서 내공을 꾸준히 쌓으면 더 많이 더 깊게 볼 수 있어서 인생을 더욱 다채롭게 살 수 있고, 또 그 과정에서 얻은 지식을 주변 사람들과 나눔으로써 훨씬 더 정신적으로 풍요로운 삶을 추구할 수 있다. 이렇게 공부를 하면 즐거워진다. 지금 당장 공부하고 싶지 않은가?

뇌는 변한다

런던의 도로는 파리나 도쿄 등 여러 도시와는 다르게 도로가 매우 복잡하다.[22] 도로는 미묘한 각도로 휘어져 있고 일방통행로도 많고 막힌 길까지 있다. 아마도 운전을 한다면 일방통행로가 많으면 얼마나 골치가 아픈지 잘 알 것이다. 설상가상, 런던은 주소 체계가 세계적 도시라는 명성에 비해 매우 불규칙해서 처음 가는 사람이 주소만으로 원하는 목적지를 찾으려면 대단한 용기와 지혜가 필요하다.

만약 당신이 내비게이션도 없이 이런 도시 구석구석을 가야 한다면 얼마나 힘들지 상상해 보라. 그런데 이 일을 제대로 해내는 사람들이 있다. 바로 런던 택시기사들이다. 2만 5천 명의 런던 택시기사는 세계 여느 나라의 택시기사보다 자격증 따기가 힘들다. 런던 도시 대부분을 알고 있어야 할 뿐만 아니라 A지점에서 B지점까지 가는 데에 최적의 코스로 주행할 줄 알아야 하기 때문이다. 특히 런던의 핵심인 채링크로스 반경 9킬로미터 이내 지역은 핵심 건물 하나까지도 꿰뚫고 있어야 한다. 이곳에만 2만 5천 개의 거리가 있다. 아마도 장소에 대한 기억력과 길 찾기 능력에서는 런던 택시기사가 세계 최고의 집단임을 부인하기는 힘들 것이다.

우리는 이런 말을 들으면 그저 감탄만 하겠지만, 뇌 과학자들은 다르다. 이들의 뇌 속을 알고 싶어 한다. "과연 그들의 머릿속에 담긴 장소 관련 능력이 뇌를 어떻게 변화시켰을까?" 이런 의문을 가진 뇌 과학자들은 2000년에 16명의 런던 택시기사의 뇌를 촬영했다. 그리고 비슷한 연령대의 일반 남성 50명의 뇌와 비교했다.

비교 결과 해마에서 두드러진 차이가 있음이 밝혀졌다. 런던 택시기사들은 해마의 뒤쪽 부분이 일반 남성들보다 상당히 큰 것이다. 해마는 기억을 담당하는데 특히 뒤쪽은 공간 탐색이나 사물의 위치 기억에 특화되어 있다. 그런데 더 흥미로운 사실은 택시기사들 사이에도 차이가 났다는 점이다. 런던 택시기사로 경력이 오래된 사람일수록 해마가 더 컸다.

지금까지의 연구를 보면 장소를 외우고 장소를 탐색하는 일을 많이 하면 해마가 커진다는 논리가 성립될 것 같지만 원래 해마가 큰 사람이 런던 택시기사에 합격하고 더 오래 일한다고 생각할 수도 있다. 뇌가 변하기보다 그런 뇌를 타고나서 혜택을 받는 것으로 말이다.

연구팀은 진짜 그런가를 알아보는 실험을 했다. 연구팀은 실험 대상을 세 그룹으로 정했다. 첫 번째 그룹은 시험에 통과한 새내기 택시기사, 두 번째 그룹은 공부는 많이 했지만 시험에 통과하지 못해 기사가 되지 못한 사람들, 세 번째 그룹은 일반인이었다. 이 세 그룹의 뇌를 촬영해 본 결과 해마 크기의 유의미한 차이를 발견하지 못했다. 그리고 4년 후에 다시 이들의 뇌를 촬영해 보았다.

결과는 명확했다. 일반인과 시험에 합격하지 못한 사람들은 해마의 변화가 없었다. 하지만 시험에 합격해 실전에서 복잡한 런던 도시를 누비고 다녔던 택시기사들의 해마는 커져 있었다.

이 연구가 시사하는 바는 무엇일까? 우리는 성인이 되면 머리가 굳는다고 생각한다. 일리가 있다. 신체 대부분이 성인이 되면 성장을 마감하고 서서히 노화의 길을 걷기 때문이다. 물론 뇌도 노화를 하지 않는 것은 아니지만 놀라운 사실은 뇌를 많이 쓰면 뇌가 '해부학적'으로 변한다는 사실이다. 그것도 성인의 뇌가 말이다.

뇌의 질량은 1.4킬로그램이고 사람 몸무게의 2퍼센트에 불과하다. 하지만 뇌는 인간의 생명 유지에 필요한 에너지의 20퍼센트를 소모한다. 심지어 머리가 큰 신생아의 경우는 총 에너지의 65퍼센트까지 필요로 한다. 뇌의 압도적 지위를 엿볼 수 있다.[23]

인간의 뇌에는 약 1,000억 개의 신경세포(뉴런, neuron)가 있다. 뉴런에서는 축삭돌기라는 아주 미세한 가지가 뻗어 나오는데 축삭돌기는 수상돌기라고 하는 다른 뉴런의 중심부로 뻗어 간다. 이것을 신경섬유라고도 한다. 축삭돌기와 수상돌기가 만나면 시냅스(synapse)가 만들어지고 시냅스를 통해 뉴런 사이에서 정보가 공유된다. 뉴런이 신호를 보내는 방법은 전기 신호인데 빠를 때는 1초에 100미터의 속도로 우리 몸 구석구석까지 필요에 맞게 신호들을 전달한다. 뉴런은 전기 신호를 받으면 시냅스를 통해 화학적 형태의 신경전달물질을 내보내는데 결국 전기적 신호에 의한 화학물질의 분비로 뉴런 간에 소통하는 것이다. 신경전달물질은 우리가 자주 들어 본 도파민, 엔도르핀, 세로토닌 등으로 약 100종류가 넘는다.

'뇌가 커졌다'거나 혹은 '해부학적으로 변했다'고 하는 것은 바로 뉴런 간의 연결이 더 많아졌다는 것을 의미한다. 하나의 뉴런에는 천 개에서 많게는 만 개에 가까운 신경섬유를 가진다. 심도 있는 공부와 강도 높은 훈련을 하게 되면 신경섬유의 연결이 촘촘해진다. 기존에는 초당 몇 킬로베이스(kb)를 보내는 모뎀 수준이었는데, 10년 넘게 특정 분야의 공부를 열심히 했더니 뇌가 초당 1기가를 내보내는 광케이블로 변했다고 생각하면 된다. 그리고 뇌가 해부학적으로 변하는 것을 '뇌의 가소성'이라고 한다.

이렇게 정리할 수 있겠다. 우리가 공부를 열심히 하면 뇌가 변한다. 변한 뇌는 그 공부를 더 잘하도록 돕는다. 특정 영역에서 '노력'을 많이 하면 그 영역에 한해서는 머리가 좋아지는 일이 발생한다는 것이다. 이런 뇌의 가소성은 우리가 죽을 때까지 이어진다. 결국, 우리는 머리를 쓰는 공부에 한해서는 죽을 때까지 성장하도록 창조되었다는 것이다. 뇌의 가소성은 당신이 성장형 사고방식을 갖게 하는 가장 탄탄한 물리적 근거다. 이 과학적 사실을 받아들이는 것만으로도 당신은 고정형 사고방식을 떨쳐 버리고 성장형 사고방식으로 갈 수 있는 큰 힘을 얻을 수 있다. 당신의 뇌는 죽을 때까지 변화하고 성장할 수 있다는 것을 절대로 잊지 말자.

뇌의 가소성뿐만 아니라 우리 뇌의 놀라운 점은 한두 가지가 아니다. 뉴욕시립대학교 물리학 교수인 미치오 카쿠는 뇌는 지금까지 우리가 알고 있는 모든 물체 중에서 가장 복잡하다고 이야기한다. 그의 말을 들어 보자.[24]

"이 점을 이해하기 위해, 계의 복잡한 정도를 '계에 저장될 수 있는 정보의 양'으로 가늠해 보자. 정보의 양에 관한 한, 우리 몸 안에서 두뇌와 경쟁할 만한 상대는 DNA뿐이다. 우리 몸속 DNA에는 약 30억 개의 핵산이 존재하며, 각 핵산은 A, T, G, C 중 하나의 염기를 포함한다. 그러므로 DNA에 저장되는 총 정보량은 $4^{30억}$이다. 그러나 두뇌는 1천억 개의 뉴런으로 이루어졌고 각 뉴런은 활성 상태나 비활성 상태에 놓일 수 있으므로, 두뇌가 취할 수 있는 초기 상태는 $2^{1천억}$ 가지나 된다. 게다가 DNA의 정보는 고정되어 있지만, 두뇌의 정보는 수백 분의 1초마다 변한다. 아주 간단한 생각을 할 때조차 뉴런은 수백 단계에 걸쳐 활성화된다. 그러므로 두뇌에 저장되는 정보의 양은 최소 $(2^{1천억})^{100}$ 이상이다. 그런데 두뇌는 밤낮을 가리지 않고 항상 무언가를 계산하므로 일반적으로 뉴런이 N 단계에 걸쳐 활성화된다면 총 정보량은 $(2^{1천억})^N$이며, 이 값은 상상할 수 없을 정도로 크다. 간단히 말해서, 두뇌에 저장되는 정보의 양은 DNA와 비교가 안 될 만큼 방대하다. 이것은 (인간을 제외한) 태양계에 저장할 수 있는 정보의 양보다 많으며, 아마도 은하수 전체의 정보를 합친 것보다 많을 것이다."

인간의 뇌는 신비 그 자체다. 이런 정보량 측면과 아울러 뇌는 정보를 처리하는 방법도 남다르다. 우리의 뇌는 정보를 처리할 때 계열처리(serial processing)를 하는 것이 아니라 병렬처리(parallel processing)를 한다.[25] 계열처리는 일반적인 컴퓨터가 하는 방식으로 정보를 처리할 때 순서에 따라 계열적으로 처리된다는 것이다. 하지만 뇌는 병렬처리이기 때문에 정보를 뇌 전체가 동시에 처리한다. 예를 들어 우리 뇌는 망막을 통해 들어오는 100만 개의 신호를 거의 동시에 뇌로 보내어 동시에 분석하며 또 동시에 각 부위의 분석은 통합된다는 것이다. 하지만 계열처리를 한다고 하면 100만 개의 신호를 순서대로 처리해야 하므로 하나의 장면을 분석하는 데에도 온종일 걸릴 수 있다.

물론 컴퓨터는 인간이 못하는 것을 잘하며 최근 알파고의 등장으로 인공지능의 발전에 우리는 위협을 느낀다. 하지만 잊지 말자. 컴퓨터와 인공지능을 만든 존재는 바로 인간이다. 컴퓨터는 스스로 컴퓨터를 만들지 못하고, 인공지능은 스스로 인공지능을 만들지 못한다. 아직도 인간을 따라 오려면 멀었다.

과학자들은 컴퓨터로 뇌를 흉내 내려고 부단히 노력한다. 2012년 기준으로 세계에서 가장 빠른 슈퍼컴퓨터는 블루진/Q 세쿼이아인데 이 녀석은 20.1PFLOPS라는 놀라운 연산 속도를 뽐낸다.[26] 1PFLOPS는 1초당 20조 1천억 회의 연산을 할 수 있다는 것이다. 물론 세쿼이아의 크기는 뇌의 크기와는 비교도 할 수 없이 크다. 이 녀석은 280제곱미터를 차지할 정도로 거대할 뿐만 아니라 7.9MW의 전기에너지를 사용한다. 이 정도 전기에너지라면 작은 도시에 전력을 공급할 정도라고 한다.

1초당 400조 회 이상의 연산을 보여 주는 이 괴물은 우리 뇌를 얼마나 흉내 낼 수 있을까? 안타깝게도 겨우 두뇌피질과 시상 사이의 상호작용을 시뮬레이션할 정도라고 한다. 아마도 이런 방식으로 컴퓨터가 뇌를 제대로 흉내 내려면 컴퓨터 크기만 종합대학교만 하고 전기를 대 줄 핵발전소가 몇 개나 필요할 것이며 컴퓨터의 열을 식히기 위해 한강 정도의 물이 필요할지도 모른다. 물론 양자컴퓨터가 등장한다면 이야기는 달라지지만 지금 당장은 현실성이 없는 이야기다.

그렇다면 뇌는 얼마의 전기가 필요할까? 뇌에 필요한 전기는 20W면 충분하다. 비교도 할 수 없을 정도로 고효율 장치가 아닐 수 없다.

이번 장 제목은 '믿음'이다. 당신은 당신의 뇌를 믿어야 한다. 뇌는 당신이 노력만 한다면 언제든 보답할 준비가 되었고 성장할 준비가 된 당신의 엄청난 친구임을 믿길 바란다. 당신이 최선을 다한다면 뇌는 당신의 믿음을 배반하지 않는다. 물론 그 최선에는 절대적인 노력의 시간과 제대로 된 방법론이 함께 어우러져야 하지만 말이다.

하지만 걱정하지 마라. 이 책을 통해 완벽한 공부법을 알게 될 터이니 말이다.

Chapter 2

메타인지

나를
모르면 공부도
없다

너 자신을 알라.

: 델포이 신전 :

문제는 '나'를 아는 것이다

2008년 무더운 여름날 세 명의 남자는 많은 음식을 주문했다.[27] 배달이 오자 이들은 총을 꺼내 음식과 현금을 빼앗았다. 이들의 관심은 오직 돈과 음식이었기에 배달원은 그대로 돌려보냈다. 주문 배달을 통한 권총 강도가 잘 먹히자 이들은 전화번호와 주소를 매번 바꾸며 이 일을 되풀이했다.

  신고를 받은 경찰은 조사 끝에 이들이 다음 강도에 쓸 전화번호를 알수 있었다. 때마침 중국집에 그 전화번호로 대량 주문이 들어왔다. 경찰들은 배달원으로 변장해 강도가 있는 곳에 출동했다. 당시 근무를 했던 데이비드 가면은 이렇게 인터뷰를 했다.

"전 짐을 들고 가서 말했어요. '음식 주문하셨죠?' 그쪽에서는 '그래.'라고 대답했죠. 저는 이 사람들이 정말로 돈을 내려나 보다 생각했어요. 그렇게 돈을 받고 나오면 평생 한 일 중 이게 제일 멍청한 짓이 되겠지 하고 생각했어요. 그쪽이 40달러를 주면 어떡하나 싶었죠. 음식값이 얼마인지도 모르고 있었거든요.

그런데 그 남자가 뒤를 살짝 돌아보자 나머지 두 사람이 다가왔고, 제 쪽으로 다가오면서 후드를 덮어쓰더라고요. 그때 게임이 시작된 걸 알았죠. 첫 번째 남자가 총을 주머니에서 쑥 뽑아 장전해서 제 머리에 갖다 대더니 이렇게 말했어요. '가진 것 다 내놔. 이 새끼야. 안 그러면 죽여 버릴 테니까.' 전 결국 음식 봉투 속에서 총을 쐈죠. 네 발이었어요."

경찰은 성공적인 작전 수행으로 권총 강도들을 잡을 수 있었다. 그런데 어떻게 경찰은 이들이 다음에 주문할 전화번호를 알 수가 있었을까? 매번 번호를 바꿨는데 말이다. 이들은 자신들이 치밀하다고 생각하며 번호를 바꿨지만, 문제가 하나 있었다. 항상 똑같은 두 대의 전화(번호가 다른)로 번갈아 가며 전화를 했기 때문이다. 물론 배달 장소도 두 군데뿐이었다. 이들은 스스로 대견스럽게 여겼을지 모르지만, 이들은 멍청한 짓을 했다는 사실을 알지 못했다. 자기 자신을 잘 몰랐다.

권총 강도들의 유머 감각은 대단해 보이기까지 한다. 우리가 보통 유머 감각이 있다 혹은 없다고 이야기할 때는 정량적 데이터를 갖고 이야기하지 않는다. 옆에서 지켜보면 대충 알 수 있다. 하지만 때론 유머 감각이라고는 털끝만큼도 없는 지인이 자신의 유머 감각이 출중하다고 우길 때에는 유머 감각 테스트를 해 주고 싶은 충동이 일곤 한다. 그런데 실제로 코넬대학의 저스틴 크루거와 데이비드 더닝 교수는

1999년 논문을 통해 유머 감각을 최대한 객관적으로 측정할 방법을 고안해 냈다.[28]

크루거와 더닝은 유명 코미디 작가들이 쓴 재밌는 이야기 30개를 골라 코미디언들에게 점수를 매겨 달라고 했다. 코미디언들 사이의 평가는 대체로 비슷했다. 역시 유머 감각이 출중한 전문가답게 재밌는 이야기를 보는 눈이 비슷했다. 이후 두 사람은 코넬대학교 학부생들에게도 이야기를 보고 점수를 매겨 달라고 했다. 코미디언들과 평가를 비슷하게 한 학생일수록 유머 감각이 높을 가능성이 크다고 생각할 수 있을 것이다. 실제 유머 감각이 높다고 여겨지는 학생들은 코미디언들의 평가와 78퍼센트가 같았다. 하지만 하위 25퍼센트의 유머 감각이 없는 학생들은 재미없는 이야기 중 56퍼센트나 재미있다고 의견을 피력하면서 코미디언들의 평가와는 다른 방향을 가리켰다.

하지만 진짜 흥미로운 사실은 이다음에 드러났다. 크루거와 더닝은 학생들에게 자신이 얼마나 유머 감각이 있는지 스스로 평가해 보라고 했다. 결과는 "지식보다는 무지가 자신감을 더 자주 불러일으킨다."라는 찰스 다윈의 명언을 그대로 실현시키는 듯하다. 웃기지 못하는 사람일수록 자신의 유머 감각을 과대평가했다. 이들은 세 명의 권총 강도처럼 자기에 대해 무지했다. 즉 메타인지(metacognition)의 부족이었다.

메타인지와 공부

메타인지는 1976년 미국의 발달심리학자인 존 플라벨이 만든 용어다.[29] 메타는 about(~에 대하여)의 그리스어 표현으로 메타인지는 자신의 인지 과정에 관한 인지 능력을 말한다. 다시 말해 내가 뭘 알고 뭘 모르는지, 내가 하는 행동이 어떠한 결과를 낼 것인지에 대해 아는 능력인 셈이다. 상위 인지 혹은 초인지로 번역된다. 그런데 문제는 메타인지가 강도나 유머 감각에만 필요하지 않다는 사실이다. 메타인지는 공부에 있어 절대적인 영향을 끼친다.

수능 성적이 상위 0.1퍼센트인 아이들은 평범한 아이들에 비해 뭐가 다를까? 십중팔구 남다른 머리를 타고난 것이라고 이야기할 것이다. 당연히 아이큐나 기억력도 평범한 아이들과는 비교할 수 없을 만큼 좋을 것으로 생각할 것이다. EBS 제작팀은 수능 상위 0.1퍼센트 고등학생을 대상으로 〈학업 성취도와 기억력의 상관관계〉 테스트를 진행했다.[30]

첫 번째는 기억력을 테스트하는 시험으로 한 팀은 0.1퍼센트의 학생들이었고 다른 한 팀은 일반 학생이었다. 서로 연관성이 없는 단어 25개를 각 단어당 3초씩 듣고 외워야 한다. 학생들은 3분 동안 기억나는 단어를 모두 쓰면 된다.

결과는 의외였다. 0.1퍼센트 아이들과 일반 학생들의 평균 8개 내외로 기억력에 큰 차이를 보이지 않았다. 심지어 0.1퍼센트의 어떤 여학생은 자신의 암기력이 남다르다고 생각했는데 그렇지 않다는 사실을 이번 실험으로 깨닫게 됐다고 말하기까지 했다. 그런데 암기를 한 뒤 자신이 몇 개의 단어를 쓸 수 있는지에 관한 테스트에는 두 그룹이 유의미한 차이를 보였다. 일반 학생들 중 자신이 몇 개를 기억할지 제대로 맞춘 학생은 단 한 명도 없었다. 하지만 0.1퍼센트의 학생들은 한 명을 제외하고 모두 자신이 몇 개의 단어를 쓸 수 있는지를 정확하게 답했다. 아주대학교 심리학과 김경일 교수는 이렇게 말했다.

"이 두 집단의 차이는 기억력 자체의 차이가 아니라 자기가 얼마만큼 할 수 있느냐에 대한, 그것을 보는 안목이 능력의 차이라고 볼 수 있습니다."

결국 0.1퍼센트와 일반 학생들은 메타인지에서 차이를 보인 것이다. 실험에 참가한 0.1퍼센트 학생의 인터뷰는 메타인지가 얼마나 중요한지 새삼 깨닫게 한다.

"열심히 하는 것 같은데 성적이 잘 안 나왔었거든요. 근데 그것은 저만의 생각이었고 객관적으로 봤을 때는 단지 문제만 푼 것밖에 없어요."[31]

이 학생은 중학교 때 성적이 중위권이었다. 그런데 당시에는 정말 열심히 공부한다고 생각했는데 지금 보니 '객관적'으로 공부를 열심히 한 것이 아니라는 것을 안 것이다. 자신을 객관적으로 볼 수 있는 능력이 바로 '메타인지'다. 고등학교 1학년인 이 학생의 수능 모의고사 성적은 '전국' 1등이다. 많은 연구가 '메타인지가 높은 학생이 학업 성취도가 높고 실제로 더 많이 공부한다는 것'을 밝혀냈다.[32]

그렇다면 메타인지 능력이 높다는 말은 무엇을 의미하는 것일까? 자신이 무엇을 알고 무엇을 모르는지를 알기 때문에 자신의 장점을 극대화하고 자신의 단점을 최소화할 학습 전략 즉, '공부법'을 창조할 수 있다는 말이다. 0.1퍼센트 아이들의 공부법 몇 가지가 다큐멘터리에 소개되었는데 모두 이 책에 포함되어 있다. 자신만의 특별한 방법을 고안해 냈다고 생각하겠지만, 이들이 하는 공부법은 이미 많은 연구를 통해 알려진 효율적인 방법들이다.

다만 0.1퍼센트 학생들의 사교육 활용 전략은 매우 흥미로웠다.[33] 설문조사 결과 0.1퍼센트 학생들은 60.8퍼센트가 사교육을 받았다. 일단 일반 아이들이 72퍼센트인 것과 비교하면 사교육 의존도가 낮다는 것을 알 수 있다. 그러나 중요한 점은 다른 데에 있었다. 0.1퍼센트 아이들은 학원을 습관적으로 가는 것이 아니라 자신이 부족한 부분을 도움받으러 학원에 간다는 사실이다. 즉 0.1퍼센트의 아이들은 자신의 약점을 보완하기 위해 사교육을 전략적으로 활용했다. 역으로 말하면 필요 없으면 학원에 가지 않고 개인 공부 시간을 많이 확보했다는 뜻이다.

실제 고등학생의 경우 학원에 다니면 스스로 공부할 시간이 현저하게 줄어든다. 학원에서 유명 강사의 강의를 듣고, 조금만 어려워도 금세 학원에서 해결해 주기 때문에 느낌으로는 많이 안다는 착각에 빠진다. 하지만 결국 지식은 스스로 구축해 나갈 때에 자기화가 된다. 0.1퍼센트의 아이들은 무슨 일이 있어도 하루에 3시간은 개인 공부 시간을 갖는다고 한다.

신 박사도 성적이 하위권인 학생들을 상담하면서 상위권 학생들과 정반대 현상을 확인했다. 학원에 다녀도 성적이 오르지 않는데 왜 계속 학원에 다니는지 질문하면 의외의 대답이 돌아왔다. 불안하다는 것이었다. 많은 하위권 학생들은 학원에서 학습하기보다는 공부한다는 안도감을 느끼려고 학원에 다니는 경우가 많았다. 하지만 공부한다는 느낌은 받지만, 실제 학습되는 것은 아무것도 없었다. 결국, 이 극명한 차이는 메타인지 차이에서 발생한 것이라는 사실을 알 수 있다.

그렇다면 메타인지가 무엇인지에 대해 좀 더 깊게 알아보자.

메타기억

메타인지는 크게 메타기억(metamemory)과 메타이해(metacomprehension)로 나뉜다. 메타기억은 자신의 기억에 대한 인지 과정을 아는 것을 말한다. 앞서 0.1퍼센트 학생들에 대한 테스트가 바로 메타기억 능력을 측정하고자 함이었다. 0.1퍼센트 학생들은 출중한 메타기억을 보여 줬는데, 연구에 따르면 대부분 사람은 자신들의 기억을 과신하는 경향이 있다. 대학생도 예외는 아니다.

더닝 교수팀은 2학년 수준의 심리학 과목을 수강하는 학생들에게 막 끝낸 시험의 점수를 예측해 보도록 요청하였다.[34] 연구 결과 실제 시험 점수가 낮은 학생일수록 자신이 뭘 알고 뭘 모르는지 '모르고' 있다는 것이 밝혀졌다.

메타기억이 낮을수록 자신의 기억을 향상하기 위한 전략을 제대로 구축하지 못하거나 잘못 아는 경우가 많다. 토마스 넬슨 연구팀은 학생들이 기억을 위한 시간 배분을 어떻게 하는지 알아봤다.[35] 연구팀은 학생들이 외우기 어렵다고 믿는 항목에 대해 학습 시간을 더 많이 할당한다는 것을 발견했다. 학습 시간이 충분히 주어진다면 쉬운 내용보다 어려운 내용에 시간을 더 활용하는 것이 현명한 학습 전략이다. 학생들의 메타기억을 엿볼 수 있는 실험이다.

그런데 학습 난이도와 학습 시간의 상관관계는 +0.3밖에 되지 않는다. 0.0은 난이도와 학습 시간의 상관관계가 없다는 말이고 1.0은 완전한 상관관계가 있다는 뜻인데 +0.3은 낮은 편에 속한다. 다시 말해 불행하게도 학생들은 난이도에 따른 시간 조절을 하지만, 대체로 그 능력이 떨어진다고 볼 수 있다.

이 책을 보는 당신은 무언가를 기억할 때 자신만의 기억 전략이 있는가? 성과가 낮은 학생들의 경우는 마땅한 기억 전략이 없을 뿐만 아니라 잘못된 전략을 쓰는 경향이 강하다. 예를 들어 단순 반복할 때 암기가 된다거나 작은 소리로 되뇔 때보다 큰 소리로 되뇔 때, 작은 글씨보다는 큰 글씨를 볼 때, 더 잘 기억한다고 믿는 것들 말이다. 모두 사실과 다르다. 우리가 흔히 사용하는 단순 반복은 매우 비효율적인 기억 전략으로 〈기억〉 장에서 좀 더 자세히 살펴볼 것이다. 그리고 큰 소리와 작은 소리, 큰 글씨와 작은 글씨는 암기와 전혀 상관없다.

메타이해

당신은 앞서 기술한 메타기억에 관한 내용을 제대로 이해했다고 생각하는가? 이제 다른 주제인 메타이해를 읽기 시작한다는 것을 인식하는가? 앞으로 당신은 얼마나 글을 읽을 수 있다고 생각하는가? 이런 것들이 모두 메타이해에 관한 것들이다.

메타이해는 자신이 언어를 잘 이해하는지를 아는 능력을 말한다. 읽은 내용을 이해했다고 하지만 내용에 대해 질문을 했을 때 답변을 못하면 메타이해가 떨어진다고 볼 수 있다. 안타깝게도 많은 인지심리학 연구는 많은 대학생이 메타이해가 부족하다고 말한다.[36]

프레슬리(Pressley) 연구팀은 심리학개론을 수강하는 대학생들을 대상으로 SAT 독해 검사를 하였다. 검사는 보통 세 개의 단락을 가진 에세이 형태의 지문을 제시하고 그것의 이해를 묻는 몇 개의 다지 선다형 문제를 주는 형식인데 이 문제를 푸는 데에 특별한 기억은 필요 없다. 얼마나 내용을 잘 이해했는가가 관건이다.

만약 학생들이 자신들의 답에 확신이 있다면 100퍼센트라고 응답하면 되고 객관식 문항이 다섯 개였기 때문에 그냥 찍었다면 20퍼센트라고 응답하면 된다. 물론 중간 정도의 확신이 있으면 50퍼센트라고 응답할 수도 있다.

읽기 이해 문제에서 정답을 말한 학생은 평균 73퍼센트의 정답 확신도를 보였다. 대체로 문제에 대한 상당히 적절한 정답 확신도를 갖고 있었다. 하지만 답을 틀린 학생들조차도 평균 64퍼센트의 정답 확신도를 보여 줬다. 이 학생들은 자신의 읽기 능력을 과신한다는 것을 알 수 있다. 메타이해 능력의 부족을 여실히 드러냈다.

메타이해는 당연히 독서 능력과 밀접한 관계가 있다. 마키 연구팀의 연구로는 메타이해와 독해력의 상관관계는 +0.43으로 나왔다. 매우 당연한 결과다. 내가 보는 내용을 제대로 이해했는지 이해하지 못했는지를 파악할 때 적절한 독해 전략을 세우고 그렇게 훈련할 수 있기 때문이다.

다음은 메타이해에 관한 질문들이다.[37] 솔직하게 답해 보고 '아니오'라고 답한 부분은 실제로 실천하도록 계획을 세워 보라.

1) 내용을 제대로 이해하지 못했거나 주의를 기울여 읽지 않았음을 알았을 때 그 부분을 다시 세심하게 읽는가?
2) 짧은 단락을 읽고 난 뒤에 자신이 방금 읽은 내용을 자신의 말로 요약해 보는가?
3) 책을 읽을 때 요약 정리된 부분이나 연습문제를 꼭 푸는가?

4) 책에 나온 아이디어들을 서로 연계시켜 보려고 노력하는가?

5) 자신이 모르는 용어가 나왔을 때 사전이나 검색을 통해 용어를 완전히 이해하려고 노력하는가?

6) 시험공부를 할 때 자신이 어렵다고 여기는 부분에 더 많은 시간을 할애하는가?

7) 읽은 자료들의 필요성에 대해 평가하고 적절히 분류해서 정리하는가?

메타인지는 어떻게 향상되는가?

다큐멘터리 〈공부의 왕도〉에서 제작팀은 산본중학교 2학년 37명 학생에게 순서 없이 섞인 100장의 카드를 짧은 시간 동안 보게 한 뒤 바로 기억나는 대로 적게 했다.[38] 실험 결과 아이들은 평균 23.92개로 100개 가운데 약 24개의 카드를 기억했다.

같은 실험을 스탠퍼드대, 서울대 등 명문대학교에 재학 중인 8명 재학생에게 실시했다. 이들은 얼마나 카드를 기억해 냈을까? 평균 46.25개를 기억해 냈다. 그런데 중학생과 명문대 학생은 카드를 기억해 내는 전략에서 큰 차이를 보였다. 대부분 중학생은 카드를 그냥 외웠지만 명문대 학생들은 카드를 항목별로 분류해서 기억했다. 명문대 학생들은 짧은 시간에 100장이라는 카드를 외우는 것은 현실적으로 쉬운 일이 아님을 이해하고 적절한 전략을 구사한 것이다. 메타인지의 차이다.

그러면 만약 중학생들에게 항목별로 분류해 카드를 외우게 하면 어떻게 될까? 제작팀은 중학생들에게 100장의 카드는 10개의 항목으로 분류되어 있다는 것을 알려 주었고 답을 적을 수 있는 종이에도 항목을 분류해서 적을 수 있게 만들어 주었다. 결과는 놀라웠다. 평균 40.62개를 기억해 낸 것이다. 그전보다 약 2배 가까이 더 카드를 기억해 냈을 뿐 아니라 명문대 학생들과도 별 차이를 보이지 않았다.

"분류하니까 더 잘 외워지는 것 같아요."

2차 실험에서 암기력이 월등하게 높아진 아이들이 인터뷰에서 한결같이 한 말이다. 게다가 1, 2차 모두 점수가 높았던 아이들은 이미 단어를 항목별로 분류해서 외우고 있었다. 성균관대 심리학과 이정모 교수는 이렇게 말한다.

"분류화한 사람은 여러 개를 몇 개의 의미관계를 중심으로 조직화해서 기억을 하니까 기억해야 할 덩이 수, 개수, 자체 수가 줄어든다고 볼 수 있습니다."

여담이지만 분류화 즉, 범주화(categorization)는 모든 생물에게 중요하다. 캘리포니아대학교의 인지 언어학 교수인 조지 레이코프와 오레곤대학교의 마크 존슨 철학 교수는 다음과 같이 말했다.[39]

"모든 생물은 범주화해야 한다. 심지어 아메바도 자기와 마주치는 것들을 먹는 것과 먹지 못하는 것으로 또는 다가가야 할 대상과 멀리 떨어져야 할 대상으로 범주화한다. 아메바는 범주화의 여부를 선택할 수 없으며 단지 범주화할 뿐이다. 이것은 동물계의 모든 층위에 적용된다. 동물들은 음식, 약탈자, 가능한 짝, 자신들에 소속된 동물 등을 범주화한다."

이렇게 감각을 통한 범주화를 '지각적 범주화'라고 한다.[40] 하지만 고등동물이 될수록 범주화 규모가 커지며 인간은 지각적 범주화를 뛰어넘는 '개념적 범주화'가 가능하다. 만약 모든 꽃 하나하나마다 이름을 붙여 기억해야 한다면 우리는 꽃에 이름을 붙이는 일을 하느라 다른 정신 활동을 할 수 없을 것이다. 당연히 다른 다양한 자연현상과 사회작용 그리고 무수히 많은 존재를 알아 갈 시간이 없다. 결국, 범주화를 통해서 좀 더 효율적으로 세상을 인지할 수 있게 된다. 하지만 연구를 통해 밝혀진 사실은 개념적 범주화의 경우 교육 수준에 따라 그 수준이 달라진다는 것이 밝혀졌다.

이렇게 정리해 볼 수 있겠다. 공부에서 범주화를 활용하는 것은 매우 효율적인 학습 전략이지만, 제대로 활용하려면 꾸준히 연습해야 한다.

실험으로 범주화 학습의 유용성을 경험한 산본중학교 아이들은 어떻게 변했을까? 실험을 하고 두 달 뒤 다큐멘터리 제작진은 산본중학교 2학년 학생 400여 명을 대상으로 "나는 공부할 때 나만의 방법으로 공부하려고 한다."라는 내용으로 설문조사를 했다.[41] 조사 결과 '그렇다'라고 응답한 학생이 22.91퍼센트, 61.33퍼센트는 '그럴 때도 있고 아닐 때도 있다', 15.76퍼센트가 '그렇지 않다'라고 답했다. 자신만의 공부법이 확실하게 있는 아이는 10명 중 2명밖에 되지 않았다.

그런데 2학년 열세 개 반 중에 '그렇다'라고 대답한 학생들이 유독 많은 반이 있었는데 2학년 7반이었다. 2학년 7반은 이전 실험에 참여했던 학생들이다. 2학년 7반 담임 선생님은 이렇게 말했다.

"자기가 예상했던 것 목표했던 것이나 1학년 때 성적보다는 꽤 올랐다고 저에게 자신감을 표방하는 아이도 많았고 실제 제가 성적표를 대조해 봤을 때도 아이들이 꽤 좋은 점수를 얻었어요."

자, 그렇다면 우리는 어떻게 메타인지를 높일 수 있을까? 크게 세 가지를 생각해 볼 수 있다.

첫째, 학습 전략을 배움으로써 메타인지를 높일 수 있다. 실제로 과학적인 학습 전략이 있다는 사실 자체를 모르는 사람이 많다. 공부는 유전자니, 그냥 죽도록 노력하면 된다느니, 단순 반복이 최고라는 등의 단순한 신념만 있을 뿐이다. 많은 연구가들이 지지하는 과학적인 공부법을 배우는 것만으로도 메타인지는 향상되는 것을 밝혔다. 즉, 이 책을 읽는 것만으로도 당신의 메타인지 수준은 올라갈 것이다.

둘째, 자신의 실제 실력을 객관적으로 파악하는 피드백을 경험하면 된다. 연습문제를 꼭 풀어 본다거나, 내용을 요약하거나, 다른 사람에게 가르쳐 보면 자신이 무엇을 알고 무엇을 모르는지 제대로 확인할 수 있다.

셋째, 인간의 인지 과정을 알면 메타인지는 올라간다. 메타인지라는 것은 나의 인지 과정에 대한 인지 능력이다. 따라서 우리가 세상을 어떻게 인지하는지를 안다면 메타인지는 향상된다.

첫 번째는 이 책 전반에서 다루고, 두 번째는 본인이 직접 실천해야 하는 문제니, 다음은 세 번째에 대해서 간략하게 기술해 보겠다. 물론 공부라는 행위 자체가 인지 활동이기 때문에 책 전반에서 관련 내용을 다룰 것이다. 하지만 다음 글로 인지 과정의 기초를 잡고 특히 우리의 한계에 관해 제대로 안다면 공부법의 이해가 높아질 뿐만 아니라 실제로 더 훌륭한 학습 전략을 세우게 될 것이다.

빠르게 생각하기, 느리게 생각하기

2002년 우리가 국가대표팀의 월드컵 4강 입성에 정신없을 때 경제학계에는 매우 흥미로운 사건이 있었다. 노벨 경제학상에 대니얼 카너먼이라는 교수가 선정된 것이다. 대학교수가 노벨상을 받은 게 무슨 사건인가 의아하겠지만, 이건 정말 큰 사건이었다. 왜냐하면, 카너먼은 경제학 교수가 아니라 심리학 교수이기 때문이다.

그는 현재 심리학과 경제학을 완벽히 융합하여 행동경제학을 창시한 최고의 지성으로 손꼽힌다. 물론 그의 공로는 혼자의 몫은 아니다. 카너먼이 만약 그보다 세 살 어린 에이머스 트버스키를 만나지 않았다면 행동경제학은 좀 더 나중에 나왔을는지도 모른다. 그리고 트버스키가 1996년에 세상을 떠나지 않았다면 그 또한 카너먼처럼 추앙을 받았을 것이다.

카너먼과 트버스키가 1979년 행동경제학의 시초가 되는 이론을 발표한 이후 많은 관심을 받고 카너먼이 노벨 경제학상을 받으며 인류의 지성인으로 칭송되었지만, 그 사이 대중을 위한 책은 단 한 권도 나오지 않았다. 이들은 전형적인 학자로 양질의 논문만을 내놓았을 뿐이다. 아마도 주위에서 대중과 소통할 수 있는 책을 좀 써 달라는 부탁을 엄청나게 받았을 것이라 여겨진다. 그리고 그 기대에 부응한 책이 나왔다. 바로 《생각에 관한 생각》이다. 생각에 관한 생각을 다른 말로 하면 메타인지라고 할 수 있다.

카너먼은 책에서 우리는 두 가지 시스템으로 생각한다고 말한다.

시스템 1: 감각과 기억을 이용하여 아주 짧은 시간 동안 상황을 평가

한다. 무의식적이고 순간적이며 즉각적이다.

시스템 2: 의식적 분석과 추론 같은 느린 과정이다. 선택과 자기 통제를 전담한다.

이 책의 원제는 'Thinking, Fast and Slow'이다. 시스템 1은 'thinking fast'로 빠르게 생각하기, 시스템 2는 'thinking slow'로 느리게 생각하기를 말하는데, 카너먼은 이 두 가지 생각이 어떠한 차이가 있는지 설명한다. 이해를 돕기 위해서 시스템 1과 시스템 2의 실제 사례들을 소개하면 다음과 같다.

시스템 1 : 빠르게 생각하기
- 하나의 대상이 다른 대상보다 더 멀리 있다는 점을 감지한다.
- 갑자기 소리가 난 곳으로 주의를 돌린다.
- 미완성된 문구를 완성한다.
- 끔찍한 사진을 보고 역겨운 표정을 짓는다.
- 상대방의 목소리에서 적대감을 감지한다.
- 빈 도로에서 자동차를 운전한다.
- (체스 대가라면) 체스에서 강력한 수를 찾는다.

사례를 통해 알 수 있듯이 시스템 1은 자동적이고 즉각적이며 노력과 수고가 거의 들지 않는다. 우리는 누구도 예상치 않은 굉음에 놀라거나 주의를 기울이지 않을 수 없다. 우리는 2 더하기 2가 4라는 것을 계산하지 못하거나 한국의 국기가 태극기라는 것을 오래 생각하지 않아도 된다. 이렇듯 시스템 1은 비자발적인 작용이다.

시스템 2: 느리게 생각하기
- 경기에서 출발 신호가 울리기를 기다린다.
- 복잡하고 시끄러운 방에서 특정인의 목소리에 집중한다.
- 문서에서 a가 몇 개나 있는지 세어 본다.
- 누군가에게 전화번호를 알려 준다.
- 두 세탁기의 전반적인 가치를 비교한다.
- 복잡한 논리적 주장의 타당성을 확인한다.
- 17×24의 답을 구한다.

이와 같은 시스템 2의 상황들은 집중을 요구한다. 그런데 그러한 집중도 여러 활동에 제한된 양만 할당할 수 있다. 정해진 범위를 벗어나 집중하려 하면 실패하기 쉽다. 혼잡한 도로에서 좌회전하면서 17×24를 계산하기 힘들다. 수고와 노력이 드는 시스템 2의 작동들은 서로 강한 간섭을 하므로 두 가지를 동시에 하기 힘들다.

그런데 진짜 문제는 다른 데에 있다. 우리는 자신이 합리적이고 이성적이며, 선택에 직면할 때 시스템 1(빠르게 생각하기)보다 시스템 2(느리게 생각하기)를 활용한다고 생각한다. 하지만 카너먼은 시스템 1이 시스템 2보다 영향력이 더욱 크며, 시스템 1이 우리가 내리는 수많은 선택과 판단을 은밀하게 조종한다고 말한다. 그래서 우리는 때로 어쩔 수 없이 각종 착각과 편향에 빠지게 되는데, 이때 우리가 가진 인지적 한계를 제대로 알게 되면 시스템 1이 자주 일으키는 실수를 시스템 2를 통해 해결할 수 있게 된다.

　나에게 유머 감각이 많다고 여기는 즉각적인 생각이나 시험 범위의 내용을 두세 번 반복해서 읽고 그 내용을 다 이해한 것처럼 느끼는 시스템 1이 한계가 있음을 알 때 실제 우리는 유머 감각 테스트를 받거나 공부한 내용에 대한 연습문제를 풀거나 요약해 보는 시스템 2를 활용해 봄으로써 자신의 한계를 극복할 수 있다는 것이다. 메타인지를 통한 학습 전략이 탄생하는 순간이다.

한계를 알아야 한다

그렇다면 메타인지 능력을 향상하기 위해 알아야 할 인지의 한계는 무엇이 있을까? 대표적으로 몇 가지를 간단히 설명하겠다. 다음과 같은 한계들이 다른 사람이 아닌 나 자신에게 있다는 사실을 인지한다면 메타인지 향상과 더불어 자신에게 걸맞은 학습 전략을 이 책과 함께 세울 수 있을 것이다.

  1) 기억력 착각 : 자신의 기억 수준을 착각하는 것을 말한다. 임의의 숫자 15개를 바로 보고 순서대로 얼마나 외울 수 있을지 물었을 때 40퍼센트 이상이 10개 이상을 맞출 것이라고 했으나, 실제로 10개 이상을 맞춘 사람은 1퍼센트에 불과했다.[42] 연구에 따르면 DNA 검사를 통해서 드러난 오판 중 약 70퍼센트가 목격자의 잘못된 진술에 의한 것이라고 한다.[43]

2) 소박한 실재론 : 자신이 세상을 제대로 보고 있다고 순진하게 믿는 것을 말한다.[44] 실험 결과 마트, 호텔, 레스토랑의 여성 화장실에서 첫 번째 칸의 화장실을 활용하는 비율이 5퍼센트에 불과한 것으로 나왔다. 왜냐하면, 사람들은 첫 번째 칸이 두 번째 세 번째 칸보다 사람들이 많이 갈 것이고 더 더러울 것으로 생각했기 때문이다. 하지만 첫 번째 칸에 사람들이 가장 적게 갔다.

3) 사후해석 편향 : 어떤 일이 벌어지기 전에는 잘 몰랐으면서 일이 벌어지고 난 후에는 '내 그럴 줄 알았지'라고 생각하는 것을 말한다. 큰 사고나 큰 재난이 터지면 그럴 줄 알았다는 사람들이 갑자기 많아진다. 시험 결과가 나오면 그럴 줄 알았다고 말한다. 일이 터지기 전에는 한마디도 없었으면서.

4) 계획 오류 : 자신의 실행력에 대한 과대평가를 말한다. 다른 설명이 더 필요할까? 연초에 세웠던 자신들의 계획을 떠올려 보자. 얼마나 실천했는가?

5) 정서 예측 오류 : 자신의 미래 감정을 잘못 예측하는 것을 말한다. 서울대에 합격하고 복권에 당첨되면 평생 행복할 것이라고 여기는 사람이 많다. 불행하게도 인간은 상황에 생각보다 빨리 적응한다. 행복감은 오래가지 않는다. 물론 이는 축복이기도 하다. 극심한 슬픔 또한 시간이 해결해 줄 때가 많으니 말이다. 시험을 못 봤다고 세상이 무너지지는 않는다.

6) 평균 이상 효과 : 어떤 항목이든 자신은 평균 이상이라고 생각하는 것을 말한다. 대부분 사람이 자신의 공부에 대한 노력이나 일을 평균 이상 한다고 여긴다. 도대체 평균은 누가 하는지…….

7) 확증 편향 : 자신이 처음 생각했던 주장에 지지하는 근거만을 찾는 경향을 말한다. 91건의 메타 분석에 따르면 자기 의견을 뒷받침하는 정보를 선택할 확률이 자기 의견이 틀렸다는 정보를 고를 확률보다 2배 이상 높다. 사람은 보고 싶은 것만 본다. 물론 그렇다면 문제 해결과는 점점 거리가 멀어지게 될 것이다.

8) 가용성 편향 : 내 기여도를 과장하는 것을 말한다. 팀 프로젝트를 실시할 때 대부분 사람이 자신의 기여도를 부풀린다. 가용성 편향에 파묻히면 좋은 팀워크는 지속할 수 없다.

9) 권위자 편향 : 권위자의 말이라면 제 생각도 기꺼이 바꾸는 것을 말한다. 한 다큐멘터리에서 자신의 확고한 철학으로 사교육을 시키지 않는 부모가 나왔다. 교육 전문가가 자녀에 대해 컨설팅을 하고 사교육의 필요성에 대해 강력하게 어필했다. 물론 사교육 필요성의 내용은 모두 거짓이었다. 하지만 전문가를 만나고 나자 대부분의 부모는 마음이 흔들렸고 실제로 학원을 보내야겠다고 결정한 부모도 나타났다. 권위자라고 항상 옳은 것은 아니다. 이런 일들이 사교육 시장에서 매일 벌어지고 있다.

회사 생활과 연습문제

대학교 시절 늘 궁금한 것이 있었다. '회사에 가면 도대체 무엇을 할까?' 그리고 회사에 입사했다. 무엇을 하는지 미리 알았다면 좋았을 뻔했다. 그렇다면 공부를 그런 식으로 하지 않았을 테니까.

회사에서 무엇을 하느냐고 누가 나에게 물으면 간단하게 대답해 줄 것이다. "회사에서는 문제 해결을 합니다." 보통 문제라고 하면 골칫거리 같은 부정적인 것을 생각하지만, 회사에서는 딱히 그렇지 않다. 회사에서 문제라고 하면 여러 가지를 포함한다. 대표적인 문제 중 하나는 비용절감이다. 회사로서는 돈이 많이 들어가는 것이 언제나 큰 문제다. 언제나 회사는 직원들에게 비용절감을 요구한다.

예를 들면 이렇다. 과자 공장에서 일한다고 가정하자. 마지막에 설탕 가루를 과자에 입혀 주는 공정을 예로 든다면, 분사식으로 뿌려서 입히면 과자에 흡착되지 못한 설탕 가루가 남는다. 그걸 그대로 버릴 수도 있지만, 그 가루를 다시 모아서 또 재활용하면 비용이 절감된다. 아니면 애초에 뿌리는 방식이 아닌 과자를 설탕 가루에 넣었다 빼는 방식으로 설비를 완전히 개조할 수도 있다. 하지만 이때는 단순히 설탕 가루의 재활용에만 초점을 맞추면 안 된다. 넣었다 빼는 방식이 뿌리는 방식보다 설탕 비용을 절감할 수도 있겠지만, 설탕 가루가 과자에 입혀지는 균일도 면에서는 나쁠 수도 있다. 이렇게 복합적인 관점에서 끊임없이 문제를 해결하는 것이 회사의 일이다(직급이 높아지면 문제 해결뿐만 아니라 문제를 찾아 나서기도 해야 한다).

그렇게 문제를 해결하려면 실험을 해봐야 한다. 하지만 실험을 하는 것도 비용이 발생한다. 또 어떤 것은 원천적으로 실험이 불가능할 수도 있다. 비용을 최소화하거나 혹은 실험이 불가능한 상황을 평가해 보려면 가상실험이 필요하다. 진짜 문제가 아니라 연습문제를 풀어야 한다.

종종 신문기사나 칼럼으로 한국 회사의 잘못된 회의 문화를 꼬집는 이야기를 어렵지 않게 접한다. 회의시간에 말이 없다는 것이다. 상사만 말을 하고 나머지 부서원들은 수직적 구조에 짓눌려서 말하기가 어렵다는 것이다. 나는 이 의견에 반만 동의한다. 실제로 보수적인 구조와 토론에 익숙하지 않은 우리의 문화적 구조 때문에 의견을 내기는 쉽지 않다. 하지만 그 원인이 전적으로 문화에만 국한되는 것은 절대 아니다. 사실 진짜 할 말이 없는 경우가 더 많다. 모든 삼성의 부서를 대변할 수는 없겠지만, 삼성디스플레이 재직 시절에 우리 부서는 의견이 있으면 가장 말단인 사원을 포함하여 누구나 말할 수 있는 분위기였다. 그럼 왜 우리는 할 말이 없을까? 답은 교과서 연습문제에 있다.

모든 교과서는 단원 마지막 부분에 연습문제가 있다. 나의 대학 시절에 성적을 결정하는 핵심 중 하나는 연습문제 풀이집과 지난 시험문제를 가졌는지 아닌지였다. 연습문제 풀이집과 지난 기출문제를 달달 외워서 공부한 것이 시험에 나오면 그 과목은 어렵지 않게 높은 학점을 받았다. 사실 많은 경우 시험문제도 연습문제가 그대로 나오거나 약간의 변형인 경우가 많아서 역시 핵심은 연습문제를 얼마나 많이 풀고 독파하는지였다. 시간이 지나면 웬만한 풀이집은 복사가게에 오픈소스(?)로 공유되었지만 몇몇 풀이집은 은밀하게 아는 사람 사이에서만 알음알음 구할 수 있었다. 만약 그 네트워크(?)에 접속하지 못하면 무방비 상태로 시험을 치르고 처참하게 무너질 수밖에 없었다.

대학원 생활과 회사 생활을 한 뒤 이렇게 대학교 시절을 돌아보니 정말 바보같이 공부했다는 생각이 든다. 다시 생각해 보면 나는 연습문제를 풀어서 공부한 것이 아니라 연습문제 풀이를 암기한 것이었다. 처음부터 무조건 풀이를 본 것은 아니지만 조금만 풀어 보다가 막히면 바로 풀이집을 봤다. 그리고는 혼자 문제를 풀어 봤다고 착각에 빠졌다.

연습문제는 내용을 얼마나 이해하는지 자신을 파악하는 가장 좋은 수단이다. 시력 측정을 할 때 그 기호가 보이는 만큼만 말해야 정확한 시력을 알 수 있듯이, 연습문제도 이렇게 저렇게 고민하면서 풀어 봐야 얼마나 아는지 확인이 되는 것이다. 답을 찾는 것이 중요한 것이 아니라 얼마나 이해했는지 확인하는 것이 연습문제의 가장 주된 목적 중에 하나다. 내가 높은 학점을 받고 우쭐했던 것은 마치 시력 측정표를 외워서 2.0이라는 시력을 받고 좋아한 것과 같다. 실제로는 아무것도 보이지 않으면서(모르면서) 높은 시력(실력)을 가졌다고 바보 같은 착각에 빠졌던 것이다.

연습문제와 씨름을 하면서 내 학습 수준을 확인하고 부족하면 다시 더 공부해서 그 내용을 온전하게 소화해 내는 것이 올바른 학습 방법이다. 하지만 많은 학생이 바로 풀이를 참고하거나 아니면 연습문제는 풀지 않는 경우가 대부분이다 보니 대학 생활 동안 회사에서 활용해야 할 전공지식이 제대로 축적되는 경우는 생각보다 드물다. 연습문제는 아무리 어려워도 답이 있는 문제들이다. 하지만 회사에서 발생하는 문제들은 답이 없는 경우가 허다하다. 그래서 회사에서는 완벽한 정답을 찾을 때보다 최선책을 정답으로 간주하는 경우가 많다. 그런 관점에서 보았을 때 교과서 연습문제도 악착같이 풀어보려는 시도가 중요하지 사실 정답을 맞히는 것은 부차적인 문제다(하지만 나는 학생 때 안타깝게도 정해진 정답을 찾지 못하면 아무런 의미가 없는 줄 알았다).

회사가 실전이라면 교과서 연습문제를 풀어 보는 것은 일종의 '스파링'이다. 어떤 권투선수가 스파링도 없이 실전에 나간단 말인가? 하지만 우리는 스파링도 없이 회사라는 링에 올라가고 있다. 제대로 된 전략도 준비도 없이 말이다.

그러니 공부를 했으면 연습문제를 풀자. 그렇게 연습문제로 지식도 축적하고 또 문제 해결 능력도 키우자. 이건 비단 학생들에게만 해당하는 이야기가 아니다. 재미를 위한 독서가 아닌 지식을 쌓기 위한 독서를 했어도 연습문제를 풀자. 연습문제가 어디 있느냐고 반문하는 사람이 있을 것이다. 독후감을 쓰고 토론을 하는 것이 바로 독서 뒤 직접 문제를 만들어서 그 문제를 푸는 것이다. 앞에서 잠깐 언급했지만 언젠가는 문제를 잘 해결하는 것을 넘어서서 문제를 잘 찾아야 하는 위치에 오르게 된다. 비판적 사고가 수반된 능동적 독서를 통해 미리미리 다가올 임무에 대해 익숙해지는 것이 좋다. 지금이라도 늦지 않았으니 우리 함께 제대로 공부하자.

지식의 저주

혹시 이 책을 읽는 이 순간 친구나 동료가 옆에 있다면 책을 내려놓고 한 가지 게임을 해 보기를 추천한다. 물론 나중에 해도 좋다. 다음에 열거된 노래를 입으로 하지 않고 박자를 따라 책상이나 탁자를 두드려 보자. 그리고 친구에게 그 박자가 어떤 노래의 박자인지를 맞히게 해 보는 것이다.

- 애국가
- 여러분
- 학교종
- 생일 축하합니다
- 강남 스타일

당신은 친구가 몇 개를 맞힐 수 있다고 생각하는가? 스탠퍼드대학교 엘리자베스 뉴턴은 이와 비슷한 실험을 했다.[45] 그녀는 두 그룹으로 실험 참가자를 나누고 한 그룹은 노래의 리듬에 따라 탁자를 두드리고 다른 그룹은 그 리듬만을 듣고 노래 제목을 맞추도록 했다. 두드리는 노래는 약 120 곡으로 미국인이라면 거의 다 아는 노래로 구성되었다. 실험 결과 평균적으로 맞힌 곡의 수는 겨우 3곡에 불과했다. 3곡도 리듬을 들어서 제대로 유추했다기보다 거의 찍어서 맞혔다는 표현이 더 어울릴 정도다. 그런데 이 실험의 진수는 그전 노래의 리듬을 두드리는 사람에게 다른 사람이 몇 개의 곡을 맞힐 거라 예상하는지 물어보는 데에 있다. 노래를 두드렸던 그룹은 상대방이 무려 50퍼센트나 맞힐 것이라고 예상했다.

이런 현상이 왜 발생하는지는 실제로 게임을 해 보면 안다. 나도 20대 때 친구들과 이 게임을 하면서 정말 신기했는데 박자를 두드리는 사람은 노래를 떠올리면서 해야 해서 노래 멜로디가 선명하게 머릿속에 들어온다. 하지만 탁자 소리를 듣는 사람은 멜로디나 가사는 없고 그저 '딱딱' 소리만 들려서 노래가 아니라 모스부호와 같이 들리는 것이다.

이때 탁자를 두드리는 사람이 '지식의 저주'에 빠졌다고 표현한다. 내가 아는 것을 상대방이 모를 수도 있다는 것을 모른다. 메타인지가 나에 관한 지식과 관련됐다면 지식의 저주는 타인에 관한 지식과 관련 있다. 상대방이 무엇을 알고 있으며 어떤 상태이고 어떤 사람인지에 관한 것이다. 우리는 스스로에 대한 지식도 부족하지만, 상대방을 이해하는 데에도 부족한 면이 많다. 왜냐하면, 대부분 상대방이 아닌 내 중심적으로 사고하기 때문이다. 그래서 상대방이 나와 다름을 잊을 때가 많다.

지식의 저주에 잘 빠지는 부류는 전문가 집단이다. 인간은 무언가를 알면 자신이 무언가 모르던 상태를 망각한다. 특히 교수나 교사가 학생들을 가르칠 때 학생들이 모른다는 것을 망각한 상태에서 강의하면 학생들은 흥미를 잃게 된다. 강사는 당연히 이 정도는 알겠지라는 생각으로 열변을 토하지만, 실제 청강자는 모르는 상태일 경우가 많다. 지식의 저주에 빠진 셈이다. 그래도 교사는 교육학을 배우는 사람이기 때문에 그런 경우가 적지만 대학교 교수는 매우 심각하다. 잘 아는 것과 잘 가르치는 것은 완전히 별개의 문제다. 하지만 일단 잘 알면 잘 가르친다고 착각한다. 게다가 상대방에 대한 이해도 부족하다. '메타인지' 부족과 '지식의 저주'가 만나는 경우를 나는 대학 강단에서 너무나 많이 느꼈다. 물론 그것 때문에 내가 대학을 그만둔 것은 아니다. 하지만 '내가 이러려고 대학에 왔나. 자괴감이 든다'라는 생각을 대학생활 하면서 무척이나 많이 했다.

물론 이러한 현상은 교육계에만 있는 것이 아니다. 지식의 저주는 가정에서, 직장에서, 친구 간에 빈번하게 발생한다. 반성컨대 나 또한 '지식의 저주'에 가끔 빠지지만, 한 사건을 겪은 뒤부터 이를 극복하려고 노력하게 되었다. 다음은 나의 책 《누구나 처음엔 걷지도 못했다》에 나온 '지식의 저주' 이야기다. 당신은 부디 '지식의 저주'에 빠지질 않기를 바란다.

10년 전에 친구와 야구에 관해 이야기한 적이 있다.[46] 한참 떠드는데 이상하게 친구의 표정이 멍한 것이다. 나는 '녀석이 좀 피곤한가?'라고 생각하고 계속 말을 이어갔다. 갑자기 친구가 불쑥 물었다.

"도루가 뭐야?"

나는 순간 멍해졌다.

"아니, 진짜 몰라서 묻는 거야?"

"응, 정말 몰라서 묻는 거야."

"아무리 그래도 그렇지, 어떻게 남자가 도루를 모를 수 있냐?"

친구는 얼굴을 붉히고는 기분이 많이 상한 듯 집에 간다며 가 버렸다.

친구의 빈자리를 보며 당황했지만 이내 좀 더 깊게 생각해 보았다. 나는 '도루' 같은 야구의 기본 용어가 너무나 상식적인 용어라고 생각해서 성인 남자가 모르리라는 건 꿈에도 생각하지 못했다. 그래서 친구가 멍하게 있을 때조차 피곤해서지 몰라서 그런 것이라고는 생각하지 못했다. 더구나 그 친구는 정말 아는 게 많았다. 특히 동식물에 대해서는 내 주변에서 가장 깊은 지식을 가진 친구였다.

'혹시 내가 모르는 어떤 동물이나 식물이 그 친구에게는 너무 상식적인 것은 아닐까?'

나는 '지식의 저주'에 빠졌던 것이다. 평소 그 친구의 능력을 높이 평가했음에도, 그 순간 '지식의 저주'에 빠져 친구를 무시했던 것을 깨닫고 매우 미안했다.

'지식의 저주'에서 벗어나려면 최대한 듣는 사람의 처지가 되어야 한다. 그래서 지금 내가 보내는 메시지가 때로는 그에게 '따딱' 소리만 나는 모스부호와 같다는 것을 알아야 한다. 그리고 듣는 이가 알아들을 수 있게 합당한 멜로디로 불러 주어야 한다. 비로소 그때 '지식의 저주'는 사라지고 우리는 서로 소통하며 축복을 누릴 수 있다.

그날 이후 나는 변했다. 그 친구와 간혹 스포츠 이야기를 할 때면 조금 신경을 써서 용어를 풀이해 주거나 상황을 좀 더 구체적으로 이야기한다. 친구를 위해 멜로디를 불러 주는 것은 정말 좋은 일이니까.

그리고 우리는 여전히 베스트 프렌드다.

Chapter 3

기억

기억력은
타고나는 것이
아니다

누가 기억력 천재인가?

프리랜서 기자인 조슈아 포어는 2005년 에너지 기업 콘 에디슨 본사
건물 19층에서 열린 전미 메모리 챔피언십을 보러 갔다.[47] 전미 메모
리 챔피언십은 전 세계에서 누가 가장 기억력이 좋은가를 뽑는 시합이
다. 2005년에는 다음의 다섯 종목을 실시했다.

1) 50행짜리 미발표 시를 통째로 암송하기.
2) 이름이 적힌 99명의 얼굴이 담긴 사진을 보고 15분 안에 모두 암
   기하기.
3) 무작위로 뽑은 300단어를 15분 동안 암기하기.

4) 1,000자리 무작위 숫자를 5분 동안 암기하기.

5) 뒤섞어 놓은 트럼프 카드 한 벌을 5분 동안 순서대로 외우기.

세계에서 최고 수준의 기억력을 가진 36명의 사람이 참가한 이 대회는 세계 메모리 그랜드 마스터도 두 명이나 있었다. 세계 메모리 그랜드 마스터는 1,000자리 무작위 숫자와 순서가 뒤섞인 카드 열 벌을 각각 한 시간 안에 외우며 또 다른 카드를 2분 안에 외우는 사람을 일컫는다. 가히 기억력의 천재라고 할 수 있다. 조슈아 포어는 이 대회에 참가한 메모리 그랜드 마스터인 영국 출신 에릭 쿡을 인터뷰했다.

"자신이 천재라는 사실을 언제 깨달았나요?"

"천재요? 전 천재가 아니에요. 제 기억력은 보통 수준입니다. 여기 있는 다른 사람들도 다 마찬가지고요. 기억력이 보통이라고 해도 제대로 활용만 하면 대단한 능력을 발휘할 수 있다는 걸 아셔야 합니다."

조슈아는 에릭이 겸손을 떠는 것으로 생각했다. 그런데 문득 2004년 전미 메모리 챔피언십 챔피언이었던 밴 프리드모어가 어떤 신문사에서 한 인터뷰 기사 떠올랐다.

"중요한 것은 기술이고, 기억이 작동하는 법을 이해하는 겁니다. 누구나 할 수 있습니다."

밴이 보여 주는 기억 능력은 결코 아무나 할 수 있는 것이 아니었다. 그는 한 시간 동안 무작위 숫자 1,528개를 외우고 어떤 시든 그 자리에서 가뿐하게 외운다. 순서를 뒤섞은 카드 한 벌을 32초 만에 순서대로 암기할 뿐 아니라 96개의 역사적 사실을 5분 안에 날짜대로 외웠다. 심지어 원주율 값을 5만 자리까지 달달 외웠다.

누구나 할 수 있다는 그의 말을 과연 누가 믿을까? 타고난 기억력을 소유한 기억 천재가 그냥 하는 이야기라고밖에는 생각할 수 없었다. 하지만 조슈아는 이상하게도 밴이 말한 '누구나 할 수 있다'는 말이 가슴에 맴돌았다. 게다가 2005년 챔피언십 대회에 참가한 메모리 그랜드 마스터도 "평범한 사람이 기억에 대해 제대로 이해하고 적절한 방법론을 따라 열심히 노력한다면 누구라도 기억력 천재가 된다."라고 말하지 않았던가.

그래서 조슈아 포어는 진짜 그러한지를 실험해 보고자 마음먹었다. 대회에 참가한 사람들과는 비교도 할 수 없이 기억력이 부족한 평범한 자기가 과연 기억을 이해하고 제대로 된 기술을 익히면 기억력을 비약적으로 높일 수 있는지 궁금해진 것이다. 그래서 조슈아는 2006년 전미 메모리 챔피언십 참가를 목표로 1년 동안 꾸준히 기억력 기술을 연마한다. 과연 평범한 조슈아가 비약적인 기억력을 키울 수 있었을까? 2006년 전미 메모리 챔피언십에서 챔피언이 된 사람의 이름은 다음과 같다.

조슈아 포어!

기억이란 무엇인가?

2004년 전미 메모리 챔피언십 챔피언인 밴 프리드모어가 한 말을 다시 상기해 보자.

"중요한 것은 기술이고, 기억이 작동하는 법을 이해하는 겁니다. 누구나 할 수 있습니다."

기억이 어떻게 작동되는지를 제대로 이해하고 적절한 기억 방법을 배우면 누구나 기억력을 향상시킬 수 있다는 말이다. 조슈아 포어는 그것을 증명했다. 우리 또한 이번 〈기억〉 장을 통해 '기억이 작동하는 법'과 '기억력을 올리는 방법'을 기술할 것이다. 물론 기억력 대회에 나가기 위한 기억술이 아니라 공부와 업무를 제대로 하기 위한 내용이다. 기억이란 무엇인지, 주의력, 작업기억, 장기기억, 효과적인 기억 방법 등을 알아볼 것이다.

그렇다면 과연 기억이란 무엇인가?

간질병 환자였던 헨리 구스타프 몰레이슨의 연구 사례가 신경과학의 획기적인 발전을 이끌었는데 그 이유는 '기억'에 관한 이해를 크게 증진했기 때문이다.[48] 헨리는 9살 때 자전거 사고로 머리를 다친 후 간헐적으로 경련증세를 보였다. 25살이 되던 해에 헨리는 해마 일부를 제거하는 뇌수술을 받았고 증세가 많이 완화되었다. 하지만 수술 이후 헨리에게 이상한 일이 벌어졌다. 헨리는 십여 분 전에 인사를 나누었던 사람인데도 불구하고 그 사람을 보자 처음 보는 사람처럼 인사를 했다.

헨리의 기억은 몇 분 이상 지속하지 않는 듯 보였다. 다시 말해 그는 새로운 기억을 형성하지 못했다. 더 흥미로운 사실은 헨리의 장기기억은 전혀 손상되지 않았다는 점이다. 25살 이전에 겪었던 모든 삶을 기억했다. 자, 이렇게 어느 순간 더는 기억을 하지 못하는 상황이 되면 어떤 일이 벌어질까?

헨리는 82세의 나이로 세상을 떠났다. 헨리의 마지막 해의 아침을 떠올려 보자. 헨리는 아침에 일어나 노화된 몸을 이끌고 화장실에서 씻기 위해 힘들게 걸어갔을 것이다. 몸이 매우 안 좋은 것 같다고 느낀다. 그리고 화장실 거울 속 자신을 쳐다본다. 헨리는 깜짝 놀란다. 주위를 두리번거린다. 그리고 다시 거울을 본다. 헨리는 도저히 믿을 수 없다. 자신의 얼굴이 너무 늙었다. 헨리의 기억은 25살에 멈춰 있다. 당연히 기억하는 자신의 얼굴은 25살의 건장한 청년의 모습이다. 그런데 거울 속 자기는 주름이 가득한 80세 노인의 얼굴을 하고 있다. 너무 당황스러워 어쩔 줄을 모른다.

하지만 더 끔찍한 사실은 시간이 조금만 흐르면 충격받았다는 사실조차 기억할 수 없다는 것이다. 아침에 거울을 보며 충격받는 일을 헨리는 매일 아침, 그것도 50년 넘게 반복했을 것이다.

아직도 뇌과학이 가야 할 길이 먼 것은 사실이지만 기억이 저장되고 재현되는 과정은 비교적 정확히 밝혀졌다. 우리가 보고 느끼는 감각정보는 뇌간을 통해 시상으로 전달된다. 이렇게 들어온 다양한 감각정보들은 시상에서 뇌의 각 부위로 전송하고 여기서 처리된 정보는 전전두피질을 거쳐 단기기억으로 저장되게 된다. 하지만 이 단기기억이 장기기억이 되기 위해서는 해마의 분류작업을 거쳐야 한다. 그래서 헨리의 해마 제거는 장기기억 형성에 치명적인 사건이었다. 해마는 다양한 단기 기억 정보를 항목별로 분류하여 여러 뇌 부위로 전송한다.

예를 들어 새로운 단어는 측두엽, 시각과 색상에 관련된 기억은 후두엽, 촉각과 움직임은 두정엽, 감정과 관련된 기억은 편도체로 전송된다. 뇌과학자들은 숫자, 색상, 표정, 동식물, 감정, 소리 등이 저장되는 두뇌 부위를 약 20곳 정도까지 발견했다.

컴퓨터의 세계에 사는 우리는 뇌의 작용이 컴퓨터와 거의 같다고 생각한다. 하지만 실제로는 그 메커니즘이 상당히 다르다. 특히 기억 방식이 다르다. 컴퓨터는 기억할 정보를 분리하지 않는다. 예를 들어 하나의 동영상 정보가 있다고 할 때 컴퓨터는 저장할 정보를 따로 분리하지 않고 하나의 파일로 저장한다. 하지만 만약 그 하나의 동영상을 뇌에 저장한다면 영상에 나오는 화면, 소리, 분위기, 자막 등이 해마에서 낱낱이 분리되어 각각의 정보를 담당할 뇌 부위에 흩어져 저장된다. 이런 분할 저장은 컴퓨터처럼 차례로 저장하는 방식보다 훨씬 방대한 내용을 더 효율적으로 저장하기 때문에 미래 컴퓨터는 인간의 기억 방식을 재현하는 것이 하나의 목표가 될 정도다.

그렇다면 궁금하다. 어떻게 분리되었던 기억을 떠올릴 때는 하나의 기억처럼 떠오르는가? 첫사랑을 기억할 때 그녀의 표정, 그녀의 말, 그녀와 함께했을 때의 느낌 등이 나뉘어 있을 텐데 말이다. 최신 연구에 따르면 사람의 뇌에는 1초당 약 40회의 진동수를 가진 전자기파가 분포하는데, 기억의 한 단편이 다른 부위에 저장되는 기억의 파편을 자극하여 같은 진동수를 만들게 한다. 그렇게 진동하는 전자기파가 뇌 속에 끊임없이 요동치면서 다른 부위에 저장된 기억의 조각을 소환해 하나의 통합된 기억을 형성하는 것이다.

그런데 이때 기억에 대한 또 다른 놀라운 진실을 우리는 알게 된다. 단기기억은 신경전달물질의 강도 및 전기적 신호 차원에서 머물지만, 장기기억은 단백질 분자 수준에서 기록된다.[49] 앞서 알아봤던 것처럼 장기기억은 뇌의 해부학적 변화(뇌의 가소성)를 동반한다는 것이다. 그 장기기억을 다시 떠올리기 위해 각 부위에 흩어졌던 기억들을 재조합하면 이 과정에서 단백질의 분자 구조가 어떻게든 재배열된다. 다시 말해 기억을 떠올리는 행위 자체가 기억의 미묘한 변형을 가져온다는 것이다. 기억은 박제되어 있지 않고 살아 움직인다. 우리가 어떤 기억을 완벽하게 박제하기 위해 떠올리면 떠올릴수록 기억은 더 격렬히 변화한다. 이런 기억 메커니즘 때문에 우리는 어떤 기억은 너무나 생생하고 어떤 기억은 왜곡되기도 하는 것이다.

기억에 관한 뇌과학적 접근은 이쯤에서 그만하고, 공부를 잘하기 위해 우리가 알아야 할 기억에 관해 알아보자. 어떻게 하면 기억을 잘할 수 있을까? 첫 시작은 우리가 흔히 집중력이라고 말하는 '주의'다.

주의에 대한 이해와 멀티태스크의 허구

코네티컷의 뉴헤이번에 있는 한 초등학교 옆에는 기찻길이 있는데 기차가 큰 소음을 내며 이 초등학교 옆을 자주 지나간다.[50] 그런데 학교 건물의 한쪽 면만 기찻길을 향하고 있어서 그쪽 면에 있는 교실은 소음에 그대로 노출이 된 반면 다른 교실은 소음에 영향을 거의 받지 않는다. 혹시 소음이 아이들의 성적에 영향을 미치지 않을까? 이런 의문을 해결하기 위해 2명의 연구자가 등장했다.

이들은 이 두 집단을 대상으로 학습 수준을 검사했는데 심각한 차이가 나타났다. 6학년 학생들을 대상으로 한 연구에서 소음에 노출된 쪽에 있었던 학생들이 조용한 쪽에 있었던 학생들보다 무려 1년이나 학습 수준이 뒤처진 것으로 나온 것이다.

이 연구에 놀란 시 당국은 학교에 소음차단벽을 설치했다. 그러자 놀랍게도 두 학급의 실력 차는 현저하게 줄어들었다. 우리는 대부분 이 정도까지 소음의 영향이 클 거라고는 생각 못 했겠지만 왜 이런 결과가 나왔는지는 유추할 수 있다. 바로 소음이 아이들의 주의력을 흐트러뜨려 공부를 방해했기 때문이다.

당신도 한 번쯤은 '시곗바늘 돌아가는 소리가 이렇게 컸었나?'라고 생각한 적이 있을 것이다. 평소에는 안 들리던 시곗바늘 돌아가는 소리가 유난히 커서 잠을 설친 적도 있을 것이다. 시곗바늘 소리가 갑자기 커졌을까? 그렇지 않다. 시곗바늘 소리는 항상 났고 우리의 귀로 들어왔다. 하지만 우리가 그 소리에 의식적으로 '주의'를 기울이지 않았기에 들리지 않은 것이다. 우리는 주의를 하지 않으면 자극을 자각하지 못한다. 그럴 만한 이유가 있다. 우리 뇌가 감각기관으로 들어오는 모든 정보를 감당할 수 없기 때문이다. 그래서 주의를 통해 선별적으로 자각하게 된다.

주의에 관련된 뇌 부위는 두 군데가 있고 각자 역할이 다르다. 하나는 두정엽에 있는 '정향주의망'이다.[51] 당신이 길을 가다가 들고 있던 돈을 떨어뜨렸고 그 돈을 찾으려고 눈을 부릅뜬다면 정향주의망이 활성화되는 것이다. 정향주의망은 우리의 시각 탐색과 관련이 있다.

하지만 우리가 공부하거나 일을 할 때는 떨어진 돈을 줍는 것과는 다른 주의력이 있어야 한다. 공부할 때는 전두엽에 있는 '집행주의망'이 활성화된다. 당신이 이 책을 읽을 때 당신의 집행주의망은 적극적으로 새로운 정보를 취한다.

주의는 몇 가지 특징이 있다. 전두엽은 뇌에서 의사결정을 담당하는 CEO 역할을 주로 하는데 이는 20대 중후반까지 성장한다. 다시 말해 어렸을 때는 전두엽 발달이 미비하여 제대로 된 주의력을 발휘할 수가 없다. 그래서 유치원에서는 교사들이 10~15분 간격으로 끊임없이 새로운 변화를 주어 주의를 유지하려고 한다. 어린아이들에게 집중력이 부족하다고, 주의가 산만하다고 다그칠 필요는 없다. 아이들은 뇌 발달이 아직 충분하지 않기 때문이다.

물론 주의는 이렇게 발달상의 차이뿐만 아니라 개인차도 있다. 어떤 사람은 주의를 잘하지만 어떤 사람은 주의를 유지하는 것을 어려워한다. 주의는 특히 '읽기' 능력과 매우 큰 상관관계가 있으며 기억이라는 세계에 들어설 때 출입구 역할을 한다. 집중력이 좋은 사람이 공부도 잘한다는 말은 사실일 수밖에 없다.

하지만 흥미로운 사실은 주의가 기억의 첫 단추이긴 하지만 주의 또한 기억에 큰 영향을 받는다는 사실이다.

양분청취 실험이라는 게 있다. 이 실험은 각각 다른 메시지를 보내는 특수 제작된 이어폰을 끼고 실험자에게 한쪽의 메시지만 따라 말하게 하는 실험이다. 그러면 대체로 주의를 기울이지 않는 다른 쪽 메시지의 주요 내용이나 변화를 알아차리지 못한다. 하지만 다른 쪽에서 자신의 '이름'이 나오면 이야기가 달라진다. 우리는 어떠한 소음 속에서도 자신의 '이름'을 잘 듣는 경향이 있다. 이를 '칵테일파티 효과'라고 한다. 도대체 사람들이 무슨 말을 하는지 알 수 없는 시끌벅적한 칵테일파티 속에 있다 하더라도 누군가 자신의 이름을 부르면 그 소리는 정확하게 들린다는 것이다.

양분청취 실험에서 만약 주의를 잘하는 사람이라면 설사 자신의 이름이라고 할지라도 다른 쪽 메시지에서 들려오는 자신의 이름을 자각하지 못할 것이다. 반면 주의가 약한 사람이라면 자신의 이름을 자각할 가능성이 크다.

연구 결과 작업기억(단기기억) 용량이 큰 학생들은 약 20퍼센트만이 자신의 이름을 자각했지만, 작업기억 용량이 작은 학생들은 같은 실험에서 무려 65퍼센트가 이름을 자각했다. 이렇게 주의가 기억에 영향을 주고 기억 또한 주의에 영향을 준다.

그러므로 주의를 잘하려면 작업기억 용량을 늘릴 필요가 있다. 그러나 뒤에 살펴보겠지만, 작업기억 용량은 또 장기기억에 매우 큰 영향을 받는다. 결론적으로 주의력을 키우는 가장 좋은 방법은 공부를 많이 하는 수밖에 없다는 사실이다. 주의력을 키워서 공부를 잘하게 된다기보다 공부를 계속하다 보니 주의력과 집중력이 높아지는 것이다. 주의도 이렇게 후천적으로 길러질 수 있다.

마지막으로 간혹 자신이 '멀티태스크(다중작업)'를 잘한다고 말하는 사람이 있다.[52] 또 세간에는 남자들은 한 번에 한 가지밖에 못 하는 데 여자들은 한 번에 여러 가지 일을 동시에 한다는 말도 있다. 모두 다 거짓말이다.

앞서 양분청취 실험에서 보았듯이 우리는 '이름'처럼 자신에게 중요한 정보가 아닌 이상 하나의 메시지에 주의를 기울이면 다른 메시지는 거의 자각하지 못한다. 만약 두 메시지를 동시에 자각한다면 어떻게 될까? 하나의 메시지도 제대로 인지하지 못할 가능성이 크다. 멀티태스크는 주의와 기억 모두에 좋은 영향을 주지 못한다. 연구에 따르면 멀티태스크를 행하는 동안 실험자들이 읽은 내용을 테스트하면 점수가 매우 낮게 나온다고 한다. 물론 학생들은 자신이 멀티태스크를 잘한다고 믿었지만 말이다.

만약 아직도 자신이 멀티태스크 능력이 뛰어나다고 생각하는 독자가 있다면 이번 기회에 '메타인지' 능력을 높여보자. 우리 뇌는 동시에 두 가지에 집중하지 못한다. 두 가지 과제에 주의를 기울이면 같은 시간에 두 가지를 일해서 더 효율적일 것 같지만 실제로는 그렇지 않다. 물론 이미 습관화된 일이나 너무나 쉬운 과제는 두 가지를 동시에 한다고 생각할 수 있다. 하지만 그것들은 '주의'를 요구하지 않는 것들이다. 걸어가면서 음악 가사에 집중할 수 있겠지만, 책의 내용을 제대로 이해하려고 하면서 동시에 음악 가사에 집중할 수는 없다.

그러면 공부할 때 음악을 들으면 안 될까? 그렇지 않다. 고 작가의 경우 책을 읽을 때나 글을 쓸 때 항상 음악을 듣는다. 하지만 가사가 있는 음악은 듣지 않는다. 왜냐하면, 가사가 없는 좋은 음악을 들을 때는 작업할 때 주의에 방해를 주지 않고, 과제 수행 중 주의를 풀었을 때 들리는 감미로운 음악은 기분을 좋게 해줌으로써 때로 찾아오는 지루함이나 스트레스를 해소해 주기 때문이다. 하지만 가사가 있는 음악을 들으면 주의 자체를 방해하는 경우가 많다. 특히 좋은 가사가 담긴 좋은 노래일수록 더 방해한다! 하루는 너무 듣고 싶은 노래와 정말 보고 싶은 책이 있어 멀티태스크를 실시해 봤지만 둘 다에 집중하는 일은 사실상 불가능하다는 것을 고 작가는 깨달았다.

잊지 말자. 우리는 한 가지만 집중할 수 있다. 멀티태스크는 두 배의 효율을 내는 것이 아니라 두 배의 비효율을 낳는다.

'단기기억'은 기억 저장소인가?

우리는 지금까지 단기기억(short-term memory)과 작업기억(working

memory)을 혼용해서 썼다. 아마 다른 책에서도 작업기억과 단기기억을 함께 쓰는 경우를 본 적이 있을 것이다. 그냥 단기기억이면 단기기억이라고 할 것이지 '기억하기 힘들게' 굳이 작업기억이라는 용어를 새롭게 만들었을까?

심리학자들은 예전부터 아주 짧은 시간 동안 정보를 담고 있는 단기기억 체계가 우리에게 있음을 알아냈다. 그리고 대부분의 연구는 단기기억의 특징을 알아내는 것이었다. 1970년대 초 알랜 배들리 등은 그동안 수행되었던 많은 단기기억 연구를 검토했다.[53] 검토 결과 그들은 연구자들이 정작 '단기기억은 도대체 무엇을 하려고 존재하는 것인가?'라는 핵심적인 질문에 대해서는 진지하게 접근하지 않았다는 것을 알았다.

알랜 팀은 추가적인 연구 끝에 단기기억의 역할은 우리의 정신 속에 상호 관련된 정보들을 동시에 유지하면서 '작업(working)'하고 그것을 적절히 사용하도록 한다는 사실을 밝혀냈다. 다시 말해 작업기억은 단순히 정보를 저장하는 것에 그치지 않고 그 정보로 능동적인 작업을 하기 위해 존재한다.

작업기억은 기억이라는 단어가 있어서 '저장소' 같지만, 실제는 저장소라기보다 '작업대'에 가깝다. 이 작업대 위에서 새로운 정보와 장기기억이라는 재료가 함께 어우러져 목적에 맞게 조직화된다. 그리고 다른 작업을 하기 위해 재료는 빠르게 처리된다. 작업대에 재료가 계속 있으면 다른 작업을 할 수가 없지 않은가?

연구가 거듭될수록 단기기억이 작업을 위한 인지 과정임이 더 명백히 밝혀졌고 이후 학자들은 '단기기억'이라는 말보다 '작업기억'을 더 많이 쓰게 되었다. 그래서 우리는 같은 의미가 있는 두 개의 단어를 보게 된 것이다. 이제부터 우리 또한 이 책에서 '단기기억'이라는 단어보다는 의미가 더 명확한 '작업기억'이라는 단어를 주로 사용하겠다.

한동안 작업기억은 5~9개 정도의 재료를 담을 수 있는 하나의 작업대가 존재한다고 생각해 왔다. 1955년 조지 밀러는 〈마법의 숫자 7±2 : 정보처리 능력의 한계〉라는 유명한 논문을 발표한다.[54] 그는 다양한 테스트를 통해서 사람들은 적으면 5개 많으면 9개의 항목을 기억한다는 것을 알아냈다. 그러나 다루는 항목이 그보다 많을 때 일관된 오류를 보였다. 예를 들어 5927을 기억하기는 어렵지 않지만, 5984052942를 바로 기억해 보라고 하면 쉽게 하지 못했다.

하지만 이후 인지심리학의 발달로 우리의 작업대가 하나가 아님을 알아냈고 심지어 작업대에 올릴 수 있는 정보가 단순히 7개 숫자나 7개 색깔 같은 것이 아님을 밝혀냈다. 작업기억은 뜻밖에 복잡한 인지 체계였으며 그것을 제대로 이해한다면 작업장에서 품질뿐만 아니라 양적으로 더 많은 상품을 만들 수 있다.

4가지 작업대

작업기억의 역할에 대해 제대로 밝힌 배들리 연구팀은 과연 조지 밀러의 연구가 맞는지를 알아보려고 흥미로운 실험을 했다.[55] 밀러의 실험에 따라 실험 참가자들에게 숫자 8개를 무작위로 배정하여 순서대로 외우게 했다. 그리고 동시에 숫자 암송과 다른 공간 추론 과제를 함께 냈다. 만약 작업기억의 한계가 7±2라면 암송과 공간 추론 과제를 동시에 잘할 수는 없을 것이니 말이다. 하지만 실험 참가자들은 2가지 과제를 아무런 어려움 없이 실행했다. 밀러가 제시한 한계를 극복하고 더 많은 과제를 작업기억으로 수행해낸 것이다.

암송해야 할 숫자가 15개, 20개라면 어떤 일이 벌어질까? 암송은 당연히 힘들었다. 밀러의 7±2의 한계선이 작용하는 듯했다. 하지만 암송을 못 했을지라도 추론 과제는 모두 재빠르게, 그리고 95퍼센트의 정답률로 풀었다. 이 말은 작업기억의 작업대가 하나가 아님을 강력히 시사한다.

이후 연구를 통해 작업기억은 '음운회로(phonological loop)', '시공간 메모장(visual-spatial sketchpad)', '일화완충기(episodic buffer)', '중앙집행기(central executive)'라는 4개의 작업장이 있다는 사실이 밝혀졌다.

음운회로는 단어와 소리를 단기간 저장하는 체제이며 계산을 다 할 때까지 공식과 도형을 일시적으로 보관한다.[56] 당신이 '음운회로'라는 단어를 읽을 때 속으로 이 단어를 소리 내었음을 알 수 있을 것이다. 이를 하위발성(subvocalization)이라고 하는데 음운회로는 이때 짧은 시간 동안 제한된 수 안에서 활성화된다.

시공간 메모장은 말 그대로 시각과 공간 정보를 처리한다.[57] 시공간 정보를 그냥 저장할 수도 있고 언어를 시공간화하여 저장할 수도 있다. 하지만 시공간 메모장 또한 일시적이고 한계가 있다. 우리는 운전을 하면서 라디오로 축구경기를 청취하는 데 큰 문제가 없다. 하지만 축구경기를 들을 때 상세한 심상(mental image), 즉 이미지를 그려 가면서 들으면 운전을 제대로 할 수가 없다. 실제 실험에서 축구 방송을 들을 때 심상을 떠올려 보라고 했더니 중앙선 침범이 잦았다. 이로써 시공간 등 두 개의 심상을 모두 요구하는 과제 수행이 어렵다는 것을 알게 되었다.

앞서 8개의 숫자 암송과 공간 추리 과제를 동시에 진행했던 실험을 기억하는가? 축구경기에 대한 심상을 그리면서 운전하는 것은 어려웠지만, 숫자를 암송하면서 공간 추리 과제를 하는 것은 손쉽게 했다. 여기서 우리는 4개의 작업대는 서로 독립적이라는 사실을 알 수 있다. 숫자 암기는 음운회로이고 공간 추리 과제는 시공간 메모장을 사용하는데 서로의 기억을 간섭하지 않는다. 즉, 이 둘을 동시에 사용한다면 작업기억 용량이 늘어난다는 것을 알 수 있다.

하지만 연구에 따르면 8세 이후부터는 시각적인 형태로 제시되는 자극들을 언어적으로 명명하는 경향이 있다. 예를 들어 어떤 모양을 보고 '이것은 사각형 안의 원이야'라는 식으로 기억한다는 것이다. 시각적 메모장으로 기억하는 것을 음운회로로 기억하지 않는 것을 통해 더 넓은 작업기억을 확보할 수 있다.

일화완충기는 가장 최근에 제시된 작업기억 모형으로 음운회로, 시공간 메모장, 장기기억에서 나온 정보를 모으고 조합하는 임시저장고 역할을 한다. 당신의 이전 경험들을 해석하고 새로운 문제를 해결하며 미래 활동을 계획하도록 능동적으로 조작하는 곳이기도 하다. 또한, 이전에 서로 연결된 적 없는 어떤 개념들을 통합하도록 해 준다. 예를 들어 당신은 일화 완충기를 이미 공부했던 음운회로, 시공간 메모장을 작업기억이라는 개념에 통합시켜 장기기억 속으로 보낼 수 있다. 일화완충기는 임시 저장 체계이지만 여기서 생성된 개념이나 복잡한 심상은 장기기억 속에 저장될 수 있다.

마지막으로 알아볼 작업기억 작업대는 중앙집행기다. 중앙집행기는 작업기억 체제에서 CEO 역할을 한다. 음운회로, 시공간 메모장, 일화 완충기 및 장기기억의 정보 흐름을 통제하고 통합한다. 관련이 없는 정보를 의도적으로 무시하는 역할도 중앙집행기가 담당한다. 그러므로 중앙집행기는 당신이 무엇을 할 것인지, 무엇을 하지 말아야 하는지를 결정하는 데 말 그대로 '결정적인' 역할을 하는 셈이다. 어떤 공부법을 활용할 것인지 수학문제를 어떻게 공략할 것인지 또한 중앙집행기의 역할이다. 중앙집행기는 나머지 세 개의 작업대와는 다르게 임시 저장체계가 없으며 작업기억답게 한계가 있다. 수학문제 공략과 친구와 화해하는 가장 좋은 방법이 뭔지를 동시에 다룰 수 없다.

지난 10년 동안 나온 작업기억과 학업에 대한 연구를 종합해 보면 작업기억 과제와 관련된 점수는 아이큐뿐만 아니라 학점과도 매우 밀접한 관계가 있음이 증명되었다. 특히 음운회로 점수와 독서 능력은 높은 상관관계가 있으며 중앙집행기 과제 점수는 언어 능력, 읽기 이해, 추론 능력, 노트 필기 기술 등 공부 전반에 걸쳐 밀접한 관계가 있음이 드러났다. 주의력결핍 과잉행동장애(ADHD)를 겪는 아이들은 일관적으로 중앙집행기 과제를 잘 수행하지 못하는 경향이 있다.

그렇다면 어떻게 작업기억 능력을 향상시킬까? 우리는 앞서 공부한 것을 토대로 세 가지를 추론할 수 있다. 먼저 가장 중요한 것은 앞으로 많은 장기기억을 갖는 것이다. 예를 들어 395020592810247라는 15자리 숫자를 보고 바로 기억해 내라고 하면 너무나 어렵다. 하지만 1234567891011121 이건 어떤가? 아마도 대부분 쉽게 할 수 있을 것이다. 왜냐하면, 우리는 1부터 12까지 숫자의 순서를 이미 알기 때문에 1~12까지 숫자와 숫자 1만 기억하면 된다. 15자리 숫자를 순식간에 기억할 수 있다면 작업기억의 작업대에 더 많은 재료를 올려놓을 수 있고, 그렇다면 더 복잡하고 더 어려운 과제를 해결할 확률을 높일 수 있다. 결국, 특별한 꼼수가 있기보다 작업기억 능력의 확장은 얼마나 많은 공부를 하느냐와 많은 것을 알고 있는가에서 결정된다.

더불어 새로운 정보를 기존에 자신의 기억과 연결하고 통합하는 연습을 해야 한다. 예를 들어 1~12까지 숫자의 순서를 알고 있다 한들 15자리 숫자 과제에 그것을 적용하지 못한다면 과제를 제대로 풀 수 없을 것이다. 이미 공부했던 내용과 새로운 정보를 통합하는 노력을 하게 된다면 작업기억의 작업대는 더 훌륭해질 것이다.

마지막으로 앞서 언급했던 시공간 메모장을 활용하는 것을 음운회로로 치환하지 않도록 노력한다. 다시 말해 이미지를 잘 활용하고 그림으로 해결할 수 있다면 그렇게 하는 것이 좋다. 위대한 과학자나 예술가들은 심상을 통해 대상을 이해하는 경우가 매우 많았다. 오히려 말로 설명하기가 더 힘든 것이 많다고 표현할 정도다. 심상과 소리는 서로 독립적이기 때문에 둘 다 활용한다면 작업기억의 용량이 더 커질 것이다. 시공간적 자료 활용을 적극적으로 하는 것도 좋은 방법이다. 2003년에 있던 연구에서 언어적 설명과 시각적 표상을 결합하면 학생들이 더 많이 학습할 수 있다는 것이 밝혀졌다.[58]

앞서 소개한 방법들은 모두 메모리 챔피언십에 나온 기억 전문가들이 활용하는 방법들이다. 당신의 작업기억 능력도 노력한다면 충분히 발전할 수 있다.

장기기억이란 무엇인가?

수백만 권의 책과 그것이 정보망으로 연결된 도서관을 한번 상상해 보자. 방금 당신이 떠올린 그 도서관이 바로 장기기억이다. 장기기억은 당신이 평생에 걸쳐 누적시킨 경험과 정보를 모두 담고 있는 영구적인 저장소다.

하지만 장기기억 또한 작업기억처럼 한 가지 형태로 저장되지 않았다.[59] 장기기억은 선언적 지식(declarative knowledge), 절차적 지식(procedural knowledge), 조건적 지식(conditional knowledge)으로 이루어졌다.

선언적 지식은 사실과 개념 등에 대한 지식으로 일화기억(episodic memory)과 의미기억(semantic memory)으로 나뉜다.[60] 일화기억은 당신에게 개인적으로 발생했던 사건들의 기억을 말한다. 10년 전 첫사랑을 만난 사건, 토익 시험을 망쳤던 기억 등이다. 우리는 일화기억을 통해 추억여행을 떠날 수 있다. 특히 어떤 사건에 대해 강력한 정서적 반응을 할 때 더 강력해진다. 첫 키스에 대한 기억이 선명한 것처럼 말이다.

의미기억은 어휘와 사실적 정보에 대한 지식, 그리고 그런 것들이 조직화한 지식을 의미한다. '의미기억'이라는 의미를 아는 것 그리고 의미기억이 선언적 지식과 장기기억의 하위 단계임을 아는 것을 모두 포함한다.

절차적 지식은 과제를 수행하는 방법에 대한 지식이다.[61] 운전하는 방법, 이메일을 보내는 방법 등이 포함된다. 조건적 지식은 언제 어디서 선언적 지식과 절차적 지식을 사용할 것인가에 관한 지식을 말한다. 예를 들어 다음과 같은 두 문제가 있다.

1) $1/2 + 1/2 =$

2) $1/2 + 1/3 =$

당신은 분수 문제를 풀 때 분모를 같게 해야 한다는 사실을 알고 있다. 이것을 선언적 지식이라고 한다. 당신은 두 문제를 보고 첫 번째 문제는 분모가 이미 같음으로 분모를 같게 할 필요가 없고 두 번째 문제는 분모를 같게 해야 한다는 것을 인식한다. 이것을 조건적 지식이라고 한다. 이 문제를 실제로 계산하기 위해서는 절차적 지식이 필요하다.

그런데 조건적 지식과 절차적 지식은 암묵적이다. 다시 말해 이 지식을 활용할 때 이 지식을 제대로 회상하거나 설명할 수가 없다. 예를 들어 운전할 때 내가 어떤 지식을 활용하고 있는지를 정확히 떠올릴 수 없다. 그저 운전하는 것을 보고 그러한 지식이 있는지를 추론할 뿐이다. 반면 선언적 지식은 명시적이다. 쉽게 설명할 수 있고 회상할 수 있고 스스로 그 사실을 자각할 수 있다.

자, 그러면 지금부터 이번 장의 하이라이트라고 할 수 있는 기억 전략에 대해 알아볼 것이다. 어떻게 하면 기억을 잘할 수 있을까? 우리는 기억하는 데에 시간을 많이 사용하면 기억을 많이 할 수 있을 것으로 생각한다. 그래서 기억 전략하면 복습과 반복 학습만을 떠올린다. 일반적으로 많은 시간을 투자하면 기억의 양을 늘려 주는 것은 사실이지만 한 가지 조건이 있다. 공부의 질, 즉 기억 전략이 같았을 때에 시간이 의미가 있는 것이다. 우리는 복습이나 반복 학습이 그저 하나의 형태로만 있는 것처럼 생각한다. 하지만 전혀 그렇지 않다. 어떻게 복습을 하고 어떻게 반복을 하느냐에 따라 기억 수준은 현저한 차이를 보여준다. 공부하는 시간이 의미가 있으려면 훌륭한 전략을 사용해야 한다.

강의 듣기와 반복 읽기의 허상

훌륭한 전략을 알아보기 전에 우리가 잘못 생각하는 대표적인 공부 전략에 대해서 알아보자. 기억연구의 대가인 독일의 심리학자 헤르만 에빙하우스에 따르면, 학습을 하고 10분 후부터 망각이 시작되며 1시간 뒤에는 50퍼센트, 하루 뒤에는 70퍼센트, 그리고 한 달 뒤에는 80퍼센트를 망각한다고 한다. 그래서 공부 좀 한다는 학생들은 한결같이 복습을 열심히 하는 게 좋은 성과의 핵심이라고 말한다. 망각을 이기기 위해서는 복습 이외에는 답이 없기 때문이다.

이 말은 지극히 사실이다. 하지만 여기서 더 중요한 질문은 '과연 어떤 복습을 해야 장기기억에 좋은가?'이다. 결국, 여러 가지 중요한 시험이나 학업 성취도를 높이거나 일을 제대로 하는 데 필요한 것은 풍부한 장기기억이니 말이다. 하지만 만약에 당신이 생각하는 복습이 추가로 강의를 듣는 것이거나 단순 반복 읽기를 뜻하는 것이라면 공부의 효율성은 기대하기 힘들 것이다. 공부는 했지만 자기 생각보다 성과가 나오지 않게 된다.

《서울대에서는 누가 A+를 받는가》에서는 저자가 에릭 마주르 하버드대 교수에게 들었던 강의 내용을 상세히 기록해 놓았다.[62] 마주르 교수는 강의하면서 한 가지 그래프를 보여 준다.[63] MIT 미디어랩에서 실험한 연구로 한 대학생에게 검사 장치를 붙이고 일주일 동안 교감신경계의 전자파동이 어떻게 변하는지를 관찰한 것이다. 집중하거나 각성 혹은 긴장이 되어 있을 때 교감신경계는 활성화된다. 다시 말해 교감신경계가 활성화되어 있다는 것은 뇌가 뭔가 적극적으로 일한다고 추정해 볼 수 있다. 반대로 교감신경계의 활성 상태가 약하면 뇌가 집중하지 않는 것으로 볼 수 있다.

그래프를 보면 흥미로운 사실을 발견할 수 있다. 교감신경계가 활성화되지 않을 때는 TV 시청과 수업시간이다. 다시 말해 강의를 들을 때 뇌가 적극적으로 활동하지 않는다는 사실이다. 심지어 자고 있을 때도 뇌는 열심히 활동하는데 말이다.

〈메타인지〉 장에서 1퍼센트의 학생들은 학원에서 강의를 듣기보다 필사적으로 개인 공부 시간을 확보한다고 말했다. 밤늦게 학원에서 수업을 들으면 뭔가 열심히 공부한 듯하지만 그것은 착각이다. 뇌는 해야 할 일을 안 하고 있기 때문이다.

그래프를 보면 숙제를 하고 공부를 하고 시험을 볼 때는 교감신경계가 활성화된다는 것을 확인할 수 있다. 결국, 추가로 강의를 듣는 것은 매우 비효율적인 복습이다.

또 하나의 비효율적인 복습이 있다. 그것은 단순 반복 읽기다. 2008년에 있었던 연구에서 한 그룹 학생들에게 교재를 한 번 읽게 했고 다른 그룹의 학생들에게는 교재를 연속해서 두 번 읽게 했다.[64] 그리고 읽자마자 바로 시험을 봤더니 두 번 읽었던 그룹의 성적이 조금 높았다. 하지만 몇 시간이 지나서 다시 시험을 보자 두 집단의 성적은 별 차이가 없었다.

또 다른 실험에서는 총 148명의 학생에게 〈사이언티픽 아메리칸 (Scientific American)〉에서 뽑은 다섯 개의 지문을 읽게 했다. 먼저 학생들을 높은 학습 능력이 있는 집단과 낮은 학습 능력이 있는 집단으로 나누었다. 그리고 각각의 집단을 지문을 한 번 읽는 집단과 두 번 연속해서 읽는 집단으로 나누어 실험했다. 교재를 읽고 잠깐의 시간이 지난 뒤 지문을 통해 무엇을 기억하고 배웠는지 질문했다. 하지만 연구 결과 어떤 집단이든 연속적인 반복 읽기는 장기기억에 거의 도움 되지 않는다는 사실이 밝혀졌다.

그렇다면 연속으로 반복 읽기의 실효성이 이렇게 떨어지는데 왜 학생들은 이 방법을 선호하는 것일까? 첫째는 이러한 방법이 복습 방법 중에 가장 쉽고도 간편한 방법이기 때문이다. 만약 복습할 때 연습 문제를 풀게 하고 요약을 하게 하며 구술로 설명해 보라고 하면 귀찮아하는 학생이 태반일 것이다. 하지만 반복 읽기 정도는 할 수 있다는 생각이 든다. 둘째는 연속해서 반복 읽기를 하다 보면 교재 내용을 완전히 내 것으로 소화했다는 생각이 들기 때문이다. 하지만 안타깝게도 그것은 착각이다. 시간이 좀 지난 뒤 연속해서 읽었던 내용으로 시험을 보거나 설명을 해 보라고 하면 소화했다는 생각이 무색하게 낮은 성적이 나올 확률이 높다.

기억 전략 1 : 시험 효과

그렇다면 장기기억을 위한 최상의 전략에는 무엇이 있을까? 많은 독자가 실망하겠지만 정말 많은 연구가 한결같이 지지하는 기억 전략이 있다. 그것은 시험을 자주 보는 것이다. 이를 시험 효과(testing effect)라고 한다.

2006년 워싱턴대학교에서 학생들에게 과학 관련 짧은 에세이를 읽게 했다. 그리고 한 그룹의 학생들에게는 에세이를 다시 공부하라고 했고 다른 그룹 학생들은 바로 시험을 보았다. 다시 공부한 학생들은 대부분 반복적으로 에세이를 읽었다. 그리고 두 그룹이 각자의 활동을 끝내자 각 그룹을 다시 세 그룹으로 나누어 한 그룹은 5분 후에 최종 시험을 보고 두 번째 그룹은 2일 후에, 세 번째 그룹은 1주일 후에 최종 시험을 보았다.

시험 결과 5분 후에 시험을 봤을 때에는 중간에 시험을 본 학생들보다 반복 학습을 한 학생들이 조금 더 성적이 좋았다. 하지만 이틀이 지나자 점수는 완전히 역전되었다. 반복 학습을 한 아이들은 절반 가까이가 내용을 잊어버렸지만, 중간에 시험을 본 학생들은 내용을 거의 잊지 않았다. 1주일이 지나면서 두 그룹의 차이는 더 심해졌다. 반복 학습을 한 학생들은 40퍼센트 정도밖에 기억을 못 했지만, 시험을 본 학생들은 60퍼센트 가까이 기억을 했다. 더 흥미로운 사실은 중간에 시험을 봤던 학생들은 시험 결과에 대해 전혀 피드백을 받지 못했다. 만약 시험에 대한 피드백을 받았다면 더 큰 차이가 날 확률이 컸다.

2007년에 대학생들을 대상으로 벌인 연구에서도 30회 이상 실험을 한 결과 학생들의 성적에 가장 도움이 되는 것은 '퀴즈'라는 것이 밝혀졌다.[65] 또 다른 연구에서는 중간에 시험을 한 번 보는 것보다 세 번을 보았을 때 장기기억 효율이 14퍼센트나 좋은 것으로 나타났다.[66]

시험은 장기기억에만 좋은 것이 아니라 메타인지를 향상해줌으로써 좀 더 효율적인 학습 전략을 세우도록 해 준다. 시험을 통해 내가 무엇을 알고 무엇을 모르는지를 객관적으로 확인할 수 있기 때문이다. 교재를 보면 장마다 연습문제가 있다. 그런데 많은 이들이 문제 푸는 것이 귀찮아서 그냥 넘어가는 경우가 태반이다. 특히 대학생들은 그게 더 심하다. 하지만 그 연습문제를 푸는 것이 장기기억뿐만 아니라 메타인지를 높이는 가장 효율적인 방법임을 알아야 한다.

특히 시험을 본 후 오답 노트를 따로 정리하는 것은 시험 성적을 올리는 데 큰 역할을 한다. 틀린 문제는 또 틀릴 가능성이 크기 때문이다.

그런데 그냥 반복해서 책을 읽는 것과 시험을 보는 것은 근본적으로 다른 차이가 있다. 그것은 반복 읽기와 다르게 시험을 볼 때는 공부한 내용을 밖으로 '인출'해야 한다. 바로 그 인출이야말로 장기기억으로 가는 최선의 길이다.

기억 전략 2 : 인출 효과

인출이라는 것은 시험을 포함해서 암송, 요약, 토론, 발표, 관련된 글을 쓰는 것 등을 말한다. 다시 말해 공부한 내용을 어떻게든 밖으로 표출해 보는 것이다. 이는 매우 힘든 작업이다. 하지만 이렇게 고된 작업을 할 때 뇌는 해부학적으로 변하고 장기기억이 형성된다.

실제로 고 작가와 신 박사는 책이나 글로 썼던 내용, 강의했던 내용, 팟캐스트 방송으로 토론했던 내용, 상담했던 내용 등은 어떤 상황에서도 청산유수처럼 설명된다는 사실을 자주 경험했다. 라디오나 방송에 출연했을 때 예기치 못한 돌발질문이 나올 때가 있다. 그때 아무리 머릿속으로 아는 내용이라 할지라도 인출 경험이 없는 질문이 나오면 유창하게 답변을 못 한다. 하지만 인출 경험이 있는 내용에 관한 질문이 나오면 미리 짠 듯 막힘없이 답변할 수 있다. 이것이 바로 인출의 힘이다.

1917년에 시행된 고전적인 연구에서 학생들에게 《미국인명사전》에 실린 짧은 전기들을 공부하게 했다.[67] 그리고 일부 학생에게는 내용을 다시 읽게 했고 나머지 학생은 같은 시간에 전기를 암송하게 했다. 그리고 서너 시간 뒤에 기억나는 것을 모두 쓰라고 하자, 암송 그룹이 반복 읽기 그룹을 압도했다.

1978년에 있었던 한 연구에서 반복 읽기식 벼락치기 공부 그룹과 다양한 인출 방법으로 공부한 그룹을 놓고 바로 시험을 보게 했다. 시험 결과 벼락치기 공부 그룹이 당장의 시험에서는 약간 좋은 성적을 보였다. 하지만 첫 시험 이틀 후에 치른 두 번째 시험에서, 벼락치기 그룹은 기억한 정보의 50퍼센트를 망각했지만, 인출을 방법으로 공부한 그룹은 13퍼센트만 망각했다.

잘 포장된 도로로 가면 장기기억이라는 목표에 도착할 수가 없다. 진흙탕길이나 자갈길로 갈 때 장기기억에 도착할 수 있다. 인출! 시험, 암송, 토론, 요약, 글쓰기, 발표 등의 방법은 장기기억에 매우 탁월한 공부법이다.

잊지 말자. 어렵게 공부하면 잊기가 어렵다.

기억 전략 3 : 분산 연습 효과

38명의 외과 인턴이 현미경을 이용해서 미세 혈관을 잇는 수술 수업을 들었다.[68] 수업은 교육을 조금 받은 뒤 연습하는 방식이었다. 이들 중 절반은 하루 네 번의 수업을 받았고, 나머지는 네 번 수업을 받되 수업과 수업 사이에 일주일씩 간격을 두었다. 마지막 수업이 끝나고 한 달 뒤 테스트를 했다. 결과는 간격을 두고 수업을 받은 인턴들의 압승이었다. 특히 연속해서 수업을 들은 인턴들의 16퍼센트는 쥐의 혈관을 회복 불가능할 정도로 훼손해 수술 자체를 끝내지 못할 수준이었다.

　하루에 네 개의 수업을 들은 인턴들은 일종의 벼락치기 공부를 한 것이고 일주일 간격을 둔 인턴들은 분산 연습 효과(distributed-practice effect)가 있는 공부를 한 것과 같다. 분산 연습 효과는 매우 광범위해서 영어 어휘, 수학 지식, 여러 명칭 등의 장기기억에 모두 적용되는 것으로 밝혀졌다.[69]

　분산 연습 효과가 있는 이유도 앞의 전략들과 일맥상통한다. 연속으로 연습하면 단기기억이 주로 일을 하게 되면서 내용을 완전히 숙지한 듯 보이지만 실제로 장기기억으로 많이 가지 않게 된다. 하지만 간격을 두고 학습하게 되면 두 번째 학습할 때 약간의 어려움을 겪게 된다. 어렵게 공부하면 잊기가 어렵다는 명제를 잊지 말자. 뇌를 더 적극적으로 활용하면 장기기억으로 갈 확률이 올라간다. 전문가들은 보통 하루 정도의 간격을 두고 공부할 때 매우 효과적이라고 말한다.

기억 전략 4 : 교차 효과

두 가지 이상의 과목을 번갈아 학습하면 장기기억에 긍정적인 효과를 누릴 수 있다. 이를 교차 효과라고 한다. 두 그룹으로 나뉜 대학생들은 쐐기 모양, 회전 타원체, 구상원추, 반원추 등 잘 알려지지 않은 네 가지 입체에 대해 배웠다. 그리고 한 그룹은 쐐기 모양의 부피를 계산하는 문제를 연속해서 네 개 푼 뒤 그다음 입체로 넘어가는 식으로 연습 문제를 풀었다. 다른 그룹은 입체별로 문제를 연속해서 푼 것이 아니라 교차해서 문제를 풀었다. 예를 들어 쐐기 모양, 회전 타원체, 구상원추, 반원추 문제를 각각 하나씩 풀고 다시 쐐기 모양 등으로 풀었다. 연습 중 정답률은 연속해서 푼 학생들이 89퍼센트인데 반해 교차해서 푼 학생들은 60퍼센트밖에 되지 않았다.

하지만 일주일 뒤 시험을 다시 봤을 때는 교차로 푼 학생의 정답률이 63퍼센트로 올랐지만, 교차 없이 연속적으로 문제를 푼 학생들의 정답률은 20퍼센트로 추락했다. 교차 연습이 3배 이상의 기억 효과를 낸 것이다.

입체별로 문제를 연속으로 풀면 점점 쉬워지지만, 교차로 풀면 쉽다는 느낌이 덜 들게 된다. 상기하자. 어렵게 공부하면 잊기가 어렵다. 교차로 문제를 풀면 뇌가 더 고생하게 되면서 뇌의 신경섬유 연결이 더 활성화된다. 그래서 공부를 할 때 여러 과목을 교차해 가며 공부하는 것이 좋다. 하루에 한 과목씩 집중해서 공부하는 방법은 결코 좋은 전략이 아님을 알 수 있다.

기억 전략 5 : 그 외 5가지

앞에서 소개한 4가지 전략 이외에 도움이 될 만한 기억 전략을 소개하겠다.

1) 자기 참조 효과 : 정보를 자신과 관련시킬 때 우리는 더 많은 정보를 기억할 수 있다. 예를 들어 'nerd'라는 단어를 외울 때 내가 '세상 물정 모르는 공부벌레'라고 생각한다면 이 단어는 정말 쉽게 외울 수 있다. 129건의 메타 분석을 한 결과 자기 참조 효과는 매우 효과적인 기억 전략임이 밝혀졌다.[70]

2) 맥락 효과 : 기억해 낼 때의 맥락이 공부할 때의 맥락과 유사할 때 기억을 잘해낼 수 있다. 한 연구에서 영어와 스페인어를 유창하게 하는 사람에게 두 가지 이야기는 영어로, 다른 두 가지 이야기는 스페인어로 청취하게 했다. 그리고 테스트를 했는데 이야기를 같은 언어로 듣고 질문받을 때보다 다른 언어로 질문을 받았을 때, 즉 영어로 듣고 스페인어로 질문을 받았을 때 기억의 정확성이 떨어지는 것으로 나왔다. 특히 시험을 볼 때 맥락 효과를 이용하면 좋다. 시험을 보는 비슷한 시간, 비슷한 장소에서 비슷한 시험 유형으로 공부한다면 실제 시험에 큰 도움이 될 수 있다.

3) 심상 활용 : 어떤 정보를 암기할 때 심상 즉 이미지를 이용하면 더 효과적이다. 한 연구에서는 반복 암송 그룹보다 이미지를 활용한 그룹이 2배 더 많은 항목을 기억한 것으로 나타났다. 이미지는 괴이할수록 더 효과적이다. 예를 들어 1-닭 쌍을 외워야 한다면 치킨이 담배 피우는 이미지를 연상하면 된다.

4) 조직화 : 기억을 할 때 비슷한 속성끼리 분류화(범주화)하거나 상위

개념, 하위개념 식으로 위계를 세우면 기억이 더 잘된다. 한 연구에서는 동물들을 그냥 외울 때보다 동물들을 범주화하고 그것을 또 위계를 세워 외웠을 때 3배 이상 더 많이 외운 것으로 나타났다.

5) 첫 낱자 조합 기법 : 첫 글자를 따서 외우면 많은 것을 기억하는 데에 효과적이다. 조선 시대 왕을 외울 때 "태정태세문단세 예성 연중인명선……." 이런 식으로 암기하는 것을 말한다.

지금까지 많은 기억 전략을 알아보았다. 기억의 시작은 '주의'이지만 주의는 작업기억에 영향을 받고 작업기억은 장기기억에 영향을 받는다는 것을 잊지 말자. 결국, 공부를 열심히 할수록 집중력은 올라가게 되어 있다. 또한, 반복 학습과 강의는 기억에 있어 효율적이지 않다는 것을 기억하자.

어렵게 공부할 때 잊기가 어렵다!

인생을 바꾸는 암기의 힘!

대부분은 말한다. "저는 암기를 너무 못해요." 그러면서 암기는 무언가 부정적이고 수동적인 것으로 치부해 버린다. 그럼 이건 어떨까? 태어나서부터 자동차 운전을 잘하는 사람이 있을까? 절대 없다. 모두 맨 처음에는 서툴다(특히 수동 운전은 더 어렵다). 하지만 운전연습 학원에 가서 연습하고 측면 주차, 후진 주차 공식을 배우면 생각보다 어렵지 않게 주차도 할 수 있다. 결국, 처음부터 잘하는 사람은 거의 없다. 결국은 어떤 일이든 체계적인 훈련 과정이 있어야 실력 향상이 일어난다. 암기도 예외일 수는 없다. 〈기억〉 장에서 배운 것처럼 제대로 된 전략이 있어야 암기도 잘할 수 있다. 이번에는 자신만이 체계적인 전략과 꾸준한 실천으로 기적 같은 암기 성과를 보여준 한 친구의 이야기를 해보려고 한다.

누군가 두 달 동안 단어를 8,000개나 외웠다고 하면 쉽게 믿기지 않을 것이다. 그런데 지훈(가명)이는 그것을 정말로 기적같이 해냈다. 그래서 그 과정을 설명하도록 부탁했다.

"저는 단어 공부를 할 때 생각보다 시간이 오래 걸리자 낭비하는 시간이 얼마인가를 확인하려고 스톱워치를 샀습니다. 처음에는 단순히 흘러가는 시간을 확인하는 목적으로 사용했지만, 곁에 두다 보니, 단어 암기의 효율 능력을 늘리고 싶어졌습니다. 그래서 현재 내가 어떤 행동을 할 때 암기 시간이 늘어나는지 분석했습니다.

저는 눈을 맹신하지 않기 때문에 주로 손으로 적어 가면서 외웠습니다. 한 단어씩 246개를 쓰다 보면 시간이 매우 많이 걸리게 됩니다. 그래서 저는 한 번에 눈으로 기억할 수 있는 범위를 정했습니다. 예를 들면 한 번에 제가 까먹지 않고 5개를 눈으로 암기할 수 있다고 할 때, 먼저 눈으로 5개를 암기한 뒤 손으로 제가 외운 5개가 정말 맞는지 확인하는 방법으로 암기했습니다.

처음 이 방법을 시도할 때는 눈으로 3개 이상 암기하기 어려웠습니다. 하지만 3개를 눈으로 암기하는 것이 익숙해지자 단어 하나를 추가했습니다. 이렇게 단어를 하나씩 추가해 나갔습니다. 그리고 최대 7개까지 한 번에 눈으로 암기한 뒤 손으로 써서 확인했습니다. 8개 이상은 미리 암기했던 부분을 잊어버리게 되어서 제게는 오히려 역효과가 발생했습니다. 그이후로는 한 번에 암기하는 7개를 빨리 외우도록 스톱워치를 보며 점차 시간을 줄여 나갔습니다. 그렇게 처음에는 한 페이지 13단어를 암기할 때 25분이 걸렸는데, 나중에는 5분으로 줄게 되었습니다. 하지만 이렇게 외우다 보면 빨리 외운 만큼 잊어버리기 쉽다는 생각이 들어 단어를 외우고 그 다음 날 복습을 했습니다."

이런 식으로 지훈이는 많을 때는 하루에 500개가량의 단어를 외웠다. 앞에서 배웠던 것처럼 지훈이는 막연하게 여러 번 써 보거나 읽는 방법으로 암기하지 않았다. 우선 눈으로 외우고 손으로 확인하는, 짧지만 매 순간 시험을 보는 방법을 채택해서 실천한 것이다. 거기다 주의력을 높이기 위해 적절한 환경 설정을 만들었다. 그냥 막연하게 외우기보다는 시간을 단축하겠다는 목표가 있었기 때문에 지훈이의 주의력은 조금 더 올라갈 수 있었고, 그 조금이 점점 누적되자 암기 시간이 1/5까지 단축이 된 것이다. 그렇게 적절한 전략을 구사하여 꾸준히 반복까지 한 지훈이는 두 달 만에 8,000개 단어를 외어 버리는 자신도 믿지 못할 놀라운 결과를 만들어 낸 것이다.

그렇게 단어를 한번 제대로 정복하자 지훈이의 영어 실력은 정말 말 그대로 일취월장했다. 전공 원서는 사서 사실상 펴 보지도 않았고 사전이 없으면 거의 읽기 불가능한 수준이었지만 8,000개 암기 후에는 한 쪽에 모르는 단어가 거의 한두 개 수준이어서 완벽한 해석은 아닐지라도 문맥을 거의 다 파악할 수 있게 되었다고 한다.

8,000개를 다 외운 지 2달 뒤 나는 지훈이에게 다시 연락했다. 그리고 최고 수준의 독해 난이도로 유명한 〈이코노미스트〉지에 오바마 대통령이 기고한 "The way ahead"라는 지문을 읽어 볼 것을 부탁했다. 오바마 대통령이 상대적으로 글을 쉽게 썼다고 하지만 여전히 그렇게 읽기 쉬운 지문은 아니었고 분량도 상당히 길었다. 글을 다 읽은 지훈이는 여전히 문법 때문에 해석할 수 없는 부분이 많았지만, 어느 정도 내용 파악은 할 수 있었다고 말했다. 내게 말해 준 요약한 문맥도 핵심에서 크게 빗나가지 않았다. 추가로 말해 주기를 8,000개를 외운 덕분에 모르는 단어가 5개 정도 이내였다고 한다. 8,000개를 다 외운 후에도 장기기억으로 확실하게 넘기기 위해 꾸준하게 복습을 해 왔다고 한다. 정말로 놀라운 결과였

다. 지훈이는 원래 마땅한 목표가 없어서 전문대 졸업 후 막연하게 공무원 시험을 타의적으로 준비했었다고 한다. 하지만 단어를 외우고 나니 영어로 된 글 읽기가 훨씬 수월해졌고, 자신이 영어를 잘하면 생각보다 할 수 있는 일이 많다는 것을 깨달았다고 한다. 지금은 편입해서 관련 전공을 살려 그 분야의 최고 전문가가 되기 위해 노력하고 있다.

우리는 대부분 암기를 싫어한다. 하지만 오해다. 제대로 된 전략으로 암기해 본 적이 없어서 암기를 통한 성취를 이룬 적이 거의 없다. 그러므로 암기에 대한 적절한 동기부여가 되지 않는 것이다. 공부에서 암기는 운동으로 따지면 기초체력이다. 그 어떤 운동도 기교를 따지기 전에 기초체력이 충분히 쌓여야 한다.

예를 들어 축구만 봐도 강력한 슈팅이 가능하고 드리블이 아무리 화려해도 90분 동안 꾸준히 뛰지 못한다면 최고의 기술은 쓸모없게 된다. 공부에서 암기도 마찬가지다. 한 가지 예로 새로운 분야의 공부를 시작하면 처음 우리가 접하는 것은 낯선 용어다. 용어 개념에 대한 이해도 물론 중요하지만, 이해한 뒤 그 뜻이 적절하게 암기가 되지 않는다면 계속 다시 용어의 정의를 살펴야 해서 공부의 진도는 느려질 수밖에 없다. 그만큼 암기는 공부에서 가장 중요한 기초근간 중에 한 부분이다. 그 어떤 운동도 기초체력이 좋아서 불리한 경우는 절대 없다.

마찬가지로 그 어떤 공부도 강력한 암기력이 나쁘게 작용하는 경우는 결코 없다. 누구나 올바른 전략으로 조금만 꾸준히 연습한다면 암기력을 높일 수 있다는 것을 잊지 말자. 임계점을 넘기는 암기를 통해 모두가 지훈이가 느꼈을 그 짜릿한 인생 역전의 기분을 맛보기를 진심으로 기원한다.

몰입, 행복과 공부를 모두 잡다

시카고대학의 미하이 칙센트미하이는 '인간은 언제 행복할까?'라는 질문에 해답을 찾기 위해 수많은 연구를 했다.[71] 그리고 그는 의외의 발견을 하게 된다. 우리는 보통 행복한 순간을 떠올리라고 하면 즐겁게 여가를 지냈던 시간을 떠올린다. 그런데 칙센트미하이가 자신이 계발한 '경험표집방법'으로 연구한 결과 여가를 즐길 때보다 일을 할 때, 더 구체적으로는 어떤 과제를 수행할 때 더 행복감을 느낀다는 사실을 알았다.

경험표집방법은 사람들에게 일주일 동안 호출기를 가지고 다니도록 한 뒤 호출기가 울릴 때마다 연구팀이 미리 나누어 준 설문지를 작성하는 방식이다.[72] 정해진 시간 없이 불규칙하게 하루 7~8번씩 호출기가 울리기 때문에 일주일이 지나면 한 사람의 일상생활을 대표하는 자료들이 모이게 된다. 불시에, 그리고 즉각적인 설문이 이루어지기 때문에 자료는 높은 신빙성을 갖게 된다.

이렇게 경험들을 모아 보니 칙센트미하이는 사람들이 가장 행복감을 느끼는 순간은 다른 어떤 일에도 관심이 없을 정도로 지금 하고 있는 일에 푹 빠져 있는 상태라는 것을 알았다. 이런 상태를 그는 플로우(flow)라고 명명했는데, 그 이유는 사람들이 최적 경험에 빠져 있을 때를 '물 흐르는 것처럼 편안한', '마치 하늘을 자유롭게 날아가는 느낌'으로 묘사했기 때문이다.[73] 어떠한 외적 조건과 상관없이 내면 의식이 한 가지 목표를 향해 질서 있게 나아가는 순간을 그렇게 표현한 것이다. 플로우와 가장 어울리는 우리 단어는 '몰입'이다. 즉, 몰입할 때 가장 큰 행복감을 느낀다는 것이다.

몰입하면 우리는 크게 두 가지를 경험한다. 하나는 시간 개념이 왜곡된다. "엇, 시간이 이렇게나 흘렀어?"라는 말을 하는 상황이라면 몰입했을 가능성이 크다. 나에게 시간 왜곡을 가장 강력하게 만드는 행동은 글을 쓸 때다. 집필할 때는 화장실을 가거나 식사를 할 경우를 제외하고 한자리에서 12시간 이상 집중하는 편이다.

다른 하나는 자아에 대한 의식이 사라진다는 것이다. 무아지경이라고 표현하는 일이 발생한다. 일이 나 자체가 되는데 흥미로운 사실은 몰입 이후에는 자아감이 더욱 강해진다는 사실이다. 특히 그 일이 건설적인 일이었다면 자존감은 더욱 상승한다.

그렇다면 몰입은 어떤 상황에서 하게 될까? 칙센트미하이의 몰입 이론에 의하면 주어진 과제가 한 사람이 가진 역량을 최대한 끌어낼 때 몰입을 느낄 확률이 높다. 만약 가진 역량에 비해 과제가 쉽다면 우리는 지겨움을 느끼게 되어 몰입할 수 없게 된다. 반대로 역량보다 과제가 어렵다면 우리는 불안과 두려움을 느끼게 된다. 몰입하기보다 회피하고 포기하고 싶은 부정적인 감정에 휩싸이게 된다.

몰입하기 위해서는 도전하고 노력하며 충분히 해낼 수 있는 과제여야 한다. 여기서는 실제 과제의 난이도도 중요하지만, 그 과제를 바라보는 사람의 마음도 매우 중요하다. 몰입하기 위한 과제는 쉽지 않기 때문에 자신의 능력으로 충분히 해낼 수 있는 일임에도 불구하고 미리 겁을 먹을 수 있기 때문이다. 그래서 그 과제를 내가 해낼 수 있다는 자신감과 나 스스로 이 과제수행과 과제수행 결과도 통제할 수 있다는 마음을 갖는 것이 중요하다.

결국, 최적의 경험인 몰입을 하기 위해서는 메타인지, 즉 내 수준을 제대로 알고 있어야 하며 과제의 난이도에 대한 이해도 필요하다. 그렇지 않으면 몰입을 위한 최적화된 과제 세팅이 안 되기 때문이다.

하지만 걱정하지 않아도 된다. 말이 거창해서 그렇지 목표 설정을 통한 시행착오를 몇 번 하면 몰입을 위한 최적화를 누구나 할 수 있다. 〈목표〉 장에서 더 자세히 다루겠지만, 목표를 세분화해서 부담을 갖지 않고 도전해 보는 것이다. 그리고 몇 번 도전해 보면 얼마큼의 노력이면 성공할지 그 수준을 가늠하게 된다. 그렇게 시행착오를 거치면 몰입을 위한 최적화를 만들 수 있다.

우리는 여기서 몰입이 주는 행복감이란 과연 무엇인가를 생각해 볼 필요가 있다. 그 행복감이라는 것이 몰입할 때 '쾌감'이 있다는 얘기일까? 전혀 그렇지 않다. 몰입은 자의식이 없다. 솔직히 완전히 몰입하는 순간은 자신이 무엇을 느끼는지도 모르는 상태다. 하지만 몰입이라는 것이 변함없이 계속 일어나는 것이 아니므로 순간순간 자의식이 생길 때 쾌락보다 고통이 올 확률이 훨씬 더 높다. 왜냐하면, 지금 주어진 과제가 쉽게 할 수 있는 일이 아니라 내가 가진 역량을 최대한 발휘해야 하기 때문이다.

결국, 몰입이 주는 행복감은 순간적인 쾌감이라기보다 몰입한 뒤 느끼는 감정이다. 어떤 일을 하면서 시간이 흐르는 것도 모른 채 열심히 하는 만족에서 오는 것이다. 그래서 몰입하는 순간 자의식이 사라지지만, 몰입 이후에는 더 큰 자아존중감을 느끼게 된다.

게다가 과업 수행으로 자기 성장을 느끼기 때문에 더 행복하다. 최대한의 노력으로 무언가를 열심히 한다면 어떤 일이 벌어질까? 일이 숙련되면서 어느 순간 그 일이 쉬워지고 지겨워진다. 그래서 몰입 상태에 다시 들어가려면 과제 난이도를 더 높여야 하고 이런 과정이 반복되면 자연스럽게 실력이 느는 것이다.

8년 전 처음 집필을 했을 때, 하루 글쓰기 목표는 책 기준 4페이지였다. 책을 처음 썼기에 그 이상은 좀 버겁고 그 이하는 좀 쉽다고 생각했다. 그래서 하루 4페이지가 자연스럽게 최적화가 되었다. 지금은 어떨까? 현재의 집필 최적화는 하루 20페이지 정도다. 욕심내서 25페이지 이상을 쓴 적도 있지만 그렇게 하면 다음 날 무리가 되어 지속하기 어려웠다. 물론 그 이하는 너무 쉬웠다. 핵심은 8년 사이에 집필 속도가 5배 올랐다는 사실이다.

서두에 말한 것처럼 글쓰기는 나를 강하게 몰입시키는 두 가지 중 하나다. 몰입이 결국 나를 성장시킨 것이다. 또한, 글을 쓰는 일은 힘들고 고통스러울 때가 많지만, 그 어떤 것을 할 때보다도 나에게 가장 큰 만족감을 준다. 특히 탈고할 때 주는 행복감은 말로 표현할 수 없다. '드디어 해냈다!'라는 성취감뿐만 아니라 집필만큼 나를 성장시키는 행위가 없음을 알기 때문이다.

결국, 공부도 마찬가지다. 처음부터 너무 버거운 목표로 어려운 과제를 수행해서는 안 된다. 반대로 너무 쉬운 것만 골라서도 안 된다. 자신의 역량을 최대한으로 끌어올리는 계획으로 실천할 때 몰입할 수 있다.

몰입은 고도의 '주의집중' 상태다. 우리는 기억의 시작이 '주의'라는 것을 배웠다. 당연히 당신이 몰입하게 된다면 당신의 기억 효율은 배가 될 것이다. 또한, 우리는 기억을 쉽게 하면 쉽게 잃어버리지만, 기억을 어렵게 하면 잊기 어렵다는 사실을 배웠다. 몰입은 주의집중 상태임과 동시에 매우 도전적인 과제수행을 하는 상태다. 과제수행의 내용이 장기기억 여부를 결정한다는 것이다.

오늘부터 몰입에 관한 최적의 조건을 만들어 보자. 그렇다면 몰입으로 행복과 공부라는 두 마리 토끼를 모두 잡을 수 있다.

Chapter 4

목표

성공적인
목표 설정은
따로 있다

우리는 모두 진흙탕에서 허우적대지.
하지만 이 가운데 몇몇은 밤하늘의 별
들을 바라본다네.

: 오스카 와일드 :

목표는 왜 중요한가?

"미국은 앞으로 하나의 목표에 전념해야 합니다. 앞으로 10년 안에 인
간을 달에 착륙시키고 무사히 지구로 귀환하도록 하는 목표 말입니다.
만약 우리가 이를 해낸다면 달에 가는 것은 한 사람이 아니라 이 나라
전 국민이 될 것입니다. 우리는 모두 이 목표를 성취하기 위해 열과 성
을 다해야 합니다."[74]

1961년 미국 대통령 존 F. 케네디의 연설이다. '목표'와 관련된 연설
중 이보다 유명한 연설을 찾기 힘들 정도로 강력한 메시지를 담고 있
다. 1957년 10월 4일 소련이 세계 최초의 위성인 스푸트니크호를 발사
했을 때 미국은 말 그대로 충격에 휩싸였다. 당시는 상대방의 무기 및

과학의 발전이 자신에게는 생존의 위협이 되는 냉전체제 시대였다. 예상을 벗어난 소련의 과학기술력을 눈과 귀로 직접 확인한 미국 정부와 시민들은 당황할 수밖에 없었다.

이후 부랴부랴 위성을 발사하는 등 소련을 뒤쫓아 갔지만, 세계 최초의 타이틀은 언제나 소련이었다. 세계 최초의 우주인도 소련의 우주비행사 유리 가가린이 차지했으니 말이다. 소련을 이기려면 말 그대로 '소련을 이겨야지!' 하는 단순한 의지 그 이상이 필요했다. 그리고 케네디는 그 이상이 무엇인지를 정확히 알았고 연설을 통해 미국 전체가 나아가야 할 단 하나의 명확한 방향, 목표를 제시했다. 이후 미국은 결국 소련을 제치고 최고의 강대국으로 군림하게 되었다. 케네디는 국민적 영웅으로 떠오르며 2000년도까지 미국인들이 뽑은 가장 위대한 대통령 1위 자리를 뺏기지 않았다.

목표는 왜 중요할까? 첫째, 목표는 현재 우리가 무엇을 해야 하는지를 알려 준다. 목표가 없으면 행동을 제대로 계획하기도 조직화하기도 힘들다. 갈팡질팡 방황하며 그저 시간만 흘려보낼 가능성이 크다. 둘째, 목표는 가장 강력한 동기부여 중 하나다. 목표는 미래 사건에 대한 인지적 표상인데 대부분 무언가를 성취하는 것과 관련이 있다. 간절히 원한 것을 성취했을 때 없던 힘도 생기고 노력하고 인내할 가능성이 커진다. 셋째, 목표는 현재의 모습을 구체적으로 보도록 한다. 목표라는 준거점이 없었을 때에는 자신이 어느 정도의 위치에 있는지 구체적으로 그려 내기가 어렵다. 하지만 기준으로 삼는 목표가 선명하다면 자신의 현재의 모습을 제대로 볼 수 있다.

지금까지 살펴본 '목표의 중요성'은 목표라는 것이 단순히 위성을 우주로 보내는 것에만 국한되지 않는다는 것을 알 수 있다. 목표는 공부에서도 매우 결정적인 역할을 한다. 그런데 불행하게도 2001년 미국의 한 연구에 따르면 대학생들은 물론 많은 학습자가 분명한 목표 없이 공부한다는 것이다. 하지만 비단 미국만 그럴까?

신 박사는 최근까지 많은 친구를 대상으로 거의 4천 건에 육박하는 상담을 했다. 그런데 상담 중 압도적으로 많이 받는 질문은 다음과 같다.

"도대체 무엇을 해야 할지 모르겠어요."

즉, 목표가 없다는 말이다. 성취를 위해서가 아닌 인생의 행복을 위해 목표를 세울 필요가 있다. 하지만 목표를 세울 때 그냥 세워서는 안 된다. 목표가 있는 것이 목표가 없는 것보다는 낫지만, 실제 목표에 도착하기 위해서는 아무 생각 없이 목표를 세우면 안 된다. 잘 계획된 목표 설정이 없다면 그 목표를 성취할 가능성은 없다.

그렇다면 어떤 목표를 어떻게 세워야 할까? 목표 설정의 첫 단추는 목표의 성격을 제대로 규정짓는 것이다. 과연 그 목표가 '성장'을 위한 것인지 '증명'을 위한 것인지 말이다.

성장 목표와 증명 목표

많은 연구자들은 크게 두 가지 형태로 목표가 존재한다는 것을 알아냈다. 당신은 왜 이 책을 읽는가? 만일 공부법에 관해 이해하고 궁극적으로 공부를 통해 지적인 성장을 꾀하려는 것이라면 당신은 '성장 목표'를 가진 것이다. 그것이 아니라 좋은 시험 성적으로 타인에게 자신을 증명하거나 남들이 다 보기 때문에 보는 것이라면 당신은 '증명 목표'를 가진 것이다.

원래 교육학자들은 자신의 능력을 높이려는 목표를 학습목표(learning goal), 숙달목표(mastery goal), 과제개입목표(task-involved goal), 과제중심목표(task-focused goal)라 하고, 능력을 입증하려는 목표를 수행목표(performance goal), 자아개입목표(ego-involved goal), 능력중심목표(ability-focused goal)라고 명명했다. 하지만 우리는 이렇게 흩어진 용어를 이해하기 쉽게 '성장 목표'와 '증명 목표'로 바꾸고자 한다.

성장 목표를 가진 사람은 공부 그 자체에 가치를 두고 자신의 능력을 향상하는 데 목적을 두기 때문에 '노력'으로 성장한다는 믿음이 있다. 또한, 실수나 실패를 했을 때 좌절하기보다 무언가를 배우는 경향이 강하며, 더 큰 도전을 하고 그 도전에 제대로 응전하기 위해 다양한 전략을 구사하려 한다. 실제 연구에 따르면 성장 목표를 추구하는 학생들은 성공은 노력으로 가능하다고 믿으며, 학업에서 맞닥뜨리는 도전을 받아들이며 스스로 질문하기, 요약하기 같은 효과적인 공부 전략을 적극적으로 활용하는 것으로 밝혀졌다.[75]

증명 목표를 가진 사람에게 공부는 자신의 능력을 주변 사람들에게 입증하는 것이 목표이다. 과제의 결과는 노력보다 재능에 따라 달라진다고 보는 경향이 강하다. 고정형 사고방식과 같은 맥락으로 이해하면 된다.

혹시 이 책을 읽는 이유가 공부법에 대한 궁금증을 해결하고 또 주변 지인이 이 책을 읽어서 어쩔 수 없이 읽는 독자가 있을 것이다. 혹은 제대로 된 공부를 하고 싶다는 마음과 언젠가 있을 시험에서 주변 사람에게 자신의 능력을 증명하려는 독자도 있을 것이다. 다시 말해 성장 목표와 증명 목표는 상호 배타적이지 않으며 학습자들은 오히려 이 둘 모두에 해당하는 목표를 가질 확률이 높다.

하지만 학습자는 증명 목표보다 성장 목표의 비중을 높이는 것이 학업성취도뿐만 아니라 행복한 인생에도 무조건 유리하다. 왜냐하면, 증명 목표는 몇 가지 부작용을 낳기 때문이다.

남에게 무엇인가를 증명함으로써 자아를 보호하려는 사람은 결과 중심의 사고를 할 수밖에 없다. 그리고 때로는 그 결과를 이루려고 결국 후회할 일을 하게 된다. 고 작가의 경우처럼 말이다.

증명 목표의 부작용 1 : 편법

고 작가는 대학교 시절 잠깐이지만 유학의 꿈을 꾸었다. 그래서 토플 시험을 보았다. 요즘 학생들이야 영어 듣기나 회화를 잘하는 사람들이 꽤 있지만 고 작가가 대학 다닐 때만 해도 영어를 유창하게 듣고 말하는 이는 별로 많지 않았다. 고 작가도 전형적인 한국 학생으로 문법과 어휘, 독해는 어느 정도 했지만, 상대적으로 듣기와 말하기는 못했다.

당시 토플시험은 말하기 문제는 없고 듣기 문제만 있었는데, 고 작가가 토플에서 원하는 점수를 얻기 위해서는 꼭 넘어야 할 산이 듣기 시험이었다. 그래서 듣기에 좀 더 심혈을 기울여서 준비했지만 좀처럼 실력이 늘지 않았다. 아니 정확하게 말하면 실력이 늘 만큼 노력하지 않았다. 하지만 당시에 고 작가는 그것을 인식하지 못했고 급기야 조급증에 시달리기 시작했다. '주변 사람들이 내가 토플 준비하는 것을 아는데 점수가 안 나오면 나를 어떻게 평가할까?', '토플 준비만 이렇게 오래 할 수는 없는데?' 등, 이런 생각들이 고 작가의 마음을 지배했다. 결국, 고 작가는 정공법이 아닌 편법을 쓰기 시작했다. 이른바 족집게 족보를 본 것이다.

당시 토플 시험 커뮤니티에 가면 특히 듣기 문제를 풀었던 이들이 기억을 더듬어 정보를 올려 주었고, 사이트의 주인장이 모아 잘 정리해 족보로 만들었다. 토플은 문제은행식으로 모두 똑같은 시험을 보지는 않지만, 분기마다 나오는 문제가 한정돼 있었다. 많은 사람이 함께 작업하니 거의 모든 문제를 사람들은 알게 됐다.

고 작가는 열심히 족보를 읽어 답을 달달 외웠다. 영어 듣기 공부를 한글로 된 글을 읽으면서 공부한 것이다! 지금 돌아보면 정말 어처구니없지만, 당시에는 그것을 잘 몰랐다. 고 작가는 30세 이전까지만 해도 전형적인 고정형 사고를 가진 사람이었고 성장 목표보다는 증명 목표를 중요시했기 때문이다.

몇 개월 뒤 고 작가는 원하는 점수를 얻었다. 하지만 과연 고 작가에게 남은 것은 무엇일까? 매일 족보를 열심히 읽었지만 남은 것은 아무것도 없었다. 토플을 준비하는 궁극적인 이유는 외국에서 수업을 원활하게 듣고 학교 생활을 잘하도록 영어 실력을 기르려는 것이다. 하지만 고 작가는 점수를 잘 받아야 한다는 생각만 한 나머지 영어공부를 하지 않고 족보만 외웠다. 심지어 고 작가는 유학도 가지 못했다. 시간만 낭비한 것이다.

공부를 결과 중심으로 그리고 타인에게 자신의 능력을 증명하려는 것을 목표로 한다면 자신도 모르게 타협할 수 있다. 때로는 그런 타협으로 원하는 결과를 얻을 수 있지만, 성장은 하지 못한다.

증명 목표의 부작용 2 : 회피

두 살 때 책을 읽고 네 살 때 모차르트를 연주하며 여섯 살 때 미적분을 풀고 여덟 살 때 3개 국어를 하는 아이들을 우리는 신동이라고 부른다. 이런 신동들의 미래를 떠올려 보라. 아마도 각 분야의 선두주자로서 최고의 길을 갈 것이라고 상상할 것이다. 하지만 심리학자들이 어렸을 때 신동이라고 여겨졌던 아이들의 삶을 추적해 본 결과 비슷한 경제 사정의 평범한 아이들보다 더 뛰어난 삶을 살지 못하는 것으로 나왔다.[76]

　신동들은 왜 우리가 기대하는 것만큼 성취를 못 하는 것일까? 그것은 아이러니하게도 우리가 기대를 많이 했기 때문이다. 신동들은 어렸을 때부터 타고난 능력에 대한 칭찬을 많이 받는다. 그리고 어떤 시험을 보든 최고의 자리를 지키는 경향이 있다. 이런 일들이 반복되다 보면 신동들은 부모님과 담당교사의 특별한 관심이 없는 경우 고정형 사고방식을 갖고 증명 목표에 매달릴 가능성이 크다. 자신의 재능을 증명하는 것이 인생의 목표가 된다. 그런데 자신의 재능을 증명하지 못한다면 어떻게 될까? 피하게 된다.

　기존의 연주기법으로 아무리 모차르트를 잘 연주한다 한들 최고는 되지 못한다. 감히 남들이 따라오지 못할 독창적인 연주가 필요하다. 이미 나온 과학지식을 모두 안다고 해서 노벨상을 받는 것이 아니다. 새로운 이론을 만들어 과학 발전에 이바지해야 한다. 어떤 분야든 최고라고 불리기 위해서는 '독창성'이 필요하다. 하지만 독창성은 쉽게 생기지 않는다. 〈창의성〉 장에서 좀 더 자세히 살펴보겠지만, 독창성은 실패를 먹고 자란다. 필연적으로 도전을 원한다. 하지만 증명 목표에 휩싸인 신동들은 실패를 두려워하게 된다. 자신의 재능 없음을 드러내는 것으로 생각하기 때문이다. 결국, 무모하게 보이는 도전을 피하게 된다.

쇠란 키르케고르는 "과감한 시도로 인간은 잠시 자신의 위치를 잃을 수 있다. 그러나 과감한 시도가 없으면 인간은 자기 자신을 잃는다."라고 말했다. 신동들이 그렇다. 신동들은 과감한 시도를 회피한 나머지 신동이라는 자기 자신을 잃게 된다. 이렇듯 증명 목표는 도전 과제가 어렵다고 느낄 때 '회피'하게 하는 부작용이 있다.

하지만 이것이 비단 신동들만의 이야기일까? 전혀 그렇지 않다. 연구에 따르면 불행하게도 학생들은 학교에 다니면서 성장 목표는 감소하고 증명 목표는 증가한다고 한다.[77] 대학입시라는 단 하나의 목표에 모든 교육시스템이 맹목적으로 정립되어 있고 어느 대학에 가느냐가 한 사람의 존재를 평가하는 교육 풍토를 생각하면 오히려 이는 매우 당연한 결과라고 할 수 있다. 고 작가가 《부모공부》에서도 언급했지만, 이는 비단 학교에서만 있는 일이 아니다. 아이들은 집안에서 부모에 의해 고정형 사고방식을 형성하는 경우가 태반이다. 재능은 타고나며, 겉으로 보이는 결과(대학 간판이나 직업)로 사람을 평가하는 부모에게서 어떤 사고방식을 물려받겠는가?

하지만 사고방식도 목표도 스스로 바꿀 수 있다. 공부하는 궁극적 이유는 '성장'을 위한 것이다. 비록 시험도 봐야 하고 증명해야 할 상황도 있겠지만 '성장'이라는 큰 목표를 가슴속에 새기고 공부한다면 결과와 상황에 상관없이 꾸준히 공부하는 자신을 발견할 것이다. 증명이 아닌 성장을 공부의 목표로 삼도록 하자!

BHAG 목표 : 크고 위험하고 대담한 목표

의사이자 건강관리개선연구소 소장인 도널드 베릭은 환자 관리에 대한 분석 결과 10명당 1명의 환자에게 잘못된 처방이 내려진다는 것을 알아냈다.[78] 이는 매우 충격적인 결과로 의료 결함으로 매년 수만 명의 환자가 의도치 않게 죽는다는 것을 의미하기도 한다. 베릭은 엄격한 의료 프로세스 개선으로 사망률을 낮출 것으로 생각했다. 그리고 베릭은 많은 아이디어를 제시했다. 하지만 의료업계는 좀처럼 베릭의 아이디어를 수용하지 않았다. 베릭의 아이디어를 수용하는 것은 자신들의 실수를 인정하는 것이기 때문이다. 그럼 어떻게 해야 이들을 움직일 수 있을까?

2004년 12월 베릭은 업계 어느 총회에서 연설할 기회를 잡았다. 그리고 다음과 같은 대담한 목표를 제시했다.

"18개월 동안 10만 명의 생명을 살리겠습니다!"

그리고 연설 자리에 의료 과실로 사망한 어린 소녀의 어머니를 모셨다. 어머니는 베릭의 캠페인이 3~4년만 일찍 시작했어도 자신의 딸이 살았을 것이라며 눈물 흘렸다.

이 연설로 의료업계는 움직이기 시작했다. 베릭의 연설이 있고 두 달 만에 1,000여 개의 병원이 의료사고를 줄이는 캠페인에 합류했다. 베릭의 개선안은 병원이 수십 년간 유지해야 하는 관행과 습성을 버려야 할 정도로 쉽지 않았지만 많은 병원이 베릭의 아이디어를 실행해 옮겼다. 18개월 후 어떻게 됐을까?

이 캠페인에 등록한 병원들이 18개월 동안 불필요한 사망을 예방한 건수는 총 12만 2,300건에 달하는 것으로 추산됐다. 10만 명 이상의 사람을 살린 것이다. 이는 우리나라 지방 소도시 전체 인구에 해당하는 숫자다.

베릭의 목표는 짐 콜린스가 《성공하는 기업들의 8가지 습관》에서 언급한 '크고 위험하고 대담한 목표(BHAG, Big Hairy Audacious Goal)'를 연상케 한다. 콜린스는 BHAG를 마음속에 그린 미래를 향해 나아가는 10~30년짜리 대담한 계획이라고 정의했다. 다시 말해 BHAG는 장기목표라고 할 수 있다. 학계의 많은 연구는 대담하고 매력적인 장기목표가 혁신과 생산성에서 큰 도약을 이룬다고 말한다.[79]

그렇다면 왜 매력적인 장기 목표가 사람의 행동을 이끌까? 왜냐하면, 크고 위험하고 대담하고 매력적인 목표는 사람의 감정을 움직이기 때문이다.

2004년 카네기멜론대학교의 연구팀은 기부에 관한 흥미로운 실험을 했다. 실험 참가자들에게 첨단 기기에 관한 설문조사를 한 뒤 그 대가로 5달러를 지급했다.[80] 그런데 5달러를 그냥 준 것이 아니라, 편지 한 통과 함께 봉투에 넣어서 주었다. 그 편지는 세계 어린이를 위한 기부 단체에 약간의 돈을 기부해 달라는 것이다. 다만 편지는 두 가지 형식으로 작성되었다.

1.

300만 명에 달하는 말라위의 어린아이가 식량 부족으로 고통을 받고 있습니다. 심각한 폭우로 잠비아는 2000년부터 곡물 생산량이 42퍼센트 감소했습니다. 그 결과 300만 명이 기아로 사망할 위험에 처했습니다. 현재 400만 명(전체 인구의 3분의 1)의 앙골라인들이 고향 땅을 버리고 이주했습니다. 1,110만 명 이상의 에티오피아인에게 즉각적인 식량 원조가 절실히 필요합니다.

2.

여러분이 기부하신 돈은 아프리카 말라위에 사는 7세 소녀 로키아를 돕는 데 사용됩니다. 로키아는 매우 가난하며 끔찍한 굶주림에 시달리고 있습니다. 어쩌면 생명마저 위험해질지 모릅니다. 여러분의 작은 손길 하나가 로키아의 삶을 바꿀 수 있습니다. 여러분을 비롯한 후원자들의 도움으로, 우리 어린이보호재단은 로키아의 가족, 마을 주민들과 힘을 합쳐 그 아이를 먹이고 입히고 교육하며 기본적인 의료혜택과 보건교육을 할 것입니다.

첫 번째 형식의 편지를 읽은 사람은 평균 1.14달러를 기부했다. 하지만 두 번째 편지를 읽은 사람들은 무려 2.38달러나 기부했다! 300만 명의 아이가 기아로 목숨을 잃게 된다는 치명적인 데이터보다 한 아이의 삶을 드러낸 편지가 더 사람을 움직인 것이다. 그 이유는 첫 번째 편지는 사람의 이성을 건드렸지만 두 번째 편지는 사람의 감정을 건드렸기 때문이다. 데이비드 흄이 이미 '이성은 열정의 노예'라고 말했듯이 사람을 행동하게 하는 데는 감정이 매우 큰 역할을 한다.

도널드 베릭의 연설을 떠올려 보라. 그는 대담하고 매력적인 장기목표를 제시함으로써 사람들의 가슴을 뜨겁게 했고 게다가 의료사고로 아이를 잃은 어머니를 연단에 세움으로써 사람들의 마음을 뒤흔들었다. 사람들의 감정이 움직였을 때 이들은 결국 행동할 수 있었다.

당신에게 크고 위험하고 대담한 목표는 무엇인가? 없다고 실망할 필요 없다. 지금부터 찾으면 된다. 간혹 사회적으로 성취를 이룬 사람 가운데 이렇게 말하는 사람이 있다.

"나는 어려서부터 꿈이 있었고 그 꿈이 한 번도 변하지 않았다."

그럴 수도 있다. 하지만 이는 매우 특이한 경우다. 많은 위대한 사람은 어렸을 때 뚜렷한 목표가 없었고 하고 싶은 일도 수시로 변했다. 그러는 과정에서 자신이 진정으로 하고 싶은 일을 찾았다.

다만 나중을 기약하지 말고 불완전하지만, 지금부터 자신의 장기 목표를 세워 보자. 후에 바뀔 가능성이 클 것이다. 그러나 그것은 목표를 향한 노력에 대한 보상으로 주어지는 '업그레이드'라고 생각하면 된다. 그렇다면 어떻게 장기 목표에 접근할까?

첫째, 지금 당신이 하는 일을 '왜' 하는지를 계속 물어보자. 왜 공부를 하려고 하는가? 왜 시험을 잘 보려고 하는가? 왜 좋은 대학에 가려고 하는가? 왜 이 직장을 다니려고 하는가? 이런 식으로 '왜'를 붙여본다면 자신의 궁극적인 관심에 도달할 수 있을 것이다.

둘째, 당신이 가장 존경하는 사람을 떠올려 보자. 그 사람은 무엇을 하고 어떻게 살아 왔는지 삶을 벤치마킹하는 것이다.

셋째, 인생의 마지막 때를 생각해 보자. 당신은 어떤 모습으로 인생을 마감하고 싶은가? 당신은 어떠한 인생을 살았을까? 무슨 일을 하고 살았을까? 생각해 보는 것이다.

우리 또한 이 책을 그냥 쓰지 않았다. 우리에게는 대한민국을 바꾸고 싶은 크고 위험하고 대담한 목표가 있다. 그리고 그 길 가운데 하나는 제대로 된 교육과 공부라고 믿는다. 이 목표가 우리의 가슴을 매일 뜨겁게 하고 우리를 움직인다.

BHAG 목표의 단점

하지만 크고 위험하고 대담한 장기 목표는 두 가지 단점이 있다. 하나는 현실의 부족함을 매력적 목표로 변명하게 할 수도 있다는 것이다. 노력도 제대로 하지 않고 허송세월을 보내는 자신에 대한 실망감을 잊으려고 자신의 상상 속에서만 존재하는 목표를 이용하는 것이다. '내가 지금 이래도 난 어차피 최고가 될 거니까 괜찮아'라는 악마의 속삭임에 매일 빠져 사는 것이다. 이를 심리학자 가브리엘 외팅겐은 '긍정적 환상'이라고 말했다.[81] 환상은 사람의 눈을 멀게 한다.

두 번째 단점은 더 심각한데 목표가 너무 대담하고 도전적이고 멀게 느껴지면 동기부여가 되는 것이 아니라 아예 포기하게 한다.

듀크대학교 연구진은 한 실험에서 운동선수들에게 트랙 한 바퀴를 편하게 돈 후 신호를 주면 결승점까지 전력 질주해 10초 안에 들어오라고 주문을 했다.[82] 한 번은 결승선을 100미터 남겨 놓은 곳에서 신호를 보냈다. 그랬더니 선수들은 10초 동안 전력 질주해 평균 63.1미터를 뛰었다. 그런데 다른 실험에서는 200미터가 남겨진 지점에서 전력 질주하라고 했다. 결과는 59.6미터가 나왔다. 일반적으로 100미터 선수들이 10초 정도의 기록이 나온다고 본다면 100미터 시합에서 4미터의 차이가 난다는 것은 실로 엄청난 차이다. 왜 이런 일이 발생했을까?

운동선수들에게 100미터를 10초 안에 뛰라고 하는 주문은 충분히 도전해 볼 수 있는 목표이다. 하지만 200미터를 10초 안에 들어오라고 하는 것은 실현 불가능한 목표를 제시한 것이다. 세상에서 가장 빠른 인간인 우사인 볼트도 200미터는 19초 이상이 나온다. 200미터를 10초 안에 들어오라는 너무나 대담한 목표가 선수들의 의욕을 누르고 순발력을 저하시킨 것이다.

목표가 너무 거대하고 도전적이면 목표의 묵직한 무게에 짓눌려 아무것도 못 할 수 있다. 두어 달 아무리 열심히 하더라도 목표가 너무 크면 그 열심히 노력했던 시간이 먼지처럼 의미 없게 보여 결국 오히려 그 목표에서 더 멀어지는 것처럼 말이다. 그렇다면 해법은 뭔가? 우리는 위대한 꿈은 꾸면 안 되는가? 그렇지 않다. 우리는 위험하고 대담한 목표를 가져야 한다. 하지만 그 목표를 그대로 두어서는 안 된다. 그 목표를 분해해야 한다. 구체적이고(specific), 측정 가능하며 (measurable), 성취할 수 있고(attainable), 현실적이며(realistic), 시간 계획 (timeline)이 가능한 목표로 말이다.

SMART 목표

구체적이고 측정 가능하며 성취할 수 있고 현실적이며 시간계획이

가능한 목표를 각 특징의 앞 글자를 따서 SMART 목표라고 한다. SMART 목표를 더 간결하게 표현하면 '실현 가능성이 있고 구체적으로 기술된 중단기 목표'이다.

왜 실현 가능해야 하는가? 우리는 이미 그 이유를 〈믿음〉 장에서 알아보았다. 기대를 잃어버리지 않기 위해 필요한 것은 '작은 성공'이다. 도저히 불가능한 일이라고 여겨진 일들도 실현 가능한 목표로 세분화하여 하나씩 해 나간다면 충분히 극복할 수 있다.

고 작가가 처음 책을 쓸 때도 마찬가지였다. 고 작가에게 처음 책 제의가 들어왔을 때 고 작가는 거절했다. 책을 쓰고 작가가 된다는 것은 너무나 매력적인 목표다. 하지만 두세 장짜리 칼럼이 아니라 몇백 페이지에 달하는 책은 고 작가가 생각했을 때 실현 불가능한 목표였다. 하지만 어떤 계기로 도전해 보기로 했고 결국 고 작가는 400페이지가 넘는 첫 책을 쓰게 된다.[*]

고 작가가 목표를 이루었던 방법은 실현 불가능해 보이는 목표를 실현 가능한 목표로 분해하는 것이었다. 고 작가는 몇백 페이지의 책은 쓸 수 없어도 하루에 4페이지 분량의 글은 어떻게든 쓸 수 있다고 생각했다. 그래서 400페이지라는 목표를 달성하려고 하루 4페이지 완성이라는 SMART 목표로 세분화했고, 하루하루 그 SMART 목표를 이루는 데에 전력을 다했다. 하루 이틀 하다 보니 하루에 4페이지 정도의 글을 쓰기가 쉽지 않았지만 못 할 일은 아니라는 자신감이 생겼다. 100일이 그렇게 지났고 고 작가는 드디어 400페이지에 달하는 원고를 마감할

||||||||||
[*] 그 계기는 '산티아고 가는 길'을 다녀온 경험이었다. 고 작가의 심화에서 자세히 다룬다.

수 있었다.

당신의 장기 목표를 실현 가능한 목표로 세분화해 보고 오늘 당장 내가 할 수 있는 일로 만들어 보라. 그 오늘들이 모여 미래를 완성하게 될 것이다.

그런데 실현 가능한 목표를 구체적으로 기술할 수만 있다면 당신이 그 목표들을 이룰 확률이 더욱더 올라간다.

뉴욕대학의 피터 골비처 연구팀은 학생들에게 크리스마스이브를 어떻게 보냈는지 보고서를 제출하면 추가 점수를 주겠다고 했다.[83] 하지만 보고서 마감일은 12월 26일로 매우 촉박했다. 예상대로 33퍼센트만이 보고서를 제출했다.

하지만 이들 말고 실험에 참가한 다른 그룹의 대학생이 있었다. 똑같이 과제를 냈지만, 이들에게는 뭔가 특별한 행동을 하게 했다. 보고서를 정확히 언제 어디서 작성할 것인지 구체적으로 쓰라고 한 것이다. 예를 들어 '나는 크리스마스 오후 2~3시쯤 부평역에 있는 스타벅스에서 보고서를 작성할 것이다'라는 식이었다. 결과는 놀라웠다. 무려 75퍼센트의 학생이 보고서를 제출한 것이다. 목표는 구체적으로, 특히 실제 행동에 대한 내용을 적는다면 실제로 행동할 가능성도 커진다.

또 다른 연구에서 변화를 꾀하는 세 집단을 분류한 결과 성취에 상관없이 모든 사람이 목표를 설정했지만, 성취를 많이 한 사람일수록 '행동에 관한 목표'를 세웠다는 것을 알아냈다.[84] 기업 현장에서도 마찬가지였다. 2006년 두 명의 연구자가 목표 설정에 관한 약 400개의 연구를 살펴본 결과 어렵더라도 그 목표가 구체적이라면, 쉽지만 추상적인 목표보다 실행률이 더 높다는 것을 알아냈다.[85]

자, 그렇다면 목표 설정에 대해서는 이렇게 정리해 볼 수가 있겠다. 먼저 크고 위험하고 대담한 장기 목표(BHAG)를 세운다. 그리고 그 목표를 달성하는 데 필요한 실현 가능하고 구체적인 중단기 목표(SMART 목표)로 계속해서 세분화시킨다. 그리고 결국 오늘 해야 할 일들에 대해서 언제 어디서 어떻게 행동하는지까지 세세하게 계획을 잡는다. 이렇게 하루하루 단기 목표를 이루어 간다면 결국 크고 위험하고 대담한 장기 목표에 도달할 수 있을 것이다. 시간이 당신을 도울 것이다.

시간 관리

하지만 시간이 당신을 더욱더 잘 돕게 하려면 본인의 시간 관리 노력 또한 필요하다. 많은 사람이 시간이 없다는 고민을 많이 토로한다. 특히 직장인은 더 그렇다. 하지만 한 번 정도는 진지하게 생각해 봐야 하는 부분이 있다. 정말로 우리는 시간이 부족한가? 혹시 우리도 모르는 사이에 귀한 시간을 흘려보내지는 않는가?

신 박사의 대학원 시절에는 어떤 강압적인 통제가 없었다. 일주일에 한 번 있는 연구실 회의 때 발표할 수 있는 자료를 준비하는 정도가 유일한 통제였다. 회의 발표도 별로 어렵지 않았다.

하지만 신 박사는 그룹 회의를 매번 통과하려고 대학원을 간 것은 절대 아니었다. 당연히 박사 학위를 받는 것이 표면적 목표였고, 박사 학위에 걸맞은 통찰력 및 탐구능력을 습득하는 것이 궁극적 목표였다. 신 박사는 어느 날 가만히 앉아 자신의 연구 및 학습 시간과 밀도를 들여다보았다. 사태는 심각해 보였다. 이렇게 해서는 5~6년 뒤에 훌륭한 박사가 될 것 같지 않았다. 뭔가 제대로 하지 않으면 안 될 것 같다는 불안한 마음이 엄습했다.

그래서 우선 시간 관리를 제대로 하기로 마음먹었다. 시간을 야무지게 활용하려고 야심 찬 계획을 세웠다. 하지만 생각보다 신 박사 자신이 향상되는 것을 느끼지 못했다. 그렇게 뭐가 잘못되었는지 파악이 안 된 상태로 계속 하루하루를 흘려보냈다. 그런데 우연한 기회에 박사과정이 아닌 인생에 큰 영향을 끼치는 시간 관리법을 찾게 되었다.

실험하는 연구자들은 연구노트라는 것을 적는다. 매일 나오는 실험 결과를 적기도 하고, 때로는 떠오르는 아이디어 혹은 세미나에 참가했을 때 내용을 적기도 한다. 그렇게 연구하는 많은 학생은 습관적으로 연구노트를 들고 다닌다. 하루는 연구노트를 들고 세미나에 들어갔다가 집중이 너무 안 돼서 기존에 연구노트에 적은 것들을 살펴보았다. 그러다가 예전의 실험 결과만 대충 적혀 있는 쪽을 되돌아보니 도저히 이날 무슨 일을 했는지 기억이 나질 않았다. 그래서 신 박사는 내일 적을 페이지부터 왼쪽에 줄을 그어서 24칸으로 나눈 뒤 매시간 무엇을 했는지 간략하게 메모하기로 했다.

맨 처음에는 점심시간이나 저녁 시간 혹은 퇴근 전에 기억을 떠올리면서 기록을 하다가 막상 그렇게 떠올리려고 하니 구체적으로 생각이 안 날 때가 많아서 두 시간마다 한 일을 적기 시작했다. 처음에는 단순히 어떤 일을 했는지 적다가 나중에는 몰입 정도를 Good/SoSo/Bad로 나누어서 추가로 적었다. 그렇게 처음 보름 정도 신경 써서 꼼꼼히 기록했다. 그리고 다시 기록을 살펴보았을 때 신 박사는 많은 것을 깨달을 수 있었다.

일단 직접 실험을 하지 않을 때는 몰입도가 낮다는 것을 알았다. 또, 실험할 때도 장비가 돌아가고 있으면 논문을 보거나 다른 일을 할 수 있는데, 그런 시간도 많이 낭비한다는 것이 보였다. 신 박사는 평소에 실험 외 시간에 4~5시간은 공부한다고 생각했지만, 막상 신 박사가 논문을 읽거나 교과서를 보는 시간은 정량적으로만 2~3시간이었고 집중도를 따졌을 때는 1시간 미만인 날도 많았다.

이렇게 체계적으로 매일 했던 일을 기록하니 어떻게 노력을 해야 하는지도 명확해졌다. 신 박사는 어느 정도 기록하는 습관이 자리를 잡은 다음부터는 시간에 대한 개념이 새롭게 정립되어 가는 것을 느꼈다. 우선은 시간을 허투루 쓰는 것이 상당히 불편했다. 연구노트에 집중 정도를 SoSo나 Bad로 적으면 뭔가 죄를 짓는 기분이었다. 그러다 보니 신 박사는 Good을 기록하기 위해 의식적으로 더 많이 노력하게 되었다. 그리고 무조건 집중도가 높은 공부 시간을 3시간 이상 늘리려고 노력했고, 실험 중 시간이 남을 때 논문을 보면 뭔가 시간을 정말 알차게 쓴 것 같아서 Best라고 적기까지 했다.

신 박사는 일 년 이상 악착같이 열심히 기록했다. 그럼 체계적인 시간 관리의 결과는 어땠을까? 신 박사는 2년 만에 박사논문을 다 쓰고도 남을 만큼의 실험 결과를 만들었고, 그 결과를 바탕으로 2년 동안 5개의 일저자 논문을 상당히 좋은 저널에 게재하는 데 성공했다. 그리고 신 박사는 졸업하기 전까지 일 년 넘게 자신의 박사논문 주제와 다른 실험을 연구실과 후배들을 위해 진행했다. 졸업 후 신 박사 연구실은 그 주제로 50억 이상의 연구 자금을 유치했고, 두 명의 학생이 그 주제를 이어받아 좋은 논문으로 박사 학위를 받았다. 이 모든 것이 시간 관리에서 시작된 결과다.

신 박사의 경험을 통해 알 수 있듯이 시간 관리를 잘하려면 막연한 생각이 아니라 실제 자신이 시간을 어떻게 쓰는지를 객관적이고 구체적으로 알아야 한다. 신 박사가 그랬던 것처럼 지금부터 최소 일주일 정도 자신이 어떻게 시간을 쓰는지 매시간 적어 보길 바란다. 그리고 더 나아가 그 시간에 대한 자신의 평가도 적어 보자. 그렇게 일주일 이상의 데이터를 확보하면 생각보다 활용할 시간이 많음을 알게 되고 양적인 측면과 아울러 질적인 측면에서도 시간을 어떻게 활용할지 알게 될 것이다. 결국, 자신의 활용 시간을 제대로 파악한다면 그 시간에 실현시킬 단기 목표를 세울 수 있으며 이는 성취 확률을 높여줄 것이다.

그런데 하고 싶고 해야 할 일은 많은데 시간이 부족할 수 있다. 그렇다면 어떻게 해야 할까? 이때는 우선순위를 정확히 정해야 한다. 자기계발계의 거장 스티븐 코비는 우선순위를 정할 때 자신이 할 일을 '긴급성'과 '중요성'이라는 두 가지 기준으로 나누어 살펴보라고 말한다.[86] 긴급성은 실제로 시간이 급한 것도 되지만 마음속에서 급한, 다시 말해 바로 하고 싶은 것도 될 수 있다. 그렇다면 그것은 다음 네 가지로 나눠볼 수 있다.

1) 긴급하면서 중요한 일(긴급성 O, 중요성 O)
2) 긴급하지 않지만 중요한 일(긴급성 X, 중요성 O)
3) 긴급하면서 중요하지 않은 일(긴급성 O, 중요성 X)
4) 긴급하지 않으면서 중요하지도 않은 일(긴급성 X, 중요성 X)

1번과 4번은 크게 신경 쓸 필요는 없다. 일단 긴급하지만 중요한 일은 누구나 알아서 할 가능성이 크다. 예를 들어 내일 중요한 시험이 있다면 발등에 불이 떨어졌으니 대부분 시험공부를 할 것이다. 반대로 긴급하지도 않고 중요하지도 않은 일은 잠깐 할 수 있지만 대부분 이 일에서 쉽게 벗어난다. 바둑에 관심 없는 여성이 바둑 TV를 계속 볼 일이 없는 것처럼 말이다. 문제는 2번과 3번이다.

우리는 중요하지만 긴급하지 않은 것들을 등한시하는 반면 중요하지 않지만 긴급한 것들을 우선순위에 두는 경향이 강하다. 예를 들어 독서를 하기보다 의미 없는 인터넷 서핑을 하는 것이다. 독서가 중요한 것은 알지만 대부분 긴급하게 생각하지 않는다. 지금 당장 하지 않는다고 해서 누가 뭐라고 하지도 않고 그리 재밌어 보이지도 않는다. 그래서 실천 계획 속에 독서는 빠졌거나 있어도 하지 않는다. 하지만 의미 없는 인터넷 서핑은 실천 계획에 없는데도 잘도 한다! 인터넷 서핑 자체가 나쁘다고는 할 수 없다. 하지만 책을 읽을 시간은 없다고 하면서 아무 생각 없이 인터넷 서핑을 두어 시간 한다면 자신이 원하는 목표는 더 멀어지게 될 것이다.

괴테는 "가장 중요한 일들이 별로 중요하지 않은 일에 의해 좌우되어서는 안 된다."라고 말했다. 먼저 일주일 동안 매시간 자신이 무슨 행동을 하는지 모두 적어라. 더불어 자신의 목표를 위해서 해야 할 일들을 또 적어라. 그리고 이 모든 행동을 4개 부분으로 나눠보라. 당신이 해야 할 일들은 중요한 일들이다. 긴급하고 중요한 일과 긴급하지 않지만, 장기적 목표와 또한 자신의 행복을 위해 중요하다고 여기는 것들을 우선순위로 삼아 계획을 잡고 시간 활용을 하면 된다.

괴테의 말처럼 별로 중요하지 않은 일들이 당신의 가장 중요한 일들을 좌지우지하지 않게 될 때 당신의 목표는 어느새 당신 곁으로 성큼 다가와 있을 것이다.

목표 달성의 재구성

　수천 건의 상담을 하다 보면 유독 많이 받는 질문이 있다. 그중에 압도적으로 많이 받은 질문은 "도대체 무엇을 해야 할지 모르겠어요."라는 질문이다. 자신의 인생 목표를 어떻게 설정해서 앞으로 나아가야 하는지 도저히 모르겠다는 것이다. 사실 인생이란 것 자체가 그 사람의 꿈 혹은 목표가 전부라고 해도 과언은 아니다. 다르게 말하면 목표를 설정해서 이뤄가는 과정 자체가 한 사람의 온전한 삶이기 때문에 그렇게 단순하지도 쉽지도 않을 수밖에 없는 것이 당연하다. 추구할 수 있는 목표를 찾은 것만으로도 우리는 충분히 행복한 인생을 산다고 말할 수 있다. 그렇다면 그 목표는 어떻게 찾을 것인가? 이번에는 내가 목표를 찾고 그것을 이룬 과정에 관해서 이야기해 보려고 한다.

　내 인생에 명확한 목표는 수출하는 사람이 되는 것이었다. 어떤 상품을 수출할지는 몰랐지만, 대한민국 경제구조에서 수출한다는 것은 부와 명예를 동시에 획득하는 가장 좋은 방법이라고 생각했고, 또 내가 만든 제품을 세계인이 사용하고 그들의 삶에 도움을 준다고 생각하니 왠지 모르게 짜릿했다(〈믿음〉 장 통찰 편에서 이야기했던 것처럼 이 느낌은 아마도 내가 쓴 첫 논문이 해외 여러 대학에서 인용되었을 때 처음으로 느꼈던 것 같다). 그런 꿈이 있었기에 삼성디스플레이에 취업해서 수출을 할 수 있는 디스플레이 개발자가 되기로 처음에 마음을 먹었던 것 같다. 그렇게 약간은 막연했던 꿈은 우연한 기회에 명확한 목표가 되었다.

해외에서 꽤 오래 생활했지만, 여전히 영어 독해 능력은 부족했다. 그래서 영어 어휘를 공부해 보려고 교재들을 살펴보았지만 내 수준이 어느 정도인지 파악할 수 있는 책이 없었다. 그래서 직접 나만을 위한 어휘집을 만들어 보기로 했다. 영어 단어 빅데이터를 수집하고 분석하고 가공해 가면서 빅데이터 기반 영어 우선순위 리스트를 만들 수 있었다. 그냥 단순히 리스트를 만드는 데 걸린 시간만 1년이 넘었다. 이왕 만든 거 친구들이나 나누어 줄 생각으로 500권 정도 소규모 자가출판을 하였다. 그리고 그 결과를 페이스북에 포스팅했다. 그런데 반응이 놀라웠다. 전혀 모르는 사람들이 본인들도 구매하고 싶다고 했다. 결국, 500권은 이틀 만에 거의 다 팔렸다. 그렇게 순식간에 팔리다 보니 얼떨결에 일일 어학 판매 순위 1등이 되었다. 거기서 끝이 아니었다. 전문 출판사에서 더 정교하게 작업해서 제대로 판매해 볼 생각이 없는지 문의가 들어왔다. 그때 인생에서 끝까지 가 보고 싶은 목표가 처음으로 생겼다. 단어장 수출!

대만과 일본에 사는 친구들에게 부탁했다. 너희 나라에 정말로 통계 기반 우선순위 단어장이 있는지 알아봐 달라고 했다. 그 친구들이 다 조사 못 했을 수도 있겠지만, 본인들이 알아본 바로는 없다고 했다. 그 사실을 확인하고 출판사와 계약을 했다. 계약 시 조건은 명확했다. 무조건 번역을 해서 일본, 중국, 대만에 수출하는 것이었다. 그것을 못 하겠다면 절대 계약을 하지 않겠다고 했다. 출판사는 내 조건을 받아들였다. 정말로 신이 났다. 만약 아무 관심이 없어도 일본과 대만에 있는 내 친구들이 최소한 1권씩은 사줄 것 아닌가? 그러면 적은 돈이지만 내가 만든 콘텐츠로 외화를 번 것이 아닌가? 생각만 해도 흥분이 되었다.

회사에 다니면서 작업을 하기에는 시간이 도저히 부족했기 때문에 잘 준비해서 퇴사를 했다(퇴사한 이유는 여러 가지가 있지만, 단어장 준비가 30퍼센트 정도는 되었던 것 같다). 퇴사 후 전업으로 제대로 작업을 2주 정도 해 보니 제작에 필요한 총 작업시간이 예측되었다. 이렇게 꾸준히 하면 앞으로 10개월 후에 출판할 수 있었다.

출판사에 출간 시점을 통보해 주고 정말 열심히 작업했다. 회사를 그만두고 본격적으로 작업을 시작했기 때문에 수출에 대한 열망은 더 불타올랐다. 그래서 현실적인 계획을 세우기 시작했다. 우선 보통 수출을 어떻게 하는지 과정을 살펴보았다. 일본에서 우리가 수입하고 일본으로 수출하던 일반적인 방식은 똑같았다. 각자 나라에서 인기가 많을 만한 책을 에이전시들에 연락을 해서 판권을 사 가는 구조였다. 그렇다면 내가 수출을 하는 데 필요했던 것은 국내시장 제패였다. 그게 플랜 A였다(참고로 국내시장에서 실패할 경우를 대비한 플랜 B, C도 있었다).

곰곰이 생각했다. 어떻게 하면 국내시장에서 일등이 될 수 있을까? 일단 감이 오지 않았다. 전혀 경험이 없었기 때문이다. 그래서 우선은 단기 목표를 새롭게 설정했다. 원래 예전부터 상담 결과를 기반으로 한 에세이 《졸업선물》을 꾸준히 준비하고 있었다. 제목의 특성상 졸업시즌에 출간하는 게 마케팅에 도움되기 때문에 후년 2월에 출간을 하려고 했지만, 계획을 수정하여 먼저 《졸업선물》을 출간하기로 했다. 《졸업선물》의 출판 목표도 명확했다. 어떻게든 에세이 분야 10위 안에 오르는 것이었다.

단어장 작업시간을 반으로 줄이고 에세이 완성에 더 많은 시간을 할애했다. 단어장은 만약에 계획이 틀어지면 출간을 연기할 수 있지만, 《졸업선물》은 무조건 2월이라는 마감이 있었다. 막상 책을 완성하려고 하니 쉽지 않았다. 언제나 느끼는 것이지만 계획과 실행 사이에는 늘 예상치 못한 차이가 발생한다. 진행 상황과 남은 기간을 고려해 보니 단어장 작업시간을 더욱 줄일 수밖에 없었다. 그렇게 정말 마지막 한 달은 거의 밤샘을 하다시피 해서 2월 전에 《졸업선물》을 출간하였다. 그러면서 개인적으로 대단하다고 생각하는 마케팅 아이템도 10개 정도 준비했다.

무명작가인 까닭에 시장 진입은 생각보다 10배 이상 힘들었다. 역시나 막연하게 생각했던 부분과 실전은 전혀 달랐다. 대박 마케팅 아이템 10개 중 8개는 터무니없는 착각이었음이 드러났다. 만약에 단어장을 이렇게 출시했으면 참패는 피할 수 없는 결과였다. 그래도 준비한 마케팅 중에 2개는 어느 정도 성공했다. 또 실패한 마케팅 중에 몇 개는 수정 보완을 해서 약간은 효과를 보았다. 그래서 결국 《졸업선물》은 에세이 순위 10위 안에 진입하면서 분야별 베스트셀러가 되었다.

이제는 단어장 차례가 되었다. 단기 목표로 설정했던 《졸업선물》 출판을 어느 정도 성취하고 나니 자신감도 생겼지만, 더 많은 준비가 필요하다는 사실도 깨달은지라 심리적 압박감도 컸다. 정말로 부지런히 준비했다. 이것보다 더 열심히 할 수 있을까 할 정도로 최선을 다했다. 사실 6월 정도에 출판할 줄 알고, 출판 후 온 가족이 제주도 여행을 계획했다. 하지만 막판에 추가 수정 사항이 생겨서 출간이 두 달이나 연기되었다. 이미 부모님과 처남 가족이 모든 일정을 정해 놓았기 때문에 여행 계획을 바꿀 수도 없었다. 그렇게 제주도에 갔고 나는 여행 중 언제나 혼자 숙소에 남거나 노트북을 들고 다니면서 주변 카페나 식당에서 계속 일만 했다. 이동 간에도 차에서 노트북으로 계속 일만 했다. 그래야 겨우 최종 납기를 맞출 수 있었기에 쉬지 않고 일만 했다. 그렇게 약 3년간의 작업은 마무리되었고 단어장은 출판되었다.

에세이 출간을 통해 배운 노하우를 업그레이드해서 더 많은 마케팅 계획을 준비했다. 우리는 영어 대형 출판사가 아니었기에 이번에도 어학 쪽 시장 진입이 쉽지 않았다. 그래도 역시 《졸업선물》 에세이 베스트 경력이 있어서 몇몇 판매처는 에세이 출간 때보다 훨씬 협조적이었다. 그렇게 차곡차곡 준비한 계획을 실행했고, 2016년 뜨거운 7월 여름 어느 날 《빅보카》는 어학 1위가 아니라 일일판매 종합 1위에 오르는 기염을 토했다. 그리고 얼마 지나지 않아 일본과 대만 최고의 어학 출판사와 수출 판매 계약을 체결했다.

정말로 긴 여행이었다. 박사과정을 5년 동안 했는데, 지난 3년의 밀도는 마치 박사과정 10년을 한 느낌이었다. 이렇게 3년의 과정을 되돌아보니 많은 것을 배운다. 우선 친구들이 자주 물어보는 질문에 대답하면 목표의 씨앗은 사실 우연히 발견한다. 사회적으로 성공한 사람들을 많이 만나 보면 똑같은 이야기를 듣는다. 그 위치에 오르기까지 어떤 목표와 계획이 있었는지 질문을 해보면, 우선 어떻게 시작하다 보니 자신도 모르게 어떤 방향으로 이미 가고 있었다는 것이다. 그 흐름을 인지한 다음에 방향을 목표로 구체화하고 그 목표를 이루기 위해 체계적인 계획을 세웠다는 대답을 정말 많이 들었다.

그러니 많은 친구도 꿈이 없고 명확한 목표가 없다고 방황하고 주저앉을 것이 아니라 우선은 이것저것 다양하게 적극적으로 시도해 보는 것이 중요하다고 말해 주고 싶다. 다르게 말하면 목표를 찾는 것이 하나의 목표가 되는 것이다. 방향이 정해진 뒤에는 정교한 계획을 세우는 학습 능력과 계획이 틀어졌을 때 문제를 파악하여 수정하고 새롭게 적용해서 실천하는 추진력과 인내심을 길러야 한다고 정말 강조하고 싶다.

또 목표를 분리해서 가져야 한다는 점도 다시 한 번 상기시키고 싶다. 인생의 궁극적인 목표와 그 장기 목표를 이루기 위한 구체적인 단기 목표를 구분해서 세워야 한다. 단기 목표는 절대 막연하면 안 된다. 목표 지점도 명확해야 하고 또 계획도 최대한 치밀하게 세워야 한다. 특히 정교한 계획에는 시간 관리가 반드시 포함되어야 한다. 체계적인 시간 관리가 없는 계획은 경기 기록을 측정하지 않는 세계육상선수권 대회나 마찬가지다. 의미가 없다는 말이다.

노벨상을 타고 세상을 구하는 기술을 개발하고 억만장자가 되기는 쉽지 않은 일이다. 노력도 노력이지만 운도 따라 줘야 한다. 하지만 인생에서 나를 가슴 뛰게 하는 장기적 비전과 그 비전을 실현하기 위한 현실적이고 체계적인 단기계획이 있다면 누구나 일정 수준의 성취는 이룰 수 있다. 내가 장담한다. 그리고 응원한다.

산티아고가 내게 준 선물

"나, 너 아니면 안 될 것 같은데?"

눈이 부신 햇살을 머금은 한강에서 나는 그녀에게 떨리는 마음으로 고백했다. 21살의 젊은 패기였을까? 그녀를 처음 보고 보름도 지나지 않았을 때였다. 그녀는 대답하지 않고 그저 나를 바라만 보았다. 내 마음은 타들어 갔고 눈부셨던 한강이 어두워지는 느낌마저 들었다. '아, 내가 성급했구나'라는 후회가 밀려오던 그때 그녀가 입을 열었다.

"좋아요. 사귀어요, 우리."

한강이 다시 밝아졌다. 나는 조심스럽게 그녀의 손을 잡았고 그녀도 웃으면서 내 손을 꼭 잡았다. 하지만 그때는 몰랐다. 가슴 터지는 설렘으로 시작한 우리의 사랑이 18년이 지난 지금까지 이어질 것이라고는. 그녀는 두 아이의 엄마로 지금 나와 함께 인생의 길을 걷고 있다.

보름 만에 사귀자 그렇게 급하게 만나면 일찍 헤어질 것이라는 이야기를 많이 들었다. "100일이 고비일 것이다.", 100일이 되니 "1년이 최고 힘들어.", 1년이 되니 "3년 넘긴 연인들은 거의 없지.", 3년이 되니 "결혼하기에는 너희는 너무 일찍 만났어."라는 말을 들었다. 우리는 10년을 사귀었고 결혼도 그들의 우려와 다르게 '무사히' 하게 되었다. 물론 10년이란 세월 동안 고비가 없었던 것은 아니다. 2~3번의 고비가 있었는데 최고의 고비는 아이러니하게도 결혼을 결심한 이후에 나타났다.

"산티아고가 어딘데?"

우리는 신혼여행지를 정하고 있었다. 그녀는 평소에 배낭여행을 자주 다녔던 터라 신혼여행지 담당은 그녀였다. 그녀가 말했다.

"응, 스페인이야."

넉넉한 형편이 아니어서 유럽은 조금 버겁다고 생각했다. 하지만 나는 그녀가 여행을 좋아할 뿐만 아니라 또한 평생 한 번인(?) 신혼여행이기에 반대하지 않았다.

"그런데 영성아, 우리 800킬로미터를 걸어야 해."

800킬로미터를 걸어야 한다고? 나는 그녀에게 이 얘기를 듣자마자 머리를 굴리기 시작했다. 서울에서 부산까지 거리가 약 400킬로미터이니, 신혼여행으로 서울과 부산의 왕복거리를 걸어야 한다는 말이다. 나는 바로 산티아고에 관한 자료를 찾아보았다.

산티아고는 정확하게 '산티아고 가는 길'을 일컫는 것으로 프랑스의 국경도시인 생장피에드포르(St Jean Pied de Port)에서 출발하여 스페인의 서쪽 끝에 있는 산티아고 데 콤포스텔라(Santiago de Compostela)까지 가는 순례의 길을 말한다. 전 세계 사람들이 몰려드는 스페인에서 매우 유명한 관광코스다.

일단 나는 어이가 없었다. 버스 한 정거장도 걷지 않는 내가 800킬로미터를 걷는다는 것은 상상조차 하기 힘들기 때문이다. 게다가 첫 코스는 피레네 산맥을 넘는 것이었다. 피레네 산맥은 프랑스와 스페인의 국경을 가르는 약 430킬로미터의 대산맥인데, 만년설로 뒤덮인 중앙부에는 해발 2,000미터가 넘는 산들이 즐비한 거대한 자연장벽이다. 나는 평소에 등산과는 거리가 먼 사람이다. 이건 말이 안 된다고 생각했다. 게다가 정해진 숙소가 없었기 때문에 짐을 가지고 다녀야 한다. 배낭의 짐이 평균 10킬로그램 전후라고 한다. 10킬로그램!

그런데 더 큰 문제는 다른 곳에 있었다. 일반적인 성인이 10킬로그램 배낭을 메고 하루에 걸을 수 있는 거리는 보통 25킬로미터 전후다. 800킬로미터를 걸으려면 30일 이상이 필요하다. 30일 이상 휴가를 주는 곳이 있을까? 대한민국에서는 찾아보기 힘들다. 결국, 신혼여행을 가기 위해서 직장을 그만둬야 한다는 결론에 이른다. 그녀의 마음은 충분히 알겠지만 나는 산티아고는 아니라는 결정을 내렸고 그렇게 말했다. 그러자 그녀가 말했다.

"산티아고 안 가면 나 결혼 안 할 거야."

아니 이게 무슨 뚱딴지같은 말인가! 처음에는 농담인 줄 알았다. 하지만 그녀는 진심으로 그렇게 말하고 있었다. 며칠 동안 온갖 생각이 나를 지배했다. 걷는 것은 둘째 치고 갔다 와서 생활해야 하는데 잘 헤쳐 나갈 수 있을까? 물론 이런 말을 그녀에게 하지 않은 건 아니다. 그때마다 그녀의 대답은 "내가 널 먹여 살리면 되잖아."라는 너무나 당당한 말씀! 물론 이 말이 지난 10년 동안은 틀린 말이 아니었다. 나는 그녀와 사귈 때 대부분 학생이었고 그녀는 직장인이어서 언제나 그녀가 나보다 돈을 더 많이 썼다. 학생이 아무리 아르바이트를 해도 일반 직장인의 '현금 흐름'을 이길 수는 없는 노릇이었다.

나는 그녀를 사랑했다. 그녀를 사랑하는 마음을 직장하고 비교할 수는 없지 않던가. 그래서 나는 그녀의 말을 따르기로 했다(물론 그녀도 목표 달성을 위해 일부러 강하게 말했다고 했다). 그녀는 결혼식이 끝나자마자 신부 화장도 지우지 않고 10킬로그램짜리 배낭을 들쳐 메고 나에게 외쳤다.

"고영성, 렛츠 고!"

대장정의 첫날, 새벽 공기를 마시며 피레네 산맥을 오르는 그 순간 내가 어리석었다는 것을 깨닫게 되었다.[87] 산 아래로 내려다보이는 절경은 말로 형용할 수 없을 정도였으며 세계 곳곳에서 온 사람들과 산티아고라는 목적지를 향해 함께 걷는다는 사실이 너무나 가슴 벅찼기 때문이다. 나는 그녀와 서로 정말 오길 잘했다고 말하며 웃으며 대화도 하고 준비한 카메라로 절경을 열심히 찍었다.

그런데 얼마 지나지 않아 몸에 이상 신호가 왔다. 5킬로미터를 지나는 시점부터 절경을 찍던 카메라를 가방 속에 집어넣고 우리는 대화를 하지 않았다. 차오르는 숨과 10킬로그램에 달하는 배낭으로 짓눌린 몸은 사진을 찍거나 말을 하는 것이 사치라는 것을 알려 주는 듯했다.

10킬로미터 지점에 왔을 때 그녀에 대한 원망이 생기기 시작했다. '이게 무슨 신혼여행이란 말인가.' 그런데 갑자기 그녀가 구토하기 시작했다. 평소 겪어 보지 못한 고통에 급기야 몸이 반항한 것이다. 그런 그녀를 보자 원망의 말을 꺼낼 수 없었고 그녀를 부축해 다시 길을 걸었다.

15킬로미터를 넘어섰을 때쯤 그녀가 주저앉아 울기 시작했다. 내 몸도 이미 만신창이가 된 지 오래였다. 그러나 돌아갈 수 없었다. 산맥을 무조건 넘어야 숙소가 있었기 때문이다. 나는 그녀를 일으켜 세우고 이를 악물며 다시 걸었다. 몇 번이나 고통이 우리를 흔들고 그녀의 눈물이 마를 때 즈음 우리는 겨우 피레네 산맥을 넘을 수 있었다.

포기하고 싶었다. 겨우 20킬로미터 남짓 왔을 뿐이지만 이미 몸과 마음은 무너질 대로 무너져 있었다. 물론 '산티아고 가는 길'에서 첫 코스인 피레네 산맥이 가장 어려운 코스인 것은 사실이나, 남은 780킬로미터를 어떻게 간단 말인가. 20킬로미터도 죽을 만큼 힘들었다.

짐을 풀고 샤워를 한 후 우리는 여행자들을 위한 식당으로 갔다. 그녀의 표정을 보니 '포기'라는 단어가 나올 것 같았다. 내심 나도 바라던 바였다. 그런데 그녀는 자신의 상태에 어울리지 않는 말을 했다.

"영성아, 우리 하루를 걷자. 800킬로미터를 생각하지 말고 그저 우리에게 주어진 하루만 생각하고 걸어 보자."

내가 듣고 싶은 말이 아니었다. 하지만 그녀의 말에 '울림'이 있었고 어느 순간 나의 정신을 깨워 주었다. 그녀의 결연한 눈빛과 함께하고 싶었다. 어떤 일이 벌어질지 모르지만.

우리는 서로를 의지하며 하루를 걸었다. 물론 여정은 절대 쉽지 않았다. 코스를 이탈해 길을 헤맬 때도 있었다. 또한, 여행을 시작한 지 5일도 되지 않아 오른쪽 무릎에 이상이 와서 내리막길을 갈 때는 한동안 뒷걸음으로 걸어야 하는 곤욕을 치르기도 했다. 그리고 그녀는 몸이 버티지 못해 수시로 구역질을 했다.

우리의 하루 코스는 평균 약 24킬로미터였는데 마지막 4~5킬로미터는 정말 몸과 마음의 밑바닥에 있는 최후의 힘을 끌어올려 걸어야 할 정도로 고통스러웠다. 하지만 15일 정도가 지나자 모든 것이 변하기 시작했다. 나의 무릎은 제 모습을 찾았으며 그녀는 구토하지 않았다. 코스를 이탈하지도 않았고 많은 것이 익숙하게 느껴졌다. 무엇보다 이제 우리는 하루의 코스를 어려움 없이 소화해 냈다. 같이 걷는 사람들과 대화하고 자연을 만 끽하며 맛있는 현지 음식을 먹다 보면 어느새 그날 도착해야 할 숙소가 눈에 들어왔다.

그리고 여행을 시작한 지 33일이 되던 날, 드디어 저 멀리 산티아고가 보였다. 처음엔 제대로 걷지도 못했던 우리가 800킬로미터를 걸어온 것이다. 하지만 나는 산티아고에 도착했을 때 이미 알고 있었다.

우리는 800킬로미터를 걸은 것이 아니라 단지 하루를 걸었다는 것을.

내 인생의 최고의 선택을 누가 물어본다면 첫 번째는 '그녀'라고 답하겠지만 두 번째는 '산티아고 가는 길'이라고 주저 없이 말할 수 있다. 그만큼 이 33일의 여행은 내 인생을 뒤흔들어 놓았다. 산티아고가 나에게 준 선물은 너무도 많지만, 무엇보다 목표를 어떻게 이루는지에 관한 해답을 줬다는 점에서 그 어떤 경험보다 나를 성장시켰다.

우리는 산티아고라는 크고 위험하고 대담한 목표(BHAG)가 있었다. 이 목표는 너무나 매력적이어서 여행자들 사이에서도 산티아고 길을 다 걸었다면 엄지손가락을 치켜 세울 정도이며 실제로 1년째 배낭여행을 하던 2명의 여자분을 만났는데 그들은 산티아고 가는 길이 지금 자신의 여행 중에 최고의 여행이라는 말까지 했다.

또한, 이 목표는 매우 구체적이고 명확했으며 확실한 로드맵이 있었다. 나는 때로는 코스를 이탈했지만 명확한 최종 목적지가 있었기 때문에 금방 제 길로 돌아올 수 있었다. 누군가 명확한 꿈이 있다면, 확실한 비전이 있다면, 가슴 뛰게 하는 위험한 목표가 있다면, 때로는 흔들리고 넘어지고 옆길로 샌다 할지라도 그 사람은 다시 자기의 갈 길을 갈 확률이 높다. 나 또한 그랬다.

하지만 그 꿈이, 비전이, 원대한 목표가 '위험한' 이유는 우리에게 '포기'를 수시로 종용하기 때문이다. 무언가 열심히 하고 최선을 다해 보지만 그 노력을 다 모은다 하더라도 가고자 하는 목표에 비해서 너무나 작게 느껴질 때가 있다. 그 순간이 위험하다. 자신이 하는 일에 대한 의미를 찾지 못하고 해도 될 것 같지 않은 마음이 들기 때문이다. 그렇다면 어떻게 이런 위험을 극복할 수 있을까? 바로 '단기 목표'를 세우는 것이다.

여행 첫날 내가 포기하고 싶을 때 그녀가 나에게 했던 말을 기억하는가?

"하루를 걷자."

감히 800킬로미터를 걸을 수 없을 것 같지만, 그래도 하루는 걸을 수 있었다. 그렇다면 하루를 걸으면 되는 것이다. 목표를 세분화하여 단기 목표를 세우면 우리는 '작은 성공'을 맛보게 된다. 작은 성공은 우리를 위협하는 거대한 목표에 대해 담대한 마음을 갖게 하는 원동력이 된다. '해냈다'라는 성취감과 '할 수 있다'는 자신감을 불어넣어 준다. 버거웠던 일이 만만해 보이기 시작한 것이다.

그리고 단기 목표를 세우면 세부적인 계획을 더 치밀하게 기획할 수 있게 된다. 800킬로미터를 놓고 계획할 때는 딱히 어떻게 계획을 세워야 할지 몰라 허둥댔다. 실제로 우리는 신혼여행을 갈 때 치밀한 계획을 세우지 못하고 출발했다. 하지만 하루로 목표가 단축되자 우리는 갑자기 탁월한 계획자가 되어 있었다. 기상 시간, 거리 결정, 코스 점검, 숙소 결정, 예상 도착 시각, 숙소 도착 후 할 일, 지출 계획 등을 하루 전날 철저하게 계획했다. 처음에는 들쑥날쑥했지만, 며칠 시행착오를 하자 최적에 가깝게 계획을 세울 수 있었고 대부분의 일이 예측 가능하게 됐다. 목표 세분화의 힘은 실로 대단했다.

그리고 무엇보다 거대한 목표를 한번 달성했다는 그 자체가 주는 교훈이 너무나 컸다. 목표가 아무리 멀리 있어도 하루하루를 성실하게 노력한다면 그 도착지에 언젠가는 꼭 도착하게 된다는 것을 알게 됐다. 또한, 무언가를 제대로 해 보지도 않고 할 수 없다는 생각을 버리게 됐다. 가 보지 못한 길은 그저 그 길로 가지 않았을 뿐이다. 해 보지도 않고 어설픈 생각으로 할 수 없다고 포기하고 회피하지 않아야겠다는 생각을 하게 됐다.

등산을 다들 해 봤겠지만 산 정상에 올라야만 보이는 것들이 있다. 하나의 큰 목표를 이루면 삶에 대한 시야가 넓어진다. 내 삶에 보이지 않던 것들이 보이기 시작한다. 목표에 이르지 못한 사람들은 결코 보지 못한 그 절경들을 말이다.

난 아직도 기억한다. 인도에 다녀온 그녀가 공항에 마중 나온 나를 보던 그 눈빛을. 나는 그녀에게 세 번 반했다고 말한다. 첫 만남에서 한 번 반했고, 첫 아이를 낳았을 때 반했고, 그리고 그날 인도를 다녀온 그녀를 보고 반했다. 몇 개월 동안 인도를 다녀온 그녀는 내가 상상하지 못할 정도로 성장해 있었다. 그녀는 내가 보지 못한 것들을 보고 온 것이다. 그녀가 본 것은 단순히 '인도'가 아니었다. 그녀는 인도 전역을 돌면서 인생과 인간 아니 존재에 대한 그 무언가를 보고 온 듯했다.

당신이 처음에는 상상할 수 없었던 목표를 실제로 이루게 된다면 당신은 새로운 '눈'을 선물 받게 될 것이다. 그리고 그 눈은 그 어떤 것과도 바꿀 수 없는 당신 인생의 '보석'이 될 것이다.

7년이 지난 지금도 나는 산티아고가 준 선물을 간직한 채 살아간다.

다시 그곳에 가기를 꿈꾸면서…….

Chapter 5

동기

내게
자유를
달라

자유가 아니면 죽음을 달라.

: 패트릭 헨리 :

동기를 상실한 사람들

A 사업가 : A는 환갑인 나이임에도 불구하고 지칠 줄 모르는 열정을 소유한 사업가였다.[88] 그는 대표로서 손수 영업을 뛰며 정열적으로 경영했을 뿐 아니라 콜럼버스 기사 수도회 회원이었고 루이지애나 자동차 도매상 협회와 배턴 루지 항구 위원회 회장을 지냈으며 지역 은행 이사장을 역임하는 등 왕성한 대외활동을 했다. 그러던 어느 날 부인과 여행 중 정신을 잃고 쓰러져서 여행을 계속할 수가 없게 되었다. 며칠이 지나자 건강을 많이 회복한 듯했다. 그런데 사람이 완전히 변한 듯했다. 20년 동안 한 해도 빠지지 않았던 사슴 사냥을 나가지 않았을 뿐만 아니라 그 어떤 것에도 흥미를 느끼지 못했다. 혈액 검사에도 큰

문제가 없었고 지능검사도 지극히 정상적으로 나왔다. 하지만 A는 의욕을 잃은 채 그저 멍하니 허공을 바라만 보았다.

B 교수 : B는 집필에 대한 의욕이 대단해서 바쁜 가운데도 새벽같이 일어나 글을 쓰는 열정적인 교수였다. 또한 B 교수는 투철한 책임감으로 주변에 본보기가 되던 인물이었다. 하지만 어느 날 갑자기 모든 의욕을 잃어버렸다. 그는 자신의 주치의에게 이렇게 말했다.

"이제 기력이 없습니다. 에너지가 바닥난 기분이에요. 아침에 일어나는 것도 싫어서 억지로 일어나야 합니다."

C 경찰관 : C 경찰관은 어느 날 운이 좋지 않게 말벌에 쏘였다. 주변에서 걱정을 많이 했지만, 워낙 신체적으로 건강한 탓에 몸은 회복되었다. 그런데 말벌에 쏘인 이후 아내와 자식과 어떠한 대화도 하려 하지 않았다. 아침에 일어나려고 하지 않았을 뿐만 아니라 아내가 잔소리하지 않으면 씻으려고도 하지 않았다. 스스로 무언가를 의욕적으로 하는 모습을 찾아볼 수가 없었다.

D 소녀 : 19살 D 소녀는 일산화탄소에 노출되어 의식을 잃고 쓰러졌다. 얼마 후 다행히 깨어났지만, 이 소녀는 그 어떤 것도 귀찮아했고 손가락 하나도 움직이려고 하지 않았다. 하루는 야외에서 햇빛을 막을 우산을 잔디 위에 세워 놓고 소녀는 누워 있었다. 소녀의 아버지는 다른 볼일을 보다가 소녀가 잘 있나 확인해 보았다. 그런데 소녀는 해의 위치가 바뀌었는데도 전혀 움직이지 않고 꼼짝 않고 누워만 있었다. 조금만 더 그렇게 누워 있었다면 얼굴에 화상을 입을 뻔했다. 무기력이 D 소녀를 지배했다.

A, B, C, D의 공통점은 무엇일까? 알다시피 이들은 관심과 의욕을

어느 순간 완전히 상실했다. 다시 말해 '동기'를 잃어버린 것이다.

동기는 목표 지향적 활동이 유발되고 지속하는 과정으로 크게 세 가지 심리적 기능을 한다.[89] 첫째, 행동에 활력을 주거나 행동을 활성화하는 것이다. 학습자로 하여금 학습에 참여하게 하는 것이다. 공부하고 싶은 마음을 들게 하는 것을 말한다. 둘째, 행동에 방향성을 제시하는 것이다. 왜 게임을 하지 않고 공부를 하는지를 설명해 준다. 셋째, 행동의 지속성을 조절하는 것이다. 왜 학습자는 목표를 향해 지속해서 공부하는 것인가를 말해 준다.

연구에 따르면 동기부여가 제대로 된 학생들은 다음 세 가지 특징을 보인다고 한다.[90]

1) 학교에 대해 긍정적인 태도를 가졌고 학교가 만족스럽다고 말한다.
2) 어려운 과제를 포기하지 않고 계속하고 학교에서 문제를 거의 일으키지 않는다.
3) 정보를 깊은 수준으로 처리하고 학급에서의 학습경험이 뛰어나다.

당연하게도 학습자의 동기는 학업 성취도, 시험 결과 모두에 강력한 영향을 미치며, 빠른 기술적 진보와 전례 없이 확장된 지식 기반, 변화하는 직장의 요구 속에서 지속적인 학습 동기는 단순히 학업뿐만 아니라 인생에서 성공하기 위해 필수적이라고 말할 수 있다.

이번 〈동기〉 장에서 가장 강력한 동기부여의 한 요소를 알아갈 테지만 앞서 살펴보았던 '기대', '성장형 사고 방식', '자기효능감', '목표설정' 등이 모두 학습자의 동기부여를 위해 기술한 내용이다. 그만큼 공부에 있어 동기부여가 중요하다는 것이다.

내재적 동기와 외재적 동기

1971년 로체스터대학의 에드워드 데시와 리처드 라이언은 동기부여 형태가 학습 의지와 능력에 어떤 영향력을 미치는지를 실험했다.[91]

실험팀은 실험 참가자들에게 수백만 가지의 형태로 조립할 수 있는 3차원 플라스틱 조각 일곱 개를 제공했다. 그리고 한 시간 동안에 각자 제시된 그림을 토대로 4개의 다른 형태를 만들라고 지시했다. 이런 실험을 3회 연속 실험했다. 그런데 각 실험을 진행하는 실험 진행자는 실험 도중 8분 동안 자리를 비우면서 이렇게 말했다.

"내가 잠시 자리를 비우는 사이에는 만들고 싶은 대로 아무 형태나 만들어도 됩니다."

지시에 따를 필요가 없었고 또한 조립하지 않아도 되었다. 첫 번째 실험에서 실험 참가자들은 248초 동안 조립에 매달렸다. 그런데 두 번째 실험에서는 실험 진행자가 나가면서 만약 조립에 성공하면 한 개당 1달러를 주겠다고 했다. 그랬더니 실험 참가자들은 313초 동안 조립에 몰입했다. 첫 번째 실험보다 26퍼센트나 더 조립한 것이다. 그런데 세 번째 실험 때 실험 진행자는 돈이 떨어져서 줄 돈이 없다고 말했다. 실험 참가자들은 198초만 조립에 매달렸다. 이는 첫 번째 시도 때보다 20퍼센트 짧은 시간이었고 두 번째 실험 때보다 37퍼센트나 짧은 시간이었다.

이 고전적인 실험은 우리에게 내재적 동기와 외재적 동기의 관계를 이야기해 주고 있다. 내재적 동기는 전형적으로 만족, 경쟁력, 흥미, 학습, 도전과 같이 한 개인이 강압 없이 스스로 원해서 행동에 참여하는 것을 말한다. 중간 8분 동안 실험 진행자가 자리를 비운 상황은 실험 참가자들의 내재적 동기를 측정하고자 함이었다. 반면 외재적 동기는 한 개인이 칭찬, 성적, 특혜, 자격증, 물질적인 보상과 같은 외부적인 이유로 활동에 참여하는 것을 말한다. 두 번째 실험에서 돈을 준 행위가 바로 외재적 동기를 유발하려고 한 것이다.

이 실험의 일반적인 교훈은 외재적 동기가 어떻게 내재적 동기를 감소시키는가를 확인하는 것이다. 돈을 받았을 때 실험 참가자들은 더 큰 동기부여를 받았지만, 돈을 받지 못하자 처음에 가졌던 내재적 동기마저 훼손되는 경향을 보였다.

실제로 장기적으로 봤을 때 어떤 목표를 성취하는 데는 외재적 동기보다는 내재적 동기가 훨씬 더 강력한 영향을 발휘한다. 좋은 성적을 받으려고 공부하고 단지 돈을 벌려고 일하는 사람보다 공부나 일 자체가 재미있어서 하는 사람이 더 높은 성과를 낼 수 있기 때문이다. 왜냐하면, 외재적 보상에 의지하는 사람의 경우 성적이 낮게 나오거나 원하는 돈을 벌지 못하면 의욕이 상실될 가능성이 크지만, 공부나 일 자체를 좋아하는 사람은 상황의 변화와 관계없이 공부나 일을 꾸준히 하기 때문이다.

그래서 보통 우리는 내재적 동기와 외재적 동기는 극단적인 반대 유형일 뿐만 아니라 양립 불가능한 관계라고 생각한다. 또한, 외재적 동기가 앞서 실험처럼 항상 내재적 동기에게 부정적인 영향을 준다고 생각한다. 하지만 이러한 생각은 틀렸다.

당신은 왜 공부하고 일하는가? 만약 동기부여가 된 사람에게 이런 질문을 하면 내재적 동기와 외재적 동기가 혼재되어 있다는 사실을 알 수 있다. 예를 들어 이 책을 쓰는 고 작가의 동기를 살펴보면 다음과 같다.

1) 책을 쓰는 것은 고 작가에게 직업이다. 가장으로서 돈을 벌어야 한다.
2) 이 책이 실제로 공부하는 많은 학생과 직장인들에게 큰 도움이 되었으면 좋겠다.
3) 정말 좋은 책을 썼다고 작가로서 인정받고 싶다.
4) 여덟 번째 책 또한 베스트셀러라는 성적을 받았으면 좋겠다.
5) 책을 쓰는 것은 매우 도전적인 일이지만 책을 쓰는 과정에서 엄청난 성장이 있을 것이다.
6) 집필에 몰입할 때 행복감을 느낀다.
7) 책을 쓰려고 하는 독서는 깊은 독서를 유도해서 매우 유익하다고 생각한다.

고 작가가 책을 쓰는 동기 중 1), 3), 4)는 외재적 동기지만 2), 5), 6), 7)은 내재적 동기다. 내재적 동기와 외재적 동기가 혼합되었다는 것을 알 수 있으며, 고 작가는 외재적 동기가 내재적 동기를 훼손하는 느낌을 전혀 받지 못했다.

그렇다면 이상하다. 왜 외재적 동기는 내재적 동기를 감소시키기도 하고 좋은 시너지를 내기도 할까?

외재적 보상이 단순히 과제를 수행했다는 사실 자체로 주어질 때는 내재적 동기에 부정적 영향을 줄 가능성이 크지만 '성장'의 증거로 주어진다면 내재적 동기가 오히려 더 올라갈 수 있다.[92] 그래서 학교에서 1등 상이나 우등상을 주기보다 개인 최고 기록상, 성장상 같은 보상 체계를 구축하는 것이 더 효과적이라고 말한다.

여기서 자신이 성장하고 능력이 향상되었다고 느끼는 것이 매우 중요하다. 만약에 외재적 보상으로 자신의 능력 향상을 느끼고 자신의 잠재력에 대해 기대감을 품게 된다면 외재적 보상이 사라진 다음이라 할지라도 동기부여가 지속될 가능성이 커진다. 왜냐하면, 한두 번의 외재적 보상이 〈믿음〉 장에서 살펴보았던 기대, 성장형 사고방식, 자기효능감 등을 선물할 수도 있기 때문이다. 이런 것들은 매우 강력한 내재적 동기를 수반한다.

물론 그럼에도 불구하고 공부를 하거나 일을 할 때 장기적 관점에서는 내재적 동기를 불러일으키는 것이 더 중요하다. 그리고 미래에 대해 기대하고, 성장형 사고방식을 통해 자신의 잠재력을 믿고, 목적의식을 확고히 하는 것만큼이나 아주 강력한 내재적 동기를 불러일으키는 것이 있다. 그것은 바로 자율성이다.

자율성과 내재적 동기

피츠버그대학교에서 동기부여와 관련된 흥미로운 실험이 시행되었다. 실험 참가자들은 뇌를 촬영할 수 있는 기능성 자기 공명 영상(fMRI) 장치 안으로 들어갔다. 그리고 누운 상태에서 모니터를 바라봤다. 실험을 주도한 모리시오 델가도 박사는 실험 참가자들에게 모니터에 1과 9 사이의 임의의 숫자가 나타날 텐데, 그 숫자가 5보다 클지 작을지를 예측해서 버튼을 누르라고 했다.

델가도 박사는 이 실험이 매우 따분한 실험이기에 사람들이 조금 하다가 금방 그만둘 것으로 생각했지만, 그것은 착각이었다. 실험 참가자들은 이 단순한 게임을 매우 좋아했다. 추측이 맞으면 환호성을, 틀리면 실망감을 드러냈다. 델가도 박사는 사람들의 반응에 흥미를 느끼며 실험 참가자들의 뇌를 자세히 살펴봤다. 사람들은 추측 결과에 상관없이 추측할 때마다 선조체라는 부위가 활성화된다는 것을 알아냈다.

신경학자들에 따르면 선조체는 결정이 이루어지는 전두엽에서 받은 명령을 동기부여가 일어나는 기저핵까지 전달하는 역할을 담당한다. 다시 말해 실험 참가자들은 게임을 하면서 상당한 동기부여를 받았다. 심지어 실험이 끝나고 게임은 승승패승의 결과로 조작된 것이라고 말했음에도 어떤 이들은 그 게임을 집으로 가져가고 싶다고 요청했다.

혹시 이번 장을 시작할 때 만나 보았던 A, B, C, D, 네 사람을 기억하는가? 이들은 모두 의욕과 관심을 갑자기 상실한 사람들이었고 어떠한 것에도 동기부여를 받지 못한 사람들이었다. 그런데 이들은 또다른 공통점이 있었다. 바로 앞서 언급한 '선조체'가 손상을 입었다는 점이다.

델가도 박사는 실험을 조금 바꿔 실시해 보았다. 한 그룹에는 본인 스스로 추측하도록 했고 다른 그룹에는 컴퓨터가 추측해 주는 것을 선택하도록 했다. 그러자 놀라운 결과가 나왔다. 자신이 직접 선택한 사람들의 선조체는 활성화된 반면 컴퓨터가 대신 선택해 준 사람들의 선조체는 반응하지 않았다.

〈믿음〉 장에 나왔던 '학습된 무기력'에 대한 실험을 다시 생각해 보자. 한 무리의 개들은 전기 충격을 받았을 때 그 충격을 멈출 선택권이 있었다. 하지만 다른 무리의 개들은 충격을 멈출 선택권이 없었다. 그리고 그 결과 선택권이 없던 개 중 상당수가 학습된 무기력에 빠지게 되었다. 무기력에 빠졌다는 말은 동기부여가 전혀 되지 않는 상태라는 것과 같은 말이다. 자신이 상황을 통제할 수 없고 나에게는 어떠한 선택권도 없다는 믿음, 즉 자율성을 상실하게 될 때 무기력은 학습되었다.

하물며 개가 그러한데 인간은 어떨까? 인간은 선택권을 갖고 의사결정 하는 것이 내재적으로 동기화되었기 때문에 다른 모든 욕구가 충족된다 해도 의사결정에 대한 기회가 없다면 만족하지 않는다. 즉, 자율성 자체가 내재적 동기의 핵심인 동시에 자율성을 빼앗으면 다른 동기마저 사라진다는 것이다.

당연히 공부나 업무에서 나에게 선택권이 있고, 자신을 스스로 통제한다고 믿으며, 자율감을 느끼는 것은 동기부여에 매우 중요하다.

자율성과 공부

다큐멘터리 〈공부 못하는 아이〉에서 제작진은 12명의 초등학교 4학년 아이들을 데리고 한 가지 실험했다. 먼저 6명의 아이에게는 선생님이 약간 엄숙한 표정으로 이렇게 지시했다.[93]

"선생님이 80문제 준비했으니까, 한 시간 동안 꼼짝하지 말고 시험지 다 풀어야 해. 선생님이 이따가 와서 볼 거야, 알겠지?"

선생님이 나간 뒤 아이들은 시험문제를 풀기 시작했다. 하지만 아이 대부분이 20분이 지나자 자세가 흐트러지며 집중력을 잃었다. 아이들은 그저 남은 40분을 억지로 버텨 내는 듯했다.

한 시간이 지난 후 6명은 80문제를 다 풀었다. 제작진이 시험문제가 쉬웠는지 어려웠는지 묻자 한결같이 어려웠다고 대답했다.

다른 6명에게는 선생님이 조금 다른 지시를 했다. 강압적으로 80문제를 꼼짝없이 다 풀라고 하는 게 아니라 먼저 80문제 중에서 어떤 과목을 풀지 몇 문제를 풀고 싶은지 '선택권'을 주었다. 그리고 80문제를 다 해야 할 필요가 없고 자신이 결정한 문제의 수만큼만 풀어도 되며 교실을 자유롭게 돌아다닐 수 있는 '권한' 또한 주었다.

아이들은 문제를 풀다가도 자신이 원할 때 쉬었다. 그런데 아이들이 놀다가 다시 와서 문제를 푸는 것이 아닌가? 게다가 아이들이 문제를 풀 때의 집중력은 한 시간이 다 될 때까지 사라지지 않았다. 그뿐만 아니라 아이들은 자신들이 약속한 문제 수보다 많은 문제를 풀었다. 6명 중 5명이 80문제를 모두 다 푼 것이다. 시험 후 제작진이 시험의 난이도 유무를 물었을 때도 "쉬웠어요.", "재밌었어요."라는 긍정적인 답변이 나왔다.

강압적으로 문제를 푼 아이들은 집중력이 약해지고 문제도 어렵게 다가왔지만, 스스로 결정할 선택권과 자유를 준 아이들은 문제를 풀 때 끝까지 집중력을 잃지 않았으며, 무엇보다 문제를 쉽게 느끼고 문제 풀이 자체를 즐거워했다.

제작진은 아이들에게 기억나는 시험문제가 있느냐고 물어보았다. 그러자 강압적인 분위기에서 시험을 본 6명의 아이 중에는 단 한 명만이 문제를 기억하고 있었다. 하지만 자유로운 분위기에서 문제를 푼 아이들은 6명 중 5명이나 문제를 기억했다.

실제로 2011년 〈네이처〉에 실린 연구에 따르면 새로운 정보를 취득할 때 어느 정도의 권한을 갖느냐가 그 사람의 기억력에 상당한 영향을 미치는 것으로 나타났다. 자신에게 통제권이 있을 때 더 많이 기억한다는 것이다.[94]

시험 점수 또한 자유로운 분위기의 아이들이 강압적인 분위기에서 문제를 푼 아이들보다 더 높게 나왔다.[95] 제작진과 함께 실험한 담임선생님은 자못 놀라움을 표시하며 이렇게 말했다.

"우리가 '아이들을 자유롭게 풀어놓는다면 안 될 거야'라는 생각을 하는데 오늘 실험하면서 저도 조금 놀랐어요. 이렇게까지 차이가 날 것이라고는 생각을 안 했어요."

선생님이 이러한데 학부모는 어떨까? 조기교육, 선행학습, 사교육 열풍, 대학 올인 등의 우리나라 교육 분위기를 보면 얼마나 많은 부모가 아이를 강압적으로 공부시키는지 알 수 있다. 하지만 자유를 앗아가면 학생들은 공부에 대한 내재적 동기를 제대로 키울 수 없다. 어쩔 수 없이 대학이 중요하다고 하니 공부를 하겠지만, 대학에 일단 들어가면 공부만큼 재미없는 게 없다.

신 박사 역시 강연을 할 때마다 자율성의 중요성을 항상 절감한다. 신 박사가 직접 주최하는 경우는 강연 시간이 언제나 최소 2시간이다. 질의응답까지 포함하여 가장 오래 한 강의는 3시간 20분으로 쉬는 시간 없이 진행한 적도 있다. 생각만 해도 끔찍하지 않은가? 3시간 20분 동안 꼼짝없이 한자리에 앉아서 강연을 들어야 한다니! 하지만 놀랍게도 3시간이 넘는 강연도 참여도는 엄청나다. 그 핵심 이유는 역시 자율성이다.

보통 우리가 수업이라고 생각하면 '일방적'으로 선생님이나 강사가 지식을 전달하는 경우를 떠올린다. 평소에 일반적으로 떠올리는 강연에는 자율성이라는 이미지보다는 수동적 이미지가 훨씬 강하다. 신 박사는 참가자들의 수동적 태도를 능동적으로 바꾸려고 강연에 참가한 사람들과 직접 소통하는 것에 높은 비중을 둔다. 퀴즈를 통해 참여를 유도하는 것은 기본이고 자주 객석으로 내려가서 통성명까지 하면서 강연 참석자와 소통한다(신 박사는 객석 맨 뒤까지도 아주 자주 간다).

강연을 수동적으로 듣는 것이 아니라 자율적으로 참여한다는 인식을 주는 것이다. 처음에는 다들 어색해 하지만 강연이 지날수록 참여도는 점점 높아지고 나중에 질의응답이 시작되면 질문이 그치질 않는다. 이미 공식적인 강연이 끝났지만 70퍼센트 이상의 참석자가 강연장을 떠나지 않는다. 강연에 자신이 적극적으로 참여한다고 생각한 참석자들이 자신도 모르게 강연에 빠져든 것이다. 그리고 3시간이 지났다고 하면 모두 깜짝 놀란다. 반대로 시간의 제약이 있어서 질의응답을 많이 하지 못하는 강연은 강연 시간이 더욱 짧음에도 강연 몰입도가 현저하게 떨어진다. 똑같은 강연이지만 자율성을 기반으로 주체적으로 강연을 들을 때와 그렇지 못할 때의 차이는 확연했다.

직장을 다니는 독자는 알겠지만, 공부는 대학에 간다고 끝나는 것도 아니고 직장을 다닌다고 끝나는 것도 아니다. 끊임없이 해야 하는 것이 공부다. 그래야지만 성장하고 더 높은 성취를 하고 더 성공적인 삶을 살 수 있다. 하지만 초, 중, 고를 다니면서 자유로운 권한 없이 공부를 한 학생들은 스스로 공부를 시작해야 하는 성인이 되었을 때 의욕적으로, 지적 호기심을 담고 공부를 하지 못할 가능성이 크다.

버지니아기술공대에서 개발한 수학강의 엠포리엄 모델(Emporium model)은 대학생들이 교수의 개입이 없이 소프트웨어의 도움만 받아 스스로 과제를 해결하는 프로그램이었다.[96] 학생들은 스스로 각자의 진도에 맞춰 학습 자료를 복습하며 원하는 만큼만 퀴즈를 풀었으며 필요할 때는 교수에게 도움을 요청했다.

이 프로그램은 학생들에게 상당한 자율성을 보장했으며 매우 주도적이고 능동적인 학습 태도를 요구한 것이다. 10년 동안 7개 대학에서 이 프로그램을 시행했는데 프로그램은 큰 성공을 거두었다. 일반적인 수업 이상으로 학생들이 스스로 많은 양의 공부를 한 것이다.

내게 선택권이 있음을, 자신을 통제할 수 있음을, 그리고 공부든 일이든 인생이든 뭐든지 내가 어떻게 하느냐에 달려 있다고 믿을 때 그 사람은 그 어떤 사람보다 동기화될 것이며 자신이 원하는 목표에 기어이 도착하게 될 것이다.

동기부여의 임계점 그리고 확산

"여러분은 영어 단어 4,000개를 한 달 만에 다 외우실 수 있나요?"

강연에서 내가 자주 묻는 질문이다. 이 질문을 하면 반응은 언제나 냉랭하다. 살면서 평생 외운 단어가 4,000개가 안 될지도 모르는데, 한 달 만에 4,000개를 외울 수 있느냐고 질문을 하니 거의 모두가 헛소리 집어치우라는 표정으로 나를 바라본다. 지금 이 책을 읽는 독자 여러분도 한번 생각해 보기 바란다. 여러분은 과연 한 달 동안 4,000개의 단어를 다 외울 수 있습니까(참고로 웬만한 단어장의 표제어는 3,000개가 넘지 않는다. 쉽게 말하면 단어장 하나를 통째로 한 달 만에 외우는 것이다)? 그러면 이건 어떨까?

"여러분이 한 달 동안 단어 4,000개를 완벽하게 외울 경우 제가 10억을 준다면 다 외우실 수 있나요?"

언제나 두 번째 질문이 나온 후 반응은 놀랍다. 일단 강의장이 엄청나게 술렁인다. 몇 분 전에 냉랭했던 그리고 숨 막혀 했던 얼굴은 어디론가 사라지고 다들 미소를 띤다. 그리고 정말 주는 것도 아닌데 어떤 친구는 할 수 있다며 손까지 든다. 그렇다. 임계점을 넘긴 동기부여가 생긴 것이다.

　실제로 친척분들이나 부모님 친구분들이 자녀들 학습 때문에 내게 조언을 구하는 경우가 많다. 그럼 나는 언제나 이 명확한 동기부여에 관해서 설명해 드린다. 보통 학생들이 오랫동안 학원을 그렇게 다니고 과외를 받아도 영어 독해를 잘하지 못하고 시험 점수가 낮은 것은 수업 방법이 잘못되었다기보다는 공부에 동기부여가 없어서 수업에 몰입하지 못해서일 확률이 높다.

　이유가 그러하니 이렇게 시도해 보라고 말씀드린다. 어차피 학원 다녀도 성적이 오르지 않으니 과감하게 학원을 끊고 단어를 일주일에 500개 외우면 학원비를 자녀에게 장학금으로 지급하라고 한다. 결과는 어떨까? 80퍼센트 이상이 몇 년 동안 외우지 못했던 단어를 불과 몇 달 만에 다 암기한다. 시험 결과는? 물론 5~7등급을 받던 아이가 대부분 2~4등급까지 수직 상승한다. 그렇게 동기부여의 정도가 임계점을 넘기면 자신도 몰랐던 새로운 능력을 경험하게 된다.

　우리는 앞에서 내재적 동기와 외재적 동기에 대해 배웠다. 외재적 동기를 너무 왜곡되게 이용하면 내재적 동기가 훼손될 수도 있다. 또 장기적인 관점에서는 내재적 동기가 중심이 되어야 하는 것도 사실이다. 그러면 언제 어떻게 외부 동기를 적용하는 것이 적절할까?

　동기(motivation)를 심장(heart)이라고 생각하자. 그러면 동기가 없어서 완전히 무기력한 상황은 심장이 뛰지 않는 상황이라고 할 수 있다. 만약에 심장이 급작스럽게 멈추면 우리는 어떤 조처를 하는가? 심장이 멈췄을 때 우리는 심장 제세동기로 외부에서 강력한 전기 충격을 준다. 그렇게 해서 심장을 다시 뛰게 한다.

동기부여도 똑같다. 정말 무기력할 때는 외부 동기가 내부 동기보다 훨씬 효과적인 정도가 아니라 훨씬 더 필요하다. 제세동기와 같이 동기도 외부에서 제대로 부여하려면 임계점을 넘긴 정도의 충격(impact)이 필요하다. 그렇게 의지를 다시 뛰게 해서 작은 성취를 경험하면 할 수 있다는 믿음이 내부에서 조금씩 자라게 된다(작은 성취의 중요성은 〈믿음〉 장에서 이미 함께 공부했다). 동기가 정상적으로 작동하면 이제는 외부 동기 적용은 최대한 자제해야 한다. 잘 뛰는 심장에 전기 충격을 준다고 상상해 봐라. 그건 이제 더는 도움이 아니라 위험이 되는 것이다.

그러면 궁극적으로 내부 동기라는 핵심 엔진을 어떻게 꾸준히 작동하게 할까 하는 고민이 필요하다. 우리는 이미 '자율성'이라는 연료가 있어야 내부 동기가 제대로 활성화된다는 것을 배웠다. 학교에서 공부할 때는 목적 자체를 자신의 성장에 둔다면 생각보다는 어렵지 않게 내재적 동기에 방아쇠를 당길 수 있다.

하지만 상대적으로 진짜 어려운 것은 바로 회사 생활이다. 만약에 훌륭한 상사를 만나서 주도적인 환경에서 일하고 또 업무를 통해 자신도 성장하고 회사도 같이 성장한다고 느낀다면 자연스럽게 내재적 동기가 우리를 이끌 것이다. 하지만 그런 괜찮은 상사를 만날 확률은 높지 않다. 그러면 어떻게 할 것인가? 이럴 때는 조직에서 답을 찾지 말고 개인에게서 답을 찾아야 한다. 우선은 개인적으로 할 수 있는 자율성이 높은 공부나 운동 등을 꾸준히 시간을 만들어서 하는 것이 의외로 좋은 해결책이다.

사람의 감정은 절대 특정 영역에 국한되지 않는다. 예를 들면 내일 9박 10일로 휴가를 떠난다고 가정하자. 그러면 오늘 업무가 힘들어도 "그래 오늘만 잘 참자!" 하고 기분 좋게 업무를 마무리할 확률이 높다. 반대로

10년 사귀던 애인과 헤어졌다고 가정하자. 그러면 업무를 하더라도 그게 제대로 될 리가 없다. 그렇게 감정은 확산한다. 동기부여도 마찬가지다. 그래서 조직에서 자율성을 느끼지 못할수록 주도적인 개인 학습은 더더욱 필요한 것이다. 누가 시키지 않지만, 온전히 자신의 발전을 위해서 스스로 공부해야 한다. 회사에서는 내재적 동기가 비활성화된다고 해도 내 삶에서 내재적 동기의 불꽃을 완전히 꺼뜨리면 안 된다. 내재적 동기가 활활 타오르지는 못하지만, 어느 정도 꾸준히 유지만 되어도 직장생활에 큰 긍정적 영향을 준다. 또 살아 있는 동기의 불씨는 언젠가 기회가 왔을 때 우리 인생에 다시 시동을 걸어 준다.

실제로 회사 재직 시절에 우리가 개발하던 프로젝트가 잘 진행이 되지 않자 소속팀이 구조조정이 된 적이 있다. 하는 일은 똑같지만, 인력이 줄어들었기 때문에 업무 부담은 배로 늘어났고 또 팀이 완전히 공중분해 될지도 모른다는 불안감은 항상 모두를 초조하게 만들었다. 상황이 그렇다 보니 자율성 같은 부분은 생각도 못 하고 하루하루 버티며 일하는 날이 많아졌다.

부서원의 스트레스 지수는 갈수록 높아졌고 나 역시 예외일 수는 없었다. 업무적으로는 정말로 숨 막히는 환경이었지만 개인 공부와 운동은 당시 인생이라는 총체적 관점에서 엄청난 활력소였다. 그 활력소는 업무에서 오는 답답함을 상당히 많이 해소해 주었었다. 그래서 다른 부서원에게 독서와 운동을 강하게 독려했고 결국에는 거의 모든 동료 직원이 운동이나 독서를 함께했다. 특히 잠깐이지만 점심시간에 한 독서나 운동은 일 때문에 침체한 정신에 활력을 불어넣었다. 비록 잠깐의 활력이지만 그 에너지는 업무에 조금씩 영향을 주었다. 자연스럽게 내재적 동기의 확산이 일어나는 것이다. 정말 고무적인 사례는 우리 부서에서 투덜이 스머프라고 불렸던 병식(가명)이가 독서를 통해서 내부 동기에 시동을 걸더니 결국에는 사이버대학 3학년으로 편입해 전자과 학부 학위까지 받은 일이었다. 또 병식이는 그렇게 터득한 지식을 업무에 고스란히 적용했다.

나는 항상 업무든 공부든 동기부여가 51퍼센트라고 사람들에게 말한다. 어떤 일이든지 동기부여가 가장 중요하다는 이야기다. 정말 중요하다. 그래서 수많은 상담을 하면서 문제의 답을 직접 찾도록 하기보다는 가능하면 문제 해결의 동기에 초점을 두는 경우가 많다. 함께 공부한 외재적 동기와 내재적 동기를 상황에 맞게 잘 적용하여, 외부 동기로 가능성을 만들고 내부 동기로 가능성을 꼭 실현하기를 바란다. 동기부여 부분이니 기운차게 끝낸다.

"모두 파이팅!"

자율성은 일을 춤추게 한다

세계 최고의 부자이자 버크셔 해서웨이의 회장인 워런 버핏은 독특한 경영방식으로 유명하다.[97] 그는 직원들을 직접 관리하기보다 스스로 일을 책임지도록 하고 만약 피드백이 필요할 때면 직원이 먼저 버핏에게 연락을 취해 피드백을 요청하도록 했다. 그래서 버핏은 오전에는 독서로 시간을 보내지만, 오후에는 부하 경영진들이 언제든 연락할 수 있도록 전화기 옆에서 대기한다. 그는 직속 부하들에게 의사결정에 대한 완전한 자율성을 부여했다. 버핏은 부하 직원을 세세하게 통제하지 않는 이유를 묻는 질문에 이렇게 답했다.

"내가 꼭 필요한 회사라면 절대로 주식을 사지 않았을 것이다."

그래서 뉴욕타임즈는 워런 버핏을 최고경영자(CEO)가 아니라 최고위임자(delegator in chief)라고 평가했다.

그렇다면 자율성이 조직의 생산성에 어떤 영향을 미치게 될까? 구글은 90분 정도 되는 워크숍으로 직원들에게 자기 업무를 스스로 조정할 수 있다는 믿음을 심어 주었다.[98] 그리고 자기 업무를 스스로 설계한 사람들과 자신의 관심사나 가치가 자신의 업무와 부합되도록 개인 맞춤형으로 조정한 실제 사례들을 소개해 주었다. 그리고 몇 개월뒤 워크숍에 참가한 직원과 그렇지 않은 직원들을 비교해 보았다. 조사결과 자신의 업무를 조정할 수 있다고 생각한 직원들의 행복지수와 업무 수행 능력 모두 상승한 것으로 나왔으며, 그 상승효과는 6개월 동안이나 지속됐다. 또한, 자율성을 느낀 직원들은 그렇지 않은 직원보다 승진할 확률이 70퍼센트나 높았다.

자율성은 스스로 의사결정이 가능하므로 주도성을 갖게 하고 책임감을 느끼게 하며 스스로 통제할 수 있다는 마음을 갖게 한다. 주도성, 책임감, 통제감은 그 어떤 것보다 내적 동기를 불러일으키기 때문에 더 높은 업무 성과를 내는 것이다.

혹자는 구글 정도 되는 회사니까 자율성이 통한 것이라고 한다. 하지만 전혀 그렇지 않다. 셰필드대학 교수인 카말 버디의 연구진은 22년에 걸쳐 308개의 회사의 생산성을 연구했다.[99] 연구 결과 전사적 품질경영이나 적시생산방식 같은 전통적인 경영 도구보다 압도적으로 생산성을 향상하게 한 요소가 있었다. 그것은 회사가 직원들에게 더 큰 권한과 재량권을 부여한 것이었다. 연구팀은 기업이 직원들에게 자유를 부여하는 것만으로 개인당 9퍼센트의 부가가치를 올렸다고 말했다. 심지어 308개의 기업은 실제 상대적으로 자유롭게 운영하는 IT 기업이 아니라 대부분 제조업 분야였다. 통제가 중요하다고 여기는 제조업에서조차 적절한 자율권 부여는 생산성 향상에 큰 영향을 미친다는 사실을 알 수 있다.

그렇다면 직장에서 권한이 없다고 느낄 때의 부작용은 무엇이 있을까? 우리는 보통 중요한 결정을 해야 하는 대표나 임원 그리고 상사들이 받는 스트레스는 말단 직원과는 비교할 수 없을 정도로 크다고 얘기한다. 그런 스트레스를 감내하기 때문에 연봉도 월등히 높은 것이라고 말한다. 그런데 과연 그럴까?

영국에서 직위와 스트레스 사이에 어떠한 관계가 있는지 알아보는 연구가 있었다.[100] 연구 목적은 스트레스가 심한 고위 임원들을 어떻게 도울지를 알아보기 위해서다. 연구 결과는 모두의 예상을 깼다. 직위 상승에 따른 책임감이나 압박감 증가보다 자신이 스스로 무엇을 할 수 없다는 자율권 상실이 더 압도적으로 스트레스를 유발한 것이다.

2012년 하버드 연구진이 대표적인 스트레스 호르몬인 코르티졸 호르몬으로 연구한 결과, 리더보다 부하 직원들의 코르티졸 호르몬 수치가 훨씬 높다는 것을 발견했다. 코르티졸 수치가 높은 상태가 지속하면 어떻게 되는지 아는가? 건강에 매우 치명적이다.

앞서 영국 연구진은 직급이 낮을수록 스트레스성 질병에 취약해 건강 위협이 크다는 사실을 발견했다. 다시 말해 극심한 스트레스 속에서 중요한 결정을 한다는 고위 임원들은 실상 부하 직원들보다 스트레스를 덜 받아 더 오래 살 가능성이 큰 것이다. 2004년의 다른 연구에서는 말단 직원의 조기 사망률이 최고위 임원들보다 4배나 높고 정신질환을 앓을 확률 또한 높은 것으로 나왔다. 연구진은 이렇게 말한다.

"직위가 높을수록 낮은 직급보다 더 오래 살 것으로 기대된다."

자율성은 인간에게 '욕구'다. 다시 말해 자율성은 인간에게 존재론적 문제인 것이다. 직장에서 스스로 할 수 있는 것이 없다고 느껴질 때 생산성은 물론이거니와 스트레스가 가중돼 건강에 큰 위협이 된다. 만약 그 사실을 모르면 어떻게 될까? 생산성이 떨어지면 그것에 대한 페널티로 어리석은 리더들은 더 통제하려고 할 것이고 그 통제는 부하 직원의 생산성을 더욱더 떨어뜨리는 악순환에 빠질 것이다.

일에서의 자율성은 단순히 내적 동기의 문제를 떠나 건강과 행복에도 지대한 영향을 미친다. 자율성은 일을 춤추게 한다.

Chapter 6

노력

노력은
결코 배신하지
않는다

홈에 들어오기 위해서는 1루, 2루, 3루,
베이스를 차례로 밟지 않으면 안 된다.

: 베이브 루스 :

'1만 시간의 법칙'은 틀렸다?

2014년도에 잠깐이지만 인터넷을 뜨겁게 달군 기사가 있다. 기사의
내용은 권위 있는 학술지 〈심리과학〉에 논문이 하나 실렸는데 내용인
즉슨 '아무리 노력해도 선천적 재능이 없으면 따라잡기 힘들다'라는 연
구결과가 나왔다는 것이었다.[101]

　기사는 미시간주립대 연구팀이 선천적 재능과 노력에 관한 88개의
연구를 메타 분석한 결과 학술 분야에서 '노력한 시간'이 실력의 차이
를 결정짓는 비율은 4퍼센트에 불과하고, 게임, 음악, 스포츠 또한 20
퍼센트 전후에 불과하다는 것이었다. 대가가 되려면 선천적 재능이 없
으면 아무리 노력해도 안 된다는 것이다.

기사 내용을 보고 많은 사람이 "내 그럴 줄 알았다."라고 말했지만 따지고 보면 매우 충격적인 내용이었다. 일반적으로 스포츠나 예술 분야의 경우 선천적 재능이 중요하다는 것은 많이 인지하고 있었으나 '학술' 분야에서 노력이 실력을 가늠하는데 겨우 4퍼센트밖에 되지 않는다고 생각하는 이는 거의 없었기 때문이었다. 그래도 공부는 다른 분야보다는 '노력'의 비중이 더 크지 않겠느냐는 인식이 있었다. 하지만 기사 내용은 이러한 우리의 인식이 잘못된 것임을 정면으로 말하고 있었다. 기사에 달린 댓글들과 기사를 놓고 갑론을박을 한 커뮤니티의 이야기들은 '노력'에 대한 회의론이 대부분이었다.

권위 있는 저널에 그것도 88개의 논문을 메타 분석한 연구가 나왔으니 이러한 사실을 인정할 수밖에 없는 듯 보였다. 누구도 이 사실에 대해 의심하지 못하는 듯했다.

결국, 세계적인 베스트셀러 말콤 글래드웰의 《아웃라이어》로 유명해진 '1만 시간의 법칙'이 틀렸음을 강력하게 주장하는 것과 같다. '1만 시간의 법칙'은 1만 시간이라는 많은 시간 동안 열심히 무언가를 하면 전문가가 될 수 있다는 내용으로 '노력'이 '재능'보다 중요하다는 대표적인 용어로 사용됐었다.

하지만 이 기사가 사실이라면 '노력'은 특히 공부에서는 더는 설 곳이 없어 보인다. 공부에 관련된 분야에 노력이 갖는 변별력이 겨우 4퍼센트밖에 되지 않으니 말이다. 그런데 과연 그럴까?

노력은 절대적이다

1만 시간의 법칙은 현재 플로리다주립대학의 심리학 교수로 재직 중인 안데르스 에릭슨에 의해서 출발한다. 에릭슨은 1980년대 후반 독일 막스 플랑크 인간발달 연구소에서 일하게 되었다.[102] 당시 에릭슨은 최고의 전문가가 되려면 무엇이 필요한가 하는 생각에 빠져 있었다. 막스 플랑크 연구소에서 멀지 않은 곳에는 베를린예술종합학교가 있었다. 예술종합학교는 3,600명이 재학했고 특히 음악대학은 학생 수준이 높은 것으로 유명했다.

에릭슨은 음악 분야 중에서도 전문가 되기가 매우 까다로운 바이올린 연주가들을 대상으로 심층 연구를 할 계획이었다. 에릭슨은 음대 교수들과 함께 종합학교에 재학 중인 바이올린 전공자를 10명씩 세 그룹으로 나누었다. 첫 번째는 최우수 그룹으로 세계적인 바이올린 독주가가 될 잠재력이 있는 학생들이었다. 두 번째는 우수 그룹으로 세계적인 수준은 아니지만, 직업적으로 성공할 수 있는 학생들이었다. 마지막 세 번째는 양호 그룹으로 바이올린 연주자보다 음악 교사가 될 가능성이 높은 학생들이었다. 실력은 나쁘지 않지만, 앞의 두 그룹에 비하면 많이 떨어졌다. 또한 에릭슨은 세계적인 수준의 독일 교향악단에서 활약하는 중년의 바이올린 연주자 10명 또한 선별했다. 최우수 그룹 아이들의 미래 모습일 가능성이 크기 때문이다.

에릭슨은 30명의 학생을 대상으로 바이올린 학습에 관하여 아주 상세하게 인터뷰를 했다. 몇 살부터 바이올린을 배우기 시작했는지, 누구에게 배웠는지, 혼자 연습하는 시간은 얼마나 되는지 등에 대해서 알아봤다. 또한, 이 학생들은 일주일 동안 시간을 어떻게 활용했는지 자세하게 적어야 했다. 특히 연습할 때는 15분 단위로 자신의 연습에 대해 상세하게 기술해야만 했다. 에릭슨은 모든 학생이 지금까지 어떻게 바이올린을 학습했는지, 또 현재 어떻게 학습하는지 자세히 파악했다. 그리고 연구 결과는 매우 흥미로웠다.

먼저 세 그룹 모두 비슷하게 답한 내용은 다음과 같다. 이들 모두 실력 향상에 있어 가장 중요한 요소로 '혼자 하는 연습'이라고 말했다. 다른 사람과 합주하고 음악 교육을 받고 음악을 듣는 것도 중요하지만 그래도 성장에 있어서 핵심은 홀로 공부하는 것이라고 말했다.

〈메타인지〉 장에서 공부 최상위 학생들이 어떻게든 하루에 개인적으로 공부하는 시간을 3시간 이상 확보하려 했던 사실을 기억할 것이다. 결국, 스스로 부딪치는 시간이 있어야 한다. 또한, 이들은 잠을 자는 것이 매우 중요하다고 피력했다. 잠을 제대로 자지 못하면 연습에 집중하지 못해 효율이 떨어진다는 것이다. 수면은 공부에 매우 큰 역할을 한다. 수면의 중요성은 〈몸〉 장에서 좀 더 자세히 다룰 예정이다.

마지막으로 30명 모두 음악 듣기를 제외하고서는 모든 연습에서 '재미'를 느끼지 못한다고 했다. 이 학생들은 단순히 아마추어로 남으려고 공부를 하는 것이 아니라, 전문가가 되려고 연습했기 때문에 즐길 수 있는 처지가 아니었다. 모두 강도 높은 연습에 힘들어했고 마냥 좋아서 연습하는 사람은 단 한 명도 없었다.

공부는 무조건 즐거워야 한다는 말은 공부 자체에 특별한 목적이 없을 때에나 해당하는 일이다. 공부를 통해 시험에 합격해야 한다든가 논문이나 책을 쓰는 등 무슨 이론이나 콘텐츠를 만드는 과정은 무척이나 괴로울 때가 많다. 그것을 극복할 수 있느냐 없느냐가 각 분야의 전문가로 성장할 수 있느냐 없느냐를 가늠한다.

그런데 이들 사이에 차이가 나는 것이 딱 하나가 있다. 바로 혼자 하는 연습 시간이었다. 에릭슨이 조사한 결과 음악교사가 될 가능성이 큰 양호 그룹은 18세가 되기까지 평균 3,420시간을 혼자 연습하는 데에 할애했다. 괜찮은 프로 연주가가 될 가능성이 있는 우수 그룹은 18세가 되기까지 평균 5,301시간을 투자했다. 하지만 슈퍼스타가 될 가능성이 큰 최우수 그룹 학생들은 18세가 되기까지 무려 평균 7,410시간이나 투자했다. 특히 최우수 그룹에서 가장 적게 연습한 학생도 양호 그룹에서 가장 많이 연습한 학생보다 더 많은 연습 시간을 가진 것으로 나왔다.

그렇다면 세계적인 수준의 독일 교향악단에서 활약하고 있는 중년의 바이올린 연주자들이 18세 전까지 쏟은 노력의 시간은 얼마나 되었을까? 평균 7,336시간이었다. 최우수 그룹의 학생들과 놀랍게도 일치했다.

에릭슨 교수는 자신의 명저 《1만 시간의 재발견》에서 다음과 같이 말한다.

"연구에서 분명하게 눈에 띄었던 점은 두 가지다. 첫째, 탁월한 바이올린 연주자가 되려면 수천 시간의 연습이 필요하다. 시간을 단축해 주는 지름길 같은 것도 없었고 비교적 적은 연습량만으로도 전문가 수준에 도달한 '천재'도 없었다. 둘째, 탁월한 재능이 있는 연주자들 사이에서도(이들 모두가 독일 최고의 음악학교에 입학했으니 그렇게 말할 수 있을 것이다) 기술 연마에 상당히 많은 시간을 들인 사람이, 연습 시간이 적은 사람보다 평균적으로 성적이 좋았다."

그런데 이러한 현상은 비단 음악에만 한정되지 않았다. 음악, 무용, 운동, 체스, 게임 등 다양한 분야의 여러 연구에서도 노력하는 시간은 양호, 우수, 최우수 그룹을 나누는 데 가장 결정적인 역할을 했으며 최우수 그룹 내에서도 평균적으로 더 많이 노력한 사람이 더 탁월한 능력을 보여 줬다. 그러면 우리가 하는 일반적인 공부는 어떨까? 에릭슨은 거의 모든 공부에 적용된다고 말한다. 어떤 공부든 대체로 노력하는 양이 실력을 결정한다는 사실을 부인할 수 없다는 것이다. 에릭슨은 다음과 같이 단언한다.

"지금까지 다양한 분야에서 진행된 여러 연구 결과를 보면, 엄청난 시간을 투자하지 않고 비범한 능력을 개발한 사람은 없다고 결론을 내려도 무방하다. 진지한 과학자치고 이런 결론에 의문을 제기하는 사람은 내가 아는 한 없다."

재능 결정론의 허구

미국에서 성취에 있어 재능과 노력 중 어떤 것이 더 중요한지를 설문조사했다.[103] 조사 결과 재능보다 노력이 더 중요하다고 여긴 사람이 두 배나 높았다. 신입사원에 관한 질문에서는 재능보다 근면성이 더 중요하다는 답이 무려 다섯 배나 많았다. 운동 능력에 관한 질문도 마찬가지였고 음악인들에게 질문했을 때도 마찬가지였다. 한결같이 재능보다 노력이 더 중요하다고 답했다. 우리나라는 어떻게 나왔을까? 국내에서 실시한 설문조사를 찾을 수 없어서 우리는 우리가 운영하는 페이스북 〈인생공부〉 페이지를 통해 설문조사를 해 보았다. 역시 노력이 더 중요하다는 답변이 재능보다 많았다.

그런데 이런 설문조사가 진심이 아닐지도 모른다는 의문을 갖고 실험을 해 본 연구가 있다. 실제로 음악은 재능보다 노력이 더 중요하다고 답한 전문 음악인들을 상대로 두 피아니스트의 연주 일부를 들려주었다. 그리고 각 피아니스트에 관해서 설명했는데 한 연주가는 어렸을 때부터 선천적 재능이 증명된 인물이고, 다른 연주가는 끈기를 가지고 열심히 노력한 인물이라고 설명했다. 하지만 두 연주 모두 한 사람의 연주였다. 실험 결과는 설문 조사와 완전히 반대로 나왔다. 재능형 인물을 노력형 인물보다 더 높게 평가한 것이다.

타고난 재능보다 근면성을 높게 본다던 비즈니스 분야도 마찬가지였다. 수백 개의 회사를 두 그룹으로 나눠 한 그룹은 천재적인 재능으로 성공했다는 기업가의 자기소개서를 주었고, 다른 그룹에는 열심히 노력해서 성공했다는 기업가의 자기소개서를 주었다. 그 뒤 실험 참가자들은 각각 자신들이 본 기업가의 사업제안서를 보았다. 실험 결과 사람들은 노력형 사업제안서보다 재능형 사업제안서에 더 높은 점수를 주었다. 노력형은 창업 자본이 4만 달러가 더 많고 경영 경험이 4년이 더 많아야만 재능형과 같은 수준의 대접을 받을 수 있었다.

겉으로 나타난 설문조사와 다르게 사람들은 노력보다 재능에 대한 편애가 훨씬 심함을 알 수가 있다. 성취는 노력보다는 역시 재능이라는 생각. 하지만 이런 생각은 큰 문제점을 안고 있다. 선천적 재능은 말 그대로 주어진 것이기 때문에 바꿀 수가 없다. 바꿀 수가 없는 것이 성취를 결정한다면 우리가 할 수 있는 일은 아무것도 없게 된다. 이런 생각을 하는 사람이 만약 어떤 일을 시작할 때 초반에 두각을 나타내지 못한다면 그것을 열심히 할 수 있을까? "난 재능이 없어."라며 회피할 것이다. 회피하면 정말 아무것도 이룰 수 없다. 그리고 많은 일이 어느 정도의 임계점 돌파가 필요하다. 초반에 좀 힘들지만, 어느 정도 수준만 올라서면 그 일에 능숙해지고 더 잘하게 된다는 사실이다. 또한, 도전하는 사람의 나이, 상황, 환경에 따라서 아마추어 때는 남들보다 뒤처졌지만, 전문가가 되어서는 압도적인 성과를 내는 경우도 있다.

아이큐가 높은 아이일 경우 체스를 빨리 배우는 경향이 있다. 하지만 그랜드 마스터를 포함한 실력 있는 체스 고수들은 비슷한 교육을 받은 성인들에 비해 아이큐가 높지도 않았을 뿐 아니라 체스 고수 사이에서도 아이큐와 실력과의 상관관계는 거의 없는 것으로 나왔다.[104] 심지어 바둑 고수들은 아이큐가 일반인의 평균보다 더 낮았다. 시공간 능력 또한 체스와 바둑 모두 크게 상관관계가 없었다. 즉, 어렸을 때 체스나 바둑을 배우는 속도가 좀 더뎌도 최고까지 갈 가능성이 충분하다는 얘기다. 하지만 만약 재능 결정론에 빠져 있다면 초반의 어려움을 넘지 못하고 포기하게 될 것이다.

멘사 회원에 들어가기 위해서는 아이큐가 최소 132는 되어야 한다. 그런데 아이러니하게도 노벨상을 받은 과학자 중에 다수는 멘사 회원의 될 자격이 못 된다. 트랜지스터를 발명해 노벨상을 받은 윌리엄 쇼클리의 아이큐는 125, DNA 이중나선 구조를 발견한 제임스 왓슨의 아이큐는 124, 현대 물리학계의 천재 중 천재로 여겨지는 리처드 파인먼의 아이큐는 126에 불과하다.

실제 연구에 따르면 과학자로 성공하기 위해서는 최소 110 이상의 아이큐를 가져야 하지만, 그보다 더 높은 아이큐가 과학자로서의 더 큰 성공을 예측하지는 못하는 것으로 밝혀졌다. 즉, 아이큐가 과학자 연구 성과와 크게 상관이 없다는 것이다.

그런데 110이라는 아이큐도 한번 생각해 볼 필요가 있다. 어떤 한 분야에서 박사 학위까지 받으려면 정말 많은 공부를 해야 한다. 대학 때부터 잡아도 보통 10년은 공부와 사투를 벌여야지만 박사가 된다. 아이큐의 유전적 기여도는 약 50퍼센트 정도로 보며 뇌의 가소성을 생각해 봤을 때 바뀌지 않는다는 것이 이상할 정도다. 아이큐 110이라서 박사가 된 것이 아니라 박사가 되기까지 열심히 공부했기에 최소 110은 된 것이 아닐까(참고로 공학박사인 신영준 박사도 아이큐가 110이 조금 넘는 수준이라고 한다)?

혹시 일 년에 200권 이상의 책을 읽는 사람이 있다면 당신은 그 사람을 어떻게 생각할까? 만약 재능 편애론자라면 그 사람은 책을 읽는 사람으로 타고났다고 생각할 것이다. 재능 편애론자는 30살까지 일 년에 책 10권도 읽지 않았던 사람이 매년 200권 이상의 책을 읽고 이후 8권의 책을 출간했을 것이라 상상하지 못할 것이다. 하지만 그런 사람이 있다. 바로 고 작가이다. 도대체 어떻게 된 일인가?

혹시 아시아 최고의 대학에서 박사 학위를 받고 자신이 쓴 여러 논문이 수없이 인용되며 노벨 물리학상을 받은 사람과 권위 있는 학술지에 공동저자로 논문을 게시한 사람이 있다면 당신은 그 사람을 어떻게 평가할 것인가? 참 재능 있다고 생각하지 않겠는가? 과연 이 사람의 학창 시절 성적은 어땠을까? 1등? 중고등학교 때 전국은커녕 전교에서도 최상위권에 올라본 적이 없다. 심지어 박사 과정을 입학하고도 학교에서 퇴학당하지 않으려고 발악하며 공부를 했다. 이 사람이 바로 신 박사이다. 도대체 어떻게 된 일인가?

우리는 이렇게 합창할 수밖에 없다. 오직 '노력'을 통해 이 모든 게 가능했다고.

자제력의 힘

효찬(가명)이는 6학년 때 신 박사를 만났다. 효찬이 어머니가 수학 과외를 부탁한 것이다. 효찬이는 또래보다 덩치가 컸고 상당히 둔해서 운동을 잘 못 했다. 그리고 질문이 많았다. 호기심 때문에 하는 질문이 아니라 집중을 못 해서 하는 무작위성의 질문이었다. 처음 수학시험을 봤을 때 효찬이 점수는 34점이었다. 찍어서 맞은 것 빼면 두 문제만 풀어서 맞은 것이었다. 거의 아는 게 없었다. 신 박사는 단순히 수학 하나 가르친다고 성적이 오를 상황이 아니라고 판단했다. 그래서 신 박사는 공부 기본부터 제대로 가르쳐야겠다고 생각했다.

신 박사는 효찬이 부모님에게 상황을 설명하고 수학보다 더 중요한 기본기를 가르치겠다고 했다. 원하지 않으면 그만두라고 말씀드렸다. 부모님은 신 박사에게 설득되었고, 신 박사는 이제 자신의 방식대로 가르치기 시작했다.

우선은 효찬이와 자주 함께 놀았다. 놀면서 소위 말하는 '뺑뺑이'를 돌렸다. 우선은 너무 몸이 비대해서 체력이 약했고 운동할 때 친구들과 어울리지 못해 자신감도 상당히 떨어져 있었다. 앞서 언급한 것처럼 무의미한 질문을 많이 해서 집중력도 상당히 약했기 때문에 무언가 몰입하는 경험이 필요했다. 그럴 때는 운동만 한 게 없다고 신 박사는 판단했다. 신 박사도 함께 뛰었고 어느 날은 10킬로미터를 달린 적도 있다. 축구도 같이하고 야구도 같이하면서 13살 소년과 30살 아저씨는 조금씩 친해졌고 효찬이는 신 박사에게 점점 유대감을 느끼기 시작했다.

유대감이 생기자 신 박사는 본격적으로 공부를 가르쳤다. 그런데 신 박사는 좀 독특한 교육 방법을 선택했다. 틀리면 답을 말해 주고 풀이 과정을 설명해 주기보다는 무엇을 모르는지 말해 보라고 한 것이다. 무엇을 모르는지 말하지 못하면 1시간이 걸리더라도 고민하도록 했다. 한 문제를 가지고 2시간 동안 무엇을 모르는지 생각하게 한 적도 있었다(이미 우리는 2장에서 메타인지의 중요성에 대해 공부했다).

어느 날은 공부하다가 "효찬아, 선생님 잠깐 나갔다 올 테니깐 공부하고 있어."라고 말한 뒤 숨어서 효찬이를 지켜보았다. 그렇게 30분 정도 지났을까? 효찬이가 주머니에서 휴대전화를 꺼내더니 딴짓하려고 했다. 그 순간 신 박사는 마치 범죄현장을 급습하듯이 들어가 효찬이를 붙잡으며 "효찬아, 우리 약속했지?"라고 말했다. 스마트폰을 꺼내다가 걸린 효찬이는 잘못했다고 했다(이런 과정은 선생님과 학생이 충분히 신뢰할 때만 가능하다. 무조건 이렇게 하면 학생의 반감만 살 확률이 높다).

사실 초등학생이 30분 동안 집중해서 공부했다면 정말 잘한 것이다. 그래도 신 박사는 더 깊은 자제력을 효찬이가 갖길 원했다. 신 박사는 다시 운명의 테스트를 했다. 또 효찬이에게 나간다고 하고 숨어서 공부하는 모습을 지켜봤다. 이번에는 1시간 반 정도가 되었을까? 효찬이가 또 휴대전화를 꺼내려고 했다. 신 박사는 다시 그 순간에 효찬이에게 들이닥쳤다. 그러자 효찬이는 선생님이 안 와서 전화하려고 했다고 했다. 일리 있는 말이었다. 그래도 신 박사는 효찬이에게 말했다. "공부만 하기로 했으면 하늘이 쪼개져도 공부만 한다. 그게 원칙이다. 선생님이 오든 말든 신경 쓰지 않는다." 효찬이는 약속했고, 마지막 세 번째 잠복에서는 2시간이 지나도 가만히 앉아서 오롯이 공부만 했다.

신 박사가 이렇게 적극적으로 효찬이에게 신경을 쓴 이유는 효찬이는 어렸을 때 주의력결핍장애 진단을 받은 아이였기 때문이다. 신 박사는 강하게 해서라도 효찬이에게 한 가지 능력을 키워주고 싶었다. 그것이 효찬이의 공부뿐만 아니라 인생에서도 중요하다고 여겼기 때문이다. 그것은 바로 '자제력'이었다.

이렇게 신 박사는 2년이라는 시간을 효찬이와 함께했고 효찬이는 집중하면서 버티는 능력을 키웠다. 그리고 효찬이는 이후 어떻게 됐을까? 어렸을 때 주의력결핍 장애진단을 받을 정도로 주의집중을 못 해 34점이라는 점수를 받아 온 효찬이는 고등학교에 진학해서 반에서 1~2등을 다투는 우등생이 되었다. 2년 동안 키웠던 자제력의 승리였다.

꾸준히 노력하기 위해서 가장 필요한 능력은 '자제력'이다. 자제력은 장기보상을 위해서 단기 충동을 억제하는 능력으로 '마시멜로 이야기'를 통해 자제력의 힘이 얼마나 대단한지 많은 사람이 알게 됐다(마시멜로 실험에 대해서는 여러 이견이 있지만, 자제력의 중요성에 대한 이견은 현재까지도 거의 없다). 이후 많은 연구를 통해 학업 성취도나 사회적 성공에 있어 의지력, 인내력, 버티는 힘, 그릿(절대 포기하지 않는 태도), 성실성, 근면성 등 노력을 이끌어 내는 데 자제력이 큰 역할을 한다는 것이 증명되었다.

그런데 자제력의 영향력에 대해서는 많이 인지하지만, 자제력이 배울 수 있는 능력이라고 생각하는 사람이 많지 않다. 자제력, 끈기, 의

지력 같은 것을 오로지 타고나는 것으로 생각하는 것이다. 끈기가 '있네' 혹은 '없네'라고 말하지 끈기를 '키웠어', '키우지 못했어'라고는 잘 말하지 않는다. 하지만 자제력은 효찬이의 경우처럼, 근육을 키워 나가는 것처럼 훈련을 통해 키울 수 있다.

심리학자 바우마이스터는 실험 참가자들에게 몇 주 동안 자제력을 발휘하는 일을 하게 했다.[105] 그런데 하는 일은 각자 달랐다. 어떤 사람은 먹은 음식을 모조리 기록해야 했고 어떤 사람은 운동을 꾸준히 해야 했으며, 어떤 사람은 가계부를 꼼꼼히 작성해야 했고 어떤 사람은 이를 닦을 때 평소에 쓰지 않는 손을 사용해야 했다.

일정 시간이 지난 뒤 모든 실험 참가자에게 말에 제약을 두는 자제력 시험을 했다. 예를 들어 절대 비속어를 써도 안 되고 문장에 '나는'이라는 단어가 들어가면 안 되며, 항상 완전한 문장을 써야 했다. 실험 결과 자제력 훈련을 하지 않는 사람에 비해 여러 모양으로 자제력 훈련을 한 사람들이 언어 시험에서 더 높은 점수를 받았다.

여기서 우리는 두 가지를 알 수가 있다. 자제력은 훈련될 뿐만 아니라 특정 행동에 대한 자제력을 키워 나가면 자제력을 발휘해야 할 다른 영역에도 긍정적인 영향을 미친다는 사실이다. 실제 바우마이스터 실험에 참가했던 사람들은 실험 이후 일상생활에서도 과거보다 더 큰 자제력을 발휘했다고 보고했다. 예전보다 담배와 술을 덜 했으며 정크 푸드를 덜 먹었고, 텔레비전을 덜 보았고 일상의 허드렛일에 더 큰 인내를 했으며, 무엇보다 '공부'를 더 많이 하게 됐다.

메튜 리버먼과 엘리엇 버크먼의 자제력 시험에서도 시각운동을 대상으로 한 자제력 훈련이 정서 조절, 즉 감정을 억제한다는 것을 밝혀냈다.[106] '하나를 보면 열을 안다'는 말이 자제력에는 그대로 적용되는 듯하다. 두 개의 마시멜로를 먹으려고 눈앞에 있는 하나의 마시멜로 먹는 것을 15분 동안 참았던 아이들이 커서 더 높은 수능 점수, 더 좋은 직장, 더 많은 연봉을 받게 됐는지를 이해할 수 있다. 그리고 뇌과학은 이런 실험을 그대로 지지해 주고 있다.

뇌과학자들은 뇌 우반구의 복외측 전전두피질이 거의 모든 종류의 자제력에 관여하는 뇌 부위라는 의견을 모았다.[107] 감정을 억제하고, 놀고 싶은 마음을 억제하고, 말실수하지 않으려고 노력하는 등 우리가 발휘하는 자제력의 종류는 경험적으로 매우 다르지만, 항상 활성화되는 뇌 부위는 같다는 것이다. 그곳이 복외측 전전두피질이다.

결론적으로 모습은 달리하지만 모든 자제력은 하나의 메커니즘을 갖고 있으며 뇌의 가소성에 의해 강화될 수 있다는 것이다. 효찬이는 자리에 혼자 앉아 있는 훈련뿐만 아니라 휴대전화를 보고 싶은 충동을 억제하고 꾸준히 운동했던 그 모든 것을 통해 자제력을 키웠다. 이것이 공부를 열심히 하는 원동력이 되었을 것이다.

노력을 지속할 힘은 우리가 앞에서 배웠던 것처럼 믿음, 목표, 동기부여 등을 통해 얻을 수 있다. 하지만 여기에 장기보상을 위해 단기 충동을 억제하는 '자제력'까지 갖춘다면 당신은 누구 못지않은 '노력왕'이 될 것이다.

1만 시간의 법칙은 틀렸다

1만 시간의 법칙은 틀렸다. 갑자기 이상한 말을 한다고 생각하는 독자가 있을 것이다. 지금까지 그토록 노력의 중요성을 역설하고 엉뚱하게 1만 시간의 법칙이 틀렸다고 말하니 말이다. 1만 시간의 법칙은 에릭슨이 만든 이론이 아니라 말콤 글래드웰이 에릭슨의 연구를 극적으로 보여 주려고 명명한 것이다. 문제는 말콤 글래드웰이 《아웃라이어》에서 1만 시간의 법칙을 '1만 시간을 노력하기만 하면 대가가 될 수 있다'라는 뉘앙스를 풍겼다는 데에 있다.

에릭슨은 1만 시간의 법칙은 몇 가지 오해가 있다고 말한다. 먼저 전문가나 대가가 되기 위해 노력이 필요하고 노력 없이 전문가가 되는 경우는 없다고 단언하지만, 그 시간은 분야마다 다르다는 것이다. 예를 들어 바이올린 연주자를 보자. 최우수 그룹은 약 10년 동안 7천 시간 이상을 홀로 열심히 연습했다. 그런데 이 그룹이 과연 전문가라고 할 수 있는가? 아니다. 겨우 학생일 뿐이다. 이 학생들이 전문가 대접을 받으려면 앞으로 1만 시간이 더 필요할 가능성이 크다.

반대로 매우 짧은 시간으로 대가가 될 수도 있다. 〈기억〉 장에 등장한 조슈아는 어떤가? 그는 단 1년 만에 전미기억력 챔피언이 되었다. 그가 1년 동안 노력한 시간은 2천 시간도 되지 않는다.

물론 말콤 글래드웰이 억울한 측면은 없지 않다. 책의 전체적인 맥락은 대가가 되기 위해서는 1만 시간으로 대표되는 엄청난 노력이 필요한데 그 노력은 스스로 한 결정 가능성 못지않게 환경의 힘도 크다는 것을 강조한 것이다. 가난한 집에 태어나 본인이 생계를 책임져야 한다면 어떻게 많은 시간을 공부할 수 있겠는가? 하지만 그런 맥락은 무시된 채 1만 시간의 법칙은 '특정 분야에서 1만 시간만 보내면 누구나 전문가가 될 수 있다'는 식으로 해석되어 버린 것이다. 말콤 글래드웰은 이에 대해 해명했지만, 솔직히 책에서 그런 뉘앙스가 전혀 없는 것은 아니기에 자초한 면도 없지는 않다.

아무튼, 어떤 분야든 전문가나 대가가 되기 위해서 '충분한 노력'은 필요하지만 노력하는 총 시간은 정해진 바가 없다.

여기에 에릭슨은 한 가지를 더 이야기한다. 한 분야의 전문가가 되기 위해서는 단순히 많이 노력하는 것만으로는 불충분하다고. 만약 제대로 된 방법으로 노력하지 않으면 노력은 진짜 우리를 배신할 수 있다는 것이다. 에릭슨은 제대로 노력하는 방법을 '의식적인 연습'이라고 명명했다. 그리고 의식적인 연습은 노력하는 양만큼이나 매우 중요하다.

재능을 키우는 '의식적인 연습'

김연아 선수가 여자 피겨 역대 최고의 선수로 평가받는 이유는 기술성과 예술성을 고루 갖추었기 때문이다. 특히 보통 첫 점프로 뛰는 트리플 플립-트리플 토룹 연계는 오직 김연아 선수만이 실수 없이 완벽하게 뛸 수 있는 점프 기술이었다. 그래서 김연아 선수는 과거의 역대 피겨 여왕들과 비교되는데, 흥미로운 사실은 역대 피겨 여왕들이 과거로 갈수록 실력이 형편없어 보인다는 것이다. 피겨 초창기 피겨 여왕들이 지금 와서 선수로 뛰면 국가대표는커녕 지역 예선도 뚫기 힘들어 보일 정도다.

그런데 이런 현상은 스포츠에서는 매우 전형적인 모습이다. 1908년 마라톤 세계기록은 2시간 55분 18초였다.[108] 하지만 현재 세계기록은 2시간 2분 57초로 무려 50분 이상 단축되었다. 심지어 34세 이전의 남성이 대회에서 3시간 5분 이하의 기록을 낸 적이 없으면 보스턴 마라톤에 참가조차 불가능하다.

다이빙도 마찬가지다. 1908년 하계 올림픽 남자 다이빙에서 한 선수가 공중 2회전을 돌다가 큰 사고가 날 뻔했다. 이후 다이빙에서 공중 2회전 돌기는 매우 위험하니 선수들이 하면 안 된다는 전문가들의 권고까지 있었다. 하지만 지금은 어떤가? 열 살 정도의 선수도 2회전은 가뿐하게 뛰며 고등학생 선수들은 4회전 이상을 돈다.

음악도 기억도 심지어 먹기도 마찬가지다. 100년 전 천재 피아노 연주가로 여겼던 인물이라도 현재에 오면 피아노 전공 고등학생보다 연주를 못할 가능성이 크다. 1973년 원주율을 가장 많이 외운 사람은 511번째 수까지 외웠지만 2015년 인도의 라즈비르 미나는 7만 자리까지 외웠으며 하라구치 아키라라는 일본인은 비공식적으로 10만 자리까지 외운다고 한다. 먹기 대회도 상상을 초월할 정도의 기록이 양산되고 있다.

우리는 가끔 이런 것들을 보거나 알게 되면 그냥 과거라서 그렇지라고 흘려보낼 수 있다. 그런데 궁금하지 않은가? 왜 과거 천재적인 재능을 가졌다고 여겼던 선수들이 지금에 보면 평범해 보이는 것일까?

에릭슨은 그 이유를 다음과 같이 명쾌하게 설명한다.[109]

"20세기 후반에 나타난 새로운 현상은 여러 영역에서 점점 더 정교한 훈련 방법들이 등장하고, 동시에 사람들이 이러한 훈련에 바치는 시간이 꾸준히 증가했다는 것이다. 이는 실로 다양한 영역에 해당한다. 악기 연주, 무용, 스포츠, 체스, 기타 대결 구도의 경기처럼 경쟁이 심한 영역에서 특히 그렇다. 연습량이 증가하고 기법이 정교해지면서 사람들의 실력은 꾸준히 향상되었다. 한두 해만 놓고 보면 분명하게 드러나지 않을 때도 잦지만 수십 년을 놓고 보면 그야말로 극적인 실력 향상이 아닐 수 없다."

과거와 현재에서 재능 차이는 크지 않을 확률이 높다. 그러나 확연하게 차이가 나는 것은 제대로 된 방법으로 아주 많이 노력해 왔다는 것이다. 자 이러한 차이를 역사적 흐름 속에 두지 않고 현시대를 사는 우리에게 적용해 보자. 천재적인 재능을 가졌지만 100년 전의 연습방법과 연습량으로 실력을 키워 나간 사람과 보통의 재능을 가졌지만 현재 최고 수준이라고 여기는 훈련방법과 강도 높은 연습을 한다면 둘 중에 누가 더 높은 실력을 보여 줄까? 후자가 승리할 가능성이 크다.

특히 에릭슨은 제대로 된 방법으로 노력하는 것이 노력하는 양만큼 아니 그 이상 중요하다고 말한다. 훌륭한 방법론은 노력의 효율을 몇 배나 올려 주기 때문이다. 바로 우리가 이 책을 쓴 결정적인 이유이기도 하다. 공부를 열심히 하는 것만큼 올바른 방법으로 하는 것이 중요하기 때문이다. 에릭슨은 올바른 방법을 '의식적인 연습'이라고 명명했다.

의식적인 연습의 7가지 특징을 공부와 연계시키면 다음과 같다.[110]

1) 일정 수준 이상 체계적으로 정립된 방법론으로 연습해야 한다. 공부 또한 교육학, 인지심리학, 뇌과학 등을 통해 신뢰할 만한 방법론이 정립되고 있다.

2) 자신의 능력보다 조금 더 어려운 작업을 지속해서 해야 한다. 개인의 최대 능력을 계속 시험하기 때문에 쉽지 않지만, 그것을 극복하는 연습일 경우에만 성장할 수가 있다. 독서로 예를 들면 처음에는 책을 읽는 데에 집중하되 독서가 편해졌으면 책에 대한 서평을 쓰고 책 내용에 관해 토론하거나 발표를 해야 성장이 있다는 이야기다.

3) 구체적이고 명확한 목표로 연습한다. '목표'가 얼마나 중요한지 그리고 어떠한 목표가 효율적인지는 이미 설명했다.

4) 신중하고 계획적이다. 중요한 것은 선생님이나 교수의 말에 전적으로 의존하는 것이 아닌 공부를 하면서 스스로 신중하고 계획적으로 목표를 성취해 나가야 한다는 것이다. 그러기 위해서는 강의를 듣는 시간보다 개인 공부 시간을 무조건 많이 늘려야 한다.

5) 기초를 충실하게 마스터해야 한다. 진도만 빼는 공부는 후에 기초 부족으로 힘들어질 수 있다. 기초 이론, 기초 문법 등 기본적인 것을 소홀하게 한다면 절대 전문가가 될 수 없다. 고급으로 가기 위해서는 초급, 중급은 필수다.

6) 심성 모형을 만들어 내는 한편 거기에 의존한다.

7) 피드백에 따라 행동을 변경한다.

심성 모형과 피드백은 공부뿐만 아니라 한 분야의 전문가로 성장하기 위해서 매우 중요한 개념이다. 우리는 이 두 가지를 좀 더 깊게 다뤄 보고자 한다.

심성 모형을 키우는 3F 효과

신생아 집중치료실에서 근무하는 간호사 한 명이 몇 시간째 한 아이를 유심히 지켜보고 있었다.[111] 신생아 집중치료실은 신체적으로 심각한 문제를 갖고 태어난 갓난아이들을 보살피는 곳이다. 그녀는 왠지 불길한 예감이 들었다. 여느 아기처럼 분홍빛을 띠어야 하는 아기의 피부가 간헐적으로 창백하게 변했기 때문이다. 그러던 어느 순간 아이의 얼굴이 검푸른 빛으로 변했다. 놀란 간호사는 진료팀에게 빨리 와 달라고 소리쳤다.

순식간에 아기를 에워싼 진료팀은 인공호흡기를 단 환자가 흔히 그렇듯 아기의 폐가 제 기능을 하지 못한다고 판단해 폐 기능을 회복시키는 전형적인 조치를 하려고 했다. 환자의 가슴에 구멍을 뚫고 튜브를 삽입하여 폐 주위의 공기를 빨아냄으로써 폐에 공기가 공급되도록 하려 한 것이었다.

그러나 아기를 처음부터 지켜본 간호사의 생각은 달랐다. 그녀는 아기의 심장이 문제이며 아기의 피부가 검푸른 빛을 띤 이유는 심막기종 때문이라고 생각했다. 심막기종은 심장을 에워싼 심낭에 공기가 들어가 심장을 압박함으로써 심장의 움직임을 방해하는 것으로 빨리 조치하지 않으면 목숨을 잃게 된다. 그녀는 진료팀에게 문제는 심장이라고 외쳤다.

하지만 진료팀은 심전도 모니터를 가리켰다. 모니터는 아기의 심장이 아무런 문제가 없다는 신호를 보내고 있었다. 심전도 모니터를 통해 나타난 심장은 1분당 130번씩 그리고 정상적이면서도 안정적인 상태를 유지하고 있었다. 그러나 그 간호사는 포기하지 않았고 아기의 가슴에 청진기를 댔다. 청진기를 통해 들어 보니 심장은 아무런 소리를 내지 않았다. 심장이 멈춘 것이다.

간호사는 급하게 아기의 가슴을 압박하며 심폐소생술을 실시했고 옆에 있던 부장 의사에게 주사기를 건네며 다시 한 번 심장이 문제라고 소리쳤다. 마침 스캔을 뜬 엑스레이가 나왔고 엑스레이는 간호사의 진단을 지지하는 결과를 보여 주었다. 의사는 아기의 심장에 주사기를 찔러 넣고 심장을 압박하고 있는 공기를 천천히 빨아들였다. 그러자 아이의 피부색이 서서히 검푸른 빛에서 분홍빛으로 돌아왔다. 아기는 목숨을 건졌다.

후에 진료팀은 심전도 모니터가 고장이 났다는 것을 확인했다. 그렇다면 아이의 생명을 구한 간호사는 아이의 폐가 아니라 심장이 문제인 것을 어떻게 알았을까?

신생아 집중치료실에서 진료팀을 가장 힘들게 하는 것은 어느 아이가 아프고 어느 아이가 건강한지를 판단하는 것이다. 시름시름 앓던 아이가 예상외로 빨리 회복되기도 하고, 또 멀쩡해 보이는 조산아가 갑자기 심각한 상황에 부닥치기도 하기 때문이다. 그래서 신생아 집중치료실에서는 경험이 매우 중요하다. 심장이 아픈 아이를 구했던 간호사는 누구보다도 경험이 풍부했다. 오랫동안 일을 하면서 심막기종으로 목숨을 잃은 아기들을 간혹 봐 왔고 그 아이들이 어떤 증상을 보이는지 지식 체계를 갖추고 있었던 것이다. 그래서 심전도 모니터가 고장이 났음에도 불구하고 아이를 살릴 수 있었다.

이렇듯 자기 자신이나 다른 사람 또는 특정 환경 속에서 상호작용하는 사물에 관해 어떤 모형을 갖는데 이를 심성 모형(혹은 심적 표상이라고도 한다)이라고 한다. 어떤 대상에 대해 뛰어난 심성 모형을 갖고 있으면 그 대상의 현재 상태뿐만 아니라 미래 예측까지도 잘할 수 있게 된다. 아이를 구했던 간호사가 바로 훌륭한 심성 모형을 가진 것이다. 전문가, 고수, 마스터, 프로 등은 모두 탁월한 심성 모형을 가졌다고 말할 수 있다. 심성 모형은 스마트폰에 설치된 애플리케이션이라고 생각하면 이해하기 쉽다.

훌륭한 심성 모형을 가지면 이점이 매우 많다. 심성 모형이 정보를 이해하고, 기억하고, 상황을 해석하고, 올바른 결정을 내리는 데에 큰 도움이 되기 때문이다.

한 실험에서 실력 있는 바둑 선수들이 바둑을 수십 수 두다가 그만두었다. 그리고 그만둔 채로 남겨진 바둑판을 바둑 고수들과 일반 사람들에게 5초 동안만 보여줬다. 이후 두 사람에게 방금 본 바둑판을 그대로 복기해 보라고 했다. 일반인들은 바둑알 5개 전후를 겨우 놓지만, 바둑 고수들은 흔들림 없이 모든 수를 복기해 냈다. 체스도 마찬가지다. 체스 선수들은 체스 경기를 중간에 그만둔 체스판의 모든 말을 5초만 보아도 100퍼센트 기억해 내지만 일반인은 2~3개 말도 제대로 놓지 못했다.

이것이 바로 심성 모형의 힘이다. 바둑 고수들은 여러 해 동안 바둑을 배우고 수천 판 이상 바둑을 두면서 셀 수 없이 많은 패턴을 외우고 각 수가 가진 의미에 대해서 엄청난 고민을 했던 사람들이다. 이런 지식 체제들을 장기기억 속에 조직화해 놓은 바둑 고수들은 바둑판을 5초만 보아도 순식간에 상황을 파악해 외울 수 있다. 〈기억〉 장에서 언급했던 것처럼 단기기억 능력은 매우 한정적이지만 장기기억을 통해 단기기억의 한계를 극복할 수 있다. 당연히 바둑 고수들은 바둑알 위치 하나하나를 외운 것이 아니다. 이들은 바둑판에 놓인 말들의 패턴을 한눈에 파악하는 능력을 지닌 것이다.

결국, 공부는 하면 할수록 효율이 붙는다는 사실과 마태 효과, 즉 많이 아는 자가 더 많이 아는 상황이 왜 연출되는지를 알 수 있다.

그런데 흥미로운 사실이 하나 있다. 만약 바둑판 위에 놓인 바둑알들이 아무런 패턴 없이 무작위로 놓여 있으면 어떻게 될까? 실험 결과 바둑 고수들도 일반인들과 별반 다르지 않았다. 바둑알의 위치를 거의 외우지 못한다.

여기서 우리는 심성 모형의 또 다른 특징을 알 수 있다. 심성 모형은 영역 특화적이다. 다시 말해 바둑을 통해 발달시킨 심성 모형과 체스를 통해 발달시킨 심성 모형은 완전히 개별적이라는 말이다. 바둑 고수들도 자신이 배웠던 패턴이 없던 대상을 보자 일반인과 같은 모습을 연출했다. 한 분야를 잘한다는 사실이 다른 분야를 잘한다는 사실을 절대 담보해 주지 못한다.

그런 의미에서 각종 두뇌 훈련 프로그램이라고 하는 것들은 아무런 의미가 없다. 어렸을 때부터 퍼즐을 잘 풀면 다른 공부도 잘할 수 있을 것으로 생각하지만, 이는 완전한 착각이다. 퍼즐을 잘 풀면 그저 퍼즐만 잘 풀 뿐이다. 우리가 공부하는 거의 모든 분야는 지식 체제이기 때문에 개별적으로 그 지식을 배우고 익히고 기억하고 조직하지 않으면 안 된다.

애플리케이션을 떠올려 보라. 각 애플리케이션은 독립적이다. 카카오톡 앱을 구동시켜서 페이스북을 할 수는 없는 노릇이다. 그러니 머리를 좋게 한다는 각종 두뇌 훈련 프로그램, 게임, 퍼즐에 현혹될 필요가 없다. 실제로 머리를 좋게 한다는 각종 두뇌 훈련 제품들의 시장이 세계적으로 급성장하자 2014년 69명의 과학자가 '그거 다 거짓말인 거 아시죠?'라고 말하며 성명서를 내기도 했다.[112] 꼼수는 없다. 공부를 잘하고 싶다면 그 분야의 공부를 하는 수밖에 없다.

그런데 심성 모형도 사람마다 그리고 분야마다 양과 질이 다르다. 양이야 많은 시간을 투여하면 될 일이다. 그렇다면 질은 어떻게 올릴 수 있을까? 심성 모형의 질적 수준을 높이는 방법은 바로 '피드백'을 경험하는 것이다.

의사들의 경우 몇십 년의 경험이 있다 하더라도 만약 정확한 피드백을 받지 않고 그 시간을 지냈다면 2, 3년 차 풋내기 의사보다 객관적인 실력이 떨어진다는 연구 결과도 있다.[113] 〈메타인지〉 장에서도 살펴봤듯이 피드백을 통해 현재 내가 무엇을 알고 무엇을 모르는지를 알고 있어야 더 명확한 계획과 실행이 가능하며 효과적인 전략도 다시 세울 수 있다. 즉, 의식적인 연습을 할 수 있다는 것이다.

그런데 안타까운 사실은 학생들이 피드백을 꺼린다는 것이다. 2007년 연구에 따르면 대학교 작문 수업에서 학생들의 50퍼센트가 자신의 작문을 평가한 교수의 피드백 코멘트를 보지 않았던 것으로 드러났다. 또한, 나머지 50퍼센트도 피드백 코멘트를 읽었지만, 다음 작문 때에 피드백을 충실하게 이행하는 학생이 거의 없다시피 했다고 한다.

심성 모형을 훌륭하게 키우기 위해서는 3F를 잊지 말아야 한다. 먼저 집중력(Focus)이다. 최대한 집중을 해야 한다. 집중을 잘하기 위해서는 마음가짐도 중요하지만 집중할 수 있는 환경을 만드는 것도 매우 중요하다. 〈환경〉 장을 자세히 읽어 보길 바란다.

두 번째는 피드백(Feedback)이다. 자신이 하는 공부에 대해 전문가나 동료들에게 평가받기를 두려워하지 말아야 한다. 또한, 연습문제 풀기, 수시로 시험 보기, 토론하기, 발표하기 등을 통해 자신이 실제로 얼마나 알고 있는지를 확인하는 셀프 피드백 또한 필요하다. 앞서 언급한 셀프 피드백 방법들이 어떤 효과가 있는지 우리는 이미 배웠다. 바로 메타인지와 장기기억이다. 결국, 심성 모형이란 메타인지 향상과 장기기억 확장을 통해 양과 질을 향상하는 것이라 할 수 있다.

마지막으로 수정(Fit)이다. 피드백으로 자신의 모습을 확인했다면 그것에 맞게 전략을 수정하고 계획을 수정하고 행동을 수정해 나가는 실질적 작업이 필요하다. 또한, 이것은 스스로 의식적으로 할 때 효과가 극대화된다. 아무리 훌륭한 멘토에게 조언을 듣고 아무리 양질의 책을 통해 자신의 문제점을 확인했다 하더라도 실제 수정작업이 없으면 아무런 소용이 없다. 이 책을 읽고 자신의 공부 전략의 문제점을 알았다면 지금 당장 전략과 계획을 수정하고 실행하도록 하자.

노력은 배반하지 않는다!

고 작가는 이번 장 서두에 언급한 '아무리 노력해도 선천적 재능이 없으면 따라잡기 힘들다'는 기사를 보고 무언가 이상하다고 생각했다. 개인적 경험뿐만 아니라 많은 문헌을 통해 '노력'의 중요성을 알았기 때문이다. 그래서 기사를 좀 꼼꼼히 살펴보기로 했다.

일단 기사는 〈뉴욕타임즈〉의 〈Do You Get to Carnegie Hall?

Talent〉[114]라는 해외 기사를 기초로 작성되었고 해외 기사에서는
〈Deliberate Practice and Performance in Music, Games, Sports, Education, and Professions: A Meta-Analysis〉[115]라는 제목의 논문의 내용이 등장한다. 고 작가는 원문 기사와 논문을 읽은 후 기사가 완전히 틀린 내용을 전달한다는 사실을 알게 됐다.

기사에는 "논문의 결론은 아무리 노력해도 선천적 재능을 따라잡기 힘들다는 것이다."라는 말이 나온다. 하지만 논문 제목에서 유추할 수 있듯이 논문에는 그런 말이 없다. 논문은 우리가 앞서 살펴본 에릭슨의 의식적인 연습(deliberate practice)이 성과(performance)를 얼마나 설명할 수 있는가에 대한 메타 분석이며 의식적인 연습이 성과에 매우 중요한 것은 사실이지만 에릭슨이 주장한 것만큼은 아니라는 것이 핵심이다. 다시 말해 논문은 노력과 선천적 재능을 비교하지 않았다.

또한, 기사에 등장한 "잭 햄브릭 미시간주립대 교수 연구팀은 노력과 선천적 재능의 관계를 조사한 88개 논문을 대상으로 연구를 진행했다.", "연구 결과 학술 분야에서 노력한 시간이 실력의 차이를 결정짓는 비율은 4퍼센트에 불과한 것으로 나타났다. 음악·스포츠·체스 등의 분야는 실력의 차이에서 차지하는 노력 시간의 비중이 20~25퍼센트였다." 등의 내용 등도 논문의 내용을 잘못 전하고 있다. 의식적인 연습은 '노력 시간'과는 다른 개념이며 다시 말하지만, 논문은 노력과 선천적 재능을 비교한 것이 아니라 의식적인 연습이 성과에 얼마나 영향을 미치는가에 대한 메타 분석이다.

심지어 "어떤 분야든 선천적 재능이 없으면 아무리 노력해도 대가가 될 수 있는 확률은 그리 높지 않다는 결론이다."라는 기사의 내용은 완

전히 잘못된 내용으로 논문에서도 뉴욕타임즈에서도 이런 말을 찾아
볼 수가 없었다.

우려스러운 점은 이렇게 잘못 전달된 기사가 한 사람의 인생을 망칠
수도 있다는 사실이다. 기사의 댓글과 반응을 보면 '노력 무용론', '재
능 결정론'으로 점철된 것들이 대부분이다.

그러나 진정한 사실은 기사도 잘못되었고 댓글들도 잘못되었다는 것
이다. 물론 제대로 된 방법으로 열심히 노력한다고 해서 우리가 모두
아인슈타인, 마이클 조던, 메시, 우사인 볼트처럼 된다는 보장은 없다.
하지만 이번 〈노력〉 장을 읽은 독자라면 훌륭한 방법론으로 열심히 노
력한다면 누구나 전문가, 프로의 반열에는 오를 수 있다는 사실을 확
인했을 것이다.

제대로 된 노력은 결코 당신을 배반하지 않는다.

✏️ 신 박사의 통찰(通察)

Y수석의 비밀

삼성 연구소와 개발실에는 석박사 인력이 정말 많다. 재직 시절 우리 부서만 보았을 때도 석박사 학위를 받은 사람의 비율이 70퍼센트를 넘었다. 삼성디스플레이 개발실 같은 경우는 관료제 피라미드 정점에 있는 임원들은 거의 90퍼센트 이상이 박사 학위 소지자였다. 당장 우리 부서장이었던 C수석(현재는 상무)만 보더라도 과학고를 졸업하고 카이스트에서 학석사를 마치고 아이비리그인 콜롬비아대학에서 박사 학위를 받은 소위 말하는 '스펙왕'이었다. 비단 삼성뿐만 아니라 글로벌 시장에서 두각을 나타내는 세계적인 회사의 어느 연구실이나 개발실에도 공부를 오래 한 고학력자가 대부분이다. 하지만 나는 근무했던 개발실에서 이런 기존의 통념과 편견을 통째로 뒤엎는 최고의 엔지니어를 만났다.

입사한 지 얼마 되지 않아 거의 모든 수석, 책임이 참여하는 회의에 참석하게 되었다. 그렇게 많은 사람이 참석하는 회의에서는 자연스럽게 차기 그룹장 후보가 누군지 드러난다. 확실한 실력을 바탕으로 주도적으로 자신의 의견을 피력하는 사람들이 흔히 말하는 그 부서의 에이스들이었고 차기 그룹의 리더가 될 사람들이었다.

나는 그 회의에서 Y수석을 처음 제대로 알게 되었다. 그룹장인 상무에게도 거침없이 반대 의견을 제시하고 또 본인 부서의 프로젝트가 아닌 다른 부서 프로젝트에도 조언을 주고 또 궁금한 점을 질문하는 모습은 여러 수석 중에서도 확실한 두각을 나타냈다. 회의가 끝나고 자연스럽게 선배 책임에게 Y수석은 어디서 박사 학위를 받았는지 물었다. 돌아오는 대답은 정말로 충격적이었다. "Y수석 고졸이야." 나는 내 귀를 의심했다. 하지만 Y수석은 정말로 대졸도 아니고 고졸이었다.

제조센터에는 고등학교를 마치고 1급 사원으로 입사하는 분들이 많지만, 개발실은 사실 거의 없었다(참고로 대학을 졸업하고 입사하면 3급 사원이고 박사 학위를 받으면 5급 책임으로 입사한다). 개발실에 1급 사원이 잘 없는 이유는 고등학교만 졸업하고서는 업무를 따라올 수 없기 때문이다. 그런 상황에서 석박사를 받은 다른 수석들보다 훨씬 더 전문가다운 Y수석은 나에게 충격이었고 동시에 호기심 대상이었다.

Y수석 부서와 관련된 업무가 조금씩 늘면서 대화를 나눌 기회가 많아졌다. 그렇게 Y수석과 대화를 나누고 또 그 부서원들과도 업무를 같이 진행하면서 Y수석이 어떻게 최고의 전문가가 될 수 있었는지 그 배경을 알게 되었다.

우선 Y수석은 오랫동안 제조 현장에서 일했다. 나는 그가 공부를 오래 못한 것을 약점으로 생각했지만, 그는 생산라인의 직접적인 현장 경험이라는 다른 장점을 가지고 있었다. 그는 고등학교 졸업 후 바로 입사했기 때문에 개발실에 다른 보통 수석들보다 10년 이상의 현장 경험이 더 있었다. 또 그가 제조 현장에서 근무하면서 얻은 인간관계들은 교과서나 논문에서는 절대 못 배우는 기술적 노하우를 얻을 수 있는 Y수석만의 강력한 장점이었다.

하지만 현장 경험이 많은 것만으로는 개발실에서 절대 살아남을 수 없다. 그렇게 따지면 모든 제조 현장에 있는 사람이 개발실에 오면 다 최고의 에이스가 되어야 하지 않겠는가? Y수석은 그런 자신만의 독특한 강점 위에 꾸준한 학습을 통해 전문가가 되기 위한 능력을 꾸준히 향상해 왔다. 하루는 부서원들이 다 퇴근했는데 Y수석이 남아 있어서 무엇을 하나 보았더니, 특허 관련 자료를 공부하고 있었다. 또 한번은 우리가 개발하던 제품의 근본적인 구동방식이 바뀐 적이 있었는데, 이때에도 Y수석은 부서원들과 모여서 새로운 구동방식을 가장 먼저 공부했다.

솔직히 삼성에서 공부를 많이 하는 직원은 생각보다 많다. 그런 관점에서 보면 단순히 공부를 많이 한다는 것이 Y수석의 탁월함을 설명할 수는 없다. 시간이 좀 더 지나니깐 그가 어떻게 그렇게 슈퍼에이스가 되었는지 알 수 있었다.

그는 질문하는 것을 절대 두려워하지 않았다. 아무리 Y수석이 업무를 잘한다고 해도 확실히 이론적으로 깊게 들어가면 그도 이해를 잘하지 못했다. 그럴 때면 그 분야를 잘 아는 박사 학위를 받은 책임이나 수석들에게 찾아가서 정말로 열심히 질문했다. 보통 다른 사람이 봤을 때 "수석이 이것도 몰라?" 하는 질문도 종종 있었지만, 그는 개의치 않았다. 자신이 어느 정도 이해가 될 때까지는 열심히 조언을 구했다. 그리고 정말 탁월하다고 느낀 것은 한번 이해한 것은 정말로 확실히 이해했었다. 그리고 마치 전문가처럼 느껴질 정도로 다른 사람과 대화를 나누었다.

Y수석의 능력의 백미는 기술논문 작성이었다. 논문을 잘 쓰는 것은 정말 어려운 일이다. 석사를 받고 우리 개발실에 입사한 친구 중에도 논문을 제대로 쓰는 친구는 찾기 어려웠다. Y수석은 논문을 정말 잘 썼고, 또 부서원들이 기술논문을 쓰면 지도도 상당히 잘해 주었다. 내가 말한 그 부서원에는 박사 학위 소지자도 있다. 내가 근무할 때 Y수석이랑 근무한 C책임은 Y수석과 함께 논문을 써서 삼성디스플레이 전사 논문 대회에서 동상을 받기도 했었다.

그래서 하루는 Y수석에게 어떻게 그렇게 논문을 잘 쓰느냐고 물었다. 대답은 의외로 간단했다. 많이 읽고 많이 써 봤다는 것이었다. 또 주변에 논문을 많이 쓴 박사가 많아서 조언을 구하면서 연습하다 보니 잘 쓰게 되었다는 것이다. 이제는 박사 학위가 있는 부서원의 논문을 지도해 줄 정도이니 정말 그의 발전이 놀랍지 않은가! Y수석은 제대로 꾸준히만 한다면 누구나 정말 '척척박사'가 될 수 있다는 것을 보여 준 내가 아는 최고의 본보기였다.

이번 장에서 공부한 것처럼 전문가가 되려면 우리의 노력은 두 개의 부사를 반드시 동시에 필요로 한다. 바로 '제대로'와 '꾸준히'이다. 다르게 말하면 그냥 무작정 하는 것이 아니라 질문하면서 열심히 해야 한다. 많은 사람이 전문가가 되고 싶어 하지만 둘 중에 하나가 충족이 안 되기 때문에 자신의 한계를 돌파하지 못한다.

특히 우리나라 문화 구조상 대부분 질문 자체에 익숙하지 않아서 피드백을 제대로 구하지 못하는 경우도 많다. 올바른 피드백을 받고 싶다면 그 시작은 자신의 부족함을 부끄러워하지 않고 질문하는 용기를 갖는 것이다. 꾸준히 하는 것은 시간과의 싸움이다. 막연하게 열심히 하는 것이 아니라 시간 확보가 반드시 선행되어야 한다.

대부분 직장인이나 학생들은 시간이 없다고 한다. 공부하고 일하다 보면 시간이 없는 것도 사실이다. 하지만 주말 활용만 잘해도 이야기는 달라진다. 주말에 10시간씩 10년 공부하면 만 시간을 채운다는 산술적인 이야기는 잠시 접어 두자(사실 강력하게 추천하는 시간 활용법이기는 하지만 절대 쉽지는 않다).

시간의 관점이 아닌 독서의 관점으로 주말 활용을 이야기해 보자. 개인차는 있겠지만 조금 노력하면 주말에 책 한 권 읽는 것은 그렇게 어려운 일은 아니다. 그렇게 일 년을 읽으면 50권 이상을 읽을 수 있다. 2년만 읽으면 100권이다. 일반 서적이 아닌 전공서적도 한 분기에 1권씩 공부한다면 이 년이면 8권이 된다. 2년간 한 분야를 파고들면 그 분야에 상당한 수준의 내공을 쌓을 수 있다. 만약에 토론까지 하면서 5년 동안 꾸준히 공부한다면 어떻게 될까(이제는 충분히 내공이 쌓이면 온라인상에서 많은 전문가와 의견을 나누는 것은 어려운 일이 아니다)? 엄청나게 성장한 자기를 발견할 수 있을 것이다.

다시 한 번 강조하지만 제대로 그리고 꾸준히 한다면 누구나 그 분야의 전문가가 될 수 있다.

Chapter 7

감정

감정은
공부의
안내자다

사소한 것들을 걱정하기에는 인생이
너무 짧다.

: 찰스 킹슬리 :

5세 아이의 한글 교육은 득일까?

고 작가가 과학적 근거를 중심으로 쓴 자녀 양육과 교육에 관한 책,
《부모공부》를 집필하게 된 계기는 그 전에 《어떻게 읽을 것인가》라는
독서법 책을 쓰다가 우연히 접하게 된 하나의 연구 때문이었다.

영국의 독서학자 우샤 고스와미의 연구팀은 5세와 7세의 유럽 아이
들을 대상으로 한 가지 흥미로운 실험을 했다.[116] 과연 5세 때 독서를
시작한 아이와 7세 때 독서를 시작한 아이 중 초등학교 후반부가 됐을
때 누가 더 독서능력이 뛰어날까? 이 질문의 답을 찾으려고 서로 다른
언어를 쓰는 세 나라의 아이들을 연구한 것이다.

고 작가는 이 연구의 답이 뻔하다고 생각했다. 지식은 자본과 같다.

같은 1퍼센트 이자라고 할지라도 100억을 투자하는 것과 1억을 투자하는 것은 하늘과 땅 차이다. 많은 자본이 있을수록 더 큰 자본이 모일 확률이 높다. 지식도 마찬가지다. 더 다양한 지식을 가진 사람은 그렇지 않은 사람보다 앞으로 더 다양한 지식을 가질 확률이 높다. 실제로 미취학 아동 때의 어휘력 차이는 초등학교를 지나면서 더 커지는 경향이 있다. 다른 모든 변수가 같았을 경우 무언가 일찍 배우기 시작하면 늦게 배우는 사람이 따라가기 힘들다. 당연히 고 작가는 7세 때 독서를 시작한 아이보다 2년 빨리 독서를 시작한 아이의 독서력이 높을 것이라 예상했다. 하지만 결과는 7세의 승리였다.

고 작가는 그 이유가 매우 궁금했다. 이 연구에서는 왜 이런 상황이 나왔는지에 대한 명쾌한 설명이 없었기 때문이다. 어린 자녀를 둔 아빠이자 특히 아이의 독서 교육에 관심이 많았던 고 작가는 이 문제를 놓고 많은 자료를 찾고 연구해 보았다. 결국, 한 가지 주요 원인 그리고 그것으로 파생된 두 가지 이유일 가능성(더 정확하게는 상관성이 높을 가능성)이 크다는 것을 알게 되었다.

아이들이 말로 하는 어휘는 기특할 정도로 빠르게 늘지만, 글자를 외우는 속도는 늦다는 것을 자녀를 둔 부모라면 알 것이다. 이는 아이의 뇌 발달 특성 때문인데 6세 이전의 아이들은 듣는 것은 잘하지만, 글자 인식을 제대로 못 하기 때문이다. 속된 말로 아이들은 듣는 데는 천재지만 읽는 데는 바보인 셈이다. 아이가 7세가 되었을 때에야 비로소 문자 인식을 무리 없이 하게 된다. 이것은 아이에게 조금 일찍 한글 교육을 할 때 의도하지 않았던 부작용을 낳는다.

너무 일찍 아이에게 한글을 외우게 한다면 아이들은 준비되지 않은 뇌로 열심히 문자를 외우게 된다. 그렇게 해서 겨우 몇 글자를 외우면 부모는 외운 글자를 확인하기 위해서 책을 읽게 한다.

이때 5세 아이들은 어떤 책을 읽게 될까? 2~3살 때 엄마가 읽어 주던 책을 읽게 된다. 이런 책들은 한 페이지당 한 문장밖에 없고 그 문장도 짧고 간단하며 이미 아이들이 '아는' 어휘들이다. 5세 정도 되는 아이에게 하루에 몇 시간씩 한글 교육을 하기는 힘들다. 아이들의 뇌는 아직 높은 집중력을 유지하기가 힘들기 때문이다. 하루에 아이가 학습할 수 있는 시간은 얼마 되지 않는다. 바로 그 시간에 이 아이는 자신이 아는 어휘와 너무 쉬운 문장을 읽으려고 애쓴다.

하지만 같은 시간에 아이가 책을 읽는 것이 아니라 부모가 책을 읽어 주면 어떨까? 5세 때 아이들은 한 페이지당 서너 문장의 글을 들을 수 있다. 그 문장들에는 매우 다양한 어휘가 들어 있으며 문장도 길다. 앞서 아이들은 듣는 데에는 천재인데 읽는 데에는 바보라고 말했다. 하루에 주어진 짧은 시간에 한 아이는 효율성이 높은 귀로 다양한 어휘와 복잡한 문장을 듣는데, 다른 한 아이는 효율성이 낮은 눈으로 이미 알고 있는 어휘와 매우 단순한 문장을 힘겹게 읽게 되는 것이다.

이런 시간이 누적되면 두 아이의 어휘력과 이해력 차이는 크게 벌어진다. 아이의 독서력은 글자를 언제 배웠느냐가 중요한 것이 아니라 그 아이의 머릿속에 얼마나 많은 어휘와 문장이 들어있느냐에 따라 좌우된다. 이런 이유로 5세 때 미리 독서를 시작한 아이가 7세 때 독서를 시작한 아이보다 더 독서 능력이 떨어지는 것이다. 7세 전까지는 문자를 외우는 것이 크게 중요하지 않다. 부모가 많이 읽어 주면 된다.

그런데 이것 말고 또 다른 문제가 있다. 어린아이의 한글 공부는 대부분 부모가 교육하는데 부모는 전문 교육자가 아니어서 자녀에게 감정적으로 반응하는 경향이 강하다. 특히 공부에 대해 기대가 많은 우리나라 부모의 경우는 더 그렇다. 잘 외우지 못한 아이가 답답해 좋지 않은 표정과 날카로운 언사가 튀어나온다. 평소 때는 '잘했다'라는 칭찬을 해 주는 부모가 유독 공부할 때 좋지 않은 표정이 된다면 아이는 어떻게 될까? 특히나 부모는 아이들이 전적으로 의지하고 사랑하는 사람이 아닌가. 아이들은 감정이 상할 것이다. 그리고 이러한 감정이 반복된다면 결국 아이는 독서는 기분이 좋지 않은 행동으로 받아들여 자발적으로 할 가능성이 떨어진다. 왜냐하면, 감정은 학습과 매우 밀접한 관계가 있기 때문이다.

감정과 학습

신경학자 안토니오 다마지오에게 뇌수술 후유증이 심해 삶이 엉망이 된 한 남자가 찾아왔다.[117] 다마지오가 이 사람을 검사해 보니 처음에는 큰 문제가 없는 듯 보였다. 기억력도 좋았고 심지어 지능지수는 엄청나게 높게 나왔다. 하지만 교통사고 등 끔찍한 내용이 있는 사진들을 보여 주자 이 남자의 문제점이 그대로 드러났다. 이 남자는 아무런 감정을 느끼지 못했다. 기아에 허덕이며 질병에 시달려 고통스러워하는 아프리카 아이의 사진을 보고도 이 남자는 시큰둥했다.

그런데 냉정하게 산다고 삶이 엉망이 될까? 곁에서 보기에는 좋아 보이지 않겠지만 뛰어난 머리를 가진 냉정한 사람들이 잘 먹고 잘사는 것을 우리는 많이 목격했다. 하지만 감정을 느끼지 못하는 것은 예상을 깨는 치명적인 문제가 있다.

다마지오가 검사를 마친 뒤 남자에게 다음 진료 예약 날짜를 정하라고 했더니 30분이 넘도록 정하지 못한 것이다. 즉, 이 남자는 '선택' 자체를 제대로 해내지 못했다. 이후 후속 연구를 통해 감정은 의사결정에 있어 매우 중요한 역할을 할 뿐만 아니라 우리가 어렸을 때부터 배웠던 '감정'과 '이성'이라고 하는 것은 따로 떨어뜨려 이해할 수 있는 것이 아님이 밝혀졌다.

우리는 공부를 이성의 과정으로만 생각하는 경향이 강하다. 하지만 다마지오의 연구에서 보았듯이 이성은 홀로 존재할 수가 없다. 언제나 감정이 따라다닌다. 실제 뇌를 보면 감정을 담당하는 뇌 부위와 인지적 학습을 관장하는 뇌 부위가 복잡하게 얽혀 있다.[118] 결국, 공부는 감정의 영향력이 크다는 것을 유추할 수 있다.

한 연구에서 실험 참가자는 테이블에 앉아 카드 게임을 했다. 실험 참가자는 탁자 위에 놓인 네 벌의 카드 묶음 중 하나를 골라 카드 한 장을 뽑는다. 그런데 카드 묶음별로 보상과 벌금의 크기가 모두 달랐다.[119] 어떤 카드 묶음은 보상과 벌금의 크기가 매우 컸지만 어떤 카드 묶음은 그 편차가 크지 않았다.

실험 참가자는 그러한 사실을 모르기 때문에 처음에는 무작위로 카드를 뽑았다. 하지만 카드를 계속해서 뽑으면서 실험 참가자들은 묶음별로 위험도가 다르다는 것을 학습하게 된다. 그래서 대부분 참가자는 위험도가 높은 묶음의 카드는 뽑지 않고 보상과 벌금이 모두 낮은 카드 묶음에서 카드를 뽑으며 안전적인 전략을 구사한다.

그런데 흥미로운 사실은 이러한 학습이 이성적인 계산으로만 된 것이 아니라는 사실이다. 피부 전기 반응(GSR, galvanic skin response)이라는 것이 있다. GSR은 피부에 약간의 땀이 나는지 등의 미세한 반응을 관찰하여 감정의 변화를 측정하는 검사 방법이다. 검사받는 사람이 의식하지 못한 감정의 변화까지도 알아낼 수 있다. 실험 참가자들이 처음 카드를 무작위로 꺼낼 때에는 GSR에 큰 반응이 없었다. 하지만 참가자들이 묶음별로 위험도가 다르다는 것을 안 뒤부터 위험도가 큰 묶음에서 카드를 꺼내려고 할 때 GSR 반응을 보였다. 결국, 실험 참가자들은 게임을 하면서 무의식적으로 감정 정보를 축적했고 이것이 전략에 영향을 미친 것이다.

왜 사람들이 안정적인 전략을 시행하게 되었는지는 손실회피 현상을 떠올리면 이해하기 쉽다. 인간은 대체로 보상을 통해 얻은 행복보다 손실을 통해 겪는 고통이 2~2.5배나 크다. 위험도가 높은 카드들은 게임을 오래 하면 실제 손익 차이는 별로 크지 않지만, 감정의 손익 차이는 상당한 마이너스를 겪을 수밖에 없다. 그래서 안전적인 전략을 구사하게 되는 것이다.

이런 연구들을 토대로 전문가들은 감정은 의사결정 과제뿐만 아니라 수학 등의 일반 학습과 사회적 학습까지 다방면의 학습에 지대한 영향을 준다고 주장한다. 감정은 우리가 의식하지 못하는 사이 우리의 공부를 이끌고 있다. 참고로 묶음별 카드를 계속 뽑고도 안전적인 전략을 구사하지 않고 위험도가 높은 카드를 마구 뽑아 대는 사람들이 있다. 이 사람들은 뇌의 한 부위인 복내측 전전두피질이 손상된 사람들로 감정을 제대로 느끼지 못하는 사람들이다. 바로 다마지오를 만나러 왔던 남자가 복내측 전전두피질이 손상된 사람이다.

혹시 특정 단어를 외울 때 감정이입을 하면 더 잘 외워진다는 속설을 들어 본 적 있는가? 이는 속설이 아니라 사실이다. 연구에 따르면 기억을 할 때 감정의 자극을 받을수록 기억 유지력이 높다고 한다.[120] 예를 들어 흥분한 상태의 기억이 그렇지 않은 상태의 기억보다 더 오래 간다는 것이다. 특정 정보에 감정을 입히면 그 기억은 망각의 공격을 잘 방어하는 듯하다.

감정과 학습이 매우 밀접한 관계가 있다는 사실을 모두 알았을 것이다. 그렇다면 공부를 할 때 부정적인 감정과 긍정적인 감정은 각각 어떠한 영향을 미칠까?

부정적 감정 vs 긍정적 감정

EBS 다큐팀이 삼곡초등학교 4학년 아이들에게 한 가지 실험을 했다.[121] 아이들을 두 그룹으로 나누었는데 각 그룹의 평소 수학 평균 점수는 거의 같았다. 두 그룹의 아이들은 같은 수학 시험을 볼 예정이지만 대신 시험을 보기 전에 잠깐 하는 일이 달랐다. 한 그룹에는 지난 일주일 동안 기분 나쁘거나 짜증 나게 한 부정적인 경험 5가지를 적어 보라고 했다. 다른 한 그룹에게는 지난 일주일 동안 기분 좋고 행복하고 신이 났던 긍정적인 경험 5가지를 적어 보라고 했다.

이렇게 두 그룹은 각각 부정적 감정과 긍정적 감정을 적은 뒤 같은 수학 시험을 보았다. 시험 결과는 어떻게 나왔을까? 부정적 감정을 적었던 아이는 73.5점, 긍정적 감정을 적었던 아이들은 78.6점을 기록하며 평균 5점이라는 큰 점수 차이를 나타냈다. 실험을 주도했던 삼곡초등학교 선생님은 이렇게 고백했다.

"놀랐죠. 사실 반신반의하면서 했거든요. 짧은 시간이었는데 이렇게 10분의 경험이 평균 5점 정도 나게 하는 거면 아주 큰 차이라서 저도 깜짝 놀랐습니다."

왜 이런 현상이 벌어진 것일까? 다음에 설명할 골프 퍼팅 실험은 부정/긍정 감정이 우리의 인식에 어떤 영향을 미치는지를 직관적으로 잘 보여 준다.[122] 퍼듀대학교의 심리학자 제시카 위트 박사는 36명의 골프 선수를 모집해 2미터가 되지 않는 거리에서 직경 5센티미터의 표준 홀에 퍼팅하게 했다. 그런데 홀 주변을 일반 골프장과는 좀 다르게 보이게 했다. 한 번은 그림처럼 영사기를 통해 홀 주변에 홀보다 더 큰 5개의 원을 둘러쌌고 다른 한 번은 영사기로 홀 주변에 홀보다 작은 11개의 작은 동그라미를 투영했다. 홀은 분명 같은 크기인데 두 개의 원이 달라 보일 것이다. 골프 선수들 또한 첫 번째 홀은 평소 자신이 연습했던 홀보다 더 작게 인식하고 두 번째 홀은 평소 자신이 연습했던 홀보다 더 크게 보였다. 그러나 실제 홀 크기는 같다.

큰 주위 환경　　　　　　　　　　**작은 주위 환경**

그림 인식 형성으로 인한 성과 변화

자, 그렇다면 퍼팅 성공률은 어떻게 나왔을까? 흥미롭게도 작게 보이는 홀보다 크게 보이는 홀이 2배나 높은 성공률을 보였다. 같은 사람이 같은 크기의 홀에 퍼팅했는데도 말이다. 여기서 우리가 알 수 있는 것은 같은 대상을 본다 하더라도 우리가 그것을 어떻게 인식하느냐에 따라서 실제 수행능력은 달라질 수 있다는 사실이다. 작게 보이는 홀에 퍼팅했을 때는 불안감이라는 부정적 감정이, 크게 보이는 홀에 퍼팅했을 때는 평소보다 더 큰 자신감이라는 긍정적 감정이 들지 않았을까?

1998년 심리학자 바버라 프레드릭슨은 자신의 논문을 통해 부정적인 감정은 우리의 인식을 협소화하는 경향이 있지만, 긍정적인 감정은 우리의 인식을 확장한다고 주장했다.[123] 그리고 이러한 주장이 타당성이 있음을 뇌과학이 지지해 준다.[124]

뇌가 처음으로 감각 정보를 받아들이는 곳이 망상활성계다. 모든 감각 정보는 망상활성계를 통과하지 않으면 더 높은 수준의 정보를 처리하는 뇌 부위로 가지 못하므로 정보처리에 있어 매우 중요한 역할을 한다. 그런데 망상활성계는 모든 정보를 통과시키지 않고 그중에 중요하다고 판단되는 정보만을 다른 뇌로 전송한다. 일종의 여과장치 역할을 하는 셈인데 그 이유는 들어오는 감각정보가 너무 많기 때문이다. 문제는 공부하는 입장에서는 학습에 필요한 지식과 정보가 특별회원 자격으로 항상 편하게 입장하기를 원하지만 그런 정보보다 더 높은 VIP는 따로 있다. 우리 뇌는 공부보다 생존을 더 중요시한다. 만약 안 좋은 경험이나 스트레스 등을 받아 좋지 않은 감정이 생긴다면 망상활성계는 생존에 관한 경고로 생각하고 그 어떤 정보보다 우선권을 준다. 동시에 수업을 듣거나 공부로 얻는 정보를 처리하는 뇌 부위는 활성화가 미비하지만, 생존을 담당하는 뇌 부위가 활성화된다. 결국, 부정적 감정은 학습에 말 그대로 부정적인 효과를 미친다.

반면 긍정적 감정은 창의력, 사고력, 판단력 등에 모두 긍정적인 영향을 미친다. 앞서 소개한 프레드릭슨 교수가 실험 참가자들에게 압정 한 통, 성냥 한 통, 양초 한 자루를 주고 촛농이 바닥에 떨어지지 않게끔 초를 벽에 붙여야 한다고 주문했다.[125] 이 문제를 어떻게 풀지를 한번 생각해보라. 생각보다 쉽지 않을 것이다. 이 일을 제대로 수행하기 위해서는 창의력이 필요한데 먼저 통에 있는 압정과 성냥을 모두 쏟아내고 그 통을 벽에 압정으로 고정한 다음 촛대로 사용하면 된다. 그런데 이 문제를 풀 때 실험 참가자들에게 맛있는 것을 주거나, 재밌는 만화책을 읽히거나 긍정적 단어들을 소리 내 읽게 하면 그렇지 않았을 때보다 창의적 발상을 할 확률이 더 높았음을 알아냈다.

44명의 인턴의사의 실험에서도 긍정적인 감정의 힘은 강했다. 인턴의사를 세 집단으로 나눴다. 한 집단은 맛있는 음식을 먹었고 다른 집단은 인도주의적 의료 행위에 대한 선언서를 읽혔으며 나머지 통제 집단은 아무것도 하지 않았다. 이후 모든 의사에게 진단하기 어려운 간 질환 증상을 보여주고 각자 진단한 것을 발표하게 했다. 가장 효율적이고 정확하게 진단한 집단은 첫 번째 긍정적 감정을 불러일으킨 집단이었다. 이들은 다른 그룹보다 더 심도 있고 세심하게 진단을 한 것으로 드러났다.

이 외에도 긍정적 감정은 모양을 구분하는 문제나 패턴 추론 문제에서도 더 빠른 사고력을 보여 줬다. 결국, 부정적 감정일 때보다 긍정적 감정일 때 효율적으로 공부할 수 있음을 알게 되었다.

시험 불안 해소하기

중요한 시험만큼 사람을 긴장시키고 불안에 떨게 하는 게 있을까? 신 박사는 수능 시험 볼 때 너무 긴장돼서 계속 소변이 나올 것만 같았다고 한다. 그래서 쉬는 시간마다 화장실에 갔지만 역시나 소변이 잘 나오지 않았다고 한다. '시험 도중에 정말 소변이 마려우면 바지에 그냥 싸자. 뭐 한 번 창피하면 그뿐 아니겠는가?'라는 지금 생각해 보면 속칭 '웃픈' 마음가짐으로 시험의 긴장감을 이겨 내려 했다고 한다. 고 작가 또한 수능시험 때 너무 긴장한 나머지 시험지 지문이 뿌옇게 보일 정도였다고 한다. 그렇다면 이런 시험 불안은 성적에 어떠한 영향을 미칠까?

제렐 카사디 교수는 277명의 대학생을 대상으로 시험 불안을 예측할 수 있는 '인지적 시험 불안 척도(Cognitive TestAnxiety Scale)'를 실시했다.[126] 그리고 그 이후 학생들에게 시험을 볼 교재를 일정 시간 읽게 한 뒤 사지선다형 시험을 치렀다. 연구 결과 시험 불안과 시험 성적은 상당할 정도의 상관관계(−0.55)가 있음이 드러났다. 즉, 시험 불안지수가 높을수록 대학생들은 사지선다형 시험에서 성적이 저조할 확률이 높은 것이다.

카사디 교수는 이후 후속 연구를 통해 시험 불안 지수가 높을수록 지문 이해력 문제, 지문의 내용을 기초로 하여 올바로 추론하는 문제, 내용을 요약하는 문제 등에도 성적이 저조함을 밝혀냈다.

그렇다면 어떻게 시험 불안을 극복할 수 있을까? 먼저 효력이 별로 없는 처방이 있다.

"절대 불안해하지 말자. 불안이라는 단어 자체도 생각하지 말자."

시험 보는 아침에 자신에게 이렇게 얘기하거나 다른 사람에게 "불안하다는 생각을 버려!"라고 조언을 한다면 오히려 더 불안해할 가능성이 크다. 어떤 생각이나 감정을 억제하는 것을 정신적 통제라고 하는데 대부분의 정신적 통제는 역효과가 난다.

러시아의 대문호 톨스토이가 어렸을 때 그의 형이 톨스토이를 구석에 세워 놓고 백곰에 대해서는 절대 생각하지 말라며 괴롭혔다고 한다. 왜냐하면, 그렇게 하면 백곰 생각이 계속 나기 때문이다. 웨그너 교수는 이것이 사실인지 검증해 보고자 했다.[127] 한 집단의 학생들에게 5분 동안 백곰에 대해서 생각하지 말라고 했고 다른 집단은 백곰에 대해 자유롭게 생각해도 된다고 했다. 실험 결과 생각하지 말라고 한 그룹에서 백곰을 더 많이 생각했다.

백곰뿐만 아니라 고통을 받을 때 고통스러운 자극을 의식하지 말라고 하면 더 통증을 느끼고 잠이 안 올 때에도 그것에 대해 생각하지 말라고 하면 더 잠이 들기 힘들다.

불안을 잠재우는 가장 좋은 방법의 하나는 불안을 잊으려고 노력하는 것이 아니라 오히려 불안에 대해 상세히 설명하거나 글을 쓰는 것이다. 이를 정서명명하기라고 한다.

캘리포니아대학교 심리학 교수인 매튜 리버먼은 성인들에게 다양한 사진들을 보면서 그 사진과 가장 어울리는 감정 표현의 단어를 고르는 과제를 내 주었다.[128] 예를 들어 고양이 앞에 있는 쥐 사진을 보면 '겁먹은' 같은 단어를 찾으면 됐다. 연구 결과 사진을 볼 때 적절한 단어를 선택하게 된다면 사진을 볼 때의 부정적 감정이 사라진다는 것을 발견했다. 실제 시험을 보기 전 시험에 대한 불안을 글로 서술한 고등학생들은 그렇지 않은 학생들보다 더 좋은 성적을 거둔 사실도 밝혀졌다.

정서명명하기가 불안을 잠재우는 이유는 뇌를 살펴보면 알 수 있다. 정서를 명명할 때 뇌를 보면 이성을 주로 담당하는 전전두피질의 활동은 증가했지만, 감정을 주로 담당하는 편도체의 활동은 감소한 것으로 나온다. 시험 불안이 엄습해 올 때 그것을 억지로 벗어나려 하기보다는 지금 느끼는 불안에 대해 이성적으로 설명하고 글을 쓴다면 그 사이에 자신도 모르게 불안이 잠잠해짐을 알게 될 것이다.

그런데 자신의 감정을 묘사할 때 다른 관점으로 기술하면 불안 제거 효과는 배가 된다. 하버드경영대학원 앨리슨 우드 브룩스 교수는 대학생들에게 음량, 음감, 박자를 정확히 체크하는 닌텐도 프로그램을 사용하여 노래를 부르게 했다.[129] 그런데 노래하기 전 한 그룹은 '떨린다(불안)'를 소리 내어 말하게 했고 다른 한 그룹은 '신난다(흥분)'를 소리 내어 말하게 했다. 나머지 한 그룹은 통제 그룹으로 아무것도 하지 않았다. 결과 통제 그룹은 69퍼센트의 정확도, 불안을 강조한 그룹은 53퍼센트의 정확도를 보였다. 하지만 노래하기 전에 신난다고 외친 그룹의 정확도는 무려 80퍼센트를 기록했다. 다른 연설 실험에서도 두려움을 흥분으로 다시 규정했을 때 훨씬 연설을 잘하는 것으로 나타났다.

이렇게 부정적 감정을 긍정적 감정으로 재정의하는 것은 시험 당일에만 효용이 있는 것이 아니다. 평소에 하면 공부 전반에 도움을 받을 수 있다. 부정적 감정이 들 때마다 그것을 긍정적인 단어로 재정의해 생각하거나 그것을 글로 쓰게 한다면 평소 긍정적 에너지를 유지하는 좋은 전략이 된다. 또한, 매일 감사 일기를 쓰거나 친한 친구들과 서로에 대한 장점을 이야기하는 시간을 자주 갖는다면 평소 긍정적 감정을 유지할 뿐만 아니라 앞에서 살펴보았듯이 공부 효율에서도 상당한 도움을 받게 될 것이다.

시험과 유전자

그럼에도 불구하고 유독 수능, 고시, 공무원 시험 등 매우 중요한 시험이나 면접, 중요한 발표 등에서 불안을 떨치지 못하는 사람들이 있다. 이런 사람들은 유전적인 요인일 가능성이 크다.

2007년 대만대학교 창춘엔 교수는 자신의 자녀가 실력은 나쁘지 않은데 유독 시험을 못 본다는 사실을 알게 되었다.[130] 처음에는 그저 긴장을 많이 해서 그런가 보다 생각했지만, 혹시 유전적인 요인이 있는 것이 아닌가 하는 의문을 품게 된다. 그래서 창 교수는 유전적 요인과 시험 성적의 상관관계를 추적하는 연구에 착수한다.

대만에서는 중학교 3학년이 되면 BCT(기본역량평가)라는 것을 보는데 우리나라의 수능만큼이나 권위 있는 시험이다. BCT 성적에 따라 좋은 명문 고등학교에 진학할 수 있고 명문 고등학교에 진학하면 좋은 대학에 갈 확률이 높기 때문이다.

창 교수는 BCT 시험을 앞둔 779명의 중학교 학생들의 혈액을 추출해 DNA를 분석했다. 그리고 시험 결과에 영향을 주는 유전적 요인이 있는지를 살펴보았다. 연구를 시작한 지 6년, 창은 실제로 시험에 영향을 주는 유전자가 있음을 발견했다. 창 교수가 주목한 유전자는 콤트(Comt)인데 콤트는 뇌에 도파민이라는 신경전달물질을 조절하는 역할을 한다. 도파민은 어떤 목적을 이루기 위해 매우 중요한 신경전달물질이다. 하지만 도파민 수준이 너무 과한 상태가 유지되면 뇌가 과부하 상태에 걸려 제 기능을 하지 못하게 된다. 중요한 시험이나 면접 등을 볼 때 도파민이 과하게 분비되는 경향이 있다.

창 교수에 따르면 콤트 유전자는 전사형, 걱정쟁이형, 중간형, 이렇게 세 가지가 존재한다. 그런데 전사형은 걱정쟁이형보다 불안과 긴장 때문에 발생하는 과도한 도파민을 4배나 빠르게 분해한다. 다시 말해 전사형은 걱정쟁이형보다 시험 불안을 좀 더 빠르게 극복하고 문제에 몰입할 수 있다는 말이다. 지금까지 이번 장에서 살펴본 독자들은 두 유전자를 가진 사람들의 시험 결과가 어떻게 나올지는 충분히 알 것이다. 전사형 유전자를 가진 학생들이 걱정쟁이형 유전자를 가진 아이들보다 중국어, 영어, 수학, 사회, 과학 등 전 과목에서 성적이 모두 높은 것으로 나왔다. 전사형은 전체의 50퍼센트, 중간형은 40퍼센트, 걱정쟁이형은 10퍼센트를 차지했다.

그런데 이 연구에서 우리의 관심을 더 끌었던 결과는 다른 데에 있다. 그렇다면 각 유전자 유형이 시험이 아니라 평소 때에는 어떠한 역할을 하게 될까? 도파민은 대표적인 동기부여 호르몬이다. 적절한 양을 유지하게 된다면 평소에 의욕적으로 공부할 수 있다. 평소에 도파민 분해를 못 하는 걱정쟁이형이 전사형보다 더 높은 동기부여 상태를 유지할 수 있지 않을까?

창 교수의 연구 또한 이 사실을 지지한다. 걱정쟁이형이 평소에는 다른 형보다 언어능력, 기억력, 사고력, 문제 해결 등 여러 방면에서 뛰어난 능력을 보여 주었다.

창 교수의 연구는 '시험'에 대해 다시 생각하게 한다. 수능과 공무원 시험에 집중하는 우리나라에서는 더욱 그렇다. 과연 단 한 번의 시험이 그 사람의 실력을 정확히 측정할 수 있을까? 다른 문제도 아니고 유전적인 요소가 문제가 된다면 단 한 번의 시험으로 모든 것을 결정하는 현재의 시험 제도가 얼마나 실효성이 있을까? 실제 이런 문제 제기가 창 교수 실험 이후 대만에서 공론화되었고 BCT는 아이들의 성장을 도와주는 방식으로 개편되었다.

혹시 시험을 준비하는 독자라면 자신이 걱정쟁이형 유전자를 가진 것이 아닌지 걱정하는 사람이 있을지 모르겠다. 그런 독자에게는 우리는 이렇게 조언하고 싶다.

걱정쟁이형은 10명 중의 한 명이다. 당신이 걱정쟁이형이 아닐 가능성은 매우 크다. 오히려 전사형일 확률이 압도적으로 높다. 걱정할 필요 없다. 그런데 걱정쟁이형이면 또 어떤가? 평소 때는 더 좋은 유전적 이득이 있지 않은가? 만약 우리가 소개한 전략으로 시험 불안을 극복한다면 더 좋은 것이 아닌가? 심지어 유전자가 그렇다는 게 뭐가 어떤가? 창 교수의 연구는 시험 제도 측면에서 매우 중요하지만, 개인에게 적용할 때는 무시하는 게 좋다. 우리가 계속해서 살펴보았듯이 유전적 결정론에 매몰되면 절대 자신의 잠재력을 꽃피울 수 없다. 제대로 된 방법이 동원된 노력은 웬만한 재능을 무시할 정도로 강력하며 누구라도 자신의 힘으로 전문가 수준에 도달할 수 있다.

19세기 소설가 찰스 킹슬리는 이렇게 말했다.

"사소한 것들을 걱정하기에는 인생이 너무 짧다."

관심이 생겼다면 일단 반은 성공이다!

"만일 내게 나무를 베기 위해 한 시간만 주어진다면 우선 나는 도끼를 가는 데 45분을 쓸 것이다."

에이브러햄 링컨이 남긴 명언이다. 이 명언은 무작정 열심히 하는 것이 중요한 게 아니라 제대로 준비해서 효율적으로 일해야 한다는 교훈을 준다. 그렇다면 우리가 공부와 일을 제대로 하기 위해 준비해야 할 것은 무엇일까? 여러 가지가 있겠지만 그중 하나는 단연코 일과 공부에서 흥미 혹은 재미를 발견해서 하고 싶은 마음을 들게 하는 것이다. 링컨의 명언에 비유하면 무뎌진 관심을 즐거움이라는 숫돌로 날카롭게 가는 것 정도로 생각하면 되겠다. 사실 일을 시작하기 전에 엄청난 즐거움에 빠져들기란 사실상 불가능하다. 우리에게 현실적으로 필요한 것은 아주 약간의 흥미 유발이다. 그래서 최소한 억지로 학습과 업무에 끌려가지 않게 하는 것이다.

싱가포르국립대 박사과정 재학 중일 때의 일이다. 한 학기는 전자과 2학년 기초회로실험 과목 조교를 담당하게 되었다. 기초회로실험은 전자과

2학년 모든 학생이 들어야 하는 필수 실험이어서 같은 시간에 10개도 넘는 수업이 동시에 진행되었다. 조교는 한 반에 고정으로 배정되는 것이 아니라 차례로 다른 반에도 배정되어 수업을 진행하였다.

기초회로실험은 필수 수강과목이라서 타의적으로도 듣는 학생이 많고, 전공 관련으로 처음 하는 실험이라서 그런지 수업시간에 어떤 활력을 찾아보기는 힘들었다. 그때도 여전히 학습법과 동기부여에 관심이 많을 때라 한 반에서 조금 특별한 시도를 해 보기로 하였다. 보통 수업 때는 이론에 대한 강의를 짤막하게 하고 실험 방법을 바로 설명했지만, 이번에는 수업을 이야기로 시작했다.

"여러분 애플 회사 아시죠? 몇몇 친구들은 아이폰을 쓰고 있네요. 그럼 제가 하나 물어볼게요. 애플 로고가 사과인데 그냥 사과가 아니고 누가 마치 한 입 베어 먹은 듯한 모양이죠? 왜 그럴까요?"

누구나 아는 애플의 로고 이야기를 하니 순간 관심이 집중되었다. 하품하던 친구도, 스마트폰을 만지작거리던 친구도 이야기에 귀를 기울이기 시작했다.

"여러분은 혹시 앨런 튜링을 아시나요? 앨런 튜링은 초보적 형태의 컴퓨터인 튜링 머신을 고안한 컴퓨터 과학의 아버지입니다. 아마 그가 없었다면 단지 컴퓨터의 사용 유무의 문제가 아닌 인류 역사의 발전이 산업화 시대에 머물러 있을지도 모르겠습니다. 그는 그렇게 입지전적인 인물이었지만 아쉽게도 그의 인생 결말은 비극으로 끝이 났습니다. 그가 살았던 시기에는 동성애는 범죄로 간주되었고 1952년 앨런은 동성애 혐의로 체포되어 감옥에 가는 대신 화학적 거세를 당했습니다. 그리고 2년 뒤 앨런은 청산가리가 묻은 사과를 먹고 자살을 합니다.

앨런의 인생이 그렇게 비극으로 치닫기 시작할 무렵에 미국에서는 또 다른 혁신이 탄생합니다. 1947년에 트랜지스터가 벨랩에서 발명이 된 것입니다. 앨런 튜링의 튜링 머신이나 트랜지스터 둘 중에 하나만 없었더라도 인류 역사는 지금처럼 발전하지 못했을 것입니다. 그렇게 생각했을 때 만약에 앨런이 죽지 않고 트랜지스터와 함께 계속 컴퓨터를 발전시켜 나갔다면? 이렇게 생각한 사람이 바로 스티브 잡스입니다. 스티브 잡스는 만약 그랬다면 인류는 지금보다 훨씬 기술적으로 월등한 세상에서 살았을 것으로 생각했고, 그렇게 되지 못한 비극을 안타까워하며 앨런 튜링을 추모하기 위해 한 입 베어 문 사과를 로고로 결정하였습니다. 그리고 오늘 그 역사적인 트랜지스터를 가지고 기초회로실험을 할 것입니다. 여러분이 오늘 배운 지식이 훗날 인류의 역사를 바꿀 수 있을지도 모르니 함께 열심히 실험해 볼까요(나도 저 이야기를 처음 들었을 때 감탄을 연발하며 들었지만, 나중에 알고 보니 사실이 아니었다. 한 기자가 스티브 잡스에게 앨런 튜링을 추모하기 위해 로고를 그렇게 만든 것이냐고 묻자 스티브 잡스는 "아! 그렇게 했으면 더 멋있을 뻔했네요." 라고 답했다)!

반응은 아주 좋았다. 정말로 수업 참여도도 기존의 다른 반의 평균보다 두 배 이상 높았다. 학생들이 실험에 대한 질문도 훨씬 적극적으로 했다. 그러다 보니 다른 모든 실험 반들은 여전히 실습하고 있었지만, 상대적으로 수업도 20분 정도 빨리 마무리되었다. 한 주 있다가 실험 리포트를 채점하게 되었다. 20명 정도 되는 학생 중에 4명이나 좋은 이야기를 해줘서 고맙다고 했고, 한 재미있는 친구는 리포트 표지에 싱가포르 국립대 로고 대신 애플 마크를 넣고는 로고 밑에는 "앨런 튜링을 추모하며······."라고 적었다. 10분도 안 되는 짧은 이야기가 이렇게 학생들의 학습효율을 올린 것은 정말로 뜻밖의 일이었다. 그렇게 몇 주가 지나고 여느 때와 마찬가지로 기초회로실험반에서 조교를 하고 있는데 같은 수업 조교인 연구실 친구가 같이 밥 먹자며 찾아왔다. 왜 이렇게 빨리 끝났느냐고 물으니 이번 반 학부생 친구들이 유독 실험을 잘했다고 했다. 누군지 예상되지 않는가? 그렇다. 바로 앨런 튜링을 추모하는 친구들이었다.

그때 일을 계기로 나는 업무할 때나 학생을 가르칠 때나 무엇을 하든 간에 항상 사람들이 아주 작더라도 흥미를 느낄 만한 이야기를 먼저 하려고 노력한다. 예를 들면 수학을 싫어하는 친구들에게 재미있는 수학사 일부분을 말해 준다거나 연구를 하는 데 지친 친구들에게는 유명 과학자의 일대기에서 역경을 극복하는 부분을 이야기해 주는 것이다. 나 자신도 무엇을 배우기 전에는 무작정 시작을 하기보다는 큰 그림을 보려고 노력하고 흥미 있는 부분을 찾으려고 노력한다. 대부분 흥미를 먼저 갖는 경우는 일, 학습 모든 경우에 성과가 상대적으로 좋게 나왔다. 이제 기왕이면 에이브러햄 링컨의 명언을 조금 확장해서 나무를 좀 더 빨리 베어 보자.

"만일 내게 나무를 베기 위해 한 시간만 주어진다면 우선 나는 도끼를 가는 데 45분을 쓸 것이다. 그리고 신나는 노래 5곡을 준비하겠다. 이왕이면 신나게 나무를 팰 수 있도록!"

나무를 도끼로 패다가 힘들어 기력이 부족한 순간에 영화 록키의 〈Eye Of The Tiger〉가 흘러나온다고 생각해 보자. 없던 힘도 다시 생길 것이다(반대로 발라드가 재생되었다고 상상해 보자. 상상만으로도 기운이 온몸에서 증발하는 느낌이다). 우리는 어떤 일을 하든 간에 감정에 크게 좌우된다. 그러니 너무 무작정 열심히 하려고만 하지 말고 어떻게 즐겁게 업무 혹은 공부를 할 것인가에 대한 고민도 꼭 해 보자.

🖊 고 작가의 심화(深化)

한국인은 왜 행복하지 못하는가?

우리는 긍정적 감정이 얼마나 공부에 도움이 되는지를 배웠다. 긍정적 감정은 여러 가지가 있을 수 있지만, 최고는 역시 '행복'일 것이다. 하지만 안타깝게도 우리나라의 행복지수는 OECD국가 중에서 최하위다. 34개국 중에 국민행복지수는 33위, 복지충족지수는 31위다. 왜 우리는 행복하지 못할까?[131]

먼저 2016년에 터진 박근혜-최순실 게이트에서 알 수 있듯이 우리는 어느새 법치주의가 상실되고 기회불평등을 걱정해야 하는 사회에 살고 있다. 아무리 능력이 있더라도 돈이 많거나 사회적 지위가 높은 부모를 만나지 못한 흙수저라면 희망이 없다는 절망감과 유전무죄 무전유죄, 즉 돈과 권력의 유무에 따라 법의 잣대가 고무줄처럼 변하는 대한민국의 현실이 사람들을 불행하게 만드는 것이다.

우리가 공부법 책을 쓰고 노력의 중요성을 강하게 주장하고 있지만 이런 현실을 모르고 주장하는 것이 아니다. 그런 의미에서 우리는 촛불을 들고 우리의 목소리를 정확히 말하고 더 나아가 제대로 된 정치인을 뽑아야 한다. 하지만 아이러니하게도 공부하지 않으면 우리는 또 잘못된 지도자를 뽑을지도 모른다. 언론의 진실을 읽고 정치인들의 행보를 파악하고 어떤 정책이 더 우리의 삶을 풍요롭게 할 것인가를 제대로 알기 위해서는 높은 문해력과 비판적 사고가 절실히 요구되기 때문이다. 만약 이런 기본적인 공부조차 안 되었다면 우리는 구조적인 문제를 결국 해결할 수 없을 것이다.

또 하나 구조의 문제는 지금 당장 바뀌지 않는다. 어쩔 수 없이, 그럼에도 불구하고, 이런 사실이 가끔 원망스럽더라도 각자는 살아남아야 한다. 결국, 공부밖에 없다. 물론 이러한 논의를 해야 한다는 것 자체가 우리가 행복하지 못하다는 사실을 방증하고 있지만 말이다. 하지만 우리가 행복하지 못한 이유는 그것만이 아니다. 집단주의와 물질주의도 큰 몫을 한다. 지금부터는 행복에 관한 명저 서은국 교수의 《행복의 기원》을 중심으로 그 두 가지에 관해서 자세히 알아보도록 하자.[132]

2006년 월드컵 결승전, 프랑스와 이탈리아의 경기 중 축구사에 남을 만한 흥미로운 사건이 발생했다. 연장 후반 자기 골문으로 걸어가던 주장 지단이 갑자기 방향을 180도 바꾸더니 뒤에 오던 이탈리아 수비수 마테라치를 박치기 한 방으로 쓰러뜨린 것이다. 지단은 즉시 퇴장당했고 결국 프랑스는 이탈리아에 패했다.

후에 지단이 박치기를 한 이유가 밝혀졌다. 마테라치가 알제리 출신인 지단과 그의 여동생에 대해 입에 담지 못할 인종차별적인 발언을 한 것이다. 저자의 말처럼 그 순간 지단은 '프랑스 국기를 가슴에 단 국가대표팀 주장에서 순식간에 한 여동생의 오빠'로 돌변한 것이다.

만약 지단이 우리나라 선수였다면 우리는 어떻게 그를 대했을까? 역사에 'if'란 없지만, 그는 아마도 엄청난 비난에 시달리지 않았을까? 국가대표 주장이라는 작자가 엄청나게 중요한 경기에서 자신의 감정도 하나 통제 하지 못해 결국 조직 전체에 피해를 줬으니 말이다.

　그럼 프랑스는 지단을 어떻게 대했을까? 지단은 이 사건이 이후 프랑스에서 '영웅'이 되었다. 그의 박치기 장면을 조각 작품으로 만들어 프랑스 지성의 상징 퐁피두 박물관 앞에 세워 놓았다. 월드컵이 끝난 뒤 축구 선수들과 함께한 만찬 자리에서 시라크 대통령은 지단에게 이렇게 말했다.

　"당신은 뜨거운 가슴을 가진 사람, 그래서 프랑스가 당신을 사랑하네."

　서은국 교수는 말한다. 이러한 사회가 행복해지기에 유리한 조건을 가진 곳이라고. 개인의 가치와 감정을 최대한 존중하고 수용하는 문화가 행복을 만든다는 것이다.

　글로벌 행복도를 조사해 보면 한 가지 특징이 나타나는데 한국, 일본, 싱가포르 등 아시아의 신흥 경제국들의 행복 수준이 경제 수준에 비해 낮다는 것이다. 그리고 모두 알다시피 이런 나라에는 공통적인 문화가 있다. 바로 집단주의다. 개인주의와 집단주의는 행복의 수준을 가르는 데 가장 중요한 열쇠다.

　대체로 소득이 높으면 행복도가 높지만 2008년 연구에 따르면 만약 개인주의적 성향을 통계적으로 제거하면 국가 소득과 행복의 관계가 거의 소멸한다고 한다. 반대로 말하면 경제가 성장하더라도 집단주의가 강한 우리나라와 같은 나라는 행복도가 크게 오르지 못한다.

　집단주의적 문화에서 부족한 점 중에 하나가 '심리적 자유감'이다. 자유감이란 남에게 피해를 주지 않는 선에서 내 인생을 내 마음대로 사는 것이다. 그러나 집단주의적인 문화에서는 내 맘대로 살다간 비판받기 일쑤다. 전체 조화에 어울려야 한다. 그러다 보니 우리는 누군가를 평가하기 좋아하고 반대로 누군가의 평가에 민감하다. 특히 조직에 들어가면 그것이 더 심해진다. 결국, 만성적인 긴장과 피로가 수반된다. 스트레스 수치가 올라간다. 행복과는 거리가 멀어진다.

조직의 결속을 다지려고 회식을 한다. 그런데 개인사가 있다. 과연 우리나라 직장인 중에 개인사로 마음대로 회식을 빠질 수 있는 사람이 몇 명이나 될까? 게다가 회식 자리에서조차 어떻게 행동해야 하는지에 대한 암묵적 규칙이 정해져 있다. 제일 직급이 낮은 사원이라면 분위기에 젖어 들기보다 누구의 잔이 비었나 신경 쓰기 바쁘다. 상사가 혼자 술이라도 따르게 되면 이보다 마음이 불편한 게 없다. 이런 문화에서는 행복을 기대하기 힘들다.

서은국 교수가 최근에 실시한 실험을 보자. 그는 미국과 한국 대학생들에게 최근 즐거웠던 경험(여행 등)을 써 보고 그것이 얼마나 행복했는지 평가하도록 했다. 그 뒤 이 즐거운 경험에 대해 본인이 쓴 글을 다른 사람들이 읽고 어떻게 반응했는지 알려 주었다.

한 조건에서는 참가자들의 경험을 다른 사람은 그다지 즐겁게 생각하지 않는다고 말해 주었다. 다른 조건에서는 남들도 그 경험을 아주 즐겁게 생각한다고 말해 주었다. 시간이 흐른 뒤 참가자들에게 그 여행이 얼마나 즐거웠는지 다시 한 번 평가하도록 했다.

예상했던 문화의 차이가 나타났다. 미국 참가자들은 다른 사람의 평가에 영향을 받지 않았다. 하지만 한국 참가자들은 흔들렸다. 남들이 볼 때 별것 아니라는 피드백을 받은 참가자들은 여행이 처음 생각했던 것만큼 즐겁지 않다고 했다.

그런데 집단주의적 문화는 이러한 타인의 평가에 항상 노출된 것과 같다. 자신이 주도하는 삶을 살지 못하고 타인의 시선에 얽매인 삶. 직장에서, 학교에서, 동창 모임에서……. 우리는 타인의 시선과 평가에 얽매이지 않고 얼마나 심리적 자유를 느끼는가?

집단주의와 함께 우리를 행복하지 못하게 하는 또 하나의 범인이 있다. 그것은 바로 '지나친 물질주의적 사고'다. 우리는 행복을 물질적 풍요와 동일시하는 경향이 강하다. 여기서 '우리'는 인간이 아니라 '한국인'을 말한다.

"내 인생의 가장 중요한 목표는 물질적 풍요이다."

2010년에 실시한 연구에 이 질문에 "예"라고 응답한 비율이 전 세계에서 가장 높은 나라가 바로 한국이다. 우리나라 모 언론사에서 실시한 조사에서도 '부자=행복'이라는 응답이 우리나라가 가장 높았다. Y대학교 학생들을 대상으로 어떨 때가 가장 행복할 것 같으냐고 묻자 대부분 '복권 당첨'이라고 답했다.

우리가 행복에 관해 가장 많이 착각하는 것이 '돈'과 같은 외적인 요건이 충족될 때 행복할 것으로 생각하는 것이다. 저자가 지난 30년간의 행복 연구로 누적된 자료를 종합해 보면 인생의 여러 조건 즉 돈, 학력, 지능, 성별, 나이 등은 행복의 개인차를 10~15퍼센트 정도밖에 예측하지 못한다. 그래서 책에서는 이렇게 말한다.

"그럼에도 불구하고 행복의 10퍼센트와 관련된 이 조건을 얻으려고 인생 90퍼센트의 시간과 에너지를 투자하며 사는 사람이 많다. 특히 돈을 벌기 위해."

미국 일리노이 주에서 지금의 화폐로 약 100억 원의 상금을 받았던 복권 당첨자들에 대한 연구가 있었다. 복권 당첨 1년 뒤 21명의 당첨자와 주변 이웃의 행복감을 비교했더니 놀랍게도 별 차이가 없었다. 그 이유는 뭘까? 진화론적으로 한번 접근해 보자. 생존을 위해서는 무엇인가를 먹어야 한다. 그래서 음식을 먹을 때 쾌감과 행복감을 느낀다. 그런데 한 번의 식사가 주는 행복감이 계속된다면 어떻게 될까? 우리는 음식을 자주 찾지 않을 것이다. 음식을 자주 찾지 않으면 생존에 위협을 느낀다. 시간이 지나면 행복감은 사라지고 배가 고프다는 불쾌한 신호를 받아야 한다. 다시 말해 우리가 다시 사냥하려면 쾌락의 초기화가 필요하다. 그래서 뇌는 행복감이든 불행함이든 시간이 지나면 사라지도록 진화했다.

더 나아가 복권 당첨은 행복이 아니라 저주가 될 수도 있다. UCLA의 알렌 파르두치 교수는 범위 빈도 이론(range-frequency theory)을 소개했다. 한마디로 극단적인 경험을 한번 겪으면 감정이 반응하는 기준선이 변해 그 이후 어지간한 일에는 감흥을 느끼지 못한다는 것이다.

블로그를 해 본 사람은 잘 알 것이다. 나는 처음 블로그를 했을 때 천 명만 방문해도 참 감사하다는 생각을 했다. 그리고 처음 방문자가 천 명을 찍었을 때 매우 기뻤다. "하루에 천 명이라는 사람이 내 블로그에 와 주다니!" 몇 개월이 지난 뒤 방문자가 일 평균 만 명을 넘어섰다. 그런데 내 블로그 특성상 주말에는 서서히 방문자가 떨어진다. 마음속으로는 방문자 수에 얽매이지 않고 블로그를 해야겠다고 다짐하지만 6~7천의 방문자를 찍자 뭔가 아쉬운 마음이 들었다. 예전에는 천 명만 와도 감사하고 기뻤는데! 사람이란 어쩔 수 없다. 대범한 척하려고 해도 속마음은 어느새 방문자 수를 신경 쓴다. 그런데 한번 높은 기준을 경험하자 예전에는 기뻤던 일들이 더는 감흥이 없었다. 인간의 뇌란 그렇게 생겨먹었다.

그런 의미에서 복권은 저주가 될 수 있다. 실제 복권 연구를 통해 복권 당첨 뒤 사람들은 TV 시청, 쇼핑, 친구들과의 식사 같은 일상의 작은 즐거움을 이전처럼 더는 느끼지 못했다고 한다. 큰 자극은 큰 후유증을 남긴다.

서은국 교수는 가장 큰 행복의 조건 중에 하나는 '사람'이라고 말한다. 시카고대학의 카시오프 교수팀의 오랜 연구에 따르면 현대인의 가장 총제적인 사망 요인은 사고나 암이 아니라 외로움이라고 한다. 실제로 가장 큰 스트레스는 왕따 같은 사회적 배제이다. 인간은 공동체에서 격리될 때 극심한 스트레스를 받으며 이러한 스트레스는 다른 것과 다르게 면역체계에 치명적인 악영향을 준다. 조지 베일런트의 《행복의 조건》은 7가지 중에 2가지가 대인관계와 관련이 있다. 안정된 가정생활과 마음 편히 속마음을 얘기하는 가까운 친구가 있을 때 행복하다는 것이다.

그런데 안타깝게도 돈을 밝히면 행복의 열쇠를 쥔 사람을 경시하게 된다. 〈사이언스〉지에 실린 논문을 보면 돈은 사람에게 '자기충만감'이라는 우쭐한 기분을 들게 한다고 했다. 다시 말해 돈이 있으면 "너희가 없어도 난 혼자 살 수 있어"라는 마음을 준다는 것이다.

이 논문에서 실시한 실험으로는 한 피실험자들은 화면 보호기에서 날아다니는 돈을 봤고 다른 피실험자들은 물고기 같은 자연 생물을 보았다. 이후 이들이 다른 사람을 얼마나 도와주는지 관찰했다. 타인이 도움을 요청했을 때 자연 물체를 본 사람은 148초의 시간을 할애했지만, 돈을 본 사람들은 68초의 시간만을 썼다.

또 남에게 얼마나 도움을 청하는지도 관찰했다. 돈 조건의 사람들은 30퍼센트 미만이, 통제 조건의 사람들은 60퍼센트 정도가 도움을 청했다.

거의 무의식적인 수준에서 돈을 생각하기만 해도 사람과의 소통이 줄어든다.

한국인은 그 어느 나라보다 '돈'을 밝힌다. 그 결과 우리는 타인에 대한 신뢰도 수준이 낮다. 2010년 연구에 따르면 필요할 때 의지할 만한 사람이 있느냐는 질문에 덴마크나 미국인들은 96~97퍼센트가 그렇다고 대답했지만, 한국인은 78퍼센트에 그쳤다. 남들에게 신뢰와 존중을 받는다고 생각하느냐는 질문에 미국이나 덴마크인들의 90퍼센트가 그렇다고 말했다. 반면 일본은 66퍼센트 그리고 우리는 56퍼센트에 그쳤다. 덴마크, 스웨덴, 노르웨이 같은 스칸디나비아 국가들의 행복 수치는 특히 높다. 흔히들 이들의 행복은 높은 소득과 사회복지 시스템 때문이라고 하지만 그보다 더 중요한 것은 이 지역은 서로에 대한 신뢰가 매우 높고 넘치는 자유가 있다는 것이다. 즉, 심리적 자유감과 타인에 대한 애정을 기대할 수 있는 곳이라는 것이다.

외국을 나가 보면 우리나라만큼 안전한 나라가 없다. 특히 밤에 혼자 돌아다닐 수 있는 나라는 손에 꼽는다. 한국은 그 어느 나라보다도 외적인 공격을 막아 주는 좋은 울타리다. 하지만 무참하게 날아오는 정신적 공격은 제대로 막아 주지 못한다. 심리적 자유감이 말살되는 집단주의와 행복의 최고 변수인 사람에 대한 신뢰를 떨어뜨리는 물질주의적 문화를 가진 한국, 그리고 그곳에 사는 우리는, 그래서 행복을 찾기 힘든 것이다.

나 홀로 시스템을 바꿀 수는 없다. 하지만 한번 생각해 볼 수는 있다.

나와 함께하는 사람들이 나를 만날 때 '심리적 자유감'을 누리고 있는가?
나는 돈이야말로 행복의 척도라고 생각하고 있지는 않은가?

실제로 돈을 중심으로만 행동하지는 않은가?

다른 사람들을 얼마나 신뢰하는가?

'복권 당첨' 같은 큰 자극이 아닌 삶의 소소한 즐거움에 행복을 누리고 있는가?

나는 전적으로 신뢰할 만한 진짜 친구가 있는가?

가정에서, 조직에서 나란 존재는 어떠한가?

쉽지 않겠지만 이런 질문들에 현명한 답을 내리기 시작한다면 우리는 좀 더 행복해질 수 있다. 행복에 관해 더 깊게 알고자 하는 독자에게는 서은국 교수의 《행복의 기원》, 조지 베일런트의 《행복의 조건》, 엘리자베스 던과 마이클 노튼의 《당신이 지갑을 열기 전에 알아야 할 것들》을 강력히 추천한다.

Chapter 8

사회성

함께할
때
똑똑해진다

인간은 그 본성적으로 사회적 동물이
다. 사회의 일원이 되지 않는 존재가
있다면 그것은 짐승이거나 신이다.

: 아리스토텔레스 :

진정한 사회적 동물

아리스토텔레스는 자신의 책《정치학》에서 다음과 같이 말했다.

"사회적이 아닌 개체는 하찮은 존재이거나 인간보다 높은 수준의 존
재이다. 사회는 본질적으로 개체보다 우위에 있는 어떤 것이다. 공동
생활을 영위할 수 없거나, 혹은 공동생활의 필요성을 느끼지 않을 만
큼 자급자족이 가능한, 그래서 사회의 일원이 되지 않는 존재가 있다
면, 그것은 짐승이거나 신이다."

인간은 사회적 동물이다. 아리스토텔레스는 인간이 사회적 존재인
까닭에 신은 아니라고 했지만, 그 사회성으로 신에 근접한 능력을 갖
추게 되었다. 과거 인간이 지구를 정복하게 된 계기가 동물들이 갖지

않은 추상적 사고능력 때문이라고 생각했지만, 지금은 '진정한 사회성'이 인간에게 있었기 때문에 호모 사피엔스의 지구정복이 가능했다는 주장이 더 설득력을 얻는다.[133] 선천적으로 타고난 사회성에 추상적 사고가 덧붙여져 상상할 수 없는 대규모 협력이 가능하게 되었고 함께 무언가를 해낼 수 있고 함께 무언가를 상상할 수 있는 능력으로 인간은 신에 준하는 능력을 갖추게 된 것이다.

사회성은 실제 생물계에서 어마어마한 파괴력을 보여 준다. 진화생물학계의 거장 에드워드 윌슨은 진정한 사회적 조건을 가진 '진사회성 동물'은 지구상에 인간, 개미, 벌, 말벌, 흰개미뿐이라고 말한다.[134] 그리고 개미, 벌, 말벌, 흰개미 등의 진사회성 동물은 인간이 척추동물 세상에서 큰 도시를 만들어 군림한 것과 같이 무척추동물 세계에서 진정한 지배자가 되었다.

독일의 두 연구자가 아마존 지역의 1헥타르에 있는 모든 동물의 몸무게를 잰 적이 있다. 조사 결과 개미와 흰개미가 모든 곤충의 3분의 2를 차지했고 벌과 말벌도 10분의 1을 차지한 것으로 나타났다. 또한, 개미가 그 지역의 포유류, 조류, 파충류, 양서류의 몸무게를 모두 합친 것보다 4배가 더 나가는 것으로 밝혀졌다.

결국, 지구의 진정한 정복자는 인간과 개미라는 두 존재이며 이 둘 모두의 공통점은 '진사회성', 즉 진정한 사회성을 갖췄다는 사실이다.

인간이 사회적 존재 그 자체임을 제대로 드러내는 것이 '뇌'이다. 보통 뇌를 연구할 때는 우리가 무엇을 할 때 뇌가 어떻게 작용하는지를 알아본다. 그런데 우리가 어떤 것도 하지 않을 때 뇌는 무엇을 하고 있을까? 뇌도 아무것도 안 할까?

워싱턴대학교의 고든 슐먼(Gordon Shulman)의 연구에 따르면 우리가 아무런 활동을 하지 않을 때 뇌는 의외의 부위를 활성화하는데 그 부위가 사회 인지(social cognition) 신경망과 거의 일치한다는 사실을 밝혀냈다.[135] 다시 말해 뇌의 기본신경망은 사회적 관계를 항시 염두에 둔다는 사실이다. 사회성은 그 어떤 특성보다 인간에게 본능적이다.

갓난아이들을 보면 이 사실을 더 뚜렷하게 알 수가 있다.[136] 2007년 〈네이처〉에 실린 연구에서 생후 6개월에서 10개월짜리 아기들을 상대로 한 가지 흥미로운 실험을 했다. 첫 번째 실험에서는 아기들이 산기슭에서 쉬는 등산가 인형을 본다. 등산가는 산을 오르려고 하지만 첫번째, 두 번째 시도 모두 실패한다. 그런데 세 번째 실험에서 누군가의 도움을 받거나, 훼방꾼을 만나 아래로 떨어진다. 아이들에게 도움을 준 인형과 훼방꾼 인형을 놓고 고르게 했더니 생후 6개월 아기는 전원이 10개월짜리 아기는 16명 중의 14명이 친절하게 도움을 준 인형을 골랐다.

두 번째 실험에서는 등산가가 도움을 준 사람에게 갔다. 모든 아이가 특별한 반응을 보이지 않았다. 그런데 등산가가 훼방꾼에게 다가가자 10개월짜리 아기들은 놀라는 표정을 지었고 오래 쳐다보았다. 하지만 6개월짜리 아기는 전과 같이 특별한 반응을 보이지 않았다.

이 두 개의 실험을 통해 우리는 다음과 같은 결론에 도달할 수 있다. 인간은 사회성을 평가하는 능력이 다른 사람의 평가를 추리하는 능력보다 먼저 발달한다는 사실이다. 기본 인지가 사회적 인지였던 것처럼 인간은 태어날 때부터 사회성은 누군가에게 배운 것이 아니라 이미 내장된 듯하다.

특히 인지심리학 연구에 따르면 사람들은 얼굴을 다른 자극들과 다른 방식으로 지각한다.[137] 다시 말해 인지의 세계에서 '얼굴'은 특별 취급을 받는다는 것이다. 우리는 일반적인 사물을 인지할 때 그 사물을 구성하는 세부 특징들을 중심으로 인지하는 경향이 있지만, 얼굴은 세부 특징이 아니라 얼굴 전체 모양과 구조를 바탕으로 인지한다. 즉, 인간은 얼굴을 볼 때 세부의 특징들을 더한 것 그 이상을 추적한다는 것이다. 한 사람의 얼굴은 눈, 코, 입 등을 합친 것 그 이상임을 이미 뇌가 상정하고 본다. 그리고 언제나 얼굴은 그 어떤 자극 중에서도 인간의 주의를 끈다. 아기들은 여러 움직이는 것 중에서 얼굴이 있을 때에는 얼굴의 움직임을 눈으로 따라가는 경향이 강하다. 뇌가 인간 간의 상호작용을 얼마나 중요하게 여기는지를 알 수 있는 대목이다.

이외에도 인간이 사회적 존재라는 사실을 뒷받침하는 논거는 수없이 많다. 우리는 홀로 살아갈 수 없는 존재라는 것이다.

하지만 요즘 대학생들을 보면 이런 인간의 본성을 거스르면서 공부하는 경향이 있다. 취업하기가 어렵다 보니 외부의 관계를 완전히 끊고 취업 준비를 하는 것이다. 그래서 요즘 유행하는 단어가 '아싸'와 '혼밥'이다. '아싸'는 자발적 아웃사이더의 준말로 주변과의 관계를 최대한 끊고 취업 공부를 하는 것을 말한다. '아싸'는 자연스럽게 '혼밥', 즉 혼자 밥을 먹을 수밖에 없다.

무언가에 집중하려고 사회적 관계를 최소화하는 것, 그 자체는 나쁘지 않다. 고 작가도 집중 집필 기간(1~2개월)에는 '아싸'가 된다. 하지만 문제는 그 기간이다. 요즘 대학생들은 짧게는 1년, 길게는 2~3년이 넘게 '아싸'가 된다. 이렇게 긴 시간 동안 사회적 활동이 없으면 인간에게는 절대 좋지 않다. '혼자 지내는 생활이 힘들지 않니?'라는 질문에 2년째 '아싸'인 한 대학생은 이렇게 말한다.[138]

"소속감이 없는 게 많이 외로워요. 왜냐하면, 우리는 어렸을 때부터 '어디 중학교 누구입니다', '어느 고등학교 누구입니다'라고 하고 대학교에 와서도 '어느 대학교 누구입니다'라고 자기를 소개해 왔잖아요. 이제는 '어디에서 일하는 누구입니다'라는 게 붙어야 하는데, 받아 주는 데가 없어요. 나를 소개하는 글을 읽고 나를 떨어뜨려요. 그 기분이 되게 묘하죠."

외로움을 극복하려고 취업에 도전하는데, 그 취업을 하려고 외로움을 자처하는 슬픈 사실. 실제 한 설문조사에서는 취업준비생 10명 중 7명이 자신을 '아싸'로 여기는 것으로 나왔다.

외롭게 공부하는 학생들. 외로움을 택하고 좀 더 공부할 시간은 얻겠지만 안타깝게도 외로움은 공부에 부정적인 영향을 줄 수도 있다. 왜냐하면, 외로움을 느끼면 우리는 더 멍청해질 수 있기 때문이다.

외로우면 멍청해진다

2000년에 실시한 한 연구에서 외로운 사람과 그렇지 않은 사람을 대상으로 양분청취(dichotic listening task) 실험을 했다.[139] 양분청취 실험은 양쪽 귀에 서로 다른 메시지를 들려주는 것인데 예를 들어 한쪽 귀로는 여자 목소리를 듣게 하고 다른 쪽 귀로는 남자 목소리를 듣게 하되 어느 한쪽으로 들려오는 소리는 무시하고 나머지 한쪽에서 들려오는 지시를 따르라고 하는 식이다.

그런데 대부분 사람은 오른쪽 귀에 들려오는 소리에 민감하다. 즉 언어적인 정보가 오른쪽 귀로 전달될 때 더 쉽게 인지된다는 뜻이다. 그래서 아무런 지시를 하지 않으면 오른쪽 귀로 들려오는 내용에 귀를 기울이는 경향이 있다. 그래서 만약 오른쪽에서 들려오는 메시지를 무시하고 왼쪽에서 들려오는 소리에 집중하려면 오른쪽 소리를 무시하기 위한 자제력이 필요하다. 실험 결과 외로움을 느끼는 사람들이 테스트에서 상당히 낮은 점수를 기록하였다. 외로움을 느끼는 사람들은 인지 제어 능력이 떨어진다는 것이다.

심지어 '미래에 당신은 외로울 수 있습니다'라는 메시지를 받는 것만으로도 아이큐는 떨어질 수도 있다.[140] 로이 바우마이스터 팀은 대학생들을 대상으로 가짜 성격검사를 한 뒤 한 그룹에는 다른 사람들이 당신을 좋아하게 될 것이라고 말하고 다른 그룹에는 다른 사람들에게 거부당할 가능성이 크다는 검사 결과를 알려 주었다. 그리고 이후 아이큐 검사를 했다. 검사 결과 미래에 외로움을 예상한 대학생들의 아이큐가 전반적으로 낮게 나왔다. 또한, 비슷한 테스트를 할 때 뇌를 촬영해 보니, 외로움 그룹은 자제력을 발휘할 때 활성화되는 뇌 부위가 위축되어 있다는 사실을 발견했다.

러시대학교는 노인들을 추적해 이들이 살아 있는 동안의 기억과 인식능력의 추이를 관찰했다. 또한, 이들이 사망 이후에 뇌의 알츠하이머병에 의한 손상 정도가 얼마나 되는지 측정했다. 연구 결과 상대적으로 고립된 생활을 했던 노인, 즉 외로움과 벗 삼아 살았던 노인들은 평소에 기억력과 인식능력이 약했으며 뇌 상태도 좋지 않았다. 반면 풍부한 사회적 연결망이 있었던 노인들은 상대적으로 양호한 뇌 상태를 유지했다.

그리고 청소년을 대상을 한 연구에서 외로움을 느끼는 아이는 내신 성적과 시험 점수가 모두 떨어지는 것으로 나왔으며 외로움을 일시적으로 느끼는 것만으로도 대학원 입학시험 점수가 현저하게 낮아질 수 있다는 것이 밝혀졌다.[141]

직장에서는 또 어떨까? 2011년 와튼경영대학원에서 실시한 연구로는 외로움을 느끼는 직원일수록 개별 업무 수행, 효율적인 의사소통, 집단에 대한 기여도 모든 항목에서 저조한 성과를 보이는 것으로 나타났다. 동료와 융합되지 못한다면 시너지는커녕 개인의 일 수행 능력에도 부정적인 영향을 미친다는 것이다.

이 이상 추가적인 연구를 살펴보는 것은 무의미한 것 같다. 종합해 보면 외로움은 한 사람의 지적 과제 수행 능력을 떨어뜨린다. 자제력을 끌어내리고, 지능 지수도 낮추며, 청소년과 대학생들의 내신과 시험 성적 또한 끌어내린다. 그뿐만 아니라 직장인의 업무 능력도 저하시킨다.

한마디로 외로우면 멍청해진다.

외로우면 건강을 잃는다

우리는 보통 외로움을 비유적으로 표현할 때 '차디찬 길바닥에 내버려진 것 같은 느낌'처럼 추위와 연결하는 경우를 흔히 본다. 하지만 흥미롭게도 이것은 '비유'가 아니라 '실체'다.

한 연구에서 사람들에게 외로웠던 경험을 회상에 보라고 했다.[142] 그리고 방 안의 온도를 추측해 보라고 부탁했다. 실험 결과 외로운 경험을 회상한 사람들은 그렇지 않은 사람들보다 방 안의 온도를 유의미하게 낮게 예상하였다. 또 다른 실험에서는 컴퓨터 상대로 게임을 하는 도중 일부 집단은 거절의 느낌이 들도록 게임을 조작했다. 예를 들어 공을 서로 주고받다가 갑자기 자신에게 공이 안 오는 식으로 말이다. 게임이 끝난 후 실험 참가자들에게 뜨거운 커피, 따뜻한 수프, 사과, 과자, 콜라 등 중에 어떤 음식을 먹고 싶은지 고르라고 했다. 대부분 참가자는 사과, 과자, 콜라 등을 선호했다. 그런데 게임에서 배제된 사람들은 뜨거운 커피와 따뜻한 수프를 선호했다. 몸이 춥다고 느낀 것이다. 결과적으로 외로움을 느끼면 비유적으로 추운 것이 아니라 실제로 춥다고 느낀다.

이 연구를 통해 우리는 사회적 감정과 신체가 매우 밀접하게 연결되어 있음을 알 수 있다. 특히 사회적 통증과 신체적 통증은 더 긴밀하게 연결된 듯하다. 모르핀이나 타이레놀 같은 약품은 신체적 고통을 경감시켜 주는 약이다. 하지만 이 약들을 먹으면 외로움이나 사회적 배제를 통한 고통이 동시에 줄어든다는 효과가 있다.[143] 뇌과학적으로 보면 전두엽 가운데에 있는 커다란 조직인 전방 대상 피질(dorsal anterior cingulate cortex, dACC)이 사회적 고통과 신체적 고통에 모두 관여되어 있다. 원래 dACC는 신체적 고통과 연관된 뇌 부위인데 사회적 고통을 조작한 여러 실험 중에 뇌를 촬영해 보면 같은 부위가 반응한다는 것을 알 수가 있다.

캘리포니아대학교 스티브 콜 교수가 발표한 바로는 사회적으로 배제되는 경험이 인간에게 가장 큰 스트레스를 주는 것뿐만 아니라 면역 체계를 망가뜨리는 역할을 할 수도 있다고 주장한다.[144] 또한, 학교에서 따돌림을 당한 아이들은 우울증에 걸릴 확률이 그렇지 않은 아이들보다 7배, 실제 자살을 감행할 확률은 4배나 높으며 만성적인 신체적인 고통에 시달릴 확률이 그렇지 않은 아이보다 현저하게 높다고 한다.[145]

〈몸〉 장에서 더 자세히 살펴보겠지만, 건강은 그 자체로도 중요하지만, 공부에도 매우 중요하다. 외로움을 느끼는 것만으로도 지적 능력이 저하되고 신체 기능마저 나빠진다면 외로움만큼 공부에 크나큰 적이 없다.

우정이 똑똑하고 건강한 사람을 만든다

그렇다면 공부할 시간도 부족한데 어떻게 해야 외로움을 극복할 수 있을까? 우리는 보통 외로움을 극복하려면 사람들을 자주 만나고 많은 사람과 친구가 되어야 한다고 생각한다. 하지만 전혀 그렇지 않다. 펜실베이니아 와튼 스쿨의 시걸 바르세이드 교수 등의 연구로는 내가 있는 조직에 진정한 친구 단 한 사람만 있더라도 외로움을 거의 느끼지 않는다고 밝혀냈다.[146] 학교에서든 직장에서든 아니면 특정 모임에서든 진정한 '친구'라고 할 수 있는 존재가 함께한다면 외로움이라는 적을 물리칠 수 있다는 얘기다.

하지만 여기서 말하는 외로움을 불식시킬 진정한 친구는 동창 친구나 죽마고우를 뜻하지 않는다. 자주 볼 수 없다면 아무리 만날 때 기분 좋은 친구라도 외로움은 쉽게 사라지지 않는다.

전문가들은 외로움을 달래 줄 진정한 우정의 조건으로 네 가지에 관해 이야기한다. [147] 첫째는 익숙함이다. 우리는 어떤 대상이든 자주 볼수록 호감을 느낀다. 이를 '단순 노출 효과'라고 한다. 고 작가는 기획사 대표이자 가수인 '박진영' 씨를 TV에서 보고 처음에 충격을 받았다. 박진영이 데뷔할 때만 해도 방송에서는 개그맨을 제외하고는 모두 잘생긴 사람 위주로 나왔기 때문이다. 박진영의 얼굴과 그의 파격적인 의상은 고 작가를 혼란을 빠뜨렸다. 하지만 고 작가는 지금 박진영 씨를 좋아한다. 방송에서 오랫동안 자주 보다 보니 익숙해졌고 그가 갖고 있던 매력까지 더해지면 지금은 호감 연예인으로 변해 버린 것이다. 아주 가끔은 잘생기기까지 한 것 같다고 고 작가는 말한다.

이러한 현상은 실제 연구에서도 그대로 드러난다. 한 실험에서 강의에 첫 번째 여성은 5번, 두 번째는 10번, 세 번째는 15번, 네 번째는 한번도 들어가지 않았다. 그리고 네 사람 모두 학기 중에 말 한마디 하지않았다. 학기가 끝나고 강의를 들었던 남학생들을 대상으로 네 명의여자 사진을 보여주고 기억하느냐고 물어봤다. 그랬더니 네 명의 여자를 기억하는 사람은 한 명도 없었다. 그러면 누가 가장 호감이 가냐고물었더니 수업을 많이 들은 여성일수록 마음에 든다고 대답했다. 익숙함은 이렇게 부지불식간에 호감을 이끌어 낸다.

둘째는 물리적 근접성이다. 경찰 연수원을 대상으로 한 연구에서 우정과 자리 배치의 근접성이 매우 큰 상관관계가 있다는 것을 밝혀냈다. 자주 보는 것 이상으로 가깝게 있는 것이 매우 중요하다. 그래야대화를 할 가능성이 커지고 무엇을 하더라도 함께할 확률이 높기 때문이다.

셋째는 유사성이다. 고향, 학교, 취미, 즐겨 보는 프로그램, 지지하는 정당, 좋아하는 연예인 등이 같으면 그거 하나만으로도 우정이 생길 확률은 매우 커진다. 한 연구에 따르면 20년 동안 우정을 이어 온 친구 사이를 분석한 결과, 장기적인 우정을 예측하는 가장 큰 변수는 '유사성 수준'임을 알아냈다. 그래서 작가 클라이스 루이스는 이렇게 말한다.

"우정은 상대방에게 '정말 당신도요? 나만 그런 줄 알았는데'라고 말하는 순간 탄생한다."

하지만 진짜 진정한 친구라면 익숙함, 물리적 근접성, 유사성을 뛰어넘는 가장 강력한 한 요소가 필요하다. 그것은 바로 서로의 '비밀'을 아는 것이다. 개인적인 과거사나 말 못 할 고민 등을 나누는 사람이야말로 진정한 친구라고 할 수 있으며 그 친구가 단 한 명이라 할지라도 '외로움'은 사라진다.

그런 친구가 있다면 '아싸'나 '혼밥'을 하기보다 자주 그 친구와 우정을 나누고 외로움을 달래 보자. 시간을 쓰는 것 같지만, 장기적으로 본다면 오히려 그 친구와 함께한 시간이 당신의 공부 효율에도 더 큰 도움을 줄 것이다.

아니면 더 적극적으로 친구나 같은 목표를 가진 사람들끼리 자주 스터디를 하자. 일단 같은 학교나 직장 내의 사람들과 같은 목표로 비슷한 공부를 자주 하면 벌써 우정의 네 조건 중에 익숙함, 물리적 근접성, 유사성이 충족되게 된다. 비밀을 나누는 것은 좀 더 친해지고 서로를 믿게 되면 어느 날은 맛있는 식사를 하거나 술 한잔 하면서 서로의 삶을 나누는 것으로 충족시킬 수 있다. 그런데 만약 그런 모임을 하면서 주제별로 서로를 가르치는 '또래 튜터링'까지 하게 된다면 외로움도 달래면서 실제 공부 효율을 상당히 올릴 수 있다.

예일대학교 심리학자인 존 바그가 실시한 연구에서 나중에 시험을 전제로 콘텐츠를 암기한 사람들과 다른 사람을 가르치기 위해서 콘텐츠를 학습한 사람들을 비교했다.[148] 그 결과 다른 사람을 가르치려고 공부한 사람이 시험을 목표로 암기했던 사람들보다 깜짝 기억력 검사에서 더 높은 점수를 받은 것으로 나왔다.

여기서 주목해야 할 것은 다른 사람을 가르치는 것을 목표로 공부한 사람에게 시험을 본다고 말하지도 않았으며 심지어 실제로 가르친 다음에 암기력 시험을 본 것도 아니었다. 그냥 순수하게 다른 사람을 가르치려는 목표를 가진 상태에서 기억 테스트를 한 것이다. 이 연구를 통해 우리는 '사회적 관계'를 염두에 둔 상태에서 무언가를 학습할 때 매우 높은 효과를 얻음을 알았다. 만약 실제로 가르치기까지 했다면 〈기억〉 장에서 살펴보았듯이 콘텐츠가 장기기억으로 편입될 확률이 매우 높다.

그러므로 같은 목적을 가진 사람들과 함께 공부하며, 서로의 고충을 나누고 격려하고, 더 나아가 서로를 가르치는 행위까지 한다면 외로움도 없애고 기억력도 상승시키는 1석 2조의 효과를 누릴 수 있다. 그리고 만약 그 모임이 지속하여 모두에게 소속감까지 준다면 공부 효율은 상상할 수 없을 만큼 올라갈 수 있다.

스탠퍼드대학의 두 교수는 소속감이 대학생들의 성적에 어떠한 영향을 미치는가를 알아보는 실험을 했다. 대상은 예일대학이었는데 그 이유는 예일대학교의 총학생에서 유럽계 학생이 차지하는 비율은 58퍼센트나 되었지만, 아프리카계 학생들은 겨우 6퍼센트밖에 안 되었기 때문이다. 과반수가 넘는 유럽계 학생들은 학교에 충분한 소속감을 느낄 가능성이 클 테고, 반대로 아프리카계 학생들은 소수에 불과해서 소속감이 약할 가능성이 클 것이다.

대학 신입생들은 모두 자신과 같은 출신의 선배들이 남긴 글을 읽었다. 한 그룹은 선배들이 걱정이 많았지만 큰 문제 없이 잘 적응할 수 있었다는 글을 읽었고 다른 한 그룹은 대학 생활을 하면서 더욱 세련된 정치적 견해를 얻게 되었다는 글을 읽었다. 즉, 두 번째 그룹은 학교 적응에 대한 이야기는 없었다.

연구 결과는 매우 극적이었다. 학교 적응에 어려움이 없었다는 글을 읽고 소속감에 대해 조작을 한 아프리카계 신입생들은 평균 학점이 학기마다 약 0.2점씩 꾸준히 향상된 것으로 나타났다. 저번 학기에 평점이 3.0이었다면 이번 학기에 3.2점을 얻게 될 것이라는 얘기다. 그런데 이러한 효과가 무려 3년이 지나도 유효했다. 소속감을 느끼는 것만으로 평점 1점 이상이 상승한 것이다.

반면 유럽계 신입생들은 소속감을 조작하나 그렇지 않나 별 차이가 없었다. 그 이유는 앞에서 밝혔듯이 유럽계 학생들은 신입 때부터 학교에 대한 소속감을 이미 느끼고 있기 때문에 선배의 적응에 대한 회상이 특별히 영향을 미치지 못한 것이다.

이렇듯 사회적 정서는 우리가 생각하는 것 이상으로 지적 활동에 영향을 미친다. 외로우면 아프고 멍청해지지만, 진정한 우정과 소속감을 느낀다면 우리는 똑똑해진다.

'아싸'와 '혼밥', 이쯤에서 재고해 봐야 하지 않을까?

대인관계가 성공을 결정짓는다

유치원은 아이들의 삶에 어떠한 영향을 미칠까? 1960년대 아이들을 두 그룹으로 나누어 한 그룹은 페리유치원을 다니게 했고 다른 그룹은 그냥 집에서 키웠다.[149] 그리고 40년 동안 이들을 추적 조사했다.

원래 이 실험은 아이들의 지능지수를 올려 주려는 의도로 시작된 실험이었다. 유치원 교육을 통해 아이들의 인지기술을 발달시켜 공부를 잘하도록 하려고 말이다. 초등학교 1~2학년 때는 유치원을 다닌 아이들의 지능지수가 상대적으로 높았지만, 시간이 흐르자 두 그룹의 아이들의 지능지수 차이는 유의미하지 않았다. 그렇게 페리유치원은 실패한 듯 보였다.

하지만 아이들이 어른이 되자 양상은 달라졌다. 페리유치원을 다닌 아이들이 그렇지 않은 아이들보다 20대 후반에 직업을 구할 확률이 더 높았고 40세에 연간 2만 5천 달러의 소득을 더 올렸으며 범죄에 연루될 확률도 훨씬 낮았다. 과연 무엇이 아이들을 변화시킨 것일까? 노벨상 수상자인 헤크먼 교수는 면밀한 연구를 통해 2년 동안의 유치원 생활이 올려 준 것은 아이들의 인지기술이 아닌 비인지기술 즉, 자제력, 호기심 그리고 사회성이었음을 알아냈다. 페리유치원은 실패하지 않았다.

사회생활을 하는 독자들은 절감하겠지만, 인생에서 대인관계는 너무나 중요하다. 세상이 이야기하는 사회적 성공에서도 대인관계는 매우 중요하며 행복에 관한 연구에서도 대인관계는 빠지지 않고 등장하는 단골손님이다. 그럼에도 우리는 학교에서 대인관계의 의미나 기술에 대해 배운 적이 없다. 오로지 지적 수준만을 측정하는 시험만 보았을 뿐이다. 그러나 우리는 함께 일하고 함께 살아간다. 타인과의 상호 작용을 잘하는 것은 수능에서 높은 점수를 받고 토익 만점을 받는 것보다 어쩌면 더 중요할 수 있다. 우리는 '공부법' 책을 기획하면서 대인관계 또한 무조건 공부해야 함을 서로 공감했다. 대인관계의 중요성을 미리 알고 공부하고 실천하며 살아간다면 일에서뿐만 아니라 삶에서 긍정적인 일들을 기대할 수 있기 때문이다.

어떻게 하면 타인과 더불어 일도 잘하고 잘 살아갈 수 있을까? 대인관계에서 가장 중요한 덕목 하나를 뽑으라면 바로 '공감능력'이다.

공감능력의 힘과 소설 읽기

2008년 카네기멜론대학교와 MIT대학교 심리학자들이 합동으로 상대적으로 성과가 좋은 팀은 어떠한 팀인지를 알아봤다.[150] 요즘에는 대부분 프로젝트가 팀 단위로 일어나고 개인의 성과 또한 팀의 성과에 달려 있기 때문에 팀워크는 생산성 측면에서 중요해졌다.

연구팀은 699명을 모집해 152개의 팀으로 나누고 각 팀에 다양한 수준의 협력이 필요한 여러 과제를 내주었다. 흥미로운 사실은 과제 유형이 매우 다양했음에도 불구하고 하나의 과제를 잘해내는 팀이 다른 과제도 잘했다는 사실이다. 반대로 하나의 과제를 실패한 팀은 다른 과제도 실패할 확률이 매우 높았다.

잘하는 팀의 장점을 알아보려고 먼저 이들의 지능지수를 측정해 보았다. 측정 결과 팀워크와 지능지수는 아무런 상관관계가 없는 것으로 나왔다. 그러면 도대체 어떤 요소가 훌륭한 팀워크를 만들었던 것일까?

연구 결과 두 가지가 있음이 밝혀졌다. 하나는 팀 문화였다. 잘나가는 팀은 모든 팀원이 거의 같은 비율로 대화했고 그렇지 않은 팀은 소수가 발언을 독점하는 경향이 강했다. 다른 하나는 사회적 감수성이었다. 이들은 상대방의 표정, 말투, 목소리, 몸짓 등을 보고 상대의 감정을 직관적으로 잘 이해했다. 사회적 감수성은 사람의 눈 모습만 보여 주고 감정을 맞추는 테스트를 통해 측정할 수 있다. 상대방의 감정을 잘 헤아리기 때문에 그것에 맞춰 대응할 수 있다. 예를 들어 상대방이 당황하거나 소외당한다는 것을 팀원들은 잘 느끼고 그것에 적절히 반응하게 되면서 팀 분위기가 좋아진 것이다. 한마디로 높은 공감능력을 보여 주는 팀원들이 있을 때 팀은 높은 성과를 보여 주게 된다.

공감능력을 발휘하는 사회적 감수성은 당연히 많은 사람과의 만남으로 이루어진다. 다양한 상황과 여건에서 사람들과 부딪히다 보면 자연스럽게 상대방의 몸짓과 표정을 읽게 되고 상대방의 마음을 헤아리게 되니 그것에 맞게 행동할 수 있다.

타인과 잦은 상호작용을 하는 것 말고 공감능력을 올리는 방법이 하나 있다. 훌륭한 공감능력이 있다는 말은 상대방의 마음을 잘 '상상'한다는 말이 된다. 어떤 한 인물의 마음과 성격을 마음속에 그려 내는 연습을 많이 할수록 공감능력은 향상된다. 그렇다면 우리는 언제 그런 연습을 많이 하게 될까? 바로 소설을 읽을 때다.

2011년 캐나다 요크대학의 레이몬드 미르가 86건의 연구를 메타 분석한 결과 소설을 이해할 때 사용하는 뇌 부위와 인간관계를 다룰 때 사용하는 뇌 부위가 상당 부분 일치한다는 사실을 발견했다.[151] 또한, 2013년의 연구로는 소설을 읽은 다음에 사회적 지능 테스트에서 더 높은 점수를 받는다는 것을 발견했다. 물론 효과가 있는 소설은 인물 중심의 문학 소설이었다. 문학 소설을 읽을 때 우리는 자연스럽게 주인공과 그 인물을 둘러싼 다양한 군상들에 대해 심리를 해석하게 된다. 그런 과정을 계속 반복하게 되면서 자연스럽게 우리는 타인의 마음을 읽을 수 있는 능력을 얻게 되는 것이다.

다양한 공간에서 다양한 만남, 그리고 문학 소설을 열심히 읽는다면 공감능력은 향상될 것이고 타인의 마음에 공감할 수 있다면 그것 하나만으로 대인관계에서 큰 성공을 거둘 수 있을 것이다.

대인관계를 높이는 7가지 기술

대인관계의 근본이라고 하는 공감능력을 알아봤다면 지금부터는 대인관계 수준을 높이는 7가지 기술에 대해서 알아보자. 당신의 일과 삶에 큰 도움이 될 것이다.

1) 일관성 : 타인과 부정적 관계보다 더 안 좋은 게 있다. 바로 긍정적 관계와 부정적 관계가 너무 자주 바뀌는 것이다. 이것을 양면적 관계라고 한다. 심리학자 버트 우치노는 양면적 관계는 부정적 관계보다 더 좋지 않다는 것을 밝혀냈다.[152] 양면적 관계가 많은 사람일수록 스트레스 지수, 우울증, 삶에 대한 불만이 상대적으로 더 크다는 것이다. 왜 그럴까? 부정적 관계보다는 당연히 긍정적 관계가 좋다. 하지만 인간은 적응을 매우 잘해서 부정적 관계가 지속되면 그것에 잘 적응하게 된다. 하지만 양면적 관계가 지

속되면 인간은 불안감을 느끼게 된다. 상대방이 어떻게 나올지 모르는 불확실성이 증대할 때 사람은 피곤해지고 스트레스를 받는다는 사실이다. 가장 친한 사람을 떠올려 보자. 아마도 당신은 그 사람이 어떻게 행동하고 말할지 예측 가능할 것이다. 어떻게 나올지 모르는 상대는 매우 피곤하고 피하고 싶은 인물이다.

2) 존중 : 플로리다대학의 티머시 저지 교수는 2010년 직업 만족도에 영향을 미치는 것이 무엇인지를 연구했다.[153] 그는 86개의 연구를 살폈고 1만 5천 명의 직장인의 경험을 평가했다. 연구 결과 직업 만족에서 급여 수준보다 더 높은 것이 있음을 알게 됐다. 그것은 '존중'이었다. 사람들은 직장 동료 등에게 존중받는다는 느낌을 받을 때 직장 생활이 행복해진다는 사실이다. 나를 존중해 주는 사람을 어떻게 싫어할 수 있겠는가? 존중받고 싶다면 존중해야 한다.

3) 경청 : 심리학자 제임스 페니베이커(James Pennebaker)는 여러 작은 그룹으로 나누어 고향, 출신 대학, 직업 등 각자 자신이 선택한 주제로 사람들과 15분 동안 대화를 하도록 했다.[154] 15분 뒤 사람들에게 그 그룹이 얼마나 마음에 들었는지를 물었다. 조사 결과 자기가 이야기를 많이 할수록 그 그룹이 더 마음에 든다고 답했다. 결국, 경청하는 사람은 말하는 사람에게 호감을 이끌어 낼 수 있다. 말하는 사람은 말 듣는 사람을 좋아하게 된다. 또한 2012년 직장에서 영향력이 높은 사람의 특징을 알아본 연구를 보

면 말을 잘하는 것과 타인의 말을 진실하게 경청하는 능력이 결합된 인물일수록 동료들에게 신망을 얻는다는 사실을 알아냈다.[155] 특히 경청을 잘하는 사람들은 적극적 듣기 자세를 취하게 된다. 자세를 말하는 사람 쪽으로 약간 기울이고 눈을 맞추며 고개를 끄덕이는 행위를 한다는 것이다. 누군가 말을 하는데 눈도 마주치지 않고 자세는 뒤로 젖히고 있다면 오히려 말하는 사람이 불쾌감을 느낄 수 있다. 타인에게 깊이 공감하고 적극적 자세로 경청한다면 당신을 좋아하지 않을 수 없을 것이다.

4) 조언 : 경영 전략 교수 이타이 스턴 등이 최근 미국의 산업과 서비스 부분에서 350개 대기업 경영진이 어떻게 임원이 됐는지를 알아보는 연구를 했다.[156] 아마도 직장을 다니면서 임원의 꿈을 꾸는 많은 사람이 있을 것이다. 연구 결과 성공적으로 임원이 된 사람들은 상사에게 조언을 자주 구한다는 사실이 밝혀졌다. 상사가 어떻게 해서 그런 성공적인 경력을 쌓게 되었는지를 물었고 자신의 부족한 부분을 어떻게 극복해 나가야 했는지 조언을 구했다. 이런 조언은 유익한 정보를 실제로 얻을 뿐 아니라 상사의 마음을 사는 1석 2조의 효과를 발휘하게 된다. 세계적인 천재 레오나르도 다빈치 또한 자신이 모르는 것은 언제든 조언을 구하러 다녔다. 심지어 협상 도중에도 조언을 구하는 행위가 더 유리한 결과를 이끌어 낸다는 연구도 있다. 조언을 구하는 자는 뭘 모르는 게 아니다. 뭘 좀 아는 자다.

5) 겸손 : UC버클리대학의 대처 켈트너 교수팀은 연구를 통해 지위가 낮은 사람일수록 다른 사람의 관점을 잘 읽는다는 것을 알아냈다.[157] 또한, 노스웨스턴대학교의 아담 갈린스키는 '나는 힘이 없는 사람이다'라고 생각할수록 타인에 대한 공감능력이 향상된다는 것이다. 결국, 교만은 타인의 마음을 읽는 능력을 상실시키지만, 겸손은 타인의 마음을 헤아리는 능력을 올려 준다는 것이다. 겸손함은 그 자체만으로도 사람의 가치를 더 높여 준다. 하물며 거기에 공감능력까지 더해 주니 대인관계에 얼마나 좋겠는가?

6) 칭찬 : 다른 사람에게 인정받는 것만큼 행복한 것은 없다. 칭찬을 아끼지 않는다면 타인은 당신에게 호감을 느끼게 된다. 그런데 칭찬은 우리가 생각하는 것보다 더 강력하다. 때론 칭찬이 진심이 아니라는 것을 알면서도 칭찬하는 이를 좋아하니 말이다. 노스캘리포니아 주에서 실시한 실험에서 실험 참가자에게 뭔가 얻어낼 것이 있는 사람이 세 가지 종류의 말을 했다.[158] 첫 번째 실험 참가자들에게는 칭찬의 말만, 두 번째 집단에게는 부정적인 말만, 세 번째 집단에게는 칭찬의 말과 부정적인 말을 섞어서 했다. 이 실험에서 세 가지 흥미로운 결과가 나왔다. 첫째, 실험 참가자는 칭찬해 준 사람을 제일 좋아했다. 둘째, 칭찬해 준 사람이 뭔가 얻어 낼 것이 있어 아부한다는 사실을 알아도 실험 참가자들의 태도는 변화가 없었다. 셋째, 칭찬이나 부정의 말과 달리 칭찬의 말만 하는 경우에는 칭찬 내용이 꼭 사실일 필요가 없었다. 칭찬 앞에 사람이 얼마나 무력한지를 우리는 알 수 있는 대목이다. 칭찬

을 아끼지 말자.

7) 실수 : 심리학자 엘리엇 애런슨(Elliot Aronson)은 퀴즈대회에 참가
신청한 학생들에게 오디션 테이프를 들려주었다.[159] 하나는 그냥
퀴즈 문제를 푸는 테이프였다. 그리고 다른 하나는 퀴즈를 푸는
중에 유리잔이 깨지는 소리와 함께 참가자가 "아이고, 이런! 양복
에 커피를 쏟았네!"라고 말하는 내용이었다. 그런데 매우 흥미로
운 결과가 나왔다. 실수하지 않았던 때보다 실수했을 때 그 사람
에게 더 큰 호감이 생긴 것이다. 심리학자들은 이러한 현상을 '실
수 효과(pratfall effect)'라고 부른다. 상대방의 약점과 실수를 접할
때 우리는 그를 더 인간적으로 느끼게 되고 그에게 호감을 느낀
다. 결국, 그 사람의 명망이 올라가는 것이다. 그런데 실수 효과
는 아무에게나 적용되는 것이 아니었다. 학생들은 총 4개의 테이
프를 들었는데 하나는 실력이 평범한 사람이 문제를 풀었고 다른
하나는 전문가 수준의 사람이 문제를 풀었다. 그런데 실수 효과가
나타난 것은 전문가일 때였다. 평범한 사람에게는 오히려 역효과
가 났다. 이는 외모에서도 비슷한 효과가 난다. 평범한 사람이 수
염도 깎지 않고 옷도 어설프게 입고 슬리퍼를 신고 나오면 예의
가 없다고 생각하지만, 대학교수가 똑같이 하고 나오면 속된 말로
'뭔가 있어 보인다'고 표현한다. 그만큼 대인관계에 이어서 실력
이 주는 영향력이 대단하다는 것이다.

공감능력과 실력이 뒷받침되는 상태에서 나머지 대인관계 기술들을

제대로 연마하게 된다면 당신은 대인관계에서 '사기캐릭'이 되고도 남을 것이다. 물론 당신이 그런 사람이라면 우리는 당신과 함께하기를 주저하지 않을 테고 말이다.

가장 어려운 인간관계
하지만 가장 중요한 인간관계

나는 데일 카네기의 《인간관계론》의 예찬론자다. 우연히 한 외국인 친구가 선물로 준 책을 영어공부나 하려고 수십 번 낭독했다. 그러다가 내용의 참 의미를 깨닫고 나서는 책이 너덜너덜해질 정도로 틈만 나면 수시로 읽었다. 내 인생이 《인간관계론》의 내용을 깨닫고 난 전후로 구분될 정도로 이 책이 많은 영향을 주었다.

책에는 총 30개의 작은 소단원이 있다. 각 단원은 하나의 조언을 담고 있어서 쉽게 말하면 책에는 총 30개의 조언이 있는 것이다. 정말로 모든 조언 하나하나가 의미가 있다. 나와 그리고 내 추천으로 책을 제대로 읽은 사람들이 그 조언을 꾸준하게 실천해 얻은 혜택은 정말 헤아릴 수 없을 만큼 많다. 그중에서도 데일 카네기의 조언을 충실히 이행해서 최악의 상황을 최고의 추억으로 바꾼 이야기를 함께 나누고자 한다. 다음 이야기는 절판된 나의 졸저 《끄덕끄덕》에 실린 내용 일부분이다.

싱가포르에서 박사과정을 하고 있을 때, 태웅이라는 십년지기 친구가 회사 후배를 데리고 싱가포르로 놀러 왔다. 3박 4일 빡빡한 여정에서 마지막 날, 난 친구들을 유니버설 스튜디오로 데려가려고 했다. 사실 나도 처음 가 보는 곳이었다. 흥분된 마음으로 "Universal"이라는 글자가 적힌 큰 지구본에서 기념사진을 찍은 우리는 표를 구매하려고 매표소로 갔는데 분위기가 좀 이상했다. 일단 매표소들이 문을 다 닫았고 수십 명의 사람이 한군데 모여서 웅성거리고 있었다. 나쁜 예감은 늘 현실이 되듯, 사태를 파악하니 표는 이미 이틀 전에 매진되었다고 했다. 싱가포르는 법에 대해 어느 나라보다 엄격하다. 그래서 안전을 위해 법적 제한 인원이 넘으면 표를 팔지 않는다고 했다. 많은 사람이 직원에게 항의했고 나도 친구 태웅이가 유니버설 스튜디오에 못 들어갈지도 모른다는 마음에 조바심이 났다. 그래서 고민 끝에 데일 카네기의 가르침을 통한 협상을 시작했다.

사람들에 대한 비판, 비난, 불평을 삼가라. (Don't criticize, condemn or complain.)

모든 사람이 표를 사지 못해 담당 직원에게 화를 내고 있었다. 한국 사람도 꽤 많았다. 하지만 난 담당자 직원에게 조용히 다가가서 수고가 많다고 말하고, 많은 항의 때문에 스트레스받을 것 같은데 정말 힘들겠다고 위로를 했다. 모두가 불평할 때 나는 불평하지 않았다.

상대방을 비판하기 전에 자신의 잘못에 대해 먼저 얘기하라. (Talk about your own mistakes before criticizing the other person.)

그리고 나서 내가 표를 미리 구하지 못해서 친구들이 입장하지 못하게 됐다고 말했다. 이어서 첫 번째 약한 제안을 하나 슬며시 던졌다. 나는 안 들어가도 좋으니 내 친구들만 들여보내 달라고 한 것이다. 다시 한 번 강조하고 싶은 것은 다짜고짜 내 관심사부터 이야기하지 않고 예약을 하지 않은 것은 완벽한 내 잘못이라고 확실히 말했다.

당신의 생각을 극적으로 표현하라. (Dramatize your ideas)

하지만 직원은 처음처럼 완강하지는 않지만, 규칙을 말하면서 여전히 안 된다고 했다. 그래서 난 친구들을 군대 전우로 둔갑시켰다(같은 시기에 복무했으니 틀린 말도 아니다). 난 직원에게 싱가포르처럼 한국 사람도 군대에 가야 한다고 말했다. 이 친구들은 군에서 힘든 시간을 같이 견뎌낸 내 전우들이라고 말했다. 그리고 우리가 전역 후 다 같이 함께 한자리에 모인 것은 10년 만에 처음이라고 했다. 그리고 그에게 떨리는 목소리로 "I am sure you do have your own band of brothers(당신도 전우가 있겠죠!)." 감명 깊게 보았던 스필버그의 대작 밴드 오브 브라더스 (요즘 소위 말하는) '드립'을 쳤다. 그리고 만약 친구들이 나의 멍청함 때문에 한국에는 있지도 않은 세계 최고의 테마파크에 가지 못한다면 난 평생 후회할 것 같다고 울먹이며 말했다. 정말 나를 끝까지 깎아내려서 최대한 불쌍하게 보이게 했다. 그러자 갑자기 그가 안으로 들어가더니 다른 스태프들과 회의를 하고, 총책임자 같은 사람에게 이야기를 시작했다.

상대의 처지에서 사물을 보려고 진심으로 노력하라. (Try honestly to see

things from the other person's point of view.)

뭔가가 일어나고 있음을 느낀 나는 발을 동동 구르고 있는 한국분들에게 다가가서 "오늘 여기 못 들어간다고 합니다. 내일 표를 사셔야 할 것 같아요."라고 말해 주었다. 그랬더니 그 사람은 오늘 밤에 떠난다고 했다. 큰 사진기를 들고 있길래 사진 찍으시려면 주룽새 공원도 나쁘지 않다고 추천하니 시간에 쫓기던 대부분의 한국 사람들이 내 말을 듣고 주룽새 공원으로 갔다. 그리고 나서 직원이 다시 나오자, 나는 네가 난처한 상황에 빠진 것 같아서 내가 한국말로 상황을 잘 설명해 몇몇 사람들을 다른 곳으로 보냈다고 좋은 소식(Good news)을 말해 주었다. 그 직원은 조용히 우리에게 너희 상황만 아주 특별히 예외 상황으로 적용해 주겠다면서 따로 뒤로 불러 표를 계산하게 하고 우리를 안으로 들여보내 주었다. 또 덤으로 우리에게 식사 상품권까지 선물해 주었다. 아마 그 직원은 정말로 전우(Band of brothers)가 있었던 것 같다.

이 작은 에피소드는 많은 것을 말해 준다. 상황에 맞는 적절한 소통은 분위기를 반전시키는 힘을 가졌다. 역으로 적용하면 적절하지 못한 소통은 모든 것을 망칠 수도 있다. 많은 사람이 인간관계가 제일 어려운 것 중에 하나라고 말한다. 그럴 수밖에 없다. 인간관계를 문제로 정의하면 결국 문제의 중심에는 사람이 있다. 특히 사람의 마음은 무엇보다 복잡하고 또 시시각각 변한다. 그러기 때문에 당연히 인간관계는 가장 어려운 문제일 수밖에 없다. 하지만 수많은 사회과학 연구를 통해 인간의 보편적인 특성들이 점점 많이 밝혀지고 있다. 모두에게 100퍼센트 적용될 수는 없겠지만 꾸준하게 사람들의 심리와 성향에 대해, 공부하고 배운 것들을 꾸준히 실제로 응용해 본다면 조금씩 인간관계는 더 나아질 것이고 때로는 내가 겪었던 것처럼 위기를 기회로 바꾸는 최고의 경험도 할 수 있을 것이다.

참고로 데일 카네기의 《인간관계론》은 미국 온라인 아마존 서점에서 아직도 판매 최상위권에 올라 있다. 그 이유 중 하나는 예전에는 경험적으로 제시된 의견이었지만 많은 부분이 놀라울 정도로 사회과학 실험으로부터 나온 결론과 일치하기 때문이 아닐까 싶다.

대인관계의 신인류 : 이기적 이타주의자

신 박사에게 대인관계에 관한 최고의 책이 데일 카네기의 《인간관계론》이라면 나에게 있어 최고의 대인관계 책은 《기브앤테이크》다. 우리는 어렸을 때부터 착하고 남을 잘 도와주는 사람이 욕심 많고 다른 사람을 이용하는 사람들보다 행복하게 살 것이라는 이야기와 콘텐츠를 보고 자랐다. 하지만 성장하면서 우리가 어렸을 때 듣고 보았던 이야기는 그 속성 그대로 '허구'임을 느끼게 된다. 다른 사람을 아낌없이 도와주는 이타주의자들보다 자기가 챙길 수 있는 이득은 철저히 챙기면서 호의호식하는 이기주의자가 더 잘사는 것 같기 때문이다. 그래서 '다른 사람을 돕고 살아야지'라고 생각하더라도 '내 인생 챙기기도 바쁘다'라며 생각을 고쳐먹곤 한다.

하지만 〈메타인지〉장에서도 살펴보았지만, 우리의 인식과 생각은 오류가 많다. 우리가 그렇다고 생각하는 많은 것이 실제로는 그렇지 않은 경우가 많다는 것이다. 그중의 하나가 바로 대인관계에 있어 이기주의자와 이타주의자의 성공 스토리다.

31세라는 젊은 나이에 와튼 스쿨 최초로 최연소 종신교수에 임명된 애덤 그랜트는 10년 넘게 대인관계를 연구하며 놀라운 사실을 발견하였고 그 연구 결과를 책으로 냈는데, 그 책이 바로 《기브앤테이크》다. 이 책은 단숨에 베스트셀러에 올랐고 그 덕에 애덤 그랜트는 미국에서 가장 기대되는 작가 1위로 선정된다. 애덤 그랜트는 사람을 3가지 유형으로 분류한다.[160]

첫째, 테이커(Taker)다. 테이커는 자신이 준 것보다 더 많이 받기를 바라는 사람이다. 그래서 이들은 자신이 노력한 것보다 더 큰 이익이 돌아올 경우에만 전략적으로 다른 사람을 돕는다. 둘째, 매처(Matcher)다. 대부분 사람이 이에 속하는데, 이들은 손해와 이익의 균형을 이루려고 하는 사람이다. 이들은 공평함을 원칙으로 삼으며 남을 도울 때 상부상조 원리를 내세워 자기 이익을 보호한다. 그야말로 받은 만큼 되돌려 주는 부류이다. 셋째, 흔하지 않은 부류로 기버(Giver)가 있다. 기버는 받은 것보다 더 많이 주기를 좋아하며, 타인의 관점에서 자신이 상대방에게 무엇을 줄 수 있는지를 살피는 사람이다. 시간·노력·지식·기술·아이디어·인간관계를 총동원하여 누군가를 돕고자 애쓰는 사람이 주변에 있다면 그 사람이 곧 기버다.

그렇다면 이들 중에 누가 가장 사회에서 성공할 확률이 높을까? 그리고 반대로 누가 가장 실패할 확률이 높을까? 흥미롭게도 그 둘 다 '기버'였다. 기버는 성공의 사다리 바닥에 존재할 뿐만 아니라 성공의 사다리 최상층에도 군림한다.

벨기에 의대생에 대한 연구를 보자. 의대생 기버들의 성적을 보면 좀 독특한 패턴이 보인다. 1학년 때는 성적이 별로 좋지 않다가 2학년부터 탄력을 받기 시작하더니 해를 거듭할수록 좋아진다. 그리고 7년 차 의사가 되면 기버는 테이커와 매처를 누르게 되는데 기버 지수와 성적의 상관관계는 '흡연과 폐암', '음주와 공격적인 행동' 간의 상관관계보다도 더 클 정도라고 한다.

왜 의대생 기버들은 성적이 처음에는 좋지 않지만, 시간이 갈수록 상승하는 것일까? 의사는 홀로 도서관에 처박혀 책만 본다고 될 수 없다. 학년이 높아질수록 개별 수업에서 팀별 발표, 회진, 인턴십, 환자 진료 등의 과정으로 바뀌는데 이것은 결국 팀워크와 서비스 정신을 필요로 한다. 그 과정에서 누가 동료들의 도움을 얻고 환자에게 사랑받으며 선배나 교수에게 신임을 얻게 될까? 바로 기버다.

기버의 성공 비결은 바로 거기에 있다. 어떤 일을 하든 현대 사회에서는 홀로 성공을 거둘 확률이 줄어든다. 어떤 조직이든 팀으로 일하고 사업을 하기 위해서는 믿을 수 있는 투자자와 파트너가 필요하다. 게다가 지금은 소셜 혁명 중이다. 누군가에게 도움을 주면 그 도움의 피드백 속도가 점점 빨라진다. 즉, 이런 환경 속에 있기 때문에 잠깐 보면 손해만 보는 것 같은 기버들이 마지막에는 성공 사다리의 꼭대기에 당당히 서 있는 것이다.

물론 테이커와 매처도 성공을 한다. 하지만 기버의 성공은 이들의 성공과는 좀 다르다. 기버의 성공은 요란하다. 흡사 폭포가 쏟아져 물이 사방으로 무차별적으로 퍼지듯이 성공한다. 이들이 베풀었던 공로가 한 번 되돌아오기 시작하면 시너지가 나면서 폭발적으로 성공의 길이 열리며, 무엇보다 그 성공은 기버 자신뿐만 아니라 주변에 있는 모든 사람에게 급격히 전파된다. 모두를 이롭게 하는 것이다.

특히 기버, 테이커, 매처는 인맥을 쌓는 방식이 다르다. 이 세 부류 중에 누가 가장 인맥 쌓기에 적극적일까? 바로 테이커와 기버다. 매처는 받는 만큼 준다는 원칙 있기 때문에 인맥의 범위가 좁다. 하지만 테이커는 누군가에게 무언가를 얻으려 하고 기버는 누군가에게 무언가를 주고자 하는 욕구가 있기 때문에 이들의 시선은 항상 다른 사람에게 쏠려 있다. 당연히 사람들은 기버는 좋아하고 테이커는 싫어하게 될 것인데 실상은 그렇게 간단하지가 않다.

테이커의 특징 중 하나는 자기에게 무언가를 줄 수 있는 대상, 즉 힘 있는 동료나 윗사람에게 좋은 인상을 남기기 위해 최선을 다한다. 자신의 이득을 얻고자 하는 목표를 이루기 위해 최선을 다하기 때문에 때론 기버처럼 보이기까지 하다. 하지만 테이커는 자신의 목적을 이루게 되면 돌변한다. 특히 회사에서 승진하거나 권력을 쥐게 되면 도움이 되지 않는 동료나 아랫사람은 냉정하게 내치거나 짓밟는다. 하지만 이러한 행위는 영원히 지속할 수 없다. 왜냐하면, 대다수 사람은 매처기 때문이다.

매처는 공정성을 매우 중요시하며 좋은 것이든 나쁜 것이든 받은 만큼 되돌려 주려는 속성이 있다. 특히 이들은 테이커를 험담하고 테이커의 부적절한 정보를 공유함으로써 복수를 시작한다. 테이커의 명망을 떨어뜨리는 것이다. 혹은 매처가 테이커보다 권력이 더 있으면 힘으로 제압할 수도 있다.

그렇다면 테이커를 미리 알아보는 방법이 있을까? 예전에는 힘들었지만, 지금은 테이커를 초창기에 알아보는 길이 열렸다. 블로그나 SNS를 보면 자기중심적이고 자만심을 드러내며 허세와 거만함으로 점철된 사람들을 볼 수 있다. 그들은 테이커일 확률이 높다. 실제로 미국에서는 직원을 채용할 때 SNS의 빅데이터를 활용해 지원자의 근면성, 성격, 지적 능력, 대인관계 등을 파악한다고 한다. 테이커는 처음부터 피하는 것이 상책이다.

또한 기버와 테이커의 인맥의 차이점은 소원한 관계에서 그대로 드러난다. 누군가 당신에게 오랜만에 전화를 해서 무언가를 부탁한다고 하자. 만약 그 사람이 평소에 테이커처럼 행동했다면 당신은 도와줄 마음이 생기겠는가? 아마 속으로 욕이 나올 수도 있을 것이다. 하지만 기버가 도움을 요청했다면? 어떻게든 도와주고 싶은 마음이 들 확률이 높다.

신뢰는 재테크와 같다. 기버는 평소에 계속해서 신뢰를 저축하지만 테이커는 신뢰의 마이너스 통장을 개설했기 때문에 나중에 기버는 꺼낼 쓸 신뢰가 많지만, 테이커는 전혀 없고 오히려 이자를 더 내야 할 상황이 될 수 있다. 기버의 인맥관리를 잠깐 보면 손해 볼 것 같지만, 장기적 관점에서 보면 테이커와 비교할 수 없을 만큼의 이득이 있는 것이다.

하지만 처음에 언급했던 것처럼 기버라고 다 성공하는 것이 아니다. 성공의 사다리 밑바닥에도 기버가 있다. 그렇다면 어떤 기버가 실패할까? 실패한 기버들의 공통된 특징은 다른 사람들을 극단적으로 도와주거나 희생만 함으로써 진이 빠지고 지친다는 점이다. 다시 말해 이기심을 너무 죄악시하고 자기 자신을 잘 챙기지 못한다는 것이다.

두 명의 심리학자는 캐나다에서 가장 권위 있는 봉사상인 '캐나다 봉사상'을 수상한 성공적인 기버들의 동기가 과연 무엇이었는지 알아보기 위해 매우 심도 있는 인터뷰를 했다. 특히 이들에게 자신의 이익과 타인의 이익이라는 두 가지 핵심적 동기가 얼마나 강하게 나타났는지를 살펴보았다.

역시 성공적인 기버들에게 타인의 이익은 매우 큰 동기부여였다. 이들은 봉사와 기부에 대한 말을 비교 집단보다 3배 이상 자주 했으며, 자기 인생의 목표와 타인의 이익을 연결하는 말도 비교 집단보다 2배나 많이 했다. 하지만 매우 놀라운 사실은 성공적인 기버들은 자신의 이익에도 상당한 동기부여를 받았다는 것이다. 권력이나 성취와 관련된 목표가 비교 집단보다 2배 가까이 높았으며, 인생목표 목록을 만들 때에도 명성을 얻고 개인적인 성취를 이루는 것과 관련된 내용이 비교 집단보다 20퍼센트나 더 많았다. 즉, 성공적인 기버들은 엄청난 야심가였다.

우리는 이기심과 이타심을 상호 배타적인 관계인 자석의 양극단처럼 생각하는 경향이 강하다. 하지만 많은 연구를 통해 밝혀진 사실은 이기심과 이타심은 매우 독립적이기 때문에 우리는 이 둘을 모두 가질 수 있다는 것이다. 성공한 기버들은 강한 동기부여 요소인 이타심과 이기심을 자신 안에 적절히 융합시켜 일을 추진해 나간다. 특히 이들은 자신의 베푸는 행동이 어떠한 사회적 영향력을 발휘하는지에 대해 잘 안다. 자신의 희생이 큰 영향력을 발휘한다는 것을 확인하는 것은 최고의 보상이 되기 때문이다.

애덤 그랜트는 이런 인물들을 '이기적 이타주의자'라고 한다. 그런데 나는 더 중요한 사실을 지금부터 말하려 한다. 기버, 테이커, 매처는 태어날 때부터 정해지지 않았으며 상황에 따라 달라질 수 있다. 누구든 자신의 선택으로 이기적 이타주의자가 될 뿐만 아니라 자신의 상황에 따라 여건에 따라 기버가 되었다가 매처도 되었다가 때로는 테이커가 되기도 한다.

좋은 일이 계속될 때는 기버처럼 행동하기 쉽다. 하지만 안 좋은 일이 겹겹이 꼬여 있다면? 자신의 문제에 파묻혀 있기 때문에 기버처럼 행동하기가 좀처럼 쉽지 않다. 그래서 잊지 않았으면 좋겠다. 내가 지금 테이커나 매처인 모습이 있다 하더라도 자신의 선택으로 언제든 기버로 바뀔 수 있다. 또한, 다른 사람의 한두 가지 행동으로 그 사람을 단정 짓지 말자.

미국의 유명 벤처 투자자 랜디 코미사르(Randy Komisar)는 이런 말을 했다.

"모두가 당신의 승리를 원할 경우 승리는 더 쉬워진다."

이 책을 읽은 당신, 이기적 이타주의자로 멋지게 성장하기를!

Chapter 9

몸

몸은 공부의 길을 안다

몸은 길을 안다.
: 최인훈 :

나사는 왜 실패했을까?

1998년 12월 미국항공우주국(NASA)은 화성 기후 탐사 궤도 우주선을 우주로 날려 보냈다.[161] 전기자동차 테슬라의 CEO 엘론 머스크가 인류가 화성에서 거주할 수 있는 도시를 현세대에 만들겠다고 당찬 포부를 밝혔지만, 그 꿈을 이루려면 NASA의 도움이 꼭 필요하다. 화성에 대한 실질적인 정보를 가장 많이 얻는 존재는 NASA일 것이니 말이다. 1998년 NASA가 화성을 향해 쏘아 올린 우주선이 바로 화성의 궤도를 안정적으로 돌면서 화성탐사에 필요한 소중한 자료를 전송할 예정이었다. 이 우주선은 1억 2,500만 달러라는 예산이 들어간 미국 항공 산업 기술의 정점이었다.

우주선이 화성 궤도에 진입하는 일은 말처럼 그리 간단한 것이 아니다. 우주선이 행성에 진입할 때는 행성의 인력에 영향을 받는데, 만약 우주선이 너무 늦게 진입하면 인력을 감당하지 못해 추락하고 너무 빨리 진입하면 약한 인력에 이상한 방향으로 날아가 버린다. 궤도 진입에는 적절한 속도가 절대적이며 그 속도는 매우 복잡하고 정밀한 계산 끝에 나온다.

우주선이 날아간 지 9개월이 지나 우주선은 화성 궤도 진입을 시작했다. 궤도 진입은 화성 뒤쪽에서 하게 설계되었기 때문에 우주선과의 통신이 몇 분 동안 끊길 수밖에 없었다. 그런데 그 몇 분이 지났음에도 우주선은 아무런 신호를 보내지 않았다. 뭔가 일이 잘못된 것이다. 결국, 우주선은 추락했다.

왜 이런 일이 발생했을까? 궤도에 적절한 속도로 진입하기 위해서는 역추진 엔진을 가동해야 한다. NASA의 정밀조사 끝에 바로 이 역추진 엔진에 문제가 있었다는 것을 알게 되었다. 역추진 엔진이 너무 강력하게 돌았던 것이다.

NASA의 우주선들은 여러 나라의 하청업체들이 제작한 부품을 조립해서 완성한다. 그러다 보니 나라마다 측정법에서 차이가 있었다. 역추진 엔진을 만든 회사는 영국식 측정법을 썼고 중앙처리장치를 제작한 회사는 미터법 단위로 정보를 입력했다. 그 사이에 혼선이 빚어진 것이다. 결국, 단순한 계산 착오로 엄청난 예산과 노력이 물거품이 되어 버렸다.

그런데 더 큰 문제가 있었다. NASA는 이것에 대해 몰랐던 것이 아니었다. 더 중요한 문제를 해결한답시고 이 오류 해결을 뒤로 미뤄 버렸고 잊어버렸다. 게다가 꼭 해야 하는 역추진 엔진과 프로세서의 조응 시뮬레이션 또한 생략해 버렸다. 만약 계산 착오를 잊었다고 해도 시뮬레이션만 했다면 문제를 다시 확인할 수 있었을 것이다.

이처럼 중요한 일에 왜 이런 어처구니없는 일이 발생한 것일까? 사실 이 일을 추진하는 모든 팀이 시간에 쫓기고 있었다. 일정을 너무 **빡빡하게** 잡아 놓은 탓에 세세한 주의를 기울이지 못했다. 또한, 이 일의 특성상 마감시한을 넘길 수도 없었다. 왜냐하면, 화성 진입은 천체 궤도의 상황에 맞물려서 진행되기 때문에 한번 계획이 되면 그대로 추진해야 했다. 인간이 우주의 흐름을 조절할 수는 없지 않은가?

모든 팀은 절박한 일정에 누구도 제대로 못 쉬며 문제를 곰곰이 생각할 여유조차 없었다. NASA의 팀에는 휴식이 필요했고 사색할 수 있는 여유가 필요했다. 쉼표 없이 달려간 결과는 억울할 정도로 참담했다.

휴식은 문제 해결의 열쇠

무언가 열심히 온 힘을 다해 노력하는 것은 좋다. 하지만 우리는 노력만이 능사가 아님을 배웠다. 제대로 된 방법으로 노력해야 한다. 그런데 그 방법이 무언가를 하는 것만 말하는 것은 아니다. 때로는 아무것도 안 해야 할 때가 있다. 열심히 공부와 일에 몰두했다면 한가로운 시간을 갖고 쉬어야 한다. 이 또한 중요한 학습 전략이다. 또한, 휴식은 피로를 풀고 힘을 회복하는 데만 도움이 되는 것은 아니다. 휴식에 들어가면 뇌는 우리가 무언가 집중할 때 하지 못했던 것을 해내기 시작한다. 무의식이 힘을 발휘하는 것이다.

네덜란드 연구진은 실험 참가자들에게 자동차를 구매한다고 생각해 보라고 했다.[162] 선택 가능한 자동차는 네 종류였고 참가자들에게 각 자동차의 특징이 적힌 목록을 보여 주었다. 그런데 네 개 중 한 종류의 차는 나머지보다 월등하게 긍정적인 특징을 가진 차였다. 실험 참가자들이 바로 이 차를 골라야 한다.

연구진은 참가자들을 두 그룹으로 먼저 나누었다. 한 그룹은 각 자동차당 4가지 정보가 담긴 목록을 보았고 다른 그룹은 각 자동차당 12가지 정보가 담긴 목록을 보았다. 4가지 정보 그룹은 총 16가지의 정보만 보면 되지만 12가지 정보 그룹은 총 48가지의 정보를 보고 구매를 판단해야 해서 매우 복잡한 상황이었다.

각 그룹은 또 두 집단으로 나뉘었다. 한 집단은 정보를 본 후 4분 동안 정보 검토하고 어떤 자동차를 선택할 것인지 신중하게 생각했다. 이는 의식적인 생각 조건이었다. 다른 집단은 4분 동안 단어 맞추기 게임을 하게 했다. 이는 무의식적인 생각 조건이었다.

연구 결과는 무척이나 흥미로웠다. 4가지 정보를 본 그룹에서는 의식적으로 생각한 그룹이 최선의 결과를 냈지만 12가지 정보를 본 그룹에서는 4분 동안 게임을 하고 놀았던 그룹이 의식적 그룹보다 좋은 선택을 할 확률이 3배나 높았다.

우리에게는 감당할 수 있는 정보의 양이 한정되었다. 이때 의식적인 생각을 하면 매우 복잡한 사항에서도 생각을 단순화하려는 욕구가 생긴다. 큰 그림을 보지 못하고 사소한 특징에 매몰되는 경우가 생기는 것이다. 하지만 무의식은 의식보다 처리할 수 있는 정보의 양이 압도적으로 많다. 의식적인 생각보다 정교하다고 할 수는 없기에 정보가 적을 때에는 힘을 발휘하지 못하지만, 정보가 너무 많은 복잡한 사항일 경우에는 의식이 제대로 하지 못한 일을 무의식이 더 훌륭하게 해내는 것이다.

더 나아가 무의식은 선형적 사고에서 벗어날 가능성이 크기 때문에 창의적 사고를 가능케 해 준다. 괜히 아인슈타인이 생각이 막힐 때마다 바이올린을 연주하고 우디 앨런이 기발한 아이디어를 내려고 하루에도 몇 번씩 샤워하는 게 아니다. 푸앵카레는 산책 중에 푸크스함수와 비유클리드 기하학의 연관성에 대해 알아냈으며 유레카는 아르키메데스가 욕조에서 외쳤다!

결론적으로 풀리지 않는 복잡한 문제를 해결해야 하거나 고민스러운 의사결정을 해야 할 때, 그리고 아이디어의 샘이 메말랐을 때 무의식이 힘을 발휘하도록 우리는 휴식과 여유로운 시간을 가질 필요가 있다.

최고의 공부 전략, 운동

"운동할 시간이 어디 있어? 공부해야지!"

혹시 이렇게 생각하는 독자가 있다면 지금부터 하는 이야기를 유심히 보길 원한다. 만약 당신이 수험생인데 부모님이 이런 말씀을 자주 하면 책의 이 부분을 꼭 보여 주시라. 운동은 몸만 튼튼하게 하는 게 아니다. 뇌도 튼튼하게 만든다. 운동은 공부 효율을 올려 주는 매우 훌륭한 조력자다.

1995년 캘리포니아대 칼 코트만 교수는 우리가 운동할 때 신경세포에서 생산되는 단백질인 뇌유래신경영양인자(BDNF)가 증가한다는 것을 발견했다.[163] 이때까지만 해도 BDNF에 관해 정확하게 규명하지 못했다. 하지만 이후 뇌과학의 발달과 함께 BDNF가 갖춘 엄청난 능력을 발견했다. BDNF는 뇌의 시냅스 근처에 있는 저장소에 모여 있다가 혈액이 펌프질할 때 분비되는 단백질로서 새로운 신경세포를 생성하고 기존 신경세포를 보호하며 시냅스의 연결을 촉진하는 그야말로 뇌의 가소성에 핵심적인 역할을 한다. 다시 말해 BDNF는 우리의 학습과 기억의 가장 중요한 토대를 마련해 주는 것이다. 그런데 BDNF가 언제 생성된다? 바로 운동할 때다.

또한, 운동할 때 생겨나는 신경세포들은 다른 신경세포들을 자극함으로써 장기상승작용(LTP)이라는 현상이 잘되도록 돕는다. 장기상승작용은 학습과 기억의 토대를 형성하는 주요 세포메커니즘 가운데 하나로 널리 여겨지고 있다. 또한, 기억과 학습을 관장하는 해마가 운동으로 더욱 건강하고 더 젊은 상태로 회복된다는 사실도 밝혀졌다.

이외에도 운동하면 신경화학물질인 세로토닌, 도파민, 노르에피네프린의 생성을 증가시키는데 이 신경화학물질들은 집중력, 뇌의 각성 상태, 기분 전환을 통한 학습의 긍정적 태도 증가, 인내심과 자제력 등을 높이는 역할을 한다.

결론적으로 운동은 우리의 뇌가 공부를 잘할 수 있도록 최상의 조건을 제공하는 것이다.

그렇다면 과연 운동이 공부에 얼마나 긍정적인 영향을 미치는지 실제 사례를 살펴보자.

1999년 일리노이 네이퍼빌공립학교는 학생들에게 정기적으로 에어로빅을 하게 했다. 운동 과정이 도입된 이후 학생들은 국제수학과학연구동향(TIMSS)의 성적이 엄청나게 향상되었다. 미국은 보통 TIMSS에서 10위 전후의 성적을 내는데 네이퍼빌 8학년 학생들은 과학 과목에서 세계 1위를 차지했으며 수학도 세계 6위를 차지했을 정도다. 게다가 에어로빅 활동 도입 이후 학생들의 정학률도 약 60퍼센트 가량 하락하면서 전반적인 학습 태도가 향상되었다.

2005년에 시행된 한 연구에서는 러닝머신에서 30분만 달려도 창의적 성과가 개선되고 그 효과가 무려 2시간 동안이나 지속한다는 것이 밝혀졌다.[164]

2007년에 실시한 연구에서는 전력 질주를 3분만 했음에도 불구하고 BDNF 분비가 상승해 기억력이 20퍼센트나 좋아졌다는 결과가 나왔다. 같은 해의 또 다른 연구에 따르면 매일 35분간 에어로빅을 하는 것만으로도 성인의 두뇌 상태와 인지능력이 향상된다고 한다.

2009년 캐나다의 시티파크고등학교는 학습 장애를 위한 대안학교로서 절반 이상의 학생들이 ADHD를 가지고 있었다. 그런데 수업을 듣기 전 20분 정도 러닝머신과 자전거에서 운동한 뒤 5개월이 지나자 거의 모든 학생의 독해력, 작문, 수학 점수 등이 상승했다.[165]

운동과 학습에 관한 최고의 권위자로 여겨지는 존 레이티는 이렇게 종합한다.

"신체는 밀어붙이도록 만들어졌다. 우리는 신체를 밀어붙이면서 뇌도 함께 밀어붙인다. 학습과 기억력은 우리 조상들이 식량을 찾게 해주었던 운동 기능과 함께 진화했다. 따라서 뇌에 관한 한, 몸을 움직이지 않으면 무언가를 배울 필요도 없다고 할 수 있다."[166]

그렇다면 어떤 운동이 공부에 최고의 효율을 가져올까?

2016년 핀란드 지바스키야대학 연구팀은 학습과 찰떡궁합인 운동이 어떠한 운동인지에 대한 힌트를 쥐를 통해 우리에게 알려 줬다.[167] 실험팀은 쥐를 세 집단으로 나누었다. 한 집단은 아무것도 하지 않았고 다른 한 집단은 쳇바퀴를 계속 돌게 하는 유산소 운동을 시켰고 마지막 집단은 근력 강화 운동 같은 격렬한 운동을 시켰다. 7주 훈련한 뒤 쥐의 뇌를 살펴보았는데 세 집단의 뇌 상태가 모두 달랐다. 아무것도 하지 않은 쥐들은 역시 뇌에 아무런 변화도 없었다. 하지만 7주 동안 달리기를 한 쥐들은 새로 생겨난 신경세포가 가득했다. 특히 더 먼 거리를 달린 쥐일수록 더 많은 새로운 신경세포가 뇌를 장악했다. 격렬한 운동을 한 그룹의 쥐 또한 신경세포가 새롭게 생겼으나 달리기를 한 쥐보다는 많지 않았다.

쥐를 대상으로 한 실험이기에 인간에게 바로 적용할 수는 없지만, 이 실험을 통해 우리는 학습에 최적화된 운동은 유산소 운동임을 추론해 볼 수 있다. 그리고 이는 타당한 추론으로 보인다. 인지심리학자 아서 크래머가 노인들을 대상으로 한 연구에서도 뇌 건강에 가장 큰 호전을 가져다주었던 운동은 근력 강화운동이 아니라 유산소 운동이었다.[168] 그리고 앞서 소개한 여러 연구 성과에서도 대부분 사람이 유산소 운동을 했음을 알 수 있다.

꾸준히 걷기와 달리기는 학습에 도움을 주는 것은 거의 확실해 보인다.

그렇다면 언제, 얼마나 운동을 해야 할까? 걷거나 달리기를 하면서 무언가를 들으며 공부를 할 수 있다. 시간이 부족하다면 그렇게 활용할 수도 있다. 하지만 공부와 관련해 운동의 최적 시기는 공부를 하기

전이다. 왜냐하면, 운동 중에는 인지능력의 최상위 역할을 하는 전전두엽에 혈류량이 많지 않아 집중도 있는 공부가 잘 안 된다. 하지만 운동을 끝내면 그 즉시 전전두엽에 혈류량이 많아지면서 학습을 위한 최상의 상태에 돌입하게 된다. 존 레이터는 일주일에 4~5회, 30분씩 운동을 하는 것이 가장 좋다고 조언한다.

운동이야말로 최고의 공부 전략임을 잊지 말자.

수면도 최고의 공부 전략

미국 오하이오 주의 허드슨고등학교는 7시 30분이었던 등교 시간을 8시로 30분 늦췄다.[169] 오전에 좀 더 잘 수 있는 시간을 학생들에게 준 것이다. 그 시기 아침에 30분을 더 잘 수 있다는 것이 얼마나 '꿀' 같은지는 모두 잘 알 것이다. 그런데 학교가 등교 시간을 늦춘 것은 단순히 꿀잠을 위한 것이 아니었다. 허드슨고등학교는 2012년 등교 시간을 늦춘 뒤에 학생들의 전반적인 학업 성취도가 상승되어 오하이오 주에서 2등까지 수직으로 상승했다. 충분한 수면이 학업 성취도를 향상시킨 것이다.

그런데 등교 시간을 늦춰서 학생들의 학업 성취도를 올린 경우는 허드슨고등학교에만 국한되지 않는다. 미네소타대학의 연구로는 미국 8개 고등학교 학생 9천 명을 대상으로 등교를 8시 30분으로 늦추자 평균 성적이 100점 만점에 6점이나 높아진 것으로 나타났다. 그런데 이 같은 연구 결과는 미국뿐만 아니라 브라질, 이탈리아, 이스라엘 등에서도 비슷하게 나왔으며 공군사관학교 1학년 생도들을 대상으로 한 연

구에서도 마찬가지였다.[170]

혹자는 그럼 좀 더 일찍 자면 되지 않으냐고 반문할지 모르겠다. 하지만 그것은 청소년의 뇌 속을 몰라서 하는 말이다. 사춘기에 들어선 청소년들은 급격한 신체 변화가 오는데 특히 뇌 속 수면 호르몬인 멜라토닌이 성인보다 늦게 분비된다. 이러한 현상은 15세부터 시작하여 20세에 정점을 찍고 다시 서서히 내려온다. 정점을 찍을 때는 성인보다 1.5~2시간 정도 늦게 멜라토닌이 분비된다. 이때가 밤 10시 즈음이다. 그렇다면 청소년들은 밤 11시는 돼야 잠이 온다는 것이다. 특정 시기의 호르몬 변화로 일찍 잘 수가 없다. 물론 개인차가 전혀 없다고는 볼 수 없지만, 청소년 대부분은 늦게 자고 늦게 일어나는 것이 가장 몸의 생리와 맞는 것이다.

미국의 심리치료사 스테이시 시메라는 이렇게 말한다.[171]

"청소년은 어린아이나 성인보다 한 시간 반 정도 멜라토닌이 늦게 분비하며 이것이 10대들이 밤 11시가 돼서야 잠자리에 드는 이유입니다. 하지만 등교가 아침 7시에 시작되면 새벽 5~6시에 일어나야 합니다. 새벽 6시에 일어나는 학생은 65세 어른이 매일 강제적으로 새벽 1시 반에 일어나는 것과 같다고 보면 됩니다."

수면 부족은 아이큐도 떨어뜨린다. 한 연구에서 한 그룹은 정상적으로 잠을 자게 했고 다른 한 그룹은 밤을 꼬박 새우게 했다.[172] 그리고 아침에 이 두 집단에 아이큐 테스트를 했더니 하루를 꼬박 새울 때는 그렇지 않은 것보다 아이큐 점수가 13~14점 정도 하락하는 것으로 나왔다. 아이큐는 보통 최우수(130이상), 우수(120~129), 평균상(110~119), 평균(90~109), 평균하(80~89), 경계선(70~79), 정신지체(69)로 나뉘는데

13~14점이면 평균을 우수로 올리거나 경계선까지 내려갈 수 있는 상당한 수치다. 밤잠 자지 않고 아침에 학습하는 것만큼 비효율적인 일이 없다는 것이다.

독일에서도 비슷한 실험이 있었다. 밤에 자지 못한 사람과 정상적으로 잔 사람에게 여러 가지 수학 문제를 풀게 했더니 잠을 자지 못한 사람들은 잠을 잔 사람보다 2배나 문제를 제대로 풀지 못했다.[173] 직장에서도 마찬가지다. 수면이 부족한 직장인은 동기부여가 적게 되고 실수를 더 자주 저지르며 일에 집중을 못 한다는 사실을 여러 논문이 밝혀왔다.[174] 한마디로 생산성이 떨어지는 것이다.

아마도 여러분 중에는 잠을 잘 자지 않고 '벼락치기'로 시험공부 한 경험이 있는 이가 있을 것이다. 그리고 그렇게 공부했던 내용은 시험을 치르고 시간이 지나면 거의 기억나지 않는다는 것도 말이다. 그 이유가 있다.

최근 과학자들은 기억과 관련하여 CREB 활성제와 CREB 억제제라는 기억과 관련된 두 개의 유전자를 발견했다.[175] CREB 활성제는 신경세포 사이의 새로운 연결을 촉진하는 유전자고 CREB 억제제는 새로운 기억이 형성되는 것을 억제하는 유전자다. 실제 뉴욕 콜드스프링하버 연구소에서 실시한 연구로는 과실파리에게 특정 행동을 유발하려면 보통 10회 정도의 학습이 필요하다고 한다. 그런데 CREB 억제제를 투입하면 10회 훈련을 하더라도 특정 행동을 하나도 기억하지 못했다. 반대로 CREB 활성제를 투입하면 단 한 번의 훈련으로도 특정 행동을 기억한다고 한다. 쥐를 통한 실험에서도 같은 결과가 나왔다.

그런데 CREB 활성제의 경우 하루에 정해진 양이 있다. 만약 벼락치기를 하면 CREB 활성제가 빠르게 소진되는데 문제는 CREB 활성제가 재생되려면 휴식, 특히 잠을 푹 자야만 한다. 만약 잠을 줄여 가면서 벼락치기 공부를 할 경우 당장 다음 날 시험 볼 때 단기기억의 힘으로 나쁘지 않은 성적을 얻겠지만, 장기기억으로는 거의 가지 않아서 제대로 된 공부가 될 수 없다. CREB 활성제의 재생을 위해서라도 양질의 수면은 꼭 필요하다.

또한, 잠을 잘 때 뇌도 재충전하고 휴식을 취하지만 그 휴식은 아무 것도 안 하는 것을 뜻하지 않는다.[176] 잠을 자는 동안 뇌는 새로운 기억을 기존 기억과 통합하고 통합된 기억을 다시 분석한다. 당신이 오늘 공부한 내용이 기존의 기억 속에 있는 장기기억들과 멋지게 춤을 추게 하려면 잠을 제대로 자야 한다는 말이다. 실제로 하버드대학교 스틱골드 박사팀의 연구로는 양질의 수면은 기억력을 15퍼센트 이상 개선해 준다고 한다.

이렇게 수면은 공부와 매우 밀접한 관계에 있음에도 불구하고 우리나라 청소년과 성인들 모두 잠이 부족하다. 조사로는 우리나라 초등학생들은 평균 8시간 19분, 중학생은 7시간 35분, 고등학생은 6시간 27분을 자는데 이 모두 미국수면재단(NSF)이 권장한 수면 시간에 미달이다.[177] 미국수면재단은 초등학생 9~12시간, 중고생 8~10시간 정도는 자야 한다고 권고한다.

성인도 마찬가지다. 아시아태평양지역 15개국의 성인들의 수면시간을 조사한 결과 우리나라 성인의 수면시간은 6.3시간으로 15개국 중에 꼴찌를 기록했다.[178] 미국수면재단의 성인 권장 수면시간은 7~9시간이다.

결국, 우리나라의 학습자는 모두 수면이 부족한 상태에 있다. 초중고 학생들은 공부하느라 잠이 부족할 것이고 직장인은 세계 최고 수준의 노동시간이 수면부족에 한몫한다. 이런 구조적인 문제가 없는 것은 아니지만, 공부도 일도 효율적으로 하려면 충분한 수면이 필요하다.

오늘 하루 공부를 열심히 했다면 잠을 충분히 자는 것을 두려워하지 말자. 잠을 제대로 자는 것도 중요한 공부 전략이다.

낮잠, 커피 그리고 설탕

밤잠 늘리는 것은 사정상 힘들다고 한다면 어떤 일이 있어도 잠깐의 낮잠 자는 시간을 확보하라. 일부 연구에서는 낮잠 이후의 학습이 밤에 푹 자고 공부를 하는 것만큼이나 효과가 강력하다고 한다. 심지어 수면 연구가 사라 메드닉은 낮잠의 효용을 다음과 같이 15가지나 열거하고 있다.[179]

생산성 증가, 기민성 증가, 운동 반사 빨라짐, 정확성 증가, 인지능력 강화, 체력 강화, 의사결정 개선, 기분 전환, 창의성 강화, 기억력 강화, 스트레스 감소, 약물과 알코올 의존 감소, 편두통과 위염 빈도 감소, 체중 감소 촉진, 심장 질환·당뇨·암 위험 최소화.

거의 만병통치약 수준이라 완전히 믿을 수는 없지만, 낮잠이 피곤을 몰아낸다는 사실은 확실하다. 피곤하면 집중력이 떨어질 뿐만 아니라 장기기억 형성 능력도 현저하게 떨어진다. 당연히 낮잠을 통한 피곤

제거는 학습에 효율적일 수밖에 없다. 독자 대부분도 낮잠의 상쾌함을 많이 느껴 봤을 것이다.

낮잠은 아침에 일어난 후 7~8시간 후가 적당하며 30분을 넘기지 않는 것이 좋다. 7~8시간 후에 자는 이유는 그 정도 몸이 깨어 있을 때 피로가 누적되어 나른함을 느끼기 때문이다. 보통 점심 먹고 한두 시간 뒤 이런 현상이 나타나서 '식곤증'이라고 여기는 사람들이 있는데, 오후에 몰려오는 피곤함은 식사 때문이 아니라 오래 깨어 있어서 생기는 현상이다. 대부분 아침밥을 먹고는 식곤증을 잘 느끼지 않는 이유도 그것이다. 또한, 잠을 너무 깊게 들면 깨어나도 정신이 몽롱한 기간이 길어지며 밤잠에 좋지 않은 영향을 미치게 된다. 20분 전후로 자는 것이 가장 좋다.

최근 들어 미국의 일부 기업들은 이런 낮잠의 효용을 인식해 직원들에게 편의를 제공해 주고 있다. 허핑턴포스트, P&G, 시스코 등은 사무실에 미래지향형 캡슐 모양인 아주 비싼 낮잠용 침대 에너지팟(Energy Pods)을 설치했다. 캡슐에 몸을 맡기면 잔잔한 음악이 흐르고 20분이 지나면 알람이 울려 사람을 깨워준다. 에너지팟을 만든 회사는 20분이 중요한 이유를 정확히 알고 있는 듯하다.

피곤함을 쫓으려고 커피를 마시는 것은 어떨까? 우리 뇌가 열심히 공부하면 그 부산물로 아데노신이라는 물질이 생기고 아데노신은 뇌의 수용기(receptor)에 들러붙는다.[180] 그런데 아데노신이 일정 수준 이상 수용기에 쌓이게 되면 우리 몸은 피곤함을 느끼게 된다. 하지만 수용기에는 아데노신만 붙어 있는 게 아니다. 커피를 마시면 카페인 또한 수용기에 붙게 된다. 수용기에 카페인이 들러붙어 있으면 아데노신이 수용기에 붙을 수 없게 되는 것이다. 그래서 피로감을 덜 느끼게 된다. 잠을 잘 때 또한 아데노신이 사라지기 때문에 개운해지는 것이다. 그래서 하루에 머그잔 기준으로 두 잔을 초과하지 않으면 피로감을 극복하고 공부 집중도를 높이는 데 커피가 긍정적인 역할을 한다.

그렇다면 커피도 마시고 짧은 낮잠도 자면 어떨까? 최근 과학자들의 연구로는 커피만 마셨거나 낮잠만 잔 사람보다 둘 다 한 사람이 암기력 시험, 가상 운전, 집중력을 요구하는 업무 모든 면에서 뛰어난 성과를 올린 것으로 나왔다. 심지어 밤늦게까지 일정 기간이지만 낮과 비슷한 집중력을 유지해 준다고 한다. 또한, 커피를 마실 때 적절히 단것을 같이 먹으면 공부 효율은 더 올라간다는 점도 알아 두면 좋다.

명상을 정기적으로 하는 것도 공부에 도움을 준다.[181] 명상 또한 운동과 비슷하게 뇌 구조에 영향을 주어 주의력과 집중력을 높여 주며 스트레스 수준을 낮춰줌으로써 학습에 긍정적인 영향을 미친다는 것이 밝혀졌다.

마지막으로 학습할 때 단순히 듣거나 보는 수준이 아니라 시각, 청각, 촉각 등 두 개 이상의 감각을 사용해 학습할 경우 기억력과 문제 해결 능력이 높아지는 경향이 있음도 알아 두자. 이를 다중감각 학습이라고 한다.

1969년에 실시한 고전적인 연구에 따르면 2주 동안 자료를 읽기만 한 경우에는 10퍼센트, 정보를 듣기만 한 경우에는 20퍼센트, 정보에 대한 내용의 그림을 본 경우에는 30퍼센트, 이 모든 것을 동시에 한 경우에는 50퍼센트를 기억한 것으로 나왔다. 2003년의 연구에서도 시각만 사용했을 때에는 72퍼센트를, 청각만 사용했을 때에는 65퍼센트를 기억했지만, 시각과 청각을 동시에 활용한 다중감각 학습을 했을 경우에는 85퍼센트나 정확히 기억해 냈다. 1992년에 실시한 연구에서는 다중감각으로 새로운 정보를 습득한 학생이 그렇지 않은 학생보다 50퍼센트 이상 창의적으로 문제를 해결하는 것으로 나왔다.

다중감각 학습은 뇌가 기억을 회상할 때 더 많은 단서를 제공하기 때문에 당연히 기억에 좋을 수밖에 없을 것이다. 또한, 다양성은 창의성의 핵심이다. 하나의 정보를 다양한 감각으로 경험한다는 그 사실 자체가 창의성을 발휘할 수 있는 좋은 조건이 된다.

책상에만 앉아 꼼짝 않고 책만 보는 것은 공부 하수가 하는 일이다. 때로는 움직이고 운동하고 여유로운 시간을 확보하며 낮잠도 적절히 활용하게 된다면 당신의 공부 효율성은 한 단계 아니 몇 단계 업그레이드될 것이라 확신한다.

공부의 뿌리 : 건강

내가 인생에서 운동을 열심히 해서 가장 건강했던 시절은 학창 시절도 군복무 시절도 아닌 바로 직장 생활을 할 때였다. 회사에서 아침, 점심, 심지어 저녁까지 꼬박꼬박 잘 챙겨 먹으면서도 운동량이 거의 없다 보니 체중이 계속 불어났고 그러다 보니 여기저기서 건강의 적신호가 조금씩 켜지기 시작했다. 입사 전에는 90킬로그램을 넘은 적이 없었는데 입사 후 어느 날 몸무게를 측정해 보니 94킬로그램까지 체중이 늘어나 있었다. 체력이 점점 떨어지다 보니 회의가 길어지면 졸리기 일쑤였고, 또 출근을 안 하는 주말은 움직이는 게 싫어서 집에서 가만히 있는 날이 점점 많아졌다. 어느 날 내 인생이 드라마에서나 나오던 처량한 중년의 모습으로 빠르게 치닫고 있다는 생각이 불현듯 들자 무조건 운동을 해야겠다는 생각이 들었다.

우선은 사소한 것부터 운동량을 늘리기로 마음을 먹었다. 우선 사무실을 계단으로 올라갔다. 우리 사무실은 층수로는 6층에 있었지만, 디스플레이 양산 시설이 있는 건물이라서 한 개 층이 보통 건물의 두 개의 층수 높이였다. 그래서 한 번 올라가면 꽤 힘들었다. 그래도 아침에는 무조건 계단으로 올라갔고, 업무 시간에도 조금 졸린다 싶으면 엘리베이터를 타고 내려가서 다시 계단으로 올라와 다시 업무를 시작했다. 확실히 일 년 정도 꾸준하게 계단을 통해 오르니깐 12층 정도 높이를 올라가는 것은 크게 힘들지 않았다. 체력이 절정일 때는 아침 출근 때 20층까지 걸어 올라가고 엘리베이터를 타고 내려와서 사무실로 출근했다. 계단으로 올라가면 단순히 건강에 좋은 것보다 성취감이 있었다. 아침 출근 시간에 엘리베이터 앞은 상당히 붐비는데 엘리베이터를 기다리는 사람을 힐끗 바라보고 계단으로 올라가서 사무실에 들어가면 나만의 소소한 뿌듯함이 있었다.

점심시간에는 운동을 시작했다. 회사에는 작지만, 샤워장이 있는 헬스장이 있었다. 40분 동안 열심히 운동하고 샤워를 하고 밥을 먹으면 정말 밥맛도 좋고 스트레스도 날릴 수 있었다. 맨 처음에는 운동하면 오후에 졸리지 않을까 생각했지만 무리하지 않게 적당히 하면 그 반대였다. 오히려 집중력이 확 올라가는 것을 느꼈다. 이건 나만 해당하는 일이 아니었다.

운동하면서 94킬로그램이었던 몸무게가 84킬로그램으로 줄었고 완전히 다른 사람이 되었다. 그 변화를 직접 목격한 같은 부서 후배 사원 대부분이 점심에 함께 운동했다. 그렇게 몇 달 동안 지속해서 운동하니 모두가 체력도 좋아지고 확실히 오후 근무 집중도가 눈에 띄게 좋아졌다(나는 회사에 다니면서 운동 때문에 얻은 게 너무 많아서 상담할 때 회사원들이나 대학원생 친구들한테는 건강뿐만 아니라 업무와 학업을 위해서라도 운동을 꼭 하라고 조언한다. 실제로 꾸준히 한 친구들은 운동해서 지치는 것이 아니라 오히려 집중력이 더 올라갔다고 알려 주었다).

특히 나는 러닝머신이 비어 있는 날은 무조건 달리기를 했다. 5킬로미터를(숨이 많이 차는 정도) 30분 안에 빠르게 뛰고 샤워를 하고 나면 정말로 오전에 받았던 스트레스가 거의 다 사라지는 느낌이었다. 그렇게 스트레스가 사라지니 마치 회사 생활이 오전 4시간 오후 4시간으로 분리되는 느낌을 받아서 사무실에 머무는 체감 시간도 확 줄어들게 되었다(혹시 이 책을 읽는 독자 중에서 직장에서 자신의 위치가 관리자 이상이면 제발 점심시간에 부하 직원에게 운동하거나 혼자서 쉴 수 있는 환경을 만들어 주기를 바란다. 그렇게 하는 것이 개인과 회사 모두를 위해 좋다. 간곡하게 부탁드린다).

너무 늦게 퇴근하는 날이 아니면 매일같이 30분 정도는 추가로 걸었다. 보통 내가 있던 2사업장과 1사업장은 버스를 타면 5분 거리에 있었다. 보통 버스는 2사업장에서 1사업장으로 이동하는데, 나는 30분을 걸어가 1사업장에서 버스를 타고 퇴근했다. 또 30분 동안 걸어가면서 이런저런 생각을 많이 했는데 그냥 책상에 앉아서 생각할 때보다 걸으면서 생각했을 때 업무나 개인적인 공부 모든 측면에서 더 정리가 잘됐다.

또 이렇게 꾸준히 운동해서 좋아진 점은 숙면을 취하게 된 것이다. 피곤해서 누워도 도통 잠이 오지 않아 뒤척이다 잠들었기에 아침이면 몸이 천근만근인 적이 많았다. 운동을 열심히 한 뒤로 집에 돌아가 베개에 머리만 대면 정말 5초 만에 잠이 들었다. 또 일어나면 운동을 하기 전보다 몸이 훨씬 가벼워서 예전보다 좀 더 일찍 일어나서 20~30분 정도는 영어공부를 하고 출근을 했다. 나는 정말 회사에 대해 나쁜 기억보다 좋은 기억이 압도적으로 많은데, 아마도 회사 재직 시절에 했던 운동이 큰 이유 중에 하나가 아닐까 싶다.

오히려 퇴사 후에 운동 부족으로 예전만큼 건강하지 못하다. 사실 바쁘다는 핑계로 운동보다 일을 우선시했고 그러다 보니 체력은 점점 떨어졌다. 그런 악순환이 일 년 넘게 지속되니 일을 하는 총 시간도 당연히 줄었고, 집중력 또한 많이 약해진 것을 체감한다. 〈목표〉장에서 배운 것처럼 운동 같은 경우는 긴급하지 않아도 중요한 일이기 때문에 우선순위를 더 높게 두었어야 했지만, 근시안적으로 급한 일들만 먼저 처리했던 것이다. 사실 말이 급한 일이지 운동을 30분 먼저 한다고 일이 틀어지거나 잘못될 일은 없다.

다시 정신 차리고 시간을 확보해서 운동을 열심히 해야겠다. 또 이번에는 〈노력〉장에서 배운 것처럼 한 단계 업그레이드가 되도록 전문 트레이너를 찾아가서 제대로 된 피드백을 받으면서 운동을 해 봐야겠다.

고대 로마의 시인 유베날리스의 명언은 누구나 다 알 것이다. "건강한 신체에 건강한 정신이 깃든다." 맞는 말이지만 정신이라는 말은 약간은 추상적이다. 이제 더 현실적인 우리만의 명언을 다시 정립할 때인 것 같다. "건강한 신체가 공부도 업무도 더 잘하게 해 준다." 그러니 시간을 꼭 만들어서 매일같이 운동하자!

Chapter 10

환경

공부 효율은
환경 따라
달라진다

우리가 집을 만들지만, 그 집이 다시
우리를 만든다.

: 처칠 :

신 박사 + 비닐가방 = 영어회화

신 박사가 영어를 처음 배웠을 때 만든 나쁜 습관은 몇 년 동안이나 그를 집요하게 따라다녔다. 신 박사는 영어공부를 군대에서부터 본격적으로 하기 시작했다. 혼자서 아무리 연습을 해도 영어회화 실력이 잘 늘지 않자 신 박사는 잘하지는 못해도 잘하는 척이라도 해야겠다는 마음에 아주 잘못된 영어회화 습관을 만들게 된다.

생각나는 대로 바로 말을 못 하는 게 답답했던 신 박사는 말을 할 때 "You know(너도 알다시피), I mean(내 말은), like (음, 그러니깐)" 단어를 무조건 붙여서 말하기 시작했다. 그렇게 말하면 영어를 한두 단어라도 더 말하는 것 같아서 신 박사는 왠지 모를 뿌듯함을 느꼈다. 하지만 미국에 교환학생으로 가서 수업시간에 발표를 몇 번 하고 또 친구들과 대화를 나누면서 말을 잘 못하는 사람들이 그런 불필요한 단어를 쓴다는 것을 신 박사는 바로 깨달았다. 자신이 잘못된 방법으로 영어를 하고 있다고 인지한 신 박사는 그런 불필요한 말들을 쓰지 않으려고 했지만 절대 쉽게 고쳐지지 않았다. 아무리 의식적으로 노력해도 나쁜 습관은 무의식중에 계속 튀어나왔다. 극단의 조치가 필요했다.

문제는 자신도 모르게 계속 불필요한 단어들을 대화 중에 쓰는 것이었다. 피드백이 절대적으로 필요했다. 신 박사는 친구들로부터 피드백을 받기 위해 아주 독특한 방법을 고안한다. 우선 흔히 스포츠 사진 기자들이 경기장 출입 신분증을 담는 비닐 케이스를 구매했다. 그리고 메시지를 적은 종이를 비닐가방에 넣고 목에 걸고 다녔다. 메시지는 다음과 같았다.

"내가 만약 I mean, You know, Like같이 불필요한 말을 하면 지적해 주세요." 일단 그 메시지를 담은 비닐가방의 위력은 대단했다. 신 박사는 누구에게 피드백을 받아서가 아니라 처음에는 정말 너무 창피해서 누가 볼까 봐 온종일 신경을 곤두세웠다. 한 짓궂은 친구는 그 내용을 읽고 신 박사를 졸졸 따라다니면서 신 박사가 불필요한 단어를 쓰면 '삐' 하고 소리를 내면서 계속 놀려댔다.

결과는 어떻게 되었을까? 메시지 목걸이 때문에 온종일 자신 말하는 것에 신경을 곤두세워 집중해서 이틀 후부터 거의 99퍼센트 불필요한 말을 쓰지 않게 되었다. 불필요한 말을 쓰지 않으려고 의도적으로 말의 속도를 길게 가지고 가고 또 말도 약간은 의도적으로 천천히 하면서 나쁜 습관을 교정한 것이다. 신 박사는 지금도 당시를 생각하면 얼굴이 화끈거린다고 한다. 그만큼 메시지 목걸이는 신 박사가 나쁜 습관을 고치는 엄청나게 강력한 '환경'을 만들어 주었다. 덕분에 신 박사는 지금도 영어를 할 때 "I mean, You know" 같은 불필요한 말을 사용하지 않는다.

알람을 활용하라!

공부하거나 일을 할 때 우리가 갖는 나쁜 습관들은 바꾸기가 쉽지 않다. 습관은 우리가 의식하기도 전에 행동하는 것이기 때문에 정신 바짝 차리지 않으면 자신도 모르게 나쁜 습관을 하게 된다. 물론 반대로 공부에 좋은 습관을 들일 때도 처음 마음먹은 대로 되지 않는 경우가 많다. 언제 다짐을 했는지 모를 정도로 일상을 살다 보면 그냥 잊어버린다. 다음은 공부를 잘하게 하는 좋은 습관 중 대표적인 것 15개를 나열한 것이다.

아침에 일찍 일어나기
밤에 딴짓하지 않고 정해진 시간에 잠들기
TV 보지 않기
공부할 때 스마트폰 쳐다보지 않기
예습하기
복습하기
모르는 영어 단어는 따로 정리해서 외우기
오답 노트 작성하기

하루에 1시간 이상 책을 읽기

책 읽은 뒤에 꼭 서평 쓰기

논문 하루에 하나 읽기

주요 뉴스 매일 살펴보기

교재 뒷면에 연습문제 꼭 풀기

정리 · 정돈하기

운동하기

어느 것 하나 만만치 않음을 알 수 있을 것이다. 그리고 많은 사람이 공부 습관을 제대로 잡으려고 시도를 많이 했지만, 상당 부분 포기한 경험이 많을 것이다. 왜 그렇게 우리는 나쁜 습관을 잘 없애지 못하고 좋은 습관을 만드는 게 어려울까? 대표적인 원인은 우리가 습관을 만드는 데에 '의지력'으로 승부하기 때문이다. 습관은 도도히 그리고 거대하게 흐르는 물 같아서 우리의 의지로는 대부분 그 물줄기를 바꾸지 못한다. 하지만 방법이 있다. 솔직히 많은 사람이 자신도 모르게 활용하고 있다.

습관 목록 첫 번째가 '아침에 일찍 일어나기'다. 대부분 어떻게 아침에 일어나는가? '알람'을 통해서 일 것이다. 고 작가의 경우 집필 기간 때는 새벽 4시 30분에 일어나는데 당연히 알람을 통해 일어난다. 그런데 문제는 아침에 의지적으로 일어나기 힘든 것을 알람으로 극복한 경험이 있으면서 이것을 삶 속에 응용을 제대로 못 한다는 사실이다. 신 박사는 비닐가방 메시지라는 알람을 통해서 자신의 나쁜 공부 습관을 고쳤다.

이런 식으로 '환경'을 제대로 설정하면 당신이 '의지박약'이라고 할지라도 공부를 방해하는 요소를 없애고 공부 효율을 올려 주는 바람직한 행동을 충분히 할 수 있다. 고 작가와 관련된 예를 하나 더 들어 보자. 습관 목록 두 번째가 제대로 자는 것이다. 책을 쓰는 것은 상당한 집중력이 있어야 해서 충분한 수면은 기본이다. 그런데 4시 30분에 일어나기 위해서는 일찍 자야만 한다. 아침에 일찍 일어나는 것보다 더 힘든게 일찍 자는 것이다. 고 작가는 하나의 환경 설정으로 일찍 자고 있다. 아내에게 이렇게 요청한 것이다.

"내가 10시까지 자지 않으면 잔소리해 줘. 내가 무슨 변명을 하면 내 속을 완전히 긁어 줘. 안 자면 안 되게."

"자신 있어. 걱정하지 마."라는 답변을 들은 고 작가는 한두 번 변명했다가 된통 당한 이후로 일찍 자고 새벽에 일어나 집필에 집중할 수 있었다.

자 그렇다면 지금부터는 다양한 사례를 통해 환경 설정이 얼마나 훌륭한 공부 전략/업무 전략이 될 수 있는지 살펴보도록 하자.

눈에 띄게 만들기

카우저사우스샌프란시스코병원에서는 간호사들이 하루 800개에 달하는 약품을 관리하고 투여한다.[182] 간호사들은 의사들이 보기 힘들 정도로 휘갈겨 쓴 처방전을 받아서 알아볼 수 있도록 적은 뒤 팩스로 약국에 전송한다. 그리고 약이 도착하면 복용, 주사, 링거 등을 통해 환자에게 투여하게 된다. 샌프란시스코병원의 간호사들은 평균적으로

1000번 투약할 때 한 번꼴로 실수를 저지르는데 실수율은 매우 훌륭할 정도로 적다. 하지만 투약 실수는 때로 환자의 생명에 치명적인 영향을 주기도 한다. 게다가 워낙 많이 투약하다 보니 아무리 실수가 적다 해도 일 년이 지나면 그 실수가 250회에 이르게 된다. 실수를 줄일 수 있는 획기적인 방법은 없을까?

병원은 간호사들이 왜 투약 실수를 하는지를 조사했다. 조사 결과 간호사들이 약을 나눠주거나 투약을 할 때 주변 환경이 간호사들을 방해한다는 사실을 알게 됐다. 약을 나눠 주러 복도를 가는데 누가 갑자기 간호사를 부른다든지 환자가 끊임없이 무언가를 요구하는 통에 간호사가 중요한 순간에 집중력을 잃게 되는 것이었다.

병원의 방침은 '투약 조끼'였다. 밝은 주황색 투약 조끼는 누구나 쳐다볼 정도로 눈에 확 띄었다. 투약 업무 중에는 이 투약 조끼를 입어야 했고 투약 조끼를 입은 간호사를 방해하면 안 된다는 방침이 세워졌다.

결과는 대성공이었다. 6개월의 시험 기간 동안 투약 실수가 무려 47퍼센트나 떨어진 것이다. 처음에는 주황색이라 투약 조끼를 싫어했던 간호사들도 단 6개월 사이에 나타난 엄청난 성과를 보고 생각을 달리 먹게 되었다. 투약 조끼 하나로 많은 환자의 건강을 지키게 된 것이다.

병원의 투약조끼, 신 박사의 비닐가방에서도 보았지만, 알람은 눈에 띄어야 한다. 가시적으로 계속해서 확인할 수 있다면 우리는 원하는 행동을 하거나 방해받지 않고 집중할 수 있다. 고 작가의 경우는 책을 쓸 때 참고서적을 많이 봐야 해서 집 이외의 곳에서 집필할 수 없다. 그런데 집에는 아이들이 있어서 집중하기가 쉽지 않다. 특히 7살인 첫째 딸은 아빠와 무척이나 놀고 싶어 한다. 하지만 고 작가는 집필 기간 때는 아주 간단한 방법으로 딸의 방해를 피한다.

고 작가는 평소에 모든 책을 책장에 넣어 둔다. 하지만 집필을 할 때는 참고할 책들을 모두 책상 주변에 포진해 놓는다. 그렇게 하는 이유는 세 가지인데 첫째는 참고할 책을 가깝게 두기 위함이고 둘째는 집필을 할 때 책 표지를 쭉 훑어보는 것만으로도 새로운 아이디어나 책의 구조가 떠오를 때가 있기 때문이다. 마지막 세 번째 이유는 딸에게 신호를 보내기 위함인데 딸은 책들이 책장이 아니라 책상 위와 주변에 쌓여 있는 것을 보면 아빠가 집필에 집중한다는 걸 알았다. 참고 서적이 보통 150~200권에 육박하기 때문에 작업방을 살짝만 봐도 아빠가 무엇을 하는지를 아는 것이다. 그렇게 고 작가는 집필 기간 때 딸의 방해를 받지 않고 집중할 수 있었다.

꼭 해야만 하는 일이면 포스트잇에 적어 이곳저곳 눈에 띄는 곳에 붙여 두는 것, 핸드폰 첫 화면에 '너 또 핸드폰 보냐?'라는 문구가 담긴 사진이나 그림을 넣는 것, 꼭 읽어야 할 책은 현관 옆이나 화장실에 놓아두는 것, 교재의 연습문제마다 '이거 꼭 풀자, 안 풀면 망해!'라는 메모를 빨간색으로 적어 두는 것 등 다양하게 응용할 수 있을 것이다. 여기서 중요한 것은 눈에 띄는 것! 어떻게 하면 눈에 띄는 장치로 공부나 업무 효율을 높일 수 있는지 지금 당장 고민해 보고 실천해 보자.

데드라인 만들기

어떤 일이든 데드라인을 정해서 그 날짜를 자주 볼 수 있는 곳에 놓아 둔다면 상당한 성과를 거둘 수 있다.

심리학자 아모스 트버스키와 엘다 샤퍼는 대학생들에게 설문을 작성해 오면 5달러를 보상으로 주겠다고 말했다.[183] 대신 대학생들을 두 그룹으로 나누어 조건을 달리했다. 한 그룹은 기한을 정해 주지 않았고 다른 그룹은 5일이라는 데드라인을 정해줬다. 데드라인을 설정하지 않은 대학생들은 25퍼센트만이 설문지를 작성했다. 하지만 데드라인을 정해 준 대학생들은 무려 66퍼센트나 설문지를 작성하고 햄버거값을 벌어 갔다.

그런데 데드라인의 힘은 대학생들에게만 있는 것이 아니다. 공부 좀 했다는 연구자들도 마찬가지다. 영국의 경제사회연구회에서는 연구제안서를 제출하는 대학 연구자들에게 지원금을 주는데 한 해에는 제출 기한을 없애고 연중 수시로 받은 적이 있었다. 얼마나 인간적인가! 하지만 데드라인을 없애자 오히려 제안서 제출률이 20퍼센트나 떨어졌다. 박사 학위를 받을 정도로 엄청나게 공부를 많이 한 사람들에게도 데드라인은 '생명줄' 같은 역할을 한다.

데드라인의 핵심은 과연 스스로 지킬 수 있는 기한을 정할 수 있느냐이다. 외부에서 자신에게 부여된 데드라인은 대부분 어떻게든 해내는 경향이 있다. 학교 과제처럼 말이다. 하지만 공부는 스스로 하는 것이고 기한도 끝도 없다. 자신 스스로 데드라인을 만들고 지킬 수 있어야 한다. 기한 내에 성공하면 자신에게 보상을 주거나 실패하면 벌금을 무는 것도 나쁘지 않다. 친구끼리 약속을 해도 좋고 주변에 공표해도 좋다. 만약 스스로 데드라인을 정하고 그것을 지킬 수 있다면 공부뿐만 아니라 무엇을 해도 좋은 성과를 낼 수 있을 것이다.

고 작가 + 지하철 = 영어 독해

고 작가는 영어를 잘하지 못한다. 회화, 듣기, 쓰기 모두 형편없다. 하지만 독해만큼은 나쁘지 않게 한다. 그래서 다행히 집필할 때 국내에 없는 자료는 구글 검색을 통해 영어 논문이나 보고서 등을 활용할 수 있게 됐다. 물론 영어공부를 꾸준히 해 왔던 것이 아니었기에 지금은 예전만 못하지만 그래도 4~5년 전만 해도 세계에서 가장 권위 있으면서 동시에 어렵기로 소문난 영국 저널 〈이코노미스트(The Economist)〉를 끼고 살았다.

어느 날 고 작가는 영어잡지를 술술 읽고 싶다는 강한 충동이 생겼다. 물론 대학 시절부터 공부를 열심히 하지 않던 터라 그런 충동은 며칠 혹은 몇 주 안 가서 사라지기 일쑤였다. 이번 영어공부에 대한 열정도 시간이 흐르면서 꺼질 것이 뻔해 보였다. 하지만 이번만큼은 뭔가 간절했다. 고 작가는 꼭 해내고 싶었다. 그래서 고 작가는 한 가지 방안을 마련하게 된다.

당시 아르바이트 하는 장소까지 가는 시간이 지하철로 왕복 2시간 정도 되었다. 어차피 집에서는 공부를 안 할 게 뻔하니 지하철에서만큼은 다른 것 아무것도 하지 말고 〈이코노미스트〉만 읽자고 다짐했다. 그리고 지하철에서 영문 저널을 멋지게 펼쳐 보고 있는 것이 폼 좀 나 보이지 않던가!

물론 폼 나게 읽지는 못했다. 고 작가는 모르는 단어가 많아서 빨간 펜으로 밑줄 쳐 가며 읽었다. 〈이코노미스트〉는 주간지임에도 모르는 단어도 많고 내용도 어려워서 다 읽는 데 한 달이 걸렸다. 그리고 그렇게 4개월이 지나자 하나를 다 읽는 데 3주가 걸렸고 6개월이 지나자 2

주가 걸렸다. 8개월이 지났을 때 조금 버겁지만, 주간지답게 1주일에 한 권씩 〈이코노미스트〉를 읽을 수 있었고 1년이 지나자 부담 없이 읽게 됐다.

고 작가에게는 참으로 신기한 경험이었다. 영어를 잘하고 싶어 수없이 도전했지만, 작심삼일의 연속이었는데 지하철이라는 공간 속에 있는 고 작가는 완전히 다른 사람이 되었다. 그렇게 공간을 활용한 환경 설정으로 고 작가는 영어 독해라는 작은 성취를 이룰 수 있었다.

공간이 무의식에 끼치는 영향

천장 높이가 사람들의 추상적 사고에 영향을 미칠까? 당신의 천장이 3미터인 곳에서 하는 추상적 사고와 천장이 2.4미터인 곳에서 하는 추상적 사고는 다를까? 연구 결과 흥미롭게도 그렇다고 한다.[184]

2007년 미국 라이스대학교 학생 100명을 대상으로 서로 다른 천장에서 추상적 사고를 측정하는 시험을 보았다. 천장 이외에 모든 조건은 동일했다. 학생들에게 천장 높이는 이야기하지 않았지만 대신 천장에 장식용 등을 몇 개 달아 놓아 천장의 높이를 인식할 수 있게 만들었다. 추상적 사고 시험 결과 3미터에 있던 학생들이 2.4미터에 있던 학생들보다 더 뛰어난 사고력을 보여 주었다.

2013년 연구에 따르면 의자가 각진 모양으로 배치된 곳에 가면 개성 표현이나 개별성에 집중하는 반면 둥글게 배치된 방에 들어가면 집단 소속감에 더 집중한다는 것이 밝혀졌다. 의자 배치가 무의식적으로 사람의 관점을 바꾼 것이다.

창문도 사람의 생산성에 적지 않은 영향을 준다. 2013년에 실시한 연구에서 창문이 있는 사무실에서 일한 직원은 창문 없는 사무실에서 일한 사람들보다 수면 시간이 하루 평균 46분이 더 길다고 밝혔다. 햇볕을 쬐지 못하면 멜라토닌과 세로토닌의 불균형으로 숙면을 취하지 못하기 때문이다. 심지어 창문이 있다 하더라도 창문의 거리에 따라 생산성이 달라진다. 2003년 연구에 따르면 콜센터 직원의 경우 창문에 가까이 앉은 사람일수록 연간 3,000달러의 생산 증가를 기대할 수 있다고 한다.[185]

식물은 어떨까? 2011년 연구에서는 식물이 있는 방에 있는 사람들이 그렇지 않았던 사람들보다 지속적인 주의와 집중을 요구하는 과제를 훨씬 잘해낸다는 사실을 밝혀냈다. 실제로 여러 연구에서 자연을 느끼는 환경이 조성되면 뇌는 편안함을 느끼면서 뇌 속 인지 자원을 잘 활용한다고 말한다.

좀 넓은 공간에서 여러 식물도 보고 창밖으로는 멋진 나무들이 보이는 곳에서 공부하게 된다면 상당한 공부 효율을 얻을 수 있을 것이다. 다 하기 힘들다면 최소한 식물과 창문 정도는 꼭 있는 곳에서 공부하자.

몰입을 방해하는 스마트폰

그러나 우리가 진짜 환경 설정을 제대로 해야 할 대상이 있다. 바로 스마트폰이다. 고 작가의 경우 집필에 들어가면 일단 SNS에서 잠적하고 인터넷 뉴스도 최대한 보지 않으려고 한다. 책을 깊이 읽어야 할 때면 아예 스마트폰을 끈다. 그렇게 하지 않으면 스마트폰이 주는 유혹이 너무 커서 일에 집중할 수 없기 때문이다. 물론 고 작가는 책을 집필하는 도중 박근혜-최순실 게이트가 터지고 미국 대선에서 트럼프가 승리하는 등 엄청난 일들이 발생해 스마트폰의 유혹에 무릎을 잠시 꿇었지만, 작업할 때는 최대한 스마트폰을 차단하여 성공적으로 집필했다.

실제로 스마트폰은 학업에 지장을 준다. 런던정경대학의 벨란드 교수가 한 연구로는 고등학생을 대상으로 학교에서 스마트폰을 못 쓰게 하자 학업 성취도가 6.4퍼센트나 올랐다고 한다.[186]

만약 공부에 몰입한 상태에서 스마트폰을 통해 메시지, 이메일, 카카오톡, 페이스북, 그 외 알람에 방해를 받으면 학업 효율은 상당히 떨어지게 된다. 캘리포니아대학교에서 실시한 연구로는 몰입을 깨는 외부 방해가 30초밖에 되지 않는다 하더라도 공부나 일에 다시 몰입할 때까지 평균 20분 정도 걸린다는 것이 밝혀졌다.

혹자는 스마트폰은 쉬는 시간에만 하니 큰 상관이 없다고 말한다. 그러나 쉬는 시간에 스마트폰을 하는 것도 공부 효율을 떨어뜨린다.

스탠퍼드의 뇌과학 교수인 비노드 메논은 공상과 집중 상태의 전환이 섬엽(insula)이라는 뇌의 부위에서 발생한다는 것을 알아냈다. 섬엽은 일종의 스위치 역할을 하는데 어떤 사람은 스위치가 부드럽게 작동해서 공상과 집중 상태를 잘 전환하는 편이고 어떤 사람은 스위치 상태가 좋지 않아 두 가지 상태의 변환이 원활하지 못하다. 하지만 공통적인 한 가지는 스위치를 자주 사용할수록 피곤함이 증가했다는 것이다. 그런데 스마트폰을 통해 인터넷을 보고, 메시지를 확인하며, SNS를 하게 되면 스위치를 자주 사용하게 된다. 그래서 피곤을 덜려고 쉬는 것인데 이때 스마트폰을 사용하면 피로도가 오히려 더 상승한다.

또한, 우리의 인지 자원은 한정되었는데 이메일의 내용을 확인하면 그 내용에 대해 집중하게 되고, 관계상 신경 써야 할 대상에게 메시지가 오면 답장 하나 남기는 데에도 머리를 써야 하며, 블로그나 페이스북에 글이라도 올렸으면 반응이 어떤지 생각하게 되면서 인지 자원을 소모하게 된다. 다시 공부하러 돌아왔을 때에는 사용할 자원이 적기 때문에 공부 효율은 떨어진다.

하지만 스마트폰의 사용 시간의 증가는 이런 일시적인 문제만 발생시키는 것이 아니다. 뇌는 가소성이 있다. 스마트폰은 우리의 뇌를 변화시켜 공부 능력을 저하시킨다.

공부 효율이 떨어지는 뇌

2008년 UCLA 정신의학과 교수인 개리 스몰 연구팀은 인터넷 사용이 실제로 뇌를 변화시키는지를 알아보는 실험을 했다.[187] 실험 참가자 중 12명은 인터넷 검색에 숙달한 사람들이었고 나머지 12명은 검색 초보자였다. 연구팀은 이들이 구글을 검색하는 동안 뇌가 어떻게 작동하는지 들여다보았다.

숙달한 사람들은 인터넷을 사용할 때 외측 전전두엽 피질로 불리는 뇌의 특정 부위를 활용했는데 인터넷 초보자들은 그쪽 부위에 반응이 없는 것은 아니었지만, 매우 미비했다. 뇌 사용에 확실한 차이가 있었다.

실험을 한 뒤 연구팀은 검색 초보자들에게 하루에 한 시간씩 무조건 검색을 하라고 요청했다. 그렇게 5일이 지난 후에 다시 뇌를 촬영했다.

결과는 흥미로웠다. 전에는 활동이 미비했던 전전두엽 피질이 크게 활성화된 것이다. 스몰은 이렇게 말했다.

"단지 5일간의 실험으로 인터넷을 잘 사용하지 않던 이들의 뇌 앞쪽 부분에 완전히 똑같은 신경 회로가 활동하게 된 것이다."

그런데 인터넷을 사용할 때 전전두엽이 활성화된다는 것에 주목할 필요가 있다. 전전두엽은 문제 해결이나 의사결정을 담당하는 부위로서 독서를 할 때는 거의 활성화되지 않는 부위다. 독서를 할 때의 뇌를 살펴보면 언어, 기억, 시각적 처리 등과 관련된 부분이 활발하게 활동한다. 그런데 왜 인터넷의 웹페이지를 읽을 때는 독서를 할 때 쓰지 않는 문제 해결 및 의사결정 담당 부위가 활성화되는 것일까?

인터넷에는 우리가 볼 콘텐츠만 있는 것이 아니다. 다른 콘텐츠가 연결된 하이퍼링크도 있고 때로는 각종 광고도 있으며 때로는 여러 가지 도구들이 눈앞에서 어른거린다. 자, 그때 우리의 뇌는 무엇을 생각하게 될까? 그렇다. 하이퍼링크 글이 읽을 만한 글인지 아닌지, 광고가 나한테 필요한지 아닌지 등을 판단해야 한다. 때로는 그것들이 보고 있는 내용에 방해되면 어떻게 해결해야 할지도 생각해야 한다. 이렇듯 인터넷에서는 우리의 인지 자원을 콘텐츠에 집중시키지 못하고 다른 데에 사용하게 하는 다양한 방해물들이 있는 것이다.

이런 것들이 있어도 그냥 무시하면 되지 않느냐고 반문할 수도 있다. 하지만 우리 주의 체계는 정지되어 있거나 변하지 않는 대상에는 관심을 별로 두지 않지만, 변화하거나 실제 변화 가능성이 있는 대상에 대해서는 반사적으로 주의를 두게 된다. 하이퍼링크와 각종 광고는 그 목적이 보는 사람들의 시선을 끌기 위해 고안된 것들이다. 그런 것들을 완전히 무시할 수 없다.

　결국, 쓸데없는 의사결정, 관계없는 문제 해결, 주의력 분산의 세 가지 콤보가 뇌를 공격하게 되면서 실제 콘텐츠를 보는 집중력이 저하하고 이러한 과정이 반복되면 우리의 뇌도 소위 인터넷을 보는 뇌로 변하게 되는 것이다.

　또한, 인터넷의 글들은 긴 글이 별로 없다. 긴 글 자체가 버거운 것도 있지만, 웹상에서 글을 읽을 때는 앞에서 이야기한 것처럼 집중력이 저하되기 때문에 콘텐츠 제작자들도 그것에 적응한 것이다. 이렇게 짧은 글을 읽는 데 익숙해지면 몇백 페이지이나 되는 책을 읽는 것은 거의 불가능에 가까워진다. 2008년 조사컨설팅회사인 엔제네라는 6,000명의 청소년을 인터뷰한 후 인터넷이 청소년들의 읽기 능력에 어떤 영향을 미치는지 다음과 같이 논평했다.

　"디지털 기기에 대한 몰입은 청소년이 정보를 습득하는 방식에까지 영향을 주었다. 그들은 한 페이지를 읽을 때 왼쪽에서 오른쪽으로, 위에서 아래로 읽는 방식만 취하지 않는다. 이리저리 건너뛰며 관심 있는 정보만 훑는다."[188]

　읽기는 공부에서 가장 기본이 되는 능력이다. 그리고 독서를 하거나 공부를 하기보다 스마트폰을 보는 시간이 늘어 갈수록 읽기 능력은 떨어지게 될 것이다.

　스마트폰을 전혀 안 볼 수는 없다. 하지만 공부를 하는 중이나 휴식 시간에는 스마트폰을 멀리할 필요가 있다. 그리고 무엇보다 스마트폰을 보는 절대적인 시간을 줄일 필요가 있다. 어느 순간부터 지하철을 타면 책을 읽는 사람들이 사라졌다. 모두 네모난 스마트폰에 빠져 있다. 스마트폰을 줄이고 독서를 하거나 그 시간에 운동이나 제대로 된 휴식을 취한다면 학습하는 데에 큰 도움이 될 것이다. 또한, 집중력과 산만한 뇌로 변하는 것도 막을 수 있고 말이다.

처칠은 이런 말을 한 적이 있다.

"우리가 집을 만들지만, 그 집이 다시 우리를 만든다."

환경은 우리가 만들지만, 그 환경이 우리를 만든다는 것이다. 환경 설정만 잘해도 당신의 공부 효율은 몇 배나 향상될 수 있을 것이다.

결심보다 강력한 것은 환경이다!

"저는 보통 아침 5:55~6:30 사이에 일어납니다. 일어나면 우선 방 청소를 아주 깔끔하게 합니다. 그러고 나서는 스트레칭을 가볍게 5분 정도하고 2킬로미터 달리기를 합니다. 그게 제 일상이지요. 또 조금 삶이 나태해졌다 싶으면 무작정 걷습니다. 걷다가 밤이 되면 캠핑을 할 수 있도록 모든 장비를 챙겨서 걷습니다. 많이 걸을 때면 100킬로미터 정도 걸을 때도 있습니다. 그렇게 하고 나면 뭔가 할 수 있다는 자신감이 다시 생깁니다."

종종 노력도 꾸준함도 재능이라는 이야기를 듣는다. 그런 관점에서 봤을 때 매일 새벽같이 일어나서 방 정리와 달리기까지 하고 심지어 100킬로미터 도보여행을 하는 앞에 나온 사람은 '의지 금수저'처럼 느껴질 정도이다.

내가 회사 재직 시절 5시 반에 일어나서 30분 정도 공부하고 출근을 한다고 하니깐 대부분에 사람들은 어떻게 그렇게 일찍 일어나서 공부할 수 있느냐는 반응이었다. 이유는 간단하다. 아침에 일찍 일어나는 이유는 그

때 일어나지 못하면 딱 한 번 있는 회사 출근 버스를 타지 못하기 때문이다. 그리고 앞에서 언급한 의지 금수저는 눈치챈 사람도 있겠지만, 대부분의 남성이면 복무해야 하는 군생활 이야기이다. 그렇게 결심보다 강력한 것은 바로 환경이다.

집중과 꾸준함 없이는 어떤 성취도 이루기가 힘들다. 그중에서 특히 집중을 잘하려면 의지보다 중요한 것이 환경 설정이다. 많은 친구에게 공부를 잘하고 싶으면 스마트폰 사용을 자제하라고 충고한다. 2015년 미국 앱 사용 분석업체인 퀘트라의 조사로는 카카오톡은 전 세계 모든 앱을 통틀어 가장 사용 빈도가 높은 앱으로 뽑혔다. 이런 데이터에서 확인할 수 있듯이 우리나라 사람들은 현재 시도 때도 없이 스마트폰을 들여다본다. 스마트폰 중독에서 벗어나려면 쓰지 않겠다는 굳은 결심을 하는 것보다 스마트폰을 멀리하는 것이 가장 확실한 방법이다.

실제로 상담을 받았던 멘티 친구가 현실적으로 스마트폰을 없애지 않고 사용유지 하면서 중독에서 벗어난 사례를 소개한다. 이 사례를 알려 준 친구는 우선 학교에 가면 도서관으로 가서 스마트폰을 사물함에 넣어 버렸다. 메신저 알림창에는 메시지는 점심시간과 저녁 시간에만 확인한다고 글을 남겨 놓았다고 한다. 그렇게 처음 했을 때 자신이 스마트폰 중독이라는 것을 처음 알았다고 나에게 말했다.

처음에 멘티 친구는 스마트폰을 들고 다니지 않으니깐 도저히 무엇을 해야 할지 몰라서 초조했었다. 또 어디서 연락이 오는데 받지 못하면 어떡하지 하는 불안감이 계속 자신을 괴롭혔다고 한다. 처음 그렇게 시도를 하고 점심시간에 도서관에 뛰어가서 스마트폰을 확인해 보니 막상 연락도 거의 없었고 또 온 문자들도 전혀 급하게 대답해 주지 않아도 되는 것들이었다고 말했다(여자친구가 답장을 바로 안 해줘서 처음에는 많이 싫어했지만, 열심히 생활하는 이 친구의 모습을 보고 오히려 함께 스마트폰 덜 쓰기를 따라 했다고 한다).

그렇게 시간이 지나면서 스마트폰 대신에 책을 들고 다녔다. 그러다 보니 한 달에 책 한 권도 읽지 않은 적이 많았는데 자연스럽게 한 달에 적어도 두세 권의 책은 읽게 되고, 또 성적도 조금이 아니라 아주 많이 올랐다고 한다. 나는 이 사례를 많은 친구에게 알려 주었고 실제로 많은 친구가 이런 방식을 따라 했다. 그래서 나온 추가 방법들을 언급하면 어쩔 수 없이 스마트폰을 들고 이동해야 할 경우에는 가방에 넣고 이동을 하고, 또 집에 와서는 우편함에 넣고 자기 전에 꺼낸 친구도 생겼었다. 그렇게 꾸준히 스마트폰 '디톡스' 한 친구들은 정말로 대부분이 성적이 오르고 삶의 만족도도 크게 향상되었다.

나 또한 올바른 환경 설정으로 나약한 의지를 극복한 경험이 있다. 대학교 4학년 마지막 학기였다. 대학원도 합격했고 또 수업도 듣는 과목이 그렇게 많지 않아서 정말 인생에서 가장 나태했던 시기였다. 수업이 없는 날은 거의 점심이 다 되어서야 일어났었다. 대학원 입학 전에 전공 공부도 해야 하고 학교 어학당에서 오전 8시 영어 수업도 들어야 할 것 같아서 극단의 조치가 필요했다. 그래서 나는 함께 공부했던 정말 부지런한 후배에게 같이 살자고 설득했다. 후배는 통학하는 시간보다 학교 근처에서 자고 일어나면 시간을 많이 아낄 수 있어서 흔쾌히 함께 살기로 했다. 후배는 보통 아침 7시에 일어나서 8시 전에는 도서관에 늘 도착을 했다. 제발 나도 깨워서 같이 데려가라고 간곡하게 부탁했다. 그리고 그 운명적 동거(?)의 첫날 나는 후배에게 환경 설정의 중요성에 대해 다시 배울 수 있었다.

후배는 알람을 맞춘 휴대전화를 장롱 위에 올렸다. 뭐하냐고 물어보니깐 혹시 잠결에 알람을 끌 수도 있기 때문에 확실하게 일어나야만 끌 수 있는 곳에 휴대전화를 둔다고 했다. 그렇게 아침이 왔고 후배는 벌떡 일어나서 의자에 올라가서 장롱 위에 있는 알람을 끄고 나를 깨웠다. 나는 너무 졸렸지만 최악의 경우에는 그냥 도서관에서 자자는 마음으로 억지로 일어나 후배를 따라서 도서관에 갔다(그리고 그 날은 실제로 도서관에서 또 잤다). 그렇게 자꾸 후배와 함께 일어나니까 습관이 되었고 나는 마지막 학기에 난생처음으로 오전에 영어회화 수업을 무사히 들을 수 있었다. 실천 모멘텀이 강한 사람과 가까이 지내는 것도 좋은 환경 설정이 될 수 있다.

이런 사례들만 봐도 단순히 마음으로만 하는 결심보다 환경 설정이 얼마나 우리 삶에 큰 영향을 미치는지 알 수 있다. 스스로 인생을 발전시키고 싶다면 마음만 고쳐먹을 일이 아니다. 실질적으로 환경을 바꿔야 한다. 깊은 사색을 통해 나온 의미심장한 결심보다 때로는 당장 방 청소하는 것이 훨씬 중요한 일이다. 시작이 반이라는 말이 있다. 심리학적으로 맞는 이야기다. 어쩌면 좋은 시작이 일의 전부라고 해도 과언이 아니다. 그럼 좋은 시작은 무엇일까? 올바른 환경 설정이다. 그러면 우리는 좀 더 구체적으로 명언을 바꿀 필요가 있다. "올바른 환경 설정이 반이다."

책을 다 읽은 뒤 따질 것도 없이 냉큼 방 청소를 해 보는 것은 어떨까? 그렇게 인생의 나비 효과는 시작되는 것이다. 성공한 뒤 인생을 되돌아봤을 때 그 시작이 방 청소였음에 너무 깜짝 놀라지 않기를 바란다.

구글의 스마트한 환경 설정

2012년 런던에 '비가 내리는 방(The Rain Room)'이라는 공간예술 작품이 전시됐다.[189] 비가 내리는 방은 100제곱미터의 실내 공간인데 공간 전체에 폭우가 쏟아진다. 하지만 흥미롭게도 관람자는 방을 돌아다녀도 전혀 젖지 않는다. 자동감지센서가 미리 관람객을 감지해 비를 멈추기 때문이다.

런던에서 흥행한 이 작품은 뉴욕까지 진출하게 된다. 그런데 뉴욕과 런던에서 똑같은 작품을 전시했음에도 불구하고 관람자들이 작품을 감상하는 시간이 현저하게 차이가 났다. 런던 관람객들은 개인당 평균 7분 정도 머물렀지만 뉴욕 관람객들은 무려 평균 45분씩이나 머물렀다. 작품을 관람하려고 온 사람들이 엄청나게 많았기 때문에 뉴욕 미술관은 관람객에게 10분 이내에 나가 달라고 정중하게 부탁했지만, 소용이 없었다.

같은 작품임에도 런던과 미국에서 이렇게 확연한 차이를 보인 이유는 무엇일까? 한 가지 결정적인 차이가 있었다. 런던은 무료였지만 뉴욕은 유료였기 때문이다. 런던은 돈을 내지 않았기 때문에 소위 '본전' 생각을 할 필요가 없었다. 관람을 기다리는 다른 사람을 생각해서 적당히 관람하고 밖으로 나갔다. 하지만 뉴욕 관람객들은 돈을 냈기 때문에 본전 생각을 안 할 수 없었다. 그래서 뉴욕 사람들은 런던 사람들보다 6배 이상 관람을 오래 했다.

그런데 더 주목해야 하는 사실은 뉴욕에서 런던과 다르게 유료 정책을 쓴 이유다. 런던에서 '비가 내리는 방'이 너무 큰 히트를 해서 관람 대기시간이 12시간에 이르렀다. 뉴욕에서는 너무 많은 사람이 오는 것을 막으려고 유료 정책을 쓴 것이다. 하지만 정책은 실패했다. 런던보다 사람은 적게 왔지만 한 사람당 관람 시간이 늘어나면서 뉴욕 관람객은 런던보다 더 많이 기다려야 했기 때문이다.

미술관의 관람료 정책처럼 환경 설정이라고 하는 것은 단순히 공간이나 장소만을 이야기하는 것이 아니라 한 사람의 행동을 변화시킬 수 있는 모든 조치를 포함한다. 이를 '넛지'라고도 한다. 넛지는 행동경제학의 선구자인 캐스 선스타인과 리처드 탈러가 만든 개념으로 '타인의 선택을 유도하는 부드러운 개입'을 뜻한다.[190] 넛지는 원래 '팔꿈치로 슬쩍 찌르다'는 뜻인데 잘 설정한 환경 설정의 팔꿈치로 한 개인을 슬쩍 찔러 특정 행동을 하게 만드는 것이다.

구글이라는 매력적인 회사가 있다. 물론 세계적인 기업이기 때문에 많은 젊은이가 가고 싶어 한다. 구글에 인재들이 모이는 이유는 직원들의 실력 향상과 행복 증진을 위해 회사가 열심히 공부하고 노력하기 때문이다. 특히 제대로 된 환경 설정을 통해서 직원들을 똑똑하게 만들고 행복하게 만든다. 구글의 사례를 통해 기업이나 조직 내에서 환경 설정이 얼마나 큰

영향력을 발휘하는지를 알아보자.[191]

1) 신입사원 이메일 : 구글은 15년 넘은 기간 동안 자체 연구를 통해 신입사원의 초반 성과에 매우 큰 영향을 미치는 요소가 '적극성'인 것을 알았다. 그래서 구글은 한 가지 실험을 했다. 한 그룹의 신입사원들에게는 오리엔테이션 15분짜리 과정을 추가해 '적극성'이 얼마나 중요한지를 교육하고 질문하고, 상사와 일대일 대화를 갖도록 하고, 기다리지 말고 적극적인 피드백을 요청하라는 등 구체적인 실천 사항들도 알려 줬다. 그리고 두 주 뒤에 다시 실천 사항이 담긴 이메일을 보내서 교육 내용을 상기하게 했다. 다른 그룹은 15분의 교육과 이메일을 하지 않았다. 실험 결과 생산성 측면에서 약 2퍼센트의 차이가 난다는 것을 확인할 수 있었다. 5,000명을 새로 채용할 때마다 회사 입장에서 100명의 무급직원을 채용하는 결과다. 많은 회사가 생산성을 올리려고 천문학적인 돈을 쏟는다. 하지만 15분의 교육과 단 한 통의 이메일만으로 환경 설정을 제대로 한다면 생각보다 더 높은 효과를 얻을 수 있다.

2) 직원의 노후대비 : 누구보다 지적으로 뛰어난 사람들이 모인다는 구글 직원들에게도 재테크는 만만치 않은 듯했다. 퇴직연금이 노후대비에 매우 중요하지만 많은 직원들이 퇴직연금에 가입하지 않았다. 또한, 퇴직연금의 경우 회사에서 직원 분담금의 50퍼센트를 내주기 때문에 이왕 가입하면 최대 금액으로 내는 것이 유리했다. 그래서 구글은 퇴직연금에 가입하지 않거나 최대 불입금을 내지 않은 직원 5

만 명에게 퇴직연금 가입이 노후 대비 측면에서 얼마나 유리한지 자세히 설명한 이메일을 보냈다. 이메일을 받자 구글 직원 가운데 27퍼센트가 납부금을 늘렸으며 이들은 퇴직했을 때 추가로 약 3억 원에 가까운 돈을 더 챙기게 되었다. 구글은 매해 직원들에게 이메일을 보내는 넛지로 직원들의 노후를 대비해 준다.

3) 직원의 건강 : 최근 미국은 비만으로 국민 건강이 점점 심각해지고 있다. 인구의 3분의 1이 비만이며 비만으로 들어가는 의료비가 한 해에 150조가 넘는다. 당연히 비만은 직원들의 생산성을 갉아먹기 때문에 구글은 직원들의 건강에 관해 고민했다. 그 해답은 환경 설정이었다. 구글은 직원들이 언제든 식사와 다과를 즐기도록 직원 복지를 실시하는데 카페에서 과일처럼 몸에 좋은 음식은 눈에 잘 띄게 하고 사탕처럼 몸에 좋지 않은 음식은 눈에 잘 띄지 않게 했다. 또한, 12인치짜리 음식 접시를 썼는데 모두 9인치짜리로 크기를 줄였다. 결과는 대단했다. 예전보다 사탕 소비량이 30퍼센트 감소했고 지방 섭취 또한 40퍼센트 줄었으며, 일반 음식 섭취량은 5퍼센트가 줄었다. 자연스럽게 음식 쓰레기도 18퍼센트나 줄었다. 환경 설정을 통해 직원의 건강을 챙김과 동시에 어부지리로 음식물처리 비용도 줄일 수 있게 되었다.

신입사원의 생산성을 올리고 직원들의 노후 대비와 건강을 챙기는 것은 꽤 큰일이다. 우리는 보통 큰 성과를 내려면 큰 비용이나 복잡한 전략이 필요하다고 생각하지만, 만약 환경 설정을 잘 이용한다면 쉬운 방법과 적은 비용으로 예상치 못한 성과를 올릴 수 있다. 동기부여나 의지도 중요하지만 적절한 환경 설정은 개인의 공부뿐만 아니라 조직의 생산성까지 바로 올릴 수 있는 훌륭한 전략임을 잊지 말자.

Chapter 11

창의성

창의성은
지능이 아니라
태도다

한 번도 실패하지 않는다는 건 새로운
일을 전혀 시도하지 않는다는 신호다.

: 우디 앨런 :

창의성에 대한 오해

"창의적인 사람에게 그토록 굉장한 일을 어떻게 할 수 있었는지 물어
보면 (그들은) 약간 죄책감을 느낀다."[192]

스티브 잡스가 한 말이다. 최근 인물 중에서 '창의성'을 대표할 만한
인물을 단 한 사람 뽑으라면 아마도 스티브 잡스를 꼽는 이들이 많을
것이다. 그도 그럴 것이 사람들의 일상을 완전히 바꾸어 놓은 개인용
컴퓨터와 스마트폰 모두 잡스 손에서 탄생했으니 말이다.

우리는 스티브 잡스처럼 창의적인 사람들을 떠올리면 그들이 '노력'
을 통해 창의성을 발휘했다기보다 타고난 '재능'에 힘입어 창의성을 발
휘했다고 생각한다. 창의적 인간은 나와는 좀 다른 부류의 사람이라고

생각하는 것이다.

그런데 왜 잡스는 '그토록 굉장한 일을 어떻게 해서 할 수 있었냐'는 물음에 '창의적인 사람이 약간의 죄책감을 느낀다'고 했을까? 그 이유 중 하나는 창의성이 특별한 사람들의 전유물이 아니기 때문이다. 창의적인 사람에게 감탄하며 물어보는 그 사람 또한 충분히 창의성을 발휘할 수 있기 때문이다. 창의성은 배울 수 있기 때문이다.

창의적인 아이디어들이 가시적이면서 지속적으로 충돌하는 분야는 어디일까? 바로 광고 시장이다. 짧은 시간 안에 사람들의 이목을 끌어야 하기 때문에 그 어떤 분야보다 창의성이 요구된다. 이스라엘의 한 연구팀은 국제 광고 페스티벌에서 상을 받은 200개의 광고를 분석했다.[193] 이 200개의 광고는 말 그대로 창의성이 빛난 작품들이었다. 그런데 연구팀은 치밀한 분석 결과 200개의 광고 중 89퍼센트가 6개의 원형으로 분류될 수 있다는 것을 발견했다. 예를 들어 프라이팬 위에 지글지글 뒤틀리며 익고 있는 달걀부침을 보여 주면서 "마약은 당신의 뇌를 이렇게 만듭니다."라는 자막을 띄워 주는 광고는 '극단적인 결과'의 유형으로 분류될 수 있다.

연구팀은 반대로 상을 받지 못한 200개의 광고를 분석해 보았다. 역시 이 광고들 중에 멋진 광고를 만드는 6개의 유형에 든 작품은 겨우 4개에 불과했다. 이 연구가 주는 교훈은 무엇일까? 우리는 보통 창의성이라고 하면 누구도 생각하지 못한 아이디어라고 여기겠지만, 실상은 정형화된 특정 유형이 있다는 사실이다. 이 유형을 충실히 따르려고 하면 창의적인 광고가 될 확률이 높아진다.

자, 이러한 논리가 사실인지 확인해 보자. 이스라엘 연구팀은 광고에 대해 아무것도 모르는 사람들을 모아 세 그룹으로 나누었다. 그리고 각각의 집단에 운동화, 다이어트 식품, 샴푸에 대한 배경지식을 제공했다. 이후 첫 번째 그룹은 아무런 학습 없이 바로 광고를 제작했고 두 번째 집단은 광고 전문가에게 자유 연상 기법을 2시간 동안 훈련받았고 세 번째 그룹은 6개의 창의적 광고의 원형이 무엇이고 어떻게 이용할 수 있는지를 두 시간 동안 배웠다. 광고를 제작한 다음, 작품 중에서 상대적으로 괜찮다고 여겨지는 작품 15개를 크리에이티브 디렉터가 골라 소비자들에게 보여 주고 창의성을 평가하게 했다.

　실험 결과 첫 번째 그룹의 작품들을 본 소비자들은 시큰둥한 반응을 보였고 두 번째 그룹의 작품들은 첫 번째 그룹의 작품보다는 관심을 끌었지만 환호할 정도의 작품은 거의 없었다. 하지만 원형에 대한 훈련을 받은 초보자들이 만든 작품 중 무려 50퍼센트가 소비자들에게 창의적이라는 평가를 들었다. 이 초보자 중에 자신이 창의적인 광고를 만들 수 있다고 생각한 이가 몇이나 되었을까? 아마 거의 없었을 것이다. 하지만 2시간의 훈련으로 이들은 변했다.

　우리가 주장하고 싶은 것이 바로 이것이다. 창의성은 배울 수 있다는 사실이다. 광고의 6개의 창의적 유형처럼 우리가 흔히 말하는 창의성의 발현은 일종의 법칙을 따른다. "창의적인 사람에게 그토록 굉장한 일을 어떻게 할 수 있었는지 물어보면 (그들은) 약간 죄책감을 느낀다."라는 잡스의 말을 기억하는가? 그런데 이 말 앞에 잡스는 이런 말을 했다.

　"창의성은 단지 사물을 잇는 것이다. 창의적인 사람들에게 그토록 굉장한 일을 어떻게 할 수 있었는지 물어보면 (그들은) 약간 죄책감을 느낀다."

그렇다. 창의성의 첫 번째 속성은 '연결'이다.

연결이 곧 창의성이다

영화 〈아폴로 13〉에서는 '연결'의 위대한 순간이 드라마틱하게 연출된다. 우주비행사들은 위기를 맞이했다.[194] 우주비행사들의 호흡을 통해 배출된 이산화탄소를 정화하는 이산화탄소 필터(탄소집진기)에 문제가 생겼기 때문이다. 우주선 내에는 여러 개의 탄소집진기가 있었지만, 그 모든 것은 우주선에 최적화된 것이었다. 하지만 우주비행사들은 지구로 돌아오기 위해서 달착륙선으로 갈아타야 했는데 탄소집진기가 달착륙선의 환기시스템과는 맞지 않는 것이었다. 우주비행 관제센터의 엔지니어들이 지금 당장 이산화탄소 필터를 만들어 내지 못하면 공기가 오염될 처지였다. 엔지니어들은 과연 이 문제를 어떻게 해결해야만 할까?

엔지니어의 작전 팀장은 달착륙선에서 사용할 수 있는 모든 장비 목록을 만들라고 지시했다. 목록이 완성되자 엔지니어들을 회의 석상으로 불러들였다. 그리고 회의 탁자 위에 목록에 있는 모든 물건을 올려놓았다. 호스, 통, 가방, 강력 접착테이프 등 갖가지 물건들이 있었다. 그리고 팀장은 물건들을 가리키며 이렇게 말했다.

"탄소집진기가 구멍으로 들어가게 만들 방법을 찾아야 해. 저것들만 이용해서!"

엔지니어들은 자신이 가진 지식을 총동원해서 평범한 물건들을 서로 연결해 보는 시도를 했다. 그리고 얼마 시간이 지나지 않아 이들은 문제를 해결할 수 있는 장치를 만들었다. 창의성이 빛나는 순간이었다.

우리는 보통 창의성이라고 하면 모든 것이 다른 사람들이 생각하지 못한 그 무엇으로 여기는 경우가 많다. 하지만 그렇지 않다. 잡스가 말한 것처럼 창의성은 단지 사물을 연결하는 것에 불과하다. 관제센터의 엔지니어들이 그랬던 것처럼 말이다.

2008년에도 이와 비슷한 일이 있었다. 2004년 인도네시아의 메울라보시는 쓰나미로 큰 피해를 본 후 국제 구호단체로부터 8대의 인큐베이터를 기증받았다.[195] 2008년 MIT 티모시 프레스테로 교수가 그 지역을 방문했을 때에는 8대의 인큐베이터 모두가 고장이 난 상태였다. 열대의 높은 습도와 불완전한 지역 전기 시스템으로 인한 것이었다. 그런데 매뉴얼을 잘 숙지하면 고칠 수 있는 문제였다. 하지만 직원들은 영어로 된 매뉴얼을 제대로 읽지 못했고 부품도 낯선 것들이었기 때문에 고칠 엄두를 내지 못했다.

프레스테로 교수의 연구팀은 인큐베이터 문제를 해결하기 위해서는 단순히 좋은 제품이 중요한 것이 아니라 현지인들이 수리할 수 있어야 한다는 생각을 했다. 또한, 조사를 통해 메울라보시 같은 후진국 마을에도 에어컨이나 노트북컴퓨터, TV 같은 것들은 없지만, 자동차는 있었고 대부분 수리해서 쓴다는 사실을 알아냈다. 연구팀은 만약 인큐베이터를 자동차 부품만으로 만들 수 있다면 마을 사람들이 고장 난 인큐베이터를 스스로 고칠 수 있을 거라는 생각에 이르게 된다. 결국, 그 제품을 완성한다.

새롭게 발명한 인큐베이터는 현지인들이 직접 수리할 수 있을 뿐만 아니라 현지에서 부품을 공급할 수 있기 때문에 제작 또한 가능했다. 대단한 혁신이 아닐 수 없다. 그리고 이 혁신을 이루는 기본은 기존에 있는 것들을 새로운 방식으로 '연결'하는 데에 있었다. 탄소집진기처럼 말이다.

그렇다면 창의적인 논문들은 어떨까? 2011년 노스웨스턴대학교의 두 연구교수는 약 1만 2,000종의 학습지에 발표된 1,790만 편의 학술 논문들을 조사하는 알고리즘을 만들었다.[196] 이 알고리즘은 논문이 얼마나 참신한지 다각도로 알아보는 수단이었다. 분석 결과 논문의 길이나 해당 학문을 연구한 기간과 창의성 사이에는 유의미한 상관관계가 있지 않았다. 그러나 거의 모든 창의적인 논문에는 '이미 알려진 개념들을 새로운 방식으로 연결'했다는 공통분모가 있음이 드러났다. 창의적인 논문들의 경우 약 90퍼센트 이상이 이미 다른 곳에서 발표된 것이고 수많은 학자가 이미 살펴본 것들이었다. 창의적인 논문 또한 '연결'이 핵심이었다.

인류 최고의 발명왕으로 손꼽히는 에디슨 또한 연결의 화신이었다. 에디슨 발명의 특징을 연구한 스탠퍼드대학의 연구 논문은 이렇게 정리했다.

"에디슨과 그의 동료들은 처음 시작한 전신 산업에서 배운 전자기력에 대한 지식을 활용했고, 기존 개념들을 전구, 전화, 축음기, 철도 광산 등과 같은 다양한 산업 분야에 적용했다."

잡스가 처음 아이폰을 발표할 때 그는 그날 3개의 제품을 선보일 것이라고 했다. 새로운 아이팟, 새로운 휴대폰, 새로운 인터넷 커뮤니케이터였다. '새로운'이라는 수식어가 붙었긴 했지만 '혁신'이라는 명함을 주기에는 뭔가 부족했다. 왜냐하면, 이미 기존에 있던 제품들이었기 때문이다. 그런데 실제는 3개의 제품이 아니었다. 이 3개의 제품이 통합된 단 하나의 제품이었다. 그것이 아이폰이다. 다시 말해 아이폰은 기존에 없던 것들로부터 만들어진 것이 아니라 각각 개별적으로 존재하리라 생각했던 것들을 애플만의 방식으로 연결한 제품이었다. 그래서 잡스는 멋쩍어하며 "그냥 연결한 것뿐이야. 거창한 게 아닌데 말이지."라는 식으로 말한 것이다.

그래서 창의성의 첫 번째 태도는 새로운 것을 찾으려고 하기보다는 기존에 있는 것들을 새로운 방식으로 연결하기 위해 바라보고 생각하는 자세다. 우리 책 또한 '공부법'과는 거리가 먼 책이나 논문의 내용을 인용한 것이 상당히 많다. 그런 내용이 '공부법'이라는 개념으로 새롭게 연결이 되었을 때 창의적으로 보일 수 있다.

그런데 이쯤에서 우리는 한 가지 생각해 봐야 한다. 무언가를 '연결'하려면 무엇이 필요할까? 진공 상태에서 무언가를 연결할 수는 없는 노릇이다. 결국, 무언가를 '연결'하려면 '무언가'가 필요하다. 연결에 필요한 재료들이 필요하다는 것이다. 잡스는 앞서 이런 말을 했다.

"창의성은 단지 사물을 잇는 것이다. 창의적인 사람들에게 그토록 굉장한 일을 어떻게 할 수 있었는지 물어보면 (그들은) 약간 죄책감을 느낀다."

그런데 여기서 끝이 아니다. 잡스는 뒤에 이런 말을 덧붙였다.

"뭔가를 한 것이 아니라 그저 본 것이기 때문이다. 일단 눈에 띈 후에는 당연한 것처럼 생각된다. 과거의 경험을 연결하여 새로운 것을 합성하기 때문이다. 그것이 가능한 이유는 경험이 많거나 다른 사람들보다 자신의 경험에 대해 더 많이 생각했기 때문이다."

이 짧은 문단에서 잡스는 '경험'이라는 단어를 세 번이나 쓰고 있다. 창의성 첫 번째 태도가 연결이라면 두 번째 태도는 연결하기 위한 재료를 많이 가지려는 노력이다. 즉 다양한 경험이 있을수록 그 사람은 창의적인 아이디어를 낼 가능성이 커진다. 왜냐하면, 연결할 것들이 많으니까.

다양한 경험

물리학자 아르망 트루소는 다음과 같은 말을 한 적이 있다.

"최악의 과학자는 예술가가 아닌 과학자이며 최악의 예술가는 과학자가 아닌 예술가이다."

예술하지 않는 과학자나 과학하지 않는 예술가 입장에서 들으면 매우 불쾌한 이야기이다. 하지만 연구 결과를 보면 아르망 트루소의 이 말이 그냥 허튼소리가 아님을 알 수 있다. 최소한 과학자 입장에서는 말이다.

1901년부터 2005년까지 노벨상을 받은 과학자들의 취미를 그들이 같은 시대에 살았던 주요 과학자들의 취미와 비교한 연구가 있었다.[197] 비교한 모든 과학자는 과학적 전문성 측면에서는 그리 큰 차이가 나지 않았다. 하지만 노벨상을 받은 과학자들은 다른 과학자들과 명백하게 다른 것이 있었는데 그것은 예술을 즐기는 사람이었다는 것이다.

다른 과학자들과 비교했을 때 노벨상 수상자는 음악(악기 연주, 작곡, 지휘 등)에 대한 취미를 가질 확률은 2배, 미술(스케치, 유화, 판화, 조각 등)은 7배, 공예(목공, 기계, 전기, 유리 등) 7.5배, 글쓰기(시, 희곡, 소설, 단편, 에세이, 대중서)는 12배, 공연(아마추어 배우, 무용수, 마술사)은 무려 22배나 높았다. 다시 말해 노벨상 수상자들은 다른 과학자들보다 더 많이 악기를 연주하고 더 많이 그림을 그렸으며 더 많이 기계를 만졌고 더 많이 글을 썼으며 더 많이 마술을 부렸다는 말이다.

최악의 과학자는 예술가가 아닌 과학자인 것은 모르겠지만, 최고의 과학자는 예술가라는 것은 의심의 여지가 없어 보인다. 그렇다면 왜 이런 결과가 나온 것일까? 예술을 하는 과학자는 과학만 연구하는 학자들보다 더 많은 경험을 했기 때문이다. 새로운 관점을 배웠을 뿐만 아니라 연결할 '무언가'를 많이 가졌을 때 창의성의 길은 열리게 된다.

수천 명의 미국인을 대상으로 한 연구에서도 창업하거나 특허출원을 한 사람들은 일반인들보다 다양한 취미를 가질 확률이 매우 높은 것으로 나왔다. 창의성이 뛰어난 성인을 대상으로 한 다른 연구에서는 이들이 어린 시절 다른 친구들보다 더 많이 이사했음이 드러났다.

마틴 루터 킹의 '나는 꿈이 있습니다' 연설은 역대 최고의 연설 중 하나로 손꼽힌다. 하지만 많은 이가 이 연설의 상당 부분이 '애드립'이었다는 사실은 잘 모른다. 원래는 꿈에 대한 내용이 없었다. 하지만 연설이 시작되고 11분 정도가 지나자 마할리아 잭슨이라는 사람이 갑자기 킹에게 꿈을 말하라고 외쳤다. 그리고 킹은 즉흥적으로 꿈에 대해 연설하기 시작했다. 그래서 준비한 연설보다 실제 연설은 두 배나 더 길었다고 한다.

킹 목사의 연설은 매우 감동적이고 창의적이어서 연단 주위에 모든 사람의 가슴을 뛰게 했다. 그렇다면 킹 목사의 세기적인 애드립은 어떻게 탄생한 것일까? 단순히 연설 천재여서? 전혀 그렇지 않다. 킹 목사의 애드립은 준비된 연설문에는 없었지만, 진정으로 '준비된' 애드립과 다름이 없었다. 왜냐하면, 그는 꿈 연설을 하기 전 그 해에만 350차례나 연설을 했기 때문이다. 그리고 실제 한두 해 전에는 꿈에 관해 이야기한 적이 몇 번이나 있다고 한다. 그의 즉흥적 연설은 전혀 즉흥적이지 않았고 이미 다양한 경험으로 제대로 준비된 연설이었다. 즉흥적으로 꺼낼 쓸 수 있는 엄청나게 많은 자료가 그의 머릿속에 가득 차 있었고 그는 그 자료들을 새로운 환경에 새로운 방식으로 연결하여 연설했던 것이다.

하지만 우리가 이쯤에서 생각해 볼 점은 노벨상 수상자들의 취미가 왜 '예술'이었느냐는 것이다. 과학자와 예술가를 한번 떠올려 보라. 매우 이질적이지 않은가? 한쪽은 철저한 이성과 치밀한 추론으로, 한쪽은 풍부한 감성과 고도의 직관적 예술성으로 승부를 보는 사람들이다. 그런데 이런 이질적인 경험들이 연결되고 융합되었을 때 노벨상급 창의성이 나온다는 것이다.

결국, 다양한 경험이 중요하지만, 창의성을 높이는 데에서는 그 경험들이 다 비슷한 지위에 있는 것이 아니다. 자기에게 이질적이고 낯선 경험일수록 창의성을 발휘할 확률이 높아진다.

서구 문화의 원류는 그리스 문명이었다는 데에는 이견이 없다. 그렇다면 당시 그리스 문명이 융성하게 발전하게 된 계기는 무엇이었을까? 많은 것이 있겠지만, 그 핵심에는 '자유'가 있다.[198] 특히 '여행'의 자유가 있었다. 당시의 고대 국가들은 일반 국민이 타국으로 여행하는 것을 허락하는 나라가 별로 없었다. 하지만 그리스인들은 달랐다. 여행이 자유로워진 그리스인들은 어떤 일이든 직접 경험하고 배우는 데에 열광했다. 최초의 철학자 탈레스는 이집트를 여행했고 아낙시만드로스는 최초의 지도를 만들 정도로 여행광이었다. 플라톤, 피타고라스, 헤로도토스 등도 이집트와 페르시아를 여행하며 배웠던 학문을 국내에 들여와 전파하고 발전시켰다.

독자들도 해외여행을 다녀봤겠지만, 단순 휴양이 아니라 문화를 체험하는 여행을 하면 낯선 느낌을 많이 받았을 것이다. 이웃인 일본만 가더라도 우리와는 확연한 차이를 느낄 수 있다. 이질적 문화를 가진 나라로의 여행은 낯선 경험을 축적해 주고 그 경험들은 창의성을 발휘할 수 있는 귀중한 재료가 된다.

창의성의 이러한 원리를 잘 알고 있는 혁신의 회사 구글은 '토크앳구글'이라는 프로그램을 운영하고 있다.[199] 이 프로그램은 작가, 과학자, 기업가, 배우, 정치인, 그 외 다양한 분야의 인물들을 회사로 초빙해 그 사람의 생각을 듣는다. 이미 2,000명이 넘는 사람들이 이 프로그램의 연사로 나왔다고 한다. 구글 직원들은 자신과 다른 분야에서 다른 생각을 하고 일하는 인물들의 이야기를 들음으로써 낯선 경험들을 축적하게 된다. 그리고 구글의 혁신은 이러한 경험들이 빛을 발하면서 등장하게 되는 것이다.

창의적인 인간이 되고 싶다면 다양하고 낯선 경험을 해라. 우리는 네 가지를 권장하고 싶다.

1) 자신의 전문 분야와 다른 분야의 취미를 가져 보라. 특히 우리는

학창 시절부터 인문/과학 중심의 교육을 받아왔기 때문에 다양한 예술 활동은 창의적인 영감을 떠올리는 데에 큰 역할을 한다. 스포츠를 즐기는 것도 좋을 것이다.

2) 해외여행을 가라. 이질적인 문화를 몸소 체험하는 것은 매우 중요하다. 당신과 완전히 다른 관점으로 세상을 바라보고 낯설게 분석하는 것을 경험하게 될 때 당신은 말 그대로 새로운 관점과 특별한 분석 능력을 갖추게 될 것이다.

3) 다양한 분야의 사람을 만나라. 고 작가와 신 박사는 서로를 통해 새로운 것을 많이 느낀다. 고 작가는 사회과학 전문 작가이고 스타트업을 창업한 경험이 있으며 이론 중심으로 접근하는 경향이 강하고 독학자다. 하지만 신 박사는 자연과학 전문가이고 삼성이라는 대기업에서 일했으며 실험 중심으로 접근하는 경향이 강하고 학업적으로는 엘리트 코스를 밟아 왔다. 단둘의 만남임에도 불구하고 우리는 서로의 창의성에 불을 켜 주고 있음을 느낀다. 하물며 더 다양한 분야의 사람들과의 만남은 어떠하겠는가?

4) 다양한 책을 읽어라. 〈독서〉 장에서 좀 더 자세히 다루겠지만, 책만큼 적은 비용으로 다양한 경험을 선물하는 것은 없다. 하나의 책은 한 사람의 지식과 생각, 그리고 논리와 지성이 진하게 녹아 있다. 당신이 책을 들게 된다면 언제 어디서든 그 깊고 풍부한 경험을 느낄 것이다. 다양한 독서는 창의성의 친구임을 잊지 말자.

도전도 많이, 실패도 많이

창의적인 사람들에 대한 또 다른 오해는 그들이 아이디어를 낼 때마다 탁월한 아이디어를 낸다고 생각하는 것이다. 한마디 내뱉을 때마다 웃음을 터뜨리는 잘나가는 개그맨처럼 말이다. 하지만 실상은 전혀 그렇지 않다. 진짜 창의적인 사람들은 대박 웃음을 만들기 위해 남들보다 썰렁한 이야기를 아주 많이 하는 사람이다. '원 샷 원 킬' 하는 멋있는 스나이퍼라기보다 설정된 방향을 향해 기관총을 난사하는 람보 같은 사람이 창의적인 사람이다.

당신이 기억하는 셰익스피어의 작품은 어떤 것들이 있는가? 실제 최근까지 셰익스피어 작품 중 인기를 끌고 대중에게 사랑을 받는 작품은 〈맥베스〉, 〈리어왕〉, 〈오셀로〉 등 많아야 10개 이내다.[200] 그리고 실제 많은 대중이 셰익스피어가 평생 10개 내외의 대작만을 쓴 것으로 여긴다. 하지만 셰익스피어는 20년에 걸쳐 쓴 희곡만 37편, 소네트는 154편에 이른다. 〈아테네의 티몬〉, 〈끝이 좋으면 다 좋다〉 같은 것들은 셰익스피어의 작품인데도 불구하고 수준 미달이라는 비판을 받았다. 셰익스피어는 대작보다 평범하거나 때론 작품성이 떨어지는 작품이 더 많았다.

클래식 분야도 마찬가지다. 런던 교향악단이 선정한 세계 50대 클래식에 모차르트는 다섯 곡, 베토벤은 네 곡, 바흐는 세 곡이 올랐다. 좀 더 기대치를 낮춰서 대중들에게 사랑받는 곡들까지 포함하면 각각 15곡 내외가 될 것이다. 음악계의 최고의 천재들이라고 할 수 있는 이들은 얼마나 많은 곡을 작곡했을까? 모차르트는 35세에 세상을 떠났음에도 불구하고 작곡한 작품 수만 600여 곡에 이른다. 베토벤은 650곡 이상 작곡했으며 심지어 바흐는 1,000곡에 이른다. 총을 난사하는 람보처럼 보이지 않는가?

피카소는 드로잉 1만 2,000점, 도자기 2,800점, 유화 1,800점, 조각 1,200점을 남겼지만, 찬사를 받은 작품은 극소수에 불과하며 에디슨은 1,098개의 특허를 받았지만 진정 탁월한 발명품은 손에 꼽을 정도다.

아인슈타인은 좀 달라 보일 수 있다. 그는 1905년에만 5개의 논문을 발표하는데 그중 4개가 물리학계의 패러다임을 완전히 뒤흔든 대작이었다. 그리고 그때 나이는 26세에 불과했다. 이 젊은 과학자의 미래가 뻔히 보이지 않는가? 아마 논문 하나하나마다 파괴력이 엄청날 것이라고 우리는 생각할 수 있다. 하지만 결과는 그렇지 않았다. 물론 이후 일반상대성 이론과 후대에 재평가된 우주상수가 등장하기는 하지만 아인슈타인은 무려 248개의 논문을 남겼고 그중 대부분은 과학계에 별 영향을 미치지 못했다.

다음은 창의성 전문가들이 말하는 것들이다.

"큰 영향을 미치거나 성공적인 아이디어를 생산해 낼 확률은 창출해 낸 아이디어의 총수가 많을수록 높아진다."

"아이디어 창출에서는 양이 질을 예측하는 가장 정확한 지표이다."

"독창적인 생각을 하는 사람들은 이상하게 변형되거나, 더는 발전할 의지가 없거나, 완전히 실패작인 아이디어를 많이 생각해 낸다."

"위대한 사람은 덜 열정적인 사람보다 실수를 많이 한다."

"수없이 많은 개구리에게 입맞춤을 해 봐야, 그중에 왕자를 하나 찾아낼 수 있다."

창의적인 아이디어를 잘 내지 못한 사람들은 일단 내는 아이디어의 절대 수가 적을 뿐만 아니라 더 추가적인 새로운 아이디어를 내려고 하기보다 기존에 냈던 아이디어에 집착해 그 아이디어가 완벽해질 때까지 수정하는 것을 반복하는 경향이 있다. 하지만 창의적인 사람은 일단 아이디어를 많이 낸다. 1만 5천 곡의 클래식을 분석한 결과 일정 기간 안에 작곡한 작품 수가 많을수록 음악가가 걸작을 작곡할 확률이 높아진 것으로 나왔다. 많이 시도하는 것 자체가 창의적인 행동인 셈이다.

그런데 시도가 많으면 무엇이 또 많을까? 바로 실패다. 마법에 걸려 개구리가 된 왕자를 찾기 위해 수많은 개구리에게 입맞춤을 시도한다는 것은 실제 수많은 개구리와 입맞춤을 해야 하는 수모를 겪어야 함을 의미한다. 창의적인 사람에게는 도전도 일상이지만 실패도 일상이다. 결국, 실패를 잘 받아들일 수 있는 사고방식을 갖고 있을 때 창의적인 사람으로 성장할 수 있다.

그렇다면 이렇게 말할 수 있을 것이다. 창의적인 사람은 섣불리 결과를 예단하지 않는 사람이다. 어떤 아이디어가 어떻게 반향을 낼지 모르기 때문에 도전하고 또 도전한다. 하지만 실제 성공 확률은 지극히 낮아서 필연적으로 많은 실패를 경험하게 된다. 그래서 창의적인 사람들은 실패를 어려움 없이 받아들이는 성장형 사고방식이 있는 사람들이다. 만약 실패에 자아의 위협을 느끼는 고정형 사고방식을 가졌다면 실패에 대해 두려움에 도전을 포기했을 것이다. 하지만 실패는 삶과 일에 떼려야 뗄 수 없는 일부분이기 때문에 그대로 받아들이고 더 성장하기 위한 발판으로 삼는다.

결국, 창의적인 사람은 도전도 많이 하고 실패도 많이 하는 사람이며 이런 태도는 누구라도 후천적으로 가질 수 있다.

다시 그리고 또다시!

좋은 논문을 쓰기는 정말로 어렵다. 그 이유는 좋은 논문을 구성하는 핵심 요소 중에 하나가 바로 새로운 사실 혹은 새로운 관점을 논해야 하기 때문이다. 특히 전 세계적으로 모두가 연구하는 주제라면 우리가 자고 있을 때도 논문은 전 세계 방방곡곡에서 24시간으로 쏟아져 나온다. 누군가는 미지의 영역을 끊임없이 개척하고 있다.

박사과정 시절 나름 창의적인 아이디어라고 생각하여 논문 주제로 적합한 것 같아 검색을 해 보면 그 창의적인 아이디어는 몇 년 전에 논문으로 발표되어 이미 구시대적인 유물이 된 경우가 허다했다(거의 90퍼센트 이상이었다).

사실 나는 창의하고는 원래 거리가 먼 사람이었다. 특히 과학적 혹은 학술적 창의하고는 지구 반대편에 사는 수준으로 완전 남남이었다. 하지만 학위를 받으려면 어쩔 수 없이 창의적인 사람이 되어야 했다. 그렇다면 나는 과연 어떻게 창의적으로 아이디어를 내어서 졸업할 수 있었을까?

나는 박사과정 논문 주제로 그래핀(Graphene)이라는 새로운 물질을 연구했다. 그래핀은 안드레 가임 경과 노보셀로보 박사에 의해 발견되어 2004년 말에 처음으로 논문에 발표되었다. 내가 연구를 본격적으로 시작한 것은 2008년 말이었다. 당시 우리 연구실에는 그래핀을 연구해 본 사람이 아무도 없었다. 조언을 구할 곳이 단 한 곳도 없었다. 일단 의지할 수 있는 건 논문밖에 없었다. 그래서 피인용지수(Impact Factor)가 높은 학술지부터 논문을 그냥 다 내려받기 시작했다. 당시 그래핀이 제대로 연구된 지 4년밖에 되지 않아서 좋은 학술지에 발표된 논문은 생각보다 많지는 않았다. 그런데 피인용지수가 내려가기 시작하자 논문은 산더미처럼 불어나기 시작했다. 얼추 살펴보니 한 3,000개 정도 되는 것 같았다. 너무 시간이 오래 걸려서 우선 다 내려받는 것을 포기했다.

그러다가 운명의 장난처럼 우리 연구소로 실습하러 온 한 인도 인턴 친구를 만나게 된다. 인도공과대학 학부에 재학 중인 상당히 똑똑한 친구였다. 아쉽게도 당시 연구실이 계속 장비를 세트업 하는 시기여서 그 친구가 실습할 수 있는 게 많이 없었다. 아무 경험도 없이 돌아가게 할 수는 없어서 그 친구에게 문헌 조사를 연습하고 또 그래핀이라는 주제에도 익숙해질 겸 실험하고 남는 시간에 논문 내려받기를 부탁했다. 양이 워낙 많아서 생각보다 힘든 작업이었지만 그 친구가 정말 성실하게 열심히 해 주었다 (여담으로 무급 인턴으로 연구소에 왔지만, 나중에 내가 지도교수님에게 강력하게 요청하여 결국 그 친구는 한 달 치 인건비를 받을 수 있었다).

그렇게 내려받은 논문을 읽기 시작했다. 실력도 시간도 안 돼서 초록만 최대한 정확하게 읽고 그래프 확인 위주로 논문을 훑어 나갔다. 하루에 10개 이상씩 꾸준히 읽어서 6개월 만에 거의 2,000개도 넘는 논문 훑기

(skimming)를 마칠 수 있었다. 큰 그림을 보고 나니 어떤 실험이 진행되었고 어떤 실험이 진행되지 않았는지 알 수 있었다. 진행된 실험 중에서 우리 연구실에 있는 장비들로 추가로 할 수 있는 아이템을 적어 보니 30개 정도의 아이디어가 나왔다. 졸지에 나는 엄청난 아이디어를 내는 창의적인 사람이 되어 버렸다. 분야에 아는 것이 없어서 어떻게 보면 무모할 정도로 많은 논문을 보려고 했던 것이 시작이고 또 운이 좋게 그 과정을 도와줄 인턴 친구를 만날 수 있었고 마지막으로 내공이 부족했기에 논문을 정독하지 않고 훑기(skimming)만 한 것이 맞아 떨어져서 많은 아이디어를 찾아낼 수 있었다.

다시 한 번 강조하고 싶은 것은 나는 아이디어를 만들지(create) 않았다. 단지 전체적인 흐름에서 많은 빈 구석을 발견했고, 그 가능성 중에 우리 연구실에 할 수 있는 부분만 따로 찾아냈(find)다. 물론 창의적으로 아이디어를 내는 방법은 여러 가지가 있겠지만, 누군가 아이디어 고갈 때문에 괴로워한다면 너무 고민만 하지 말고 부지런히 '조사'를 해 보라고 충고해 주고 싶다.

요즘 새롭게 다시 창의적인 사람으로 오해를 받기 시작했다. 바로 페이스북 때문이다. 작년 2015년 12월 시작한 페이스북 페이지 〈인생공부〉는 단 한 번의 하락세도 겪지 않고 현재 25만 명(2016년 11월 기준)의 구독자를 확보하며 정말 빠르게 성장하고 있다. 처음에 페이지를 시작하려고 많은 소셜 미디어 전문가에게 조언을 구했을 때 돌아오는 반응은 하나같이 냉담했다. 하지만 이제는 상황이 바뀌었다. 어떤 아이디어를 이용해서 그렇게 페이지를 빨리 성장시켰는지 자주 문의를 받는다. 어떤 신묘한 아이디어가 우리를 이렇게도 빨리 성장시켰을까? 결론부터 말하면 이번 장에서 배운 것처럼 많이 공부하고 많이 시도하는 것이다.

우선 페이지 시작 전부터 소위 잘나간다는 페이지 30개를 매일같이 분석했다. 많은 사람의 관심을 이끌어 낸 게시물의 특징을 자세히 조사하고 기록했다. 분석을 통해 어느 정도 감은 잡을 수 있었지만, 정답은 얻을 수는 없었다. 예를 들면 거의 비슷한 콘텐츠인데 어떤 페이지에서는 많은 사람이 호응했고 어떤 페이지에서는 반응이 전혀 없었다. 구독자 성향에 따라 반응 정도가 바뀌기 때문에 어떤 특정 형태의 게시물이 인기가 많다고 단순하게 결론을 내릴 수는 없었다. 그렇게 분석을 통해 어느 정도 감만 잡은 상태로 페이지 운영을 시작했다.

매일같이 자체 제작한 콘텐츠를 게시했다. 정말 힘들었지만 거의 하루도 거르지 않고 매일같이 게시했다. 직접 게시물을 포스팅해 보니 확실히 실력을 더 제대로 향상할 수 있었다. 어느 정도 실력이 쌓이자 열 번 게시하면 잘 퍼지는 게시물이 한 번 정도는 나오게 되었다. 인기 게시물이 나오자 기다렸다는 듯이 불법으로 복제해서 사용하는 사람들이 나타났다. 우연히 한 페이지가 흥한 우리 게시물을 불법으로 사용하면서 또 새로운 것을 배울 수가 있었다.

당시 무단 도용한 페이지의 구독자 숫자는 5만 명 정도였고 〈인생공부〉는 10만 명 정도 되었다. 하지만 게시물에 대한 반응은 무단 도용한 페이지가 4배나 높았다. 처음에는 도저히 이해가 되질 않았다. 고민하다가 아주 작은 차이를 찾았는데 그것은 카드뉴스를 요약한 메시지가 다르다는 것이었다. 당시 카드뉴스 내용은 어떻게 커피 쿠폰을 만들어야 고객이 다시 매장을 찾아오게 할 수 있는지 예시를 들고 그 심리학적 배경을 통해 어떻게 하면 일상에서 일의 성취를 증대할 수 있는지를 설명하는 것이었다. 그래서 우리는 "20퍼센트의 일만 잘 끝내면 80퍼센트는 저절로 된다."라는 핵심 요약을 제목으로 사용하였다.

반면에 불법으로 우리 게시물을 사용한 페이지는 "커피 쿠폰의 진실"이라는 제목을 사용하였다. 엄밀히 말하면 핵심 내용을 전혀 반영도 못한 제목이었지만 그것은 중요하지 않았다. 제목이 훨씬 직관적이고 클릭의 충동을 부를 만큼 자극적이었기 때문에 그 문구 차이로 4배 효율의 차이가 발생한 것이었다(물론 구독자 성향도 있겠지만, 추가적 실험을 통해 글자로 따로 뽑아 주는 제목에 따라 게시물 반응의 차이가 엄청나게 난다는 것을 다시 확인했다).

그렇게 이것저것 꾸준히 시도하면서 페이지 운영에 대한 내공을 많이 쌓게 되었다. 여기서도 재차 말하고 싶은 것은 페이지 운영 시작 전에는 소셜 미디어에 관한 아이디어는 전혀 없었다는 것이다. 수많은 실패를 매일같이 반복했지만 거기서 끝내지 않고 적절한 실험 설계를 통해 다시 도전하여 소위 '빵빵' 터지는 게시물을 만들어 낸 것이다.

창의적으로 엄청나게 주목받는 게시물을 만들고 싶다면 내 조언은 다음과 같다. (1) 공부한다 (2) 시도한다 (3) 분석한다 (4) 다시 시도한다 충분한 인내심으로 이 과정을 이겨 낸다면 사람들은 당신에게 이렇게 말할 것이다.

"아이디어가 좋았네!"

창의성과 리스크 관리

비즈니스 세계에서 창업가만큼 창의성이 필요한 이는 없을 것이다. 이들은 새로운 아이템으로 새로운 시장을 개척해야 하는 인물이기 때문에 남들과 다른 그 무엇이 필요하다. 그런데 예비 창업자 두 명이 당신 앞으로 와서 투자를 받으려고 한다. 다른 조건은 모두 같은데 한 예비 창업자는 창업하고 난 이후에도 지금 다니는 직장을 계속 다닐 생각이라고 했고 다른 예비 창업자는 창업하면 지금 하는 일은 그만두고 창업에 집중하겠다고 한다. 당신은 두 명의 창업자 중 누구에게 투자할 것인가?

아마도 창업에 집중할 사람에게 투자할 확률이 높을 것이다. 있는 시간을 다 투자해도 성공을 장담할 수 없는 것이 창업인데 직장을 다니면서 한다는 것은 마음가짐이 부족해 보이기 때문이다. 또한, 앞서 살펴봤듯이 창의적인 기업가라면 투철한 도전의식을 갖고 해야 하는데 확신이 없는 것처럼 직장에 기대어 있다면 기대할 게 별로 없어 보이기 때문이다.

하지만 연구는 완전히 다른 말을 하고 있다. 경영 연구가 조지프 라피와

지에펭은 창업을 할 때 직장을 계속 다니는 게 좋은지, 그만두는 게 나은지를 자세히 연구했다.[201] 1994년부터 2008년까지 기업가가 된 5,000명을 추적조사를 했다. 조사를 해 보니 직장을 다니는 창업자와 직장을 그만둔 창업자의 차이는 창업 자금이 더 필요하다거나 지금의 연봉이 너무 커서 못 그만두는 것과는 별 상관이 없었다. 대부분 직장을 그만두고 창업에 전념한 기업가는 리스크 테이킹, 즉 위험을 감수하는 성향이 강했고 직장을 그만두지 않고 창업에 전념한 기업가는 리스크 헤지, 위험을 회피하는 경향이 높았다. 위험을 어떻게 대하는지에 대한 차이로 그런 결정을 한 것이다.

연구 결과는 예상을 깨는 것이었다. 직장을 그만두고 창업한 사람들보다 직장을 가진 상태에서 창업을 한 사람들의 창업 성공 확률이 무려 33퍼센트나 높았다. 도전의식이 강하며 위험을 무릅쓰고 과감히 나아가는 기업가보다, 위험에 민감하며 항상 안전판을 생각하는 조금 소심해 보이는 기업가가 더 성공할 확률이 높다는 사실이다.

나이키 창업자인 필 나이트는 창업하고도 3년 동안이나 회계사 일을 그만두지 않았다. 존 레전드는 첫 앨범을 내고 2년 동안이나 경영컨설턴트 일을 계속했으며 스티븐 킹은 첫 작품을 쓰고도 7년 동안이나 다른 일을 했다. 애플의 공동 창업자 워즈니악은 창업 이후에도 다니던 직장 휼렛패커드를 계속 다녔으며 구글 창업자들은 검색엔진을 만들었지만, 창업을 하면 박사 학위를 그만둬야 할 상황이 올까 두려워 검색엔진을 그냥 팔려고 했다. 하지만 팔리지 않았고 검색엔진을 개발하고 2년이 지나서야 이들은 대학을 휴학했다. 빌 게이츠도 대학교 중퇴를 했지만, 실상은 중퇴가 아니었다. 그는 창업할 때 휴학을 했고 나중에 일이 잘되자 학교를 그만둔 것이다.

결국, 비즈니스에서 창의적 기업가들은 아무 생각 없이 위험을 감수하지 않았다. 그것이 아무리 멋져 보이고 또한 어느 정도 확신이 있다고 하더라도 이들은 안전판이 없으면 창업의 세계에 완전히 집중하지 않았다. 당연히 이렇게 위험을 관리하려고 하는 기업가는 실제 회사를 경영할 때도 그의 성향이 그대로 투영되었을 것이다. 눈앞이 확실해 보이는 기회가 있더라도 그것이 진짜 기회인지 몇 번이고 재확인하고 또한 실패했을 때를 대비했을 것이다.

그렇다면 이렇게 위험을 관리하려는 기업가들이 위험을 감수하는 기업가들보다 비즈니스에 성공 확률이 높은 이유가 무엇일까? 나는 두 가지 이유가 있다고 생각한다. 한 가지는 창업자의 내적인 부분이고 다른 한 가지는 창업자의 외적인 부분이다.

발달심리학자 존 보울비가 아기들을 놓고 실시한 실험으로는 부모와 애착 관계가 형성된 아이일수록 실제로 탐구심이 높은 것으로 나타났다. 반대로 부모와 불안전 애착을 형성한 아이들은 제대로 된 탐구심을 보이지 못했다. 저 멀리 갖고 싶은 자동차가 있어도 어찌할 바를 몰라 허둥댔다. 다시 말해 아이의 탐구심과 호기심은 부모라는 안전 기지가 튼튼할 때 발현된다는 사실이다.

이는 아이들뿐만이 아니다. 어른도 마찬가지다. 만약 믿을 만한 구석이 전혀 없는 상태에서 무언가를 도전하게 되면 실패에 대한 중압감 때문에 일을 제대로 못 할 수가 있다. 만약 그 일이 단순한 것이라면 모르겠다. 하지만 창업에 성공하기 위해서는 새로운 아이디어를 만들고 그것을 실제로 실현해야 한다. 이때 실패에 대한 중압감이 그 사람의 정신에 영향을 미친다면 창의적 발상에도 악영향을 미치고 실제 아이디어를 실현할 때에도 시야가 좁아져 제대로 일을 해결할 수 없을 확률이 높다.

《결핍의 경제학》이라는 책을 보면 가난이라는 것이 단순히 경제적 어려움만 주는 것이 아니라 한 사람의 인지적 자원을 치명적으로 침해한다는 사실을 알 수 있다. 돈은 보통 생존과 관련이 있고 인간의 뇌는 그 어떤 것보다 '생존'을 최우선시하기 때문에 돈 문제에 시달리면 실제 비즈니스에 뇌를 풀가동시킬 수 없다. 당연히 창업을 성공시킬 창의적 아이디어는 나오기가 쉽지 않게 된다.

그런데 이런 내적인 문제보다 더 중요한 것은 외적인 문제다. 우리는 언론이나 각종 책을 통해 경제, 경영, 정치에 관련된 미래예측 시나리오를 너무 자주 접하다 보니 경제, 경영, 정치 등의 미래를 인간이 예측할 수 있다고 착각하는 경우가 많다. 심지어 이 세 분야는 실제 예언가를 자처하는 인간도 많아서 일반인들은 '전문가'라면 당연히 예측은 잘하지라고 생각하기에 십상이다.

하지만 경제, 경영, 정치 등은 정확한 미래 예측을 완전히 허락하지 않는다. 이는 복잡계에 속한 세계이기에 인간의 수준에서 도저히 미래가 어떻게 될지 알 수가 없기 때문이다. 그것을 정확히 안다고 떠드는 인간들은 알 수 없는 미래를 팔아 잇속을 챙기려는 사기꾼들이다. 물론 미래를 예측하는 것은 중요하다. 그런데 중요한 이유는 미래를 정확히 예측함이 아니라 다양한 미래 시나리오를 소유함으로써 예상치 못한 미래에 대비하고 신속하게 대응을 하기 위해서이다.

자, 미래를 알 수 없다는 것을 전제한다면 우리는 어떻게 행동을 해야 할까? 만약 운과 불운이 50퍼센트 확률로 당신에게 온다고 하자. 그런데 만약 당신이 올인을 했는데 불운이 왔다면 어떻게 될까? 회사는 폐업을 해서 기회 자체가 사라진다. 하지만 당신이 이번에 실패해도 재기할 수 있는 여지를 남겨 두었다면? 회사는 망하지 않았으므로 기회가 있는 것이다. 알 수 없는 미래에 기회를 계속 잡기 위해서는 완전히 망해서는 안 된다. 재기하고 다시 도전할 수 있는 안전판이 있어야 한다는 것이다.

짐 콜린스 연구팀이 87,117개 회사의 자산 대비 현금비율을 비교했을 때 연구팀이 지정한 위대한 기업들의 경우 그 비율이 중간값보다 3~10배나 높은 것으로 나왔다.[202] 또한, 비교 기업들과 비교해 조사 기간 80퍼센트 동안 더 높은 자산 대비 현금비율과 부채 대비 현금비율을 유지하고 있었다. 그래서 짐 콜린스는 "위대한 기업들은 재무적 충격을 완화하고 흡수하는 방안을 마련하는 데 있어서 피해망상과 신경과민에 걸린 별난 기업들이었다."고 진언하고 있다.

이런 정신은 위대한 기업뿐만 아니라 스타트업에도 그대로 적용된다. 에릭 리스는 '린 스타트업'이라는 개념을 만들었는데 자신이 실제 벤처 기업을 창업하여 성공한 사례를 일반화한 것이다.[203] 그전까지 전통적인 실리콘밸리 벤처기업의 제품 개발 프로세스는 다음과 같았다. 먼저 핵심적인 아이디어를 도출하고 이후 제품 개발과 출시를 위한 정확한 스케줄을 짜고 필요한 예산을 마련한 뒤 제품 개발에 온 힘을 기울인다. 특히 모두 자신들의 제품이 세상을 놀라게 할 것이라는 생각을 하므로 제품 개발이 완성될 때까지 이 모든 과정을 철저히 비밀에 부친다. 하지만 제품이 세상에 나오는 순간 대부분 제품은 소비자에게 외면을 당하게 되고 제품 개발에 올인한 이 스타트업은 역사 속으로 사라진다.

하지만 린 스타트업은 조금 다르다. 처음부터 세상을 놀라게 할 명품을 만들 생각은 교만으로 치부하고 승산이 있는 새로운 아이디어가 나오면 조금은 어설프지만, 이 새로운 아이디어를 테스트할 수 있는 최소한의 제품을 빠르게 만들어 출시한다. 이런 제품을 MVP(Minimum Viable Product)라고 한다. MVP를 출시하고 이에 대한 고객들의 반응을 파악한 후 이를 분석하여 발 빠르게 제품을 개선한다. 만약에 처음 아이디어를 세울 때 세웠던 가설이 잘못되었다고 판단했다면 미련 없이 방향을 선회한다. 이를 Pivot(방향 전환)이라고 한다. 이런 일련의 시행착오를 거쳐 제품의 완성도를 높인 뒤 검증된 가설을 바탕으로 마케팅 및 판매 전략을 수립하고 본격적인 제품 출시 및 판매를 실행한다. 이것이 바로 린 스타트업이라는 경영전략이다.

그렇다면 왜 이런 경영 전략이 주목을 받을까? 아마존 창업자 제프 베조스(Jeff Bezos)는 기존에 수립한 비즈니스 모델이 그대로 진행되는 경우는 거의 없다고 한다. 즉, 이 말은 아무리 초창기 아이디어가 좋고 분명히 성공할 것처럼 보인다고 해도 실제로 제품이 나오면 실제 성공 확률은 높지 않다는 것이다. 애플이 처음부터 아이폰을 만들었던 것이 아니었다. 처음에는 모토로라와 공동으로 락커(Rokr)라는 휴대폰을 만들었다. 하지만 참패했고 이를 교훈 삼아 아이폰이라는 빅히트 상품을 낼 수 있었다.

기업의 세계는 불확실성이 지배하는 세상이다. 아무리 자신의 아이디어에 대한 확신이 있어도 외생 변수가 너무나 많으므로 실패할 확률이 매우 높다. 그러므로 처음 제품을 내놓을 때 자신이 가진 모든 것을 올인할 경우 실패 뒤 재기하기가 어렵다. 결국, 불확실성을 이기는 것은 리스크를 제대로 관리한 현명한 시행착오다.

창의적인 인간은 도전도 많이 하고 실패도 많이 하는 시행착오형 인간이다. 하지만 똑똑해야 한다. 실패했을 때 다시 도전할 수 없다면 어떻게 계속 도전을 하겠는가? 실패의 비용이 무시할 정도로 적거나 실패의 비용을 감당할 수 있는 안전판이 있을 때 도전하고 또 도전하는 것이다.

열정을 갖고 과감하게 위험을 감수하는 자가 아닌, 특히 비즈니스 세계에서는 위험을 회피하고 안전판을 세워 이후를 대비할 수 있는 자가 결국 창의적 기업가로서 끝까지 생존하게 될 것이다.

Chapter 12

독서

독서는
모든 공부의
기초다*

우리는 우리가 읽은 것으로부터 만들어진다.

: 마틴 발저 :

질문이 사라진 학교

EBS 〈왜 우리는 대학에 가는가〉 제작팀은 수업시간에 누가 질문을 자주 하면 어떤 일이 벌어질까를 알아보기 위해 다섯 번 이상 질문할 대학생(질문맨) 한 명을 섭외했다.[204] 제작팀은 어떤 내용이든 상관없으니 수업 중 궁금한 사항이 있으면 순수하게 질문하면 된다고 말했다. 그런데 섭외 학생은 질문하는 것이 쉽지 않은 듯했다. 그는 이렇게 말했다.

iiiiiiiiii

* 고 작가는 이미 2015년에 독서가 우리에게 어떠한 영향을 주고, 우리에게 도움이 되는 독서법은 어떠한 것들이 있는지, 뇌과학, 인지심리학, 행동경제학 등을 중심으로 종합 정리한 《어떻게 읽을 것인가》를 출간했다. 이번 〈독서〉 장은 새로운 내용도 상당히 들어가지만 큰 맥락은 《어떻게 읽을 것인가》의 내용을 따를 것이며 더불어 최대한 핵심을 추려서 독자에게 전할 생각이다.

"이거 너무 어려운 것 같은데요? 이거 괜히 했다가 이상한 사람 되는 거 아니에요?"

괜한 걱정 같아 보였다. 아무리 그래도 수업시간에 질문 좀 많이 했다고 이상한 사람 취급받겠는가?

수업이 시작됐다. 시간이 한동안 지났지만, 질문하는 학생은 아무도 없었고 교수의 목소리 이외에는 그 어떤 음성도 들리지 않았다. 간혹 교수가 학생들에게 질문하면 대부분 고개를 숙이고 교수의 눈을 피하기 바빴다. 대답 없는 대학생들에게 체념한 듯 더 묻지 않고 교수는 다시 수업을 진행했다.

그때 침묵을 깨고 질문맨이 질문을 했다. 처음에는 학생들은 별로 신경 쓰지 않은 듯 보였다. 하지만 수업 도중에 질문이 몇 번 더 이어지자 어떤 학생은 황당한 표정을, 어떤 학생은 짜증 내는 표정을, 어떤 학생은 화가 나는 듯한 표정까지 지었다.

수업이 끝나고 제작팀은 다른 학생들에게 질문맨의 질문이 어땠는지 물어봤다. 소수의 학생은 긍정적인 반응을 보였지만 대다수는 부정적인 반응이었다. 심지어 '너무 나댄다'라고 거친 발언을 쏟아낸 이도 있었다. 이런 분위기를 감지해서인지 질문맨은 질문을 할 때 "뒤통수가 따갑고, 긴장되고, 부끄럽기도 했어요."라고 말했다.

이러한 교실 풍경은 2010년 서울에서 있었던 G20 정상회의에서 미국 오바마 대통령의 폐막 연설 때 있었던 일을 떠오르게 한다. 오바마는 연설을 마치고 "한국 기자들에게 질문권을 드리고 싶군요."라고 말했다. 개최국에 대한 예의로 세계에서 찾아온 수많은 기자 중에서 한국 기자에게 특권을 준 것이다. 아마 기자 입장에서는 최고의 기회 중

하나라고 여길 수 있다. 한국 기자로서 미국 대통령에게 직접적인 질문을 할 기회가 거의 없기 때문이다. 당연히 거의 모든 한국 기자가 질문하고 싶어 손을 들 것이라 예상할 수 있다.

하지만 손을 든 한국 기자는 단 한 명도 없었다. 오바마는 "한국어로 질문하면 아마 통역이 필요할 겁니다."라고 웃음을 유도하며 분위기를 이어갔다. 그때 한 명의 기자가 손을 들었다. 그런데 그 기자는 한국 기자가 아니라 중국 기자였다. 오바마는 정중히 거절하며 한국 기자에게 기회를 주고 싶다고 말했다. 하지만 한국 기자는 단 한 명도 질문하지 않았다. 결국 오바마 대통령에 대한 질문권은 중국 기자에게로 넘어갔다.

우리는 왜 이렇게 질문을 하지 않을까? 여러 가지 이유가 있을 것이다. 침묵을 깨고 혼자 무언가를 말하는 것 자체가 창피하거나 잘못된 질문을 할까 봐 걱정돼서 안 할 수 있다. 혹은 강의를 듣는 사람이 너무 많은데 괜히 질문해서 방해되지 않나 하는 조심성 때문에 안 할 수 있다. 하지만 이런 것들보다 더 근본적인 이유가 있다. 우리는 원래 질문을 잘하는 사람들이었다. 아이들을 보라. 아이들은 부모가 지칠 정도로 질문해 댄다. 학교에서도 서로 싸울 듯이 질문을 한다. 하지만 초등학교 후반부, 중학교, 고등학교를 거치면서 아이들은 질문하는 법을 잃어버린다. 왜 그럴까? 그것은 학교가 정답형 학생을 만들기 때문이다.

인생을 살다 보면 답이 있는 것보다 답이 없는 것이 많으며 답 그 자체를 스스로 창조해야 할 때가 더 많다. 하지만 우리는 수능으로 대변되는 거대한 시험을 중심으로 오로지 한 문제에 하나의 답만이 있는 훈련과 그 답을 잘 맞힌 학생을 높이 평가하는 교육 속에 살고 있다.

그리고 그러한 교육은 '큰 배움'을 뜻한 대학에서조차도 변치 않고 이어지고 있다. 그것도 우리나라 최고의 대학에서 말이다.

질문 못 하는 기자

이혜정 소장의 《서울대에서는 누가 A+를 받는가》에서는 제목 그대로 수재들이 모인다는 서울대에서 최고의 성적을 거두는 학생들이 어떻게 공부를 하는지에 대해서 자세히 나온다.[205] 이혜정 소장은 성적 우수자들의 공부법을 연구해 성적이 잘 나오지 못하는 학생들을 도와주기 위해 연구를 시작했다고 했다. 하지만 연구를 시작하자 예상치 못한 결과가 발생했다. 최고 수준의 성적을 기록한 학생들의 공부법을 알아냈지만, 도저히 이 방법을 다른 학생들에게 적용할 수 없었기 때문이다. 어려워서가 아니었다. 바람직하지 않아서였다.

이혜정 소장은 서울대 2, 3학년에 재학 중인 최우등생 150명 중에 자발적으로 응한 46명의 학생을 심층 인터뷰했다. 그리고 1,213명의 일반 학생들 또한 설문조사를 하여 최우등생과 일반 학생들을 비교했다. 비교한 결과 최우등생은 일반 학생과 특별히 다른 한 가지 공부법이 있었다. 바로 노트 필기였다. 그런데 노트 필기가 좀 독특했다. 교수의 말을 요약하는 것이 아닌 교수의 말을 토씨 하나도 빼지 않고 적은 것이다. 최우등학생 중 87퍼센트가 교수가 언급한 내용 그대로를 받아 적는다고 했다. 그리고 실제 시험을 볼 때 그 노트를 중심으로 공부했다. 교수의 말 자체가 정답이었고 그 정답을 잘 알고 있는 자가 A+라는 성적을 받을 수 있었다.

심지어 어떤 학생은 여러 자료도 찾아가면서 폭넓고 흥미로운 마음을 갖고 공부를 했는데 성적이 잘 나오지 않자 최우등생들이 했던 방식 그대로를 따라 해 보기로 했다. 그러자 거짓말처럼 성적이 올랐다. 하지만 그 학생은 공부의 재미를 잃어버린 것 같다고 말했다.

그렇다면 질문이 없다는 것은 무엇을 의미하는가? 지적 호기심이 빈약하다는 것이다. 지적 호기심에 휩싸인 사람은 아마존을 탐험하는 것과 같지만, 지적 호기심이 사라진 사람의 여행은 삭막한 사하라 사막을 걷는 것과 같다. 공부가 흥미로울 리가 없다.

질문이 사라졌다는 것은 또 무엇을 의미하는가? 현상에 대한 의문이 없다는 것이다. 의문이 없다는 말은 '비판적 사고'의 결여를 뜻한다. 당연한 현상에 '정말 그럴까?'라는 의문을 던질 수 있을 때 성장과 발전이 있을 수 있고 새로운 것이 탄생할 수 있다.

이혜정 교수는 미국 교수들과의 대화를 통해 한국 학생들이 '논문'을 잘 쓰지 못한다는 이야기를 듣게 된다.[206] 논문을 쓰는 과정이나 연구 과정은 크게 6단계로 나눠볼 수 있다.

1단계 : 연구 주제를 찾는다.
2단계 : 정해진 연구 주제의 답을 도출하기 위해 어떤 방법으로 어떻게 진행할지 연구방법론 및 절차를 설계한다.
3단계 : 연구와 관련이 있을 만한 각종 자료 및 선행 문헌들을 읽고 분석한다.
4단계 : 연구 설계에 따른 절차(실험, 개발, 조사, 인터뷰)들을 직접 수행한다.

5단계 : 연구 결과를 분석(통계분석 등)한다.

6단계 : 분석의 결과가 무엇을 의미하는 것인지 해석하고 결론을 도출한다.

그런데 한국 학생들은 2~5단계는 무척 잘하는 한편 1단계와 6단계에 서툰 편이라고 한다. 그런데 특히 1단계를 못한다는 것은 매우 치명적인 이야기일 수 있다. 왜냐하면, 연구나 논문을 본인 스스로 시작할 수 없다는 것과 같은 말이기 때문이다. 어떤 연구를 하고 어떤 논문을 써야 할지를 잘 알지 못한다면 도대체 어떻게 '시작'을 할 수 있겠는가? 그래서 대부분 교수에게 주제를 받아서 하게 된다. 하지만 언제고 주제를 받아서 할 수는 없는 노릇이다. 결국 1단계는 '질문'할 수 있는 능력이 있는가에서 시작한다. 연구 주제를 정한다는 것은 '왜 그럴까?', '왜 이 연구가 필요한가?', '이 연구는 다른 연구들과 무엇이 다른가?', '연구 결과가 무슨 기여를 하게 될 것인가?' 등의 질문 속에서 탄생하는 것이기 때문이다.

우리나라 학생들이 이렇게 질문을 잃어버리고 비판적 사고를 상실해버린 것은 지금까지 논의를 통해 알 수 있듯이 학생들의 잘못이 아니다. 교육 시스템이 정답형 인간으로 학생들을 그렇게 만들었기 때문이다. 하지만 비즈니스를 하고 사회 문제를 해결하고 무언가를 창작하는 것에서는 대부분 정해진 답이 없거나 더 높은 수준의 답이 필요하다. 기존의 답에 의문을 표해야 하며 나만의 새로운 해답을 찾아가야 한다. 어찌 되었든 혼자라도 그 일들을 해내야 한다. 그렇다면 우리의 잃어버린 질문을 어떻게 스스로 찾아낼 수 있을까?

우리는 '독서'를 통해 가능하다고 생각한다.

지적인 호기심과 만나다

1994년 카네기멜론대학교의 심리학자인 조지 로웬스타인은 호기심이란 '정보 간극'에 대한 반응이라는 이론을 제시했다.[207] 우리가 이미 알고 있는 것과 알고 싶어 하는 것 사이에 간극이 있을 때 호기심이 생긴다는 것이다. 그리고 정보의 간극은 '질문'의 형태로 나타나게 된다. '이 책에는 무슨 내용이 있을까?', '독서가 과연 질문을 이끌어 낼 수 있을까?', '정보 간극이 진정으로 의미하는 바가 뭐지?' 같은 질문들은 우리가 불완전한 정보를 갖고 그 불완전한 빈틈을 메우고 싶어 하고 던지는 것이다. 그런데 이 이론은 그렇게 새롭다고 하기는 좀 그렇다. 왜냐하면, 20세기 중반에 이미 대니얼 벌라인을 통해 호기심에 대한 비밀의 단초가 제공되었기 때문이다.

벌라인은 한 실험에서 실험 참가자에게 여러 모양의 도형을 보여 주었다. 도형은 아주 단순한 형태에서부터 매우 복잡한 것까지 있었다. 그런데 사람들은 도형의 복잡도에 따라 응시하는 시간이 달랐다. 단순한 도형 같은 경우는 사람들이 지루해해서 별로 긴 시간 보지 않았지만, 모양이 복잡해지자 응시하는 시간이 길어졌다. 하지만 복잡도가 더 커지자 사람들은 도형에 관심을 접기 시작했다.

이 실험에서 우리가 이끌어 낼 수 있는 통찰은 호기심이란 이미 알고 있는 것(단순한 도형)이나 전혀 모르는 것(너무 복잡한 도형)에는 발동되지 않는다는 것이다. 하지만 어느 정도 지식이 있지만 완벽하게 채워지지 않은, 즉, '지식'과 '지식의 부재'가 적절히 균형을 이루었을 때 호기심은 기지개를 켜기 시작한다.

이미 다 아는 내용은 재미가 없고 너무나 생소하거나 이해하기 어려운 내용은 관심이 안 간다. 그 주제에 대한 기초 지식은 있지만, 내용을 읽어 보니 자신이 몰랐던 부분을 시원하게 긁어 줄 때 우리는 강한 지적인 호기심을 느끼고 몰입하게 된다. 그래서 조지 로웬스타인은 이렇게 말한다.

"정말로 호기심이 많은 사람과 정말로 호기심이 없는 사람이 딱 정해져 있다고는 생각하지 않아요. 물론 개인차도 있긴 하겠지만, 중요한 것은 '어떤 맥락에서' 새로운 정보를 만나느냐 하는 거지요. 그리고 맥락 요인 중에서 가장 중요한 것은 그 분야에 대한 지식이 있느냐, 없느냐입니다."

결국, 지적인 호기심을 갖고 '왜'라는 질문을 던지기 위해서는 그 분야에 대한 지식이 있어야 한다는 것이다. 그리고 지식이 있을 때에야 비로소 '지식의 공백'을 느끼게 되고 더 알고자 하는 욕구가 발현되는 것이다. 그렇다면 지식을 얻을 수 있는 가장 보편적인 방법은 무엇일까? 당연히 독서다. 독서로 습득한 다양한 지식은 아이러니하게도 지식의 공백을 만들어 우리를 지적 호기심의 세계로 이끈다. 그리고 그 세계의 문은 '질문'을 통해 열린다.

하지만 지식도 다 수준이 같은 게 아니다. 어떤 지식은 그저 사사로운 정보 하나를 더해 주는 것뿐이나 어떤 지식은 큰 그림을 그리게 해 준다. 당연히 우리는 큰 그림을 그리는 정보에 더 큰 호기심을 느낀다.

한 실험에서 실험 참가자들이 컴퓨터 스크린에 45개의 빈 네모 칸을 보고 칸을 클릭하면 어떤 그림이 나오게 했다. 그런데 한 그룹은 칸마다 여러 종류의 동물 그림이 하나씩 다 들어가 있었고 다른 한 그룹은 한 칸을 클릭하면 큰 동물의 극히 일부분만을 보게 하였다. 실험 결과 두 번째 그룹이 첫 번째 그룹보다 클릭을 압도적으로 많이 했다. 첫 번째 그룹은 금방 클릭하다가 지겨워했지만 두 번째 그룹은 전체 그림이 궁금하여 계속 클릭을 한 것이다.

검색을 통해 단편적인 정보를 얻거나 대부분 짧은 인터넷 글을 보는 행위는 실험의 첫 번째 그룹과 같다. 더 추가적인 지적인 호기심을 유도하지 못한다는 것이다. 하지만 책 한 권을 읽는 것은 큰 그림을 보는 것과 같고 더 나아가 더 큰 그림이 있음을 알려 주기도 한다. 두 번째 그룹과 같은 상황이다. 이렇듯 독서는 우리의 지적인 호기심을 자극한다.

그런데 호기심은 '지식 감정'임을 알 필요가 있다. 우리에게 얼마의 지식이 부족한지는 결코 알 수 없다. 왜냐하면, 지식의 끝이 어딘지도 모르고 갈 수 없기 때문이다. 지식의 부재는 느끼는 것이다. 여기에 큰 함정이 있다. 혹시 우리 책의 목차를 보고 지식의 부재를 느꼈지만 동시에 이렇게 말하는 사람이 있을지도 모르겠다.

"내가 모르는 것들이 꽤 있는 것 같네. 그런데 뭐 공부가 다 똑같지 않나? 보면 뻔할 것 같은데?"

가끔 자기가 세상사 꿰뚫어 보는 것처럼 말하는 이들이 있다. 이런 사람들에 대해 노벨상 수상자인 대니얼 카너먼은 이렇게 말한 적이 있다.

"세상사를 다 파악했다고 생각하는 속 편한 확신을 떠받치는 것은 자신의 무지를 무시할 수 있는 무한한 능력이다."

　그리고 경험적으로 자신의 무지를 무시할 수 있는 무한한 능력의 소유자들은 두 부류가 있다. 교양이 부족한 자, 즉 독서를 거의 하지 않는 사람들이다. 다른 하나는 독서를 하되 자신의 전문 분야만 하는 사람들이다. 첫 번째 부류는 무식해서 확신에 차 있고 두 번째 부류는 편협함으로 확신에 차 있다.

　둘 다 독서를 통해 치유될 수 있다. 첫 번째는 독서를 본격적으로 시작만 해도 되고 두 번째 부류는 남독(濫讀), 즉 다양한 독서를 하면 된다. 지식은 쌓일수록 지식의 공백은 커지는 법이다. 어떤 한 분야의 전문가는 다른 분야로 가면 초보자나 다름없다. 자신이 전문적 지식에 관한 책이 아니라 자신과 다른 분야의 책을 읽게 되면 '내가 모르는 게 정말 많구나!'라는 생각을 하게 된다. 그래서 독서는 지적인 겸손을 선물하되 특히 남독한다면 콧대 높은 전문가에까지 겸손한 자세를 허락할 수 있다.

　결국, 독서는 지식을 주고, 지식의 부재가 있음을 알게 하고, 지식의 부재를 실제로 느끼게 해 줌으로써 우리로 하여금 지적인 호기심을 갖도록 한다. 그리고 지적인 호기심을 느끼는 당신은 당연히 '질문'을 던질 수밖에 없을 것이다.

비판적 사고 그리고 책이라는 것

고 작가는 처음 책을 읽을 때 말콤 글래드웰의 작품에 사로잡혔다. 사회 과학서임에도 불구하고 스토리텔링이 워낙 뛰어나고 그만의 독특한 글 구성으로 많은 사람을 열광하게 했다. 고 작가가 처음 말콤에게 빠지게 된 계기는 그의 책 《티핑포인트》에서 키티 제노비즈의 사건에 대한 재해석 부분을 읽었을 때이다.

1964년 키티 제노비즈라는 젊은 여성이 아파트 근처에서 괴한에게 한 번은 칼에 찔리고 도망가다가 다시 그 괴한에게 강간을 당하고 다시 도망가다가 재차 칼에 찔려 사망한 사건이 발생했다.[208] 그런데 이 사건이 미국에서 크게 회자했던 이유는 범행의 잔혹함 말고 다른 이유가 있었다. 목격자가 38명이나 있었지만, 누구도 신고를 바로 하지 않았기 때문이다. 시대의 무관심이 이런 참사를 낳았다는 반성의 물결이 미국을 뒤덮었다.

그런데 말콤은 이 사건을 완전히 다른 방향으로 재해석한다. 목격자가 너무 많아서 신고를 안 했다는 것이다. 말콤은 목격자가 혼자일 때보다 다수일 때 위급한 환자를 더 도와주지 않는다는 실험을 근거로 내세운다. 이런 현상을 방관자 효과라고 하는데 혼자 있으면 위독한 사람에 대한 책임감을 홀로 다 느끼지만, 다수가 있으면 책임이 그만큼 분산돼서 적극적인 행동을 하지 않는다는 것이다. 실제로 거리에서 사고를 당하거나 위험에 처할 때 불특정 다수를 향해 도와 달라고 말하는 것보다 특정 사람을 지목해 도움을 요청하는 것이 더 효과적이다.

고 작가는 말콤의 재해석을 통해 사건을 단순하게 해석해서는 안 된다는 사실을 깨달았다. 하지만 얼마 지나지 않아 키티 제노비즈 사건을 다른 책에서 만나게 된다. 바로 스티븐 레빗의 《슈퍼괴짜경제학》을 통해서 말이다.

스티븐 레빗은 40세 이전 최고의 경제학자에게 주는 '존 베이츠 클라크 메달'을 받은 사람으로 이 메달을 받은 사람들을 쉬운 말로 '천재'라고 부른다. 스티븐은 책에서 키티 제노비즈 사건을 세세하게 추적한다.[209] 그리고 사건이 알려진 바와는 다르게 크게 왜곡되어 있다는 사실을 알게 된다. 목격자는 38명이 아니라 6명이었고 심지어 6명 중 한 명의 신고로 범인이 잡혔다는 것이다. 이 얼마나 황당한가. 그런데 진짜 황당한 사람은 말콤일 것이다. 멋지게 해석했더니 그것은 잘못된 정보였다. 책의 중요한 부분이 아무런 의미가 없어져 버린 것이다.

그런데 고 작가는 여기서 새로운 사실을 깨닫게 된다. 자신이 아무리 좋아하는 사람이라도 틀릴 수 있다는 사실이었다. 우리는 보통 누군가를 좋아하면 왜곡된 눈을 갖곤 한다. 특히 특정 정치인을 지지하게 되면 그의 잘못된 것은 일부러 보지 않으려는 경향까지 있다. 말콤은 틀렸고 고 작가는 이것을 그대로 받아들이게 된다. 이후 고 작가는 말콤의 책에서 뜻밖에 많은 오류가 있음도 찾아내게 된다. 너무나 좋아했던 말콤을 '비판적'으로 바라보게 된 것이다.

천재인 스티븐은 어떨까? 그는 《괴짜경제학》이라는 책에서 1990년대 미국의 범죄율이 드라마틱하게 줄어드는 일에 관해 매우 충격적인 해석을 내놓는다.[210] 대부분 경찰력 강화 등 그럴싸한 해석을 내놓았는데 레빗은 1973년에 있었던 낙태 합법화가 범죄율을 하락시켰다고 주장하는 것이었다. 책에서는 여러 가지 통계를 근거로 삼아 자신의 주장을 빈틈없이 풀어낸다. 고 작가는 책을 읽을 때 그저 고개를 끄덕일 수밖에 없었다. 게다가 그는 천재 아닌가?

하지만 스티븐 핑커는 자신의 책 《우리 본성의 선한 천사》를 통해 스티븐 레빗이 통계적으로 어떤 실수를 했는지 낱낱이 밝혀낸다.[211] 천재 경제학자도 한 방 먹은 것이다. 고 작가는 핑커의 책을 읽으면서 어떤 권위 있는 사람이라 할지라도 틀릴 수 있다는 사실을 깨닫게 된다.

다시 말해 고 작가는 우리가 너무나 좋아해서, 그 내용은 너무 당연해서, 그 사람은 누구나 인정할 만한 권위 있는 사람이기 때문에 틀릴 리가 없다는 생각은 하지 않기를 다시 다짐한 것이다. 고 작가는 이렇게 책을 통해 비판적 사고를 기르게 됐다.

책을 많이 읽다 보면 다양한 생각과 다양한 주장들이 충돌한다는 사실을 알게 된다. 그리고 그 충돌 속에서 살아남은 독자는 비판적 사고라는 엄청난 무기를 얻게 된다. 하지만 단순히 비판적 사고만을 얻는 것이 아니다. 비판하는 방법 또한 알게 된다. 상대방의 주장하는 바를 정확히 이해하고 명확한 근거를 가지고 비판하는 것이다. 실제 비판적 사고, 즉 critical thinking이라는 용어는 교육학에서 단순히 무언가를 의심하고 의문을 품는 것만을 의미하지 않는다. 비판적 사고는 '증거에 근거해서 결론을 내리는 개인의 능력과 경향'을 포함한다.[212] 비판적 사고는 독서를 통해 얻은 지적 보물과 같다.

지적인 호기심, 비판적 사고와 함께 책이 잃어버린 질문을 되살릴 수 있는 이유는 책이라는 것 자체가 저자가 스스로 던진 질문에 대한 답을 찾는 대서사이기 때문이다. 고 작가의 《어떻게 읽을 것인가?》는 다음과 같은 질문으로 시작하는 책이다.[213]

독서는 우리에게 무엇인가?
독서는 우리에게 어떠한 영향을 주는가?

어떠한 독서법들이 있는가?

모두에게 효과적인 독서법은 있는가? 있다면 그것은 무엇인가?

어떻게 하면 우리 모두 진정한 독서가가 될 수 있을까?

…………

　신 박사의 《빅보카》 또한 '단어를 어떻게 외우는 것이 가장 효율적일까?'라는 질문에 대한 해답으로 만든 책이다. 이렇듯 책에는 저자 스스로 던진 질문과 그에 대한 답이 치열하게 전투를 벌인다. 독자는 이 전쟁을 바라보면서 자연스럽게 '질문'의 힘을 느끼게 되고 때로는 그 전쟁에 같이 참전하게 되는 것이다. 치열하게 전투를 하는 동안 독자는 잃어버린 질문을 던지고, 생각하게 되며 동시에 지적인 호기심과 비판적 사고를 함께 기르게 된다.

　하지만 독서의 힘은 여기서 멈추지 않는다. 지금부터 다양한 독서법을 알아보고 각각의 독서법이 어떤 의미를 갖는지 어떻게 우리의 성장을 도와주는지에 관해 알아보도록 하자.

처참한 성인 문해력

OECD는 나라별로 성인 문해력 평가(PIAAC)를 실시한다. PIAAC는 직장인이 다수인 성인을 대상으로 한 평가로 생산성과의 상관관계를 알아보려는 것이 주목적이다. PIAAC는 읽기 문해력, 수리 능력, 기술적 문제 해결 능력 등 세 가지 영역에서 시행되는데 그 이유는 이 세 가지 능력을 21세기 인재로서 꼭 갖춰야 할 것이라고 OECD는 보기 때문이다. 권재원 박사는 자신의 책《그 많은 똑똑한 아이들은 어디로 갔을까?》를 통해 2013년 PIAAC를 심층 분석을 해 놓았는데 우리에게 주는 시사점이 남다르다.[214]

OECD는 문해력을 이렇게 정의한다.

"텍스트를 이해하고, 평가한 뒤 이를 활용할 수 있는 능력이다. 문해력은 단순히 단어와 문장을 해독하는 것을 넘어 복잡한 텍스트를 읽고 그를 해석하고 평가하는 능력까지 모두 아우른다(단, 텍스트의 생산(작문)은 이 능력에 포함되지 않는다)."

한마디로 독서 능력을 뜻한다. 등급은 1~5등급으로 나누어지는데 5등급으로 갈수록 문해력이 높은 것이다. 권재원 박사의 분석에 따르면 문해력과 사회경제적 성취 간의 차이가 상당한 것으로 나왔다. 4~5등급의 문해력을 가진 사람은 1등급의 문해력을 가진 사람보다 임금은 2.9배, 봉사활동 참여도 2.5배, 자기 신뢰 2.3배, 취업률 2.2배, 건강은 2.1배가 높은 것으로 나왔다. 물론 이것은 우리나라가 아니라 OECD 평균으로 분석한 것이지만 문해력과 사회경제적 지위 및 성취가 얼마나 높은 상관관계를 맺는지를 나타낸다.

또한, 분석 결과 노동생산과 업무상 문해력 활용은 플러스 상관관계를 맺는 것으로 드러났다. 대부분 업무가 텍스트로 되어 있다는 것을 상기해 봤을 때, 내용을 제대로 이해하고 추론하고, 비판적으로 바라볼 수 있는 능력의 유무는 생산성과 직결될 가능성이 크다.

그렇다면 우리나라 성인의 문해력 수준은 어느 정도일까? OECD 국가 딱 평균에 위치한다. 우리나라 학생이 보는 국제 학업 성취도 평가(PISA)는 세계 최고 수준이지만 어찌 된 건지 성인들의 문해력은 상대적으로 너무 떨어져 보인다. 게다가 나이별 문해력 수준을 보면 나이를 먹을수록 문해력이 떨어지는 것으로 나왔다. 60세 이상이야 예전에 학교를 제대로 다니기 힘들었다고 해도 50세 이전은 왜 이렇게 문해력이 형편없게 나왔을까? 답은 뻔하다. 독서를 하지 않아서다. 더 중요한 것은 우리나라 성인 문해력 평균이 겨우 2등급에 머무른다는 사실에 있다. 문해력 2등급에 대한 설명은 다음과 같다.

"둘 이상의 정보를 통합할 수 있고, 비교 대조하거나 간단한 추리나 추론을 할 수 있다. 정보에 접근하고 필요한 정보를 식별하기 위해 다양한 디지털 텍스트를 검토할 수 있다."

우리는 단순한 정보를 이해하고 간단한 추론을 할 수 있는 정도의 문해력 수준이라는 뜻이다. 하지만 우리나라 평균적인 성인은 문해력 3~5등급을 할 수 있는 능력이 없다는 뜻이기도 하다. 3~5등급에 대한 설명은 다음과 같다.[215]

3등급 : 여러 페이지에 걸친 비교적 난해하고 긴 문장을 이해할 수 있다. 텍스트의 구조를 이해하고 여기에 구사한 수사법을 간파하고 해석할 수 있으며 여러 곳에서 정보를 얻고 해석하여 적절한 추론을 할 수 있다.

4등급 : 복잡하거나 긴 텍스트에서 여러 단계에 걸쳐 체계적으로 정보를 조합, 해석, 축적할 수 있다. 텍스트의 배경에 깔린 주장을 해석하거나 평가할 수 있으며, 이를 적용하여 복잡한 추론이나 설득을 할 수 있다.

5등급 : 다양한 분야를 아우르는 어려운 텍스트에서 정보를 찾고 축적할 수 있다. 또한, 텍스트에서 핵심 아이디어를 추려 내고 분류하고 재구성할 수 있으며 증거와 논증에 기반을 두어 평가할 수 있다. 이들은 논리적이고 개념적인 모형을 수립할 수 있으며, 텍스트에서 핵심 정보를 추출하고 객관적으로 그 신뢰도와 타당성을 평가할 수 있다.

한마디로 우리나라 대한민국 평균적인 성인은 좀 복잡한 문장을 제대로 이해하지도 평가하지도 못한다는 사실을 알 수 있다. 또한, 토론도 쉽지 않다. 왜냐하면, 토론을 원활하게 하기 위해서는 3등급 이상은 되어야만 하기 때문이다. 우리가 유독 토론에 약한 이유가 토론 문화가 약해서인 것도 있지만 기본적인 문해력이 뒤처지기 때문이기도 하다.

반면 PIAAC에서 1등을 차지한 일본의 경우 성인 평균은 3.5등급에 이른다. 특히 전체 성인의 70퍼센트 이상이 토론이 가능한 3등급 이상이다. 특히 권재원 박사의 분석 중 눈길을 끌었던 대목은 일본의 경우 문해력이 가장 높은 연령대가 30~40대였고 OECD 평균도 그랬다. 하지만 우리만 나이가 들수록 문해력이 떨어진다. 30~40대가 20대보다 텍스트를 이해하는 능력이 떨어진다는 사실이다. 이러한 결과는 재차 말하지만 우리나라는 학교를 나서자마자 독서를 하지 않기 때문이다. 그런데 그 학교는 대학교가 아니다. 통계를 보면 중학교를 나서자마자 우리는 책과 담을 쌓게 된다.

2015년 독서 실태 조사에 따르면 중학생은 일 년에 평균 20권의 책을 읽지만, 고등학생들은 연간 8.9권, 성인은 연간 9.1권의 책을 읽는다.[216] 형편없는 수준이다. 평균적인 30세 성인이고 이 사람이 80세에 죽는다면 이 성인이 평생 책을 읽는 시간은 10개월 정도밖에 되지 않는다. 10개월은 이 사람이 평생 화장실 가는 시간과 같다. 더 심각한 상황은 책 읽는 시간 자체가 계속 준다는 사실이다. 2010년에는 성인이 하루 평균 31분 동안 책을 읽었으나 5년이 지난 2015년에는 24분으로 20퍼센트 이상 줄었다. 반면 일본 성인은 우리나라 성인보다 책을 3.5배나 평균적으로 많이 읽는다. 일 년에 30권이 넘는 수치다.

정리해 보자. 문해력은 개인 생산성에 지대한 영향을 미치는데 우리나라의 경우 평균적으로 토론이 불가능한 2등급의 문해력에 머무른다. 이를 해결하려면 다른 수가 없다. 독서를 해야 한다.

그렇다면 어떤 독서법으로 독서를 시작해야 할까? 독서의 첫 시작은 단연 '다독(多讀)'이다.

다독이 첫 시작이다

독서, 솔직히 좋다는 것을 모르는 사람은 거의 없다. 하지만 하기가 어렵다. 그렇다면 왜 독서가 이리 어려운 것일까? 스티븐 핑커는 이런 말을 한 적이 있다.

"소리에 관한 한 아이들은 이미 선이 연결된 상태이지만, 문자는 고생스럽게 추가 조립해야 하는 액세서리다."

이 말의 뜻은 우리의 뇌가 말에는 자연스럽게 반응하지만, 글을 읽는 것은 그렇지 않다는 것이다. 대부분 아이는 특별한 교육이 없어도 말을 하지만 한글 독해는 교육을 통해서만 가능하다. 글자에 단순히 노출되었다고 글자를 아는 것이 아니라는 말이다. 한 나라에 글자를 모르는 비율인 문맹률은 있지만 한 나라에 말을 못하는 비율인 어맹률이 없는 이유이기도 하다. 우리나라도 과거 글자 교육이 보편화하지 않았을 때에는 문맹률이 매우 높았다. 노인대학에서 이제야 한글을 배우는 어르신들을 떠올려 보라. 이분들은 수십 년 동안 한글에 노출되었던 분들이었다. 하지만 따로 교육을 받지 못해 한글을 알 수 없었다.

게다가 독서는 뇌의 다양한 정보원, 특히 시각과 청각, 언어와 개념 영역을 기억과 감정의 부분들과 연결하고 통합하는 매우 복잡한 과정이다.[217] 한마디로 처음 독서를 할 때는 뇌를 완전 가동해야 할 정도로 독서는 매우 부담스러운 행위인 셈이다. 독서하는 뇌는 없고 독서에 타고나는 사람도 극히 드물다. 전부라고 말할 수는 없지만, 독서가 힘든 것은 뇌의 보편적인 특성 때문에 타고나는 사람이 거의 없어서다. 그런데 왜 주변의 극소수는 일 년에 100권 이상의 책을 어려움 없이 읽을까? 그 이유는 뇌의 가소성 때문이다. 뇌는 변할 수 있다. 독서하는 뇌가 아닌데 독서하는 뇌로 변한 것이다. 실제로 숙련된 독서가는 초보 독서가들보다 더 효율적인 뇌 사용을 보여 준다.

그렇다면 어떻게 독서하는 뇌로 바꿀 수 있을까? 다른 수는 없다. 오직 독서를 많이 하는 것밖에.

그런데 보통 독서를 좀 한다는 사람 중에 책을 많이 읽는 것보다는 좋은 책을 깊게 정독하는 것이 좋다고 말하며 초보 독서가에게 권하는 사람이 있다. 취지는 좋으나 뭘 모르는 말씀이다. 초보 독서가의 경우 대부분 독서가 어려워서 초보 독서가다. 이 사람들은 깊은 정독이 실상 거의 불가능할 뿐만 아니라 책을 너무 진지하게 읽으면 십중팔구 책 읽는 중간에 포기한다. 게다가 경험상 좋은 책은 두껍고 매우 깊은 지식이 포함되는 경향이 있다. 평소에 책 읽는 습관이 들지 않은 사람에게 대부분의 양서는 초반 부분도 넘기지 힘든 산이다.

초보 독서가는 먼저 책과 친해지고 독서에 습관을 들여야 한다. 그래서 읽고 싶은 책을 골라 '이 책을 제대로 읽어야지', '서평을 써야지', '내용을 거의 숙지해야지' 등의 생각은 절대 하지 말고 그냥 편하게 읽는 것이 중요하다. 대신 매일 1시간 이상 꾸준하게 책을 읽음으로써 책과 친해지고 만약 이렇게 2~3달 꾸준히 하게 되면 서서히 습관이 들기 때문에 그 이후부터는 책 읽는 것이 점점 편해지게 된다. 게다가 책 읽는 절대 권수가 늘어났기 때문에 자신감 또한 생기며 뿌듯함도 생긴다.

그리고 독서를 해 보면 아는데 어느 정도 독서량과 수준이 되면 자신도 모르게 서서히 양서를 정독하고 재독하고 해부하는 자신을 보게 된다. 어떤 책은 하나의 책이 100권의 가치가 있다는 사실을 개인적으로 깨닫기 때문이다. 그래서 정독 이후 다독이 아니라 초보 독서가라면 다독 이후 정독을 하는 것이다. 재차 말하지만, 그것도 다독하면 대부분 스스로 정독의 길을 찾게 되니 잔소리할 필요도 없다.

다독은 계독(系讀)과 남독이 있다. 계독은 한 분야의 계보에 따라 책을 읽는 것을 말하고 남독은 다양한 책을 읽는 것을 말한다. 어떤 식으로 처음 접근하든 상관없긴 하지만 성인이라면 처음에는 계독하기를 추천한다. 자신의 관심 있는 분야나 일이나 전공과 관련된 분야의 책을 최소 50권 많게는 200권 정도 읽어 보는 것이다. 한 분야의 독서량이 이 정도 쌓이게 되면 준전문가 수준의 식견을 얻게 된다. 그렇게 되면 자신이 하는 일에 직접적인 도움이 될 뿐만 아니라 전문가들을 비평할 정도의 실력을 갖춘 자신을 보며 삶에 큰 자신감을 얻을 수 있다.

하지만 한 분야만 책을 파게 되면 자칫 생각이 편협해지거나 교만해질 수 있다. 책이 쉬워지므로 저자를 우습게 볼 수 있기 때문이다. 그래서 남독이 필요하다. 다양한 책을 읽게 되면 앞의 고 작가의 경우처럼 비판적 사고를 얻을 뿐만 아니라 창의성을 발휘하는 많은 재료를 머릿속에 심을 수 있다. 또한, 모르는 분야의 책을 접하면서 겸손 또한 얻을 수 있다.

우리는 독서하는 뇌가 아니다. 그래서 독서가 어렵다. 하지만 뇌의 가소성으로 독서하는 뇌로 변할 수 있다. 어떻게? 책을 많이 읽음으로써 가능하다. 처음부터 양서를 정독하려고 하지 말자. 자신이 초보 독서가라면 편안한 마음으로 손이 가는 대로 책을 읽자. 하지만 다독을 하자. 매일 한 시간 이상 2~3달 꾸준히 독서를 하면 습관이 형성되는데 이때부터는 서서히 독서가 삶의 일부분처럼 느껴진다. 책 권수를 늘려 나가면서 자신감을 얻자. 그리고 그렇게 만나 본 책 중에 소위 씹어 먹고 싶은 책이 등장하면 정독을 하도록 하자. 처음에는 계독으로 시작해 한 분야의 준전문가가 되고 그다음 남독을 통해 비판적 사고, 창의성, 겸손을 배우도록 하자.

그 외 독서법 : 만독, 관독, 재독, 낭독

지금까지 다독, 계독, 남독을 알아봤는데 그 외 유용한 독서법에 대해서 간략하게 알아보도록 하자.

1) 만독(慢讀) : 만독은 느리게 읽는 것을 말한다. 글자를 느리게 읽는

것이 아닌 책 한 권을 완전히 해부하는 것을 뜻한다. 모르는 용어는 물론이고 책에 나오는 생물, 예술 작품, 특정 장소 등을 실제 체험해 본다. 책에 등장하는 다른 책도 읽어 보고 책을 요약하고 자기 생각도 적어 보며 더 나아가 저자의 다른 책까지 함께 읽어 봄으로써 한 작가의 생각 변천을 알아가는 것도 만독이다. 학생 같은 경우는 만독을 적극적으로 추천하며 성인의 경우도 어느 정도 다독이 되었다면 만독에 도전해 보길 바란다. 만독 방법은 여러 가지가 있지만, 대학생이나 직장인들이 할 수 있는 가장 간략한 만독 방법을 소개하면 다음과 같다. 먼저 정말 씹어 먹고 싶을 정도로 감명 깊은 책을 선정한다. 그리고 읽는다. 일독한 뒤 재독을 할 때 챕터 별로 요약을 한다. 요약할 때 자기 생각을 덧붙이거나 연관된 다른 자료를 함께 적으며 하나의 글로 만들면 더욱 좋다. 글의 수준에는 너무 신경 쓰지 않아도 된다. 처음에는 다 못한다. 성장형 사고방식! 처음엔 못하는 게 당연하니 있는 대로 글을 만들어 보자. 마지막으로 블로그나 SNS로 자신의 글을 공개해 보자. 공개된 글쓰기를 하면 집중도가 배가 될 뿐만 아니라 퇴고도 더 잘하게 되고 무엇보다 대중에게 피드백을 받을 수 있으므로 성장에 있어서 최고의 전략이 된다. 이런 과정을 꾸준히 하게 된다면 어느새 하나의 완성된 멋진 글을 쓰는 자기 자신을 만나게 될 것이다.

2) 관독(觀讀) : 하나의 관점을 갖고 책을 읽는 것을 말한다. 관독은 고 작가가 만들어 낸 개념이다. 보통 책을 읽을 때는 그냥 읽거나

책에서 무슨 말을 하나라는 생각으로만 읽는 경우가 많다. 하지만 하나의 관점을 갖고 보면 의외의 결과를 얻을 수 있다. 예를 들어 고 작가는 처음 독서를 할 때 서평을 잘 쓰지 못했다. 책을 다 읽고 서평을 쓰려고 하니 도대체 어떻게 써야 할지 갈피를 잡을 수 없었기 때문이다. 게다가 전체 주제만 생각날 뿐 세부 내용에 대해 기억도 나지 않았다. 그런데 고 작가는 단 하루 만에 갑자기 서평을 줄줄 쓰기 시작했다. 아주 간단한 방법이 있었는데 고 작가는 그것을 몰랐다. 그 방법은 책을 읽을 때 서평에 대한 '관점'을 갖고 읽는 것이었다. 그러자 그전에는 관심도 두지 않았던 서문과 차례가 눈에 들어왔다. 서문은 저자의 의도가 차례는 책의 구조가 그대로 드러나 있기 때문에 서문과 차례만 잘 챙겨도 서평 쓰기가 매우 편해진 것이다. 특히 고 작가는 책을 쓰기 위해 책을 볼 때는 철저히 관독을 한다. 예를 들어 공부법 책을 쓰려는 관점으로 다른 책들을 바라보면 그전에는 큰 의미 없이 넘겼던 내용과 이론들이 공부법과 연계가 되기 시작한다. 심지어 그 내용과 이론이 공부와는 거리가 먼 것이라고 할지라도 말이다. '사회성' 파트에서 등장한 진사회성 동물의 내용을 기억하는가? 그 책은 진화생물학에서 '개미'를 중심으로 써진 책에서 인용한 내용이다. 공부법하고는 거리가 멀다. 하지만 '공부법'이라는 관점으로 그 책을 보자 새로운 연결이 될 수 있음을 알게 된 것이다. 센스 있는 독자는 여기서 눈치챘겠지만, 관독은 단순히 독서법에만 국한되지 않는다. 거의 모든 콘텐츠 제작, 아이디어 발굴에 도움이 된다. 특정 관점을 가지고 세상을 바라보면 때로는 많은 것들을 놓칠 수 있겠지만, 자신에게 진짜 중요한 것을 얻게 된다. 관독은 추상화를 그리는 것과 같다. 자신이 생각하는 본질을 제외한 모든 것들을 쳐내는 것이다. 만약 관독 훈련이 제대로 된다면 새롭고 창의적인 콘텐츠를 만드는 데에 큰 무기를 얻은 것과 같다고 할 수 있다.

3) 재독(再讀) : 재독은 다시 읽는 것이다. 그런데 그저 반복적으로 읽는 것을 의미하지 않는다. 한 번 읽은 후에 어느 정도 시간이 흐르고 망각의 강을 건넌 다음에 읽는 것을 말한다. 프루스트는 재독에 대해 이렇게 말했다.[218] "오늘 예전에 읽었던 책을 들추어 보는 것은 그것들이 사라져 버린 날에 대해 우리가 간직하는 유일한 기록이기 때문이며, 이제는 존재하지 않는 거처와 연못의 그림자가 그 책장 위에 비치는 것이 보고 싶기 때문이다." 재독은 과거의 나를 만날 수가 있다는 말이다. 고 작가는 신영복 선생의 《감옥으로부터의 사색》을 읽을 때마다 방황했던 20대가 떠오른다고 한다. 그리고 책에 대해 이렇게 평했다. "《감옥으로부터의 사색》은 내게 다가오는 30대를 준비하게 해 준 책이다. 나는 평생 이 책을 내 가까운 곳에 둘 것이다. 이 책 속에는 내 20대의 영혼이 한기를 품고 그대로 살아 숨쉬기 때문이다. 캐나다 수필가인 스탠 퍼스키는 '독서가들에게는 백만 권의 자서전이 있음이 틀림없다.'라고 했다. 《감옥으로부터의 사색》은 신영복 선생의 이야기이자 곧 내 이야기이다. 내 20대가 쓰인 자서전이다." 우리 책이 10년 후에 여러분의 과거를 그대로 녹아 낼 수 있는 그런 책이 될 수 있을까? 그랬으면 좋겠다. 그런데 재독은 과거의 내 모습만을 보게

하지 않는다. 독서 전문가 매리언 울프는 이런 고백을 한 적이 있다. "나는 《미들마치》를 대여섯 번쯤 읽었다. 그런데 작년에야 비로소 미스터 캐소본에 대한 이 대목을 약간 다른 눈으로 읽을 수 있었다. 나는 30년 동안 이상주의적인 도로시아의 환멸에만 철저하게 공감했다. 이제야 캐소본의 두려움, 이루어지지 못한 그의 희망, 그리고 젊은 도로시아에게 이해받지 못하는 데서 느끼는 그만의 환멸을 이해하기 시작한 것이다. 캐소본에게 공감할 수 있을 날이 올 것이라고는 단 한 번도 생각해 보지 못했다. 하지만 이제는 아주 겸손하게 그것을 인정해야 할 것 같다. 조지 엘리엇 역시 그러했다. 어쩌면 나와 비슷한 이유에서였을지 모른다. 독서는 우리의 삶을 바꾼다. 한편으로는 삶이 독서를 바꾸기도 한다." [219] 매리언 울프는 재독을 통해서 자신이 변했음을 알 수 있었다. 그렇다. 재독은 과거의 자신을 보게 할 뿐만 아니라 변해 버린 현재의 자신을 인지시켜 준다. 그래서 고 작가는 재독을 '자아의 시간 여행'이라고 명했다. 지금 자신의 책장을 돌아보면서 과거 감명 깊게 읽었던 책을 펼쳐 보라. 멋진 자아의 시간 여행을 떠날 수 있을 것이다. 매우 즐거운 독서가 될 것이다.

4) 낭독(朗讀) : 낭독은 소리 내어 읽는 독서법이다. 아마도 지금 이 책을 읽는 독자 중 책을 소리 내어 읽는 사람은 거의 없을 것이다. 성인들은 대부분 소리 내지 않고 책을 읽는 묵독을 한다. 하지만 문자가 처음 생기고 나서 한참이나 묵독은 없었다. 오로지 낭독만을 했다. 아우구스티누스의 고백록에는 다음과 같은 내용이 나온

다. "그가 독서를 할 때 눈은 책장 위를 훑고 있었고 그의 심장은 그 의미를 탐색하고 있었지만, 소리를 내지 않았고 혀도 움직이지 않았다. 종종 우리가 그를 만나러 갔을 때 우리는 그가 이처럼 침묵 가운데 책을 읽는 것을 보았고 절대 소리 내어 읽지 않았다. 암브로스가 쉽게 목이 쉬기 때문에 목소리를 아끼려 한 것 같다." [220] 당시만 해도 암브로스 주교처럼 침묵 가운데 책을 읽는 것은 매우 생소한 것이었다. 그 이유가 있다. 왜냐하면, 당시의 책들은 모두 띄어쓰기가 없었기 때문이다. 띄어쓰기가 없는 책은 묵독으로 읽기가 매우 힘들다. 하지만 낭독으로는 문제없이 읽을 수 있다. 하지만 낭독을 하면 묵독보다 깊이 읽기가 쉽지가 않다. 소리를 내는 것에 신경을 써야 해서 깊고 폭넓은 사유가 힘들기 때문이다. 이후 필사가들에 의해 띄어쓰기가 발명되고 우리는 묵독을 할 수 있게 되면서 깊이 읽기라는 선물을 얻게 된다. 하지만 낭독은 묵독이 주지 못하는 몇 가지 혜택을 준다. 유시민 작가가 말했듯이 좋은 글이란 말이 되는 글이어야 한다. 그런데 묵독을 할 때보다 낭독을 하게 되면 그 글이 말이 되는 글인지 안 되는 글인지를 바로 알 수 있다. 그래서 낭독은 퇴고에 매우 유용하다. 중요한 이메일을 보내거나 글을 제출할 때 마지막에 꼭 낭독해 보자. 그리고 말이 되게 글을 고치는 것이다. 말이 되는 글만 되더라도 글의 수준은 현저하게 올라가게 된다. 글의 마무리 투수는 낭독임을 잊지 말자.

독서 습관을 만드는 7가지 방법

지금부터는 독서 습관을 만들 수 있는 실질적인 방법 7가지를 소개하려고 한다. 습관은 보통 10주를 넘기면 생기기 시작한다. 습관이 생기면 이제 독서가 좀 더 편해지기 시작하는데 그 10주를 가기 위해서는 적절한 전략이 필요하다.

7가지 모두 유용할 뿐만 아니라 우리가 실제 경험한 것들임으로 지금 당장 활용해 보도록 하자.

1) 스마트폰과 멀어지기 : 현재 30세인 사람이 죽을 때까지 스마트폰을 보는 시간이 7년 전후 정도다. 독서는 10개월인데 말이다. 책을 읽을 때는 스마트폰과 거리를 둬야 한다. 독서 습관이 들기 전에는 완전히 차단하는 게 좋다. 1시간 혹은 30분이라도 독서를 할 때는 스마트폰을 끄거나 비행기 모드로 해 두는 게 좋다. 고 작가 또한 중요한 독서를 할 때는 비행기 모드로 해 놓고 책을 본다. 스마트폰과 멀어질수록 독서는 가까워진다.

2) 특정 장소 : 자신이 책을 읽기에 최적의 장소를 물색한다. 독서하기에 기분이 좋은 장소여도 좋고 책을 읽을 수밖에 없는 장소여도 좋다. 고 작가는 처음 독서 습관을 만들 때 카페에서 만들었고 지금도 독서의 주 무대는 카페다. 커피와 독서, 얼마나 환상적인 궁합인가. 출퇴근 시간 지하철을 이용해도 좋다. 지하철에서는 '무조건' 책만 읽는다는 마음가짐으로 스마트폰을 꺼두고 독서를 하는 것이다.

실제 연구에서도 변화에서 장소 활용은 성공률이 매우 높다. 자신만의 독서 장소를 찾아보자.

3) 인지부조화 이용하기 : 말이 어렵지만 한마디로 '그냥' 읽는 것이다. 독서를 하기 싫을 때조차도 그냥 읽어 본다. 독서는 하기 싫은데 나 자신이 독서를 하면 인지부조화에 순간 빠지게 된다. 뇌는 인지부조화를 싫어한다. 그래서 대부분 독서를 그만둔다. 그런데 만약 하기 싫은데도 계속하면 어떻게 될까? 뇌는 인지부조화를 벗어나기 위해 '자기정당화'를 발동시킨다. '내가 독서를 싫어하는 게 아니야. 봐봐! 난 지금 독서를 하고 있잖아! 난 원래 독서를 좋아한다고!' 좀 과하게 표현했지만 실제로 이런 메커니즘이 뇌에서 만들어진다. 고 작가는 특히 글쓰기를 할 때 이 전략을 주로 이용한다. 글을 정말 쓰기 싫어도 그냥 앉아서 쓰는 것이다. 그런데 그렇게 버티다 보면 언제 그랬냐는 듯이 글을 쓰고 싶지 않은 마음이 상당 부분 사라지고 어느새 글을 마감하게 된다. 한번 믿고 해 보시라!

4) 책을 한꺼번에 많이 사기 : 읽고 싶은 책을 한 권씩 사는 게 아니라 5권에서 10권 정도의 책을 산다. 그리고 집에 잘 보이는 장소에 딱 진열해 놓자. 눈에 자주 밟히기 때문에 '내가 앞으로 읽을 책들이 저기 많구나'라는 생각과 함께 독서를 해야 함을 잊지 않게 된다. 움베르토 에코는 반서재라는 개념을 말했다. 서재에 읽은 책만 있으면 무슨 재미로 서재에 가겠냐는 것이다. 읽지 않은

책들이 모여 있는 서재는 매력적이다. 독자를 이끈다. 물론 책 쇼핑은 중독성이 강하니 조심해야 한다.

5) 독서 모임 : 독서 모임을 만들거나 가입하는 것도 좋다. 모임을 하게 되면 의무적으로도 책을 읽게 된다. 또한, 책으로 만난 사람들과의 모임은 삶의 질을 향상해 준다.

6) 3~4권 동시에 읽기 : 책이 재미없을 때 어떻게 해야 할까? 고민하지 마라. 그냥 덮고 다른 책 읽으면 된다. 그러면 꺼졌던 독서 욕구가 회생하는 기적을 맛볼 때가 생긴다. 게다가 다시 전에 봤던 책을 보게 되면 이미 몇십 페이지를 읽어 놨을 것이다. 남은 분량이 적어졌기 때문에 고지가 좀 더 낮아 보이게 되고 독서의 저항이 사라져 책을 읽을 확률이 올라간다. 그런 의미에서 책 쇼핑할 때 1~2권은 정말 읽고 싶은 책을 사 놓을수록 좋다. 책이 재미없을 때 정말 읽고 싶은 책으로 마음에 반전을 일으키는 것이다. 효과를 보장한다.

7) 다독가를 주변에 두기 : 페북, 블로그 등 다독하는 사람과 친구 및 이웃이 되어 보자. 다독가여서 책과 관련된 콘텐츠가 자주 올라오고 그것으로 독서에 큰 자극을 받게 된다. 왕성한 독서가들을 보면서 가슴속에 큰 동기부여가 된다. 게다가 이들은 좋은 책을 많이 소개해 준다. 양서와 악서의 차이는 단순히 시간 낭비 그 이상의 차이다. 어떤 책이 양서인지 큰 비용 없이 알게 되는 것만으로

도 상당한 이득이다. 다독가를 옆에 두도록 하자.

독서, 인생 성장의 자양분

삼성에서 일할 때 이야기이다. 삼성에서 같은 부서에 일하는 젊은 친구들의 역량은 아주 훌륭했다. 주어진 일을 정말로 대부분 아주 잘 수행했다. 그런데 뭔가 아쉬운 점이 있었다. 친구들이 일은 잘했지만, 대부분이 업무적으로 혹은 지적으로 성장하는 모습을 찾아볼 수 없었다. 그렇게 성장 없이 연차만 올라갔기에 다수의 사원, 대리 친구들이 점점 회사에 염증을 더 많이 느꼈다.

기업 강연이나 상담을 통해서 사회 초년생 친구들의 이야기를 들어 보면 회사에 대한 불만이 정말 많다. 그 불만 중 큰 부분을 차지하는 것이 "회사에서 배우는 것이 없다."라는 것이다. 사실 회사는 더는 학교가 아니다. 회사에서 배우는 게 없는 것처럼 느껴지는 이유는 직접 경험의 한계가 명확하기 때문이다. 입사하기 전까지 대부분의 공부는 간접 경험을 통해서 이루어진다. 그래서 절대적인 지식 습득의 양만 보면 학교에서 공부할 때가 훨씬 많이 배우게 된다. 사실 회사에서 가장 좋은 학습 방법은 내가 배운 것을 활용해서 내 지식의 깊이를 더하는 것이다. 똑같은 지식을 간접적으로 배운 경우와 경험을 통해서 배운 경우는 겉으로 보기에 아는 것은 비슷할지 모르겠지만, 깊이와 섬세함 그리고 그 지식에 대한 확신 정도는 비교조차 되지 않는다.

그렇다면 회사에서 성장은 그렇게 어렵지 않게 느껴진다. 열심히 일하면서 직접 경험을 통해 우리의 내공을 높이면 되는 일 아닌가? 그런데 왜 이 간단한 원리가 실제에서는 구현되지 않는 것인가? 그 이유도 간단하다. 내가 이미 축적한 지식이 실제 업무에 적용되는 경우가 생각보다 없기 때문이다. 적용되지 못하는 이유는 두 가지이다. 첫째는 내가 축적한 지식의 양이 너무 적거나 혹은 그 깊이가 업무에 적용될 만큼 성숙하지 않았기 때문이다. 두 번째는 지식은 충분히 있으나 업무가 바뀌어 버리는 경우다. 두 경우 다 해결책은 똑같다. 꾸준히 공부하는 것이다. 공부를 통해서 부족한 지식을 채우고, 또 업무가 바뀌면 학습을 통해 새로운 환경에 적응하면 되는 것이다. 그러면 어떻게 공부할 것인가?

공부라는 행위를 간단하게 정의하기는 어렵다. 그렇지만 회사 업무의 관점에서 보았을 때 도움 되는 공부의 두 가지 핵심을 말하면 '독해력'과 '요약 능력'일 것이다. 대부분의 직장 업무가 힘든 사회 초년생들은 둘 중에 하나의 능력이라도 부족할 확률이 높다. 독해력이 부족하면 업무 파악이 잘 안 될 것이고, 요약 능력이 부족하면 보고하고 소통하는 것이 힘들 것이다. 그럼 어떻게 이 두 가지 능력을 올릴 것인가? 답은 명확하다. 독서다.

사원과 대리급을 대상으로 하는 기업 강연에 가면 늘 **빼지** 않고 물어보는 것이 있다. "한 달에 독서 두 권 이상 하는 분 손 들어 보세요?" 얼마나 독서를 할까? 보통 10퍼센트 미만이다. 삼성에서도 독서하는 친구들은 그렇게 많지 않다. 나는 함께 일하는 대리와 사원 동료들에게는 꼭 독서를 하게 했다. 상명하달의 강요가 아니라 독서의 중요성을 알려 주고 수준에 맞는 책을 우선 몇 권 사 주면서 독서를 꼭 하도록 만들었다. 대부분 딱딱하고 어려운 책이 아니라 그 친구가 좋아할 법한 쉬운 책을 주면 대부분이 생각보다 재미있게 읽었다. 앞에서 말한 독해력을 키우려면 단순히 많이 읽기만 해서는 안 된다. 책의 난이도를 서서히 높여가야 한다. 또 단순히 읽기에서만 끝나면 안 된다. 나는 읽은 책에 대해서 점심시간이나 쉬는 시간 종종 질문했고, 독서 노트를 써 볼 것도 권유했다. 토론과 독서 노트로 요약 능력을 향상시키는 것이다.

그렇게 독서에 취미가 제대로 붙은 동료들은 업무와 생활 모두에서 긍정적인 성장을 만들어 냈다. 우선 말하고 싶은 것은 책을 한두 달 읽는다고 변화는 오지 않았다. 꾸준하게 6개월 이상 제대로 읽은 친구들에게서 변화가 나타났다. 확실히 독서를 꾸준히 해 보니 정보 습득력이 올라간 것을 느낀다. 그리고 본인들은 예상 못 했겠지만 독서로 대인관계 능력도 향상된다. 우선 독서를 하고 요약을 하게 되니깐 주변 사람들에게 건설적으로 해 줄 이야기가 많아졌다. 당시 우리 부서는 월요일 점심시간이나 쉬는 시간에 종종 주말에 읽은 책에 대해서 서로 이야기를 나누는 문화가 자연스럽게 생겼다.

정말 기억에 남는 에피소드가 있다. 내가 언제나 강력하게 추천하는 데일 카네기의 《인간관계론》을 2회 읽은 Y선임의 이야기다. 주말에 새로 이사 간 아파트에서 층간 소음 때문에 이웃과 문제가 있었다고 한다. 때마침 인간관계론에 심취해 있던 Y선임은 책에서 배운 내용을 실천해 보기로 했다. Y선임은 시끄럽다고 위층에 항의하는 대신 과자 몇 봉지를 사서 직접 윗집을 방문했다. 그리고는 "집에 아이들이 있나 봐요? 며칠 전에 이사 왔는데 인사도 못 드렸습니다. 아이들이 한창 뛰어놀 때지요? 저희 부부가 둘 다 직장에 다니다 보니 평일 낮에는 집에서 전쟁놀이를 해도 상관이 없습니다. 하지만 저녁이랑 밤에는 저희도 조금 쉬어야 해서 그때만 아이들이 조금 쉬었으면(?) 좋겠습니다."

결과는 어땠을까? 윗집 아주머니가 하루 있다가 한라봉과 케이크를 사가지고 Y선임 집을 방문했다고 한다. 그리고 당연히 소음도 줄었다고 한다. 아직도 이 실전(?) 사례를 자랑하던 Y선임의 얼굴이 눈에 훤하다. 업무적으로도 확실히 눈에 띄는 성과도 있었다. 확실히 보고서를 쓰는 수준이 향상되었다. 요약도 상대적으로 더 명료해졌고 전달력도 확실히 높아진 것을 느낄 수 있었다.

또 우리 부서는 개발실에 속해 있다 보니 특허를 많이 써야 했다. 확실히 사원 선임들이 독서 및 공부를 제대로 시작한 뒤에는 시작 전과 비교해도 또 다른 부서와 비교해도 출원 수가 조금 많은 정도가 아니라 월등히 많았다. 특허 같은 경우는 실제로 업무를 하다가 아이디어가 나오기보다는 사고(think) 실험을 통해 나오는 경우가 더 많아서 공부와 독서가 출원 건수 증가의 핵심 원동력이 되었다고 생각한다.

마지막으로 내 얘기를 하면 나는 출퇴근 시간(왕복 3시간)과 점심시간을 활용해 일 년에 20권 정도의 책을 읽었고 주말에도 틈틈이 책을 읽어서 일 년에 못해도 50권 정도의 책을 읽었다. 그래서 나는 동료 직원에게도 직장 상사에게도 정말 다양한 주제로 해 줄 이야기가 많았다. 그러다 보니 직급과 관계없이 모두와 인간관계가 아주 좋았다.

주로 과장 부장이 많이 출근하는 토요일이면 특히 부장님들에게 읽은 책에 관해 이야기해 드렸고, 나의 추천으로 책을 읽은 부장님과 점심을 하며 토론을 하기도 했다. 그럴 때면 직장 상사가 아닌 막역지우와 이야기를 나누는 듯 즐거웠다. 그렇게 올바른 독서는 우리를 모든 면에서 성장시켰다.

Chapter 13

영어

이번
기회에 제대로
배우자*

한 민족의 정신을 가장 직접 표현하는
것은 그 정신이 만들어 낸 다른 어떤
것이 아니라 바로 언어의 구조다.

: 키토 :

영어 학습자는 누구인가?

지금부터 하는 이야기는 '한국에 거주하는 한국인의 영어 학습'에 관한
것이다. 이번 장의 핵심은 '○○를 ✱✱✱하게 공부하라'는 주장이나
가이드가 아니다. 학습법에 대한 설명이 포함되긴 하겠지만, 궁극적인
목표는 '스스로 영어를 습득하기 위해 고려해야 할 것들'에 관해 입체
적인 시야를 제공하는 것이다. 다시 말해, 평범한 생활인인 우리가 영
어 숙련도를 높이려면 어떤 생각과 어떤 노력을 기울여야 할지 고민하

✱ 이번 편은 우리가 운영하는 팟캐스트 〈영어 독서 공부합시다〉에서 '영어교실' 코너를 맡은 필립 선생님과 함께
썼다. 영어영문학을 전공한 필립 선생님은 국내에서만 공부하여 최고 수준의 영어 실력을 갖추었을 뿐만 아니
라 영어공부 방법론에도 조예가 깊다. 필립 선생님의 합류로 우리로서는 가장 걱정되었던 〈영어〉 장이 최고 수
준의 글로 탈바꿈했다. 영어를 공부하고 제대로 하고 싶은 모든 독자에게 큰 도움이 될 것이라 확신한다.

는 것을 돕는 내용이다. 자기 자신의 상태를 점검하고, 영어 학습을 위해 앞으로 세우게 될 전략에 도움이 되기를 희망한다.

이 글의 대상은 '한국에서 태어났으며 한국어로 생활하는 만 13세 이상의 한국인'이다. 이들은 영어 학습을 하면서 다음의 핵심 전제를 인정해야만 한다.

나는 한국어로 생각하고, 한국어로 의사소통하며, 한국어로 세계를 인식한다. 이는 10년 넘게 유지된 나의 '기본값'이다.

이 간단하면서도 치명적인 사실은 영어를 학습하면서 항상 고려해야 할 부분이다. 영어 학습의 초점을 '한국어라는 토대 위에 어떻게 영어의 체계를 구축할 것인가'에 철저하게 맞춰야 한다.

종종 '아기가 언어를 습득할 때 문법을 공부하지 않는다'며 자신들이 진짜 영어 교육을 한다는 광고를 볼 수 있다. 하지만 그것은 한 사람이 최초로 언어의 체계를 구축하는 과정이다. 특정 언어의 간섭 없이 한 언어(영어든 한국어든)의 체계를 만드는 것은, 이미 한국어 체계를 세운 한국인들이 영어라는 '외국어'를 습득하는 과정과 같을 수 없다.

그럼 위의 전제와 함께 '영어 읽기'에 관해 생각해 보자.

영어 읽기

영어 읽기를 잘하려면 무엇을 '공부'해야 할까. '공부'라고 특별히 표기한 것은 그 이후 실질적으로 더욱 중요한 과정이 있기 때문이다. 우리가 영어 읽기를 잘하기 위하여 공부할 대상은, 누가 뭐래도 문법과 단어 두 영역이다.

많은 한국인 영어 학습자가 문법 공부를 싫어한다. 종종 '영어공부에서 문법은 불필요하다'는 주장도 접한다. 구식 영어 교육의 일부인 '문법 문제 풀이를 위한 문법 공부'는 분명 벗어나야 하는 학습 전략이다. 그러나 영어를 이해하는 데 문법이 필요하지 않다는 주장은 매우 위험한 접근 방법이다. 왜냐하면, 실제는 우리 모두 자연스럽게 문법을 배웠기 때문이다.

우리는 어린아이 때 모국어를 '비자발적'으로 습득한다. 출생 직후부터 온종일 듣게 되는 말소리는 아기의 머릿속에서 자연스럽게 체계화된다. 모국어 습득에 관해 100퍼센트 합의된 원리는 아직 밝혀지지 않았지만, 아기가 부모 등 양육자로부터 장기간 특정 언어를 들으면서 해당 언어를 모국어로 습득한다는 현상 자체는 매우 자명하다.

만 4세 이상 아이들은 모국어 체계를 거의 완벽하게 확립해, 그 언어로 세상을 인식하며 자기 생각과 감정을 표현한다.[221] 이 모든 과정에서 아이들은 '공부한다는 생각' 없이 자연스럽게 듣기와 말하기를 배운다. 이런 과정은 학습자의 특별한 의도나 노력이 개입하지 않기에 '비자발적' 습득이라 부를 수 있다.

하지만 청소년기를 넘긴 사람들이 외국어를 배울 때는 '자발적'으로 습득해야 하며 이때 세 가지 어려움이 따른다.

1) 목표 외국어를 온종일 듣고 있을 만한 시간이 없다.
2) 그 외국어 습득을 위해 해외에 건너가 2~3년간 지내기엔 돈과 시

간의 제약이 있다.

3) 목표 외국어의 원어민과 생활할 기회가 생긴다고 해도, 그 원어민이 '부모 – 아이' 관계처럼 우리에게 지속해서 말을 건넬 가능성은 거의 없다.

특히 세 번째 요인은 많은 사람이 어학연수에 실패하는 원인이기도 하다. 현지인과 생활하며 자연스럽게 많은 대화를 외국어로 할 것이라 기대하지만, 그만큼 다양한 대화를 지속해서 나누는 일은 생각보다 쉽게 일어나지 않는다. 우리는 '비자발적 습득'을 통해 한국어 체계를 완벽하게 익혔다. 한국어 특유의 복잡한 존댓말 체계와 다양한 어미 변화, 조사의 의미 차이는 우리의 머릿속에 완벽하게 내재해 있다. 다만 그것들을 설명할 수 있는 적절한 용어가 동반되지 못했을 뿐이다.

그렇기에 시중엔 아래와 같은 제목의 책이 나올 수 있다.

《누구나 아는 루터, 아무도 모르는 루터》 파이트–야코부스 디터리히 지음, 이미선 옮김 (홍성사)

한국어 대명사 '누구'와 '아무'는 비슷해 보이지만 쓰임새가 조금 다르다. 국립국어원 표준국어대사전의 설명을 보자.[222]

누구(대명사): 특정한 사람이 아닌 막연한 사람을 가리키는 인칭 대명사 / 가리키는 대상을 굳이 밝혀서 말하지 않을 때 쓰는 인칭 대명사.

아무(대명사): 어떤 사람을 특별히 정하지 않고 이르는 인칭 대명사. 흔히 부정의 뜻을 가진 서술어와 호응하나, '나', '라도'와 같은 조사와 함께 쓰일 때는 긍정의 뜻을 가진 서술어와 호응하기도 한다.

'누구'에는 부정문에 관한 특별한 언급이 없는 것과 달리 '아무'는 대체로 부정의 뜻을 가진 서술어와 호응하고, 특정한 경우에만 긍정 서술어와 같이 쓰인다는 설명이 나와 있다.

이는 한국어 화자인 우리에게 자연스럽게 내재한 지식이다. 딱히 '설명'하지 않아도 우리는 언제나 이 두 단어를 구별해 사용한다. 그런데 우리는 이 현상을 '설명'할 능력이 없다. 한국어 체계를 꿰뚫고는 있지만, 그것을 설명해 낼 '용어'를 모르기 때문이다. 그래서 아래 같은 질문이 올라오기도 한다.

Q) 아무나와 누구나의 차이점이 뭐예요?
외국인 친구에게 아무나와 누구나의 차이점을 설명하고 싶어요! 거의 비슷하게 쓰이고 있지만, 가끔 다르게 쓰인 경우도 있더라고요. 어떻게 구분하나요? 한국어를 가르치는 분들 좀 알려 주세요!! 부탁해요.

─네이버 지식인 pjsa****, 2004년 8월 16일

학술적 용어로 표현할 능력이 없을 뿐, 우리는 한국어 문법을 지금까지 학습(비자발적 습득)해 왔으며 이는 살아가는 내내 계속될 것이다. 태어난 이후부터 지금까지 우리는 깨어 있는 시간 대부분을 한국어로 의사소통하며 보내 왔다. 부모의 말을 들으며 한국어의 기초를 준비하고, "엄마", "아빠"를 처음 말하는 순간을 거쳐, 자기 생각을 조리 있게 말하게 되고, 유치원과 학교에 들어가 또래와 교류하고 다양한 지식을 접하기까지 모두 한국어로 해 온 것이다.

그럼 이제 평범한 한국인의 상황을 기준으로 영어에 대해 생각해 보자. 상황은 거의 반대에 가깝다. 태어난 이후 자연스러운 영어 소리를 들어본 일이 없으며, 영어로 일상적인 대화를 해 본 일도 거의 없으며, 친밀함을 형성한 그 누구와도 영어로 말을 주고받거나 글로 의사를 표시해 본 적이 없다.

이런 상황에서 영어를 익히려면 어떻게 해야 할까? 모국어 습득에서 비자발적으로 거쳤던 그 과정을 이젠 자발적으로, 의도적으로 수행해야만 한다. 영어라는 언어가 어떻게 '말이 되는 소리' 혹은 '내용이 담긴 글'이 되는지를 알려면 영어의 규칙을 공부해야만 한다는 것이다. 그러한 규칙의 총합을 우리는 '문법'이라고 부른다.

문법 공부는 어떻게 할까?

문법을 공부해야 한다는 당위에 대해 공감대가 어느 정도 형성되었으리라 생각한다. 이제 그에 대한 실제적 접근 방법을 다룰 차례다.

지금까지 학교나 학원에서 겪었던 '문제 맞추기'식 문법 공부는 절대적으로 피하길 권장한다. 문제 맞추기식 공부는 언제나 '틀림'을 경험하게 되며, 이는 적극적이고 지속적인 학습에 걸림돌이 될 가능성이 높다. 문법 규칙을 이해하는 것은 실제 문법 공부의 10퍼센트 정도에 불과하다. 문법 내용 완벽 정복은 영어 전공자나 교사에게나 필요한 일이다. 부정사의 용법 등의 내용을 줄줄 외울 필요가 없다는 말이다.

'문법 공부'의 90퍼센트를 이뤄야 하는 것은 예문 암기다. 한국인 영어 학습자들이 '문법 공부'에서 효율성을 크게 느끼지 못하는 것은 규칙 암기에 몰두한 후에 실제 규칙이 적용된 예문 암기에는 소홀하기 때문이다.

보통 영문법 교재에는 한 문법 규칙마다 적어도 하나 이상의 예문이 제공된다. 똑같은 시간을 투자해도 다른 사람들보다 나은 결과를 이끌어 내고 싶다면, 이런 예문을 여러 번 소리 내 읽어 보기를 강력히 추천한다. 필립 선생님의 경우 영문법 강의를 수강할 때 예문을 10회 이상씩 소리 내 읽으며 공부했다.

예시를 위해 앞서 언급한 '부정사'에 관한 내용을 살펴보자. 한 고교 영문법 교재의 목차 일부와 그에 해당하는 임의의 예문들이다.

〈목차〉

명사처럼 쓰이는 to부정사 −명사적 용법

1. 주어 역할

2. 목적어 역할

3. 보어 역할

4. 동사 + 목적격 + to−v

5. 가목적어

6. 의문사 + to−v

〈예문〉

1. To practice regularly is important.

2. I would like to buy a new smartphone.

3. My goal is to become a high school teacher.

4. I want you to listen.

5. I found it very hard to follow the instruction.

6. Tell me where to go.

목차에 해당하는 예문을 하나씩 적어 보았다. 실제 공부 내용에선 항목마다 여러 가지 설명이 추가될 것이다. 이런 상황에서 우리가 해야 할 일은 해당 설명을 정확하게 이해한 뒤, 위의 예문들을 반복해서 소리 내 읽는 것이다. 발음에 너무 신경 쓰지는 말자. 중요한 것은 유창한 발음이 아니라, 영어의 규칙을 이해하고 그것의 예시를 익히는 것이기 때문이다.

그렇게 읽은 예문 가운데 적어도 매일 한 문장은 통으로 암기하기를 추천한다. 암기의 지속 시간은 그날 하루면 충분하다. 단, 이 공부를 꾸준히 한다는 전제가 충족될 경우의 이야기다.

매일매일 영어 문장을 소리 내 읽고 한두 문장이라도 암기한다면, 암기한 문장이 다음 날 의식적 기억에서 지워지더라도 그 흔적은 계속해서 쌓이게 된다. 그렇게 꾸준히 공부해 나간다면, 문법 규칙이 자연스럽게 내재화하는 단계에 이르게 될 것이다.

이렇게 문법과 연계된 예문 자원이 일정 정도를 넘어가면 영문 읽기 과정에서 큰 위력을 발휘한다. '일정 정도'는 학습자의 기존 영어 성취도와 학습에 쏟는 시간·열정에 따라 천차만별이다. 필립 선생님의 경험상 4개월가량 매일 꾸준히 하면 자신이 느끼기에도 달라지는 순간이 찾아온다고 한다.

단어, 꼭 외워야 하나?

문법과 마찬가지로 중요한 것이 바로 '어휘력'이다. 두 가지 이유에서 그렇다.

첫째, 어떤 글을 읽을 때 한 페이지마다 모르는 단어가 10개씩 꼬박 꼬박 등장한다면 어떨지 생각해보자. 의미 파악이 불가능할 것이고, 때에 따라서 불쾌한 감정까지 느끼게 될 것이다. 영어 글은 단어를 다 알더라도 의미 파악이 어려운 경우가 있는데, 모르는 단어가 나와서 계속 발목을 잡는다면 어떨까? 우선 이 불쾌함을 잠재우기 위해서라도 단어를 많이 알아 둬야 한다.

혹자는 모르는 단어가 나오면 사전을 찾기보다 문맥을 근거로 유추하라고 하지만 그것은 한 페이지에 모르는 단어가 1~2개 수준일 때 적합한 방법이다.

영어로 쓰인 페이퍼백 소설은 한쪽에 보통 250~300개 정도의 단어가 포함된다. 한 페이지 단어 수가 200개고 한 문장이 평균 20단어라고 단순하게 가정해 보자. 어떤 학습자가 이 한 페이지를 읽으며 단어 10개를 모른다면, 그는 평균 한 문장마다 모르는 단어 한 개를 마주치는 셈이다. 이 경우 '모르는 단어가 나와도 사전을 찾지 않고 계속 읽기'란 문맥으로 해당 단어의 뜻을 유추해 가는 읽기가 아니라 '무슨 뜻인지 이해하지 못하면서 시간만 보내기'에 불과할 수 있다.

둘째, 단어를 알아야 문법 지식도 쓸모가 있기 때문이다. 우리는 글을 읽으면서 한 번에 한 단어만을 읽지 않는다. 사람의 눈은 끊임없이 초점을 조정한다. 이 과정은 부드럽게 이뤄지지 않는다. 조정 간격이 1초라고 가정한다면, 1초마다 초점은 한 지점에서 다른 지점으로 순식간에 이동한다.

이해가 되지 않는다면 간단한 실험을 해 보면 된다. 강렬한 태양이라면 3~4초 정도, 방에 있는 전구라면 10초 정도 정면으로 쳐다보면 눈앞에 보랏빛 혹은 초록빛 잔상이 생긴다. 이 잔상으로 우리 눈의 초점이 어떻게 이동하는지를 실제로 볼 수 있다. 아마 '순간 이동' 하는 초록색 점을 확인할 수 있을 것이다. 이는 '읽기' 과정에서 굉장히 중요한 지점이다.

그렇게 계속 이뤄지는 한 번 한 번의 시선 이동에서, 우리가 명확하게 뜻을 알고 있는 단어 덩어리들은 하나의 의미로 곧장 인식된다. 'I love you'가 세 단어로 인식되지 않는다는 것이다. 너무나 자주 보아 왔기에 그 자체로 자명한 한 덩어리의 의미 단위일 뿐이다. 단어들의 의미를 알고 있기에 자연스러운 시각 이동이 끊임없이 이뤄질 때, 문법 지식은 단어들의 의미를 연결해 주는 장치로 부드럽게 기능할 수 있다.

단어 공부법은 각자에게 맞는 방법을 찾도록 하자. 이견의 여지가 많지만, 기초가 부족한 사람들이라면 단어장으로 단기간에 많은 단어를 익히는 것도 때론 효과적인 방법이다.

영어 읽기를 잘하는 유일한 길

읽기라는 행동은 여러 사항이 얽힌 복잡한 과정이다. 읽기는 모국어로도 쉽게 하기 힘든 일이다. 이것을 외국어로 수월하게 진행하기 위해선 정확한 문법 지식과 끊임없는 단어 습득이 반드시 필요하다.

이런 학습의 과정이 어느 정도 수준에 이르면 어떻게 해야 할까. 정답은 '무조건 다독'이다. 무엇을 읽어야 할지도 많은 사람의 고민거리일 텐데, '읽고 싶은 것'을 읽으면 된다. 이에 관해서는 이화여대 통번역대학원 이창희 교수님의 글을 일부 인용하는 것으로 대신하겠다.

우리의 언어생활이 외국어 환경에 얼마나 오래 드러나 있었는가,[223] 그리고 그것은 언제 시작되었는가가 중요하다는 것이다. 우리는 너무 늦게 시작했고 너무 적게 노출되었다. 이런 상황에서 해결책은 딱 하나, 많이 읽는 것이다. (…)

그러면 무엇을 어떻게 읽을 것인가가 문제가 된다. 문학을 전공한 사람들은 당장 향기 높은 문학작품들을 떠올릴 것이다. 좋다. 그런데 우리의 과제는 "노출"이라는 데 착안해보자.

무슨 말인가 하면 같은 시간에 많은 페이지를 소화해야 한다는 말이다. 어린이가 이청준이나 셰익스피어 말투부터 배우는가? 쉬운 글, 내 수준에 맞는 글이어야 하며, 못지 않게 중요한 것은 내 취향에 맞아야 한다는 것이다. (…)

그래서 쉬운 글을 읽으라는 것이다. 대형서점 외국서적부에 가 보라. 다른 외국어는 모르지만 일어와 영어로 된 통속소설은 서가에서 넘쳐 복도에 쌓아놓을 지경이다. 문학을 전공한 사람들은 이 얘기에 아직도 저항감을 느낄 것이다. 그런데 우리가 지금 하는 얘기는 문학이 아니고 "언어습득"임을 상기하기 바란다.

통속소설이 갖는 장점은 여러 가지가 있다. 우선 쉽게 쓰여졌다는 것, 그리고 따옴표 안에 들어간 대화체가 매우 많이 나온다는 것이다. 이건 그대로 "회화교재"가 될 수 있다.

문법과 단어 공부의 필요성에 대해서는 길게 설명했으면서, 정작 읽기에 대해선 허무한 결론을 제시하게 되어 미안한 마음이 든다. 하지만 여기에 덧붙이는 설명은 모두 동어반복이며, 무의미한 부연일 수밖에 없다는 것이 우리의 생각이다. 지금 바로 서점으로 가서 자신의 흥미를 자극하는 책을 찾아보자. 혹은 이미 갖고 있었지만 읽기를 포기했던 영어책을 다시 펼쳐 보는 것은 어떨까.

영어 듣기를 잘하기 위해 생각할 것들

문법과 단어 공부를 기반으로 한 다독의 중요성을 강조하며 영어 읽기를 살펴봤으니, 이어서 영어 듣기에 관해 이야기해 보자.

기본적으로 '귀가 트이지 않았다'라는 상태에 대해 들여다보려 한다. 단어, 실제 내용, 발음, 문장 이해력 등 4가지 측면에서 분석할 것이며, 각각에 대해 어떤 방법으로 학습해야 할지를 함께 다루었다.

평소 '영어'라는 말로 무언가를 지칭할 때, 우리는 그것이 '소리 언어'로서의 영어인지, '글'로서의 영어인지 혹은 '문자 자체' 즉 알파벳인지를 명확하게 구분하지 않는다. 이제 그것들을 구분해 보자. 소리 언어로서의 영어는 '음성 영어', 글로서의 영어는 '영어 문장', 문자로서의 영어는 '로마자 알파벳'으로 불러 보자. (마찬가지로 '음성 한국어' '한국어 문장' '한글'이 있다) 물론 이번 글에서 우리는 음성 영어에 집중할 것이다.

음성 영어는 다시 분리할 수 있다. '소리 자체'와 그것이 담은 '의미'다. 시냇물 흐르는 소리도 소리고, 자동차 경적 소리도 소리고, 음성 영어도 기본적으로는 소리다. 그러나 시냇물 소리와 음성 영어가 다른 점은 거기에 특정한 의미가 담겨 있다는 점이다. 그리고 이 다름이 음성 영어를 '언어'로 만들어 주는 특징이다.

영어 듣기에 관해 이야기하다 보면 '귀가 뚫렸다' 혹은 '귀가 뜨였다'는 경험담을 접하게 된다. 영어를 듣고, 그것이 무슨 뜻인지 이해하는 상태를 일컫는 말이다. 앞서 언급한 용어로 표현하자면, '음성 영어의 소리'가 '의미'로 전환됐다는 뜻이다. 이 상태가 되기 전까지 음성 영어의 소리는 시냇물 소리와 같이 의미 없는 '소리 자체'에 불과하다.

단어 – 귀가 뜨이지 않는 이유 1

많은 분이 간과하지만, 어휘가 또 문제다. 우리가 접하는 음성 영어는 특정 상황 혹은 맥락이 있게 마련이다. 수능 영어 듣기 문제도, 토익 LC도, 영어 오디오북도, CNN 뉴스에도 모두 맥락이 존재한다. 토익의 경우 문제와 보기를 볼 수 있고, 오디오북은 그 음성파일 혹은 CD를 선택한 순간 이미 맥락이 형성된다. 뉴스 역시 그날 무슨 일이 일어났는지에 대해 알고 있는 배경지식 등이 맥락을 구성한다.

이런 맥락 속에서 우리는 나름대로 내용을 예상하면서 관련 어휘를 의식적 · 무의식적으로 머릿속에서 준비한다. 토익 LC 파트1 사진 속 남자가 기둥에 못을 박고 있다면 nail, pillar 등을 떠올릴 것이라는 이야기다.

그런데 머릿속에 준비된 어휘의 양과 수준이 우리에게 주어지는 음성 영어 소리를 의미로 변환할 때 필요한 것보다 턱없이 부족한 경우가 있다. 이런 경우, 우리는 아무리 듣더라도 그 음성 영어가 무슨 의미를 품고 있는지를 파악할 수가 없다. (손짓과 표정으로 어떻게든 넘어갈 수 있는 대면 의사소통 상황은 제외하자) 단어는 영어 학습의 처음부터 끝까지 중요하다.

배경 지식 – 귀가 뜨이지 않는 이유 2

이해하고자 하는 그 음성 영어가 무슨 내용을 다루고 있는지와, 우리가 그 내용을 이해할 만한 준비가 되어 있는지가 중요하다. 쉽게 말해 '배경지식'의 수준이다. 짧은 한국어 글 두 개를 살펴보자.

1. 《자기만의 방》에서 버지니아 울프는 소설과 비소설의 경계를 아슬아슬하게 넘나들며, 의식의 흐름 기법을 이용해 자신의 주장을 펼쳐 나간다. 화자의 서술은 옥스브리지 도서관의 사소한 관찰에서 시작해, 융의 아니마/아니무스 개념을 상기시키는 남성성과 여성성의 조화와 1년 500파운드의 경제적 독립을 주장하기까지, 독자를 지루하지 않게 이끈다.

2. 따라서 외각이 크면 평면각은 뾰족해지고 반대로 외각이 작으면 평면각은 무뎌진다. 이러한 결과를 입체각을 결정하는 부족각과 의미를 연결하면, 평면에서 외각은 결국 부족각과 동일한 개념으로 해석될 수 있다.

첫째는 20세기 영국 문학 대표 작가 버지니아 울프의 《자기만의 방》

에 대한 글 가운데 한 토막이고 둘째는 대한수학교육학회지 수학교육 연구 제19권 제4호에 포함된 '영재교육에서 유추를 통한 데카르트 정리의 도입가능성 고찰'(최남광, 유희찬)이라는 논문의 일부다.

영어영문학을 전공한 사람은 버지니아 울프가 누구인지, 《자기만의 방》이 어떤 작품인지, 20세기 초반 영국의 사회상이 어땠는지에 대해 알고 있기에 첫 번째 글은 훑어보기만 해도 이해가 가능하다. 그러나 두 번째 글은 '입체각'과 '부족각' 등의 용어 자체를 모를 가능성이 크기에, 천천히 읽더라도 완전히 이해하는 것이 불가능하다. 배경지식의 차이에 따른 결과다.

학습자가 자신의 배경지식 상황을 고려하지 않고 CNN 등 미국 뉴스를 본다면 기대와 달리 영어 능력에 큰 도움이 되지 않을 수 있다. 이는 특히 성인 학습자가 쉽게 저지르는 실수다. '대학생인데 수능이나 토익 듣기에만 머무를 수 없다'며 미국 뉴스를 무작정 듣는 경우를 말하는 것이다. 미국 언론은 당연히 미국 내 중요 이슈와 (미국 관점에서의) 국제 뉴스를 다룬다. 만약 미국 사회와 국제 이슈에 대한 배경지식이 부족하다면, 시간 투입 대비 학습자의 영어 듣기 능력 향상에 별 도움이 되지 못할 수도 있다.

예를 들어 2016년 11월 초 기준 미국과 전 세계의 가장 뜨거운 이슈인 트럼프의 미국 대통령 당선에 관해 생각해 보자. 대선 내내 주요 이슈였던 이민자와 소수자에 대한 공화당과 민주당의 정책 차이, 미국 주별 정치 경제적 배경과 그에 따른 후보 간 전략 차이, 선거인단 독식 체제라는 미국의 독특한 대통령 선거 방식, 그리고 힐러리 클린턴과 도널드 트럼프에 대한 여러 문제까지……. 이런 상황들에 관해 아는 내용이 없다면, CNN을 시청하든 NBC를 시청하든 그 내용을 제대로 이해하기는 힘들 것이다.

이런 '배경지식 부족' 문제를 깊게 생각하지 않는 학습자들이 영어 학원 청취 강좌를 들으면서 빠질 수 있는 함정이 있다. 자신의 실제 영어 듣기가 나아진 것인지, 해당 강좌에서 미리 주어지는 배경 설명 덕분에 일시적으로 해당 뉴스에서만 내용이 잘 들리는 것인지 명확하게 구분하지 못하는 현상을 말하는 것이다.

강사가 제공하는 사실과 사전 지식으로 배경지식을 늘리는 것에 잘못된 점은 없다. 다만 우리가 강조하고 싶은 것은 그러한 배경지식의 확충을 학원에서만 해결해서는 곤란하다는 점이다. 스스로 끊임없이 독서를 해야 하고, 지속해서 세상에 관심을 기울여야 한다. 실용서적, 문학작품, 인문사회과학, 과학 등 다양한 분야의 책을 읽고, 언론사 뉴스뿐 아니라 블로그와 소셜 미디어 등에서 다양한 정보와 의견을 접하고 활용할 수 있어야 한다.

영어 발음의 이해 – 귀가 뜨이지 않는 이유 3

한국어와 영어는 각자 보유한 소리의 종류가 상당히 다르다. 이 글은 영어 발음을 모두 다루려는 설명이 아니기에, 한국인인 우리가 음성 영어의 각기 다른 소리를 구분해서 인식하지 못하는 큰 원리만 간략하게 살피고 넘어가겠다.

음성 한국어는 /ㅂ/, /ㅍ/, /ㅃ/의 세 가지 소리를 구분한다. 한국어 화자인 우리는 아주 쉽게 세 소리를 구분하고, 해당 소리 각각의 존재를 의식적으로 인지한다. '바'와 '파'와 '빠'를 다르게 인식한다는 것이다. 그런데 한국어를 배우는 영어 원어민들은 저 소리를 쉽게 구분하지 못한다. 영어엔 그와 같은 3쌍의 소리 구분이 존재하지 않기 때문이다.

반대로, 음성 한국어는 음성 영어의 /l/과 /r/에 해당하는 구분되는 소리의 쌍이 없다. 그 결과 많은 한국인 영어 학습자들이 두 소리를 구분해서 인식하지 못하고, 구분해서 발음하는 데에도 어려움을 겪는다.

개념 설명을 간단하게 곁들여 보자. 음성 영어와 음성 한국어가 매우 다른 지점으로 '유성음'과 '무성음'이 있다.

유성/무성이란 소리를 낼 때 성대의 진동 여부를 구분하는 개념이다. 뱀 흉내를 낸다고 생각하고 '스–' 소리를 내 보자. 이때 목 위에 손을 대 보면 아무 진동이 느껴지지 않는다. 이젠 그냥 편하게 '아–' 소리를 내 보면서 똑같이 해 보자. 지속적인 떨림이 느껴진다.

한국어든 영어든 모음은 성대가 진동하는 유성음이다. 문제는 자음이다. 영어보다 한국어에는 무성 자음의 비중이 크다. 앞서 언급한 /ㅂ/도 무성음이다. 한국어 "바"를 소리 낼 때, 처음 "ㅂ" 구간에서는 성대가 울리지 않지만 "ㅏ" 소리로 넘어가면서 성대가 울리게 된다.

이와 같은 차이가 바로 한국인이 음성 영어 소리를 구분해서 듣고 이해하는 데 어려움을 겪는 주요 원인이다. 영어에서 /b/와 /p/ 소리는 유·무성 차이를 제외하면 같은 특성을 공유하는 소리다. 그러나 한국인에겐 '같은 특성을 공유하는 유·무성 소리의 쌍'을 비교해 감지하는 민감도가 영어 화자에 비해 낮을 수밖에 없다.

또한, 한국어의 모음 /ㅏ/와 영어의 모음 /a/는 굉장히 다른 소리지만, 많은 한국어 학습자들이 이러한 차이를 쉽게 간과한다. /a/의 정체를 파악하지 않은 채, 단순히 'a 소리인데 왜 아까는 안 들렸을까?'라고 생각하고 끝낸다는 것이다.

이런 문제는 무작정 영어를 많이 듣는다고 해결되지 않는다. 한국어 음성 체계가 확립된 우리는 영어 특유의 소리를 인지하는 감각 자체가 무뎌졌기 때문이다. 우리는 영어의 개별 소리가 어떻게 발성되는지를 의도적으로 공부해야 한다. 읽기 편에서 말했던 '자발적 학습'의 일종이다.

이때 원어민의 음성을 무작정 듣는 것은 시간 투입 대비 효율이 오히려 떨어지는 접근 방법이다. 우리의 귀와 두뇌에 영어 소리를 구분하는 기준값 자체가 존재하지 않기 때문이다. 이런 탓에 한국어와 영어의 소리 차이를 정확하게 알고, 그것에 관해 설명해 줄 수 있는 교사 혹은 교재가 필요한 것이다.

효율적인 학습을 위해서라면 교재를 사거나 오프라인/온라인 학원에 등록하는 게 좋지만, 학습 의지가 뒷받침된다면 유튜브를 활용하길 추천한다. 유튜브에는 훌륭한 자료가 무료로 정말 많이 공개돼 있다. 듣기뿐 아니라 '말하기' 또는 '발음' 등으로 검색한다면 다양한 강좌를 볼 수 있다. 한국어와 영어의 발음 차이에 주목해서 그러한 강좌들을 시청하고 공부해 보자.

음성 영어 자음과 모음의 개별 소리를 공부한 뒤 강세와 연음, 그리고 인토네이션 등 발음 현상을 공부하면 금상첨화다. 다만 이것은 말하기와도 밀접한 관련이 있기에, 말하기 편에서 다루도록 하겠다.

문장 이해 능력(혹은 읽기 속도) – 귀가 뜨이지 않는 이유 4

듣기에는 읽기 능력도 개입한다. 일상적인 상황에서 서로 편안한 이해가 가능한 말하기 속도는 1분당 150~160단어 수준이다. 치열한 토론에서는 분당 350단어에서 500단어 수준까지 속도가 올라가기도 한다.[224] 한편 평범한 영어 원어민의 '읽기' 속도는 말하기보다 조금 빠르다. 1분에 228단어 전후를 읽는 게 평균적인 속도다.[225]

영어를 듣고 바로 이해하려면, 머릿속에서 단어를 한국어 뜻으로 치환하거나 문법을 헤아리는 과정을 모두 포함하더라도 상대방의 말하기 속도와 비슷한 수준으로 그 뜻을 이해해야 한다.

이것을 스스로 가늠해 볼 수 있는 것이 바로 자신의 읽기 속도다. 간단히 말해, 최소 '150단어/1분' 속도로 글을 읽어야 기본적인 대화를 무리 없이 이해할 수 있다는 뜻이다.

다행히 이런 속도가 어떤 느낌인지 경험할 수 있는 인터넷 서비스가 있다. 'Breaking News English(www.breakingnewsenglish.com)'라는 곳이며 최신 영어 뉴스를 활용한 각종 학습 자료를 다양하게 제공한다.

우리에게 필요한 기능은 '스피드 리딩(Speed Reading)'[226]이다. 해당 메뉴로 들어가서 각 글을 선택해 보면 분당 100단어 혹은 200단어의 속도로 기사 본문이 스크롤 된다. 분당 100단어 속도를 따라가지 못한다면, 아직 일상적인 수준의 영어 대화를 듣고 바로 이해할 준비가 부족하다는 뜻이다. 수월하게 읽은 분들은 페이지 아래 "Next Activity"를 통해 더 빠른 속도에 도전해 보시기 바란다.

이렇듯 읽기 실력은 듣기 능력도 좌우한다. 안타까운 소식이 있다면, 한국인을 비롯한 대부분 비영어권 영어 학습자들의 평균 읽기 속도가 분당 50~100단어 사이라는 점이다. 잘 듣기 위해서는 읽기부터 탄탄하게 다져야 한다.

한국에 거주하는 한국인에게 아리랑 라디오, tbs eFM, 부산영어방송, 광주영어방송 등 한국의 영어 방송사를 추천하고 싶다. CNN과 BBC에 비해 국제 소식이나 현지의 감성을 느끼긴 어렵겠지만, 친숙한 소재로 영어 듣기를 시작할 수 있기에 초보자에게 추천한다. 우리가 매일 보고 듣는 것을 영어 음성으로 먼저 들어 보자는 전략이다.

말하기 준비 – 영어의 역사

영어는 전 세계 언어 가운데 어휘를 가장 많이 보유한 언어다. 이번에는 그러한 영어의 역사적 배경을 아주 간략히 살펴보고, 우리가 '말하기'(혹은 스피킹 혹은 프리 토킹)를 위해 고려해야 할 영어 단어의 분류에 대해 알아보고자 한다.

특히 각종 영어 시험에서는 고득점을 올리지만, 실제 일상생활에서 영어로 대화를 원활하게 풀어 나가지 못하는 사람들에게 도움이 될 것으로 생각한다.

영어는 발달 과정에서 많은 어휘를 받아들였다. 앵글로 색슨족의 고대 게르만어에서 시작한 영어는 브리튼 섬(현재의 영국) 정착 이후 켈트어, 라틴어, 스칸디나비아 출신 언어들, 그리고 프랑스어 등의 영향을 꾸준히 받았다. 또한, 영어는 현대 세계 질서에서 영국과 미국의 외교적 지위를 등에 업고 전 세계로 퍼져 나갔다. 20세기 중반 이후 국제 질서에서 사실상 가장 광범위한 공용어로서, 영어는 전 세계 언어들에 영향을 미치는 동시에 그러한 언어들로부터 쉬지 않고 단어들을 흡수하고 있다.

그런데 이런 영어의 '잡스러움'을 두고 우리나라 시중 어휘 교재와 국내 영어공부 담론이 제시하는 대응책에는 다소 아쉬운 점이 있다. 절대다수의 어휘 교재가 라틴어 출신의 '있어 보이는' 단어들을 강조한다는 것이다.

라틴어 기반 단어가 뭔지 쉽게 떠오르지 않는 분들이 많으리라 생각한다. 그런 분들은 '어근'과 '접사'를 떠올려 보시라. 어근과 접사로 분리가 가능한 단어는 대부분 그리스어와 라틴어 기반의 단어들이다. 사실 출신 성분들의 비중을 숫자로 보더라도 '영어 시험'의 고득점을 위해서는 그런 단어를 중점적으로 학습해야 한다. 이건 당연한 전략이다. 하지만 라틴어 출신 단어를 중점적으로 학습하는 이 전략은 우리가 일상적인 생활에 정말 필요한 단어를 놓치게 하는 원인 중 하나이다.

영어 단어를 나누는 새로운 틀

이제부터 영어 단어의 종류를 나누는 틀을 하나 더 제시할까 한다. 우리의 독창적인 분류는 아니다. 한겨레교육문화센터에서 '레토리컬 라이팅(Rhetorical Writing)'을 강의하시는 라성일 강사의 내용이다.[227] 영어 단어는 대략 네 가지 층으로 나뉜다. 그리고 이 네 가지 분류는 영어뿐만 아니라 대다수 언어에 적용되리라 생각한다.

1) 기본 어휘 : 기본 어휘는 태어나서 유아기에 습득하는, 생존과 기

본적인 의사소통을 위한 어휘이다. go, come, have 등이 있으며, 이는 한국에서 교육받더라도 중학교를 졸업할 때면 거의 익히게 된다.

2) 기술(descriptive) 어휘 : 아동–청소년기를 거치며 습득하는, 눈 앞에 펼쳐진 세계를 묘사(describe)하기 위한 어휘다. spurn, befuddled, itchy 등이 있다. 영미권 화자들은 청소년기를 거치며 자연스럽게 이 단어들을 습득한다. 일상생활에 꼭 필요한 것이 바로 이 단어들이기 때문이다. "너 어제 고백했는데 차였다며?", "어제 폭탄주 마셨다가 완전히 뻗었어.", "일본 여행 갈 생각에 벌써 발이 근질근질하다." 등의 말들을 하기 위한 단어가 바로 기술 어휘이다. 이런 단어들은 그리스어, 라틴어, 프랑스어 출신이 아니라 고대 게르만어에 뿌리를 두고 지금까지 이어져 내려오는 경우가 다수다. 우리말의 상황과도 유사하다. '오늘'과 '금일(今日)'은 사전적으로 동의어지만, 일상 대화에서 훨씬 자연스러운 단어는 한자어가 아닌 고유어 '오늘'이다.

3) 교양 어휘 : 지성을 갖춘 개인으로서 수준 있는 글을 읽거나 쓸 때 혹은 진지한 토론을 할 때 꼭 필요한 어휘이다. conform, disambiguation, federation 등이 있다. 대체로 그리스어와 라틴어 어원을 간직하고 있는 단어들이 여기에 속한다. 시중 대부분의 영어단어 교재들은 바로 이 교양 어휘를 표제어로 삼는다. 영미권 화자들은 '일상생활'에서 이런 어휘에 비해 쉬운 어휘로 의사소통

한다. 이 역시 한국어의 상황과 유사하다. 우리가 일상적인 대화를 할 때 "엄격한 규칙을 준수했다는 사실에 대해 감사의 말씀을 전합니다.", "명확성을 보장하는 언어사용을 추구해야 합니다.", "여기 모인 여러분과의 연합을 구성하게 되어 영광으로 생각합니다."와 같은 표현을 거의 하지 않는 것을 떠올려 보라.

4) 전문 어휘 : 각종 전문 분야에서(혹은 오로지 해당 분야에서만) 쓰이는 어휘이다. hexameter, chiasmus, parallel 등이 있다. 영문학과 영어 문체에 관한 단어들이다. 전문 어휘 층은 해당 분야 구성원이 아닐 경우는 알 필요조차 없는 단어들이 대부분이다. 혹은 평범한 단어지만 해당 분야에서만 특별한 의미로 쓰이는 경우도 있다. 예를 들어 parallel의 경우, 대체로 '평행'이라는 뜻으로 쓰이지만, 문체 분야에서는 '문장 구조의 의도적인 반복을 통해 길고 복잡한 내용의 원활한 전달을 달성한 글쓰기 기법'을 두고 parallel이라 지칭한다.

한국인 영어 학습자로서 토익 RC 450을 받아도 영어 소설은 버겁고, LC 450을 넘어도 미드는 안 들리고, 그 외 시험에서 고득점을 올려도 말하기(혹은 스피킹 혹은 프리토킹)가 여의치 않은 여러 원인 가운데 하나가 바로 이런 단어들의 성격 차이다.

한국인 영어 학습자 대부분은 초등학교와 중학교를 거치며 기본 어휘를 습득한 후, 고등학교에 진학해 '교육에 적합하도록 선별된' 지문을 읽으며 영어공부를 계속한다. 이러한 지문들은 대부분 약간의 기본 어휘와 다수의 교양 어휘로 이루어져 있다. 성인이 되어서는 토익을 공부하느라 또 다른 교양 어휘와 약간의 비즈니스 분야 전문 어휘를 익히게 된다. 이러한 일반적인 영어공부 과정만을 소화한 평범한 한국인에게, 영미권의 대중 소설과 드라마 그리고 그들의 일상 대화에서 자주 쓰이는 '기술 어휘'를 접할 기회는 별로 없다. 교양 어휘만을 공부해 온 학습자에게, 들어본 적 없는 기술 어휘가 대량으로 사용되는 보통의 영어 소설과 미국 드라마를 이해하기란 불가능에 가깝다. 한편 이는 '미국 유치원생 수준'의 영어라는 것이 사실 한국인에게 얼마나 어려운 목표인지도 깨닫게 해 준다.

그럼 이제 남은 건?

영어 원서 읽기와 미국 드라마 시청을 방해하는 여러 요인 가운데 한 가지가 명확해졌다. 원인을 찾았으니 이제 그 해결책도 함께 고민해 보자.

첫째, 영미권의 영유아용 동화책과 청소년용 통속소설을 읽으면서 모르는 단어들을 정리한다. 오랜 시간이 들고, 다소 금전적 지출이 발생한다는 단점이 있지만, 가장 확실한 방법이다. 영미권 화자들이 기술 어휘를 습득하는 방법을 문자로나마 똑같이 따라 하는 과정이다. 어느 정도 단어를 확보하였다면, 수준 있는 대중소설로 천천히 옮겨가면 좋다.

둘째, 기술 어휘 단어집을 공부한다. '단어 교재 공부'이기 때문에 지겹다는 단점이 있으며, 시중에는 이러한 단어 교재도 거의 없다. 다행히도 괜찮은 기술 어휘 모음 단어집이 있다. 하나는 영국 케임브리지

출판사의 《English Vocabulary in Use》 시리즈다. 워낙 유명한 출판사의 유명한 책이니 따로 설명을 곁들이지 않겠다.

다른 하나는 우리나라에서 출판된 책이다. 박인수 저 《한국어 꺼라 영어가 켜진다》이다. 본문은 읽어 보지 않아서 어떤 내용이 담겼는지 잘 모르겠지만, 부록인 〈알파벳 에센스 느끼기〉에는 기술 어휘가 집약적으로 담겨 있다. 다소 불필요한 단어가 수록되기도 했지만, 국내 시중 어느 단어집보다도 '기술 어휘'를 중점적으로 모아 놓은 교재다. 아쉽게도 절판된 책이라, 도서관에서 대출해 공부하는 것을 추천한다.

사실 위의 두 과정을 병행하는 게 가장 좋다. 우리는 단어 몇 개를 습득하기 위해서 쉬운 책을 한 권 한 권 읽을 만큼 마냥 여유롭지 않으며, 어휘집 단순 암기는 맥락 없는 '영단어-한국어 뜻'의 나열이기 때문이다. 단어집을 통해 짧은 시간 내에 많은 단어를 확보하고, 동시에 문맥 속에서 살아 숨 쉬는 단어의 실제 사용 예시를 직접 느끼는 과정이 동반되어야만 한다.

문제는 발음이다

영어 말하기 편에선 발음, 연음, 강세와 억양 고민에 대한 해결책을 먼저 다룰 것이다. 정확히 구분하자면 '발음'이라면 개별 소리의 발음이고, 연음은 그 소리가 이어질 때의 현상이고, 강세는 어느 음절에 힘을 주는가의 문제고, 억양은 그러면서 발생하는 말의 흐름과 높낮이다. 하지만 본문에서는 간결함을 위해 '발음'으로 통칭하려 한다. 특별한 언급이 없다면 '발음'이란 위의 4가지를 포함하는 개념이다.

이어 '대화의 본질'에 관해 생각해 볼 것이다. 한국어나 영어라는 조건을 지우고, 사람과 사람이 만나 이야기를 나누는 과정에 대해 고민해 보는 지점이다. 그다음으로 영어 말하기를 잘하는 생각과 연습 방법을 소개한다. 자원 확보의 관점으로 바라보는 문장 암기의 필요성, 한국어 화자인 우리가 영어 말하기를 잘할 수 있는 연습법 등을 다룰 것이다.

많은 한국인 영어 학습자가 영화나 드라마 속의 '원어민다운' 발음을 추구한다. 미국식 발음이라는 이상향과 한국인 발음이라는 현실의 간극에서 그들은 자신의 영어 발음을 부끄러워한다. 이에 대한 심리적 해결책을 먼저 알아보자.

영어 발음을 대하는 태도를 근본적으로 '편안하게' 바꾸길 제안한다. 영어로 대화하는 데 있어서, 정확하게 원어민처럼 발음하기는 일반적인 한국인이 생각하는 것만큼 중요하지 않다. 전혀 중요하지 않다는 뜻은 아니다. 100퍼센트 원어민 같은 발음을 추구할 필요가 없다는 이야기다.

최소 10년 넘게 한국어 화자로 살면서 우리의 '발성 기관'은 음성 한국어에 최적화했다. 발성 기관은 우리 신체가 다 그렇듯 운동기관이다. 말하기에는 물리적인 근육이 관여한다는 뜻이다. 최소 10년 이상 음성 한국어에 맞게 발달한 근육 구성을 단기간에 음성 영어에 맞도록 고치기란 매우 어려운 일이다.

다이어트나 몸 키우기를 시도해 본 적이 있다면 알 것이다. 평범한 생활인이 자기 신체를 완전히 바꿔 몸짱이 되기란 만만한 일이 아니다. 보통 사람들은 건강에 문제가 생기지 않도록 식생활 조절을 하고 적당한 운동을 하는 것으로 충분하다. 근육에 빗대 설명하다 보니 '한국어:영어 = 일반적인 몸:이상적인 몸매' 관계처럼 보일까 걱정이다. 영어가 한국어보다 권장 상태라는 것이 아니라, 근육의 '변화'에 초점을 맞춰 이해해 주시기 바란다.

일반인에겐 근육 운동이 '적당한 만큼' 필요하듯 영어 발음도 보통 대부분 한국인에겐 '적정 수준'으로만 다듬으면 된다. 그 수준이란 영어 의사소통을 심각하게 방해하는 몇 가지 난점을 바로잡는 정도다. 영어 말하기 상황에서, 발음이 의사소통을 방해하는 경우보다 표현력 자체의 부실함이 의사소통을 방해하는 경우가 훨씬 많은 편이다.

물론 (1)발음이 좋을수록 (2)영어 말하기에는 이득이다. 그러나 (1)이 (2)에 주는 영향은 '한계효용 체감의 법칙'을 따른다. 갈증을 해소하는 물 한 잔은 꿀맛이지만 두 잔 석 잔으로 넘어가면서 그만큼의 상쾌함을 느낄 수 없다는 것이다. 의사소통이 심각하게 곤란한 수준을 해결하는 발음 교정은 영어 말하기에 곧장 이득이 되지만, 일정 정도를 지나면 발음 향상 자체로는 영어 말하기에 큰 이득이 되지 못한다.

결론은 '한국식 발음'을 너무 교정 대상으로 바라볼 필요가 없다는 것이다. '콩글리시 발음'이라고도 부를 수 있을 텐데, 이것을 완전히 없애기는 사실상 불가능하며(근육!) 100퍼센트 극복해야 할 대상도 아니다. 발음 얘기가 끝나면 본격적으로 다룰 테지만, 대화에서 정말 중요한 문제는 우리가 실제로 주고받는 내용의 구성과 수준이다.

한국인뿐만 아니라 영어를 모국어로 익히지 않은 세계 각지 사람들은 각각 자기 모국어가 반영된 영어 발음을 구사한다. 물론 그들 중에서도 영어를 원어민처럼 유창하게 말하는 사람도 있지만, 그렇지 않은 사람이 더 많다.

언어 학습의 중요한 관점 하나를 다뤄 보자. 바로 '귀납'과 '연역'이다. 사례를 통해 일반적 원리를 도출하는 '귀납 과정'과 일반적 원리를 통해 사례에 적용해 나가는 '연역 과정'은 논리학 교과서에만 배워야 하는 것이 아니라 생각한다.

영어 문법이나 발음 원리 등의 '공부'는 일반적 원리를 습득하는 과정이다. 이를 통해 연역의 기반을 다지면 영어 문장의 의미를 파악할 수 있게 된다. 연역 과정이 어느 정도 이뤄졌다면, 다양한 영어 문장을 경험하는 귀납 과정이 반드시 필요하다. 다양한 사례를 접하면서 학습자는 자신이 익힌 원리를 더 명확하게 파악할 수 있다. 이런 연역과 귀납의 상호작용이야말로 영어를 제대로 익히는 방법이다. 가장 마지막 단계에 다다른 학습자에게 그런 원리들은 '설명이 필요하지 않은 사실', '당연한 사실'이 될 것이다.

영어 발음 학습에서는 의사소통을 심각하게 방해하는 몇 가지 난점을 바로잡기까지만 연역 과정이 필요하다고 생각한다.

지금은 발음 교정을 위한 것이 아니기에, 정확한 범위를 지정하고 자세히 안내하는 것은 지나친 서술이 될 것이다. 이 책을 읽은 당신이 '원어민 같은 발음에 도달할 필요는 없다'와 '의사소통을 방해하는 최소한의 지점만 극복하면 된다'는 관점을 공유하게 된다면 그것으로 소기의 목적은 달성된 것이다.

그래도 일부나마 가이드를 제시하자면, 우선 지난 듣기 편에서 언급한 유튜브 영상과 인터넷 학습 자료 정도를 진지하게 학습해 보자. 자음 중에선 /r/, /l/, /θ/, /f/, /v/를 주로 연습하길 추천한다. 한국인에게 유독 어려운 발음들이다. 모음의 경우 한국어 모음과의 차이(비슷한 한국어 소리보다 아래턱을 더 크게 벌려야 한다는 차이 등)와 장모음과 단모음 차이를 신경 쓰면 좋다.

한 가지 유의할 점이 있다. 맨 처음에 말했듯 지금까지 '발음'이라고 통칭해 온 내용에는 개별 소리의 발음뿐만 아니라 연음, 강세와 억양도 포함된다. 이 중에서 개별 발음은 연역으로 해결하기 적합한 대상이라고 생각한다. 범위가 명확하게 보이고, 지금 본인의 발음 숙련도와 관계없이 어느 발음이 무슨 특징을 가졌는지를 조금씩은 접해 봤을 것이기 때문이다.

그러나 그 이후 다듬어야 하는 연음과 강세, 억양은 귀납적 접근을 기본으로 학습하길 추천한다. 연음과 강세, 억양을 개선하기 위한 귀납적 접근은 잠시 후 '서사 구성력' 부분에서 자세히 다루겠다.

몇 가지 자음을 신경 쓰고, 장·단음의 차이를 이해하는 등 기초적인 연역의 과정을 거쳤다면, 발음 자체를 교정하겠다는 학습 목표는 내려놓는 것이 전반적인 말하기 숙련도 향상을 위하여 더 좋은 결정일 것이다.

'대화'라는 행위의 본질에 관해

외국인 앞에 서면 말문이 막힌다며 답답함을 토로하는 이야기를 주변에서 쉽게 접할 수 있다. 그런데 '영어회화'나 '프리 토킹' 모두 결국 '대화'라는 사실을 뜻밖에 많은 사람이 간과하는 것 같다.

'대화'는 한 사람이 다른 사람을 만나 일정한 내용을 주고받는 행위다. 대화를 다른 말로 하면 의사소통일 텐데, 소통에 앞서 우리에게는 특정한 의사, 즉 '뜻과 생각'이 있어야 한다.

누군가와 대화가 이어지지 않을 때, 그 어색함은 '딱히 할 말이 없기 때문'인 경우가 많다. 소개팅에서 상대와 처음 마주했을 때 뻘쭘한 상황, 나이 많은 선배와 단둘이 남겨졌을 때 아무리 머리를 굴려도 할 말이 떠오르지 않는 경우, 혹은 반대로 한참 어린 후배와 단둘이 남겨졌을 때 뻔한 인생 교훈 외엔 해줄 말이 없는 경우 등을 떠올려 보면 이해가 될 것이다. 상대가 한국인일지라도 '대화'는 이처럼 어려운 행위다. 공유할 수 있는 내용이 없을 때, 대화는 이어지기 매우 어렵다. 다시 영어 말하기로 돌아오자.

외국인과 하는 영어 대화가 어려운 건 단지 상대가 외국인이고 내가 영어를 수월하게 말하지 못하기 때문만이 아니다. 외국인 앞에서 말이 막히는 근본적인 이유는 상대방이 나와 다른 곳에서 태어나고 자랐으며, 나와 그가 공유하는 문화적 기억 자체가 별로 많지 않아서다. 이 문제를 어떻게 해결할 수 있을까?

세계 곳곳에서 일어나는 일에 관심을 기울여야 한다. 친숙한 소재로는 유럽 축구와 할리우드 가십이 있다. 이런 대중문화부터 시작해 세계 각국의 기본적인 시사와 역사 지식은 많이 알수록 도움이 될 것이다. 여행 프로그램 시청하기도 좋은 방법이다. 공중파 여행 프로그램이나 인터넷에서 접할 수 있는 여행 자료는 보통 누구에게나 친숙하고가 보고 싶어 하는 곳을 많이 다룬다. 이런 콘텐츠를 통해 세계 각국 도시와 자연환경, 그리고 그에 얽힌 이야기까지 편안하고 즐겁게 접할 수 있다.

그런데 문제가 있다. 세계 각국 문화와 역사를 폭넓게 공부할 만큼 우리는 한가하지 않다. 학생은 학생대로 바쁘고, 직장인은 직장인대로 바쁘다. 도서관에 앉아서 세계사 책을 천천히 읽기도 어렵고, 여행 프로그램을 매번 챙겨 보기도 쉬운 일이 아니다.

'너'에 관한 정보 수집에 한계가 있다면, '나'를 표현할 내용을 생각해 볼 차례다. 자신의 취미나 추억부터 시작하면 좋다. 재미있게 본 영화가 무엇이었는지, 그 영화가 어떤 내용이었는지, 무슨 이유로 그 영화를 좋아하는지를 생각해 보자. 이런 내용은 영어 말하기 시험을 위해서만 준비하기엔 아깝다. 풍요로운 인생을 위해 누구나 고민해 볼 만한 이야기다.

대한민국을 영어로 설명할 수 있도록 연습하는 것도 추천 방법이다. 점점 한국이 글로벌 뉴스에 등장하는 빈도가 높아지고는 있지만, 여전히 대한민국은 잘 알려진 나라가 아니다. 일본이나 중국보다 특히 심한데, 이에 관해 이야깃거리를 생각해 두면 좋다. 아래 같은 대화는 필립 선생님이 유럽 배낭여행 때 몇 차례 경험한 평범한 일이다.

"Hi, so… are you from China?"
"No."
"Oh, then, Japan?"
"Well, I'm from Korea, South Korea."
"Oh, Korea!!!"

느낌표 세 개의 놀라움 뒤에는 중국, 일본을 먼저 꺼내서 미안한 마음과 이제 대체 무슨 이야기를 해야 할지 걱정하는 마음이 숨어 있다. 이때부터 자연스럽게 대화를 이어 나가는 것도 나름의 능력이다. 그런 이야기 많이 듣는다며 자연스럽게 한국과 일본, 한국과 중국에 관해 이야기해 보는 것 정도가 가능할 것이다.

너무 서양인들과의 대화만 가정한 것 같다. 사실 동양인들과 영어로 대화하는 경우도 무척 많다. 우리나라 대중문화에 관해 이야기를 나누면 분위기가 부드럽게 흘러가는 경우가 종종 있었다. 한국 드라마와 K 팝은 의외로(?) 팬층이 세계 각지에 존재하는 문화 콘텐츠다. 혹은 중국이나 대만인들과 이야기하면서 한자를 한두 글자 써 보면 공감대가 형성되기도 한다. 그들은 한국에서 한자를 배운다는 사실을 잘 모르는 경우가 많았다.

동양인을 만나든 서양인을 만나든, 그들과 대화하려면 함께 공유할 수 있는 이야기가 필요하다. 문학, 미술, 음악, 영화, 여행 등 누구라도 흥미로워할 만한 것들을 갖춰 보자. 대화 초반의 어색함은 이렇게 자신의 이야깃거리로 풀어야 한다. 이 과정이 어느 정도 지나야 친밀감이 생기고, 그 후로 이런저런 이야기를 주고받는 게 가능해진다.

문장을 암기하라

이제 실질적으로 영어 말하기 연습을 하면서 어떤 접근이 필요한지 생각해 보자. 원활한 영어 말하기를 위해서는 다양한 '문장 암기'와 상황에 맞는 표현을 빠르게 선택하고 말할 수 있는 '순발력', 이야기를 이끌어 가는 '서사 구성력' 등 3가지가 중요하다. 문장 암기와 상황에 맞는 적절한 표현 선택부터 차례로 알아보자.

영어 대화에서, 상황에 맞는 표현을 선택하기 위해서는 우선 선택 후보군 자체를 머릿속에 갖춰야 한다. 다양한 단어와 관용어 그리고 문장을 암기해 둬야 한다는 뜻이다. 이런 암기를 이제부터는 '자원 확보'라고 부르자.

영어 회화를 학습하는 분 가운데 상당수는 교과서에서 흔히 보기 힘들었던 관용 표현에 신경을 쏟는 경향이 있다. 'have it in for ∼'가 '(누군가에) 앙심을 품다'라는 뜻이라고 확인한 뒤, 언젠가 써먹어야겠다는 생각에 'have it in for ∼ = 앙심을 품다' 이런 식으로 암기하는 경우다. 관용어 표현이 중요한 학습 과제인 것은 맞다. 하지만 영어 말하기를 위해 가장 중요하게 암기해야 할 대상은 바로 '문장'이다. 우리는 '문장 자원'을 확보해야만 한다.

많은 영어 학습자가 문장 암기를 등한시한다. 부담스러운 게 일차 원인이다. 굳이 이렇게까지 공부해야 하는지 의문이 들기도 한다. 이런 분들은 '입이 트이는 순간'이 오면 저절로 자기 생각을 영어로 표현할 수 있을 것으로 생각하는 경우가 많다.

아침 일찍 회화 학원에 다니거나 영어회화 스터디에 참여하는 등 자신만의 방법으로 열심히 공부하는 이들도 적지 않다. 모두 영어를 사용하는 환경에 자신을 많이 노출하겠다는 전략이다. 하지만 이런 수업과 스터디 참여만으로 영어 실력을 늘리기는 무척 힘들다.

영어 말하기 환경에서 쓸 만한 '자원'이 없기 때문이다. 선택 후보군 자체가 얼마 없다는 뜻이다. 이론적으로 보면 사람이 만들어 낼 수 있는 문장 종류에는 제한이 없다. 그러나 현실은 어떤가. 우리는 이미 알고 있는 내용에 대해서만 쉽게 말할 수 있으며, 자신에게 익숙한 표현으로만 문장을 만드는 경우가 대부분이다.

대학교 수업에서든 회사에서든 어느 발표회장에서든, 여러 사람 앞에서 뭔가를 발표했던 경험을 떠올려 보자. 사전에 내용을 제대로 숙지했다면, 그 발표는 알고 있는 내용을 청중에게 설명하거나 보여 주는 시간이 된다. 말을 만들어 내려고 애쓰지 않아도 이미 머릿속에 중요한 표현과 내가 해야 할 말이 정리돼 있기에, 눈앞의 사람들과 호흡하며 발표를 진행할 수 있다.

그러나 내용을 제대로 익히지 않았을 때는 어떤가? 우리는 계속해서 어떤 말을 할지 머릿속에서 고민해야 한다. 청중과의 교류는 뒷전이다. 혹은 출력해 온 발표문 자료에 의존해 발표를 진행하게 된다. 심한 경우 발표 시간은 '읽기' 시간으로 바뀌기도 한다.

발표에 앞서 내용을 숙지하듯, 영어 말하기를 제대로 하고 싶다면 문장 자원을 많이 확보해두어야 한다. 단어 두세 개의 관용어 표현이 아니라, 실제로 대화를 구성할 수 있는 '문장'을 많이 암기해서 머릿속에 사용 가능한 자원을 풍부하게 확보해야 한다는 것이다.

한국어를 영어로 바꿔 보자

영어 문장을 아무리 외운다고 해도, 우리의 사고 과정은 기본적으로 한국어를 '통해' 이뤄진다. 통한다는 표현을 강조한 것은 '멘털리즈(mentalese)'라는 개념을 소개하기 위해서다.

스티븐 핑커(Steven Pinker) 등의 연구를 보면 사람의 생각 자체는 특정 모국어가 아니라 생각 고유의 언어로 이뤄진다.[228] 이것이 바로 '사고의 언어(Language of Thought)'이고, 다른 말로 '멘털리즈'라고 한다. 멘털리즈는 모든 언어 행위에 관여하지만 말하기에만 집중해보자.

멘털리즈 개념을 인정한다면 '멘털리즈 → 한국어 → 현실세계'와 같은 흐름을 우리는 상상할 수 있다. '위장이 비어 있다는 신호를 뇌가 보내고, 실제로 위장에서 꼬르륵 소리가 나는' 상황일 때, 멘털리즈는 한국어 단어인 '배고프다'를 통해 현실 세계로 전달된다. "야, 배고픈데 뭐 먹을 거 없냐?"라는 말이 나온다.

위와 같이 한국어 회로가 튼튼한 한국인이 영어 말하기를 어려워하는 것은 그 머릿속에서 '멘털리즈 → 한국어 → 영어 → 현실세계'와 같은 흐름이 이뤄지기 때문이다. '위장이 비어 있다는 신호를 뇌가 보내고, 실제로 위장에서 꼬르륵 소리가 나는' 상황일 때, 멘털리즈는 한국어 단어인 '배고프다'를 통해 먼저 구체화한다. 그다음에야 한국인 영어 학습자는 '배고프다'를 'I'm hungry' 혹은 'I feel hungry'로 변환한다. "야, 배고픈데 뭐 먹을 거 없냐?"가 "I feel hungry… Have you got anything to eat?"로 전환되어 현실 세계로 전달된다.

1. 읽기 편부터 계속 주장했던 '한국어로 사고한다'는 말은 이렇듯 멘털리즈가 일차적으로 한국어로 변환된다는 뜻이다. 이는 웬만큼 열심히 영어를 연습하지 않고서는 교정하기 무척 어려운 현상이다. 멘털리즈에서 한국어로 넘어가는 과정은 너무나 자연스러워서, 그것을 온전히 바꾸겠다는 것은 사실상 불가능에 가까운 목표다.

대신 우리가 주목해야 할 지점은 '한국어 → 영어'의 과정이다. 이 과정이 바로 한국어 화자인 우리가 영어를 바로바로 말하지 못하게 하는 큰 원인이다. 멘털리즈가 한국어를 통과한 뒤, 우리가 그 한국어에 맞는 영어 표현을 탐색하는 데 시간이 걸리기 때문이다. 영어 문장 자원을 아무리 많이 확보했어도, '한국어 → 영어' 전환이 느리다면 영어 문장을 바로바로 꺼내지 못할 수밖에 없다.

혹은, 확실하게 알고 있던 것이 아니라 그 자리에서 만들어 낸 영어 문장이 겉모양만 영어지 사실상 표현 방식은 한국어와 마찬가지일 수 있다. 카페에 앉아 있는데 처음 보는 사람이 갑자기 내 옆자리에 앉는다고 상상해 보자. '낯선 사람이 내 옆에 마치 나를 안다는 듯이 다가와 앉았다. 불편하다'라는 멘털리즈가 한국어에선 "저를 아세요?"라고 표현되지만, 영어에선 "Do I know you?"라고 표현된다. 만약 한국인 영어 학습자가 영어식 표현을 충분히 확보하지 않았다면, 그의 멘털리즈는 "저를 아세요?"를 거쳐 "Do you know me?"로 출력될 수 있다.

지금까지 멘털리즈 개념의 간략한 소개와 거기에서 비롯하는 한국인의 영어 말하기 문제를 다뤘다. 이 문제에 대한 해결책을 알아보자. 영어 말하기를 실질적으로 도와줄 문장 암기와 연습 방법을 고민해 볼 차례이다.

멘털리즈와 한국어의 밀착 관계를 해소하기는 어렵다고 말했다. 우리가 집중할 부분은 '한국어 → 영어' 과정이다. 이 부분에서 걸리는 시간을 최대한 줄여야 한다. 한국어 문장을 눈으로 보고 재빠르게 영어로 바꿔 말하는 훈련을 제안한다.

한국어 문장을 눈으로 읽는 것은 머릿속에서 이뤄지는 '멘털리즈 → 한국어' 과정을 대신한다. 말해야 할 내용을 떠올리는 과정이다. 그다음으로 이뤄지는 과정인 '한국어 → 영어'의 변환을 의도적으로 연습하는 것이 이 훈련의 핵심 목표이다.

1) 먼저 한국어 문장을 눈으로 읽고 곧장 영어로 말해 보자. 죽이 되든 밥이 되든 스스로 해봐야 한다. 문장 5개 정도를 연달아 말해 본 후, 처음부터 다시 2~3회 반복한다. 그러면 자신이 만들어 낸 영어 문장이 대략 머릿속에 입력된다.
2) 이어 교재에 쓰인 '올바른' 영어 문장과 비교해 보자. 아마 자신이 말했던 문장과 꽤 다른 경우가 많을 것이다.
3) 올바른 영어 문장을 암기하자. 지독하게 암기해야 한다. 반드시 입으로 소리 내 말하면서 암기해야 한다.
4) 다시 한국어 문장으로 돌아가자. 이젠 한국어 문장을 눈으로 보자마자 올바른 영어 문장을 말할 수 있을 것이다. 화살표 과정에서 걸리는 시간을 단축하고, 올바른 연결의 쌍을 만든 덕분이다.

이 방법은 순발력과 정교함을 모두 다듬을 수 있는 학습법이다. 본인이 만들어 낸 영어 문장과 올바른 영어 문장의 차이점을 스스로 인지하고 교정하면서, '겉모양만 영어'가 아닌 '표현 방식도 영어다운 영어'를 말할 수 있게 된다.

이런 훈련을 하려면 영어 문장과 한국어 문장이 따로 인쇄된 책이 필요하다. 서점에 가 보자. 다양한 영어 교재 가운데, 영어 문장과 한국어 뜻을 분리해 편집한 교재를 직접 선택해 보길 바란다. 표현의 정교함에 관해 한 가지만 더 이야기하고 마무리하겠다.

"Do you know me?" 식의 오류는 사실 외국에서 살다 보면 자연스럽게 고칠 수 있는 문제다. 그렇게 말하는 원어민이 없기 때문이다. 그러나 우리는 한국에 사는 한국인 영어 학습자다.

아무리 원어민 회화 학원을 등록해도, 강의실을 벗어나면 우리 일상 언어는 철저하게 한국어다. "Do you know me?" 오류를 개선하기 위해선 한국어와 영어의 차이를 정확하게 아는 강사의 도움을 받아야 한다. 이 지점에서 이보영, 이근철, 문단열, 아이작 등 한국에서 오래 활동한 선생님들이 단연 돋보인다. 이런 '한국어-영어 변환' 연습을 계속 반복한다면, 자기도 모르는 사이에 아래와 같은 상태에 도달하는 날이 올 것이다.

영어로 된 이야기를 외워라

영어 문장을 상황에 맞게 재빠르게 말해 보기를 꾸준히 훈련한다면 영어 말하기 실력이 확실히 달라진다. 그런데 이 훈련에도 한계는 있다. 어느 정도 하고 싶은 말들을 신속하게 영어로 만들어 낼 수 있지만, 영어만으로 이야기를 이끌어 갈 만한 능력이 아직 부족한 상태기 때문이다.

한국어로 이뤄지는 생각의 단편을 영어로 표현하는 것과 영어 자체로 이야기의 구조를 짜는 것은 다른 차원의 문제다. 이를 해결하기 위해 '영어만으로 이뤄진' 이야기 덩어리를 많이 접하고, 그 이야기 전체를 실제로 소리 내어 말하는 연습이 필요하다.

여기서도 다시 암기가 중요하다. 부드러운 영어 말하기에서 가장 중요한 것은 누가 뭐라고 해도 충분한 자원 확보이기 때문이다. 자원 확보 측면에서, 이제는 영어 문장 단위가 아니라 '영어로 된 이야기' 축적으로 나아가 보자.

외국 뉴스나 이전에 영어 듣기 편에서 소개한 국내 영어 방송 그리고 TED와 각종 오디오북 등 기본적이고 올바른 소재가 많다. 그런데 뜻밖에 잘 알려지지 않은 소재가 있다. 바로 유튜브 콘텐츠 제작자들이다.

유튜브에는 한국에도 많이 알려진 재밌는 콘텐츠를 만들어 내는 제작자가 정말 많다. 스티브 잡스, 오바마가 말하는 것만 스피치가 아니다. 우리에게 쉽게 와 닿는 화법의 스피치가 유튜브에는 훨씬 많다.

TED에서든 유튜브에서든 마음에 드는 3~5분 분량의 영상이나 음성 자료를 선택하자. 스크립트가 없는 경우 자신이 직접 듣고 스크립트를 만드는 것도 좋은 방법이지만, 오로지 영어공부만 할 수 있을 정도로 여유 있는 상황이 아니라면 스크립트 혹은 자막이 준비된 자료를 고르도록 하자. 스크립트와 영상 혹은 음성 자료가 준비됐다면, 쉐도잉(따라 말하기)을 하면서 3~5분짜리 스피치를 외워 보자. 그들이 말하는 방식과 똑같이 말할 수 있도록 따라 하는 것이 중요하다. 앞서 말했던 /r/과 /l/, /θ/, /f/와 /v/ 등의 발음에 특히 주의하고, 연음/강세/억양도 똑같이 따라 하도록 노력하자.

영어로만 구성된 이야기를 갖추기 위한 이런 연습에는 또 다른 장점이 있다. 발음/연음/강세/억양을 따라 하다 보면, 말하기 1편에서 언급한 (총체적) 발음 문제를 자연스럽게 개선한다는 점이다. 뉴스, TED, 유튜브 영상 속 원어민의 말하기 방식을 따라 하는 과정에서 영어 소리의 개별 발음과 연음, 강세, 억양을 자연스럽게 학습할 수 있기 때문이다.

이것이 앞서 말한 발음 교정을 위한 귀납적 접근이다. 음성 영어 특유의 연음과 억양은 그것만을 위해 따로 규칙을 공부하기보다, 이렇게 실제 문장을 따라 말하는 과정에서 발성기관 자체의 움직임으로 익히는 것이 훨씬 효율적이라고 필자는 믿고 있다. 물론 사전에 영어 개별 소리에 대한 인지가 어느 정도 이루어져야 가능하다(듣기 편, 말하기 편의 앞선 서술 참조).

영상에서 특히 따라 하기 어렵거나 말하기 어색한 부분이 있을 것이다. 그런 경우를 발견할 때면 성대모사하듯 수십 번 수백 번 따라 해 보자. 원리를 파고들어 공부하기보다, 소리의 흐름 자체에 집중해 그것을 '내 것'으로 만들기 위해 노력하는 접근 방법이다.

그렇게 연습이 충분히 이뤄진다면, 다음에 비슷하거나 동일한 구조를 말할 때에는 자연스럽게 유사한 소리를 낼 수 있다. 수십 수백 번의 연습으로 발성기관이 변화한다면, 머리로 생각한 것보다 더욱 확실하게 달라진 발음을 지속할 수 있다.

영어 말하기를 어떻게 해야 잘할지에 대한 이야기는 여기까지다. 영어 말하기는 회화 학원 수강이나 스터디 참여만으로는 실력을 높일 수 없다. 혼자 치열하게 암기하고 직접 입으로 내뱉어 보는 시간의 축적이 사실상 유일한 해결책이다. 그 지난한 과정에 우리 책이 도움되길 바란다.

실무자가 말하는 영어공부

흔히 인생을 마라톤에 비유하고는 한다. 그러면 마라톤에서 영어는 어떤 역할일까? 나는 주저 없이 운동화라고 말하고 싶다. 운동화가 없다고 마라톤 완주가 불가능한 것은 아니다. 하지만 맨발로 완주하는 일은 엄청나게 힘들 것이다. 왜 이렇게 영어가 중요한 것일까? 그건 우리가 정보화 시대에 살기 때문이다. 우리는 어떻게 정보를 습득하고 있을까? 검색? 책? 어떤 면을 살펴보아도 영어로 읽지 못한다면 뒤처질 수밖에 없다.

영어가 세계의 공용어니깐 잘하면 좋다는 식상한 이야기는 잠시 접어두자. 아주 현실적인 이야기를 해 보자. 세계에서 모든 유명한 학술지는 영어로 발간된다. 독일에서 주관하는 유명한 많은 학술지도 독어가 아닌 영어로 발간된다. 최근에 모든 분야에서 급부상하는 중국도 자국의 어마어마한 인용을 무기로 세계에서 인정받는 학술지를 만들려고 노력 중인데 이런 학술지조차도 모든 논문을 영어로 출간한다. 그만큼 영어로 쓰인 정보는 한글로 쓰인 정보에 비해 그 양이 압도적으로 많다.

백화점을 간다고 생각해 보자. 똑같은 백화점인데 매장이 천 개 있는 곳을 갈 것인가 아니면 열 개 있는 곳을 갈 것인가? 영어로 정보에 접근하는 것이 전자, 한국어로 접근하는 것이 후자에 해당한다고 생각하면 된다. 이번에는 검색을 살펴보자. 단순히 영어로 쓰인 정보가 많은 것이 문제가 아니다. 문제는 글의 수준이다. 글의 논리적인 부분까지 갈 필요도 없다. 한글로 쓰인 정보들의 가장 큰 문제는 글의 출처가 없는 경우가 대부분이라는 것이다.

예를 들어 위키피디아에서 반도체(semiconductor)를 검색해 보자. 영어로는 출처가 18곳이 적혀 있지만, 한글로는 0곳이다. 출처가 없으면 관련 사항에 대해서 더 깊게 공부하고 싶어도 무엇을 공부해야 하는지 알기가 어렵다. 이 문제가 비단 위키피디아에만 국한되는 문제는 아니다. 해외 유명 책들이 한국으로 번역되어 들어오면서 출처가 생략돼 버리는 경우가 부지기수다. 이래서 영어보다 한글로 번역된 책으로 깊게 파고드는 독서가 쉽지 않은 것이다. 정보화 시대에서 영어로 정보를 습득하지 못한다는 것은 문맹 같은 '정보'맹이라고 해도 이제 더는 과장이 아니다.

그러면 우리는 왜 이렇게 영어가 힘들까? 대부분의 영어 학습자가 영어를 못하는 이유는 방법의 문제도 있지만 사실 시간의 문제가 더 크다. 여기서 시간이라고 하면 두 가지가 모두 충족되어야 한다. 바로 밀도와 기간이다. 매일 10분씩 영어공부를 한다고 하면 분명히 어느 정도 실력 향상은 될 것이지만 그 한계는 명확하다. 반드시 연속이라는 조건과 함께 충분이라는 조건도 함께 만족하여야 한다.

더 직관적 이해를 위해 스노보드 실력을 예로 들어보자. 언젠가 친구랑 스노보드를 타러 간 적이 있다. 친구가 내게 얼마나 보드를 탔느냐고 물어서 6년이라고 답했다. 그리고 친구는 얼마나 탔는지 내가 물으니 1년이라고 대답했다. 당시 어깨가 으쓱 올라갔고 이번에 내가 가르쳐 줄 테니 많이 배우라고 충고까지 해줬다. 그런데 막상 도착하니 이게 무슨 일인가? 나는 그냥 좌우로 왔다 갔다 하며 평범하게 내려오는데 친구는 점프에 180도 턴에 못하는 게 없었다. 1년 탔는데 어떻게 그렇게 잘 타느냐고 물으니 작년에 스노보드 동호회를 통해 스키장에 살면서 겨울 방학 내내 3개월 동안 탔다고 했다. 나는 6년 동안 매년 2박 3일씩 탔으니 많이 잡아야 18일 탄 것이었다. 그러니 실력 차이가 하늘과 땅만큼 날 수밖에 없었다. 영어도 마찬가지다. 일정 시간 이상 임계점을 넘겨서 공부하지 않으면 절대 실력 향상이 될 수 없다.

모든 공부가 그렇듯이 영어도 실력을 향상하려면 적절한 목표와 전략이 필요하다. 하지만 많은 사람이 어떤 계획도 없이 열심히 하면 잘될 것이라는 막연한 생각으로 공부를 시작한다. 앞에서 이미 배운 것처럼 말을 잘하기 위한 공부 방법이 따로 있고 읽기를 잘하기 위한 공부 방법이 따로 있다. 어느 정도 유기적으로 연결은 되어 있지만, 특정 분야를 위한 공부를 한다고 읽기, 말하기, 듣기, 쓰기 실력이 동시에 향상되지는 않는다. 영어 공부를 하면서 왜 공부를 하는지 확실한 목표 의식을 갖는 것이 중요하다.

서두에 언급한 것처럼 대부분 학습자는 정보 습득을 위해 읽기에 초점이 맞춰져야 한다(예를 들어 말하기가 많이 필요한 여행 안내자나 해외 영업 같은 직업군은 당연히 말하기와 듣기를 더 집중적으로 공부해야 한다). 그러면서 추가로 열심히 공부해야 하는 것은 쓰기다. 읽기와 쓰기가 되면 학업이나 업무가 가능해진다. 직급이 올라가면 소통을 해야 하는 경우가 많아져서 유창한 회화 실력도 어떤 시점에는 필요하지만 우선 대부분 직급이나 업무영역에서 가장 중요한 것은 빠르게 정보를 습득 혹은 취합해서 명료하게 문서로 만드는 것이다. 영어로 업무나 학업이 가능해지면 우리 인생에서 선택의 폭이 아주 넓어진다.

우리나라 사람 대부분이 독해는 어느 정도 된다고 생각하는데 엄청난 착각이다. 당장 내가 다녔던 삼성에서도 영어로 편안하게 자료를 읽는 사람은 많지 않았고, 실제로 수많은 친구와 상담을 통해 확인한 결과도 명문대를 졸업하고 심지어 외국 생활을 했어도 영어로 정보를 제대로 습득하는 친구는 생각보다 많지 않았다. 역으로 생각하면 영어로 독해력이 아주 높다면 (거기에 쓰기만 어느 정도 된다면) 여전히 경쟁력이 높다고 말할 수 있다.

영어공부에 관한 가장 큰 오해 중 하나는 해외에서 살면 영어 실력이 저절로 향상될 것이라는 믿음이다. 당연히 영어로 소통해야 하는 환경에 있으면 상대적으로 영어 실력은 올라가겠지만 무조건 저절로 실력이 향상되는 경우는 없다. 특히 조심해서 가야 하는 것이 어학연수다. 어학연수를 6개월에서 1년 정도 간다고 하면 어느 정도 영어에 익숙해지기는 하지만 그 한계 또한 명확하다. 본인이 가진 영어 지식을 인출해 보는 것이 한계이기 때문에 문법과 어휘력이 부족한 상태에서 어학연수를 가면 생활회화를 잘하는 정도까지 실력이 향상되는 경우가 대부분이다(그러기에 어학연수는 기회비용이 너무 크다).

실제로 어학연수를 가서도 자신의 한계를 깨닫고 영어공부를 하는 경우가 많은데 그런 공부는 한국에서도 충분히 가능한 부분이다. 그런 관점에서 어학연수는 영어를 배우러 간다는 것은 잘못된 접근이고 영어를 활용하러 가는 것이 맞다. 어학연수를 가고 싶다면 문법이나 단어 같은 기초 실력은 한국에서 확실하게 쌓고 나가야 한다. 실제로 상대적으로 영어를 더 잘하는 유럽 친구들이 어학연수를 오면 한두 달만 수업을 듣고 보통 무급이라도 인턴을 하는 경우가 많다. 다시 한 번 강조하지만, 영어를 배우겠다고 무작정 어학연수를 가는 것은 반드시 지양해야 한다.

대학생 친구들은 가능하면 교환학생 프로그램을 추천한다. 교환학생은 수업을 듣고 과제를 하고 토론을 하고 시험을 봐야 해서 상대적으로 영어 실력이 훨씬 많이 향상된다. 동시에 전공 공부까지 할 수 있는 장점이 있기 때문에 가능하면 교환학생 프로그램에 한 학기 정도라도 도전해 보는 것을 추천한다(북유럽 국가 대학에서는 학생 교수 대부분이 영어를 완벽하게 구사하기 때문에 교환학생 프로그램이 있다면 가 보는 것도 좋다).

결국, 외국으로 나간다는 것은 영어로 상호작용을 하고 싶다는 것이다. 그런 면에서 외국에 따로 나가지 않고 돈이 약간 들더라도 쓰기 연습을 한 뒤 유료 첨삭을 통해 전문가들에게 피드백을 받는 것도 영어 실력을 확실하고 빠르게 늘리는 아주 좋은 방법 중에 하나다.

우리는 이 책을 통해서 비단 영어뿐만 아니라 어떻게 학습 전략을 세워야 하는지 배우고 있다. 또 이번 장에서는 읽기, 쓰기, 듣기, 말하기 별로 어떤 전략을 구사해야 영어 실력이 향상되는지도 배웠다. 올바른 전략을 세워서 꾸준히 학습한다면 누구나 영어를 어느 정도 수준까지는 잘할 수 있다(물론 영어뿐만 아니라 모든 공부 또한 그렇다). 이제 더는 영어에 끌려다니지 말자.

이제 영어를 한번 제대로 혼내 줄 때도 됐다.

영어 글쓰기, 어떻게 할 것인가?

영어 글쓰기는 일반적인 언어 습득에서도 가장 나중에 도달하는 지점이고, 외국어 학습자에겐 당연히 제일 어려운 과정이다. 내 경우에도 친구들의 영문 자기소개서와 에세이 등을 교정해 준 적이 많지만, 여전히 영어 글쓰기는 너무나 까다롭고 부담스러운 일이다.

이번 글에선 영어로 '문장 쓰기' 자체가 아니라, 한 편의 '글'을 쓰기 위해 생각해야 할 것들에 관해 말하려고 한다. 문장 수준의 영작문이 어느 정도 가능하신 분들이 목표 독자인 셈이다.

사실 글쓰기는 한두 가지의 방법 소개나 강좌로 제대로 배우는 것이 원천적으로 불가능하다. 전달해야 할 내용이 방대하고, 또 그 내용이 학습자의 머릿속에 제대로 안착하려면 긴 시간이 필요하기 때문이다.

따라서 이번 글은 영어 글쓰기에서 매우 중요하지만, 국내 교육 환경에서 잘 알려지지 않은 몇 가지 내용을 알려드리는 선에서 마무리하려고 한다. 세밀한 설명보다는 '이런 내용이 있다'는 걸 드러내는 정도의 글이 될 것이고, 진지하게 공부해 보고 싶은 분들을 위해 마지막에 책과 강의 추천을 덧붙였다.

1. 영어 문장의 힘은 뒷부분에. 문미비중과 문미초점의 원리(End-weight & End-focus)

영어 문장을 바라보는 새로운 틀을 먼저 소개하고 시작하겠다. 의미에 초점을 맞추어 문장을 분석할 때, 동사를 기준으로 그 앞부분의 내용은 주제부(Topic Position)라고 부른다. 같은 기준으로 그다음 부분은 강조부(Stress Position)다. 이 구분은 앞으로 계속 유효하다.

(1) 길고 복잡한 정보를 문장의 뒤로 보내자. 문미비중의 원리(End-weight)

우선은 문장 하나를 살펴보는 단계에서 출발한다. 영어로 글을 쓸 때, '길고 복잡한 내용'은 문장(혹은 절)의 뒷부분으로 보내야 한다. 무거운 정보(weight)를 뒷부분(end), 즉 강조부(Stress Position) 쪽으로 보내라는 의미다.

영어와 한국어 사이에는 차이점이 한둘이 아니지만, 복잡하고 긴 정보를 어디에 배치하는가에 있어 아주 극명한 차이가 있다. 문장(혹은 절) 수준에서, 한국어는 복잡하고 긴 정보(특히 수식어구)를 주로 앞에, 영어는 복잡하고 긴 정보를 주로 뒤에 배치하는 경향이 있다.

다음은 성균관대 영어영문학과 이한정 교수님의 수업 자료를 발췌한 것이다. 2000년대 초중반 국제 유가의 변동과 그에 관계된 문제를 다룬 영어 글을 한국인 학생 A가 한국어로 옮긴 뒤 그것을 다시 학생 B가 영어로 번역한 결과물이다. 밑줄 친 부분을 자세히 살펴보자.

원문

The economic ascent of China, India and, less noticeably, Brazil helped derive oil prices to record levels in 2005; prices were twice as high as in 2002. That makes alternatives to oil more competitive. It also calls into question how long present oil reserves can last. No one can predict when the last barrel of crude will be pumped.

A의 한국어 번역

중국과 인도 그리고 부분적으로 브라질의 경제적 성장으로 2005년 유가는 2002년에 비해 유례없는 상승을 경험했다. 그 결과 석유 대체 자원들이 더욱 경쟁력을 얻고, 현재 지구 상에 얼마나 원유가 남아 있는지에 대한 의문이 제기됐다. 마지막 한 방울의 원유가 채취되는 날이 언제가 될지는 아무도 예측할 수 없다.

B의 영어 번역

Due to the economical growth of China, India and some parts of Brazil, the oil price of the year 2005 has increased compared to the price of it in the year 2002. As a result of it, the resources that substitute oil has gained more competition, and the question of how much oil has left on earth has emerged. When the last drop of oil will be found cannot be predicted by anyone.

밑줄 친 부분이 각각의 문장과 절 내에서 어느 지점에 위치하는지 다시 살펴보자. 길고 복잡한 정보가 문장(혹은 절)의 뒷부분(강조부)에 위치해야 하는 영어와 달리, 한국어는 길고 복잡한 정보를 문장의 앞부분에 배치한다.

A 학생은 자연스러운 한국어 문장을 만들어 냈다. 문제는 한국인 B 학생이 그러한 한국어의 정보 배치 방식을 영어 문장에 그대로 적용했다는 것이다. 문미비중의 원칙을 위배한 결과, '문법적으로 틀린 점은 없지만 영어답지 않은' 영어 문장이 나왔다.

(2) 중요한 정보를 문장의 뒤로 보내자. 문미초점의 원리(End-focus)

길고 복잡한 정보는 대개 의미적으로도 '중요한' 정보일 가능성이 크다. 문미비중의 원리를 지키다 보면 자연스럽게 '중요한 정보'를 뒷부분으로 보내는 결과를 얻을 수 있다.

그러나 이것은 문미비중의 원리와 구분해서 생각해야 할 또 다른 규칙이다. 영어 문장에서 '중요한 정보'일수록 문장의 뒷부분에 위치해야 한다는, 문미초점의 원리(End-focus)이다.

A1) In America I studied linguistics.
B1) I studied linguistics in America.

아주 간단한 문장이지만, 위의 두 문장은 완전히 쓰임새가 다르다. 두 문장의 강조점이 '공부한 학문'과 '공부한 장소'로 서로 다르기 때문이다. 각각의 문장은 아래 질문에 대한 답이 될 것이다.

A2) What did you study in America?

B2) Where did you study linguistics?

문미비중과 문미초점이 원리는 걸음걸이의 왼발과 오른발처럼 한쪽을 맞추면 다른 한쪽이 자연스레 맞춰지는 경우가 많다. 하지만 꼭 그런 것은 아니다. 길고 복잡하더라도 상대적으로 익숙해서 이해하기 쉬운 내용일 수 있고, 짧은 한두 단어일지라도 상대적으로 생소한 정보일 수 있다. 또한, 길이가 비슷하더라도 강조하고 싶은 부분이 다를 수 있다.

이런 경우 두 원칙 가운데 우선으로 따라야 할 것은 문미초점의 원칙이다. '생소하거나 중요한' 정보일수록 문장의 뒤편으로 가야 한다. 예문을 살펴보자.

A) Although they were not completely happy with it, the committee members adopted her wording of the resolution.

B) The committee members adopted her wording of the resolution, although they were not completely happy with it.[229]

although 절의 위치를 조절했을 뿐이지만, 두 문장은 서로 초점이 다른 문장이 되었다. A 문장이 위원회 행동에 초점을 맞췄다면, B 문장은 그들의 감정에 초점을 맞춘 문장이다.

이러한 문미비중/문미초점의 원칙이 적용되는 또 다른 부분이 바로 가주어/가목적어 그리고 도치 등 각종 특수구문이다. 보통 중고등학생 시절

'영어는 주어가 긴 걸 싫어한다'고 단순하게 배우고 넘어가지만, 이 같은 가주어/가목적어 사용 등에는 길고 복잡한 정보가 문장 뒷부분에 있어야 한다는 문미비중과 문미초점의 원칙이 숨어 있다. 이것을 생각하며 아래 예문을 잘 읽어 보길 바란다.

1) The fact that many doctors who came to Finland in the 1960's had to start their medical studies over from the beginning in order to be licensed to practice here is unfortunate.

2) It is unfortunate that many doctors who came to Finland in the 1960's had to start their medical studies over from the beginning in order to be licensed to practice here.

2. 문장의 정보 배열을 조절하라. 구정보-신정보 배열(Given-New Contract)

이제부터는 문장 하나의 수준이 아니라, 그 전에 무슨 말을 했는지도 생각해야 하는 단계다.

영어든 한국어든, 글에 쓰이는 하나의 문장은 '독자에게 친숙한 정보'에서 시작해, '생소한 혹은 새로운 정보'로 끝맺음하는 것이 효율적인 정보 전달을 가능케 한다. 하나의 문장을 쓸 때, 자세히 설명하지 않아도 독자들이 알고 있을 법한 내용이나 이전에 언급했던 정보라면 굳이 신경 써서 소개할 필요가 없다. 이런 것은 이미 드러난 정보라는 점에서, '구정보(Given, Old Information)'라고 부를 수 있을 것이다.

구정보는 될 수 있으면 문장의 앞부분(주제부)에 위치해야 하는데, 구정보에 해당하는 내용은 다음과 같은 것들이 있다.

 – 정황상 굳이 말하지 않아도 알 수 있을 만한 사실
 – 직접 언급했던 내용을 다시 말하기
 – 앞서 말했던 진술상 누구든지 추론 가능할 만한 내용 등

구정보에 이어 '동사'를 지난 후, 문장 후반부(강조부)에 '신정보(New Information)'를 배치해야 한다. 독자들이 알고 있지 못할 법한 내용이야말로 글 쓰는 사람이 진정 전달해야 하는 내용이기 때문이다. 이러한 정보들이 실질적으로 문장을 이끌어 나가는 '힘' 있는 내용이다. 독자들이 '이미 친숙한 것들'에서 읽기를 시작해, '새로운 사실'에 도달하도록 이끄는 것은 글 쓰는 사람의 기본적인 자세가 아닐까.

다시 한 번, 영어 원문과 한국인 학생 B의 문장을 비교해 보도록 하겠다. 문장의 앞부분(주제부)에 구정보를 배치했는지, 신정보를 배치했는지 함께 살펴보자.

원문

The economic ascent of China, India and, less noticeably, Brazil helped derive oil prices to record levels in 2005; prices(1) were twice as high as in 2002. That(2) makes alternatives to oil more competitive. It(3) also calls into question how long present oil reserves can last. No one can predict when the last barrel of crude will be pumped.

(1) 앞 절에서 언급된 prices를 그대로 반복하며 새로운 절을 시작했다.

(2) 앞서 소개된 내용을 대명사 That으로 지칭하며 새로운 문장을 시작했다.

(3) 앞서 언급된 내용을 다시 한 번 대명사 It으로 받아 새로운 문장을 시작했다.

B의 영어 번역

Due to the economical growth of China, India and some parts of Brazil, the oil price of the year 2005(1) has increased compared to the price of it in the year 2002. As a result of it(2), the resources(3) that substitute oil has gained more competition, and the question of how much oil has left on earth has emerged. When the last drop of oil will be found cannot be predicted by anyone.

(1) Due to~부분은 전치사구로서, 영어 독자는 이 같은 전치사구를 비교적 덜 중요한 내용으로 인식한다. 그에 이어지는 the oil prices가 해당 절을 실질적으로 여는 부분임에도, 전혀 언급된 바 없는 '유가'로 절을 시작했다.

(2) 앞서 소개된 내용을 처리하는 대명사 it이 As a result of라는 전치사구 뒤로 밀려났다.

(3) 'prices'에 관한 이야기를 하다가, 새로운 절을 갑작스레 'resources'로 시작했다.

다시 한 번 짚고 넘어가자. 독자가 알 법한 내용(구정보)은 문장의 앞에! 독자가 알지 못할 법한 내용(신정보)은 문장의 뒤에! 이것을 앞서 배운 문미비중, 문미초점의 원리와 함께 생각하면, 다음과 같은 원칙을 발견할 수 있다.

영어 문장은 동사를 기준으로,
앞부분엔 짧고 단순하고 친숙한 정보를
뒷부분엔 길고 복잡하고 새로운 정보를 담아야 한다.

3. 글의 응집성(Cohesion)과 통일성(Coherence)

cohesion과 coherence의 한국어 번역어가 아직 통일되지는 않은 것 같지만, 이 글에선 각각 '응집성'과 '통일성'으로 표기하겠다.

(1) '응집성(Cohesion)', 문장과 문장의 긴밀한 결합

'응집성'이라는 단어는 화학 용어로 더 많이 알려졌다. 비 내린 다음 날 나뭇잎 위에 맺힌 물방울의 모습을 상상해 보자. 물방울이 결합한 채 유지되는 그 성질을 가리키는 개념이다. 힘으로 표현하자면 '응집력'일 것이다.

'글의 응집성'도 이와 유사한 개념이다. 한 문장의 마무리에 이어지는 다음 문장의 시작이 의미상 긴밀하면 긴밀할수록 글의 응집성은 높다고 말할 수 있다. 실제 영어 글에서 응집성이 어떻게 기능하는지 살펴보자.

A) Light rock-and-roll can be as comforting to a college student as classical music can be to a professor. Most radio stations play light rock-and-roll. Themes about sex, alcohol, and violence come up in the lyrics of light rock-and-roll. But country music deals with sex, alcohol, and violence too.

B) Light rock-and-roll can be as comforting to a college student as classical music can be to a professor. Light rock-and-roll(1) is played by most radio stations. The lyrics of light rock-and-roll(2) bring up themes about sex, alcohol, and violence. But these themes(3) come up in country music too.[230]

글 A의 경우, 모든 문장이 그 앞의 문장과 무관한 단어로 시작한다. 응집성이 크게 떨어지는 구조인 셈이다. 반면 글 B의 경우 모든 문장이 앞선 문장의 내용과 매우 밀접한 단어로 시작한다.

(1)에서는 'Light rock-and-roll'이라는 소재를 반복하고, (2)에서는 로큰롤의 구성 요소인 '가사'라는 내용으로 시작하고, (3)에서는 앞서 나열한 것들을 감싸는 'these themes'라는 단어로 새 문장을 시작한다.

눈치채신 분도 있겠다. 글의 응집성은 앞서 다룬 '구정보-신정보 배열'과 사실상 비슷한 내용이다. 하나의 문장을 시작할 때, 이전 문장과 관련 있는 내용으로 시작해야 글의 응집성이 높아진다. 이전 문장과 관련 있는 말은 다름이 아니라 '구정보'에 해당하는 내용이다.

하지만 모든 문장을 구정보로 시작한다고 해서 글이 깔끔해지는 것은 아니다. 여기서 살펴야 할 개념이 바로 '통일성'이다.

(2) '통일성', 여러 문장을 하나의 주제로 꿰는 힘

문장과 문장이 모여 문단이 된다는 점은 다들 알고 있을 것이다. 글의 통일성이란, 하나의 문단을 구성하는 모든 문장이 그 문단의 핵심 주제를 다루고 있는지를 판단하는 기준이다.

이상적인 글이라면, 하나의 문단은 철저하게 하나의 주제를 다루어야 한다. 그렇다면 하나의 주제를 다루며 여러 문장을 쓰려면 어떻게 해야 할까? 문장들의 주제부(Topic Position)에 관심을 기울여야 한다.

우선 극단적인 사례를 함께 보고 넘어가겠다. 한국어 문장인 데다 글의 전체적인 어조에 맞지 않는 사례지만 '응집성이 있으면서 통일성은 없는' 문장을 이해하기에 유용한 예시다.

원숭이 엉덩이는 빨개. 빨가면 사과. 사과는 맛있어. 맛있으면 바나나. 바나나는 길어. 길으면 기차…….

응집성을 철저하게 지키면서도 통일성은 전혀 발견할 수 없는 동요 가사다. 응집성 자체는 아주 훌륭하지만, 말하고자 하는 내용은 사실상 없다고 봐도 무방하다. 모든 문장이 서로 전혀 관련 없는 주제로 시작하기 때문이다.

이제 영어 문장으로 돌아가, 응집성과 더불어 통일성까지 지키는 글에 대해 알아보겠다. 조셉 윌리엄스의 명저 '스타일(Style: Lessons in Clarity and Grace)'의 한 부분이다.

A) Consistent ideas toward the beginnings of sentences, especially in their subjects, help readers understand what a passage is generally about. A sense of coherence(1) arises when a sequence of topics comprises a narrow set of related ideas. But the context of each sentence(2) is lost by seemingly random shifts of topics. Unfocused, even disorganized paragraphs(3) result when that happens.

B) Readers understand what a passage is generally about when they see consistent ideas toward the beginnings of sentences, especially in their subjects. They feel a passage is coherent when they read a sequence of topics that focuses on a narrow set of related ideas. But when topics seem to shift randomly, readers lose the context of each sentence. When that happens, they feel they are reading paragraphs that are unfocused and even disorganized.[231]

글 A의 경우, 문장들의 주제부를 봤을 때 응집성 자체는 크게 나쁘지 않다. (1)은 그전 문장의 consistent ideas를 통해 어느 정도 예상이 가능하며, (2)의 경우 역시 글과 문장에 대해 말하고 있는 문단이기 때문에 친숙한 내용일 수 있다. (3)의 경우는 다소 응집성이 떨어지는 경우다. 그러나 글 A는 통일성이 형편없는 글이다. 주제부에 들어간 내용이 제각각 다른 내용을 포함하고 있다.

반면 글 B는 후반부의 topics와 that을 제외하면, 모든 문장의 주제부가 같은 대상을 지칭한다는 것을 알 수 있다. 게다가 도입부를 평이한 단어로 시작해 독자의 부담을 덜어 주기까지 한다. 문단을 이렇게 구성할 경우, 응집성이 높아 독자가 글을 읽기도 편하며, 통일성이 높아 독자는 글이 담은 내용을 명확하게 인지하며 따라갈 수 있다.

응집성과 통일성에 대해 알아보았다. 아래 두 문단 또한 '스타일'에서 발췌한 글이다. 글 A와 B 가운데 어떤 글이 더 읽기 수월한지, 판단을 여러분에게 맡겨보겠다.

A) The basis of our American democracy—equal opportunity for all— is being threatened by college costs that have been rising fast for the last several years. Increases in family income have been significantly outpaced by increases in tuition at our colleges and universities during that period. Only the children of the wealthiest families in our society will be able to afford a college education if this trend continues. Knowledge and intellectual skills, in addition to wealth, will divide us as a people, when that happens. Equal opportunity and the egalitarian basis of our democratic society could be eroded by such a divide.

B) In the last several years, college costs have been rising so fast that they are now threatening the basis of our American democracy—equal opportunity for all. During that period, tuition has significantly outpaced increases in family income. If this trend continues, a college education will soon be affordable only by the children of the wealthiest families in our society. When that happens, we will be divided as a people not only by wealth, but by knowledge and intellectual skills. Such a divide will erode equal opportunity and the egalitarian basis of our democratic society.[232]

4. 수동태의 진정한 쓰임

지금까지 다룬 내용을 토대로 한국에서 너무나 무성의하게 교육되는 내용 하나를 바로잡으려 한다. 바로 수동태의 '기능'이다

보통 중·고등학교와 대부분 영어학원에서는 수동태를 '능동태의 변환' 형태로 가르치는 동시에 수동태를 사용하는 이유로 '행동 주체가 중요하지 않을 때' 정도만을 가르친다. 또한 '영작문' 수업에선 "가급적 능동태를 쓸 것"이라는 원칙을 배우기도 한다.

그러나! 수동태의 진정한 쓰임새는 문장의 흐름을 부드럽게 조절하는 데 있다. '구정보/신정보'에 따라, '문미초점'에 따라, '응집성과 통일성'에 따라 문장을 다듬을 때 능동태와 수동태 전환이 필요하다는 뜻이다. 예문으로 살펴보자.

Almost all entrants to teaching in maintained and special schools in England and Wales complete a recognised course of initial teacher training.

→ 이 문장 다음에 올 것으로 자연스러운 문장 아래에서 A와 B 가운데 무엇일까?

A) Such courses are offered by university departments of education as well as by many polytechnics and colleges.

B) University departments of education as well as many polytechnics and colleges offer such courses.[233]

정답은 A다. 앞선 문장에 나온 정보인 'course'를 자연스럽게 이어받고 있으며(구정보/신정보), 복잡하고 길고 중요한 정보가 뒤에 나온다는 문미비중/문미초점 원리까지 충족하고 있다. 대부분 영작문 수업에서 피하라고 강조하는 수동태가 여기에선 능동태보다 글의 흐름을 훨씬 부드럽게 한다. 아래의 경우는 능동태와 수동태 사용에 따라 달라지는 '통일성'이다.

A) The town is a major centre for the timber industry and ⟨the town⟩ is surrounded by large industrial and shipping complexes in the river Dvina, ⟨the town⟩ stretching away to the White Sea about thirty kilometers to the north.

B) The town is a major centre for the timber industry and large industrial and shipping complexes in the river Dvina surrounded it, ⟨the town⟩ stretching away to the White Sea about thirty kilometers to the north.[234]

문장 A에선 the town이라는 주제의 통일성이 지켜졌지만, 문장 B의 경우 '능동태'를 사용한 탓에 그 통일성이 깨져 버렸다.

5. 독자의 읽기 속도를 의도적으로 조절하자. 문장부호의 사용(Punctuation)

우리는 말로 대화를 할 때, 특정한 내용이 중요하다는 점을 알리기 위해 억양 조절을 하거나 말의 속도를 조절한다. 소리 언어의 그러한 기능을 글자로 어떻게 구현할 수 있을까? 해답은 바로 문장부호이다.

영어 글쓰기에선 문장부호의 기능과 규칙이 매우 체계적으로 정립되어 있다. 이것을 잘 활용하는 것은 중급 이상의 영어 글쓰기로 확실하게 올라가기 위한 필수 과정이다.

여기선 문장부호에도 규칙이 있다는 사실과 예시 두 가지만 보여드리고 마무리하겠다. 문장부호의 자세한 쓰임새를 공부하고 싶은 분들은 글 마지막의 추천 목록을 참고하기 바란다.

우선 문장부호들이 각기 다른 기능을 내포하고 있으며, 상호 간의 '위계 질서' 혹은 '서열'이 존재한다는 사실을 알아야 한다. 다음은 문장부호의 기능과 상호 간의 위계를 설명하는 도표다.

문장 부호	분리 정도와 강조	관계	독립적 문장 사이 사용	문장 성분 사이 사용
완결 (. ? !)	높음	문장의 종결을 알림	–	의도적 수사 표현 외 불가
세미콜론 (;)	다소 높음	예측 가능한 '질–답'과 같은 구조	가능	콤마를 포함한 구 를 분리할 때
콜론 (:)	중간	일반(generic)에서 특수(specific) 로 이동을 알림	가능	가능하지만 완결 된 문장이 보통 콜론 앞에 위치함
대시 (—)	중간	이와 같거나 문장 속 '강조'의 기능	가능	강조를 위해서라 면 대부분 가능
콤마 (,)	낮음	문장 성분을 분리하거나 명료함을 더하기 위해 쓰임	비격식 표현에서 가능	–
제로 ( )	낮음	문장부호의 과도한 사용 지양 혹은 강조점을 조절하기 위해 쓰임	짧은 문장일 때 and, but 등과 가능	가능

문장을 완전히 마무리 짓는 . ? ! 세 종류의 부호는 의미 단절(Separation)을 가장 크게 가져오며, 이는 문장부호들 사이에서 가장 강한 힘을 발휘한다는 의미다. 그 아래로는 점차 단절의 효과가 줄어들고, 앞선 부호들보다 서열이 낮은 부호가 된다.

길고 복잡한 문장을 쓰기 위해서 문장부호의 조절은 필수적이다. 사례 두 가지를 함께 살펴보자.

첫 번째 사례는 시카고 스타일 가이드에서 발췌한 문장부호 쓰임새의 오류와 그 해결책이다.

The defendant, in an attempt to mitigate his sentence, pleaded that he had recently, and quite unexpectedly, lost his job, that his landlady—whom, incidentally, he had once saved from attack—had threatened him with eviction, and that he had not eaten for several days.[235]

세 개의 that 절을 모두 콤마(,)로 나열했다. 이것 자체만으로는 문제 되지 않을 수 있다. 실제로 여러 개의 that 절을 콤마로 나열하는 것은 아주 흔한 경우다. 그러나 위의 문장은 문장부호 사이의 '위계질서'가 무너졌다는 것이 문제다.

두 번째 that 절 안에서 landlady를 강조하기 위해 대시(—)를 사용했는데, 대시는 콤마보다 위계질서가 높은 부호다. 콤마로 나열되는 절 내부에 콤마보다 위계질서가 높은 대시가 들어가면 어색한 구조가 되어 버린다. 한국인인 우리가 읽을 때는 별문제가 없을지 모르지만, 영어 원어민 혹은 영어에 대한 이해도가 높은 비원어민이 읽었을 때는 독해에 걸림돌이 될 수 있다.

문제는 여기서 그치지 않는다. 윗글의 밑줄 친 부분에서 콤마는 'The defendant pleaded' 사이에 들어간 삽입구 표시다. 그 결과, 위의 글은 '삽입구를 위한 쉼표'와 'that 절 나열을 위한 쉼표'가 산재한, 엉성한 글이 되어 버렸다. 이 문제는 다음과 같이 해결할 수 있다.

The defendant, in an attempt to mitigate his sentence, pleaded that he had recently, and quite unexpectedly, lost his job; that his landlady—whom, incidentally, he had once saved from attack—had threatened him with eviction; and that he had not eaten for several days.

that 절을 나열하는 문장부호를 세미콜론으로 교체했다. 그 결과 대시(—)와 위계 갈등을 일으키지 않고, 삽입구를 위한 쉼표와도 혼동을 일으키지 않는다.

두 번째 사례는 마틴 루터 킹 목사의 '버밍엄 감옥에서의 편지' 일부분이다. 세미콜론을 이용한 when 절의 나열, 나열하는 when 절의 내용이 일상적인 것에서 점차 사회적인 것으로 확장하는 점증적 구조, 그렇게 쌓아 올린 긴장을 '대시'를 통해 강렬하게 매듭짓는 기교 등이 극적으로 나타나는 스타일이다. 다소 긴 분량이지만, 아름다운 영어 글쓰기를 원하는 사람이라면 누구에게든 추천하는 글이다.

Perhaps it is easy for those who have never felt the stinging darts of segregation to say, "Wait." But when you have seen vicious mobs lynch your mothers and fathers at will and drown your sisters and brothers at whim; when you have seen hate filled policemen curse, kick and even kill your black brothers and sisters; when you see the vast majority of your twenty million Negro brothers smothering in an airtight cage of poverty in the midst of an affluent society; when you suddenly find your tongue twisted and your speech stammering as you seek to explain to your six year old daughter why she can't go to the public amusement park that has just been advertised on television, and see tears welling up in her eyes when she is told that Funtown is closed to colored children, and see ominous clouds of inferiority beginning to form in her little mental sky, and see her beginning to distort her personality by developing an unconscious bitterness toward white people; when you have to concoct an answer for a five year old son who is asking: "Daddy, why do white people treat colored people so mean?"; when you take a cross county drive and find it necessary to sleep night after night in the uncomfortable corners of your automobile because no motel will accept you; when you are humiliated day in and day out by nagging signs reading "white" and "colored"; when your first name becomes "nigger," your middle name becomes "boy" (however old you are) and your last name becomes "John," and your wife and mother are never given the respected title "Mrs."; when you are harried by day and haunted by night by the fact that you are a Negro, living constantly at tiptoe stance, never quite knowing what to expect next, and are plagued with inner fears and outer resentments; when you are forever fighting a degenerating sense of "nobodiness"—then you will understand why we find it difficult to wait.[236]

6. 글을 쓰는 절차

지금까지 문장 하나를 쓰는 방법과 문장과 문장을 연결하는 방법을 다루었다면, 글 한 편을 어떻게 써야 할 것인가에 대해서도 생각해 봐야 한다.

글쓰기의 '절차적 지식'에 관한 부분인 셈이다. 다만 여기에서 그 모든 것을 말하지 않을 것이다. 절차적 지식에 관한 자세한 정보는 아래에 소개할 책과 강의에서 배울 수 있다. 여기선 두 가지만 말하려 한다.

첫째, 우리는 글을 쓰면서 무의식적으로 '중요하다고 생각하는 정보'를 먼저 꺼내어 써 버리는 경향이 있다. 그런데 이는 영어 문장을 효율적으로 작성하는 방식에 어긋난다.

이 문제를 완벽히 해결할 수는 없다. 우리 머릿속 '사고의 흐름'은 효율적인 글의 정보 배열 방식과는 다르기 때문이다. 이는 결국 '글 고치기'가 필요한 이유가 된다. 초고를 쓰는 동안 중요한 정보들이 문장의 앞부분에 계속해서 나타나기 마련이지만, 그것들을 차후 편집 과정에서 다시 다듬어야 한다. 초안이 어느 정도 잡힌 이후에는, 끊임없는 고치기 과정을 거쳐야만 한다.

둘째, 오류를 기록한 노트를 작성하는 것이 좋다. '틀리는 문제는 꼭 다시 틀린다'는 것은 학창시절 누구에게나 상식이었을 것이다. 글쓰기도 마찬가지다. 치열한 인지 과정의 산물인 '글'은 각자 자신의 두뇌 사용 패턴에 따라 특징과 실수가 비슷하게 나타나게 마련이다.

나의 경우, 글 전체가 의도하는 내용과 관련된 특정 부사를 남발하는 글쓰기 버릇이 있다. '여전히 ~한 문제가 있다'는 요지의 글을 쓸 때는 'still'을 지나치게 많이 쓴다. 자신이 작성한 초고에서 나타난 오류의 종류와 해결책을 따로 기록해 보관하면, 나중에 글을 쓸 때 참고하기 아주 좋은 자료가 된다.

7. 마무리 : 책과 강의 추천

영어 글쓰기에 이러이러한 원칙이 존재한다는 사실과 그 효과를 소개하는 데 중점을 두고 이번 글을 썼다.

글쓰기는 자기 생각을 표현하는 가장 명확한 도구다. 뛰어난 목수는 연장 탓을 하지 않는다지만, 글쓰기에서만큼은 자신의 연장을 계속해서 갈고닦아야 하며 한 편의 글을 쓴 후에도 끊임없이 보살피고 어디 흠결은 없나 신경을 놓지 말아야 한다. 이 과정을 영어로 진행한다는 것은 어려운 작업일 수밖에 없다.

다만 지레 겁먹고 포기하는 사람이 없었으면 좋겠다. 글쓰기는 오르지 못할 나무가 아니다. 쉽지는 않지만, 꾸준히 노력한다면 정상의 절경을 선사해 주는 높은 산과 같다. 영어로 하는 작업은 그 산의 높이가 조금 더 높을 뿐이다. 이상 오늘의 글을 마무리하며 약간의 책과 강의 추천을 덧붙이겠다.

1) 《베이직 잉글리쉬 라이팅 Basic English Writing 내가 원하는 이야기가 거침없이 써지는》 (하명옥)

아직 기초적인 영작 수준에서 문제를 느끼는 사람도 있으리라 생각한다. 그런 분들은 이 책으로 첫걸음을 떼길 추천한다. 시중의 기초 영작문 안내서들 가운데 가장 알찬 구성이라고 생각한다.

2) 《원서 잡아먹는 영작문》 (최용섭)

위의 경우보다는 영어 문장을 잘 만들어 내지만, 그래도 문장 구성력이 약하신 분들을 위한 책이다. 한국어와 영어 문장 간의 대조 분석을 통한 자기 교정이 가능하다. 아주 효율적인 방식의 영작 교재라고 생각한다.

3) 《Style: Lessons in Clarity and Grace (Joseph Williams, Joseph Bizup)》

영어 문장 작성의 처음과 끝을 책임지는 명저. 인생의 목표로 영어를 공부하던 시절, 평생을 두고 계속해서 공부하겠다고 다짐한 책이다. 한국어 번역본 《STYLE(문체) : 명확하고 우아한 영어 글쓰기의 원칙》도 있다. 그러나 영어 글쓰기를 본격적으로 탐구할 만한 영어 실력을 갖춘 분이라면 굳이 한국어 번역본이 필요할지는 잘 모르겠다. 국어 문체를 다듬기 위해 영어 문체 이론서를 탐구하는 용도로 더 적절하지 않을까.

4) 《On Writing Well (William Zinsser)》

여타 다른 문체, 스타일 안내서와는 달리 이 책은 읽는 재미가 있다. 정말로 글을 잘 쓰는 사람이 쓴 글쓰기 안내서로 유명하다. 번역서는 '글쓰기 생각쓰기' (이한중 역).

5) 《Writing for Social Scientists (Howard Becker)》

글쓰기의 절차적 지식에 관해 자세하게 안내한 책이다. 신변잡기의 글쓰기가 아닌, 논증을 구성하는 '제대로 된' 글을 쓰고자 하는 분들이 읽으시면 도움이 많이 될 것이다. 번역서는 《사회과학자의 글쓰기》 (이성용 역)

6) 《먹고, 쏘고, 튄다》 (린 트러스 지음, 장경렬 역)

문장부호의 사용에 관해 아주 자세하게 다룬 책이다. 원서보다 번역본을 추천한다. 영어 모국어 화자로서 알지 못하는 비원어민의 어려움을 번역자가 아주 성실한 각주로 메꿨기 때문이다.

7) 〈강의: 한겨레 교육문화센터(신촌)의 Rhetorical Writing & Academic Writing.〉 (라성일 선생님)

이 글 자체가 라성일 선생님 강의의 일부를 토대로 하여 재구성한 글이다. 10주 정도에 걸친 수업을 듣고 나면, 영어 문장을 바라보는 눈이 근본적으로 달라진다.

Chapter 14

일

실전처럼
공부하면 실전에서
통한다

> 길을 아는 것과 그 길을 걷는 것은
> 분명히 다르다.
>
> : 영화 〈매트릭스〉 :

머리가 아니라 '몸'으로 공부하기

레슬리 스티븐은 19세기 중후반에 손꼽히는 교양인이었다.[237] 그는
《영국인명사전》의 편집인이었을 뿐만 아니라 위대한 문학가의 꿈을
꾸고 그 꿈을 향해 매진했던 사람이었다. 하지만 그는 평생 제대로 된
작품 하나 남기지 못했다. 레슬리 스티븐의 딸인 애덜린 스티븐은 아
버지가 학문적으로 높은 성과를 이루었지만, 실질적인 창작품 하나 제
대로 내지 못한 이유가 어렸을 때부터 궁금했다. 과연 그의 비평능력
과 창작능력 사이의 불일치를 어떻게 설명할 수 있을 것인가?

　19세기 당시 케임브리지나 다른 영국 대학에서 치러졌던 시험들은
대부분 암기와 빠른 구두 답변으로 이루어졌었고 레슬리는 이 시험을

매우 잘 치러냈다. 케임브리지에 입학한 레슬리는 학교 공부와 시험에만 매달리고 그 이외에 음악, 미술 등의 예술 활동이나 여행 같은 경험을 쌓는 일은 거의 하지 않게 된다. 하지만 성적이 매우 우수했기 때문에 레슬리는 케임브리지 교수가 된다. 교수가 된 그는 학생들에게 항상 책에만 매달리고 시험만 생각하며 학사를 따기 전까지는 아무것도 즐기지 말라고 충고했다.

이런 아버지의 삶에 대해 듣고 지켜보면서 애덜린은 아버지가 창작에 대한 열정은 있으나 실제는 문학가가 되지 못한 이유를 알게 되었다. 아버지는 '이론'과 '실제'를 연결해 본 적이 없던 것이다. 엘리트 교육을 받은 아버지였지만 창작에는 바보였다. 아버지가 대학 입학을 반대한 탓에 애덜린은 잠시 슬펐지만, 오히려 독학을 통해 아버지와 다른 길을 갈 수 있을 것으로 생각했다. 그리고 그녀의 독학은 학교의 커리큘럼보다 더 체계적이고 더 폭넓었고 더 다양했다.

일단 그녀는 역사, 전기, 시, 소설, 에세이 작문 등 분야를 가리지 않고 공부하기 시작했다. 특히 소설을 읽을 때는 등장인물에 완전히 감정이입을 하려고 노력했다. 또한, 기계전시실이나 자연사박물관에서 시간을 보내기도 하고 음악, 미술, 연극, 여행 등에 시간을 아끼지 않았고 책 제본을 배우고 쓴 글을 일찍부터 신문에 투고하며 대학에 다니는 오빠와 토론하기를 주저하지 않았다. 그리고 틈틈이 최고의 작품들을 필사하기까지 했다. 그녀의 공부는 수동적이지 않았다. 흡사 머리로 공부하는 것이 아닌 '몸'으로 공부하는 듯했다.

결국 애덜린은 자신의 아버지가 꿈꾸었지만 결국 이루지 못한 괄목할 만한 문학적 성취를 이루게 된다. 우리는 그녀를 애덜린 스티븐이 아니라 다른 이름으로 기억하고 있다. 그녀의 필명 '버지니아 울프'로 말이다.

실질학습의 효과

우리는 열심히 공부한다. 그런데 그 공부가 실전에 들어가면 쓸모없는 경우가 많다. 왜 그럴까? 공부한 지식이 실전에 얼마나 도움이 될지를 결정하는 것은 지식 자체가 아니라 그 지식을 어떻게 공부했느냐이다. 만약 지식을 지식으로만 공부했다면 실전의 높은 벽을 체감하게 될 것이나 지식을 실전처럼 공부했다면 실전은 해 볼 만한 것이 된다.

버지니아 울프와 그의 아버지의 차이점은 그것이었다. 울프의 아버지는 학문의 깊이를 많이 쌓았지만 정작 창작에 도움이 되는 많은 실전 경험들과 실제 창작에 대한 도전을 거의 하지 않았다. 책을 읽는 것과 책을 쓰는 것의 거리는 까마득해서 보이지 않을 정도다. 문학책을 많이 읽고 문학을 열심히 공부했다고 해서 좋은 문학작품을 쓰는 것이 아니다. 실제 창작을 하면서 끊임없이 부족한 점을 보완하고 실질적으로 필요하다고 판단되는 것을 공부하고 경험해 나가야 한다. 이러한 학습을 실질학습이라고 한다.

그런데 안타깝게도 대학교 내에서도 실질학습은 거의 이루어지지 않고 대학생 본인도 실전처럼 공부하는 이는 매우 드물다. 학점 관리와 토익 점수에 집중하지 않는가? 물론 대학은 교양을 배우는 곳이다. 하지만 그 교양은 단순한 지식만을 뜻하지 않는다. 대학을 졸업하면 석사과정을 밟지 않는 이상 사회에 진입해 실질적인 '일'을 하게 된다. 그런데 만약 일을 제대로 할 수 있는 실전적 지식이 빈약하다면 생산성을 기대할 수 있겠는가?

물론 일을 하면서 배울 수 있겠지만 미리 준비된 자와 그렇지 않은 자의 차이는 매우 클 것이다. 이론과 실제를 넘나들고 실전에 도움이 되는 지식을 함양하는 것도 대학에서 꼭 배워야 한다.

토론토대학교에서 의사들에 대한 모든 교육을 분석해서 각 교육이 얼마나 효과가 있는지 알아보는 연구가 있었다.[238] 연구 결과 가장 효과가 떨어지는 교육은 설교형 강의인 것으로 나타났다. 청강자가 강의에 소극적으로 참여하고 대부분 강사 주도로 진행하는 강의의 경우 의사의 수행 능력에도 환자의 치료 결과에도 도움이 되지 않았다. 세미나도 마찬가지였다. 아무리 경력이 화려한 강사진으로 세미나를 구성해도 강의식 교육의 효과는 그날 바로 증발하는 듯했다.

반면 효과적인 교육은 집단토론, 역할극, 실전 훈련 등 교육 참가자가 적극적으로 참여한 교육들이었다. 이런 교육들은 지식의 폭은 한정되었지만, 의사들의 수행 능력과 치료 효과를 실제로 향상하는 효과가 있었다.

의사들의 교육만 그렇지 않다. 연구에 따르면 모의학습, 토론, 실전 연습 등의 실질학습에 참가한 학생들은 그렇지 않은 학생들보다 교육 내용을 20퍼센트 이상 더 기억하는 것으로 나타났다.[239] 〈기억〉 장과 〈몸〉 장을 떠올리면 이는 쉽게 이해할 수 있을 것이다. 학생들이 적극적으로 지적 활동을 하고 다중 감각적으로 교육에 임했기 때문에 뇌는 더 활발하게 움직일 수밖에 없다.

스타벅스에서 일하는 직원들이 가장 힘들어하는 상황이 고객이 화를 낼 때라고 한다.[240] 어떻게 대응할지 몰라 허둥대다가 더 큰 실수를 저지르기도 한다. 특히 스타벅스가 생애 첫 직장인 경우가 많아서 더 당황하는 경우가 많다는 것이다. 스타벅스는 이를 해결하고자 '라테(LATTE)'의 법칙에 의한 역할 연기를 한다. 라테는 고객의 말을 귀담아 듣고(Listen), 고객의 불만을 인정하며(Acknowledge), 문제 해결을 위해서 행동을 취하고(Take action), 고객에게 감사하며(Thank), 그런 문제가 일어난 이유를 설명하라(Explain)는 것을 의미한다.

직원들은 교육을 받을 때 라테의 법칙을 사용해 자신만의 계획을 세우고 실제로 역할 연기를 수없이 반복한다. 이런 실질학습은 효과가 매우 커서 실제 똑같은 상황이 발생했을 때 훈련을 제대로 받은 직원들의 경우 큰 어려움 없이 문제 해결을 해 나갈 수 있다. 스타벅스가 왜 세계 최고인지 직원 교육 설계에서도 엿볼 수 있는 대목이다. 문제 해결을 위한 라테 강의만 했다면 실제적 도움은 매우 약했을 것이다. 하지만 라테 법칙으로 스스로 계획을 세우고 가상이지만 실질 상황을 연출해 교육을 받음으로써 일을 잘할 수 있게 된 것이다.

그런데 만약 학교 등에서 이런 교육을 하지 않는다면 어떻게 할까? 어쩔 수 없다. 성장을 위해서는 본인 스스로 찾아 나서야 한다. 일하고 싶은 분야의 책을 최소 100권 이상 꾸준히 읽는 것은 기본이고 관련 분야에 관심이 있는 다른 학생과 토론하고, 그 분야에서 실제 일하는 사람과 적극적으로 만나 조언을 듣고, 관련 분야를 경험할 수 있는 일을 찾아서 직접 몸으로 부딪쳐 보아야 한다.

마케팅을 잘하고 싶은데 한 번도 경험해 보지 않았다면 실전에서 뒤처질 수밖에 없다. 편의점에서 아르바이트하더라도 그냥 주어진 업무만 하는 것이 아니라 자신이 할 수 있는 선에서 마케팅 전략을 적극적으로 실천하거나 아니면 블로그나 SNS 등 다양한 온라인 마케팅 채널을 운영하면서 특정 홍보활동을 하고 그 활동 중에 나온 데이터를 직접 보고 분석하여 새로운 솔루션 개발을 시도해 본다면 그 어떤 공부보다 더 큰 학습이 될 것이다.

지금부터는 일을 잘하기 위한 최소한의 학습 내용을 정리하고자 한다. 지금까지 살펴본 실질학습이라는 큰 주제 안에서 앞으로 소개할 내용을 숙지하고 직접 실천해 본다면 학교 생활에도 도움이 될 뿐만 아니라 취업을 준비하는 학생들과 실제 일을 하는 직장인에게도 도움이 될 것이다.

프로세스를 활용한 의사결정

인생은 선택의 연속이다. 당연히 일을 할 때도 마찬가지다. 개인이 직장을 구하는 문제에서부터 기업이 신제품을 선택하는 문제까지 의사결정은 일의 성패에 가장 중요한 역할을 한다. 하지만 개인이나 조직이나 할 것 없이 의사결정의 성공 확률은 생각보다 높지 않다.

미국의 자료를 보면 미국 변호사의 40퍼센트 이상이 변호사가 된 것을 후회하고 기업에 영입된 경영인 2만 명 중 약 8천 명은 회사에 적응하지 못하거나 자진 퇴사를 한다고 한다.[241] 교사 둘 중에 하나는 학교를 그만두며 경영인 2,207명에게 조직에서 내려진 의사결정에 대해 평가해 달라고 하자 50퍼센트는 좋지 않은 선택이었음을 고백했다.

우리나라도 마찬가지다. 직장인에게 있어 이직은 매우 중요한 의사결정이며 그렇기에 그 어떤 결정보다도 신중하게 해야 한다. 당연히 후회하는 비율이 낮을 것으로 생각할 수 있다. 하지만 온라인 취업포털 '사람인'이 이직 경험 직장인 1,014명을 대상으로 '이직 후회 여부'를 설문한 결과, 52.1퍼센트가 '후회한 적 있다'라고 답했다.[242]

그렇다면 돈 문제는 어떨까? 100세 시대를 맞이하는 우리에겐 노후의 삶이 매우 중요한 문제가 되었다. 직장인들은 퇴직급여의 중요성을 충분히 인지하고 있을 것으로 생각한다. 하지만 고용노동부와 취업포털 잡코리아가 직장인 남녀 2,951명을 대상으로 설문조사를 한 결과 무려 60퍼센트가 퇴직금을 중도 수령한 것으로 나왔다.[243] 그런데 수령 자체가 문제가 되지는 않는다. 그 돈을 필요한 곳에 잘 쓰고 후회하지 않으면 되니 말이다. 하지만 퇴직급여를 중도 수령한 사람의 45퍼센트가 퇴직금 중도 수령을 후회했다.

인생을 걸고 하는 창업에 관한 의사결정도 마찬가지다. 국세청과 금융감독위원회의 자료를 보면 2005년부터 2014년까지 개인사업자 생존율은 17.4퍼센트에 불과하다.[244] 최근 10년간 개인사업자 10명 중 8명이 가게 문을 닫은 셈이다. 법인의 경우도 1년 생존율이 약 60퍼센트밖에 되지 않으며 5년이 지나면 법인 10개 중 7개가 사라진다.

창업을 시작하는 사람 중에 자신이 없어서 하는 경우는 거의 드물다. 생계를 위해 하는 작은 가게라고 해도 창업을 하기로 선택했을 때는 자신감이 넘쳤을 것이다. 하지만 대부분 후회스러운 결과로 귀결되었다.

그렇다면 어떻게 의사결정을 내려야 후회할 확률이 낮아질까?

시드니대학교의 댄 로발로 교수팀은 5년에 걸쳐 사업과 관련된 결정 1,048건을 연구했다.[245] 기업들의 의사결정 방법과 그에 따른 매출 이윤 시장점유율 등 포괄적으로 검토한 것이다. 의사결정 주제에는 신규시장 진입, 기업 인수, 새로운 상품 출시, 조직 개편 등 중차대한 사안들이 대부분이었다.

연구 결과 탁월한 결정을 하는 데 최종 의사결정자의 직관이나 전문가 그룹의 분석보다 '프로세스'가 6배나 더 중요하다는 것이 밝혀졌다. 프로세스는 의사결정을 하기 위한 일종의 과정, 예를 들어 최종 의사결정자가 선택하기 전에 반대 의견을 꼭 수렴해야 하는 제도가 있다는 것 등을 말한다. 아무리 분석이 좋다 하더라도 훌륭한 의사결정 프로세스가 없으면 무용지물 되는 경우가 많다. 반대로 적절한 프로세스가 있는 경우 그 분석은 의사결정에 매우 긍정적인 역할을 했다. 결국, 의사결정을 할 때 적절한 프로세스가 있느냐 없느냐에 따라 의사결정 수준이 달라진다는 것이다.

그렇다면 어떤 프로세스를 따라야 할까? 의사결정의 명저 《자신 있게 결정하라》의 저자 칩 히스, 댄 히스 형제는 'WRAP 프로세스'를 제시한다. 너무나 간결해서 과연 이것으로 의사결정 수준을 높일 수 있을지 의문이 들 정도다. 하지만 저자는 책에서 다양한 근거를 통해 WRAP 프로세스가 의사결정에 얼마나 큰 효용을 주는지를 설득력 있게 설명한다. WRAP 프로세스는 다음과 같다.

첫 번째 프로세스는 '선택안은 정말 충분한가(Widen your options)?'이다. 의사결정 분야의 최고 전문가인 폴 너트는 기업, 비영리단체, 정부기관에서 내린 의사결정을 30년 넘게 분석한 결과 하나의 선택안을 놓고 그것을 할 것인지 안 할 것인지를 결정하는 경우 52퍼센트가 실패로 이어지는 반면 2개 이상의 대안을 고려했을 경우 실패율이 32퍼센트로 낮아졌다는 것을 밝혀냈다.[246] 결국, 선택안을 늘릴수록 성공적인 의사결정을 할 확률이 높아진다는 것이다. 하지만 안타깝게도 연구에 따르면 두 가지 이상의 대안을 고려한 경우는 30퍼센트도 되지 않았다. 소위 '범위 한정 성향'에 빠진 것이다.

어떤 결정을 내릴 때 눈앞에 보이는 것 외에 다른 다양한 선택안이 있다는 사실을 알 필요가 있다. 그러기 위해서는 내가 이것을 선택할 때 포기해야 할 가치가 무엇인지(기회비용)를 물어보는 것이 좋다. 또한, 주변에 조언을 구하거나 평소에 많은 독서를 하는 것도 필요하다. 선택안을 늘리는 것만으로도 의사결정 실패율은 무려 20퍼센트나 내려간다.

두 번째 프로세스는 '검증의 과정은 거쳤는가(Reality-test your assumptions)?'이다. 만약에 성공적인 의사결정을 위해 많은 선택안을 골랐다면 이제는 그 선택안 중에서 괜찮은 선택을 고르는 일이 남았다. 그러나 이때 우리를 방해하는 못된 악당이 있는데, 바로 '확증 편향'이다. 확증 편향이란 우리가 좀 더 나은 선택을 하려고 정보를 수집하지만, 실제 마음속으로는 이미 어느 정도 결정을 한 뒤 그 결정을 뒷받침하는 정보만 선별해서 수집하려는 것을 말한다.

그래서 자료를 모을 때는 객관성을 가져야 하며 더 나아가 내가 생각하는 선택에 반대되는 근거에는 무엇이 있는지를 적극적으로 알아봐야 한다. 그렇게 균형 있는 자세로 자료를 수집할 때 합리적인 검증이 가능한 것이다. 검증할 때는 두 트랙을 동시에 가야 한다. 하나는 숲을 보는 것이다. 의사결정에 필요한 이론, 통계, 전문가의 견해 등을 참조하는 것이다. 하지만 숲만 보면 안 된다. 나무 또한 봐야 한다. 현장에 직접 가거나 사람들과 접촉해 보는 것을 말한다. 예를 들어 이직하려고 한다면 이직 성공률, 이직하려는 회사에 대한 정보 등만 보아서는 안 되고 실제로 이직을 했던 사람들이나 관련 업종에 종사한 사람들을 직접 만나 이야기를 들어 본 다음 종합적으로 검증해 결정해야 한다는 것이다.

세 번째 프로세스는 '충분한 심리적 거리는 확보했는가(Attain distance before deciding)?'이다. 선택안을 늘리고 선택안을 검증했다면 이제 선택을 해야 하는데 이때 현명한 선택을 방해하는 것이 하나 있다. 바로 단기감정이다. 순간적인 욕심, 욕정, 불안감, 분노 등이 우리를 최악의 결정에 이르도록 한다는 것이다. '욱' 하는 마음에 급하게 결정한 행동이 우리를 얼마나 후회하게 하는가?

단기감정을 극복하려면 이것은 내 결정이 아니라 나의 친한 친구의 결정이라고 상상해 보는 것도 큰 도움이 된다. 타인의 결정에 대해서는 감정 배제를 잘하기 때문이다. '만약 친구가 이 회사를 선택한다고 한다면 나는 어떻게 말해 줄 것인가'라는 질문을 던져서 감정의 요동을 멈출 수 있다.

혹은 우선순위 목록을 항상 적어 놓는 것이다. 정해진 예산 안에서 1순위로 써야 할 것들을 정리해 놓는다면 우발적으로 그리고 나중에 후회할 쇼핑을 하지 않을 확률이 높다. 시간도 마찬가지다. 내가 우선순위로 해내야 할 일을 명시해 놓는다면 결국 시간을 낭비할 선택을 하지 않을 수 있다.

마지막 프로세스는 '실패의 비용은 준비했는가(Prepare to be wrong)?'이다. 앞서 통계에서 살펴보았듯이 우리는 자신감을 갖고 창업 전선에 뛰어들지만, 대부분 결말이 좋지 않다. 자만심을 물리칠 방법이 필요하다. 그래서 최악의 상황을 상상하고 플랜B, 플랜C 더 나아가 플랜Z까지 생각해 놓을 필요가 있다. 그래야 실패를 했을 때 그것을 빠르게 복구할 여건을 마련하고 인생의 반전을 더 빠르게 노려볼 수 있기 때문이다.

물론 WRAP 프로세스를 모든 의사결정에 적용할 필요는 없다. 농구를 할 때 수비수를 오른쪽으로 제칠까, 왼쪽으로 제칠까는 직관적으로 하는 것이다. WRAP 프로세스는 5분 이상의 고민이 필요한 경우에 사용한다.

또 하나 WRAP 프로세스를 한다고 해서 매번 최상의 선택이 되는 것은 아니다. 하지만 작은 변화를 무시해서는 안 된다. 프로야구 선수가 100번의 타석에서 29개의 안타를 치면 그저 잘하는 선수지만, 같은 타석에서 안타를 단 3개만 더 치더라도 올스타 선수에 뽑힐 가능성이 커진다. 만약 3할 2푼의 기록을 은퇴할 때까지 지킨다면 명예의 전당에 입성할 수도 있다.

우리는 인생을 살면서, 공부를 하면서, 일을 하면서 하루에도 몇 번씩 '의사결정'이라는 타석에 선다. 이때 WRAP 프로세스를 활용하여 조금이라도 더 나은 의사결정을 꾸준히 하게 된다면 명예의 전당에 당신의 이름을 걸어 둘 수 있을 것이다.

반복연습과 실전학습의 놀라운 조화

니콜로 파가니니가 아름다운 바이올린 연주를 했다. 그는 점점 무아지경에 빠져들었다.[247] 그런데 갑자기 바이올린 줄 하나가 끊어졌다. 관객들은 순간 당황했으나 정작 연주자인 파가니니는 아랑곳하지 않았다. 200년 전에는 바이올린 현을 양의 창자로 만들었기 때문에 지금보다 더 잘 끊어졌다. 파가니니는 줄 하나가 끊어졌지만 아름다운 연주를 이어갔고 관객들은 다시 그의 연주를 감탄하며 감상했다. 그런데 줄 하나가 더 끊어지는 것이 아닌가. 4줄에서 3줄은 그래도 연주가 가능할 것처럼 보이지만 2줄로 연주하는 것은 거의 불가능에 가까웠다. 하지만 파가니니는 연주를 멈추지 않았고 4줄로 하는 연주 못지않게 2줄로 신비로운 음악을 만들어냈다. 관객들은 입을 다물지 못했다.

그런데 시간이 얼마 지나지 않아, 맙소사! 줄 하나가 더 끊어져 버렸다. 이제 바이올린에는 겨우 하나의 줄만 외로이 남았고 어쩔 수 없이 연주를 그만둘 때가 된 듯했다. 관객들도 2줄까지 멋지게 연주를 해낸 파가니니에게 찬사를 보낼 준비를 했다. 하지만 이후 믿을 수 없는 일이 벌어졌다. 파가니니가 단 한 줄로 연주하는 것이 아닌가! 관객들은 이 신기에 가까운 연주 실력에 전율을 느꼈다. 이런 예상치 못한 상태에도 전혀 당황하지 않고 연주를 끝내는 파가니니는 '천재' 그 자체였다.

하지만 파가니니는 어떤 상황에서도 최고의 퍼포먼스를 보여 주는 그런 천재가 아니었다. 그는 연습 천재였다. 원래 쇼맨십이 강했던 파가니니는 이미 현이 3개 있을 때, 2개 있을 때, 그리고 한 개 있을 때 모두 철저하게 반복연습을 해 왔다. 그래서 연주 도중 일부러 줄을 끊어 극적인 연출을 했고 나머지 한 줄만 가지고 연주를 하는 신기에 가까운 기술을 보여 주자 많은 사람이 그에게 열광한 것이다.

많은 사람이 반복연습의 무서움을 잘 모른다. 물론 반복연습은 상당한 의지력이 있어야 함은 틀림없지만 한 사람을 빛나는 천재처럼 보이게 할 정도로 대단하다는 것을 알 필요가 있다.

신 박사는 고 작가의 writer(글쓰기)로서의 능력을 고 작가는 신 박사의 speaker(말하기)로서 능력을 서로 강하게 인정한다. 물론 고 작가도 강연을 못 하는 것도 아니고 신 박사가 글을 못 쓰는 것도 아니지만, 서로를 비교했을 때 각자의 그 능력이 너무 빛났기 때문이다.

고 작가는 신 박사를 처음 만났을 때 한참 동안 입을 다물고 그의 말을 경청했다. 고 작가가 경청하는 능력이 출중해서가 아니라 신 박사의 언변이 워낙 뛰어나서 신 박사의 말에 귀를 기울일 수밖에 없었다. 미팅한 지 몇 시간이 지난 뒤 고 작가는 신 박사에게 '말씀을 너무 잘하신다, 타고나신 것 같다'고 칭찬했다. 하지만 신 박사는 고 작가에게 의외의 말을 했다.

"아, 타고나는 것이 전혀 없다고 할 수는 없지만, 솔직히 말을 잘하려고 '노력'을 정말 많이 했습니다."

신 박사는 말을 잘하려고 유명 영화배우들을 자세히 관찰하고 그들의 말투와 억양을 그대로 몇 시간이고 따라 했다. 지금도 주기적으로 그렇게 연습을 한다. 또한, 새로운 상황을 설정해 독백을 해 보고 그 독백을 녹음해 객관적으로 무엇이 문제인지를 확인했다. 또 대중 앞에서는 기회가 없던 학창 시절에는 결혼식 사회를 자처하면서 실전 경험도 쌓았다. '반복연습'과 '실질학습'의 놀라운 조화가 지금의 신 박사의 말하기 실력을 만든 것이다.*

||||||||||

* 신 박사의 통찰에서 신 박사가 말하기 능력을 키우기 위해 어떻게 노력했는지 자세히 나온다.

타고난 것만 같았던 파가니니의 한 줄 연주나 신 박사의 말하기 능력 모두 실상은 철저한 반복으로 이루어낸 빛나는 기술이다. 특히 발표하거나 중요한 프레젠테이션을 할 때 반복연습만큼 중요한 것이 없다. 하지만 많은 사람이 반복연습을 소홀히 한 채 발표하거나 프레젠테이션을 할 때가 많다. 그래서 실전에 들어갔을 때 긴장도 많이 하고 변수가 생겼을 때 당황해서 대처를 잘 못 하는 것이다. 기계적으로 말이 나올 때까지 반복연습을 하게 된다면 긴장도 하지 않고 좀 더 여유롭게 새로운 상황에 대처할 수 있다. 최대한 실전과 비슷하게 반복연습을 한다면 최고의 성과를 얻을 확률은 올라간다.

고 작가의 글쓰기 능력은 어떨까? 고 작가는 작가로 데뷔하기 전에도 매일 하루에 한 편에 가까운 글을 썼으며 데뷔 이후에는 평균적으로 약 350페이지 정도 되는 책을 1년에 한 권씩 출간했다. 분야도 경제, 경영, 자기계발, 독서, 자녀 양육 및 교육까지 다양하다. 아직도 더 발전해야 함을 스스로 느끼지만 고 작가의 글쓰기 능력 또한 철저한 반복연습을 통해 이루어진 것이라 할 수 있다.

'한 번만 더, 한 번만 더!'라고 외치며 지겨움을 이겨 내고 반복연습을 할 때 당신은 '한 걸음 더, 한 걸음 더!' 성장하는 자신을 발견할 것이다.

시뮬레이션의 놀라운 능력

그런데 만약 실제로 반복연습을 할 수 없다면 어떻게 해야 할까? 몸으로 할 수 없다면 머리로 하면 된다. 머릿속으로 실제 상황을 되새기는 시뮬레이션은 우리가 생각하는 것 이상의 긍정적 효과를 가져온다.

한 실험에서 대학생들에게 과제나 남녀관계처럼 어려움이 있지만, 해결 가능성이 있는 고민거리에 대해 곰곰이 생각해 보라는 요청을 했다.[248] 그리고 이렇게 지시했다.

"문제를 숙고하고 그에 관해 더 많이 아는 것은 매우 중요한 일이다. 자신이 할 수 있는 일을 고려하고 차근차근 문제에 접근하라. 문제를 숙고하고 풀어 나가는 과정은 스트레스를 감소시키고 자신의 대처 방식에 대해 더욱 만족하도록 도울 것이다. 그리고 마침내 당신은 그 경험을 통해 성장하게 될 것이다."

하지만 다른 두 그룹은 다른 지시를 받았다. 한 그룹은 이런 지시를 받았다. "고민거리가 해결된다고 상상하라. 당신은 막 힘든 상황에서 벗어나기 시작했다. 얼마나 안심이 될지 상상해 보라. 문제가 해결된 뒤 당신이 느낄 만족감을 떠올려라. 모든 문제가 해결된 뒤 얼마나 뿌듯할지 상상하라."

이 그룹은 미래의 결과에 대해 낙관적으로 상상하라는 지시를 받은 것이다. 나머지 한 그룹은 다음과 같은 지시를 받으며 문제의 진행 과정을 마음속으로 시뮬레이션하라고 요청받았다.

"어쩌다 이런 문제가 발생했는지 눈앞에 떠올려 보기 바란다. 문제의 발단을 곰곰이 생각하고, 처음 문제가 시작된 상황을 상세하게 떠올려라. 그리고 사건이 진행된 과정을 차근차근 따라가라. 자신이 무슨 말을 했고 어떤 행동을 했는지 되새겨라. 문제가 발생했을 당시의 주변 환경과 옆에 있었던 사람과 당신이 있었던 장소를 떠올려라."

미래를 상상하는 그룹과 시뮬레이션 그룹은 하루에 5분씩 일주일 동안 머릿속 연습을 했다. 그리고 세 그룹 모두 일주일 후에 다시 모아 문제 해결과 관련된 실제 과제를 내주었다. 실험 결과 시뮬레이션 그룹은 어떤 과제든 상관없이 탁월한 문제 해결 능력을 보여 주었다. 문제를 해결하려는 구체적인 행동률도 매우 높았으며 실험으로 많은 것을 배웠다고 고백한 학생도 훨씬 많았다.

자, 그렇다면 시뮬레이션의 힘이 업무에 얼마나 도움이 되는지 확인해 보자. 3,214명의 참가자를 대상으로 비즈니스 업무와 관련된 35개의 연구를 한 결과, 단순히 마음속으로 떠올려 시뮬레이션한 것만으로도 업무성과를 상당수준 향상할 수 있음이 입증되었다. 심지어 이 업무 중에는 용접기술도 포함되어 있었다. 그래서 전문가들은 시뮬레이션만으로도 육체적 연습을 통해 얻는 것의 3분의 2를 이룬다고 한다. 그래서 스탠퍼드대학교의 경영학 교수인 칩 히스와 스타 경영컨설턴트인 댄 히스 형제는 시뮬레이션에 대해 다음과 같이 평가했다.

"시뮬레이션은 실제로 행동하는 것만큼의 효과는 거둘 수 없다. 하지만 그다음으로 가장 훌륭한 방법이다."

시뮬레이션이 이처럼 우리가 생각하는 것보다 큰 역할을 하는 이유는 우리 뇌의 특징 때문이다. 뇌는 어떤 사건이나 일의 순서를 상상할 때 물리적 활동을 할 때와 똑같이 자극을 받는다. 레몬주스를 마시는 상상을 하며 물을 마시면 평소보다 침이 더 많이 분비되고, 반면 물을 마신다는 상상을 하고 레몬주스를 마시면 침이 적게 나온다. 즉, 우리가 미리 생각으로 예행연습을 하면, 실제로 그런 일이 벌어졌을 때 뇌는 이미 시뮬레이션으로 익숙한 상황이므로 일을 잘 처리하는 것이다.

시뮬레이션은 '미래계획기억'을 형성하는 거의 유일한 방법이다. 기억은 과거를 회상하는 것만 있는 것이 아니다. 실제로 경험할 수 없는 미래의 일을 시뮬레이션을 통해 기억할 수 있다. 이런 미래계획기억은 항공기 사고, 산업재해, 기타 재난을 방지하는 데 매우 중요한 역할을 한다.[249] 2007년 연구에 따르면 승무원의 기억 실패로 인해 발생한 75건의 항공기 사고 중 74건이 미래계획기억의 오류로 인한 것이다. 앞으로 발생할 재난이나 위험을 체계적으로 그리고 반복적으로 시뮬레이션함으로써 극복할 수 있다.

　일하면서 미래 트렌드에 대한 지식과 공부를 하는 것도 미래에 대한 시뮬레이션의 하나로 이해될 수 있다. 경제, 경영, 정치 등의 미래는 정확히 예측할 수 없다. 하지만 향후 벌어질 미래에 대한 다양한 시나리오를 머릿속에 가진 사람과 그렇지 않은 사람은 미래를 준비하면서 그리고 실제 그 미래가 다가왔을 때 대처하는 능력에 차이가 날 수밖에 없다. 그러므로 정확한 정보와 합리적 근거 안에서 그리는 미래 시나리오와 트렌드를 꾸준히 읽고 봐야 하며 더 나아가 본인이 자신의 분야에서 그런 미래를 그려 낼 수 있어야 한다.

　시뮬레이션의 힘을 항상 잊지 말자.

디테일을 잊지 말자

이탈리아 베로나 출신의 정치가이자 미술비평가인 조반니 모렐리는 19세기 후반 〈조형 미술지〉라는 미술사 잡지에 가명으로 글을 연재했다.[250] 그런데 연재 내용 중에는 세계적인 박물관에 소장된 이탈리아 명화 중 상당수가 가짜라는 내용이 들어 있어 당시 미술계가 발칵 뒤

집혔다.

모렐리는 그림을 제대로 감정하려면 화가의 주요 특징이나 그림의 전반적인 화풍에만 주목해서는 안 된다고 말한다. 왜냐하면, 그런 두드러진 것들은 모두 잘 알기 때문에 모방하기 쉽다는 것이다. 그보다는 오히려 '디테일'에 주목을 해야 한다고 말한다. 남들이 주목하지 않았던 인물의 귓불이나 발가락, 손가락, 손톱의 모양 등의 디테일한 요소가 더 중요한 단서가 된다는 것이다.

심지어 그는 한 논문에서 거장들의 작품 중 진품에서는 발견되지만, 모조품에서는 발견되지 않은 디테일한 요소들을 스케치해 보여 주었다. 예술계는 이 논문을 근거로 작품을 재점검했는데 어떤 진품은 모조품으로 어떤 모조품은 진품으로 바뀌는 진풍경이 벌어지기도 했다.

이것이 바로 디테일의 힘이다. 디테일의 힘은 필립 짐바르도의 '깨진 유리창의 법칙'을 상기시킨다. 짐바르도는 골목에 새 승용차 한 대의 보닛을 열어 놓은 상태로 내버려 두었다. 일주일이 지났지만 아무 일도 발생하지 않았다. 다음에는 똑같은 승용차의 보닛을 열어 놓고 한쪽 유리창을 깬 상태로 내버려 두어 보았다. 어떤 일이 벌어졌을까?

10분도 지나지 않아 차 안에 쓰레기가 버려졌다. 몇 분 더 흐르자 자동차 배터리가 없어졌다. 그리고 일주일이 지났다. 차는 알아볼 수 없을 정도로 훼손되었다. 지저분한 낙서가 차를 뒤덮었으며 당장 폐차장에 끌고 가야 할 정도로 망가져 버렸다. 깨진 유리창은 처음에는 매우 사소해 보인다. 하지만 그 디테일을 놓치게 되면 차 전체가 망가지게 되는 것이다.

중국의 디테일 전도사인 왕중추는 "1퍼센트의 실수가 100퍼센트의 실패를 가져온다."라고 말한다. 물론 항상 그렇지는 않다. 실수의 비용이 적을 때는 충분히 복구할 수 있으며 실수가 오히려 다음 성공에 큰 밑천이 되기 때문이다. 하지만 절대 놓치지 말아야 할 디테일이 있다. 중요한 바이어를 만나거나, 신제품을 출시하거나, 사활이 걸린 행사를 진행할 때, 두 번째 기회가 없는 일에서는 실수란 용납되지 않는다. 그리고 대부분의 실수는 디테일을 제대로 챙기지 못해서 나온다.

디테일을 '사소한 것'이라고 번역하지 말자. 디테일은 그 어떤 것보다 '막중한 것'이다.

공부의 화룡점정 : 말하기와 발표

말하기

말을 정말 잘하고 싶었다. 말을 많이 하면 자연스럽게 말하기 실력이 향상될 것이라고 믿었다. 완전한 착각이었다. 아무 생각 없이 말을 많이 한다면, 고장 난 라디오와 크게 다른 게 없다. 그래서 말을 잘하기 위해 고민했다. 역시나 가장 중요한 것은 내용이었다. 재료가 부실하면 아무리 좋은 양념을 사용해도 좋은 요리가 될 수 없듯이 좋은 내용이 없으면 백날 얘기해도 좋은 말하기는 될 수 없다. 그렇게 생각한 다음부터 책을 많이 읽었다.

가수가 가창력만 좋다고 노래를 잘하는 것이 아니듯 단순히 좋은 내용을 많이 알고 있다고 말을 잘하는 것은 아니다. 말의 기교를 올리기 위해서는 기술적인 부분에 대한 의도적인 연습이 중요했다. 내가 말하기 능력을 올리기 위해 선택한 방법은 '따라 하기'다. 어떤 분야에서든 처음 배울 때 그 분야의 최고들을 벤치마킹하는 것만큼 효율적인 방법이 없다. 그래서 내가 선택한 방법은 말을 잘한다고 생각하는 배우들의 대사를 따라 하는 것이었다. 당시에 정말 연기를 기가 막히게 잘한다고 생각하는 배우는 박신양과 류승범이었다. 두 배우는 (내가 보기에는) 외모가 엄청나게 뛰어나서 인기가 많은 배우는 아니었다. 그들의 연기가 흡입력이 강하기 때문에 그들이 찍는 영화나 드라마가 인기가 많다고 생각했다. 이들이 나온 영화나 드라마를 몇 번이나 돌려 보면서 두 배우가 말하는 것을 관찰했다. 유심히 두 배우를 관찰하기 전에는 두 배우의 매력이 뭔지 설명하지 못했다.

하지만 의도적으로 관찰하기 시작한 다음에는 조금 특이한 사실은 발견했다. 두 배우는 말의 패턴이 상당히 불규칙했다. 특히 말의 리듬과 높낮이의 조절은 예측할 수 없어서 두 배우가 평범한 대사를 할 때도 그들의 말에는 긴장감이 있었다. 그들의 장점을 나만의 것으로 소화하려고 꾸준히 따라 했다. 처음에는 두 배우만 따라 하다가 나중에 유해진, 오달수 같은 명품 조연들의 대사도 반복하면서 연습했다.

한번은 영화 〈타짜〉에서 유해진이 영화 속 악역인 곽철용을 욕 한마디로 묘사한 장면에 완전히 빠져든 적이 있다. 정말 욕을 너무 찰지게 해서 그 장면이 머릿속에서 떠나지 않았다. 그 강렬한 감정 표현을 조금이라도 배우고 싶어서 방 안에서 한 시간도 넘게 욕하는 것을 따라 했었다. 그러자 어머니가 문을 발칵 여시면서 왜 이렇게 온종일 욕을 하냐며 화를 내신 웃지 못할 해프닝도 있었다. 요즘도 주기적으로 옛날 영화들을 다시 보면서 종종 연습하고는 한다.

또 말을 잘하려고 혼자서 독백을 많이 했었다. 혼자서 길을 걸을 때면 특정 상황을 머릿속에 연출하고 상황에 맞는 대화를 꾸준히 연습했다. 맨 처음에는 그냥 연습하다가 스마트폰을 사용한 뒤로는 내가 한 말을 녹음해서 다시 들었다. 그렇게 피드백을 하면서 깨달은 점이 말할 때는 논리적으로 생각한다고 했지만, 막상 들어 보니 횡설수설을 많이 한다는 사실이었다. 횡설수설을 줄이려면 말의 템포를 늦춰야 하는데 말을 빠르게 하는 내 성향을 통째로 바꿀 수는 없었다. 그래서 말 중간에서 호흡을 고르는 구간을 집어넣어서 스스로 말이 꼬인다 싶으면 템포를 죽이는 연습도 많이 했다. 또 결혼한 다음에는 아내라는 좋은 코치를 만났다. 아내는 내가 한 강연의 녹음을 듣고 개선하면 좋을 점을 조언해 주었다. 셀프 피드백도 도움이 되었지만, 확실히 제3자의 피드백을 통해 주관적으로 놓친 부분이 많이 향상되었다.

연습을 했기 때문에 말을 해 볼 기회가 필요했다. 평범한 학생이고 직장인이었던 내가 대중을 상대로 말을 해 볼 기회는 사실 거의 없었다. 그러다 생각난 것이 결혼식 사회였다. 친한 친구와 후배들에게 결혼식 사회는 내가 꼭 봐 줄 것이라고 말했고 실제로 나는 지금까지 아홉 번 결혼식 사회를 봤다. 처음에는 잘하고 싶다는 의욕이 앞서다 보니 조금 떨리기도 했다. 그래도 그동안 연습한 것들이 많아서 보통의 결혼식 사회보다는 잘 봤다고 스스로 평가했고, 친구와 친구 아내도 최고였다고 고맙다고 했다.

그렇게 말하는 실력이 점점 늘어 갔고 한 번은 정말로 제대로 인정을 받았다. 친한 선배의 결혼식 주례로 국립대 총장님께서 오셨다. 사회적 역할과 지위에 있어서 대중 연설을 많이 해 보신 분이었다. 주례 선생님이 주례를 시작할 때 "사회 보는 친구가 사회를 너무 잘 봐서 내 주례가 부족해 보일까 봐 걱정이 앞서네요." 라고 말씀해 주셨다. 정말로 기뻤다. 나도 결혼식 축하를 많이 다녀봤지만, 주례가 사회자를 언급한 것은 처음이었고 또 그냥 주례가 아닌 강의를 아주 오래 해 오신 국립대 총장님께 인정을 받는다는 것은 정말로 기쁜 일이었다. 그때 나는 처음으로 나의 말하기 연습이 목표했던 임계점을 넘었다고 생각했었다.

업무적으로 말하기는 조금 또 다른 영역이었다. 말하기 실력이 많이 늘었다고 자신감이 충만한 상태에서 한순간에 다시 바닥으로 곤두박질친 적이 있다. 바로 회사에서 처음 한 발표에서다. 그냥 발표는 아니었고 모든 개발실 수석(부장)들이 모이고 또 임원에게 보고하는 자리였다. 그냥 내가 하던 일을 평소에 하던 대로 발표하면 되겠지 하고 발표를 시작했는데 공황상태에 빠졌다.

우선은 기존의 나는 대중과 소통을 하면서 발표를 했는데, 임원도 수석들도 내가 발표할 때 전혀 반응이 없었다. 그렇다 보니 말에 속도가 점점 빨라지고 횡설수설하기 시작했다. 호흡을 가다듬고 속도를 조절하려는 틈에는 수석들의 매서운 질문들이 몰아쳤다. 완전히 망한 발표였다. 무슨 말을 하고 무슨 대답을 했는지 기억이 나질 않았다. 부서장님이 처음 발표치고는 잘했다고 위로해 주었다. 그리고 내가 생각했던 문제를 그대로 피드백했다. 처음에는 잘하다가 갑자기 말이 빨라졌다는 것이다. 극복해 내야 할 문제였다. 역시 낯선 당황스러움을 이겨 내는 방법은 자꾸 부딪혀 보는 것이다. 또 발표에 대한 이해도도 더 높일 필요가 있었다. 특히 업무적인 발표이기 때문에 자료 약점에 관한 부분은 더 질문이 많기 마련이다. 그런 질문에 관한 예측이 필요했다. 모든 질문을 다 예측할 수 없어도 어느 정도 마음의 준비가 된 상태였다면 여기저기서 질문이 쏟아져도 흐름을 주도적으로 끌고 갔을 것이다.

그렇게 준비하고 몇 번 발표하니 생각보다 금방 원하는 수준으로 발표하게 되었다. 역시 어떤 분야든 기본적인 수준까지 오르려면 반복 숙달 과정을 피할 수 없다고 생각했다. 요즘은 방송 출연이 조금씩 늘어나면서 새로운 성향의 말하기 연습을 하고 있다. 대부분의 방송은 시간이 아주 빡빡하게 정해져 있고 각본이 어느 정도 짜인 상태로 방송되기 때문에 아주 정제된 말하기 기술이 필요하다. 아직도 많이 부족하지만, 이것 또한 의도적으로 꾸준히 연습하면 언젠가는 반드시 잘하리라고 믿는다.

발표

강의가 끝나면 종종 강의 참석자분들이 따로 찾아와서 어떻게 하면 발표를 잘할 수 있는지 문의한다. 그러면 내심 오늘 발표가 좋은 것 같아서 어깨에 힘이 으쓱하고 들어간다. 대부분 발표를 잘하려면 어떤 발표 기법이 좋아야 한다고 생각한다. 예를 들면 파워포인트 자료를 잘 만드는 것이다. 물론 필요하다. 하지만 명확한 의사전달을 위해 발표를 잘하려면 우선 '내용 장악'이 필요하다. 이해라는 표현을 두고 장악이라는 표현을 쓴 이유는 그만큼 내가 발표할 내용에 대한 완벽한 소화가 필요하다는 뜻이다. 어느 정도 수준이 되어야 충분한 이해가 되었다고 볼 수 있을까?

우선 내가 하는 발표를 글로 풀어낼 수 있어야 발표의 가장 기본 조건이 충족된 것이다. 혹자는 "나는 글쓰기보다는 말을 잘해서 내 발표는 글로는 표현하기가 힘들다."라고 말한다. 틀린 말이다. 글이 되지 못하는 발표는 대부분 기교에만 의존하는 발표다. 쉽게 말하면 알맹이가 없는 것이다. 글을 유려하게 쓰라는 말이 아니다. 글로 정리가 되지 않으면 발표의 핵심 내용을 온전하게 파악하지 못한 것이다(혹은 핵심 내용이 없는 것이다). 그러니 처음 강연이나 발표를 준비한다면 최소한 한 번 정도는 차분하게 글로 써 보는 것이 좋다.

핵심 내용 파악이 어느 정도 되었다면 이제는 연습을 제대로 해야 한다. 첫 번째 단계는 그냥 말하기다. 이때 처음으로 해 보면 크게 도움이 되는 것은 발표 자료 없이 이야기하듯 말하는 것이다. 서두에서 언급했듯이 발표라고 하면 발표 자료를 본능적으로 떠올리는데, 발표 자료는 어디까지나 보조 수단이다. 수단은 절대 목적이 될 수 없다. 생각보다 많은 사람이 발표 자료를 만드는 것을 발표를 준비하는 가장 큰 과정이라고 생각한다. 따라서 실제 발표에서는 준비한 자료를 읽는 수준을 넘지 못한다. 그러니 힘들더라도 발표 자료 없이(만약에 반드시 보여 줘야 하는 도표나 그래프가 있다면 칠판을 이용해서) 알고 있는 것을 발표하는 훈련을 해 보도록 하자.

반복 숙달은 어떤 분야든지 가장 기초적인 연습방법이다. 반복 숙달을 꾸준히 하면 어느 정도 성과가 오르기는 하지만 한계는 명확하다. 어느 시점이 되면 단지 연습만 많이 한다고 실력이 향상되지 않는다. 피드백을 받아 가면서 올바른 방법으로 연습해야 원하는 수준에 도달할 수 있다. 발표도 마찬가지다. 사실 피드백을 받는다는 것은 누군가의 도움이 필요하므로 간단한 일이 아니다. 하지만 걱정하지 말자. 우리는 언제나 피드백 해 줄 사람을 한 명은 반드시 알고 있다. 바로 우리 자신이다. 앞에 말하기 연습에서 언급했던 것처럼 발표도 무작정 계속 반복하지 말고 녹음해서 들어 보자. 다시 한 번 강조하지만, 말할 때는 상당히 논리적인 것 같아도 막상 녹음해서 들으면 생각보다 비논리적인 것을 깨닫게 된다. 그렇게 피드백을 통해 부족한 점을 향상하려고 노력하면 그냥 연습했을 때보다 더 효과적으로 발표 실력을 향상할 수 있다.

발표 실력을 정교하게 하려면 실제로 청중 앞에서 발표할 필요가 있다. 하지만 실제로 청중 앞에서 발표할 기회를 얻기는 쉽지 않다. 그럴 때는 정말 친구나 가족 한 명이라도 청중으로 두고 발표를 해 보는 것이 중요하다.

발표는 (특히 잘하는 발표는) 상호작용이다. 혼자서 떠드는 것은 발표라고 할 수 없다. 발표 현장에서 분위기는 발표자에게 많은 영향을 끼친다. 예를 들면 청중이 반응이 없고 심지어 발표를 지루해하면 발표자의 리듬은 무너질 수밖에 없다. 그러면 준비한 것을 다 보여 주지도 못하고 발표를 망치게 된다. 또 청중에게 부탁해서 질문도 받아 봐야 한다. 질문은 연습에 없었던 돌발 변수다.

대학원 시절 수많은 세미나에 참석했었다. 그때 자신이 잘 모르는 분야의 질문을 받았을 때 쩔쩔매고 발표를 망치는 학생들을 정말 많이 봐 왔다. 특정 돌발 변수를 예측하여 대비할 수는 없지만 그래도 질문이 들어왔을 때의 심리적인 감정 변화를 체감해본 것만으로도 실제 발표에서는 큰 도움이 될 수 있다.

발표 연습에 관해서 이야기했으니 마지막으로 발표 자료 준비에 관해서 이야기해 보자. 발표 자료는 보조 수단 그 이상도 그 이하도 아니다. 발표 자료는 최대한 직관적으로 깔끔하게 만드는 것이 좋다. 발표 자료에 특수 효과를 많이 사용하는 것은 크게 도움이 되지 않고 역효과를 가져올 수도 있다. 한쪽에 너무 많은 색깔을 사용하는 것도 주의를 분산시킨다. 너무 많은 글자를 쓰는 것은 발표 자료를 만드는 것이 아니라 보고서를 쓰는 것이다. 키워드 중심으로만 쓰고 그림으로 표현할 수 있는 것은 글보다 그림으로 표현하는 것이 직관적이다. 또 그렇다고 글자를 완전히 쓰지 않는 것도 좋은 방법은 아니다. 스티브 잡스의 발표가 너무 유명하다 보니 가끔 그림만 덩그러니 발표 자료에 쓰는 분들이 있다. 잊지 말자. 우리는 스티브 잡스가 아니다. 스티브 잡스의 경우는 본인이 발표를 워낙 잘했고 모든 청중이 초집중을 해서 그렇게 발표를 해도 문제가 없다. 하지만 일반 발표는 다르다. 발표장이 산만하고 또 뒤에 앉은 사람들은 발표 자체를 잘 못 들을 수도 있기 때문에 핵심 내용은 한 문장으로 적어 주는 게 좋다.

마지막으로 가장 중요한 것! 발표는 꾸준히 연습해야 한다. 인생에서 단기간에 늘지 않는 것들이 많은데 그중에 가장 대표적인 것이 발표다. 그러니 틀리고 잘못하는 것을 절대 부끄러워하지 말고 기회가 있으면 발표를 해 보도록 하자. 굳이 공식적인 발표가 아니더라도 최소한 질문(가장 작은 단위의 발표)할 기회가 있으면 자주 하도록 해 보자. 그러면 조금씩 발표 실력이 올라갈 것이다.

집단 의사결정은 왜 실패하는가?

일을 하다 보면 거의 모든 결정이 홀로 결정하는 것이 아닌 집단 의사결정임을 알 수 있다. 그래서 모든 조직은 무엇을 하기 전에 머리를 맞대고 회의를 한다. 왜냐하면, 한 개인의 의사결정보다 다수의 선택이 더 탁월하다고 믿기 때문이다. 일단 머리가 더 많지 않은가?

집단이 개인보다 더 나은 의사결정을 할 것이라는 생각은 아리스토텔레스까지 올라간다. 아리스토텔레스는 《정치학(Politics)》에서 이런 말을 했다.

"사람들이 전부 모이면 설사 개별적으로는 그렇지 않더라도 집단적으로는 소수의 최고 인재의 자질을 능가할 것이다. 논의 과정에서 많은 사람이 참여하면 각 개인이 지닌 선량함과 도덕적 신중함이 그 과정에 반영될 것이다. 사람들은 저마다 관심 분야가 다르므로 결국 모두가 모이면 문제의 모든 측면을 고려할 수 있다."

사람들은 각자 다른 정보를 가지고 있기 때문에 사람들이 함께 논의하면 집단의 정보는 더 풍부해진다. 결국, 더 나은 의사결정을 할 수 있다고 아리스토텔레스는 주장한다. 우리는 이러한 사실을 직관적으로 이해하고 있다. 그래서 중요한 사항일수록 함께 머리를 맞대고 의사결정을 한다. 그런데 과연 집단의 의사결정이 소수의 최고 인재의 자질을 능가하고 있을까? 집단은 정보를 통합하고 논의의 범위를 확대하고 있을까? 유감스럽게도 인류의 역사를 살펴보면 집단이 개개인보다 더 어리석게 행동하는 경우가 상당히 많다. 대표적인 예가 미국의 피그스만 침공사건이다.

케네디 정권은 당시 쿠바에 위협을 느껴 카스트로 정권을 없앨 궁리를 했다. 핵심 참모들이 논의한 끝에 미국으로 망명한 반 카스트로 쿠바인들을 훈련시킨 후 피그스 만에 상륙시켜 카스트로 정권을 전복하겠다는 아이디어를 냈다. 또한 실패하더라도 쿠바의 내부 봉기를 일으킬 수 있을 테니 케네디 행정부의 참모들은 이것은 꽃놀이패라고 생각했다.

결과는 참담 그 자체였다. 일단 침공은 완전히 실패로 돌아갔다. 3일 만에 100여 명의 사상자가 발생했고 1,000명이 생포되었다. 그러면 쿠바의 내부 봉기는 어떻게 됐을까? 봉기는커녕 카스트로 정권의 지배력을 더욱 공고히 해 주었고 쿠바는 미국에게 내정간섭이라고 몰아붙이며 포로 교환의 조건으로 배상을 청구했다. 그리고 미국은 어쩔 수 없이 1961년 당시로써는 엄청난 비용인 5,300만 달러를 배상했다. 무엇보다 세계의 중심으로 여겨졌던 미국이 멍청한 짓을 했다는 비아냥을 들을 수밖에 없었고 글로벌 리더십에 치명타를 입었다.

당시 케네디 정권의 참모진은 하버드대학교 교수, 포드자동차 사장, 록펠러재단 이사장 등 엘리트 중의 엘리트들이 모인 집단이었다. 하지만 그 집단은 그 많은 경험과 능력에도 불구하고 이 집단의 어느 한 사람도 쿠바

침공이나 다른 대안에 반대하지 않았다. 이후 케네디는 이렇게 한탄했다.

"어떻게 내가 그런 침략을 허락할 만큼 어리석었단 말인가?"

그렇다면 왜 집단의 의사결정은 실패하는 것일까? 지금부터는 집단 의사결정에 대한 명저인 《와이저》를 중심으로 집단 의사결정의 실패 원인과 그 극복 방안에 대해서 알아보도록 하자.[251] 이 내용을 잘 숙지하고 앞으로 회의에 임한다면 그 회의의 수준이 당신 때문에 상당히 향상될 것이다.

집단의 실패에 관해 이해하려면 집단 논의가 집단 구성원들에게 미치는 두 가지 영향을 살펴보아야 한다.

먼저 '정보 신호'다. 정보 신호는 다른 구성원이 공개적으로 말하는 정보를 존중하다 보니 자신이 아는 바를 밝히지 못하는 상황을 말한다. 예를 들어 직원들은 자신과 의견이 같지는 않아도 나름의 정보를 가진 직원이 있으면 그가 분명히 옳을 것으로 생각하여 굳이 본인의 의사를 개진하지 않는다. 만약 외무부 장관이 특정 나라와 외교 단절을 적극적으로 찬성하고 나서면 그 밑에서 일하는 직원들은 그의 의견에 동의해서가 아니라 그가 어련히 자기 일을 잘 알고 있으리라 생각해서 입을 다물 것이다.

집단 논의가 집단 구성원들에게 미치는 두 번째 영향력은 '사회적 압력'이다. 사람들은 사회적 압력을 느끼면 그로 인한 불이익을 피하려고 자연히 침묵을 택하게 된다. 예를 들어 어떤 의견에 반대 의견을 내놓으려고 할 때 그 의견을 주장한 사람이 자기 상사라면 자신의 반대 의견이 후에 자신의 조직 생활에 불리하게 작용할 것을 미리 생각해 잠자코 앉아 입을 닫게 된다.

이런 두 가지 영향력이 집단 내에서 작용한 결과 집단의 논의는 집단 의사결정의 실패 원인이 될 네 가지 문제에 직면하게 된다.

1) 오류 확대

개인은 여러 가지 오류를 갖고 있다. 대표성 휴리스틱은 확률에 대한 판단이 서로 닮은 점에 따라 평가가 되는 경향을 의미한다. 예를 들어 만약 어떤 입사 지원자가 전형적인 대표이사처럼 생겼다고 생각되면 이런 생각은 인사 담당자의 판단에 큰 영향을 미친다. 프레이밍 효과는 문제를 제시하는 방식에 따라 반응을 달리하는 현상을 말한다. 예를 들어 환자에게 3년 내 사망률이 20퍼센트라고 설명할 때보다 3년 내 생존율이 80퍼센트라고 설명할 때 수술에 동의하는 비율이 더 높아진다. 그 외에도 비현실적인 낙관주의와 자기 과신에 의한 계획 오류, 이미 투입한 비용에 연연하느라 합리적으로 행동하지 못하는 매몰 비용 오류도 개인이 자주 갖는 오류다.

그렇다면 집단은 어떨까? 최신 연구 결과는 다음과 같다.[252]

- 집단은 대표성 휴리스틱에 대한 의존도를 약화하기보다 오히려 강화한다.
- 집단은 집단 구성원 개개인보다 더 비현실적인 자기 과신 성향을 보이며 그것으로 계획 오류에 더 잘 빠진다.
- 집단은 개인보다 프레이밍 효과에도 더 취약하다.
- 집단은 변호사들의 거짓된 변론에 더 크게 영향을 받는다.
- 집단은 매몰 비용 오류에 빠질 가능성이 더 높다.

결국, 집단은 개개인이 가진 오류를 확대하는 경향이 크다는 것이다. 물론 집단은 개인보다 자기중심적 편향 등을 줄이는 경향이 있지만 대체로 개인의 오류를 확대시킨다. 일단 대부분 집단 구성원이 특정한 오류를 저지르기 쉽다고 가정해 보자. 만일 집단 내에서 다수의 사람이 같은 오류를 범한다면, 대다수 구성원은 남들이 자신과 똑같은 오류를 범하는 상황을 보게 된다. 만약 전문지식이 없다면 사람들은 '다수의 사람이 같은 오류를 저지른다면, 그것은 사실상 오류가 아닐 수도 있다'라고 생각하기 쉽다(정보 신호)는 것이다. 또한, 대다수 집단 구성원이 오류를 저지르면, 다른 구성원들 역시 바보처럼 보이거나 무례하게 굴지 않으려고 오류를 따라 할 가능성이 커진다(사회적 압력).

2) 폭포 효과

폭포 효과는 사람들이 서로 영향을 받아 자신의 개인적 지식을 무시하고 공적으로 알려진 남들의 판단에만 전적으로 의존하는 경우를 말한다.

사회학자인 매슈 살가닉은 음악 다운로드에 있어 초반에 얻은 작은 인기가 얼마나 큰 영향을 미치는지를 연구했다. 여러 그룹을 연구했는데 한 가지 공통점이 있었다. 인기가 있는 음악은 가수나 장르에 따라 결정되지 않고 그저 초기 다운로드 수가 많은 음악일수록 계속 상위권에 머물렀다. 반대로 초기 다운로드 횟수가 적은 노래는 거의 예외 없이 하위권을 벗어나지 못했다.

그런데 집단 논의를 연구한 결과 살가닉의 연구와 비슷한 일이 발생했다. 만일 어떤 사업, 정치인, 주장 등이 초반에 큰 지지를 얻으면 그 집단의 최종적인 선택을 받을 가능성이 높다. 게다가 초반 발언을 리더나 집단의 영향력 있는 사람이 하게 된다면 폭포 효과는 더 가중되게 일어난다. 왜냐하면, 권위 있는 리더가 처음에 발언하거나 초기 발언이 지지를 얻으면 집단 구성원들은 그 정보를 존중하여 더는 의견을 내지 않거나(정보 신호)

다른 의견이 있더라도 리더 등이 지지한 발언에 이의를 제기하면 사람들이 자신을 비난할 거라는 생각에 의견을 내지 않기 때문이다(사회적 압력).

3) 극단화

극단화는 폭포 효과의 연장선에 있는 것으로 집단 구성원들이 논의하면 논의를 시작하기 전보다 그들이 선호하는 방향으로 더 극단화된 결론이 나는 현상을 말한다. 특히 비슷한 사람으로 구성된 집단이라면 극단화 현상은 더 강하게 나타난다. 예를 들어 중국을 못마땅하게 생각하는 사람들이 중국에 대해서 논의를 하면 중국을 더욱 싫어하게 되는 현상이 벌어진다는 것이다. 연구에 따르면 이러한 현상은 미국, 프랑스, 독일 등 전 세계적으로 비슷한 양상을 보인다고 한다. 하지만 이러한 논의는 '무엇이 좋거나 나쁘다'라는 선호 판단이나 '무엇이 옳거나 그르다'라는 가치 판단뿐만 아니라 사실 판단까지 극단화시킨다고 한다.

이런 현상이 일어나는 이유는 구성원들이 특정 성향이 강하다면 자연스럽게 그 성향을 지지하는 근거들이 많이 나올 것이며 더 신뢰를 얻게 되기 때문이다(정보 신호). 그런데 이렇게 근거가 많이 나오는데 특정 성향을 반대하면 자신이 집중포화를 당하거나 심하면 비난을 받기 때문에 가만히 있게 된다(사회적 압력). 결국, 논의는 집단을 극단화시킨다.

4) 정보 누락

집단 논의를 실패하게 하는 네 번째 원인은 정보 누락이다. 연구 결과 대부분의 집단은 소수만 알고 있는 정보의 가치는 소홀히 하지만 대부분 알고 있는 정보에 대한 선호가 높은 경향이 있다는 것이 밝혀졌다. 누구나 아는 이야기를 하면 "그래, 그렇지!"라고 말하며 호응을 받는다는 것이다. 그렇게 되면 논의에서 공유된 정보가 더 많이 나오기 때문에 다른 정보를 가진 소수는 자신이 가진 정보보다 다수가 호응하는 정보를 더 신뢰할 가능성이 커진다(정보 신호). 혹은 굳이 자기가 다른 정보를 꺼내 들어 분위기를 망칠 수 있다는 생각에 침묵을 지키게 된다(사회적 압력).

그렇다면 정말 중요한 정보들은 어디에 있는 것일까? 정치에서야 특급 정보들은 고위층의 전유물이지만 비즈니스에서의 핵심 정보는 거의 현장에서 발생한다. 하지만 현장은 높은 직급의 사람이 아닌 낮은 직급의 사람이 있을 확률이 높다. 이러한 사실이 상황을 더 악화시킬 수 있다. 왜냐하면, 보통 회의에서 낮은 직급에 있는 사람은 발언권이 별로 없고 그 어떤 구성원보다 사회적 압력을 더 크게 받기 때문이다.

지금까지 집단 의사결정을 실패로 이끄는 4가지 원인을 알아봤다. 그렇다면 어떻게 해결할 수 있을까? 뜻밖에 간단하다. 정보 신호와 사회적 압력을 최대한 없애는 것이다. 회의할 때 직급에 상관없이 누구나 자유롭게 발언할 수 있는 분위기가 만들어져야 한다. 특히 낮은 직급의 사람이라 할지라도 자신이 가진 정보나 의견이 리더의 주장과 달라도 편하게 반대 의견을 낼 수 있어야 한다. 그런 의미에서 리더는 기술적으로 먼저 자신의 주장을 내세우지 않고 의견을 모두 낼 수 있도록 조율하며 이왕이면 마지막에 자신의 의견을 개진하는 것이 좋다. 왜냐하면, 리더가 어떠한 의견을 내는 것만으로도 정보 신호와 사회적 압력이 존재할 수 있기 때문이다.

집단 의사결정이 가진 약점을 구성원 모두가 이해하고 직급에 상관없이 자유롭게 의견을 내는 회의가 된다면 의사결정 수준은 올라갈 것이고 그 조직의 앞날은 더욱 밝을 것이다.

회사 생활은 왜 이렇게 힘들까?

회사 생활이 힘든 이유는 여러 가지가 있다. 크게 개인이 해결 가능한 부분과 불가능한 부분으로 나누어서 생각해 보자. 먼저 개인의 힘으로는 해결이 불가능한 구조적인 영역을 살펴보자. 여러 가지 문제 중에서도 핵심은 성장의 포화와 경쟁의 심화가 동시에 일어나고 있다는 것이다. 단지 우리나라의 문제가 아니라 전 세계적으로 많은 영역에서 기술발전은 한계에 직면하고 있다. 기술발전이 한창일 때는 열심히 빨리만 하면 일정 성과를 만드는 데 크게 문제가 없다. 하지만 포화의 영역에서는 단순히 빨리 그리고 열심히 해서는 아무런 티가 나지 않는다.

이런 상황에서 우리를 더욱 힘들게 만드는 것은 이웃 나라 중국의 부상이다. 제품이 기술적으로 치고 나갈 수 없을 때 개선할 수 있는 부분은 가성비밖에 없다. 중국이 이제 비슷한 수준의 결과물을 훨씬 저렴한 인건비로 만들기 때문에 우리 제품의 경쟁력은 점점 약해진다. 중국 같은 신흥 강국만이 단순히 우리의 경쟁 상대가 아니다.

자동화와 인간의 경쟁은 앞으로 더욱 녹록하지 않은 상황이 우리를 기다리고 있음을 말해 준다. 여러 관점에서 경쟁은 거의 최고조로 치닫고 있다. 그러므로 앞으로 우리의 회사 생활은 더 힘들어질 가능성이 농후하다. 하지만 이런 상황은 비단 우리에게만 해당하는 사항이 아니라 전 세계적인 문제인 것이다.

문제 해결의 시작은 단순화다. 일단 자력으로 해결할 수 없는 부분은 잊는 게 상책이다. 그렇다면 회사 생활이 힘든 원인 중에 개선 가능한 부분은 어떤 것이 있을까? 회사 생활을 힘들 게 하는 절대적인 이유 중 단연코 첫 번째는 학습 능력 부족이다. 학습 능력은 크게 두 가지로 구성된다. 하나는 지식기반을 구성하는 교양이고 다른 하나는 문제 파악을 하는 탐구 능력(철학)이다. 대학에서 괜히 전공과 교양수업을 듣는 것이 아니다.

나도 대학을 다닐 때 왜 교양을 듣는지도 모른 채 학점 때우기에 급급했다. 전공도 외워서 시험 보기에 급급했을 뿐 막상 스스로 질문을 던지면서 능동적으로 탐구해 본 기억이 없다. 졸업 학점은 높았지만 정말로 머리에 남은 게 없었다. 소위 말하는 허울뿐인 '스펙'만 남았다. 그렇게 탐구능력과 교양이 제대로 체득되지 않으면 회사 생활이 힘들 수밖에 없다.

우선 교양이 없으면 어떤 업무를 받아도 낯설 수밖에 없다. 내가 일했던 부서에는 다양한 전공자들이 있었다. 전자과, 재료과, 물리과 등 여러 배경의 전공자가 함께 일했다. 업무는 당연히 전자공학부터 재료공학까지 두루두루 알아야 유기적으로 잘 진행할 수 있었다. 하지만 자신의 전공 밖 영역을 만나면 대부분 힘들어했다. 예를 들어 전자과 전공자는 재료공학 관련 문제에 직면하면 일단은 피하려는 경향이 있다.

하지만 엄밀히 말하면 거의 모든 대학에서 공학 계열은 일 학년 때 기초

물리와 화학을 듣는다. 그렇기에 절대 완전히 모르는 영역이라고는 할 수 없다. 하지만 제대로 교양을 쌓지 않았기 때문에 친숙하지 않은 영역에 들어가면 일단 무조건 두려움을 느끼게 된다. 또 탐구능력이 없으면 문제 파악이 되지 않기 때문에 문제 해결의 방법을 모른다. 사실 직급이 낮을 때는 시키는 일만 잘해도 크게 문제가 없다. 따라서 탐구능력의 중요성에 대해 인지하기 힘들다. 하지만 직급이 올라갈수록 탐구능력이 없다면 본인뿐만 아니라 팀원 모두가 고생한다.

더 높은 위치에 올라가면 문제 파악을 넘어서 문제 설정을 해야 한다. 교양과 철학을 제대로 습득하지 못하면 사실상 불가능한 일이 된다. 학교를 졸업했다고 절대 공부가 끝나는 것이 아니다. 교양을 꾸준히 넓히고 탐구능력을 정교하게 다듬기 위해서라도 꾸준히 공부해야 한다.

회사에서 또 새롭게 만나는 난관은 바로 '디테일(detail)'이다. 디테일의 중요성을 인정 못 하고 넘겨 버리면 회사는 바로 지옥으로 변할 수밖에 없다(흔히 직장 상사가 '꼰대'처럼 보이는 이유 중 하나는 이 디테일 지적과 상관이 높다. 진짜 중요한 디테일을 확인하는 상사는 절대 꼰대가 아니다. 나중에 그걸 지적 안 하고 문제가 생겼을 때 잔소리하는 상사가 꼰대일 확률이 높다). 디테일은 말 그대로 아주 작은 영역이기 때문에 별로 대수롭지 않게 여길 수 있다. 하지만 디테일이 중요한 이유는 디테일의 결핍이 누적되면 결국에는 큰 문제가 되기 때문이다.

회사 업무는 의사결정에 도움을 주는 자료 취합이 반이라고 해도 과언이 아니다. 그래서 자료의 첫 취합부터 디테일이 모이지 않으면 상위 단계에서 보고서의 견고함은 무너지게 된다. 그러면 일은 다시 처음부터 반복되어야 한다. 종종 소셜 미디어에서 회사의 이런 무한 도돌이표 같은 모순에 관한 불만 글을 볼 수 있다. 하지만 그런 비효율적인 일의 반복은 회사의 일반적인 문제라기보다는 중간관리자가 디테일을 잘 다루지 못하기 때문에 발생하는 것이다. 중간관리자가 한 번만 정교하게 일을 잡아 줘도 생각보다 일은 깔끔하게 끝날 수 있다.

하지만 사원, 대리 시절 디테일의 중요성을 모른 채 중간관리자가 되면 조직의 비효율을 극대화하는 천덕꾸러기가 되고 마는 것이다. 그러면 어떻게 디테일을 놓치지 않고 꼼꼼히 챙길 수 있을까? 흔히 아는 만큼 보인다고 한다. 실제로 진짜 그렇다. 디테일을 잡는 것도 역시 공부가 필요하다.

이렇게 생각해 보자. 아주 작은 무언가를 보려고 한다. 맨 처음에는 아주 가까이서 관찰을 해 본다. 그래도 잘 안 보여서 돋보기를 가지고 관찰한다. 그것으로도 부족해 광학현미경을 이용한다. 광학현미경도 역부족이면 결국에는 전자현미경을 사용해야 한다.

업무에서 디테일도 마찬가지이다. 직관적으로 생각하면 단순히 많은 시간을 투자해서 천천히 일을 살피면 디테일이 많이 보일 것 같지만 절대 그렇지 않다. 더 자세히 보기 위한 도구가 필요한데 그것이 바로 관련 지식이다. 관련 지식의 이해도가 깊어지면 깊어질수록 더 세세한 부분까지 볼 수 있게 된다. 거기에다 충분한 업무 경험이 더해지면 자세히 그리고 빨리 디테일을 파악할 수 있다. 그래서 공부는 계속되어야 한다.

회사의 언어는 보고서다. 이 새로운 언어에 적응하지 못하면 또 회사 생활은 고달파진다. 치맥 한잔하면서 하는 대화는 사적인 대화일 뿐이다. 보고라는 언어에서 가장 중요한 문법은 바로 요약이다. 사원 10명이 과장에게 보고서를 제출한다. 또 과장 3명이 부장에게 보고서를 제출한다. 또 부장이 상무에게 상무가 부사장에게 부사장이 사장에게 내용을 계속 전달을 한다. 결국, 요약에 요약이 이뤄져서 누군가는 최종 요약을 바탕으로 결정해야 한다. 그게 회사의 숙명이다. 규모의 차이만 다를 뿐이지 이 의사결정 과정은 어느 조직이나 크게 다르지 않다.

사실 대한민국의 많은 사람이 정보 습득에는 능하다. 하지만 많은 사람이 정보 전달과 생산에는 상당히 취약하다. 가장 큰 이유 중에 하나가 습득을 했지만, 소화를 못 했기 때문이다. 요약이 안 되는 것이다. 이 요약만 잘해도 회사 생활 10년 이상은 아주 편하게 할 수 있다. 하지만 안타깝게도 오지선다에서 이미 요약된 답을 찾는 훈련에 길든 우리에게 요약이 쉬울 수는 없다. 내용을 단순히 압축시키는 것은 수동적 요약에 불과하다.

보고서는 능동적 요약이 되어야 한다. 능동적 요약은 우선 자료를 객관적으로 잘 취합하고 그에 대한 해석이 동반되어야 한다. 그리고 그 해석을 바탕으로 다음 계획이 도출되어야 한다. 이때 계획이 하나에 그치지 않고 계획이 틀어졌을 때 대안도 한두 개 포함되어 있다면 그것은 아주 더할 나위 없는 보고서가 될 것이다.

앞에서 말한 교양, 탐구능력, 디테일 등이 유기적으로 엮여서 결과로 나타나는 것이 바로 보고서다. 또 보고서를 쓸 때 반드시 필요한 능력은 영어 검색 능력이다. 생활 노하우 검색이 아닌 자료 수집 관점에서 보면 국내 포털에서 한글로 검색한다는 것은 21세기 전쟁에서 활을 들고 싸우겠다는 것이나 다름없다. 반대로 말하면 업무에 관련한 자료를 영어로 구글에서 찾는 것은 활을 든 적군을 상대로 기관총이나 박격포로 전쟁에서 싸우는 것으로 봐도 무방하다.

마지막으로 회사 생활이 힘든 이유는 인간관계 때문이다. 회사에서의 인간관계가 일반적인 인간관계보다 어려운 것은 '직급'이라는 역학구조에서 나온다. 사원, 대리, 과장, 부장, 임원 각각의 위치에서 회사를 보는 시각은 많이 다르므로 반드시 직급에 대한 이해가 필요하다. 하지만 보통 각자 직급의 관점에서 다른 직급을 판단하기 때문에 회사 생활에 불협화음이 발생한다.

간단하게 직급의 역할에 대해서 요약하면 우선 사원은 당연히 실무를 잘해야 한다. 대리는 단순하게 일만 잘해서는 안 된다. 사실 가장 어려운 직책이 대리다. 때로는 사원처럼 실무를 잘 진행해야 하고 때로는 과장처럼 관리를 잘해야 하는 것이 대리다. 그래서 실제로 이직 시장에서 몸값이 연차 대비 가장 높은 시기는 막 대리로 진급했을 때다.

과장 직급부터는 관리가 되어야 한다. 하지만 대부분 자신의 원래 하던 일만 잘하면 된다고 생각하기 때문에 조직관리를 잘 못 하는 경우가 많다. 처음으로 리더십이 필요한 순간이다. 하지만 우리나라에서 겨울 가뭄보다 더 심각한 게 과장의 리더십 가뭄이다.

부장은 영어로 디렉터(director)다. 말 그대로 방향을 제시할 수 있어야 한다. 앞에서 말한 문제 파악을 넘어선 문제 제시를 해야 하는 직급이다. 관리만 잘하는 것은 연차 높은 과장일 뿐이다. 때로는 부장은 사원하고 가까운 직급이 되어야 한다. 진짜로 일이 어떻게 돌아가는지 현장의 온도를 정확하게 파악해야 하기 때문이다. 그래서 부장급의 위치에 올라가면 누구보다 더 부지런해져야 한다. 현장감도 잃지 않는 동시에 또 누구보다도 공부를 더 열심히 해서 끊임없이 새로운 아이템을 발굴해야 한다.

마지막으로 임원은 결정하는 사람이다. 물론 결정에는 막중한 책임이 따르기 때문에 가장 어려운 직급이다. 이렇게 직급에 대한 이해로 업무의 범위를 이해하고 서로의 처지에서 생각하면 업무 마찰이 상당히 줄어들 것이다. 또한, 자연스럽게 다음 직급으로 가기 전에 자신에게 요구되는 역량을 미리미리 준비할 수 있다.

가끔 앞에 언급한 이야기를 멘티들에게 조언해 주면 자기는 그냥 소위 말하는 '돌아이' 상사 때문에 힘들다고 한다. 정말 상사가 무능력한 돌아이면 언젠가는 회사에서 반드시 도태된다. 때로는 시간이 답인 경우도 있다. 하지만 어떤 부조리를 통해 그 나쁜 상사가 끝까지 남아 있다면 더 공부를 열심히 해서 이직을 하면 된다. 아니 반드시 해야 한다. 그런 잘못된 부조리를 가진 회사는 오래갈 수 없으므로 나쁜 상사 때문만이 아니라 회사에 비전이 없음을 인지하고 이직을 하는 게 맞다. 하지만 대부분 이직을 하지 못한다. 이직을 못 하는 가장 큰 이유 중 하나는 새로운 환경에 다시 적응해야 하기 때문이다. 다시 공부하기가 두렵고 싫은 것이다(정말로 이직을 하고 싶다면 현실적인 답은 '버티면서' 공부해야 한다. 현실을 무시할 방법은 없다).

결국은 공부가 생각보다 많은 것을 해결해 주지만 안타깝게도 많은 사람이 공부하지 않는다. 잊지 말자. 공부가 답이다. 회사 생활을 시작해도 꾸준히 능동적으로 공부할 마음만 있다면 생각보다 직장 생활은 힘들지 않다. 또 학창 시절에 공부를 제대로 못 한 것을 두려워하거나 후회할 필요도 없다. 처음에 실질적으로 조금은 힘들겠지만 마음먹고 제대로 공부하면 생각보다 빨리 적응할 수 있다. 그렇게 제대로 공부를 하고 또 내가 만드는 제품 혹은 서비스가 세상 사람들에게 도움이 된다는 의미부여까지 하게 된다면 회사 생활만큼 즐거운 일이 없다. 업이 삶이 되는 것이다. 모두의 회사 생활에 건투를 빈다.

참고문헌

1 EBS 다큐멘터리 〈공부 못하는 아이〉 3부 : 성적표를 뛰어넘는 성공 비밀.

2 폴 에겐 등, 〈교육심리학〉, 학지사, 2015, 457~461p.

3 앤젤라 더크워스, 〈그릿〉, 비즈니스북스, 2016, 230~231p.

4 같은 책, 233p.

5 폴 에겐 등, 〈교육심리학〉, 학지사, 2015, 458p.

6 칩 히스 등, 〈스위치〉, 웅진지식하우스, 2010, 192~195p.

7 EBS 다큐멘터리 〈공부 못하는 아이〉 2부 : 마음을 망치면 공부도 망친다

8 칩 히스 등, 〈스위치〉, 웅진지식하우스, 2010, 77p.

9 Roy F. Baumeiste, et al., 〈Bad Is Stronger Than Good〉, Review of General Psychology, 2001

10 애덤 그랜트, 〈기브앤테이크〉, 생각연구소, 2013, 267~271p.

11 EBS 다큐멘터리 〈공부 못하는 아이〉 4부 : 지능이 아니라 마음이다

12 Carol Drweck, 〈The Role of Expectations and Attributions in the Alleviation of Learned Helplessness〉, Journal oj Personality and Social Psychology, 1975

13 테리 도일, 〈뇌과학과 학습혁명〉, 돋을새김, 2013, 129~131p.

14 같은 책, 132~133

15 이안 로버트슨, 〈승자의 뇌〉, 알에이치코리아, 2013, 56p.

16 F. Autin, et al., 〈Improving Working Memory Efficiency by Reframing Metacognitive Interpretation of Task Difficulty〉, Journal of Experimental Psychology, 2012

17 안데르스 에릭슨, 〈1만 시간의 재발견〉, 비즈니스북스, 2016, 263p.

18 케이 알더만, 〈성취동기〉, 학지사, 2015, 92~95p.

19 애덤 그랜트, 〈기브앤테이크〉, 생각연구소, 2013, 168~171p.

20 EBS 다큐멘터리 〈공부 못하는 아이〉 3부 : 성적표를 뛰어넘는 성공 비밀.

21 어수웅, 〈[어수웅의 르네상스人] 15개語 해독하는 鬼才… "일하다 지치면 사전 읽습니다"〉, 조선일보, 2016

22 안데르스 에릭슨, 〈1만 시간의 재발견〉, 비즈니스북스, 2016, 71~77p.

23 미치오 카쿠, 〈마음의 미래〉, 김영사, 2015, 15p.

24 같은 책, 549p.

25 마가렛 마틴, 〈인지심리학〉, 박학사, 2015, 25p.

26 미치오 카쿠, 〈마음의 미래〉, 김영사, 2015, 399~400p.

27 헨리 뢰디거 등, 〈어떻게 공부할 것인가〉, 와이즈베리, 2014, 139p.

28 Justin Kruger, et al., 〈Unskilled and Unaware of it〉, Journal of Personality and Social Psychology, 1999.

29 https://en.wikipedia.org/wiki/Metacognition.

30 EBS, 〈학교란 무엇인가〉, 중앙books, 2011, 210〜217p.

31 EBS 다큐멘터리 〈학교란 무엇인가〉 8부 : 0.1퍼센트의 비밀.

32 폴 에겐 등, 〈교육심리학〉, 학지사, 328p.

33 EBS, 〈학교란 무엇인가〉, 중앙books, 2011, 229〜230p.

34 Dunning, et al, 〈Why People Fail to Recognize Their Own Incompetence〉, American Psychological Society, 2003.

35 마가렛 마틴, 〈인지심리학〉, 박학사, 2015, 228〜236p.

36 같은 책, 241〜243p.

37 같은 책, 244p.

38 EBS 다큐멘터리 〈공부의 왕도〉 1부 : 인지 세계는 냉엄하다.

39 김용규, 〈생각의 시대〉, 살림, 100p.

40 고영성, 〈어떻게 읽을 것인가〉, 스마트북스, 117p.

41 EBS 다큐멘터리 〈공부의 왕도〉 1부 : 인지 세계는 냉엄하다.

42 같은 책, 121p.

43 Innocence Project, Eyewitness Misidentification.

44 마틴 린드스트롬, 〈누가 내 지갑을 조종하는가〉, 웅진지식하우스, 69p.

45 애덤 그랜트, 〈오리지널스〉, 한국경제신문, 137p.

46 고영성, 〈누구나 처음엔 걷지도 못했다〉, 스마트북스, 2013, 106p.

47 조슈아 포어, 〈1년 만에 기억력 천재가 된 남자〉, 갤리온, 2016, 35〜37p.

48 미치오 카쿠, 〈마음의 미래〉, 김영사, 2014, 170〜174p.

49 같은 책, 197p.

50 센딜 멀레이너선 등, 〈결핍의 경제학〉, 알에이치코리아, 2014, 86〜87p.

51 마가렛 마틴, 〈인지심리학〉, 박학사, 2015, 100〜101p.

52 같은 책, 84〜85p.

53 같은 책, 129p.

54 George A. Miller, 〈The Magical Number Seven, Plus or Minus Two Some Limits on Our Capacity

for Processing Information⟩, Psychological Review, 1955.

55 마가렛 마틴, ⟨인지심리학⟩, 박학사, 2015, 131p.

56 폴 에겐 등, ⟨교육심리학⟩, 학지사, 2015, 301p.

57 마가렛 마틴, ⟨인지심리학⟩, 박학사, 2015, 136~143p.

58 폴 에겐 등, ⟨교육심리학⟩, 학지사, 2015, 304p.

59 같은 책, 304~305p.

60 마가렛 마틴, ⟨인지심리학⟩, 박학사, 2015, 151~152p.

61 폴 에겐 등, ⟨교육심리학⟩, 학지사, 2015, 305p.

62 이혜정 지음, ⟨서울대에서는 누가 A+를 받는가⟩, 다산에듀, 2014, 308~309p

63 Ming-Zher Poh, ⟨A Wearable Sensor for Unobtrusive, Long-Term Assessment of Electrodermal
    Activity⟩, IEEE TRANSACTIONS ON BIOMEDICAL ENGINEERING, 2010

64 핸리 뢰디거 등, ⟨어떻게 공부할 것인가⟩, 와이즈베리, 2014, 28~29p.

65 테리 도일, ⟨뇌과학과 학습혁명⟩, 돋을새김, 2013, 58p.

66 핸리 뢰디거 등, ⟨어떻게 공부할 것인가⟩, 와이즈베리, 2014, 50p.

67 같은 책, 49p.

68 같은 책, 71p.

69 마가렛 마틴, ⟨인지심리학⟩, 박학사, 2015, 212~213p.

70 같은 책, 156p.

71 미하이 칙센트미하이, ⟨몰입, 미치도록 행복한 나를 만나다⟩, 한울림, 2004, 25p.

72 같은 책, 30p.

73 같은 책, 86p.

74 칩 히스 등, ⟨스틱!⟩, 웅진윙스, 145~146p.

75 폴 에겐 등, ⟨교육심리학⟩, 학지사, 2015, 469~470p.

76 애덤 그랜트, ⟨오리지널스⟩, 한국경제신문, 31~33p.

77 폴 에겐 등, ⟨교육심리학⟩, 학지사, 2015, 470p.

78 칩 히스 등, ⟨스위치⟩, 웅진지식하우스, 2010, 39~43p

79 찰스 두히그, ⟨1등의 습관⟩, 알프레드, 2016, 193p.

80 칩 히스 등, ⟨스틱⟩, 웅진윙스, 2007, 245~246p

81 앤젤라 더크워스, ⟨그릿⟩, 비즈니스북스, 2016, 97p.

82 같은 책, 195p.

83 칩 히스 등, 〈스위치〉, 웅진지식하우스, 2010, 296p

84 같은 책, 98p.

85 찰스 두히그, 〈1등의 습관〉, 알프레드, 2016, 181p

86 스티븐 코비, 〈성공하는 사람들의 7가지 습관〉, 김영사, 1994, 211p.

87 고영성 작가의 〈누구나 처음엔 걷지도 못했다〉의 서문을 재구성했다.

88 찰스 두히그, 〈1등의 습관〉, 알프레드, 2016, 23〜30p.

89 케이 알더만, 〈성취동기〉, 학지사, 2015, 19p.

90 폴 에겐 등, 〈교육심리학〉, 학지사, 2015, 437p.

910 라즐로 복, 〈구글의 아침은 자유가 시작된다〉, 알에이치코리아, 2015, 262〜264p.

92 케이 알더만, 〈성취동기〉, 학지사, 2015, 306p.

93 EBS 다큐멘터리 〈공부 못하는 아이〉 2부 : 마음을 망치면 공부도 망친다.

94 Joel Voss, et al., 〈Hippocampal brain-network coordination during volitional exploratory behavior enhances learning〉, nature, 2011.

95 EBS 다큐멘터리 〈공부 못하는 아이〉 2부 : 마음을 망치면 공부도 망친다.

96 테리 도일, 〈뇌과학과 학습혁명〉, 돋을새김, 2013, 63〜64p.

97 론 프리드먼, 〈공간의 재발견〉, 토네이도, 191〜192p.

98 애덤 그랜트, 〈오리지널스〉, 한국경제신문, 56〜57p.

99 라즐로 복, 〈구글의 아침은 자유가 시작된다〉, 알에이치코리아, 2015, 33p.

100 사이먼 사이넥, 〈리더는 마지막에 먹는다〉, 36.5, 2014, 55〜57p.

101 하선영, 〈노력하면 된다?… '1만 시간의 법칙' 틀렸다〉, 중앙일보, 2014.

102 안데르스 에릭슨, 〈1만 시간의 재발견〉, 비즈니스북스, 2016, 150〜162p.

103 앤젤라 더크워스, 〈그릿〉, 비즈니스북스, 2016, 48〜49p.

104 안데르스 에릭슨, 〈1만 시간의 재발견〉, 비즈니스북스, 2016, 340〜350p.

105 스티븐 핑커, 〈우리 본성의 선한 천사〉, 사이언스북스, 2014, 1033p

106 매튜 리버먼, 〈사회적 뇌〉, 시공사, 2015, 442〜444p

107 같은 책, 312p.

108 안데르스 에릭슨, 〈1만 시간의 재발견〉, 비즈니스북스, 2016, 39〜41p.

109 같은 책, 41p.

110 같은 책, 165~166p.

111 고영성, 〈경제를 읽는 기술〉, 스마트북스, 2011, 137~139p.

112 〈A Consensus on the Brain Training Industry from the Scientific Community 〉, 2014

113 안데르스 에릭슨, 〈1만 시간의 재발견〉, 비즈니스북스, 2016, 55p.

114 Benedict carey, 〈How Do You Get to Carnegie Hall? Talent〉, NYT, 2014

115 Brooke N. Macnamara, et al., 〈Deliberate Practice and Performance in Music, Games, Sports, Education, and Professions: A Meta-Analysis〉, 2014.

116 매리언 울프, 〈책 읽는 뇌〉, 살림, 2009, 138p.

117 데이비드 브룩스, 〈소셜애니멀〉, 흐름출판, 2011, 38p

118 테리 도일, 〈뇌과학과 학습혁명〉, 돋을새김, 2013, 124p.

119 데이비드 수자, 〈마음, 뇌, 교육〉, 한국뇌기반교육연구소, 2011, 96~99p.

120 테리 도일, 〈뇌과학과 학습혁명〉, 돋을새김, 2013, 270p.

121 EBS 다큐멘터리 〈공부 못하는 아이〉 2부 : 마음을 망치면 공부도 망친다

122 필 로젠츠바이크, 〈올바른 결정은 어떻게 하는가〉, 엘도라도, 2014, 41~43p.

123 칩 히스 등, 〈스위치〉, 웅진지식하우스, 2010, 178~179p.

124 데이비드 수자, 〈마음, 뇌, 교육〉, 한국뇌기반교육연구소, 2011, 69~71p

125 마틴 셀리그만, 〈긍정심리학〉, 물푸레, 2009, 64~65p.

126 마가렛 마틴, 〈인지심리학〉, 박학사, 2015, 397p.

127 같은 책, 110~111p.

128 매튜 리버먼, 〈사회적 뇌〉, 시공사, 2015, 329p

129 애덤 그랜트, 〈오리지널스〉, 한국경제신문, 360~362p.

130 EBS, 〈시험〉, 북하우스, 2016, 73~76p.

131 김동환, 〈한국 행복지수 OECD 최하위...보건의료는 '선방'〉, 오마이뉴스, 2014

132 서은국, 〈행복의 기원〉, 21세기북스, 2014.

133 매튜 리버먼, 〈사회적 뇌〉, 시공사, 2015, 20p.

134 에드워드 윌슨, 〈지구의 정복자〉, 사이언스북스, 2013, 137~141p.

135 매튜 리버먼, 〈사회적 뇌〉, 시공사, 2015, 31p.

136 제러미 리프킨, 〈공감의 시대〉, 민음사, 2010, 161~162p.

137 마가렛 마틴, 〈인지심리학〉, 박학사, 2015, 64p.

138 EBS, 〈왜 우리는 대학에 가는가〉, 해냄, 50p.

139 센딜 멀레이너선 등, 〈결핍의 경제학〉, 알에치코리아, 2014, 120〜121p.

140 엘리어트 애런슨, 〈인간, 사회적 동물〉, 탐구당, 2014, 565p

141 매튜 리버먼, 〈사회적 뇌〉, 시공사, 2015, 415〜416p.

142 엘리어트 애런슨, 〈인간, 사회적 동물〉, 탐구당, 2014, 563〜564p.

143 조반니 프라체토, 〈감정의 재발견〉, 프런티어, 2016, 168〜170p.

144 이안 로버트슨, 〈승자의 뇌〉, 알에이치코리아, 2013, 229p

145 매튜 리버먼, 〈사회적 뇌〉, 시공사, 2015, 108p.

146 애덤 그랜트, 〈오리지널스〉, 한국경제신문, 376p.

147 론 프리드먼, 〈공간의 재발견〉, 토네이도, 154〜161p.

148 매튜 리버먼, 〈사회적 뇌〉, 시공사, 2015, 432p.

149 폴 터프, 〈아이는 어떻게 성공하는가〉, 베가북스, 2012, 32〜34p.

150 찰스 두히그, 〈1등의 습관〉, 알프레드, 2016, 95〜99p.

151 이언 레슬리, 〈큐리어스〉, 을유문화사, 2014, 124〜125p.

152 애덤 그랜트, 〈오리지널스〉, 한국경제신문, 226p.

153 론 프리드먼, 〈공간의 재발견〉, 토네이도, 218〜220p.

154 애덤 그랜트, 〈기브앤테이크〉, 생각연구소, 2013, 226p.

155 론 프리드먼, 〈공간의 재발견〉, 토네이도, 254p.

156 애덤 그랜트, 〈기브앤테이크〉, 생각연구소, 2013, 247〜248p.

157 다니엘 핑크, 〈파는 것이 인간이다〉, 청림출판, 2013, 105〜108p.

158 로버트 치알디니, 〈설득의 심리학〉 21세기북스, 2013, 260-262

159 애덤 그랜트, 〈기브앤테이크〉, 생각연구소, 2013, 222〜223p.

160 같은 책

161 센딜 멀레이너선 등, 〈결핍의 경제학〉, 알에치코리아, 2014, 89〜94p.

162 론 프리드먼, 〈공간의 재발견〉, 토네이도, 90〜91p.

163 테리 도일, 〈뇌과학과 학습혁명〉, 돋을새김, 2013, 277〜283p.

164 론 프리드먼, 〈공간의 재발견〉, 토네이도, 99p.

165 테리 도일, 〈뇌과학과 학습혁명〉, 돋을새김, 2013, 286p

166 론 프리드먼, 〈공간의 재발견〉, 토네이도, 99p.

167 Miriam Nokia, et al., 〈Physical exercise increases adult hippocampal neurogenesis in male rats provided it is aerobic and sustained〉, The Journal of Physiology, 2016.

168 크리스토퍼 차브리 등, 〈보이지 않는 고릴라〉, 김영사, 2011, 317p

169 EBS 다큐멘터리 〈공부 못하는 아이〉 4부 : 지능이 아니라 마음이다

170 Mark Fischetti, 〈School Starts Too Early〉, Scientific American, 2014

171 EBS 다큐멘터리 〈공부 못하는 아이〉 4부 : 지능이 아니라 마음이다

172 센딜 멀레이너선 등, 〈결핍의 경제학〉, 알에치코리아, 2014, 103〜104p.

173 데이비드 브룩스, 〈소셜애니멀〉, 흐름출판, 2011, 149p

174 센딜 멀레이너선 등, 〈결핍의 경제학〉, 알에치코리아, 2014, 331p.

175 미치오 카쿠, 〈마음의 미래〉, 김영사, 2015, 190〜191p.

176 데이비드 브룩스, 〈소셜애니멀〉, 흐름출판, 2011, 149p.

177 최진아, 〈우리나라 초등생, 공부 '과다', 수면 운동 부족〉, KBS, 2016.

178 정봉오, 〈한국인 평균 수면시간 '6.3시간', 아 태 15개국 중 '꼴찌'〉, 동아닷컴, 2016.

179 론 프리드먼, 〈공간의 재발견〉, 토네이도, 2015, 108〜109p.

180 Joseph Strombery, 〈Scientists agree: Coffee naps are better than coffee or naps alone〉, Vox, 2015.

181 테리 도일, 〈뇌과학과 학습혁명〉, 돋을새김, 2013, 43p.

182 칩 히스 등, 〈스위치〉, 웅진지식하우스, 2010, 267〜271p.

183 칩 히스 등, 〈자신 있게 결정하라〉, 웅진지식하우스, 2013, 314〜315p.

184 론 프리드먼, 〈공간의 재발견〉, 토네이도, 56〜59p.

185 론 프리드먼, 〈공간의 재발견〉, 토네이도, 66〜69p.

186 Daniel Levitin, 〈Hit the Reset Button in Your Brain〉, the NYT, 2014.

187 니콜라스 카, 〈생각하지 않는 사람들〉, 청림출판, 2011, 181p.

188 같은 책, 25p.

189 라즐로 복, 〈구글의 아침은 자유가 시작된다〉, 알에이치코리아, 2015, 440p.

190 리처드 탈러 등, 〈넛지〉, 리더스북, 2009, 19p.

191 라즐로 복, 〈구글의 아침은 자유가 시작된다〉, 알에이치코리아, 2015, 468〜480p.

192 론 프리드먼, 〈공간의 재발견〉, 토네이도, 105p.

193 칩 히스 등, 〈스틱!〉, 웅진윙스, 42〜44p.

194 스티븐 존슨, 〈탁월한 아이디어는 어디서 오는가〉, 한국경제신문, 2012, 53p.

195 같은 책, 36~38p.

196 찰스 두히그, 〈1등의 습관〉, 알프레드, 2016, 309~311p.

197 애덤 그랜트, 〈오리지널스〉, 한국경제신문, 93~94p.

198 김용규, 〈생각의 시대〉, 살림, 2014, 79~80p

199 라즐로 복, 〈구글의 아침은 자유가 시작된다〉, 알에치코리아, 2015, 418~419p.

200 애덤 그랜트, 〈오리지널스〉, 한국경제신문, 76~80p

201 애덤 그랜트, 〈오리지널스〉, 한국경제신문, 44~47p.

202 짐 콜린스 등, 〈위대한 기업의 선택〉, 김영사, 2012, 147p.

203 고영성, 〈고영성의 뒤죽박죽 경영상식〉, 스마트북스, 2015, 22~24p.

204 EBS, 〈왜 우리는 대학에 가는가〉, 해냄, 21~35p.

205 이혜정, 〈서울대에서는 누가 A+를 받는가〉, 다산에듀, 2014

206 같은 책, 117~119p.

207 이언 레슬리, 〈큐리어스〉, 을유문화사, 2014, 77~85p.

208 말콤 글래드웰, 〈티핑포인트〉, 21세기북스, 2004, 37p

209 스티븐 레빗 등, 〈슈퍼괴짜경제학〉, 웅진지식하우스, 2009, 181p

210 스티븐 레빗 등, 〈괴짜경제학〉, 2005, 153p

211 스티븐 핑커, 〈우리 본성의 선한 천사〉, 사이언스북스, 2014, 222p

212 폴 에겐 등, 〈교육심리학〉, 학지사, 2015, 416p.

213 고영성, 〈어떻게 읽을 것인가〉, 스마트북스, 2015, 7p.

214 권재원, 〈그 많은 똑똑한 아이들은 어디로 갔을까?〉, 지식프레임, 196~220p.

215 같은 책, 204~205p.

216 문화체육관광부, 〈2015년 국민 독서실태조사〉, 2015, 67p

217 고영성, 〈어떻게 읽을 것인가〉, 스마트북스, 2015, 52p.

218 매리언 울프, 〈책 읽는 뇌〉, 살림, 2009, 20p.

219 같은 책, 219p.

220 니콜라스 카, 〈생각하지 않는 사람들〉, 청림출판, 2010, 95p

221 김진우, 〈언어 습득의 이론과 실상〉, 제2장 언어습득의 기본 6단계〉, 2001

222 http://stdweb2.korean.go.kr/

223 이창의 교수 블로그, 〈이 땅에서 태어나 외국어 공부하는 법〉, 2013

224 http://en.wikipedia.org/wiki/Words_per_minute#Speech_and_listening

225 http://en.wikipedia.org/wiki/Words_per_minute#Reading_and_comprehension

226 http://www.breakingnewsenglish.com/speed_reading.html

227 http://www.hanter21.co.kr/jsp/huser2/index.jsp

228 Steven Pinker: What our language habits reveal (TEDGlobal 2005) https://www.ted.com/talks/
steven_pinker_on_language_and_thought / '언어 본능' (스티븐 핑커, 동녘, 2008)

229 Greenbaum, S. and Nelson, G., An Introduction to English grammar. 3rd ed. 149p.

230 출처 루이빌대학교 수업자료 'The Old/New Contract'

231 Joseph M. Williams, Style: Lessons in Clarity and Grace, 11th ed., 83~84p.

232 같은 책, 77p.

233 Richard Xiao(Lancaster University): Information Structure and Sentence Structure(ENG 1520)

234 같은 책.

235 The Chicago Manual of Style, 15th Edition, The University of Chicago Press. 2003

236 Letter from Birmingham Jail Martin Luther King Jr.

237 로버트 루트번스타인 등, 〈생각의 탄생〉, 에코의 서재, 2007, 39~42p.

238 안데르스 에릭슨, 〈1만 시간의 재발견〉, 비즈니스북스, 2016, 212~213p.

239 테리 도일, 〈뇌과학과 학습혁명〉, 돋을새김, 2013, 219p.

240 찰스 두히그, 〈습관의 힘〉, 갤리온, 2012, 210p.

241 칩 히스 등, 〈자신 있게 결정하라〉, 웅진지식하우스, 2013, 13p.

242 신동균, 〈"큰 맘 먹고 실시한 이직…후회한다"〉, 헤럴드 경제, 2015.

243 허연회, 〈퇴직금 중간 정산 후…대부분의 직장인 '후회'…노후준비는 하지도 못해〉, 헤럴드 경제, 2014

244 장필수, 〈자영업 10명 중 8명 문닫았다...최근 10년간 폐업만 779만〉, 헤럴드경제, 2016.

245 칩 히스 등, 〈자신 있게 결정하라〉, 웅진지식하우스, 2013, 15~17p.

246 같은 책, 62~63p.

247 안데르스 에릭슨, 〈1만 시간의 재발견〉, 비즈니스북스, 2016, 315~317p.

248 칩 히스 등, 〈스틱!〉, 웅진윙스, 308~313p.

249 마가렛 마틴, 〈인지심리학〉, 박학사, 2015, 222~223p.

250 김용규, 〈생각의 시대〉, 살림, 2014, 222~224p.

251 캐스 선스타인 등, 〈와이저〉, 위즈덤하우스, 2014.

252 같은 책, 74p.

완벽한 공부법 : 모든 공부의 최고지침서

2017년 1월 6일 초판   1쇄 발행
2024년 7월 23일 초판 122쇄 발행

지은이 | 고영성 · 신영준
펴낸이 | 김관영

책임편집 | 유형일
마케팅지원 | 배진경, 임혜솔, 송지유, 장민정
펴낸곳 | (주)로크미디어
출판등록 | 2003년 3월 24일
주   소 | 서울시 마포구 마포대로 45 일진빌딩 6층
전   화 | 02-3273-5135 FAX | 02-3273-5134
편   집 | 02-6356-5188
홈페이지 | http://www.rokmedia.com
이메일 | rokmedia@empas.com

값 19,800원
ISBN 979-11-6048-673-5 03810
잘못 만들어진 책은 구매하신 서점에서 바꾸어 드립니다.